MAT OSMAN

DAS VOGELMÄDCHEN VON LONDON

rütten & loening

MAT OSMAN

DAS VOGELMÄDCHEN VON LONDON

Historischer Roman

Aus dem Englischen
von Ulrike Seeberger

rütten & loening

Die Originalausgabe unter dem Titel
The Ghost Theatre
erschien 2023 bei Bloomsbury Publishing, London.

MIX
Papier | Fördert gute Waldnutzung
FSC® C083411

ISBN 978-3-352-00993-8

Rütten & Loening ist eine Marke
der Aufbau Verlage GmbH & Co. KG

1. Auflage 2023

www.aufbau-verlage.de
10969 Berlin, Prinzenstraße 85

Einbandgestaltung www.buerosued.de, München
Satz Greiner & Reichel, Köln
Druck und Binden CPI books GmbH, Leck, Germany

Printed in Germany

Für Anissa

Akt I
London, 1601

1

Hätten die Männer anstatt ihrer noblen dressierten Wölfe Hunde dabeigehabt, wäre Shay jetzt tot. Hunde hätte man von der Leine lassen können, und hier oben auf den Dächern hätten die kurzen Prozess mit ihr gemacht. Wölfe dagegen waren einen Sovereign wert, und für ein Göre wie sie wollte man einen so hohen Preis nicht riskieren. Gilmours Jagd auf sie hatte in Eastcheap begonnen, wo Shay mit Leichtigkeit von einem Dach zum anderen sprang. Dort waren die Straßen kaum so breit, dass ein Karren hindurchpasste, und die Häuser lehnten sich aufeinander zu wie Pflanzen, die sich nach der Sonne recken. Shay konnte hier die Lücken zwischen den Dächern so leicht überwinden, als schritte sie über einen Bach. Doch nun drängten die Männer sie nach Westen. Zunächst hatte sie das genossen, denn die Dächer in Westlondon waren mit Ziegeln gedeckt und nicht mit Flechtwerk und Lehm. Hier musste sie sich weniger sorgen, dass sie in eines der Zimmer durchkrachte. Doch als die Männer sie auf die prächtigeren Straßen zu scheuchten, die breit genug für Fuhrwerke waren, wurden die Sprünge echte Schwerarbeit. Shays Beine zitterten vor Anstrengung. Als sie sich waghalsig über St Peter's Hill stürzte, schaffte sie es nur knapp auf die andere Seite. Ihr vorgestreckter Fuß verfing sich an der Ecke des Strohdachs, und nur der Schwung trug ihren Körper noch weiter, so dass sie bäuchlings auf der Dachschräge liegen blieb. Kleine Steine gruben sich ihr in Hände und Knie. Sie kroch um die Ecke des Gebäudes, lehnte sich fest an die

Schräge und verfluchte sich, weil sie den Rhythmus verloren hatte. Drei Stockwerke weiter unten rasten die noch übrig gebliebenen Gilmour-Leute die Straße entlang. Shay sprang über einen kleinen Spalt zwischen zwei Kuppeldächern und rannte über eines der seltenen gläsernen Oberlichter. Sie erhaschte einen kurzen Blick auf nach oben gereckte Gesichter, die ihren Füßen hinterherschauten. Dann glitt sie über eine Böschung aus bemoosten Dachziegeln auf die flache Dachkante des Hauses hinunter. Vor ihr tat sich eine zehn Fuß breite Schlucht auf. Sie hielt auf dem Dach Ausschau nach einer Leiter, mit der sie den Abstand überbrücken könnte: nichts. Jetzt war Gilmour ganz nah. Die Pfiffe ertönten öfter, und wenn Shay sich umwandte, konnte sie sehen, wie die Wölfe an ihren Leinen zerrten und die Schnauzen witternd vorreckten.

Shay drehte sich wieder zur Dachrinne hin, suchte einen anderen Ausweg. Unten an der Themse standen die Häuser wieder dichter, also schob sie sich vorsichtig am Dachfirst entlang und katapultierte sich dann über eine schmale Gasse. Sie landete auf einer Reihe älterer Häuser, die mit Brettern gedeckt waren. Das Holz bog sich unter ihrem Gewicht. Wenn es einkrachte, drohte ein Beinbruch oder Schlimmeres. Hier waren die Sprünge gut zu schaffen, doch nun rannte sie nicht mehr parallel zu Gilmour, und er kam ihr immer näher. Zum ersten Mal konnte sie das Hecheln der Wölfe und das Dröhnen seiner Füße auf den Brettern hören. Wenn es so weiterging, konnte er es sich leisten, zu warten, bis sie am Flussufer nicht mehr weiterkam.

Mit ächzenden Beinen sprang Shay von den Bretterhäusern auf ein festeres Dach. Ihre krachende Landung scheuchte eine Schar Tauben auf, eine sanfte Explosion von Federn, die himmelwärts aufflog und zerstob wie Wasser in einer Fontäne. Lautlos wiederholte Shay ihren Katechismus: *Die Götter sind Vögel, und die Vögel sind Götter.* Sie ließ ihre Füße von diesem Rhythmus leiten. *Die Götter* – Schritt – *sind Vögel* – Schritt – *und die Vögel* – Schritt – *sind Götter* – Sprung.

Gilmour zu ihrer Rechten, der Fluss zu ihrer Linken und das Ende der Stadt vor ihr. Sie schaute zurück: ein Kirchturm, ein Fleckchen Gras, die Türmchen auf einem Tor. Nach Osten abgebogen, hielt sie auf eine Fläche strohgedeckter Häuser zu, rannte schneller. Gilmour war nun so nah, dass sie die Befehle hörte, die er den Wölfen zurief: »Bei Fuß, bei Fuß. Braves Mädchen.« Er stieß einen langen Pfiff aus, und sofort schallte von den Straßen das Echo herauf.

Jeder Schritt riss Shay den Atem in breiten Streifen aus dem Körper. Die Strohdächer waren uneben, und zweimal verfing sie sich mit dem Fuß an einer losen Stelle. Die Enden der Halme brannten ihr an den Händen. Sie hielt Ausschau nach Orientierungspunkten. Aus dem Teppich der Stadt ragte die Kirche von St Paul's auf, dahinter, von Rauch verhüllt, der alte Glockenturm. Beide nutzten ihr jetzt nichts. Ein Blick nach rechts: Auf einem flachen Dach hockte eine reglose Gestalt, die sich mit der Hand die Augen beschattete. Einen Moment lang beobachtete die Gestalt sie, hob dann eine Hand, stand auf und begann, parallel zu ihr zu laufen.

Die Vögel sind – Sprung – *GÖTTER*. Das waren beinahe acht Fuß gewesen, mit in die Höhe geschleuderten Armen, um den First des Strohdachs zu packen und sich hinauf- und hinüberzuziehen. An der anderen Seite rutschte Shay hinunter und wäre um ein Haar über die Kante gestürzt. Kleine Steine fielen auf die Straße. Wenn sie so weiterlief, würde diese rennende Gestalt ihr den Weg abschneiden. War es Freund oder Feind? Sie konnte es nicht wissen.

Dann ertönte die Stimme eines Jungen über die Dächer hinweg. »Drei Häuser nach rechts und dann auf den Kirchturm zuhalten.« Shay rappelte sich auf und tat einen Schritt über die schmalste Gasse. Dreißig Fuß unter ihr toste ein Strom aus Krach und Lärm. Sie rannte los, wagte keinen Blick zurück und hielt auf das Langhaus mit dem steilen Dach zu, das sicher für die Wölfe zu steil sein würde. So gewann sie kostbare Augenblicke. Sie flitzte über die Schräge, immer ein Auge auf ihre Füße und eines auf den Jungen gerichtet. Er war zwanzig Fuß von ihr entfernt, kam aber immer näher. Ein Junge mit schulterlangem Haar, in Scharlachrot und Schwarz gekleidet. Als er auf gleicher Höhe mit ihr war, hielt er weiter eine Straßenbreite Abstand zu ihr. »Noch drei Sprünge vorwärts, dann ist da ein Dach mit einem rauchenden Schornstein. Da bleib stehen und mach mir alles nach!« Shay versuchte zu nicken, doch der Schmerz in ihren Lungen hatte ihr alle Kraft weggewischt.

Drei Sprünge – *Götter, Vögel, Götter* –, und sie landeten auf einem Dachquadrat, das kaum genug Platz für sie beide hatte. Aus einem morschen Kamin quoll weißer Rauch: ein süßer, beinahe widerlich süßer Geruch. Der Junge legte sich auf den Bauch und langte über die Kante. Shay hörte ein Klicken und das Knarzen von Holz.

»Schau genau hin, was ich mache.« Es schwang keinerlei Dringlichkeit in seiner Stimme mit. Shay legte sich ebenfalls hin und schaute über die Kante. Sie waren weiter oben, als sie erwartet hatte, und die Straße unten war zu fern, um irgendein Geräusch von dort zu hören. Eine Schweißperle löste sich von ihrer Augenbraue und floss träge abwärts.

»Schau hin.« Der Junge ging in die Hocke, hielt sich an der Dachkante fest und rollte sich dann darüber, während er den Rand weiter mit festem Griff umklammert hielt. Er vollführte einen Salto, und dann war er verschwunden. Shay hielt die Luft an, wartete auf das Krachen eines Aufpralls.

»Jetzt du.« Seine Stimme erklang ganz aus der Nähe. Shay schob sich weiter vor. Unter der Dachkante stand ein Fenster offen. Mit einer einzigen Bewegung hatte er sich über die Kante und in den Turm gerollt. Sein Gesicht blickte zu ihr auf. »Schnell, nicht nachdenken.«

Hinter ihr waren aufgeregtes Pfeifen und das erwartungsvolle Jaulen der Wölfe zu hören.

Shay packte die Kante und warf sich nach vorn. Die Welt geriet ins Trudeln, als ihr volles Gewicht an den schmerzenden Schultern zerrte. Sie begann, rückwärts in das Fenster hineinzufallen, doch dann stieß ihr linkes Bein krachend gegen den Rahmen, und eine Hand rutschte ab. Eine Sekunde lang hing sie an einem Arm da und ruderte mit den Beinen, um irgendwo einen Halt zu finden, ehe der Junge sie bei der Taille packte und hereinzog. Rücken und Arm schrammten hart am Fensterrahmen entlang, und dann fiel sie rückwärts in das Gebäude hinein.

Gern wäre Shay einen Augenblick dort liegen geblieben, doch der Junge war bereits über eine Wendeltreppe auf dem Weg nach unten, die so schmal war, dass die Tritte kaum größer als Dachziegel waren. Er stützte die Hände rechts und links an den Wänden ab. Halb rutschte, halb fiel er die Treppe hinunter. Shay folgte ihm so schnell, wie sie nur wagte, atemlos und schwindlig, weil ihr alles vor Augen verschwamm. Die Wendel schien ewig so weiterzugehen, doch gerade als die Übelkeit Shay schon ins Stolpern brachte, stoppten seine Schritte vor ihr. Sie sackte auf die Knie, befand sich nun in einem größeren Raum mit zwei Türen und einer halb geöffneten Durchreiche in der Wand. Eine Frau von riesigen Ausmaßen saß in einen Stuhl gepresst da und streichelte etwas, das sie auf dem Schoß hielt. Der Junge kniete sich neben sie hin und flüsterte ihr etwas ins Ohr. Beide blickten zu Shay, und sie wollte sich gerade bei ihnen bedanken, als sie über sich Holz splittern hörte. Kurz sagte der Junge noch etwas zu der Riesin und zog dann die Türen der Durchreiche ganz auf. Es war ein Speiseaufzug, kaum größer als eine kleine Kommode. »Da rein«, sagte er.

Shay legte die Hände auf den Rahmen. »Schaffe ich nicht. Das ist zu klein.«

Die dicke Frau lachte. »Für so ein winziges Ding wie dich? Du kannst es dir aussuchen. Vielleicht versuchst du es stattdessen mit denen da oben, wer immer die sind.« Das Splittern hörte auf. Die Stille war noch furchteinflößender, als das Geräusch gewesen war. Shay hob ein Knie in den Aufzug, zog dann eine Schulter und den Kopf nach. Sie roch Braten und den gleichen widerlich süßen Geruch wie aus dem Kamin. Der Aufzug knarzte unter ihrem Gewicht, und wieder packten Hände sie bei der Taille. Der Junge hob den Rest ihres Körpers hoch und schob ihn hinein, bis ihr Kopf gegen die Wand krachte. Sie schaute seitwärts auf seine Hände und ins trübe Dämmerlicht des Zimmers. Erst jetzt bemerkte sie die lange silbrige Machete, die auf dem Schoß der Frau lag.

»Keine Bewegung, und fass bloß nichts an, wenn du da unten ankommst.«

Auf der Fahrt nach unten schrammte der trudelnde Kasten an der Wand entlang. Shay war eng in diesen kleinen Raum gepresst. Als der Aufzug ruckelnd anhielt, musste sie sich mit den Beinen abstoßen, um hinauszugelangen, und fiel ungeschickt auf den Boden. Ein kurzer Augenblick, um wieder zu Atem zu kommen. Der neue Raum war noch schattendunkler als der oben, dazu ölig vor Rauch. Mit einem Ruck verschwand der Speiseaufzug wieder nach oben. Hier hallte leises Stimmengemurmel im Raum, das auch durch Shays Ankunft nicht unterbrochen wurde. Als sie sich hochzog, merkte sie, dass ein Mann über ihr stand; er war älter und trug Kleidung, die früher einmal teuer gewesen war. Er beugte sich nach unten, fasste sie am Kinn und drehte ihren Kopf zum Kerzenlicht. Kurz trafen sich ihre Blicke, dann ließ er los und lächelte. »Na, *das* habe ich ganz bestimmt nicht bestellt.« Hinter seiner Schulter erschallte Gelächter, während er in den Raum zurückging. Erneut kam der Speiseaufzug angerumpelt, der Junge ließ sich elegant herausgleiten und landete auf den Füßen. Er schnalzte missbilligend mit der Zunge, bürstete sich die Kleider ab, nahm dann Shay bei der Hand und führte sie in den Schatten.

Der Raum war in kleine Alkoven unterteilt, die jeweils von einer einzigen Kerze erhellt wurden. Hier rauchten und schliefen Männer, immer einer pro Abteil, und dicker Qualm lag in der Luft. Der Junge fand einen leeren Alkoven. Er zog ein paar Kissen her und schaute Shay interessiert an. Sie war es nicht gewöhnt, so genau gemustert zu werden. Sie gab sich größte Mühe, so unauffällig wie möglich zu bleiben: mit ihren Kleidern, ihrem Verhalten, ihrer Stimme. Sie hatte gelernt, wie man von der Oberfläche der Menschen zurückprallt, zwischen die rauen Kanten des Lebens gleitet. Doch dieser Junge wandte den Blick nicht ab.

Sie wusste, was er nun dachte: »Was ist *das* denn?« Irgendwo hatte sie ihre Kappe verloren, so dass neben ihrer Tätowierung ihre zwei Haarbüschel wie Flügel hochstanden, und sie hatte Schürfwunden am Hals und an den Schultern. Ihre Brüste hatte sie flachgewickelt, und sie trug Matrosenhosen und Schnallenschuhe. All diese Fragen hatte sie schon einmal gehört: »Was bist du, ein Junge oder ein Mädchen?« – »Was ist denn mit deinen Haaren passiert?« – »Warum bist du angezogen wie jemand aus dem Armenhaus?« Also verhärtete sie ihr Gesicht, so gut sie konnte, während ihr Herz noch raste und sie mit dem Zittern ihrer Beine zu kämpfen hatte.

Der Junge musterte sie weiter, schüttelte schließlich den Kopf, als wolle er einen Gedanken verscheuchen.

»Wie unhöflich von mir.« Er streckte ihr eine Hand hin wie ein Erwachsener.

»Shay.« Sie hielt ihre Stimme so ausdruckslos wie möglich, sprach ein wenig tiefer. Das machte sie beinahe schon unbewusst.

Er umfasste ihre Hand mit seiner anderen. »Nun, hallo, Shay. Ich bin Lucifer, der leibhaftige Teufel auf Erden.«

2

Eine ganze Stunde verging, ehe sie sich wieder nach oben ans Tageslicht wagten. Draußen blinzelten sie in einen Herbsthimmel, der so durchsichtig blau war, dass man meinte, ihn mit einem Steinwurf zerschmettern zu können. Es war Markttag, und da bedeutete ein klarer Himmel große Menschenmengen. Die Stadt würde voller Torgaffer sein, die für einen Tag hergekommen waren und glotzten und trödelten und jeden am Newgate aufgespießten Kopf begafften. Shay waren die trüben Tage lieber, wenn nur die Londoner unterwegs waren und die Menschenmengen dahinströmten wie Vogelschwärme.

Zusammen gingen die beiden nun unter den Markisen des Westcheap Market entlang, hielten sich stets am Rand, falls noch ein paar von Gilmours Leuten in der Nähe sein sollten. Der Junge versuchte mit einem seltsamen Schlurfschritt sein Tempo an Shays mühsamen Weg durch die Menschenmenge anzupassen. Er war so groß, dass er das Kinn problemlos auf Shays stoppeligen Schädel hätte stützen können, und diese wenigen Zoll mehr waren so viel wert wie das zweite Gesicht, wenn in Cheapside ein solcher Rummel war. Er wich mit Schritten zur Seite aus, bewegte sich wie der Springer auf dem Schachbrett, duckte sich unter Dachrinnen, stieg über Fässer und zerrte Shay schräg über vier Fahrbahnen hinweg.

Auf Shays Augenhöhe prasselte London in einem Kaleidoskop von Empfindungen auf sie ein: das Rempeln der knochigen Schultern von Lehrlingen, ein rascher Blick auf aufgehäufte Kirschen auf einem Karren, das Pferdeschnauben im Nacken. Natürlich bemerkte sie auch Hände. Die meisten schoben sie aus dem Weg der eiligeren Passanten, doch einmal spürte sie auch, wie jemand ganz kurz ihre Pobacke grapschte, so kurz, dass sie nicht ausmachen konnte, wer es gewesen war, und einmal war es die sanfte, aber unmissverständliche Berührung einer geübten Hand, die ihren Hosenbund nach einer Börse abtastete. Mit einem Klicken zog sie ihr Messer aus dem Futteral, und die Hand verschwand rasch. St Nicholas Shambles wimmelte so vor Menschen, dass Shay im Gedränge vom Boden hochgehoben wurde und erst nach beinahe zehn Fuß wieder die Erde berührte. Das war ihr sehr recht, denn in der Straßenmitte floss ein stetiger, säuerlich stinkender Strom von Tierpisse, ergosss sich eilig in Richtung Themse. Als Shay den Kopf in den Nacken legte, um ein wenig frischere Luft zu atmen, erhaschte sie zwischen Schultern und Verkaufsständen hindurch einen Blick auf Ausschnitte des Himmels. Inmitten von all dem Dung, den schlammbespritzten Ärmeln, dem faulenden Obst, dem Schweiß und den Schreien wirkte der Himmel wunderbar leer und freundlich. Zusammen schlängelten sie und der Junge sich durch eine Taverne am Old Change, die so schmal war, dass Shay beide Seiten mit ausgestreckten Fingerspitzen berühren konnte, und dann schlüpften sie wieder geduckt nach draußen auf eine Gasse.

In der ersten Viertelstunde konnte Shay nur kurze Blicke auf den Jungen erhaschen: auf sein prägnantes Kinn, das sich durch die Menge schob, auf die Tanzschritte seiner überkandidelten schwarzen Samtschuhe. Erst als er ihr mit ausgestrecktem Arm den Weg versperrte, damit jemand von oben seinen Nachttopf ausleeren konnte, betrachtete sie ihn richtig. Er war groß, zumindest aus Shays Sicht, und er war schlank. Schräge Schultern und eine schmale Taille, ein Nest aus Locken auf dem Kopf, am Haaransatz sirupgolden und an den Spitzen strohblond. Ein Gesicht und ein Körper, wo alles spitz zulief. Die Nase ein Pfeil, der in die Richtung seiner Aufmerksamkeit wies. Dünne Augenbrauen, Ellbogen wie Scheren. Es waren nicht die edlen Züge eines Aristokraten, aber die Haut war blass und makellos: ein Junge aus der Stadt. Seine Kleidung verwirrte sie jedoch. Offenbar absichtlich war seine Halskrause nicht gestärkt, hing schlaff herunter, als sei er auf dem Weg zu seiner Waschfrau. Ein Lederwams, gut genäht, aber an den Ellbogen und Säumen abgeschabt und mit hundert winzigen, rautenförmigen Schlitzen verziert, durch die man das Hemd darunter herausziehen konnte. Diesen Stil hatte Shay schon bei den federgeschmückten und parfümierten Italienern gesehen, die sonntags am St Paul's Walk herumstolzierten, doch noch nie zuvor in derart extremer Form: Der Rücken dieses Jungen sah aus wie eine Flottille von Segelbooten auf einer schwarzen See. Seine Strümpfe und das Messerfutteral waren vom gleichen matten Scharlachrot, und das Heft der Klinge war silbern. Die Strümpfe wirkten an ihm übertrieben feminin, besonders über den Samtschuhen mit den Knopfreihen. Wer mochte er sein? Der Sohn eines Gentleman, der eine Pechsträhne gehabt hatte und gezwungen war, anderer Leute abgelegte Kleidung zu tragen? Der Anführer einer Bande, der mehr Geld als Geschmack hatte? Sie konnte ihn nicht richtig einordnen, und das fand sie gleichermaßen ärgerlich und aufregend.

Von oben ergoss sich ein letzter Schwall, und als der Junge den Arm senkte, sagte Shay: »Dein Wams gefällt mir.«

Er schaute darauf herunter, als sähe er es zum ersten Mal, und Shay mochte ihn gleich ein bisschen weniger – allein auf diese Hemdbäusche musste er ja mindestens eine Viertelstunde verwendet haben. Er zupfte ein dreieckiges Stück schneeweißes Leinen zu einem Zipfel und sagte: »Kennst du den Earl of Anglesey? Der ist darin gestorben.« Er steckte einen Finger durch einen Schlitz an der Seite heraus und wedelte in Richtung Shay. »Einfach abgestochen mit einer Lanze, wie ein Schwein am Spieß. Hinten ist noch ein anderes Loch.«

»Oh, das tut mir leid«, sagte Shay. »War es ein Verwandter von dir?«

Der Junge schnaubte vergnügt. »Ha, großer Gott, nein. Der Earl hat dem Theater drei Ausstattungen vererbt.« Seine Stimme wurde tiefer. »Die nur getragen werden sollen, wenn Personen aus dem Königshaus gespielt werden.« Er schnaubte wieder. »Davon hat er nur geträumt. Das hier würde bestenfalls für einen kleinen Adeligen reichen. Wir sollen die Sachen eigentlich nur auf der Bühne tragen, aber ich finde, ich sollte Werbung für das Theater machen.«

Also Theater. Shay hätte es sich denken können. Jung, gut angezogen und treibt sich an einem Arbeitstag herum; ein Blackfriars Boy. Sogar zu Hause in der Marsch, wo London kaum mehr als ein Gerücht war, hatte Shay von denen gehört, denn ein paar Schulkameradinnen verfolgten diese jungen Schauspieler mit schwärmerischer Besessenheit. Der Gedanke, dass Jungen, die kaum älter als sie selbst waren, schon in aller Munde waren, ehe sie sich rasieren konnten, dass sie vor den Höchsten der Gesellschaft auftraten, war ein herrlicher und befreiender Ausnahmezustand. Es tat nichts zu Sache, dass die begeisterten Mädchen zu jung und zu arm waren, um je eine Vorstellung dieser Jungen anzusehen. Die Kühnsten von ihnen sparten für die Fähre nach London, hielten sich beim Bühneneingang auf und setzten den

Theaterzuschauern mit Fragen zu. Sie lernten die Namen des gesamten Ensembles auswendig, wussten, was die Schauspieler mochten und was nicht, verschlangen ihre Lebensgeschichten. Erst als Shay begann, in London zu arbeiten, hörte sie andere, geflüsterte Geschichten über das Ensemble: über Stücke, die so beißend satirisch waren, dass sie nur vor geladenem Publikum aufgeführt wurden, über geheime Affären mit adeligen Damen und Herren.

Der Junge verlangsamte das Tempo. »Warum waren die dahinten eigentlich hinter dir her?«

Shay war überrascht, dass dies nicht seine erste Frage gewesen war. »Du kennst doch den Vogelladen auf der St Laurence Lane? Der gehört dem Mann mit den Wölfen, Gilmour. Und ich hatte gerade alle seine Vögel freigelassen.« Sie stockte kurz. »Wieder einmal.«

Sie sah die Szene erneut vor sich. Wie der Eimer in den Brunnen bewegte sich ihr Angelhaken durch das Loch nach unten, das sie in die Decke gebohrt hatte. Dreimal ließ sie ihn herunter, kam jedes Mal ein wenig näher an den Verschlussgriff des Vogelkäfigs. Das Ping des Hakens gegen das Metall verlor sich unter den heiseren Schreien von dreißig Vögeln. Die Ladenburschen hatten ihre Aufmerksamkeit gerade auf eine Kundin gerichtet, deren Zobel allein schon verkündete, dass sie mit dem Inhalt ihrer Börse den ganzen Laden aufkaufen könnte. Shays Ziel war die Klappe oben am größten Käfig. Noch einmal legte sich der Haken um den Griff, und diesmal blieb er hängen. Shay holte die Angelschnur ein und beobachtete die Klappe. Sie hob sich und fiel wieder, landete mit einem Geräusch wie dem Klirren von fallendem Besteck auf dem Käfig. Die Ladenburschen schauten sich um. Die Frau schaute sich um. Doch die Vögel regten sich erst, als Shay so stark an der Leine zog, dass sie sich ihr schon in die Finger grub. Der Haken verbog sich unter dem Gewicht des Käfigs, und während er hin und her schwankte, gerieten die Vögel in Panik. Scharlachrote Flügel blitzten auf, beinahe zu schnell für menschliche Augen, und aus den Liedern der Singvögel wurden Angstschreie. Der Käfig schwang zurück und prallte bebend gegen den Tisch. Als Erstes entkam eine Turteltaube, flaumig und sonnenuntergangsrot. Durch die Klappe und durch die Ladentür, als würde sie von einer Strömung herausgesogen. Dann stand es einen Augenblick lang auf Messers Schneide: Der Käfig war zum Stillstand gekommen, und die Ladenburschen drehten sich weiterhin um. Dann strömten mit einem Geräusch, als mischte jemand Spielkarten, die restlichen Vögel aus dem Käfig. Im Nu war Shay wieder draußen auf dem Dach. Die Vögel, die ihre sich plötzlich unendlich weit auftuende Freiheit völlig aus der Ruhe gebracht hatte, erhoben sich in einem einzigen Schwall aus Lärm und Farben. Wenig später schwärmten sie wie auf ein unmerkliches Zeichen hin aus, schleuderten Fetzen strahlend bunter, lebendiger Seide in den Himmel.

Der Junge stampfte auf den Boden und grinste, als wäre er es gewesen, der das alles vollbracht hatte. Er verrenkte den Kopf und schaute in den Himmel. »Wie oft hast du das schon gemacht?«

»Viermal. Die ersten beiden Male waren ein Kinderspiel.« Damals war sie einfach in den Laden spaziert, hatte den vordersten Käfig geöffnet und war wieder hinausspaziert.

»Dann brauchst du eine Verkleidung. Lass mich etwas aus dem Theater für dich holen.«

Er musste etwas auf ihrem Gesicht gesehen haben, denn nun lachte er. »So schlimm, wie man uns darstellt, sind wir nicht. Der Besitzer ist heute nicht da, also wirst du nicht in die Truppe gezwungen.«

Shay versuchte zu lachen. »Ich dachte immer, wenn der Teufel dir ein Geschenk anbietet, solltest du es ablehnen.« Er zog eine Augenbraue in die Höhe, und sie sagte: »Ich weiß immer noch nicht, wie du heißt, Lucifer.«

»Ah, natürlich. Ich bin Nonesuch.« Er schüttelte ihr noch einmal die Hand, und dann war er wieder fort, ohne abzuwarten, ob sie ihm folgte, ging seitlich eine kaum menschenbreite Gasse zwischen Häusern durch, dann in einen Laden, der Kerzenenden verkaufte, und durch die Hintertür wieder hinaus auf einen Hof, der voller Pferde war, die noch von der morgendlichen Arbeit dampften. Irgendwie waren sie nach Cheapside zurückgelangt.

Shay liebte Cheapside, liebte es mehr als jede andere Gegend in London. Hier lag die Welt vor ihr ausgebreitet wie eine lebendige Landkarte. Seidenballen aus Indien waren zu wilden Pyramiden aufgetürmt, und ihre fransigen Kanten ließen den Dschungel drinnen ahnen. Holländische Händler trugen schwere Hüte mit Schnallen, schauten besorgt und hockten hinter einem wahren Wald aus Tulpen. Orangen aus Sevilla wurden hoffnungsfroh als *Morisqo* angepriesen, damit kein Zweifel auf den Patriotismus der Käufer fallen konnte. Reynolds' Gewürzladen wärmte eine ganze Straßenseite mit seinen rauchigen, halskratzenden Aromen, und Shay packte Nonesuch beim Arm, um ihn zu bremsen. Sie reckte die Nase in die Luft, die Augen für einen Moment geschlossen. Zimt, Cayennepfeffer, Nelken und Pfeffer. »Schmeckst du das? Indien. Panama, Madeira. Kostenlos auf der Zunge.«

Er lachte bellend, stand aber doch mit weit aufgerissenem Mund da.

»Schinken aus Wiltshire, Wolle aus East Anglia, Zinn aus Cornwall.«

Sie waren zehn Minuten gegangen und hatten fünf Sprachen und zwanzig Dialekte gehört. Selbst die Schwalben über ihren Köpfen waren Tausende von Meilen gereist, um hierherzugelangen. So wie Shay die Welt sah, war London der Mittelpunkt einer Zielscheibe beim Bogenschießen, und Cheapside war ein wundersamer, einmaliger Treffer mitten ins Zentrum.

Eine Weile gingen sie durch Seitengässchen. Nonesuch wand Girlanden aus Geschichten um den Weg. Er erzählte unentwegt, jede Geschichte immer noch reißerischer als die vorherige. Er breitete die Arme weit aus, buckelte sich zusammen wie ein Kobold, wenn er einen Bösen verkörperte. Vor einem Puppentheater imitierte er die Marionetten und brachte Shay mit seinem ruckenden Tanz zum Lachen. Aber er war auch ein guter Zuhörer. Er lauschte mit dem ganzen Körper, blieb oft stehen und blockierte den Weg, um ihr Gesicht ganz dringlich zu mustern oder ihr die Hände auf die Schultern zu legen. Das trieb ihr die Hitze ins Gesicht. Sie schätzte ihre Anonymität über alles, und gewöhnlich wäre ihr eine derartige Aufmerksamkeit zudringlich vorgekommen, doch die Offenheit dieses Jungen war ansteckend. Er erzählte ihr, soweit Shay es beurteilen konnte, völlig ungefragt von der Tochter einer Gräfin, die ihm einen Shilling in der Stunde bezahlte, damit er ihr die Gossensprache beibrachte. Wie er auf einem Baumstamm die Stromschnellen zwischen den Bögen der London Bridge durchquert hatte und sich vorher und nachher übergeben musste. Shays Geschichten waren nicht so großartig, doch er beobachtete ihr Gesicht aufmerksam, wenn sie jede interessante Einzelheit über sich preisgab, wenn sie von ihrem Vater und seinem schneeweißen Schwanenboot, von ihren Botengängen über die Dächer und ihrem Falkenzähmen, vom Wahrsagen und Kartenlesen berichtete.

»Das war also nicht dein erstes Mal auf den Dächern?«, fragte er.

»Großer Gott, nein. Ich lebe beinahe da oben. Ich kann London schneller durchqueren als jeder andere Bote in der Stadt. Aber ich liebe die Dächer sowieso. Mein Vater hat früher hoch oben gearbeitet. In Taubenschlägen und dergleichen, also habe ich früh Geschmack daran gefunden.« Erinnerungsfetzen schwebten herab. Der Handschuh ihres Vaters, so groß, dass sie in jedes Loch zwei Finger stecken konnte, wie ihn die knorrigen Klauen des Falken packten. Wie er mit halb offenem Mund in den Wind schaute, den Wind schmeckte, und wie sich jedes Mal ein Lächeln auf sein Gesicht stahl. Ihr liebster Augenblick war, wenn dem Falken die Haube abgenommen wurde und die Augen des Vogels sofort und ohne Blinzeln quicklebendig wurden; wie wenn man ein Messer aus der Scheide zog. Der Augenblick, wenn der Falke losflog, deine Hand ihm, von seinem Gewicht befreit, ein wenig folgte. Die Hand sprang hinter dem Vogel in die Höhe, als könnte der Sog seiner Flügel einen mit in den Himmel hinaufziehen. Shay stand dann auf Zehenspitzen da, versuchte, die Verbindung zwischen sich und dem Falken so lange wie möglich zu halten.

Nonesuch nickte. »An den meisten Tagen sitze ich draußen auf dem Dach des Theaters. Mit einer Pfeife und einem Buch. Dann steigen all die geheimen Gespräche der Straßen zu dir auf.« Er machte eine Bewegung, als pflückte er einen Apfel.

Sie gingen nach Süden auf den Geruch des Flusses zu. Nun waren die Straßen wieder belebter. Torgaffer überall: Sie kamen aus diesem wild wachsenden zweiten London, das rings um die Stadtmauern aus dem Boden gewuchert war, schlecht und recht gebaute Dörfer, die sich an die Stadt anschmiegten, als könnte der kalte Stein ihnen Wärme abgeben.

Die Glocke schlug die Viertelstunde. »Verdammt«, sagte Nonesuch, »ich habe noch einiges zu erledigen.«

Er zerrte sie quer durch einen wilden Strom von Bauernkarren in eine schattige Seitenstraße hinein, wo er an eine hohe Tür klopfte. Nach einer winzigen Pause wurde geöffnet, und ein Mann in einer Schürze, die so blutgetränkt war, dass Shay ihr Geruch – süß und verwest – in die Nase drang, grinste auf sie herab. »Wenn das mal nicht Beelzebub höchstpersönlich ist. Wartet.«

Er schloss die Tür sorgfältig wieder, und drinnen hörte man Schreien, dann ein dumpferes, unheilvolles Hackgeräusch. Der Mann tauchte mit einem Eimer und einem Sack wieder auf, der unten fleckig und feucht war. Nonesuch nahm den Sack entgegen und hielt ihn sorgfältig von sich weg. »Ist es auch ganz bestimmt Lamm? Das von der Kuh war zu zäh.«

Der Mann lachte. »Hab ihm selbst die Kehle durchgeschnitten.« Er reichte Shay den Eimer. Ein Stock ragte aus einigen Zoll dickflüssigem Blut hervor.

Nonesuch sagte: »Rühre ständig, während wir gehen, denn wenn das hart wird, gibt's teuflischen Ärger.« Shay musste wohl erschrocken geschaut haben, denn er fügte noch hinzu: »Für mich, nicht für dich.«

Sie wirbelte den Stock im Rhythmus ihrer Schritte herum. Der Eimer war schwerer, als er aussah, und schon jetzt näherten sich Fliegen im Sturzflug der Flüssigkeit. »Was ist in dem Sack?«

»Ich hoffe, dass es Schafsdärme sind.« Er wechselte den Sack in die andere Hand und bewegte die Finger der anderen, die ihn vorher gehalten hatte. »Für eine Kampfszene heute Abend. Der Seidenhändler trägt sie in seinem Wams, ich greife an …« Er sprang vorwärts und stieß ein imaginäres Schwert. »Ich schlitze ihn auf, und die Gedärme quellen heraus. Außer dass sie letzte Woche nur Kuhdärme hatten. Die sind zu groß. Das verdammte Ding ist geplatzt, ehe ich auch nur den Schwertarm gehoben hatte. Es sah eher wie eine Entbindung aus.«

»Und das Blut?«

»Für später. Das füllt man in eine Schweineblase und näht die oben zu. Klemmt es hier drunter.« Er deutete auf seine Achselhöhle. »Und wenn du getroffen wirst, drückst du fest zu.« Er setzte ein reumütiges Grinsen auf.

»Wir sind immer noch spät dran«, sagte er. »Ich schwöre, hier sind jeden Tag mehr Bauerntrampel unterwegs. Was hältst du von einem kleinen Notfall, zumindest bis Blackfriars?« Als Shay ihn fragend anschaute, griff er in den Eimer und schmierte sich einen dicken Streifen von dem Blut quer über den Hals. Shay roch Eisen und Kot.

Nonesuch drängte sich auf die Straße hinaus und kreischte: »O Gott! Diese verdammten Halsabschneider!« Und er wankte rückwärts in Shays Arme. So umgekehrt sah sein Gesicht noch jünger aus, als er Shay zuzwinkerte. Auf seine Schreie hin teilte sich die Menge, und ein aufgeregtes Schaudern eilte ihnen voraus. Nonesuch keuchte und röchelte in ihren Armen, schien schwer an ihr zu hängen, doch irgendwie halfen ihr seine Beine dabei, mit ihm voranzukommen. Nun hatte die Geschichte auch von ihr Besitz ergriffen. »Aus dem Weg, verdammt nochmal«, brüllte sie, und ihre Stimme klang alt und hart. »Lasst uns durch!«

Die Leute pressten sich an Mauern und unter Markisen. Sie schauten erwartungsvoll gespannt, und ihre Mienen sagten:

Gott sei Dank, das bin nicht ich, sondern ein anderes armes Schwein. Shay wurde von ihrer Erleichterung vorangetrieben. »Hier nach links«, flüsterte Nonesuch zwischen Todesröcheln. Als sie in einer ruhigeren Gasse waren, richtete er sich auf und wischte sich das Gesicht sauber. Er zog Shay nah an sich heran; sie konnte sich nicht vorstellen, wozu. Ihre Gesichter waren nur noch wenige Zoll voneinander entfernt.

»Sehe ich ordentlich aus? Mein Publikum erwartet mich.« Seine Stimme hatte wieder den schleppenden Ton. Shay wischte ihm einen blutigen Fingerabdruck von der Schläfe und nickte. Kurz huschten seine Augen über ihr Gesicht. »Und du? Stelle ich dich als Jungen oder als Mädchen vor?« Diese Frage wurde beiläufiger gestellt, als das je jemand anders fertiggebracht hatte.

»Hier in London als Jungen. Für die Arbeit. Es ist Mädchen verboten, Botengänge zu machen.« Sie sah keinerlei Anlass, das näher auszuführen.

Er lachte. »Schön. Mir brauchst du nichts darüber zu erzählen, welche Rollen wir spielen.«

3

Man hatte die Pflastersteine draußen vor dem Theater mit Wasser abgespült, so dass sie sich als schimmernder Halbkreis vom Dreck der Straße abhoben. In kleinen Gruppen standen Zuschauer beieinander und ignorierten einander betont: hauptsächlich Dienstmägde und ein paar verfrüht aufgetauchte Huren. Etwas seitlich hatte sich sogar ein sittsames Trio eingefunden: adelige Damen, deren adrette Füßchen auf makellosen Stofftaschentüchern standen. Nonesuch schob den Hut tiefer ins Gesicht, doch das zog womöglich noch mehr Aufmerksamkeit auf ihn. Eine Welle von Fragen erreichte ihn: »Nonesuch, Nonesuch, was spielst du heute? Gibt es noch Karten? Nicht mal hinter der Bühne?« Alle redeten über Shays Kopf hinweg, als wäre sie gar nicht da.

Nonesuch hob die Hand und sagte: »Jetzt nicht, tut mir leid. Ich bin spät dran für die Probe.« Die Enttäuschung draußen war noch zu hören, als er und Shay sich bereits in die Dunkelheit des Theaters drückten. »Entschuldigung, das ist eben Berufsrisiko. Völlig verrückt, dass sie so früh herkommen.«

Sonderlich erbost schien er darüber nicht zu sein, und Shay fragte: »Warum hat das Theater denn keinen Hintereingang?«

Zum ersten Mal nahm sie bei ihm so etwas wie Verlegenheit wahr. Er antwortete: »Nun ja, ich glaube, es gibt wohl tatsächlich einen.« Die zweiflügelige Tür des Theaters schirmte den Lärm der Straße so vollständig ab, dass das Innere wie ein Kirchenraum wirkte. Shay schloss, dass diese Ankunft im Theater lediglich das Ziel gehabt hatte, sie zu beeindrucken.

Der Duft von Sandelholz und Weihrauch würzte die Luft. An der Decke hingen hoch über ihnen rußgeschwärzte Kandelaber, die aber so spärlich mit Kerzen bestückt waren, dass der Raum dämmrig wie ein Beichtstuhl wirkte. Nonesuch führte sie tiefer in den Zuschauerraum hinein, und allmählich nahm das Theater Gestalt an: zwei Galerien mit Logen rings um einen Raum, der so schräg angelegt war, dass man von jedem Platz aus gute Sicht hatte. Von hinten drang ein Lichtstrahl durch einen Spalt und erleuchtete eine hohe Bühne, wo ein Gedrängel von Jungen zu sehen war, die Texte rezitierten, sich gegenseitig übertönten. Im Mittelgang wurde gerade ein halbherziger Schwertkampf ausgefochten, und die Waffen klangen wie Glocken. Echte Schwerter, bemerkte Shay.

Nonesuch zog sie mit vor den Mund gehaltenem Finger in das Dämmerlicht, und die Schwertkämpfer unterbrachen ihr Gefecht. Er winkte einen zu sich herüber. »Wo ist Evans?«, fragte er.

»Draußen. Zählt sein Geld. Der braucht noch eine Weile.«

Der Junge, der die Antwort gegeben hatte, war unscheinbar und hatte ein schmales Gesicht. Seine Rüstung bestand aus dickem Papier, und aus der Nähe konnte Shay an den enger anliegenden Teilen Risse erkennen. Der Junge stellte die Spitze seines Schwertes auf seinem Schuh ab und drehte es, während er Shay musterte.

Nonesuch sagte: »Ruf mich, wenn er kommt«, und führte Shay auf die Bühne.

Der Junge rief ihm hinterher: »Oh, Mr Luzifer?« Nonesuch drehte sich grinsend um, und der Junge sagte: »Leider gibt's heute Abend keine Teufeleien. Sonderwunsch von irgendeinem von Evans Kumpeln. Du gibst heute Abend deine Cleopatra, Darling.«

Nonesuch blieb abrupt stehen. »Cleopatra? Wirklich? In zwei Stunden treten wir auf, und ich habe die Rolle seit dem Frühjahr nicht mehr gespielt. Da wäre ein bisschen Vorwarnung hilfreich gewesen.«

»Gib die Schuld nicht dem Überbringer der Nachricht. Die anderen lernen jetzt gerade ihren Text.«

Nonesuch schnappte sich einen der anderen Jungen und lud den Sack und den Eimer bei ihm ab. Sie gingen über die Bühne, und hinten öffnete Nonesuch eine schulterhohe Tür, durch die er Shay nach draußen schob. Sie hatten eine winzige Garderobe erreicht, höher als breit und im satten Braun von Bierresten gebeizt. Hier war es noch dunkler als im Zuschauerraum. In einer Ecke saßen zwei Jungen einander gegenüber und hörten sich Texte ab. Nonesuch zündete zu beiden Seiten eines silbern hinterlegten Spiegels Kerzen in den Wandleuchtern an und murmelte vor sich hin: »Cleopatra. Ich wette, das Kostüm stinkt wie die Pest. Und erst die Schminke! Du bleibst doch, oder?«

Die letzte Bemerkung war an Shay gerichtet, und sie stellte fest, dass sie nickte, ohne recht zu wissen, warum. Sie setzte sich neben einen zweiten Spiegel und beobachtete, wie Nonesuch sich bereit machte. Mit zwei Fingern schöpfte er eine dicke pflaumenfarbene Paste aus einem Tiegel und verschmierte sie über sein Gesicht. Nun folgten weitere: ein strahlendes Rot für Mund und Augen, das er so schlampig auftrug, dass seine Gesichtszüge entgleist zu sein schienen, und ein kränkliches Gelb für die Wangenknochen und Brauen. Währenddessen rezitierte er Text, allerdings so leise, dass Shay seine Lippen lesen musste, um die Wörter zu verstehen.

»Nie werden diese Augen mehr geschlossen, bis das Schwert des Zaubrers Herz durchstoßen.« Im Kerzenschein spannte sich Nonesuchs Gesicht an. Selbst vor dem Schminken waren seine Züge eine Augenweide: elegant geschwungen die Brauen und der Amorbogen, scharf gezeichnet die Wangenknochen und die Nase. Seine Haut hatte das cremige Weiß frischer Champignons, es war die Haut eines Gentleman. Shay wusste, dass einige der Blackfriars Boys die Söhne von Adeligen waren, die man dazu gepresst, bestochen oder schlicht entführt hatte. In gewissen wohlhabenden Straßen erregte der Anblick der mit schwarzen Federn geschmückten Pferde des Theaterbesitzers den gleichen Schrecken wie Gerichtsvollzieher an dem Ort, wo Shay aufgewachsen war. Nonesuch sprach gewählt, er zog sich noch gewählter an, und seine Hände sahen aus, als wäre ihnen harte Arbeit fremd. Doch Shay konnte ihn sich nicht als Sohn eines Gentleman vorstellen. Es war um ihn eine Bereitschaft zur Gefahr, die sie bei jemandem von wohlhabendem Stand noch nie gesehen hatte.

Weil der Raum so klein war und zudem überall Spiegel hingen, konnte Shay nicht umhin, auf den unbekleideten Nonesuch zu schauen. Ihre Gegenwart schien ihn ohnehin nicht zu stören. Sein Körper wirkte straff: weiße Haut und Muskeln wie Baumwurzeln. Schmal. Flacher Bauch. Er kleidete sich in Schwarz und Gold: schwarze Strümpfe, ein schwarzes Gewand und goldene Spangen an den Schläfen, Handgelenken und Fesseln. Im Spiegelbild verschwand sein Körper im Dämmerschein, während sein Gesicht leuchtete. Er hatte eine neue Geschmeidigkeit bekommen. Die Jungen in der Ecke fielen auf die Knie und beteten, hatten einander die Hände auf die Schultern gelegt. Nonesuch zog einem der Jungen mit der Spitze seines Schwertes die Kappe vom Kopf und senkte sie wortlos auf Shays Kopf. Jemand brachte schweigend Blumen, die von allen ignoriert wurden. Shay sah im Spiegel, wie ein Mohr eine Trompete polierte, sie hierhin und dorthin wendete, so dass sich das Licht darin spiegelte. Nonesuch verneigte sich still vor ihm. Der Mohr war, wie Shay mit prickelndem Vergnügen feststellte, der einzige Erwachsene hinter der Bühne. Als sich die Bühnentür wieder öffnete, spülte ein Schwall von Lärm einen der schwertkämpfenden Jungen von vorhin herein. Er sagte: »Nonesuch, es ist beinahe Zeit. Ich glaube, wir sind wieder ausverkauft. Westland und Rodrigo kommen gleich hinter die Bühne, um euch zu begrüßen.«

Nonesuch warf einen langen Blick auf sein Ebenbild im Spiegel und seufzte. »Diese verdammten Aasgeier. Warum können die nicht bis hinterher warten wie all die anderen Blutsauger?«

»Beschwer dich nicht, sie haben reiche Freunde mitgebracht. Jedenfalls: *scharfe Augen, stumpfe Messer.*«

Nonesuch wiederholte den Ausdruck und sagte: »Warte! Trussell, das hier ist mein Freund Shay. Von wo kann er zuschauen?«

Shay hatte nicht darum gebeten, zur Vorstellung bleiben zu dürfen. Trussell musterte sie mit dem fragenden Blick, mit dem alle sie Hunderte Male am Tag anschauten. Mit dem Blick, der die Frage stellte: »Wo kommst du her? Und wo darfst du hingehen?« Der Junge war schmal und knochig und hatte fischige Augen und störrisches Haar. »Alle guten Plätze sind leider vergeben, sogar die auf der Bühne. Es kann sein, dass du von hier aus zuhören musst.« Er war schon fast wieder weg, als er noch sagte: »Lesen kannst du wahrscheinlich nicht?«

Nun rang Shays Stolz mit dem Wunsch, unerkannt zu bleiben. »Doch, ich kann lesen.«

Sein Interesse war geweckt. »Du kannst richtig lesen? Du

könntest das hier lesen?« Er reichte ihr einen Packen lose gebundener Blätter. Shay blättert sie durch. Mit Tinte handgeschriebene Zeilen und Regieanweisungen, überall Anmerkungen mit Bleistift. Sie zog willkürlich eine Seite heraus. »Die Sterne laufen fort auf exaltierten Kreisen und zerren unser Schicksal wie von trunk'nen Pferdekarren.«

Trussell lachte. »Nun, das klingt jedenfalls genau wie der Mist, den ich hier jeden Abend zu hören bekomme. Meine Damen und Herren, mir scheint, wir haben ab jetzt einen Souffleur, genau wie ein richtiges Theater.«

Eine Glocke erklang, und Trussell drängte Shay eilends die Stufen hinunter und zwischen den Vorhängen hindurch, ehe sie noch Zeit gehabt hätte, Nein zu sagen. Als sie über die Bühne schritt, hatte sie bereits das Gefühl, ungeheuer aufzufallen. Vor ihnen glitzerte der Raum, und es lag ein unverkennbarer Hauch von Reichtum in der Luft: glitzernde Ringe und aufleuchtende kostbare Spitze. Die Zuschauer schienen von innen heraus zu leuchten. Eine Dame saß von zwei Dienern flankiert da, von denen einer Walnüsse für sie knackte. Eine weiß geschminkte Hure schimmerte einfach überall: Perlen im Haar, Perlen an den Ohren. Shay versuchte, den Anblick von Federn an den Hüten zu verdrängen, aber sie waren allgegenwärtig. Es war alles viel zu viel, als sei man betrunken. Sie konzentrierte sich beim Gehen auf ihre Füße, und ihr Schatten huschte über die Bühne. Im Theaterrund mussten wohl tausend Kerzen brennen, und jede einzelne spiegelte sich noch im Glanz von Gold und Leder und Diamanten und Spiegeln. Selbst entlang der Decke waren Kerzen in komplizierten Mustern an Drähten befestigt. Shay erkannte einen Teil der Formen: den Großen Wagen, den Gürtel des Orion.

Vorn an der Bühne war in der Mitte ein langer offener Kasten, aus dem ein Gesicht hochschaute. Trussell wies Shay an: »Da runter mit dir«, und sie schob ihre Beine durch die Öffnung. Hände packten sie von unten und drehten sie herum. Dort in der Tiefe fiel helles Licht auf eine niedrige Bank, Regale mit Requisiten und Bühneneffekten und eine blasse junge Frau mit einem langen Gesicht. Sie trug einen schwarzen, hochgeschlossenen Ganzkörperanzug und erschien Shay wie eine Gemme in einem Medaillon. »Was bist du denn für einer? Doch nicht etwa ein Souffleur?«

Shay versuchte, es sich bequem zu machen. »Ja, nun, sieht ganz so aus. Ich bin Shay. Sie haben mich rangekriegt. Aber ich hab das noch nie gemacht.«

»Na klar. Typisch. Egal, besser als gar nichts.« Ihr Stirnrunzeln ließ vermuten, dass sie das nicht ganz ernst meinte. »Ich hab jetzt zwei Wochen lang beide Posten gehabt. Ich bin Alouette: Licht und Requisite. Tut mir leid, dass ich keine Zeit habe, dir zu zeigen, wie's geht, aber es ist eigentlich ziemlich einfach. Du liest im Textbuch mit, was sie sagen. Wenn die da oben ihren Text vergessen haben, sollen sie ›Text‹ flüstern, doch meistens glotzen sie dich einfach nur wie Mondkälber an. Wenn sie ein, zwei Seiten überspringen, mach dir nichts draus, aber sag's ihnen hinterher.« Sie deutete mit ihrer Laterne. »Trussell musst du immer im Auge behalten, das ist der Junge, der dich hergebracht hat. Er spielt den Julius, und ich habe mit Lord Nonesuch gewettet, dass er dieses Jahr keinen einzigen Akt durchsteht, ohne einen Fehler zu machen. Leicht verdientes Geld.«

»Und was ist mit Nonesuch?«

Alouette schniefte begeistert. »Der? Weicht garantiert vom Textbuch ab, ich glaube, aus Prinzip. Aber das bedeutet nicht, dass man ihm soufflieren muss. Dieser Junge hat nicht das Problem, dass ihm die Worte ausgehen.«

Alouette machte es sich bequem. »Wir haben einen Souffleur, und der Vorhang geht nur mit einer Viertelstunde Verspätung auf. Heute muss mein Glückstag sein.« Sie schaute Shay fest an und sagte: »Scharfe Augen, stumpfe Messer.« Shay wiederholte es ein wenig verlegen.

Als die Kerzen gelöscht wurden, verstummten auch die Gespräche. Die Dunkelheit schien auf einmal schwer zu wiegen, als hätte sich der Raum mit Öl gefüllt. Eine Kulissenwand wurde auf die Bühne gefahren, ehe sich die Augen an die Dunkelheit gewöhnt hatten. Ein letzter, köstlicher Augenblick der Stille, ehe Alouette die Lampe vor ihnen anzündete.

Und da war es: der Bug eines Schiffes, der die Wellen durchpflügte. Aquamarinblaue Seide schlug Wellen über die Bretter. Es war gleichzeitig zutiefst unwirklich und völlig betörend. Alouette betätigte einen seitlich liegenden Blasebalg, dessen Düse auf den Bug gerichtet war, und schickte einen schimmernden Wasserstrahl hinauf. Shay hatte das Aroma der Tiefsee in der Nase, kein Land in Sicht. Das Schiff neigte sich den Wellen entgegen, und als es sich wieder erhob, stand Nonesuch an Deck und hatte die Hände in die Hüften gestemmt. Er war Cleopatra. Mit Vogelaugen und einer Pferdemähne. In schwarzer Seide, die das gekräuselte Licht des Meeres einfing, mit Gold an den Fuß- und Handgelenken. Gold, das zu schlicht für Schmuck, aber zu prächtig für Fesseln war. Er drehte sich ein wenig, so dass das Licht sein Gesicht in zwei Hälften teilte. Seine erste Textzeile war laut Shays Textbuch: »Die Wellen wissen um mein Schicksal und um Caesars Schicksal auch.« Doch er starrte nur schweigend ins Dunkel hinaus. Es hatte etwas Träumerisches: das Knarzen des Holzes, der Salzgeruch, der Kerzenschein und das gedämpfte Atmen. Shay zupfte Alouette am Saum. »Sollte ich?« Doch Alouette schüttelte den Kopf.

»Unsere Herzen gleichen Schiffen.«

Er sagte das nicht in der Manier, die sie von anderen Schauspielern gewöhnt war. Vielmehr warf er die Zeile der ersten Reihe des Zuschauerraums hin, so leise, dass sie sich ein wenig näher beugen mussten.

»Unsere Herzen gleichen Schiffen«, wiederholte er, »und ist des Lebens Wetter gut, so bilden wir uns ein, des Herzens Kapitän zu sein. Wir sind es, die den Kurs des Herzens steuern. Wir setzen Segel, auf zu neuen Landen. Wir erkunden.«

Er breitete die Arme weit aus und drehte sich, bis er beinahe völlig in der Dunkelheit verschwunden war. Ein winziges Glitzern leuchtete aus seinen Augen. Alouette blendete die Laterne ab, bis er kaum mehr als eine Stimme und ein goldener Schimmer war.

»Doch das ist Täuschung. Denn wenn echte Stürme aufzieh'n, so packen sie die Schiffe uns'rer Herzen und schleudern sie nach hier, nach da. Wir sind nicht Kapitäne mehr. Stattdessen hängen wir am lieben Leben, umklammern wir den Mast, wenn Winde um uns tosen.«

Er blies die Wangen auf gegen die Gischt. Sein Haar war feucht und wirr.

»Unsere Herzen gleichen Schiffen«, sagte er nun lauter, während Alouette den Blasebalg pumpte. »Und heute ist der Sturm gekommen. Der Sturm hat uns erreicht, und mein Herz, es ist verloren auf der mörderischen See.«

Shay blickte vergebens auf ihr Textbuch; kein einziges Wort dieses Monologs stand dort. Nonesuch richtete sich höher auf, streckte eine Hand aus und blies. Winzige Papierboote, so zart wie Distelwolle, strömten aus seiner Hand, und überall im Theater reckten sich Hände ins Licht hinauf. Dann löschte Alouette das Licht, und gleichzeitig fiel der Vorhang.

»Nun, ich denke mal, das war Szene eins«, sagte sie.

Das Theaterstück verlief mit traumgleicher Ungenauigkeit, und bei jeder Szene stand Nonesuch im Mittelpunkt. Cleopatra kam nach Rom, um für ihr Land zu bitten, spürte die Macht auf. Im einen Augenblick rollte Nonesuch, ohne dass ihn jemand berührt hätte, aus einem Teppich und landete, auf einen Ellbogen gestützt, im nächsten umschmeichelte er Rom wie ein Höfling. Caesars Rolle wurde von einem Bullen von einem Jungen gespielt, der sechs Fuß groß und so breit wie eine Tür war und dem die Toga nach oben rutschte, während sein Lorbeerkranz an den Schläfen abstand. Das machte nichts; denn er war ohnehin nur Hintergrund. Nonesuch bewegte sich in seinen Schatten und wieder heraus, sprach halb für sich und halb für die Zuschauer. Er wechselte zwischen den Geschlechtern hin und her, manchmal innerhalb eines einzigen Satzes. Sein Körper log und bettelte, schmeichelte und zappelte, und Shay stellte fest, dass er sie völlig umgarnt hatte. Wenn seine Worte sich wie Sturzbäche überschlugen, beschleunigte sich ihr Puls im Takt. Wenn er auf die Knie fiel, verkrampften sich auch Shays Eingeweide.

Sie verpasste ihre erste Souffliersstelle. Mitten in einer langen Rede hörte Trussell einfach zu reden auf. Shay hatte gerade vier Herren beobachtet, die am Bühnenrand auf Stühlen saßen, der Handlung so nah, dass sie die Hände hätten ausstrecken und die Schauspieler berühren können. Tatsächlich hatte einer mitten in einem Messerkampf sein Rapier herausgezogen und Trussell seine Mithilfe angeboten, was ihm ein paar halbherzige Lacher aus dem Parkett einbrachte. Zwei der Herren waren in ein Würfelspiel vertieft, und Shay war abgelenkt, bis ihr Alouette den Ellbogen in die Rippen stieß.

Bis sie die Stelle gefunden hatte, war bereits ein anderer Schauspieler eingesprungen und hatte die Rede übernommen. Sie überflog das Textbuch und stellte fest, dass das Ensemble ein ganze Passage ausgelassen hatte. Sie verfluchte sich. Alouettes Miene war im Dunklen nicht auszumachen, aber Shay war sicher, dass sie ein wenig von ihr abgerückt war. Sie hatte jedoch noch andere Gelegenheiten zum Soufflieren. In einem langen Monolog kam ein Soldat einen Augenblick ins Stocken und biss sich auf die Lippen. Sie flüsterte ihm seine Zeile zu, und er nahm ohne Pause den Rest seines Monologs wieder auf. In der nächsten Szene wimmelte es im Text vor Korrekturen, und die Schauspieler vergaloppierten sich dreimal. Jedes Mal stupste Shay sie wieder auf den rechten Weg zurück.

Gegen Ende des Akts ging Nonesuch von der Bühne und mischte sich ins Publikum. Im Vorübergehen ließ er seine Finger über nackte Schultern gleiten. Er flüsterte einem Gentleman etwas ins Ohr, was ihm ein Erröten einbrachte, und er setzte sich Zuschauern auf den Schoß. Er wirkte ungeheuer verletzlich inmitten all der Gewichtigkeit und des Luxus der Gentlemen, und als die Pause kam, merkte Shay, dass sie die Luft angehalten hatte. Sie war schweißnass.

Rasch schlüpften nun die schwarz gekleideten Jungen des Chors auf die Bühne, und die Musikanten über ihren Köpfen setzten ein. Fidel, Laute und Handtrommel wanden ihre Ornamente umeinander, bis endlich eine lässige Folge von Trompetentönen erschallte und wie auf Zehenspitzen über diese klingende Brücke getrippelt kam. Der Mohr stand hinter der Bühne aufrecht zwischen seinen sitzenden Kollegen und sprudelte verschlungene Wellen aus duftig perlenden Noten hervor.

Shay fragte: »Ist Nonesuch wirklich von adeliger Geburt? Ich kann überhaupt nicht ausmachen, woher er kommen könnte.«

Alouette richtete die Laterne auf sie. Das Licht war blendend hell. Sie schaute finster und entspannte sich dann. »So sagt man. Träge wie ein Gentleman ist er jedenfalls. Und er hat Geschmack an den feineren Dingen. Aber ich habe ihn noch nie über seine Vergangenheit reden hören.« Sie überdachte die Frage erneut. »Man munkelt, dass er aus einer sehr reichen Familie entführt wurde.«

In Ewell gab es einen Nonesuch Palace. Eine Nonesuch Hall. Es war ein Name aus Stein und Glas. »Aber eine vermögende Familie hätte doch sicher die Macht, ihn zurückzuholen. Der Besitzer, dieser Evans, kann nicht unantastbar sein.«

Alouette arbeitete, während sie sprach. »Evans hat bei der Königin Gehör gefunden. Wichtiger noch, er hat das Königliche Privileg. Wer weiß, was da geschehen ist. Vielleicht ist Nonesuchs Familie in Ungnade gefallen, vielleicht war dies eine ersten Warnung. Aber mit Verwandten habe ich Nonesuch nie gesehen, also könnte alles purer Unsinn sein. Frag ihn lieber nicht.«

Shay nickte und spürte dann die Hitze, als Alouette die Laterne auf sie richtete. »Im Ernst, frag ihn nicht. Sie haben so wenig, diese Jungen.« Nun kletterte die Trompete des Mohren eine Tonleiter hinunter, um atemlos in der Stille zu landen, und Alouette ließ die Laterne langsam verlöschen. »Dies hier ist jetzt seine Familie.«

Der zweite Akt begann mit einem langen Monolog von Nonesuch. Nun lag ein Gewicht in seinen Worten, das Shay vorhin nicht bemerkt hatte. Seine Stimme war wie eine Klinge, die jemand wieder in die Scheide zurückgesteckt hat, eine Taube, die zum Taubenschlag zurückkehrte. Und Alouettes Beleuchtung verdoppelte, verdreifachte seine Stimmgewalt noch. Ihre Lampen waren verspiegelt und gerichtet, und ihre Lichtstrahlen trafen immer auf das Gesicht von Nonesuch. Sie konnte die Helligkeit verringern oder strahlender machen, seine Züge flach erscheinen lassen oder ihn in den Schatten verbannen. Sie spielte mit dem Licht wie Nonesuch mit den Worten. Die beiden zwangen der Luft selbst ihren Willen auf. Einmal stand Cleopatra allein auf einem sturmumtosten Berg, und Alouette schob ein rissiges Zinnblech vor eine Lampe, warf irgendeinen gräulichen Brocken dahinter und zündete ihn an, als die Szene ihrem Höhepunkt entgegenstrebte. Ein greller Blitz flammte auf, und im Souffleurkasten wallte eine beißende Rauchwolke auf, doch auf der Bühne war die Wirkung unverwechselbar: Ein Blitz zerriss die Kulisse von der Decke bis zu den Bühnenbrettern und fixierte Cleopatras Qual einen Augenblick lang in gleißend weißem Licht. Alouettes Gesicht war angespannt, bis man einen Chor von staunendem Keuchen vernahm, dem ein so donnernden Applaus folgte, dass Nonesuch seinen Monolog unterbrechen musste. Shay war so in das Spiel hineingezogen worden, dass sie erst, als sie eine Seite umblätterte und sah, dass die nächste Seite leer war, begriff, dass das Theaterstück zu Ende war.

Selbst wenn sie oben auf der Bühne gestanden hätte, glaubte Shay nicht, dass sie erschöpfter hätte sein können. Atemlos saß sie da, während Alouette ihre Sachen aufräumte und das Plaudern der Menge hinter ihnen verebbte. Alouette packte allerlei in eine schlau ausgedachte Holzkiste mit Schubladen, die sich auffächerten und vielerlei Dochte enthielten, manche fingerdick, andere fadenzart. Eine mit Blei ausgekleidete Lade war mit Papierbriefchen vollgepackt, die nach Schießpulver rochen. Die Zinnschablonen, die vor die Lampen gesteckt wurden, passten in eine Reihe von Führungsschlitzen, und Alouette las die Namen vor, während sie

sie zurückschob. »Morgendämmerung, Sturm, Abenddämmerung, Schlacht, Hölle.« Sobald die letzte Schablone wieder im Kasten war, wandte sich Alouette zu Shay. »Also? Wie war's?«

»Ich fand es wunderbar.« Das stimmte. Shay fühlte sich ganz schwer vom Gewicht des Dramas, war noch trunken davon. »Es tut mir so leid, dass ich meine erste Stelle verpasst habe.«

Alouette nickte. »Du musst sie mindestens einmal hängen lassen, sonst machen sie sich überhaupt nicht die Mühe, ihren Text zu lernen.«

Alouette hatte einen Akzent, der Shay nicht bekannt war. Rund, aber hart, wie Steine in einem Fluss. »Wo kommst du her?«

Alouette sagte etwas in einer Sprache, die Shay nicht verstand, und antwortete dann: »Aus Flandern, aus der Nähe von Gent.«

Shay wusste nicht viel über Flandern, nur ein bisschen was über Anna von Kleve und etwas über flämische Sumpfrohrsänger, beides keine gängigen Gesprächsthemen. Sie versuchte es anders. »Was hat dich nach London gebracht?«

»Was bringt alle hierher? Arbeit. Ganz bestimmt nicht das Essen.«

Shay spürte, dass Alouette hin und her gerissen war, ob sie reden und übereifrig erscheinen oder schweigen sollte. Sie wünschte sich, dieses Mädchen würde sie gernhaben, sie wollte wieder hierher eingeladen werden. »Die Laterne und die … Tricks, hast du das alles selbst ausgedacht?«

»Ja, das sind alles meine Tricks. Ich stamme aus einer Familie von Uhrmachern, das liegt mir im Blut. Und das sollte nur der Anfang sein. Wenn Evans auch nur ein bisschen vorausschauend wäre, würde ich dieses Theater in einen Palast der Wunder verwandeln.« Der Zuschauerraum war beinahe leer – hier und da waren noch Gesprächsfetzen zu hören und dahinter irgendwo das Wischen eines Besens.

Shay fragte: »Was für Wunder?«

Alouette zögerte keine Sekunde. »Ein hell loderndes Feuer, das nicht verkohlt, ein Meer, das sich über Meilen erstreckt. Wälder aus Kristall. Atlantis, das aus den Wogen auftaucht.«

Jeder Satz jagte neue Bilder durch Shays Gedanken, und sie ließ allen ihren Raum, während Alouette weiter aufräumte. Sie arbeitete schweigend, aber als sie fertig war, fragte sie: »Möchtest du nach unten in den Schlafsaal gehen und dich verabschieden? Die Jungen sollten sich zumindest bei dir bedanken.«

In dem Raum roch es nach Moschus, Schweiß und billigem Parfüm. Shay setzte sich auf eine Bettkante und staunte, dass man eine solche Vorstellung einfach so ablegen konnte. Jungen, die noch Minuten zuvor schmollmündige ägyptische Mägde gewesen waren, rauften nun um Spielzeug und spielten Karten. Jungen machten Jungensachen in Jungenmanier: grob und sorglos. Alles war hier zu klein für sie, sie waren wie Pflanzen, die aus ihren Töpfen herauswuchsen. Die meisten lagen auf schmuddeligen Betten, unter denen sich Staub angesammelt hatte, und ein Junge las theatralisch laut vor. Bei einigen Worten kam er ins Stolpern, und jemand warf eine zusammengeknüllte Strumpfhose nach ihm. In den Ecken hatte sich aller mögliche Trödel angesammelt: eine Trommel mit geplatztem Fell, Berge von Kleidungsstücken, ein Holzschwert. Am anderen Ende führte eine Leiter zu einem mit einem Vorhang abgetrennten Hochbett. Alouette rief hinauf: »Nonesuch, kommst du mal von deinem Kreuz heruntergestiegen?« Eine Hand schlüpfte zwischen den Vorhangbahnen heraus und zeigte zwei Finger. Alouette war ungerührt. »Dann komme ich mit meinem Lappen und dem Essig hoch.«

Nonesuch steckte den Kopf heraus, und gleichzeitig wallte eine Rauchwolke heraus. Er erhob eine Hand. *Warte*.

Nonesuch schlängelte sich auf die Leiter hinaus. Er trug noch das Kostüm aus der Vorstellung, sein Haar war dunkel vom Puder. Den größten Teil der Schminke hatte er sich bereits abgewischt, doch ein paar violette und rote Krusten klebten noch im Gesicht: hinter dem Ohr, an den Augenbrauen, in der Falte zwischen Nasenflügeln und Wangen. »Wie war ich?«

Alouette lachte. »Ich hab schon Besseres gesehen. Bei der Meeresszene musst du weiter nach vorn kommen. Sonst wirkt der Regen zu mächtig.«

Nonesuch tat die Kritik mit einer Handbewegung ab und richtete ein fragendes Lächeln an Shay.

»Es war … zauberhaft.« Sie war noch wie vom Schlag getroffen.

»Danke. Du warst auch ziemlich gut. Könnten wir dich dazu überreden, uns noch einmal zu besuchen? Vielleicht sogar morgen? Ich glaube, ich kann Evans als Bezahlung für dich einen Tuppence pro Vorstellung aus den Rippen leiern.«

Ein Tuppence. Das war mehr, als sie für einen ganzen Nachmittag Botengänge bekam. Sie gab vor, darüber nachzudenken, obwohl sie auch ohne Bezahlung zurückgekommen wäre.

Nonesuch trat gegen ein Tischbein. »Jedenfalls ist hier der Bursche, der dir danken sollte, weil du ihm schließlich den Arsch gerettet hast.«

Trussell zeichnete mit Hochgeschwindigkeit. Mit der rechten Hand trommelte er auf den Tisch, während seine

Linke zügig an einer Skizze arbeitete, die rasch Form annahm. Eine nackte Frau, die auf einer Couch lag, den rechten Arm nach hinten geworfen, den Kopf abgewandt. Ihr Haar hing lose, und Perlen akzentuierten ihre Nacktheit. Shay vermutete, es könnte die Hure sein, die sie vorhin im Publikum gesehen hatte. Über beinahe jedem Bett hingen Skizzen, und alle schienen Trussells Arbeit zu sein. Da waren Mädchen und Frauen in schwanengleichen, geschmeidigen Posen. Riesige Bären kämpften mit Hunden und Wölfen, ein Stier hatte einen Gentleman auf die Hörner genommen. Bei den kleineren Jungen hingen unschuldigere Bilder: schlafende Hunde und ländliche Katen, Mütter und Väter, und bei einem der Jungen eine herzzerreißende Mischung aus Aktzeichnungen und Kätzchen mit riesigen Augen. Trussell schloss seine Skizze mit elegantem Schwung ab, blickte auf und merkte erst jetzt, dass jemand mit ihm geredet hatte. Er errötete. »Oh, tut mir leid. Ja, danke, Shay.«

Sie nahm die Zeichnung. *Ich bin nur einer von den Jungen,* sagte sie zu sich. »Das ist wunderschön«, sagte sie. »Ist das die Frau aus der Loge von vorhin?«

»Ja. Ich konnte sie nicht richtig anschauen.« Es war ihm peinlich, überlegte sie. »Du kannst es behalten.«

Sie musste ihm etwas dafür anbieten. »Was schulde ich dir?«

»Nichts. Du hast mich vorhin mit deinem Soufflieren gerettet. Danke.« Dann flackerte ein Gedanke in ihm auf. »Oh, du könntest doch etwas für mich tun. Du bist doch ein Flatterer, nicht?« Er errötete wieder. »Tut mir leid, ein Aviscultarier.«

Shay wurde das Herz schwer. Sie wusste nicht, wie sie sich verraten hatte. Über ihre hochstehenden Haarschöpfe hatte sie doch die geliehene Kappe gezogen, also hatte er wohl einen Blick auf die Sperlinge erhascht, die innen auf ihre Handgelenke tätowiert waren. Zu spät zerrte sie ihren Ärmel weiter herunter. Nun würden die Fragen hereinprasseln. Betete sie wirklich Vögel an? Konnte sie mit Elstern reden? Konnte sie *fliegen*?

Sie versuchte, sich die Besorgnis aus dem Gesicht zu wischen, und sagte: »Ja, bin ich.«

Trussells Nasenflügel zuckten. Er hatte etwas von einem Kaninchen. »Und du hast die Schicksalskarten?«

Alle wussten, dass Flatterer gleichbedeutend mit Wahrsager war. Und alle glaubten, dass Wahrsagen gleichbedeutend mit Karten war. Shay konnte recht ordentlich Karten lesen, wenn es sein musste, aber verglichen mit den wirklichen Mysterien waren Karten Kinderkram. Doch sie war ja hier Gast.

»Natürlich«, antwortete sie und tastete in ihren Taschen nach den Karten. »Denk an eine Frage, die dich verzehrt.« Sogar diese rituellen Worte schmeckten schal.

»Nein, tut mir leid, ich habe nicht gemeint, dass du mir die Karten lesen sollst.« Er schaute sich im Raum um: das Stimmengewirr, der Staub. »Ich bin mir nicht sicher, ob ich im Augenblick wissen will, wie meine Zukunft aussieht. Aber ich würde sehr gern die Zeichnungen auf den Karten sehen.«

Shay reichte ihm den Packen. Trussell fächerte die Karten auf und sah sie durch, gluckste unwillkürlich, wenn ihm welche gefielen.

»Das ist …«, sagte er, als er eine Karte herauszog, die einen leeren Wagen zeigte, den seibernde Hunde rasend schnell durch die Nacht zogen. »Das ist wunderschön. Wer hat die gemalt?«

Shay hatte nie darüber nachgedacht, dass jemand diese Karten geschaffen hatte; sie waren schon immer Teil ihres Lebens. »Ich bin mir nicht sicher, tut mir leid. Die sind schon seit Jahren bei mir zu Hause. Ich habe noch andere. Möchtest du die hier behalten?«

»Das kann ich nicht.« Doch nun wühlte er mit beiden Händen im Stapel, drehte willkürlich einzelne Karten um. Hungrig wanderten seine Augen über die Oberflächen, und Shay verspürte instinktiv, dass sie ihn glücklich machen musste. *Sie haben so wenig.*

»Wie wäre es, wenn ich die Karten hier bei dir lasse? Du würdest mir einen Gefallen tun.«

»Oh. Das wäre ... das wäre so nett.« Während Trussell noch sprach, konnte er die Augen nicht von den Karten wenden. Sein Blick huschte über sie hin wie die Flammen über Papier. Er drehte drei Karten rasch nacheinander um, und Shay las sie wie im Reflex.

Kelche Fünf. Stäbe Fünf. Schwerter Drei: Eifersucht. Zwietracht. Verlust.

Als Shay und Alouette wenig später wieder draußen waren, hatte sich die Kälte hart über die Stadt gesenkt. Sie standen unter der Dachtraufe, wo junge Frauen noch gereizt im Regen verharrten und warteten. Fahrer steuerten Kutschen, die über das Kopfsteinpflaster rumpelten, und Männer sprangen auf die Trittbretter, riefen Fahrtziele: Spielhöllen, Tavernen, Kegelbahnen. Auf dem Weg aus dem Theater hatte Alouette noch mehr Kisten eingesammelt. Sie wankte ein wenig unter dem Gewicht.

»Das war sehr nett von dir, vorhin mit Trussell«, sagte sie. »Die Karten werden sein wertvollster Besitz sein. Brauchst du sie wirklich nicht?«

Shay schüttelte den Kopf. »Das ist nur Spielzeug.« Gewöhnlich ließ sie jegliche Erwähnung ihres Lebens zu Hause an den Stadttoren zurück, doch Alouette, die Herrscherin über Explosionen, Pulver und Lichter, gab ihr das Gefühl, ganz gewöhnlich und normal zu sein. »Wirklich wahrsagen kann man nur draußen in der freien Natur, mitten unter den Vögeln.« Sie deutete nach Osten. Alouette würde Birdland lieben, da war sich Shay sicher. Der Tempel, den Shays Leute da draußen errichtet hatten, um die Vögel zu beherbergen und dort anzubeten, war mindestens so spektakulär wie alles, was man auf der Bühne von Blackfriars zaubern konnte.

Shay schaute sich um. Regen, der auf dem Lack der Kutschen glänzte, der Duft von Parfüm. Messingknäufe an Türen und die Musiker, die zum Auszug spielten. Geld überall. Sie würde spät nach Hause kommen, aber zwei Pence in der Tasche würden den Zorn ihres Vaters besänftigen. Sie versuchte so leichthin wie möglich zu sprechen. »Also, ich werde tatsächlich bezahlt?«

Alouettes kaum merklich hochgezogene Augenbraue war ein deutliches Zeichen, dachte Shay. Sie war so wohlhabend, dass ein Gespräch über Bezahlung ihr vulgär erschien. Sie zog ihren Kragen höher. »Ja, natürlich, ich denke schon. Morgen rede ich mit Forster, der wird das für dich regeln. Ich glaube, Nonesuch hat einen Tuppence gesagt.«

Sie schien zum Aufbruch bereit, doch irgendetwas an Shays Stimme musste zu ihr durchgedrungen sein. Vielleicht hatte sie auch bemerkt, dass Shays dünnes Hemd gegen die Kälte nur sehr wenig ausrichten konnte. »Ich könnte dich jetzt bezahlen, und wir regeln die Einzelheiten morgen?«

Im Nu hatte Shay ihr die regennasse Hand hingestreckt.

4

Schlag sechs brach ein Regensturm los, als alle in der Stadt langsam nach Hause sickerten. Während Shay, vom Gesang der Betrunkenen und dem Rauschen des Regenwassers auf den Straßen begleitet, nach Süden ging, hatte sie die Hand fest über die Pennys in ihrer Tasche gelegt. So unauffällig wie möglich – Hände in den Taschen, ebenso wenig an den anderen Passanten interessiert wie alle – ging sie mit leichten Schritten zum Buttolphe Wharf. Dort wartete sie im Schatten, während die Passagiere aus der Dunkelheit auf die regennassen Bretter des Kais traten. Nebelfetzen stiegen auf, und die Lichter von Southwark am anderen Flussufer leuchteten auf und verloschen wieder. In der Ferne erhellten Feuer die letzte Bärenhatz des Tages. London kam nie zur Ruhe. Links von Shay durchschnitt das Rauschen des Wasserrads an der Brücke den Nebel, und rechts konnte sie gerade eben die Windmühlen von Horsleydown erkennen. Alles war rastlos in Bewegung. Shay hockte sich im Windschatten einer Mauer hin; vom Boot ihres Vaters war noch keine Spur zu sehen.

Über ihr erhob sich das Skelettgerüst eines neuen Turms über den Resten eines Klosters. Arbeiter riefen einander zu, manche auf Englisch, manche auf Flämisch. Die Mönchszellen hatte man in Häuser umgewandelt, und nun wurden die Steine der Umgrenzungsmauer in einem Turm verbaut, der zusätzliche zwanzig Zimmer hinzufügen würde. Jeder Tag brachte weitere Bauvorhaben in die Stadt. Häuser wuchsen um Stockwerke, an den Straßen entlang sprossen ganze neue Stadtviertel. Rings um die Tore schossen Slums wie Pilze aus dem Boden. Es hieß, dass jeder Stadtplan nach den sechs Monaten, die man zum Zeichnen brauchte, bereits wieder hoffnungslos veraltet war. Wind und Wasser, Feuer und Stein: London fraß alles. Spannte alles für sich ein, stürmte tosend voran, gleichermaßen Fluss wie Stadt.

Shay lauschte auf das Flüstern des Flusses, auf das Gurgeln des Regenwassers in den Rohren, auf die leisen Gespräche der wartenden Ruderer. Wären die Rufe der Passagiere nicht gewesen – »Nach Westen« oder »Ruderer, hierher!« –, sie hätte schlafen können. Allmählich lichtete sich die Menge, und die verbliebenen Leute verschwammen entweder im Nebel, oder sie waren benommen vom Alkohol.

Zweimal schlugen die Glocken, während Shay wartete. Lonan kam zu spät. Das Wasser war grau wie Holzrauch, und in der Ferne wurden Laternen entzündet. Dann schälte sich endlich ein vertrauter Bug aus dem Dunst. Im düsteren Licht sah die weiße Farbe des Schwanenboots grau aus, und das Galion war nicht zu sehen, aber Shay kannte seinen geschwungenen Verlauf. Ihr leiser Pfiff kam als Echo zu ihr zurück. Mühsam rappelte sie sich aus ihrem Versteck hoch und bewegte die Beine, bis wieder ein wenig Gefühl in ihre Füße zurückgekehrt war. Vorsichtige Schritte über die nassen Planken, und dann – zu spät – erstarrte sie. Drei Männer, dem Schnitt ihrer Kleider nach zu urteilen Gentlemen, standen am Ufer. Shay hatte sie nicht kommen hören, also mussten sie wohl über das Vorland gekommen sein; ein paar Straßen weiter war eine Spielhalle.

»Ruderer! Verdammt nochmal, Ruderer!«, brüllte einer über den Fluss hinweg. Wie zur Antwort glitt das weiße Boot aus dem Dunst heran, aber die Gentlemen starrten flussaufwärts. Shay hielt sich im Schatten und ging auf Zehenspitzen zum Kai. Sie schob sich vorsichtig zur Bretterkante und fing das Tau, von dem sie wusste, dass es vom Boot aus herübergeworfen würde. So leise wie möglich schlang sie es um den eisernen Ring. Ihr Vater stand mit dem einen Fuß auf dem Boot und mit dem anderen auf dem Kai, um das Schiff näher zum Ufer zu ziehen. Er sprach kein Wort. Das Boot hatte den Kai kaum berührt, als Shay schon nach dem Tau griff. Da trat ein Stiefel ihr leicht auf die Finger. Ein sanfter Druck, doch genug, um sie wissen zu lassen, dass sie sich besser nicht bewegen würde.

»Was haben wir denn da?« Der Mann zog seinen Stiefel zurück und ging in die Hocke, legte eine Hand über Shays Finger. Wieder war es eine sanfte Berührung, als müsse er ihr gleich eine schlechte Nachricht überbringen. Er rief dem Bootsmann zu: »Hast du nicht gehört, wie ich ›Ruderer‹ gerufen habe?« Seine Augen musterten Shay. Der Blick war scharf; der Mann war nicht so betrunken, wie sie gehofft hatte.

Vom Wasser her erschallte eine Stimme; ihr Vater übertrieb seine Schwäche. »Ich habe es gehört, Sir. Aber dies ist kaum ein Boot für eine feine Gesellschaft wie die Eure. Für drei Bauern wäre es schon ein Gedränge, dann erst recht für drei Gentlemen. Ich dachte, dass ich diese junge Dame über den Fluss fahre, und Ihr würdet vielleicht einen Flusskahn nehmen? Es sind noch sehr viele auf dem Wasser. Mit Kissen und Überdach. Manche haben sogar ein Fässchen Rum gegen die Kälte an Bord.«

»Junge Dame, sagtest du?« Der Mann schob Shays Kappe nach hinten. Was er da sah, überraschte ihn nicht. »Nun, ich glaube, wir können selbst entscheiden, ob dein Boot uns alles bietet, was wir zu unserer Unterhaltung brauchen. Und wir könnten vorher noch einen Umweg machen und diese junge Dame irgendwo unterwegs absetzen.«

Shay erstarrte. Es wäre die beste Lösung, wenn sie allein ins Boot stieg. Die nächstbeste, dass die drei Männer das Boot nehmen und sie hier an diesem Ufer schlafen müsste. Alle fünf zusammen im Boot, das wäre wirklich das Schlimmste. Eine furchterregende Erwachsenenentscheidung: Wenn sie sich jetzt wehrte, wäre es dann wahrscheinlicher, dass der Mann das Boot nähme oder nicht? Ihr Vater zögerte und fiel dann auf die Knie. Sie sah, wie steif seine Beine waren und wie schmerzlich er zusammenzuckte. Er hielt eine Laterne nah an sein Gesicht und riss die Augen weit auf. Zwei marmorierte Augäpfel, gefleckt und tief, wie geronnene Milch. Die Pupillen waren irgendwo im Inneren verborgen wie Fische unter dem Eis der Themse. Lonan rollte sie nach links und rechts; lustig, es sei denn, man wollte diesem Bootsmann sein Leben anvertrauen.

»Wie Ihr wollt, meine Herren. Vielleicht wärt Ihr dann so freundlich, mich auf kleinere Hindernisse im Wasser aufmerksam zu machen, die größeren erkenne ich noch recht gut.«

Johlendes Gelächter erschallte von einem der Begleiter des Mannes. »Oho, ich hätte nicht gedacht, dass der Heimweg der gefährlichste Teil des Abends sein würde. Wer außer dir hätte eine Schlampe finden können, die wie ein Lehrjunge aussieht, und einen blinden Fährmann noch dazu.«

Der Mann schaute von Shay zu ihrem Vater und zurück zu seinen Begleitern. Er nahm seine Finger von den ihren und behielt sie im Auge, während er sie mit der Hand auf dem Hinterteil ins Boot schubste. Dann trat er mit gelangweilter Miene den Kahn vom Kai weg. Das Tau lief Shay durch die Hände, und im Nu hatte der Dunst die Gestalten verschluckt.

Vom Ufer war nun erneut das Rufen zu hören: »Ruderer! Ruderer! Nach Westen! Ruderer, verdammt nochmal.«

Als Shay im Boot zusammensackte, geriet es ins Schaukeln. »Es tut mir leid, Vater«, sagte sie. »Ich habe geglaubt, der Kai wäre leer.«

Er hatte ihr den Rücken zugewandt. »Nein, es war auch meine Schuld. Ich habe Stimmen gehört, aber gemeint, sie kämen von östlich des Kais. Das liegt an diesem Nebel.«

Shay begann zu rudern, während ihr Vater mit einem langen Ruderblatt steuerte. Er stand hoch aufgerichtet da, die Nase schnuppernd in die Luft gereckt, und nahm die Schwingungen des Wassers wahr. Er konnte die Gezeiten besser lesen als jeder andere auf dem Fluss, und Shay bewunderte, wie fein seine Bewegungen waren. Sie querten den Fluss, hielten auf das südliche Ufer zu, wo weniger Verkehr herrschte. Lonan stieß eine Reihe von leisen, blubbernden Pfeiftönen aus, und gelegentlich ertönte ein Ruf als Antwort. Etwa fünfzig Yards entfernt rief eine vom Nebel eingehüllte Stimme: »Bist du das, Lonan?«

»Ja. Ich habe dich den ganzen Abend über nicht gesehen, John. Ist dein Boot leer?«

»Ja. Ich war draußen in Westminster, aber eine Fuhre wäre noch schön, ehe ich mich auf den Heimweg mache.« Der Mann war nicht zu sehen, doch Shay konnte den Rhythmus der Ruder hören, mit denen er das Boot am Platz hielt.

»An Buttolphe Wharf warten drei Gentlemen. Recht reich, wollen Richtung Westen.«

Shay hörte keinen warnenden Unterton in der Stimme ihres Vaters, doch der unsichtbare Mann lachte. »Aber?«

»Sie waren beim Glücksspiel, und ich bin mir nicht sicher, ob damit ihre Vergnügungen für heute Abend schon beendet sind.«

Es herrschte Schweigen, während die Worte ihres Vaters noch in der Luft hingen.

»Danke, Lonan. Für Spielchen ist es mir zu spät am Tag. Ich denke, ich versuch's woanders.«

Nach Süden auf das Flussufer zu. Die Brücke war wie ein Wort, das einem auf der Zunge lag: Sie war nah, entzog sich aber. Schlafende Schwäne tauchten aus dem Dunst auf und verloren sich wieder im Dunst. Das Boot näherte sich bis auf einen Yard einem männlichen Schwan, der den Schnabel unter die Flügel gesteckt hatte. Shay sah, wie sich ein schmales Auge öffnete und schloss. »Die Vögel sind Götter«, flüsterte sie. Südlich des Flusses gehörte die Welt den Tieren. Lonan brachte sie so nah an Southwark heran, dass sie das Blöken der Schafe hören konnten. Ein unglückseliger Landmann war nach Schließung der Brücke angekommen und würde heute Nacht im warmen Herzen seiner Herde schlafen müssen. Bei den reicheren Anwesen am Ufer bellten die Wachhunde, während bei den ärmeren Gänse zischten. Nach Osten flussabwärts: Stierschreie und das Schnaufen und Brüllen von Bären. Die Belustigungen des morgigen Tags machten auf sich aufmerksam, vielleicht zum letzten Mal.

Lonan sagte: »Du bist heute spät dran – ich bin schon ein paarmal vorbeigekommen. Wir kommen gerade noch rechtzeitig zur Murmuration.« Shay wusste, dass er sich Mühe gab, den Vorwurf aus seiner Stimme zu halten.

Sie antwortete: »Ich habe eine neue Arbeit gefunden. Eine merkwürdige Tätigkeit, aber ich bekomme zwei Pence dafür. Ich strenge mich jetzt noch mehr an, und dann sind wir vor den Staren da.« Ihr Vater lehnte sich gegen die Ruderpinne, um das Boot ein wenig vom Ufer wegzusteuern. Das stachelige Gewirr eines Nests von Wasserhühnern klumpte unter überhängenden Wurzeln.

»Hast du unterwegs Vögel gesehen?«, fragte er.

Sie würde den Vogelladen nicht erwähnen, denn dann würde er sich Sorgen machen. Stattdessen erzählte sie ihm von den beiden Wanderfalken, die sie bei der Gray's Inn Road erspäht hatte. Ihr Herz war vor Freude gehüpft, als sie die Greifvögel sah, nicht so sehr um ihrer selbst willen, sondern weil sie ihrem Vater später davon erzählen konnte. Wanderfalken waren schon lange seine Lieblingsvögel, und inzwischen waren sie in der Nähe der Stadt selten geworden, jetzt, da London so laut war und unter einer Rauchglocke lag. Shay sagte: »Karren, die aus dem Norden kamen, haben die Wühlmäuse auf die Felder getrieben, und die Wanderfalken haben stundenlang gejagt.« Sie wünschte, sie könnte zum Ausdruck bringen, wie sich der Vogel vor ihren Augen verwandelt hatte. Sie wünschte, sie könnte den Übergang beschreiben von einem Wesen, das in der Luft schwebte, zu einem Wirbel der Gewalt, der sich nach unten stürzte, sich drehte und beschleunigte, bis die Krallen nach vorn schossen, der Vogel über den Boden schleifte und mit etwas Schlaffem in den Klauen wieder abhob.

»Sie sind schneller als der Tod, weißt du?«, sagte Lonan, während er das Boot auf eine Tidenströmung zubewegte. Shay hatte das schon viele, viele Male von ihm gehört, aber sie konnte es immer noch einmal hören.

»Wir Menschen bewegen uns hier auf der Erde am schnellsten auf dem Rücken der Pferde. Bis zu dreißig Meilen in der Stunde. Die einzigen Menschen, die schneller waren, waren diejenigen, die zu Tode gestürzt sind.« Sein Lachen klang wie das Knarzen der Ruder. »Ja, wirklich, die schnellsten Menschen waren die auf dem Weg in den Tod. Um fünfzig Meilen in der Stunde zu erreichen, müsstest du dich von einer Klippe stürzen. Aber deine Wanderfalken heute! Sechzig Meilen! Sechzig Meilen in der Stunde! Sogar schneller als der Tod!«

Er schnupperte die Luft. Jetzt waren sie östlich der Stadt. Nun waren Landgerüche an die Stelle des Gestanks nach Rauch und Ale und Abwasser von Southwark getreten. Shay ruderte kräftiger, bis sie den Schweiß kühl auf der Haut spürte.

Später überlegte sie, dass sie besser weiter über die Vögel geredet hätten. Lonan steuerte sie um die Wirbel am Wassertor des Placentia Palace herum. Sobald sie wieder in ruhigerem Gewässer waren, hatte sich seine Stimme verändert. »Weißt du noch, wie wir hier hineingesprungen sind, als wir frisch verliebt waren, meine Liebste? Unter diesen Kähnen sind wir hindurchgeschwommen.«

Shay hörte auf zu rudern. Es war nichts Ungewöhnliches, dass Lonans Gedächtnis vom Anker glitt, wenn sie zu Hause waren. Manchmal redete er mit ihr, als wäre sie Ava, ihre Mutter, die nun schon elf Jahre tot war. Gewöhnlich erinnerte sie ihn, wenn das geschah, sanft daran, mit einer Stimme, wie man sie vielleicht bei einem Hund verwendete. »Mutter ist nicht mehr da, Vater. Ich bin es, Shay, deine Tochter.« Meist reichte das aus. Er grummelte und murrte dann, achtete aber anschließend sorgfältig darauf, ihren Namen zu verwenden. Manchmal jedoch, wie gefährlich das auch sein mochte, sagte sie nichts, wenn er in diese Art von Träumerei abdriftete. Sie hatte nur noch so wenig von ihrer Mutter: ihren Schildpattkamm, ihr Nähzeug und diese Augenblicke. Nur dann sprach Lonan von ihr, und in diesen zarten, zerbrechlichen Sekunden war es, als gesellte sich ihre Mutter leise zu ihnen und setzte sich neben sie. Sie beneidete ihren

Vater um nichts in seinem Leben, nur um dies eine: Für ihn gab es Augenblicke, in denen er wieder mit Ava zusammen war. Aber dafür war jetzt nicht die richtige Zeit. Nicht auf dem Schwanenboot, wo jeder Wutanfall sie beide ins eiskalte Wasser katapultieren würde. So schlicht, wie sie nur konnte, sagte sie: »Ich bin Shay, deine Tochter. Ava ist nicht hier, Vater.« Danach war er lange still.

Weiter nach Osten nahm sie der reißende Strom mit, dessen Kraft vom Zug der Gezeiten verdoppelt wurde. In Wapping steuerte Lonan das Boot, noch immer schweigend, mitten auf die Themse. Die Galgen von Wapping waren den Piraten vorbehalten, und ihre Leichen hingen tief über dem Wasser, bis die Gezeiten sie dreimal ertränkt hatten. Shay hasste diesen Anblick: Leichname, die so aufgedunsen waren, dass sie wie Wurstmett aus ihren Kleidern hervorquollen. Immer wieder machten sich Möwen in wütenden Wirbeln über sie her, die Schnäbel nass, hackten tief hinein, um die saftigsten Stücke zu erhaschen, und noch meilenweit entfernt sah man die vom Blut rot getränkten Federhaufen.

Im Westen hing noch eine halbe Sonnenscheibe, als die Netze von Birdland in Sicht kamen. Abenddämmerung, das bedeutete Murmuration: riesige Starenschwärme, die sich auf dem Marschland niederließen. Sobald sich die Dämmerung hereinsenkte, würden sie ihren wirbelnden Flug vollführen, ein Schauspiel, aus dem Shay, genau wie vor ihr ihre Mutter, eine Art Bedeutung herauslesen sollte. Sie blinzelte über das Marschland hinweg. Noch war von den Vögeln nichts zu sehen, doch es schlängelte sich bereits eine bunt zusammengewürfelte Prozession von Leuten zwischen den Netzen und dem einsamen Baum auf dem Marschland nach draußen. Widerspenstige Haarlocken, die sich vor dem Grau abzeichneten, als die Erwachsenen vorangingen; das Geplapper und Wuseln der Jüngeren, die den Krähen Wattwürmer hinwarfen. Sie bewegten sich im Tempo der Langsamsten: der Männer am Stock, der gekrümmt gehenden Frauen. Es sah aus, als habe sich die gesamte Bewohnerschaft von Birdland hier eingefunden. Sie hatten ohne Shay angefangen.

Im vergehenden Tageslicht banden sie das Boot fest. Normalerweise wäre der Weg nach Hause, nach Birdland von einem Zickzack von Fackeln erleuchtet, aber heute hatte man sie nicht angezündet. Das war für Lonan kein Problem. Er ging über die festesten Flecken des Marschlands voraus, fand die Stellen, wo die Füße nur wenige Zoll in die moorige Oberfläche einsanken. Gelegentlich stieg in der Ferne ein Schwaden Sumpfgas in die Höhe und bescherte der Dämmerung das tiefe, kalte Blau, von dem man dachte, nur der Himmel könne es bieten. Shay spürte Birdland zu ihrer Linken. Im schwächsten Licht zeichneten sich noch die Umrisse der leeren Behausungen ab.

Sie holten die übrigen Aviscultarier erst ein, als sie nur noch wenige Fuß vom Baum entfernt waren. Shay reihte sich vorne ein und versuchte, so auszusehen, als sei sie ganz pünktlich gekommen. »Die Vögel sind Götter«, sagte sie unwillkürlich und erntete als Antwort von den Jungvögelchen einen Sturm von »Und die Götter sind Vögel«. Ein älterer Mann nahm ihren Vater beim Arm, und die beiden reihten sich weiter hinten wieder in die Kolonne ein. Shay sah darüber hinweg, wie erbärmlich die Menschenmenge war. Alle waren hier. Zu Zeiten ihrer Mutter wären es doppelt so viele gewesen, und auch die hatte stets in Erinnerungen darüber geschwelgt, wie groß die Gruppe in ihrer eigenen Jugend gewesen war. Die Prozession bewegte sich langsam, und Shay nutzte die Zeit, um ihre Gedanken zu ordnen. Wie immer beruhigte sie sich, indem sie sich vorstellte, alles aus der Habichtperspektive zu sehen. Hinauf, hinauf, hoch hinauf, bis die ganze Parade nur noch ein Anthrazitpfeil auf weißen Grund war, der auf das Ziel, den Starenbaum, gerichtet war. Dieser Anblick übte seinen fernen Zauber aus, und alle Spannung fiel von ihr ab.

»Hier. Lasst uns anhalten.« Shay brachte die Gruppe zwanzig Fuß von dem Baum entfernt auf einem ziemlich trockenen Stück Gras zum Stehen, und das Gemurmel verebbte. Sie legte sich auf den Rücken, und rings um sie herum sanken die Leute dankbar zu Boden. Die Feuchte des Grases drang bis an ihre Schulterblätter und ihr Hinterteil durch. Ihre Stimme hatte gut geklungen. Oft gehorchte sie Shay nicht, aber heute strahlte sie Autorität aus. Kinder rannten herum, hüpften federnd vor Begeisterung, flitzten zum Baum und wieder zurück, während sie am Himmel nach den ersten zurückkehrenden Vögeln Ausschau hielten.

Shay liebte die Augenblicke, kurz bevor etwas geschah. Genau diese Stille hatte sich auch herabgesenkt, als der Vorhang im Blackfriars Theatre aufgezogen wurde. Jetzt waren hundert Augenpaare in die Höhe gerichtet, als ein einzelner Vogel auftauchte, ein einsamer Bleistiftstrich an einem Papierhimmel. Dann ein paar mehr, ein Rinnsal, schließlich ein Fluss und dann ein Wolkenbruch: Tausende von Vögeln machten den Himmel unentzifferbar, es waren zu viele, um sie zu zählen, sogar zu viele, um sie zu sehen; die schiere Zahl nagelte einen auf der Stelle fest und ließ einen schrumpfen. Der Himmel brodelte, bis die Vögel mit einer Anmut, die Shay sogar jetzt noch den Atem raubte, zu einem einzigen Wesen wurden.

Was waren sie? Sie nahmen die Form von Kerzenrauch an, oder sie waren der Sternenwirbel, der klare Nächte erhellt.

Sie waren schwarze Seide. Muster lösten sich übergangslos ineinander auf, als sie eine Gestalt annahmen, die älter als die Erde selbst war, aus einem Zeitalter vor den unbarmherzig geraden Linien der Menschen stammte. Der Schwarm spannte sich an wie ein Muskel, und Shay spürte, wie er sich drehte und anschwoll, wie er sich wieder streckte.

Shay versuchte, die Stimme ihrer Mutter zu übernehmen – ihren Worten Gewicht zu geben, damit sie nicht vom Wind quer über den Sumpf gepeitscht wurden. Als noch Shay und ihre Mutter zusammen Hand in Hand hier draußen lagen, hatte der Daumen ihrer Mutter immer ein Muster auf Shays Handfläche gezeichnet – unbewusst oder bewusst, das hat Shay nie herausbekommen. Jahre später noch spürte sie das Fehlen dieser Berührung; es war genau wie beim ersten Zahn, den sie verloren hatte. Die Zunge erkundete diesen jüngsten Verlust, ihr Körper war ein fremdes Land für sie geworden.

Sie ballte die Faust und beobachtete ihren Stamm. Hundert Menschen, zusammengekauert und vom Anblick von zehntausend herumwirbelnden Staren gefesselt. Sogar die Kleinen – die Jungvögelchen, die zunächst bei diesem Anblick gegurrt und gejubelt und gekeucht hatten, lagen nun atemlos auf dem Rücken. Shay wünschte, das wäre genug. Hier auf dem feuchten Gras unter dem Himmel zu liegen und in Ehrfurcht vor der ältesten aller Sprachen zu versinken. Warum mussten die Leute unbedingt wissen, was sie bedeutete?

Eigentlich hätte sie am liebsten gesagt, dass dieses Spektakel sie an London erinnerte, mit all seiner Schönheit und Wildheit und der Art, wie es sich veränderte und doch gleich blieb. Es hatte die anmutige Panik der Stadt und ihre herzklopfende Freude. Und wie bei London wurde man Teil des Schwarms, sobald man ihn sah, unbeteiligte Zuschauer gab es nicht. Wohl aber nie ausgesprochene Regeln darüber, was eine Murmuration preisgeben durfte. Selbst die Zukunft hatte ihre Traditionen.

Würde Shay je das Leuchten haben, das bei solchen Anlässen die Augen ihrer Mutter erhellt hatte? Sie bezweifelte es, doch Shay bezweifelte ja alles. Aller Augen beobachteten sie – bedürftig, durstig –, und sie holte tief Luft. Wie hatte Nonesuch das gemacht? Sie wartete Sekunden länger als sonst und gab ihrer Stimme eine scharfe Kante.

»Haben wir alle eine Kerze und einen Docht gesehen?« Eine Frage. Shay liebte die Art, wie ihre Mutter Menschen zur Schwelle der Enthüllung führte und dann dazu einlud, sie selbst zu übertreten. So wurde aus der Murmuration ein Geschenk statt einer Unterrichtsstunde.

»Haben wir helle Flammen gesehen, die im Wind tanzten, und in ihrer Mitte die stille Energie wahrgenommen?«

Wie schwer alles war. Regenwolken, die sich herabsenkten, und schwarze Gestalten, verdrossen und durchnässt unter einer Regenkuppel. In jenen führungslosen Tagen nach dem Tod ihrer Mutter, als der Morgen zu bald dämmerte und der Schlaf zu spät kam, waren sich alle einig gewesen, dass Shay das Gesicht hatte wie sonst niemand. Doch sie wagte es nicht, einzugestehen, dass ihre Visionen immer teils auch Schauspielerei gewesen waren; eine Möglichkeit, sich ihrer Mutter näher zu fühlen.

»Eine Kerze und ein Docht«, sagte sie. Eine Pause, damit die anderen es auch sehen konnten. »Die Welt besteht aus Flammen.« Ihr Kopf war leer, und die Vögel verzwirbelten sich wie Schnüre. Ihre Hände waren leer und würden immer leer bleiben.

»Wir sind der Docht. Alles wird verbrennen, nur wir werden überleben.«

Als sie später wieder zu Hause waren, kamen Leute vorbei. Aviscultarier, die hergereist waren, um die Murmuration zu sehen. Sie brachten Nachrichten aus Leeds, Gwent, Cornwall und Wexford mit. Sie besaßen dieselbe stille Gabe der Anonymität, die Shay kultiviert hatte. Nichts an ihrem Glauben war illegal, doch sie lebten in misstrauischen Zeiten, und kein vernünftiger Mensch würde die Aufmerksamkeit darauf lenken, dass er anders als die anderen war. Die Besucher waren durchwegs klein und leise und unendlich ehrerbietig Shay gegenüber. Sie versuchte, mit den Kindern zu spielen – es schien erst Tage her zu sein, dass sie selbst eines gewesen war –, doch die Jungvögelchen waren starr vor Höflichkeit. Sie brachten Essen. Früher einmal wären es Leckereien gewesen: kandierter Ingwer vom Royal Exchange oder echter französischer Kognak, doch dieses Jahr waren es Grundnahrungsmittel. Die Johnsons hatten Gerste gebracht, und an der Haustür hing ein Sack mit Steckrüben, die noch schlammverkrustet waren. Shay musste nicht um diese Dinge bitten. An Lonan hing die Haut wie alte Kleidung, und der Fluss war in diesem Jahr bereits zweimal zugefroren. Jeder vereiste Tag bedeutete, dass die Bootsmänner keine Einnahmen hatten.

Shay mischte sich unter die Fremden und ließ ihr halbes Abendessen stehen. Das konnte Lonan morgen haben, sie würde im Theater essen. Sie hatte erst einen einzigen Nachmittag dort verbracht, und schon plante sie ihre Rückkehr zum Blackfriars. Warum wollte sie immer genau dort sein, wo sie gerade nicht war? In der Stadt mit ihrem Rauch und all der Scheiße und den grapschenden Händen und dem Geld, das immer nur hinter der Ecke, aber nicht gleich hinter dieser Ecke wartete, sehnte sie sich nach einem weiten Horizont und so viel Luft, dass sie ihre Rufe verschlucken konnte. Doch wenn sie wieder in Birdland war, fühlte sie sich dort von der schieren Weite eingeengt. Heute würde sie liebend gern den Himmel und die Sümpfe gegen einen Kasten vorn vor einer Bühne eintauschen und gegen eine Welt, die sich aus einem geschminkten Mund entspann.

»Gibst du uns die Ehre, Shay?« Colm hielt ihr ein Rasiermesser und einen Streichriemen hin.

Das Mädchen saß mit dem Rücken zu Shay, hatte die Schultern gebeugt, während Colm Rindertalg in das rieb, was von ihrem Haar noch übrig war. Man hatte es sorgfältig gestutzt, für die Rasur vorbereitet. Auf dieses Mädchen passte der Ausdruck Jungvögelchen besser als auf die meisten anderen heute. Shay kniete sich hin und flüsterte dem Mädchen ins Ohr: »Es dauert nicht lange.« Es saß sehr reglos da. Es wirkte gefasst, aber seine Muskeln waren unter dem weichen Flaum seines Nackens straff angespannt, und es zuckte zusammen, als Shay es mit der Hand berührte. Das Mädchen gehörte zu dem Schwarm junger Leute, die ihr jeden Morgen auf ihren Rundgängen folgten. Shays Mutter hätte seinen Namen gekannt und die Tasche voller Sonnenblumenkerne gehabt, um sie ihm in die Hand zu drücken. Shay nahm das Mädchen bei den Schultern.

»Wie heißt du?«

»Chahine.« Ein alter Name, Arabisch, aus der tiefsten Vergangenheit der Aviscultarier, ehe sie der Wind in ganz Europa verweht hatte. Irgendwie ein zu großer Name für ein Jungvögelchen, als wollte sich ein Kind in Erwachsenenkleidung vermummen.

»Möchtest du zuerst meine Tätowierung ansehen?«

Das winzigste Nicken. Das Mädchen strich die kurz geschorenen Haare auf Shays Schädel zur Seite, um den darunter abgebildeten Vogel zu betrachten.

»Schön«, sagte es vorsichtig.

Shay blieb auf den Knien. »Ich habe es mir vor zwei Jahren stechen lassen, und es hat fast gar nicht wehgetan. Was hast du dir ausgesucht?«

Das Mädchen spielte weiter mit Shays Haar. »Einen Hühnerhabicht«, flüsterte es.

»Oh.« Shay war aufrichtig überrascht. Mädchen wählten sonst eher Pfaue oder Papageien. Gewöhnlich entschieden sich nur die Jungen für die Jäger. »Was für ein wilder kleiner Jungvogel du bist.« Sie zupfte das Mädchen spielerisch am Ohr.

Das Mädchen wand sich ein wenig und grinste. »Ich möchte die Murmuration übernehmen, wenn du nicht mehr da bist. Da *muss* ich ein einsamer Vogel sein.«

Shay schaute sich um, wollte sich versichern, dass niemand sonst zuhörte, und sprach mit leiser Stimme. »Wenn ich nicht mehr da bin?«

Ihre Deutungen waren nie so beliebt gewesen wie die ihrer Mutter, doch soweit sie wusste, war doch die Murmuration eine Aufgabe auf Lebenszeit. Sie hatte nicht um diese Rolle gebeten, man hatte sie ihr übertragen, als man ihr die Habseligkeiten ihrer Mutter gab. Das Mädchen neigte den Kopf, und Shay hielt das Messer erhoben, bereit zum Rasieren.

»Ich hab nur gemeint, wenn du nicht hier bist«, sagte das Mädchen mit gesenktem Kopf. »Wenn du weggehst oder so.« Doch danach konnte sie Shay nicht mehr in die Augen schauen.

Eine sternlose Nacht und ein leerer Magen. Ihr Haus war das einzige, bei dem die Leiter noch nicht hochgezogen war. Shay trat sich unten die Füße ab, während Lonan hinaufkletterte. Sie folgte ihm, legte die Hände an die Stellen, wo seine

Finger die Frosthaut auf den Sprossen geschmolzen hatten. Drinnen war es bitterkalt, mit einem leichten scharfen Hauch von Flusswasser. Shay zündete eine Kerze an, während ihr Vater sich zurechtfand. Nachdem er sein Glas, seinen Beutel, seine Nadelarbeit ertastet hatte, sank er zufrieden auf den Stuhl.

»Feuer?«, fragte Shay. In den vergangenen Jahren hatten sie täglich ein Feuer angezündet, sobald der Herbst kam, doch nun war das Geld knapp. Kälte sammelte sich in den Ecken des Zimmers, und die Möbel speicherten den Winter im Herzen des Raums.

»Ich bin mir nicht sicher, ob es sich lohnt. Ich bin bestimmt in der nächsten Viertelstunde schon eingeschlafen«, antwortete Lonan, und sein Atem schien im Kerzenlicht weiß. Shay war erleichtert und sah, dass ohnehin nur zwei jämmerliche Scheite im Korb lagen. Heute in der Stadt hätte sie Feuerholz kaufen sollen. Wenn sie noch einen weiteren Botengang gemacht hätte, so hätte das Geld gereicht, um den Holzkorb zu füllen, und sie mussten sich nicht länger die Farce vorspielen, dass es irgendwie noch Herbst war. Doch London fegte ihr stets die Erinnerung an ihr Zuhause und ihre Verantwortung glattweg fort. Sobald sie in der Stadt war, wurde für sie aus Birdland – ihrem Zuhause, dem Ort, an dem sie geboren war, ihrer Familie – etwas, das aus einer Geschichte stammte.

»Also morgen, dann mache ich es dir behaglich«, sagte sie. Seit Lonan sein Augenlicht verloren hatte, schwebten seine Gefühle leichter an die Oberfläche. Sein Lächeln war kurz und leuchtend, und wie immer versetzte es ihr einen Nadelstich. So geliebt zu werden, das sollte keine solche Bürde sein. Als sie versuchte, die Hände in den Taschen zu wärmen, fand sie das Papiertütchen. »He, ich habe dir etwas mitgebracht.« Sie kniete sich vor ihren Vater hin und wickelte das feste Papier auf. Mit schief gelegtem Kopf lauschte Lonan auf das Rascheln, und sie hielt ihm das Mitbringsel unter die Nase. Die Farbe ähnelte der des Bernsteins so sehr, dass man beinahe erwartete, unter der zuckrigen Kruste ein darin gefangenes Insekt zu sehen.

Lonans Nasenflügel bebten. »Wie ein Pfirsich. Nein, eher Pfirsich und Orange.« Shay berührte seine Lippen damit, und er sperrte den Mund weit auf wie ein Vögelchen. Er wartete, hielt es auf der Zunge, schloss dann den Mund und bewegte es hin und her. Wieder dieser Nadelstich des schlechten Gewissens; das tiefe Vergnügen, das er an einem Geschmack fand, war gleichzeitig großartig und beschämend. Er kaute, bewegte es von einer Seite zur anderen. »Ich weiß es wirklich nicht. Aber es ist köstlich.«

»Sie nennen es Aprikose«, erklärte sie.

Es wehte nur ein schwacher Wind, und doch übertrugen die Bewegungen der Netze ihre Schwingungen durch das gesamte Gefüge des Hauses. Shay schlief um den Rundbalken geschmiegt, der durch den Raum verlief, eine Verbindung zwischen dem Himmel und der Erde, und ließ sich von dem vertrauten Beben in die Ruhe wiegen.

5

Die Kälte weckte sie auf, sie schnüffelte unter den Decken und zwischen den Kleidungsstücken herum, knabberte Shay an der Haut. Steh auf! Sie bewegte sich so leise, wie sie nur konnte; rasch genug, um ein wenig Blut in ihre taub gewordenen Zehen zu pumpen, aber doch langsam genug, um ihren Vater nicht aufzuwecken. Zwei Scheite Feuerholz und kein Frühstück. Sie würde den letzten Rest Brot für Lonans Mittagessen hierlassen, aber das war alles, bis sie wieder heimkam. Sie benutzte das Holz, um Wasser heiß zu machen. Das dauerte in der Kälte ewig, und so setzte sie sich, während sie wartete, auf die Stufe und blickte über Birdland hinaus.

Die riesige Kuppel aus Netzen erstreckte sich weit über die Marsch, mehr als sechshundert Fuß, größer als St Paul's, wie die Aviscultarier sich gern brüsteten. Selbst auf ihrer Türschwelle, weit vom Zentrum entfernt, konnte Shay hören, wie dort der Morgenchor der Vögel die Luft reinwusch. Sie saß länger als gewöhnlich da und ließ alles über sich hinwegstreichen. Der Gesang rollte und stürzte in sich zusammen wie die Brandung, ein Lied übertönte das andere, bis eine einzige Stimme daraus geworden war. Eine Stimme, die alle umfasste, alle Stimmen, die eine umfassten. Wie konnten sich die Städter mit ihren Glocken und Trauergesängen zufriedengeben, während diese süße, zwitschernde Anarchie jeden Morgen frei in der Luft erklang?

Ein Klaps auf ihr Hinterteil. »Lass nicht die ganze Wärme nach draußen.« Lonans Stimme war schwer vor Schläfrigkeit. Er drehte sich wieder um, und sie beobachtete, wie er sich mechanisch durch den Raum bewegte. Am Morgen war es gewöhnlich am schlimmsten; im Schlaf überschwemmte ihn die Vergangenheit. Shay stellte sich vor, dass die Erinnerungen wie Regen in seine Träume fielen. Sie sah, wie riesige Schleier aus Vergangenem vom Himmel herabrissen und sein Bett in ein Meer der Erinnerungen spülten. Manchmal wachte er auf und wusste nicht, wo er war, als wäre sein Bett an irgendeiner Bergspitze gestrandet. Diese Tage waren die schlimmsten. Schließlich lebten sie zwanzig Fuß hoch in der Luft, und Lonans Knochen waren so spröde wie die eines Sperlings. Dann redete und redete Shay mit ihm, während sie ihm die Hand hielt, strich ihm mit dem Daumen über die Handfläche, während sie ihr gemeinsames Leben wieder in die Wirklichkeit zurückredete, dabei den formlosen Dingen, die sich ihm entzogen, wieder Namen gab. *Shay. Birdland. Die Netze. Kessel. Herd.* Immer und immer wieder, bis der Nebel der Nacht weggebrannt war.

Wieder sackte ihr Vater auf seinen Stuhl zurück, und sein Mund ging stumm auf und zu, während seine Hände nach etwas griffen, das nur er sehen konnte. Shay kniete sich hin, um ihm den Handrücken zu streicheln, stieß kleine Spatzenrufe aus, um die Schrecken der Nacht zu vertreiben. Er sperrte den Mund auf und zitterte, bis er sich endlich beruhigte. Schwache Finger umfassten ihr Handgelenk. Seine Haut war inzwischen so weich wie Ampferblätter.

»Alles ist gut, Vater. Ich bin Shay. Shay. Deine Tochter. Avas Tochter.« Bei der Erwähnung von Avas Namen huschte ein Sonnenstrahl über sein Gesicht.

»Ich bin Shay. Hör gut zu, ich weiß, dass ich gesagt habe, ich würde diese Woche zu Hause bleiben, aber es hat sich in der Stadt Arbeit für mich ergeben.« Sie wagte es nicht, das

Theater zu erwähnen, doch für Tage wie diesen hatte sie sich eine Notlüge zurechtgelegt. »Ich dachte, jetzt wäre vielleicht die richtige Zeit, um sich um Lord Elthams Falken zu kümmern. Devana – du erinnerst dich an sie? Du erinnerst dich daran, wie wir sie wochenlang trainiert haben?«

Seine unbewusst sprechende Miene verriet ihn. Alles fiel in sich zusammen wie ein Sack Körner, den man am Kai abgeworfen hatte. Doch seine Worte waren neutral.

»Wenn du das für klug hältst.«

Nach etwas Tee war er wacher, sogar verschmitzt. Er setzte sich auf die Bettkante und kramte nach seinen Sonnenblumenkernen. Wie nebenbei schnippte er ein paar in die Luft und fing sie wie eine Möwe mit dem Mund auf. Dieser Trick stammte noch aus der Zeit, bevor sich seine Augen umnebelt hatten. Shay schüttelte den Kopf, doch das war sinnlos. Sie wollte gerade schon zu der Frage ansetzen, ob noch Marmelade übrig war, hielt sich jedoch zurück. Wenn es noch welche gäbe, hätte er sie angeboten.

Ihr Vater nippte an seinem Tee, und seine leeren Augen huschen hin und her. Shay wollte nicht fortgehen, solange er noch auf halbem Weg zwischen den Welten war. Also half sie ihm vorsichtig mit seinen irritierten Gliedmaßen in die Kleidung, und er saß ein wenig aufrechter da. Das Wetter auf seinem Gesicht hellte sich auf. »*Devana*. Dieses Falkenweib. Das ist mal ein Vogel, das ist mal ein Vogel. Ich hab gesehen, wie sie ein Kitz geschlagen hat, so leicht wie ich diese Tasse hier hochhebe.« Er nahm seinen Henkelbecher hoch, und der Tee schwappte über den Rand.

Shay sagte: »Ich weiß. Manchmal sehe ich sie über dem königlichen Jagdrevier, und sie sieht wirklich stark aus. Es ist eine Weile her, dass ich bei ihr war, also habe ich mir überlegt, dass es an der Zeit ist, ihre Haube und ihr Geschirr zu polieren, vielleicht ein, zwei Federspiele zu flicken.«

Keine große Lüge. Sie würde schon bald zu Lord Eltham gehen müssen, und unausgesprochen klang der Gedanke an das Honorar mit: Ein Sovereign alle drei Monate war heutzutage ein Vermögen.

»Ich bringe dich in die Stadt. Heute ist kein Eis auf dem Fluss.« Lonan stellte den Tee mit einem Ruck ab und erhob sich überraschend flink von seinem Stuhl. Seine Kleidung hing schief an ihm herunter, und Shay wandte den Blick ab. Weiße Haut, weißes Haar, weiße Augen.

»Nein!« Es entfuhr ihr lauter, als sie wollte. »Lord Eltham empfängt mich vielleicht erst in ein, zwei Tagen. Und es sind vier Treppen bis zum Dach.«

Er nickte ernst. »Gut. Gut, denke ich mal. Du kommst allein zurecht, meine Liebe.«

Ein kleiner Schluckauf der Freude stieg in ihr auf. Wann hatte er sie zum letzten Mal »meine Liebe« genannt? Sie führte ihn zu seinem Stuhl zurück, machte leise Zwitschergeräusche.

»Du kommst zurecht. Du weißt, was zu tun ist.« Seine Augen waren nun zur Decke gerichtet, und er packte die Armlehnen des Stuhls. Dann saß er aufrecht da. »Natürlich sollte eigentlich das Mädchen diese Arbeit übernehmen, aber ich weiß nicht, was ich mit ihr machen soll, Ava. Sie hat nicht die … die … Geduld dazu. Sie kommt zu spät, sie murmelt sich nur so durch die Murmuration, und dann verschwindet sie tagelang in der Stadt. Die Vögel mögen wissen, wohin sie geht.«

Sogar in dieser Kälte brannten Shay die Wangen. Lonan nippte an seinem Tee und verzog das Gesicht. »Ich weiß nicht, was wir mit ihr machen sollen.« Er bewegte den Kopf wie ein Vogel, versuchte, sie zu erschnüffeln. »Ava? Ava, meine Liebe? Bist du noch da?«

Schweigend kletterte Shay die Leiter hinunter.

In Birdland waren die meisten bereits wach. Bleierner Rauch stieg aus den Schornsteinen, und unter allen Türen waren die Leitern heruntergelassen. Die Netze waren dick mit Raureif bedeckt und glitzerten wie eine silberne Filigranschale, die man über das Marschland geworfen hatte. Zwei Jungen mit Angelruten waren auf dem Weg zum Fluss, taten so, als wollten sie einander vom Pfad schubsen. Jemand war schon oben und löste bereits die Netze. Shay winkte und erkannte Colm am Schwung seines Arms.

Sie ging über die Seilbrücke zu den Netzen hinüber. Das Schwingen war ihr vertraut wie ein Lied, und sie spazierte durch das Morgenlicht, hoch in der Luft, doch nicht Teil der Luft. Eine halbe Meile weit erstreckten sich die Netze, umschlossen das triste sumpfige Achteck, das Birdland war. Für Shay waren sie ein Teil ihrer selbst, zwei Hände, die sich schützend über ihr Leben wölbten. An den äußersten Ecken waren die Stützen nicht viel mehr als tief in den Boden geschlagene Pflöcke, die die allerfeinsten Netze hielten: Bindfäden, die zu so winzigen Quadraten verknotet waren, dass sogar Zaunkönige nicht hindurchschlüpfen konnten. Aber Shay war unterwegs zur Mitte, hatte sogleich ein Gefolge von jüngeren Kindern angelockt, die auf ihrem Weg über kleine Hügel und durch Schlammpfützen am Boden genau unter Shay entlanggingen und so taten, als wäre das reiner Zufall. An manchem Morgen verlangsamte Shay ihre Schritte, bis die Jungvögelchen auf dem Rest ihres Wegs um sie herumwuselten, aber heute hatte sie es eilig. Näher der Mitte ragten nun anstatt der jungen Baumstämme als Stützen Masten auf, die schräg von der Mitte nach außen verliefen.

Oben an der Spitze hatten sie Löcher und Rillen, durch die dickere Seile geführt wurden. So ergab sich ein Spinnennetz aus Sechsecken, jedes der Taue dicker als ein Arm, die selbst wieder andere Sechsecke umschlossen, wiederum mit dünneren Netzen ausgefüllt.

Und Vögel. Überall Vögel. Der Lärm traf einen zuerst: ungeheure Wasserfälle aus Vogelgesang, überquellend wie eine Schatzkiste. Beim ersten Hinhören war es ein dicker Zopf aus Klang, doch wenn sich die Ohren einmal eingewöhnt hatten, konnte man einzelne Lieder herauszupfen. Das weich gefederte Gurren der Ringeltauben und der strömende Gesang des Zaunkönigs. Spatzengezänk quer über die Spieldosenmelodien der Kohlmeisen hinweg. Amseln klagten, und ihr Tonfall hatte etwas Menschliches, als könnten sie gleich lossprechen, wenn sie nur wollten. Und da waren kunstvoll verschlungene Melodiespiralen, die doch sicherlich zu verziert waren, als dass eine einzige zarte Kehle sie hervorbringen könnte. Piepsen und Gurgeln, heisere kriegerische Schreie, Liebesgurren, Flattern und Trällern. Flöten, ganze Orchester, Fagotte, Handtrommeln und Bratschenkreischen. Und wenn die Luft zu voll war, vor Liedern schier bersten wollte, hob man die Augen und sah den Himmel, der vor Vögeln nur so wimmelte. Wenn sie nicht von den Mustern der Menschen eingeschränkt waren, verliefen ihre Bahnen verrückt, irr, sprunghaft.

Shay warf die Schultern zurück, holte Luft und ließ sich von alldem einhüllen. Alles schwebte in der Luft, nichts hatte Gewicht. Sie schaute zu diesem Königreich hinauf: zu der Schrift der Flugbahnen, dem Vogelorchester, das seine Instrumente stimmte, zum quicklebendigen Himmel. Hinter ihr tat es ihr die Herde der Kinder nach.

Unterwegs hängte Shay Fettkugeln auf und streute Körner in umgedrehte Muschelschalen, die aus jedem Baumstamm herausragten. Speckstreifen und Köderwürmer aus der Themse und Speisereste und Samen. Alles, was sie aus dieser verschwenderischen Stadt flussaufwärts ergattern oder vor ihrer Haustür aus der Erde buddeln konnte. Zum ersten Mal an diesem Tag streifte sie den Zauber des Theaters völlig ab und schaute sich richtig um. Sie machte eine Handbewegung zu den Kindern unten.

»Singt für mich«, sagte sie. Die Gesichter starrten zu ihr auf, erwartungsvoll, aber mit geschlossenen Mündern.

Shay stieß einen gespielten Seufzer aus. »Ich muss wohl alles selbst machen, wie? Na gut, verstehe, wo fange ich an?« Ein Geschichtslied vielleicht, eines, das sogar die ganz Kleinen kennen würden. Sie richtete ihre Stimme nach unten zu den Kindern und begann zu singen. »Wir wanderten aus Ostland her, keine Heimat hatten wir.«

Auf der Stelle ertönte von den Jungvögelchen das Echo: »Aus Ostland, aus Ostland.«

»Verbannt, bedrängt, vom Wind verweht.«

Shay hob die Handfläche vor den Mund, und die Kinder machten es ihr kichernd nach. Sie pusteten imaginäre Samenkörner fort, während sie weitersang.

»Vom Wind verweht wie Samen, quer durchs Land und übers Meer.«

»Das Meer, oh, das Meer«, sangen die Kinder.

»Doch dann kam der Falke, gab sich'res Geleit.«

Die Kinder erhoben die Arme zum Himmel.

»Wo die Vögel hinziehen, wir folgen ihnen und schlafen dort, wo sie sich niederlassen.

Und ehren sie mit Zuflucht, mit Schutz und mit Futter.«

Einige von den kleineren Jungvögelchen ahmten Vögel nach, die Körner aufpickten.

»Ihr Flug weist uns den Wege, ihr Lied schenkt uns Worte.«

»Die Vögel sind unsere Götter und …« Hier ließ sie die Jungvögelchen die letzte Zeile wie eine Antwort auf eine Frage in der Schule rufen: »… die Götter sind Vögel!«

Shay konnte Colm lächeln sehen, obwohl er eine Ebene über ihr war. Während die Kinder lachend zusammensackten, rief er zu ihr herunter: »Komm noch zu mir, ehe du gehst.«

Sie ging über Seilbrücken, kam sich zwischen dem Wirbel der vielen Flügel ganz unbeholfen vor. Sperlinge flitzten pfeilschnell um sie herum, die Augen auf ihren Eimer mit dem Futter gerichtet. Kinderlachen und Vogelgesang; das fegte den Morgennebel fort.

Colm wartete ganz oben in den Netzen, bis Shay mit ihren Runden fertig war. Er hatte das Gesicht nach oben gereckt, um das Licht einzufangen. Um ihn war eine Reglosigkeit, die Shay immer nur bei Aviscultariern gesehen hatte. Ein Spatz landete fröhlich auf seinem Arm, pickte versuchsweise an ein paar Samenstaubkörnchen, plusterte eine Schwanzfeder zurecht und flog wieder fort. Colm bemerkte es nicht. Immer noch mit nach oben gewandtem Blick fragte er: »Hattest gestern eine Menge zu tun?«

»Schlag sechs. Probleme bei der Flussüberquerung.«

Shay hatte seither nicht daran gedacht: an diese schwarzen Augen und den Stiefel auf ihrer Hand. Und an diese Ungeniertheit.

»Lonan hat dich abgeholt.« Eine Aussage. Aber eine mit Nachdruck.

»Ja, das macht er gern. Er sagt, er kann sonst nicht schlafen.«

Colm war so alt wie ihr Vater. »Er schläft gut, Shay, das weißt du.«

Sie sagte nichts. Sie begann, den obersten Knoten an der Spitze der Netze aufzubinden. Gewöhnlich redete Colm kaum, also hatte es etwas zu bedeuten, wenn er sein Schweigen brach.

»Das ist zu viel von ihm verlangt, Shay.« Er schaute sie nicht an.

»Ich verlange es nicht von ihm.« Shay hörte den jammernden Unterton in ihrer Stimme.

»Du weißt, was ich meine. Du bist kein Kind mehr. Wer nichts tut, tut etwas.«

»Was schlägst du vor? Soll ich ihm sagen, dass er nicht mehr kommen soll? Er würde trotzdem auftauchen. Oder er würde vergessen, dass ich ihm gesagt habe, er solle nicht kommen.«

»Nicht, wenn du ihm sagst, dass du dafür gesorgt hast, von jemandem mitgenommen zu werden. Nicht, wenn du dir sein Schwanenboot ausleihst. Nicht, wenn du ihm sagst, dass du in der Stadt bleibst.« Colm löste ein Verbindungsseil. »Es gibt hundert Möglichkeiten, Shay. Das sollte ich dir nicht sagen müssen.«

Er warf das oberste Netz zurück, hob es über die Stützen, so dass es ein perfektes Sechseck aus Blau einrahmte. Birdland stand dem Himmel offen. Ein paar Tauben, die in der Nähe waren, flogen ins Freie und hockten sich auf die Seile. Colm streute um den Eingang herum Samenkörner aus und redete weiter, scheinbar mit den Vögeln. »Wir brauchen dich hier. Du warst diese Woche nun jeden Tag in der Stadt. Es kann nicht sein, dass nur wir alten Männer hier die Dinge am Laufen halten.« Er deutete auf die Schar der Jungvögelchen. Shay erkannte das Mädchen mit dem tätowierten Hühnerhabicht und winkte. Alle Kinder winkten zurück.

Colm sagte: »Wir verlieren zu viele Jungvögel an die Stadt. Mir folgen sie nicht so wie dir. Und Ellis oder Crow oder sonst jemand von denen helfen sie auch nicht.« Er verstummte, Shay wusste jedoch, dass noch mehr kommen würde. Aber in ihrem Kopf tickten immer noch Gedanken und berechneten, wie bald wohl die Lange Fähre anlanden würde.

»Und was ist bei der nächsten Murmuration?« Dass er diese Fragen stellen musste, bewies seine Zweifel an ihr, und das schmerzte Shay.

»Ich sorge dafür, dass ich davon erfahre. Ich werde hier sein.«

»Du wirst hier sein und uns anführen? Nicht nur einfach unter uns sein?«

Shay nickte. Er war nicht überzeugt, das spürte sie. Aber Colm war kein Mann, der sich auf große Debatten einließ. Sie saßen nur da und beobachteten eine Weile die Netze. Möwen flogen fort, von der Hitze und dem Geruch des Flusses fortgezogen. Tauben schwebten wegen der leichten Beute herbei. Zwei Finken lungerten um den Eingang herum – herein und heraus, herein und heraus –, als seien sie sich ihrer Pläne nicht ganz sicher. Die Zeit stand still, bis erneut die Glocken in der Stadt läuteten, ein schöner Klang in dieser Entfernung.

Wortlos warfen die beiden sich das oberste Netz wieder zu. Die Jungvögel hatten sich zu ihren Unterrichtsstunden begeben, und Shay kletterte hinunter, zwischen den Vögeln hindurch, die sich nicht um sie scherten, und ging zum Pfad, der zum Landesteg führte.

Das Marschland lag flach und offen vor einem Horizont, der einer mit freier Hand gezeichneten Bleistiftlinie glich. Meilenweit war hier nichts höher als Shay, zumindest bis der Mast der Langen Fähre auftauchte, der pünktlich die letzten Reste des Morgennebels durchschnitt. Shay ging, und im Gleichschritt marschierten Schuldgefühle und Erleichterung mit. Für Lonan hätte es ein ganzes Dorf gebraucht, das sich um ihn kümmerte: Er brauchte eine Köchin, eine Seherin, einen Ernährer, einen Priester, eine Krankenschwester, und, was jetzt, da die Spielkarten seiner Erinnerungen so gründlich neu gemischt waren, am beunruhigendsten war: Er brauchte eine Ehefrau. Die wenigen Rollen, die Shay zu spielen wusste, nutzten ihm nichts. Sie war Tochter, Botenjunge, Dachläuferin, Diebin. Hier in ihrem kleinen Zimmer im Nebel war sie nichts.

6

Brachvögel und Dohlen, Ruderklatschen und Segelschlagen: Auf der Themse war das Leben so geschäftig wie auf jeder Stadtstraße. Shay lehnte die Ellbogen über die Seite der Fähre und beobachtete, wie das Marschland in der Ferne wegschmolz. Über ihren Köpfen kreischten Möwen. Nach wenigen Minuten stieg allmählich London rings um sie auf wie eine Kulisse; die Bühnendekoration des Lebens wurde hochgezogen. Straßen wie Schluchten und Gebäude hoch wie Klippen. Nun nahm die Fähre rasendes Tempo auf, war wie ein Pferd, das sich dem Stall nähert, und alle miteinander tauchten sie tiefer in den Bootsverkehr ein, bis der Fluss mit so vielen Fahrzeugen übersät war, dass Shay meinte, vom einen zum anderen Schiff bis zum Ufer schreiten zu können. Die Boote vollführten einen komplizierten Tanz, segelten vogelgleich kreuz und quer und stießen doch nie zusammen. Wellen klatschten Grüße an die Seiten der Fähre. Ringsum wurden die Gebäude noch höher, umfingen sie, bis das Boot in einen riesigen, freundlichen Hexenkessel aus Lärm eintauchte. London. Shay liebte es.

Am Vorabend hatte Nonesuch versprochen, sie von der Fähre abzuholen. Shay hatte jedoch angenommen, dass er nur vor seinen Freunden als edler Ritter dastehen wollte. Nun machte ihr Herz einen kleinen Hüpfer – wie ein Pferd, das man aus dem Stall geführt hat –, als er tatsächlich am Kai wartete. Er war ins Gespräch mit einem rotgesichtigen Fass von einem Mann vertieft, der sich ständig den Schweiß vom

Nacken wischte, obwohl an den dunkleren Säumen des Flusses noch Eis hing. Als die Fähre an den Landungssteg heranglitt, sah Shay, dass die beiden Männer sich umarmten und der dicke Mann forthumpelte. Nonesuch wandte sich ihr zu, um ihr galant die Hand zu reichen und vom Boot zu helfen, doch sie schleuderte ihm einen Blick zu – Botenjunge, nicht Flatterermädchen, nicht vergessen! –, also stand er mit verschränkten Armen da und schaute ihr nur zu, wie sie von der Fähre stieg.

Seine Stimme klang belustigt. »Nun, guten Morgen, junger Bursche.«

Shay lüpfte die Kappe. »Junger Bursche.« Die Augen des Fährmanns waren neugierig auf sie beide gerichtet.

Sie gingen am Ufer entlang, und in der Morgensonne eilten ihnen ihre Schatten voraus. Shay liebte es, wie die Stadt sich reckte und streckte und ächzend zum Leben erwachte. Lehrlinge gähnten, gingen Arm in Arm und waren sicherlich schon jetzt zu spät, wichen dem Wasserschwall der Matrosen aus, die die Decks schrubbten. Banden von Möwen gingen Patrouille, immer auf Ausschau nach Landpomeranzen, die nicht wussten, dass sie gut auf ihr Brot aufpassen mussten. Mägde eilten geschäftig wie die Tauben einher, wiederholten murmelnd ihre Einkaufslisten.

»Wer war denn dein Freund da? Der fette Kerl?«, fragte Shay.

Nonesuch zuckte dramatisch mit den Achseln. »Hab ihn noch nie im Leben gesehen. Er hat sich da nur ausgeruht. Ich achte darauf, dass ich jeden Tag mindestens einen neuen Menschen nachahme, so bleibe ich auf Zack.« Er erhob sich auf die Zehenspitzen und stieß eine Reihe von Boxhieben in die Luft. »Dazu muss ich mit einer Menge fremder Leute reden.« Er sagte das, als sei es eine unerträgliche Last, die man ihm auferlegt hatte, und nicht ein Spiel, das er sich selbst ausgedacht hatte.

Sie gingen die ruhigere Thames Street entlang, die im rechten Winkel zum Flussufer verlief. Shay erhaschte zwischen den Häusern hindurch immer wieder einen Blick auf Schiffe: kleine Wälder von schwankenden Masten. »Wer warst du also heute?«

»Ich war ein französischer Matrose, der sein Schiff nach Hause verpasst hat. In einer Nacht an Land unter den heimtückischen Engländern war ich beraubt, betrogen, verprügelt und betäubt worden. Ich habe versucht, ein schnelles Boot zu mieten, damit ich mein Schiff einholen konnte, ehe ich hier feststecke, *pour toujours*.«

Er sah nicht gerade wie ein französischer Matrose aus. Er trug ein viel zu großes weißes Hemd, das einen Einsatz mit den gestickten Worten SATURNALIEN SOFORT hatte. Shay lachte. »Hat er dir geglaubt?«

Nonesuch zog einen Shilling aus der Tasche und zwinkerte. Das Gefälle der New Fish Street zog sie hinab zum Fluss: In London lief die Flut stets Richtung Meer ab. Sie umgingen den Verkehr, der sich um den Eingang zur Brücke knäulte, und hielten auf die unteren Kais zu, wo die Ozeanschiffe anlegten. Schiffe aus Norwegen und der Berberei und von namenlosen Inseln. Am Ufer wehte ein süßlich schmutziger Geruch – Flussschlamm und ein Salzwasserhauch von den Schiffen selbst. Irgendwas wurde von einem Deck heruntergeworfen, und Vögel begaben sich danach auf die Jagd und klatschten aufs Wasser. Überall ein Knarzen wie vom Leder neuer Schuhe.

»Und wie war *deine* Vorstellung?« Gestern hatte ihm Shay mehr erzählt, als sie geplant hatte. Er hatte von der Murmuration und vom Wahrsagen gehört, vom langsamen Niedergang ihrer Gemeinschaft. Gewöhnlich geizte sie mit Einzelheiten über Birdland – man wusste nie, wer da vielleicht lauschte –, doch die Atmosphäre des Blackfriars Theatre mit seinem Rauch und den Schatten bot sich für Geständnisse an. Dennoch beschlich sie ein merkwürdiges Gefühl der Nacktheit, weil sie so viel von sich selbst preisgegeben hatte, und sie zog sich die Jacke enger um den Körper.

»Eigentlich ist es keine Vorstellung. Es ist …« Ihr fiel nicht ein, was es war. Vielleicht war es schließlich doch gar nicht so anders als das Theater. »Es ist gut gegangen, aber es war, als hätte ich alles frei erfunden, wie es mir gerade einfiel.«

Der Wind peitschte die Segel wie zu einem kurzen Applaus, und sie gingen eine Weile schweigend weiter.

»Ich würde es gern einmal sehen«, sagte er schließlich. »Die Murmuration, meine ich. Obwohl ich bezweifle, dass es in der Wirklichkeit so zauberhaft sein könnte, wie ich es mir vorstelle.« Er schüttelte sich. »Ich meine, was ist schon so zauberhaft?« Er war wieder still, während sie einen Bogen um eine vereiste Stelle machten. »Meinst du, deine Mutter hat wirklich die Zukunft gesehen?«

Shay hatte sich diese Frage auch schon oft gestellt. »Ich weiß es nicht. Vielleicht gibt es eine Art, Dinge zu sehen, die ich aber jetzt noch nicht begreife. Ich wünschte, ich könnte auch nur eine Minute in den Gedanken meiner Mutter verbringen. Nur um zu sehen, wie es sich angefühlt hat.«

Schon jetzt liebte Shay es, wie Nonesuch ihr zuhörte. Was immer sie sagte, er dachte ernsthaft darüber nach. Er sagte: »Ah, aber dann wärst du deine Mutter und nicht du.« Wortlos nahm er sie bei der Hand, und sie gingen im stacheligen Schatten der Schiffsmasten weiter. Als sie an dem ausladenden Bau des Gewürzlagerhauses vorüberkamen, duftete die Luft eine ganze Weile nach Weihnachten.

Hier waren die Schiffe groß wie Kirchen, ihre Hecks schoben die Schatten ihrer Türme wie Keile über das Vorland. Kriegsschiffe waren in einer Reihe vertäut, präsentierten ihre wartenden Kanonen, eine Mündung nach der anderen, weit aufgerissene Mäuler wie von hungrigen Vogeljungen. Ein Trupp Schuljungen trödelte vorüber; sie schrieben die Namen der Schiffe in ihre Notizbücher und verglichen ihre Listen. Nonesuch trieb Shay zur Eile an, las die Namen der Schiffe – *Dreadnought, The Santa Ignatius, The Seahorse* – mit solchem Stolz laut vor, dass sie sich fragte, wie viel Schulbildung er tatsächlich hatte.

Er fragte: »Ist es nicht seltsam, dass ihr eure Götter in Netzen festhaltet? Es ist so, als sperrten wir den heiligen Paulus im Tower ein.«

Sie forschte in seiner Miene nach Boshaftigkeit, schlimmer noch: nach Mitleid, doch sein Interesse wirkte aufrichtig. »Jeden Morgen öffnen wir nach dem Füttern die Netze. Und es kommen jeden Tag so viele zurück, dass es sich für sie wohl wirklich nicht wie Gefangenschaft anfühlt. Stell es dir eher wie eine Kirche vor. Jesus ist ja auch in der Kapelle gefangen, oder? Er wird dort angebetet.« Ein seltsames Schuldgefühl überkam sie. Das war doch nicht gotteslästerlich gewesen?

Nonesuch warf einen verstohlenen Blick um sich, als wollte er sich versichern, dass niemand sie belauschte. »Wer weiß? Wenn er nicht ans Kreuz genagelt wäre, würde er vielleicht auch auf die Straße wollen.« Einen Augenblick war er ruhig. »Wie teilen die Vögel euch also mit, wie ihr euch verhalten sollt?«

Shay versuchte, in ihrer Argumentation jeden Teilschritt sorgfältig zu setzen, als überquerte sie auf Trittsteinen einen Fluss. »Solche Götter sind die Vögel nicht, Nonesuch.«

Er klimperte mit den Münzen in seiner Tasche. Seine Haltung vermittelte ihr: Sprich weiter.

»Unsere Götter sind …« Shay hatte noch nie die richtigen Worte gefunden, um den Aufruhr der Gefühle zu beschreiben, den Birdland in ihr aufwühlte. »Sie … sie scheren sich nicht um uns. Und man kann sie nicht kennen.« Den nächsten Satz sagte sie nur in Gedanken: Genau wie eure auch. »Aber sie sind wunderschön und frei. Wenn du sie beobachtest, sie wirklich siehst, dann weißt du, dass es eine andere Welt gibt.«

»Aber bedeutet das nicht einfach, dass sie die Existenz Gottes beweisen? Statt seine … Verkörperung zu sein?« Das Letztere sagte er sehr vorsichtig, als wolle er den Gedanken nur ausprobieren.

»Vielleicht«, erwiderte Shay. Selbst solche geringen Zweifel hätten in Birdland dazu geführt, dass die Leute erschreckt die Luft anhielten. »Aber sie sind so anders als Insekten, Felsen, Blumen und Wasser.« Sie hatte Mühe, eine christliche Analogie zu finden. »Stell sie dir wie Engel vor.«

Shay wurde wütend, weil die Sprache so armselig war. Wie sollte sie den Wagemut der Schwanzfedern einer Elster oder die Grausamkeit eines Adlerschnabels ausdrücken? Welche Worte konnten die Unwahrscheinlichkeit eines Kolibris einfangen oder die Krallen eines Habichts einsperren? Anmut. Ehrfurcht. Liebe. Nichts als Wörter, undichte Behältnisse, deren Bedeutung bei jeder Bewegung herausschwappt. Wörter, die mit Shay zusammen hier im Schlamm feststeckten.

Frustriert warf sie den Kopf in den Nacken und sah den schneeweißen Amorbogen eines Möwenflügelns pfeilschnell vorbeihuschen. Er war alles, was sie gesagt hatte, war zu Fleisch geworden. Sie lachte aus purer Freude darüber.

Nonesuch folgte ihrem Blick und lächelte. »Natürlich bedeutet es auch, dass eure Götter Würmer verzehren.«

Ein paar Schritte weiter blieb er stehen und wandte sich zu ihr um. »Ich könnte dir zeigen, woran ich glaube, wenn du magst. Wenn du mit mir zum Theater kommst.«

Shay war keine Spiegel gewöhnt. Lonan hatte offensichtlich keine Verwendung dafür, und sie selbst verbrachte mehr Zeit damit, ihre Erscheinung zu verbergen, als sie zu betrachten und zu prüfen. Deswegen musste sie sich darauf konzentrieren, ihrem eigenen Blick im Spiegel standzuhalten, während Nonesuch ihr eine andere Person aufmalte. Er hängte ihr Muscheln in die Haare und an die Ohren und wischte ihr in dicken Strichen einen Schwalbenflügel aus schwarzer Farbe um die Augen. Darunter verteilte er Rouge in zwei Herzen, als hätte man sie in die Wangen gekniffen. Er kämmte ihr schwarzes Öl seitlich ins Haar, das anschließend nach hinten genommen und getrocknet wurde, bis es an ihrem Kopf anlag wie die Ohren einer fauchenden Katze und so die Tätowierung auf ihrem Schädel überdeckte. Er schmierte ihr eine weiße, nach Rindertalg riechende Paste auf die Lippen. Sie war glitschig und klebrig und zog Fäden, die beim Sprechen rissen. Zum Vorschein kam ein verächtliches Gesicht, sie und doch nicht sie. Shay dachte: Oh, es gibt auch andere Möglichkeiten, sich zu verstecken. Draußen auf den Londoner Straßen konnten Augen – Männeraugen – ihre Verkleidung aus Kappen und Lumpen durchdringen, doch dieser aufgemalte Schild würde solche auf sie geworfenen scharfen Blicke abprallen lassen. Die alte Shay war fort. Sie streckte die Zunge heraus und war überrascht, dass ihr Spiegelbild es ihr nachtat.

Und dann das Kostüm. Nonesuch holte alles Mögliche aus der Garderobe und hielt es ihr vor. Schließlich entschied er sich für ein einfaches, hochgeschlossenes Kleid im Violett eines Blutergusses und drapierte dann einen Halsschmuck nach dem anderen darüber, vom zarten Reif bis zur Bürgermeisterkette, bis sie jedes Mal, wenn sie den Kopf drehte, rasselte wie eine Lafette. Selbst hier hinter verschlossenen Türen spürte Shay bereits das Gewicht der Aufmerksamkeit, die dieses Kostüm auf sich ziehen würde. Sie fühlte sich gleichzeitig verletzlich und stark. Die Farbe machte ihr am meisten Sorge; Violett war eine königliche Farbe, nur den feinsten Damen und Herren vorbehalten. Es gab tatsächlich Gegenden in der Stadt, wo man sie schlicht schon dafür verhaften könnte, dass sie diese Farbe trug, doch Nonesuch war unbekümmert. Er trat in den Schatten, um sein Werk zu begutachten, und sagte dann beinahe nur zu sich: »Gut. Ja. Dann wollen wir mal sehen, in was für Schwierigkeiten wir geraten können, was?«

»Aus dem Weg. Du da, zur Seite.« Nonesuch bahnte Shay einen Weg durch den Verkehr, während er zu ihren Füßen Blütenblätter in den Schlamm streute. Sie achtete sorgfältig darauf, auf jedes einzelne zu treten; irgendwie schien das wichtig zu sein. Shay konzentrierte sich auf den Geruch der Rosen und des frischen Dungs, anstatt in die hundert Gesichter zu schauen, die sich ihr zuwandten. Und doch spürte sie die Blicke wie eine Art pochende Hitze. Die Leute starrten aus Fenstern und Läden, sie hielten ihre Karren an und glotzten. Die Menge umspülte sie, die Aufmerksamkeit kam in Wellen, und Shay blickte hoch, von allen weg, reckte die Nase in die Luft, während sie das Omen der Vögel oben am Himmel las: eine Saatkrähe im Flug, zwei Elstern, die Schnäbel tief im Reet eines Daches vergraben. Das bedeutete Gefahr und Arglist, eine der liebsten Deutungen ihrer Mutter.

»Was soll ich eigentlich darstellen?«, flüsterte sie Nonesuch zu, als er sie nach Osten in die ruhigeren Straßen im Schatten der Stadtmauer führte.

Nonesuch blinzelte in die Wintersonne. »Ich habe keine Ahnung. Noch nicht.«

Knapp hinter dem nördlichen Tor machten sie in einer schmuddeligen, heruntergekommenen Gegend halt, die zu armselig war, um in Shays Botengängen vorzukommen. Nonesuch schien allerdings genau zu wissen, wohin sie gingen. Er deutete auf eine Lücke zwischen zwei niedrigen Schuppen, kaum breiter als ein Handkarren, und nahm sie bei der Hand. Sie hob den Saum ihres Kleides an, um ihm durch den Matsch zu folgen. Es war eine Gasse ohne Sonne, an allen Seiten von Moos überwachsen. Am anderen Ende schwang ein Wirtshausschild an seinen Scharnieren: *The Magpie*. Die Elster. Vom Schild starrte eine windschiefe Elster zu ihr herunter. Eine Elster für Kummer, zitierte eine Stimme in ihrem Kopf, als sie Nonesuch nach drinnen folgte.

»Meine Herren, Sportler, Spieler.« Nonesuchs Stimme klang in diesem schmucklosen Kasten von einem Raum spröde. Shay spürte scharfe Kieskanten an den Fußsohlen und triefenden Schlamm zwischen den Zehen. »Ich habe einen Schatz gefunden.«

Er stieß Shay sanft mit der Kappe seines Stiefels vorwärts, und sie taumelte ins Kerzenlicht. Den Blick hielt sie weiterhin über den schattenhaften Kreis der Trinker gerichtet.

»Unten am Dock habe ich diesen Schatz gefunden, bibbernd unter eine Bootsplane gekauert. Eine Ausreißerin von einem Schiff, vermute ich. Schreckhaft wie ein Reh, aber mit dem Tritt eines Maultiers. Offensichtlich nicht von hier, sie scheint auch kein Englisch zu sprechen. Ich war schon unterwegs zu Doktor Dee, falls eine Belohnung ausgesetzt ist, aber weil ich mir gedacht habe, wie sehr die Stammgäste des Magpie eine Wette lieben, habe ich einen kleinen Umweg gemacht.« Nun war es still im Raum. »Für einen Shilling dürft ihr raten. Wo in aller Welt stammt unsere kleine rätselhafte Person her? Wer am nächsten herankommt, bekommt den Pott, minus natürlich den winzigsten Anteil für den Bankhalter.« Nonesuch machte eine knappe Verbeugung.

Münzen flogen klirrend über den Tisch, und im Nu war Shay von Männern umringt, von Männern mit Bieratem und Schlammfingern, die sie mit besitzergreifenden Gesten untersuchten. Dreckige Hände fingerten ihren Saum, zerrten an ihren Ohrringen. Manche bissen auf den Theaterschmuck. Ein Mann versuchte, ihre Lippen auseinanderzudrücken, um sich ihre Zähne anzuschauen, und Shay konnte nicht anders: Sie knurrte tief in der Kehle und erreichte damit einen vorsichtigen Rückzug. Ihr wahres Selbst kauerte sich unter diesem Aufzug zusammen, gut verborgen, aber das Messer zwischen den Zähnen, sprungbereit. Männer versuchten es bei ihr mit Französisch und dann Latein. Sie sagte nichts. Dann mit Sprachen, die sie nie zuvor gehört hatte. Ein Mann flüsterte ihr ins Ohr: »Wenn du kein Englisch sprichst, dann macht es dir ja nichts aus, wenn ich dir sage, dass ich diesen hübschen kleinen Mund gern ficken würde.« Er fuhr herum, um ihre Augen zu beobachten, und sie konzentrierte sich darauf, ausdruckslos zu schauen. Er lächelte. »War das ein Ja?«

»Es reicht«, rief Nonesuch. »Die Wetten bitte.«

»Perserin«, ertönte eine Stimme von hinten. »Solche Schminke habe ich schon bei Huren aus dem Osten gesehen. Sie ist wohl die Gespielin irgendeines Schahs. Behalte sie für dich, ich würde das bestimmt tun. Die kennt sicher ein, zwei Kunststückchen.«

Nonesuch wiederholte es: »Der Mann in Blau sagt, sie ist Perserin.«

Eine Stimme aus der Menge: »Nie im Leben ist die aus Persien. Nicht, wenn sie Violett trägt. Nur die Venezianer erlauben, dass gewöhnliche Sterbliche Violett tragen. Sie kommt aus der Kanalstadt; Schauspielerin oder Malerin oder so ähnlich.« Weitere Vermutungen fluteten herein: Sie war Schottin oder Siamesin. Maurin oder aus Malacca. Ein Mann, der jüngste von allen, meinte, sie könnte auch zu den Flatterern gehören, wurde aber lautstark überstimmt. »Verschwende deinen Shilling nicht. Die Flatterer sind so unscheinbar wie Kirchenmäuse.«

Nonesuch fegte die Münzen in eine Börse. »Dann bringe ich sie mal nach Mortlake. Dee wird wissen, was sie ist, und wenn er sie aufschneiden muss, um das herauszufinden.« Mit einem weiteren Schubser drängte er Shay ins Sonnenlicht zurück.

Als sie wieder auf der Broad Street waren, warf Nonesuch den Beutel voller Münzen von einer Hand in die andere. »Du warst perfekt! Alle Menschen lieben das Geheimnisvolle. Hast du bemerkt, wie jeder das sieht, was er sehen will? Die Liebeskranken sehen eine Hure, die Ehrgeizigen eine Prinzessin.« Er nahm sechs Münzen aus dem Beutel. »Hier ist dein Anteil. Nicht schlecht für eine Rolle ohne eine einzige Zeile Text.«

Während der gesamten Szene hatte Shay nicht gesprochen, und als sie nun den Mund aufmachte, wurde die Paste auf ihren Lippen rissig. »Du gehst nicht mit dem Gewinn zu ihnen zurück?«

»Pah! Die sind ja nicht mal in die Nähe gekommen. Und jedenfalls trinken die an einem Werktag um Schlag zehn.

Das sind keine Männer, die erwarten, dass ihnen Gutes widerfährt.«

Shay zupfte ihren Saum höher. Die Straßen war gedrängt voller Menschen und die Luft rings um die Tore voller Insekten. Alles hier – der Dreck, die Armut, die Stadtmauern – flößte ihr das Verlangen nach der offenen Weite ein. Sie nahm das Geld und sagte: »Danke. Aber wir gehen auf meinem Weg zurück. Über die Dächer.«

Nonesuch trottete fröhlich hinter ihr her, klimperte noch immer mit seinen Münzen.

7

Und schon hatte sich ihr System etabliert. Zehn Tage hintereinander war Shay jeden Morgen Schlag neun im Kostüm und geschminkt, und ihr Magen revoltierte, während Nonesuch entschied, was ihre Rollen sein sollten. In Newgate war sie Nonne, in Horseleydown eine Hure. Am Donnerstag machte Nonesuch einer Bande von Lehrlingen weis, Shay sei eine Dienstmagd, die ihren Herrn ermordet hatte, weil er versucht hatte, sie zu bespringen. Also schafften die Jungen sie heimlich hinten auf einem Karren unter einem Berg Roter Bete in eine Kirche in St Albans. Shay war noch nie zuvor nördlich von London gewesen, und erst zwei Stunden später erschien endlich auch Nonesuch, saß träge hoch zu Pferd und lachte darüber, wie sie aussah.

Der Morgen gehörte stets ihm, doch die Nachmittage ganz ihr. Sie nahm Nonesuch auf ihre Botengänge mit und zeigte ihm eine verborgene, vom Wind zerzauste Stadt. Shay flog mit hektischer Anmut kreuz und quer über London, kam atemlos und mit Prellungen am ganzen Körper an den Hintertüren der prächtigen Häuser an, hielt die Hände auf dem Rücken, um ihre Fingernägel zu verstecken. Von Westen nach Osten und Norden nach Süden brachte sie feine, mit Wachs gesiegelte Briefe, sahneweiß und kirschrot. Wenn Nonesuch Schritt halten konnte, kletterten und sprangen und schwitzten sie miteinander, anscheinend die beiden einzigen lebendigen Menschen in dieser von Wolken gekrönten Dächerwelt. Shay deutete ihm die Zukunft, er deutete sich die

Zukunft aus dem Flug der Vögel – immer dramatisch, immer abenteuerlich –, und sie tranken Regenwasser aus den Mäulern der Wasserspeier. Und wenn er nicht mehr Schritt halten konnte, gab Shay ihn wieder frei, damit er ins Zentrum ihrer neuen Welt zurückkonnte: ins Blackfriars Theatre.

Die Zeit dehnte sich und gähnte, um all die Wunder dieses Theaters aufnehmen zu können. In jenen ersten zehn Tagen gab es sieben Vorstellungen, und nichts war Shay je so richtig vorgekommen. Es fühlte sich richtig an, nichts als ein Augenpaar zu sein, das die Bühne beobachtete, während der von Flammen erleuchtete Raum rings um sie herum wirbelte. Es fühlte sich richtig an, dass der Lärm der Zuschauer über sie hinwegflutete wie Wellen über den Kies. Und es fühlte sich richtig an, mit dem Finger die Wörter über die Seiten zu verfolgen – wunderschöne Wörter, wie Paradiesvögel mitten unter den Londoner Stadttauben. Die selteneren unter ihnen bewegte sie im Mund: byzantinisch. Ingeniös. Diabolisch. Zaubersprüche in zehn Buchstaben, ganze Welten in Miniatur.

Aber was sich vor allem anderen richtig anfühlte: Nonesuch aus dem Schatten heraus zu beobachten und sich von ihm durch seine geheimen Gassen führen zu lassen. Drei verschiedene Theaterstücke in der Woche, das bedeutete drei sehr unterschiedliche Rollen. Doch für Shay war alles eine einzige lange Vorstellung. Ein wiederkehrender Traum, der Nacht für Nacht in ihrem Kopf ablief, ohne je ganz seine Bedeutung preiszugeben. Bruchstücke schimmerten dunkel zu ihr zurück: Nonesuch, der weinend in einem zerrissenen Brautkleid durch den Mittelgang schritt, während aus dem Publikum eine Hand nach der anderen sich unwillkürlich zu ihm hinstreckte, manche hilfreich, andere begehrlich. Die Trompete des Mohren, die atonal durch eine Schlachtenszene kreischte, um dann unmerklich gelassen in eine Begräbnismelodie hinüberzugleiten, genau in dem Augenblick, als Alouette eine scharlachrote Glasscheibe vor die Laterne schob: klack, und die ganze Bühne war von altem Blut überströmt. All dies war vielleicht keine Wirklichkeit, doch die Gefühle, die es in ihr aufwühlte, waren es. Freude. Liebe. Angst und Schrecken. Eine Szene kehrte immer wieder zu ihr zurück – Trussell, wie er Nonesuchs Reflexion spielte. Hinter einer Glasscheibe spiegelte er die Bewegungen von Nonesuchs kindlicher Königin, die sich auf eine Verabredung vorbereitete, eine Verabredung, von der das Publikum wusste, dass sie ihren Tod bedeuten würde. Alles fing eigentlich als Komödie an, als die Handlungen der beiden Jungen einander so genau entsprachen, dass das Publikum hilflos vor Gelächter war. Doch dann war da Trussells Gesicht, nachdem Nonesuch fortgegangen war, das Spiegelbild, das hinter dem Glas allein zurückgeblieben war, dieses Bild des Jammers und der schrecklichen Erkenntnis: Er brachte sie dazu, zu weinen, wie sie es seit dem Tod ihrer Mutter nicht getan hatte. Es schwang auch Angst dabei mit. Jedes Mal, wenn Nonesuch sich ins Publikum hinauswagte, fürchtete sie um ihn. Nur sie konnte die Blicke sehen, die er heraufbeschwor, Blicke, von denen die Menschen glaubten, sie seien vom Mantel der Dunkelheit verhüllt: Neid, Durst, Hass.

8

Ein Samstagmorgen mit glockenstrahlendem, haushohem Himmel. Shay wachte im Halbschatten des Taubenschlags oben auf der Brewer's Hall auf. Es war im Theater ein Vorhang zu viel gewesen, und sie hatte die Lange Fähre nach Birdland verpasst. Das Taubenhaus war schon länger ihre Zuflucht. Hier war die Luft dick wie Suppe, teils Federstaub, teils Biermalz, und die schläfrige Konversation des Taubengurrens war für Shay so heimelig wie ein Kaminfeuer. Ein Samstag: Ausnahmsweise beschloss sie, einen Morgen nur für sich zu verbringen. Sie konnte ihre Botengänge machen. Sollte sich Nonesuch doch fragen, wo sie blieb. Von Brewer's Hall nach Newgate, von Newgate in die Fetter Lane, von der Fetter Land zu den Stangate Stairs; sie blieb hoch oben über der Stadt, solange das möglich war, wünschte sich inständig, die Blackfriars Boys sollten sie so vermissen, wie sie ihrerseits sie jetzt schon vermisste. Als sie sich schließlich in die vertraute Straße herunterhangelte, war das Theater in größtem Aufruhr.

Der Zuschauerraum schien unter dem erhöhten Druck der drohenden Panik beinahe angeschwollen zu sein. Überall gackerten Jungen über Textzeilen, nähten Kostüme, trennten Kostüme auf. In jeder Ecke roch es nach frischen Blumen und neuen Kerzen. Nonesuch war nirgends zu sehen, doch Trussell stand bereits auf der Bühne und malte mit großen schludrigen Wellen aus Umbra die Kulissen. Shay schaute eine Weile zu, wie sich dort das Bild eines tosenden Infernos entfaltete. Als Trussell schließlich einen Schritt zurücktrat, um sein Werk zu betrachten, sprang sie zu ihm hinauf. »Was ist denn hier los?«

Seine Stimme war trunken vor Aufregung. »Evans ist heute Morgen mit einem neuen Stück aufgetaucht und erwartet, dass wir das heute Abend spielen. *Luzifer in Limehouse*. Wir brauchen neue Kulissen und Kostüme und alles. Heute ist Premiere.« Er sagte das letzte Wort so, als verkündete er eine Geburt im Königshaus. Er drehte der Kulisse den Rücken zu. »Unten im Schlafsaal ist gerade ein Junge dabei, unsere Texte abzuschreiben, schau mal nach, ob er auch schon eine Kopie für dich hat.«

Als sich Shay wieder in den Zuschauerraum herunterließ, fügte Trussell noch hinzu: »Könntest du dich bis Schlag vier von Nonesuch fernhalten?« Sie musste wohl recht gekränkt geschaut haben, denn er fügte rasch hinzu: »Er hat Hunderte von Zeilen zu lernen, und ich versuche jede Ablenkung von ihm fernzuhalten. Aber du könntest nachschauen, wem du sonst noch helfen könntest. Mach dich aber drauf gefasst, dass du heute Abend sehr viel soufflieren musst.« Seine Arme waren von den Fingerspitzen bis zum Ellbogen dunkelrot, und er hatte ein benommenes Grinsen im Gesicht. Er lüftete seine Kappe. »Ich für mein Teil entschuldige mich schon im Voraus für meine Vorstellung.«

Shay ließ sich für jede Aufgabe einteilen, die zu erledigen war. Und schon wurde sie von der Garderobe zur Bühne und vom Zuschauerraum zum Kostümfundus weitergereicht. Schlag vier wurde das Tempo gemächlicher, und sie schlich sich fort, um vom Dach aus zuzuschauen, wie das Premierenpublikum eintraf. Die Straße war gedrängt voll mit Kutschen – vornehme, spiegelglatt polierte Kutschen mit Wappen in Scharlachrot und Meerblau. Kutscher rollten für ihre Passagiere Binsenmatten aus, damit die Stiefel der Männer so makellos und die Pelzschuhe der Damen so trocken blieben wie am ersten Tag. Straßenjungen versuchten, den Verkehr am Fließen zu halten – *ein Penny, und ihr könnt eure Kutsche hier abstellen, und für einen Penny mehr passe ich drauf auf* –, doch diese vornehmen Leute ließen sich bei ihrem Auftritt nicht gern hetzen. Sie blieben betont auffällig stehen, um mit anderen Neuankömmlingen zu plaudern und damit die wartenden Gaffer auch ja jeden Zoll ihres Aufzugs sahen. Die jungen Frauen vom Bühnenausgang blieben unter dem Vordach, aber jedes Mal, wenn ein Gentleman ohne Begleitung eintraf, ertönte ihr Chor von »Sir, Sir«. Sobald die Zuschauer im Theater waren, glitzerten sie. Mit ihren kuppelförmigen Reifröcken und ihren ausgepolsterten Miedern waren die Frauen noch prächtiger geschmückt als das Theater selbst. Sie rauschten herein wie Schiffe mit ihren Begleitbooten, den Bediensteten, die an ihrer Kleidung zupften und richteten und ihre Pfauenradschleppen über die schmierigen Theatersessel hoben. Die Männer schauten finster drein und schienen leicht erregbar, erteilten laute Ratschläge und klatschten auf Hinterteile. Alouette hatte Shay schon erklärt, dass das Geschehen auf der Bühne nicht die einzige Vorstellung war, die im Theater gegeben wurde. Die Zuschauer betrachteten einander mindestens genauso aufmerksam wie das Schauspiel. Das staunende Aufkeuchen der Menge, das sich erhob, als Mapesbury und der zu Besuch weilende Herzog von Guise zusammen eintrafen und dann in der teuersten Loge die Köpfe zusammensteckten, verkündete ihr Bündnis deutlicher, als es jede öffentliche Bekanntmachung bewirkt hätte. Ehefrauen rügten ihre Ehemänner öffentlich, indem sie allein im Theater erschienen. Väter behängten ihre Töchter mit einer Mitgift aus Diamanten. Wer sich gut in der Gesellschaft auskannte, vermochte mit einem einzigen kurzen Blick auf den Sitzplan festzustellen, wessen Stern aufging und wer in Ungnade gefallen war.

»Das Parlament kannst du vergessen«, sagte Alouette, gleichermaßen verächtlich und stolz. »Am königlichen Hof und im Blackfriars, da spielt sich London ab.«

Shay war zum ersten Mal nicht in der Garderobe gewesen, während Nonesuch sich ankleidete und schminkte, so dass sein Lucifer, als er die Bühne betrat, sie völlig überraschte. Er trug Straßenkleidung, und Alouette beleuchtete ihn mit einem matten, weißen Licht. Er spielte den Lucifer gelangweilt und rastlos, wie einen der Spieler aus *The Magpie*. Londoner, erklärte er, seien zu leicht zu verführen, und er sehne sich nach einer echten Herausforderung. Also hatte er einen Monat lang auf seine Macht verzichtet und war als das niedrigste Wesen auf die Erde gekommen, das man sich nur vorstellen konnte: »Als Schauspieler, welche Schande! Niedriger als eine Hure. Sogar noch niedriger als ein Anwalt.« Hier hatte er die Aufgabe, die Charakterstärksten zu verführen – Nonnen, Büßer, Prinzen – und dabei keinen Zauber außer der Macht seiner Worte einzusetzen.

Er hielt sich enger als gewöhnlich an den Text, obwohl er das Stück mit aktuellen Seitenhieben und verdeckten Beleidigungen würzte, die gegen einzelne Zuschauer gerichtet waren. Manche waren so spitz und so vulgär, dass Shay überrascht war, dass die Betroffenen nicht aufsprangen und Nonesuch gleich hier und jetzt mit dem Schwert durchbohrten. Aber Alouette flüsterte ihr zu: »Es ist eine große Ehre, so einbezogen zu werden. Es ist, als würde dein Kopf aufgespießt, nur weniger schmerzhaft.«

Das Stück war lustiger als die meisten anderen, die Shay

gesehen hatte, aber es war auch grausamer. Nonesuch ergötzte sich an jeder Seele, die er vom rechten Weg abbrachte, und wenn man die schadenfrohen Gesichter sah, die im Publikum aufleuchteten, ging es dem größten Teil der Zuschauer ebenso. Doch als Lucifer am Ende schließlich das Blumenmädchen überredete, ihren Arbeitgeber zu bestehlen, huschten widerstreitende Empfindungen über sein Gesicht. Freude mischte sich mit Mitleid angesichts ihres Niedergangs. Während der Hinrichtung des Mädchens rangen Triumph und Bedauern miteinander, und genau wie das Wetter wirkten sich Nonesuchs Stimmungen unmittelbar auf die Zuschauer aus. Bereits im zweiten Akt vernahm man diskretes Weinen, und in den letzten Szenen übertönten die Seufzer und Schluchzen die Begleitmusik. Als das Ensemble sich verbeugte, beleuchteten Alouettes Laternen tränenverschmierte Schminke und verstohlen an die Augen geführte Taschentücher.

Der Zuschauerraum hatte sich erst nach beinahe einer Stunde völlig geleert, und Shay und Alouette saßen noch in ihrem Kasten unter der Bühne und redeten. Shay konnte Alouette nach wie vor nicht ganz einordnen. Gespräche mit ihr verliefen wie die Gezeiten: Alouette wurde von der Begeisterung mitgerissen, packte Shay mit weit aufgerissenen Augen und offenem Mund am Handgelenk, hielt dann inne, verebbte zum Schweigen, als habe sie sich dazu irgendwie hinreißen lassen. Wenn das Gespräch auf Pyrotechnik oder Druckerei oder Taschenuhren kam, wurde sie jedoch wieder lebhaft, und ihre Worte überstürzten sich geradezu. Dann schlug sie wieder die Hand vor den Mund und zog sich ins Schweigen zurück.

Schließlich herrschte Stille, bis auf Sporenklirren. Von ihrem Versteck aus sahen die beiden Mädchen, wie zwei Beinpaare die Bühne überquerten. Enge Samthosen, in Lederstiefel gesteckt, dazu Gesprächsfetzen – *Evans sagt, das Neueste ist noch besser.* Einen Augenblick lang erfüllte Licht den Raum, als die Bühnentür aufgerissen wurde.

Shay fragte: »Wo gehen *die* denn hin?«

Sie wusste, dass es dort nicht in den Schlafsaal zurückging, und sie hörte das Gemurmel von Gesprächen von weiter unten im Gebäude.

Alouette bemerkte Shays Blick und sprach dann mit einer Sanftheit, die vorher nicht in ihrer Stimme gelegen hatte: »Sie gehen hinter die Bühne. Da bleibt Nonesuch noch eine Weile. Sie müssen noch Unterhaltung bieten.«

»Unterhaltung?«, fragte Shay.

Alouettes Mund war verkniffen. »Diese Kerle? Diese Gentlemen? Die finden nicht, dass sie genug für ihr Geld erhalten haben, ehe sie nicht was zu sehen bekommen, was die anderen nicht kriegen. Nenn es Zugriff oder Nähe oder was auch immer.« Ihr Gesicht blieb ausdruckslos, doch sie beobachtete Shay genau, um sicher zu sein, dass die sie verstanden hatte. Shay war sich nicht sicher.

Alouette seufzte. »Für diese Jungen hat heute Abend die Arbeit gerade erst begonnen.« Sie schloss ihre Requisitenkiste mit einem Knall. »Wir können mal hingehen und zuschauen, aber nur kurz.«

Shay nickte und folgte ihr über die Bühne. Mit einem Finger an den Lippen führte Alouette sie in den Raum hinter der Bühne, der nun völlig verwandelt war. Laternen in allen Farben beleuchteten ihn, und in der Mitte machte bernsteingelbes Licht Bronzestatuen aus zwei in Togen gewandeten Jungen. Der hintere Bereich war in Blau- und Grüntöne getaucht, und ein tiefseeblauer Gentleman beugte sich hinunter, um einer gallig aussehenden Dame die Stiefel zu schnüren.

Hier drinnen wirkten die Blackfriars Boys wie geschrumpft, untererernährt und bartlos, schienen aus nichts als Ellbogen und Knien zu bestehen. Nur Blank, der Mohrenmusiker, sah aus, als gehörte er in diese Gesellschaft. Er spielte in einer Ecke leise Trompete, und die jüngeren Blackfriars Boys hielten sich so nah wie möglich bei ihm auf.

»Wir beide sind gar nicht hier.« Alouette war an Shays Seite und zog sie in den Schatten. Regenbogenlichter bestreuten ihren Weg mit Juwelen.

»Das ist mir recht«, sagte Shay und wich in einen Alkoven zurück. »Aber warum?«

Alouettes Augen huschten über Shays Gesicht. »Das hier ist ein Schaufenster. Wenn du keine Ware sein möchtest …« Sie beendete den Satz nicht.

Nonesuch stand in der Nähe in einer Ecke zwischen zwei Männern, die in schwarzes Leder gekleidet waren. Alouette flüsterte: »Der wandelnde Hosenbeutel da drüben ist Lord Mapesbury. Und der andere ist unser Herr und Meister.«

Evans. Henry Evans. Obwohl er der Mann war, der ihr zwei Pennys am Tag bezahlte, kannte Shay ihn nur vom Hörensagen. Theaterbesitzer, Freund der Königin, stets einen Fuß am Königshof, den anderen in der Gosse. Reiter auf schwarzen Pferden mit schwarzen Schmuckfedern und Trensen und Ketten, die angeblich aus massivem Silber waren. Er umgab sich mit einem Gefolge aus verschwenderischen jüngeren Söhnen aus gutem Hause, deren üble Laune gewaltig und deren üble Schulden noch gewaltiger waren, die sich Fremden gegenüber brutal gebärdeten und ihm gegenüber feige Memmen waren.

Er war groß, schien aber irgendwie merkwürdig gebaut, wie aus Überbleibseln zusammengesetzt zu sein. Sein schulterlanges graues Haar war stümperhaft mit Blaubeeren dunkel getönt, so dass er wie ein altes, scheckiges Pferd aussah. Runde Schultern, ein runder Bauch und lange, schlaff hängende Arme. Muskeln, die zu Fett geworden waren, Schwarz, das zu Grau geworden war, Haare auf den Fingerknöcheln, aber nicht oben auf dem Schädel. Doch seine Augen waren emsig. Mit raschen Seitenblicken erfasste er den Raum, ehe er sich wieder auf Mapesbury und Nonesuch konzentrierte. Sie standen so nah bei Shay, dass sie das Gespräch mithörte.

»Es ist mir zu Ohren gekommen, dass es nach drei Vorstellungen abgesetzt wurde. Die ersten Leute sind schon gegangen, ehe die letzten Nachzügler angekommen waren. Gestern Abend haben wir mit dem Verkauf von Austern mehr eingenommen als mit den Eintrittskarten.«

Mapesbury schien das nicht zu interessieren. »Gut. Mir liegt nichts an Clowns. Narren kann ich jederzeit auch umsonst sehen.«

Evans hörte wohl eine Art Einladung aus dieser Abfuhr heraus. »Natürlich habt Ihr recht. Komödien sollten wir den Landpomeranzen überlassen. Für die Stadt das Zauberhafte.« Er streifte leicht Mapesburys Arm. »Und genau zu diesem Thema hätten wir eine Privatvorstellung, stimmt's, Nonesuch?«

Nonesuch erwachte zum Leben, als hätte man an seinen Marionettenfäden gezogen. »Das haben wir. Ovids *Metamorphosen*. Jungen verwandeln sich in Esel, Götter werden zu Menschen, Vögel zu wunderschönen Frauen.«

Mapesbury hatte Krämeraugen. »Welches von diesen Vögelchen …«, er deutete mit einer Armbewegung auf den Raum hinter sich »… ist denn für eine solche Metamorphose zu haben?«

Zum ersten Mal lag nun Eifer in Nonesuchs Stimme. »Da hat Trussell die Führung übernommen. Er hat heute Abend den Straßenhändler gespielt. Er singt, er tanzt, und er spricht sehr gut.«

Mapesbury setzte eine gelangweilte Miene auf, rasch wie ein herunterrasselndes Fallgitter. Evans fuhr sofort dazwischen: »Aber natürlich wurde die Rolle eigentlich für Lord Nonesuch hier geschrieben. Die Königin höchstpersönlich war entzückt von seiner Vorstellung.«

»Das Stück ist bereits bei Hof gegeben worden?«

»Bei einem privaten Maskenspiel. Außerordentlich ausgesuchtes Publikum. Getreue.«

Mapesbury schaute sich im Raum um. »Es ist also wohl kaum neu, oder? Vielleicht ein andermal.« Er machte eine Handbewegung zu einem Mann in der Ecke. »Lass die Kutsche vorfahren.«

Als sie allein waren, merkte man Evans' Gesicht nicht an, dass etwas nicht stimmte, doch er streckte die Hand aus und packte Nonesuch am Ellbogen, verdrehte ihm heftig den Arm und zog ihn nah zu sich. »Scheiß-Trussell, was? Niemand will sehen, wie sich Trussell in eine Maid verwandelt. Der ist ja schon als Junge kaum zu ertragen. Herrgott, bist du blöd, oder hast du nur die Lust am Arbeiten verloren?«

Nonesuchs Schulter senkte sich, als Evans seinen Arm noch weiter verdrehte. »Trussell ist gut. Ich habe ihn selbst unterrichtet. Du wärst überrascht.«

Evans' Fingernägel gruben sich tief in Nonesuchs Arm ein, der sich aufkeuchend zu Boden beugte. Evans' fleischige Finger quollen um seine Ringe herum. Er sagte: »Ich will nicht überrascht werden. Ich will bezahlt werden.«

Ein Edelmann im Federhut schritt vorüber und vollführte zum Abschied eine kunstvolle Verbeugung. »Wo wir gerade von Überraschungen reden. Der Text ist der Text. Und kein gottverdammter Vorschlag.«

Nonesuch schüttelte den Kopf und hielt dann abrupt inne. »Der Stückeschreiber wiederholt sich. Es muss doch Abwechslung geben.«

Evans verzog das Gesicht. »Dann zieh dir ein anderes Kleid an, verdammte Scheiße. Der Monolog über die Reichtümer Russlands steht für dich nicht zur Wahl. Curton hat ein Vermögen für diese Zeilen bezahlt. Er braucht Unterstützer für seine abenteuerliche Unternehmung dort. Und eines mach dir klar: Du bist kein Künstler, du bist ein Botenjunge.«

Er ließ Nonesuch los und betrachtete ihn vom Kopf bis Fuß. »Dir sprießt da ja auch ein Bart. Wie alt bist du jetzt, dreißig?«

»Ich bin fünfzehn. Und das weißt du.«

»Ich hätte schwören können, dass du älter bist. Du siehst jedenfalls so aus. Vielleicht Zeit fürs Erwachsenentheater? Ich habe mir sagen lassen, dass *The Curtain* jemanden sucht.«

Nonesuch sackte in sich zusammen. »Ich bin glücklich hier, Evans. Wir sind seit beinahe einer ganzen Woche ausverkauft. Die Leute kommen, weil sie mich sehen wollen.«

»Im Augenblick, ja. Und jedenfalls, weißt du, wie viel ich mit dieser Bude verdiene? Nach der Miete und dem Königlichen Festmeister und Freikarten für jeden gottverdammten Günstling bei Hof und den Blasebälgen und Glühwürmchen und Scheißpilzen für deine fette flämische Kuh, die da hinten in der Ecke schmollt …« – Alouette ließ den Kopf hängen – »… und den Stückeschreibern und den Putzfrauen und …« Er warf verzweifelt die Arme in die Höhe. »Nicht so viel, wie du denkst. Ganz gewiss nicht so viel, dass ich schlaflose Nächte habe bei dem Gedanken, dich mit einem Penny in der Tasche und einem Tritt in den Hintern zu deiner hochnäsigen Familie zurückzuschicken. Also«, er packte Nonesuch erneut, diesmal in den Schritt, »warum gehst du nicht raus und verkaufst ein paar Privatvorstellungen? Denn da kommt dein Geld her.«

»Komm schon«, sagte Alouette leise zu Shay. »Wir sind hier keine große Hilfe.«

Draußen stellte Alouette ihren Kragen gegen den Regen hoch. Sie bibberte, und ihre Venen zeichneten sich in der Kälte blau ab. Aber sie machte keine Anstalten zu gehen. Shay wagte kaum daran zu denken, dass sie noch eine weitere Nacht in London bleiben müsste, doch im Augenblick hielt etwas sie im Dunstkreis des Theaters fest. Alouette schaute sie kaum je direkt an, jetzt allerdings doch: mit kühlen, zartblauen Augen unter langen Kuhwimpern. »Geh nach Hause, Shay. Morgen sind zwei Vorstellungen. Wegen Nonesuch mach dir keine Sorgen. Er ist ein großer Junge.«

Überzeugt klang sie nicht.

9

Über eine mit Sternen übersäte Themse ging es zurück nach Birdland. Zurück zu der dunstverhangenen Kuppel aus Netzen, während Shay noch der Anblick von Evans' Fingern, die sich in weißes Fleisch krallten, immer wieder vor dem inneren Auge ablief. Schwarze Ringe, schmutzige Fingernägel und Nonesuch, der sich unter diesem Griff wand.

Sie blieb nur kurz in Birdland. Lonan schlief, als sie ankam, und er schlief auch noch, als sie wieder fortging. Doch zumindest lagen jetzt Eightpence unter seinem Kopfkissen, und es war Brennholz im Korb. Shay ging allein zu den Futterschalen, um sie vor Sonnenaufgang zu füllen, doch selbst die ersten leisen Töne des morgendlichen Vogelgesangs konnten die Stimme in ihrem Kopf nicht übertönen. Bist du blöd, oder hast du nur die Lust an der Arbeit verloren? Evans' Hand zwischen Nonesuchs Beinen. Die Augen eines Fuchses und eine Stimme wie Glasscherben. Sie schob einen Zettel unter Colms Tür durch, den er ihrem Vater später vorlesen sollte. »Gehe heute endlich ins Eltham House, um nach Devana zu sehen. Ich grüße sie von dir. Auf dem Tisch steht Marmelade.«

Als Shay zur Stadt zurückruderte, war die Morgendämmerung noch kaum mehr als ein geflüstertes Versprechen am Horizont. Noch trug Shay die Kleidung vom Vorabend, und auch der Geruch des Theaters war mit ihr durch Birdland gezogen. Dieselben alten Sterne spiegelten sich im selben alten Fluss, und schwarze Fingernägel kerbten weiße Haut, wann immer sie ihre Augen ausruhte.

10

Ein Schwarm von Bediensteten bevölkerte und schützte das Eltham House; sie waren so zahlreich und so eng gepackt wie die Häute einer Zwiebel. Shay hat zwar bereits einen Pagen und ein, zwei Unterlakaien zur Seite geschoben, doch war sie immer noch nicht viel weiter unter die Oberfläche vorgedrungen. Sie war geduldig. Sie zeigte die wenigen Papiere, die sie hatte, einem Lakaien, welkte unter den Blicken eines furchterregenden Butlers dahin und wartete, während die Botschaft weitergereicht wurde: Die Aviscultarierin ist hier, um sich um den Falken zu kümmern.

Shay wurde weitergereicht wie ein Staffelstab – vom Butler zur Kammerzofe, von der Kammerzofe zum Sekretär und dann weiter zu anderen, undurchsichtigeren Bediensteten tiefer im Inneren des Hauses. Man stellte sie in einem Raum ab, der größer war als ihr gesamtes Zuhause in Birdland. Hier war sie von seidenen Wandbespannungen umgeben, auf die Szenen aus der Bibel gemalt waren. Es erfüllte sie mit ehrfürchtiger Scheu, dass ein Raum so offensichtlich zu nichts anderem diente als zur Aufbewahrung von wartenden Streunern wie ihresgleichen. Rings um sie herum schnurrten die Abläufe im Haus weiter wie ein Uhrwerk, unsichtbar, doch gut zu hören als Schritte, als das Öffnen und Schließen von Türen und als grummelnder Bass ausschließlich männlicher Gespräche. Shay betrachtete gerade das Gemälde von den sieben Todsünden und versuchte herauszufinden, welche der Gestalten wohl Völlerei und welche Gier darstellte, als derselbe dicke Butler zurückkehrte und verkündete, sie werde nun auf dem Dach erwartet.

Dann gingen sie gemeinsam hinauf durch Korridore, die zusehends schmaler und schäbiger wurden, je höher sie stiegen. Durch die Unterkünfte der Dienstboten, vorüber an feuchten Uniformen, die auf Wäscheleinen trockneten, in Zimmer, die mit zerbrochenen Möbelstücken vollgestopft waren, wo in einem der Räume in der Ecke eine reglose Zofe auf ein winziges Bett drapiert war und am Daumen lutschte. Vorüber an einem Zimmer, in dem die Betten so eng nebeneinander standen, dass sie einen zweiten Fußboden bildeten, in einen weiteren Raum, wo eine Zinnwanne über einem Feuer dampfte. Überall Geschäftigkeit, überall war es warm und heimelig. An der obersten Spitze des Hauses führte eine letzte Treppe nach oben: schmale Brettchen aus rohem Holz, puppenstubengleich.

»Von hier aus finde ich den Weg allein«, sagte Shay, und der zugeknöpfte Butler entblößte zum ersten Mal am Tag ein Lächeln. Er reichte ihr einen winzigen Messingschlüssel und sagte: »Gib ihn bei der Köchin ab, wenn du fertig bist. Du darfst sie dann um ein Stück Kirschkuchen bitten.«

Klare, saubere Luft und ein frischer Windhauch. Devanas Käfig stand in einer Ecke auf dem Dach. Er war im Stil einer orientalischen Pagode schnörkelig verziert. Man hatte offensichtlich bei seiner Konstruktion mehr Mühe walten lassen als bei allem anderen oberhalb des ersten Geschosses. Shay stieß einen Falkenruf aus, doch im Käfig regte sich nichts. Shay lächelte. »Ich muss wohl zu dir kommen, ja, Majestät?«

Sie zog einen Schemel heran und legte ihre aufgerollte Werkzeugtasche darauf ab. Devana hockte am äußersten Rand ihrer Stange und schaute betont in die andere Richtung. Sogar in dieser Reglosigkeit schien alles an ihr in fließender Bewegung zu sein. Gleich einer sternlosen Nacht strömten verwischt schwarze Federn von den Augen nach hinten. Ein wolkengrauer Hakenschnabel über einer weißen Brust, weiße Flügel und das Dreieck eines weißen Schweifs, der mit grauen, pfeilspitzen Federn durchzogen war. Ihr Gefieder war der Schnee auf einem gepflügten Feld. Sie breitete die Schwingen aus und faltete sie wieder unter.

Das Falknergeschirr hing innen an der Tür an groben Nägeln. Shay konnte nicht begreifen, warum man es dort so sichtbar hängen ließ. Devanas Geschüh war purpurrot mit schneeweißen Ziernähten und einem Aufstrahlen von Rubinen am Griff. Die Glöckchen waren aus massivem Messing. Ihre Langriemen waren aus violettem Wildleder. Und die Haube, eine außerordentliche Kreation aus einem extravagant violetten Leder, war so weich wie Kaninchenohren und mit einem ungeheuer feinen Muster geprägt, das man nur mit den Fingerspitzen ertasten konnte. Hier waren die Ziernähte in Weiß und Gold gehalten: fedrige Muster rings um die Opale, die die blinden Augen der Haube waren. Das alles war die Arbeit ihrer Mutter. In Birdland hatte Shay nie diese extravagante und phantasievolle Seite an ihr wahrgenommen. Birdland war für ihre Mutter das Zuhause, doch hier auf den Dächern sah Shay die wirkliche Ava. Sie wünschte, sie hätte *diese* Frau gekannt.

Sie rollte ihre Werkzeugtasche auf und stieß tief im Hals ein leises Zirpen aus. Devana hatte den Blick abgewandt. Shay massierte mit einem zusammengerollten weichen Lappen Leinöl in das körnige Leder. Mit Essig brachte sie das Licht, das in den Edelsteinen schlummerte, zum Leuchten. Sie packte die Ersatzfedern für die Haube aus. Das Büschel obenauf aus kecken Kranichfedern war noch gut, doch bei anderen hinten fehlten rautenförmige Stücke. Shay würde hier als Ersatz Schneehuhnfedern benutzen, im Schwarz-Weiß einer brechenden Welle. Shay wusste, dass andere hier tropischere Farben eingesetzt hätten – das Azurblau von der Kehle eines Bienenfressers oder das Scharlachrot des Schneidervogels –, doch sie fand, dass man so die Falken und ihre Beute gleichermaßen entmannte. Weiß, Grau und Schwarz: die Farben von Leben und Tod.

Das Falkenweib schob sich mit kleinen Schritten seitlich über die Sitzstange und heftete seine Augen auf Shay. Die blickte zu Boden. Es würde nicht den geringsten Augenkontakt geben. Nie, nicht einmal den kürzesten Moment lang, schaute Shay in diese torfschwarzen Augen. Shay begriff, was es für einen Vogel wie Devana bedeutete, wenn man ihn ansah: Bedrohung, Versprechen und Herausforderung in einem. Und auch der Blick des Vogels bedeutete Gefahr. Wenn ein Falke seine Augen fest auf die Beute richtete, so bedeutete dies das Ende und nicht etwa den Anfang. Die brutale Geometrie des Greifvogels, die Geschwindigkeit des Herabstoßens, die ständige Anpassung an Scherwinde, das Drehen und Stürzen, wenn sich Schwinge und Schweif zu einem schrecklichen Pfeil formen, und dann das satte Knacken eines Halses oder Rückgrats: All das wurde in dem einen Augenblick verhandelt, wenn diese Augen in deine blickten.

»Wie geht es dir?«, fragte Shay. »Du siehst gut aus. Scharfe Augen, scharfer Schnabel, scharfe Kralle, wie Vater sagen würde. Du erinnerst dich doch noch an mich, nicht wahr? Vielleicht nicht an meine Stimme, aber doch an meine Gestalt.« Sie versuchte, die ungeheure Sanftheit ihres Vaters nachzuahmen. Sie arbeitete, berührte mit ihren Händen die Stellen, wo auch die ihrer Mutter gewesen waren, hatte ihre Füße dort, wo ihr Vater gestanden hatte, und sie redete. Sie streckte eine behandschuhte Hand in den Käfig und versuchte es bei Devana mit einem Stück Kaninchen, frisch vom Marschland. Die Verächtlichkeit des Vogels war spürbar; das Falkenweib schaute fort, weit über die Stadt hinaus.

»Meine Güte, sind wir aber wählerisch geworden. Zu gut für Karnickel, was? Ich hätte wohl lieber einen Schwan mitbringen sollen.«

Devana ließ den Blick in Shays Richtung schweifen, als hätte sie verstanden, und Shay senkte die Augen wie eine Braut.

Wie viele Tage und Nächte hatte Shay hier verbracht? Sie war an dem Tag auf diesem Dach gewesen, als Devana hier eintraf. Es war einer von jenen windgeschüttelten, ausgebleichten Tagen nach Avas Tod. Der Ästling war damals ein mit offenem Schnabel wimmerndes mickriges Ding, seinem arktischen Zuhause entrissen, so zart und zerbrechlich wie ein Kitz und so wild wie ein Wolf.

»Ein Pferd reitet man zu«, erklärte ihr Vater, »aber einen Falken trägt man ab.« Shay und Devana lernten auf diesem Dach gemeinsam die Kunststücke und Techniken der Falknerei: Sie lernten von Geschüh und Federspiel, von den immer größer werdenden Spiralen der Langriemen. Aber mit Technik kam man nur bis zu einem bestimmten Punkt. Der größte Teil der Ausbildung bestand schlicht aus Zeit und Geduld, und in jenen schiffbrüchigen Tagen hatte Shay von beidem sehr viel. Vogel und Mädchen stützten einander in ihrer Hilflosigkeit, brachten kaum mehr fertig, als einfach gleichzeitig an einem Ort zu sein. Sie dösten zusammen, suchten zusammen Unterschlupf vor dem Regen. Sie aßen sogar zusammen: Kaninchen und Spanferkel, Hummer und Maus. »Ein Stückchen für mich, eines für dich.« Es waren lange Wochen von Fortschritt und Rückzug, von Nähe und Wutausbruch. Bis an einem Frühlingsmorgen Devana ein Stück gekochtes Kaninchen direkt aus Shays Mund nahm und die gesprenkelten Federn ihrer Haube sich in Shays liebevollem Atem kräuselten.

Das alles hier fehlte Shay. Sie lebte zwar in Birdland, aber aufgewachsen war sie hier. Dies war ihre erste bezahlte Arbeit, ihre erste echte Freiheit. Auch ihre erste Liebe, sie und Devana, einander umschlingend wie verliebte junge Leute. Doch Devanas Schicksal war klarer vorgezeichnet als Shays. Bei ihrer ersten Beiz mit Lord Eltham tötete das Falkenweib einen Reiher, bei der zweiten erlegte sie einen Schwan. Damit waren Shays Tage auf dem Dach zu Ende; von nun an würde Devana für jeden töten, der den Handschuh trug.

Shay ließ sich viel Zeit bei der Arbeit. Im Theater brauchte man sie um Schlag vier, doch bis dahin war sie es zufrieden, hier zu sitzen und zu reden. Sie erzählte dem Falken von Alouettes Rauchbomben und der Tätowierung des Jungvogels. Klatsch und Neuigkeiten. Und sie redete von Nonesuch. Während sie redete, schoben sich seine unzähligen verschiedenen Gesichter übereinander, und sie sah ihn zum ersten Mal vollständig und ganz. Und all diese Erinnerungen versanken in Devanas erbarmungslosen Augen.

Als Shay fertig war, stieg sie durch das Labyrinth der Räume in die Küche hinunter. Sie mochte Küchen. Zusammen mit ihrem Vater trieb sie auf einem mutterlosen, ehefrauenlosen Ozean, und keiner von beiden hatte je beim Kochen Fortschritte über Brot und Fleisch hinaus gemacht. Sich jetzt einmal mit vom Küchendampf feuchtem Haar auf einen umgedrehten großen Topf zu setzen und Essen gereicht zu bekommen, war also wie ein Stück vom Himmel. Shay sog gierig das Aroma von vier Gerichten in verschiedenen Stadien der Vollendung in sich auf. Scharfe Spitzen von Apfel und Nelke, die fette Öligkeit knusprig werdender Haut der Gänse, nur einen köstlichen Augenblick vom Verbrennen entfernt, der frische Geruch kochender Eier und unter allem der heimelige Duft von frischem Brot. Shay wartete eben noch auf ihren Kirschkuchen, als der Butler erneut auftauchte und sie mit einem plumpen Finger zu sich winkte.

Ein Vorraum, noch so ein Wurmfortsatz eines anderen Zimmers. Diese Verschwendung machte Shay atemlos. Der Butler richtete seine Worte an die Decke. »Lord Eltham sagt, es sei ihm nicht bekannt gewesen, dass dein Vater bei den Besuchen nicht mehr anwesend ist. In Anbetracht der Meisterschaft deines Vaters und deiner …« Er geriet ins Stocken. »… deiner Jugend kürzt er dein Honorar auf Sixpence.« Er wich ihrem Blick aus.

Sixpence. Das Honorar halbiert, nicht einmal genug, um die Ausgaben von drei Tagen zu bestreiten. Shay ummantelte ihre Wut. »Ich verrichte die Arbeit mindestens so gut wie mein Vater. Ich versorge Devana, seit sie ein Jungvogel war. Sagt mir eine einzige Beanstandung, wo der Dienst, den ich euch geleistet habe, geringer geworden ist, und ich behebe das sofort umsonst.«

Sie wusste allerdings, dass es hoffnungslos war. Der Butler hatte seinen Satz mit »Lord Eltham sagt« begonnen. Also war der folgende Satz ein Urteil und keine Anklage. Doch diese Ungerechtigkeit ließ ihr die Wörter aus dem Mund sprudeln. Mit geballten Fäusten stand sie auf den Zehenspitzen.

»Es geht hier nicht um die Arbeit, sondern um den Arbeiter. Das Honorar, das wir bezahlt haben, war für einen Meisterfalkner, wie er einem Mann von Lord Elthams Rang zusteht.«

»Meine Arbeit ist meisterlich.« Shay war starr vor Zorn. »Bringt mir einen Falkner, der behauptet, das zu können, was ich kann, und ich trete gegen ihn an.«

Eine neue Schicht Eis lag nun auf der Stimme des Butlers. »Wenn er wüsste, dass du in den letzten zwei Jahren stets allein hier warst, würde er auch diese Zahlungen zurückfordern. Lass die Sache auf sich beruhen, mein Junge.«

Diesen Ton kannte sie; der Butler war nah dran, die Geduld mit ihr zu verlieren. Wenn sie jetzt zurückblaffte, hätte er einen besseren Grund dafür, sie hinauszuwerfen.

»Wie heißt Ihr?« Shays Schultern bebten vor Anstrengung, gleichmütig zu wirken. Diese Frage hatte allerdings in ihren Gedanken nicht ganz so drohend geklungen. Shay war sich auch nicht sicher, was es ausmachen sollte, wenn sie seinen Namen kannte, aber die ganze Situation war ohnehin unwirklich. Zwei Fremde in einem Raum, der keiner war, verhandelten im Namen anderer, greifbarer Wesen. Die ärmlichsten Häuser im East End waren mit Strohballen gedeckt und knickten manchmal unter diesem Gewicht ein. So zerbrechlich fühlte sie sich jetzt.

»Ich heiße Carver. Und dieses Gespräch ist jetzt zu Ende. Nimm deine Sixpence und sei dankbar, dass du uns in den letzten zwei Jahren so viel abgeschummelt hast.« Überraschenderweise gab ihr das »uns« und nicht das »abgeschummelt« den Rest. Sie schlug dem Mann die Münze aus der Hand, schaute bewusst nicht, wohin sie rollte, und verließ den Raum.

Draußen flirrte Shay vor Wut. Hier war gerade ein Hahnenkampf zu Ende gegangen, und die Kampfarena spuckte Männer aus, deren Gesichter von Geld, Blut und Alkohol gerötet waren. Sie versperrten den Weg, und ihre Stimmen wurden lauter, als sie den Kampf noch einmal durchgingen und nachstellten. Ein schweißnasser, krötengleicher Mann führte seinen Freunden einen Todeshieb des einen Vogels vor und erwischte Shay mit dem ausholenden Arm an der Wange. Sie tippte ihn an die zurückweichende Schulter. »He, du Kampfhahn, pass bloß auf deine Flügel auf.«

Er fuhr herum, und die Hände all seiner Kumpane fuhren an die Messerhefte. Er musterte Shay vom Scheitel bis zur Sohle und traf dann demonstrativ eine Entscheidung. Er griff in die Tasche, zog ein schmuddeliges Taschentuch hervor und wischte sich die Stirn. Dann drehte er ihr den Rücken zu und ging weiter. Der Druck in Shay stieg. Angesichts des ungeheuren Verdienstausfalls, den sie sich selbst eingebrockt hatte, verblasste jeder andere Gedanke. Sie hangelte sich eine Gartenmauer hinauf, krallte sich mit schmerzenden Fingerspitzen in den Kerben des bröckeligen Mörtels fest, warf sich dann über die Mauerkrone. Ein kurzer Sprung, bis sie den Dachüberhang zu packen bekam, dann schwang sie sich hin und her, bis sie eine Zehe über die gegenüberliegende Traufe haken konnte, schnellte den Rücken hoch und schwang sich auf das Dach. Ohne einen Blick zurück oder nach unten schoss sie sich wie einen Pfeil in Richtung des Mondes, der traumgleich am Nachmittagshimmel hing, und begann zu rennen.

Eine Stunde später lag sie schweißgebadet und zitternd im Schatten von Devanas Käfig. Mit fiebriger Tollkühnheit war sie losgerannt, hatte sich auf die Dächer gestürzt, als wären es Federbetten. Sie war geschlurft, gestolpert, hatte gehangen, Pirouetten vollführt, war gekrabbelt und gerutscht, bis ihre Hände mit Ruß und Blut verschmiert waren und sie endlich wieder auf dem Dach von Eltham House stand. Sie konnte den Gedanken nicht ertragen, dass der Butler nun glauben würde, es ginge hier nur ums Geld. Sie hätte sich auch um Devana gekümmert, wenn sie dafür hätte zahlen müssen.

Devana kam zur äußersten Kante ihrer Sitzstange gerutscht und beäugte Shay geduldig. Mit Zerstörung kannte sich der Vogel bestens aus und betrachtete nun mit persönlichem Interesse das Trümmerfeld.

Die Stimme ihres Vaters gehörte so sehr zu diesem Ort wie die Dachziegel. Vor vielen Jahren hatte er ihr eine Frage gestellt: »Was meinst du, wie erkennt ein Falke seine Beute, Shay?« Dabei erregte der liebevolle Druck seiner Finger in Devanas Nackengefieder ein mädchenhaftes Schaudern.

»Ich denke, an der Größe. Vielleicht an der Form und Farbe?«

Er schüttelte den Kopf. »Sie sieht nur, was sich vor ihr fürchtet. Was wegrennt, ist Beute.«

»Was bin ich also jetzt?«, fragte sie den Vogel. Die Antwort war aus Devanas flüchtig musterndem Blick herauszulesen. Professionell registrierten ihre Augen bebende Adern und die Stärke der Knochen. Sie schmeckte Blut in der Luft und Schweiß auf der Stirn. Shay musste lachen. »Beute, was?« Der Vogel kratzte sich an einer juckenden Stelle ganz tief im Bauchgefieder, während Shay die Haube, die Langriemen und Handschuhe in die Tasche steckte. Zwischen ihnen beiden verlief ein unsichtbarer Faden, dachte sie. Sie waren zwei mutterlose Wesen, die nur füreinander Augen hatten, trotz der Besitzurkunde von Lord Eltham, vielleicht sogar wegen dieser Urkunde. Shay warf einen letzten Blick auf einen Himmel, der inzwischen weindunkel geworden war, band Devanas Leine los und scheuchte den Vogel aus dem Käfig auf das Dach. Sie schloss den Käfig mit dem kleinen Messingschlüssel ab und ließ sich dann selbst pfeifend über die Kante des Gebäudes hinunter.

Sie spürte eher, als sie sah, wie Devana entfloh. Ein Rascheln von Federn, ein Aufblitzen schneeweißer Schwingen. Ein auffliegender Engel. Shay warf einen Handkuss in den Himmel und machte sich auf in westliche Richtung zum Theater. Zumindest eine von ihnen war frei.

11

Shay ging gar nicht erst zur Vordertür des Theaters, sondern quetschte sich durch ein offenes Fenster und tappte dann durch den Rang nach unten. Bei Tag war dieser Ort unspektakulär. Die Kerzen waren bis auf die letzten Stummel heruntergebrannt, und die Füße knirschten über weggeworfene Austernschalen. Weiter hinunter, nach unten in den Schlafsaal. Schon draußen der Stallgeruch von Jungen: Schweiß, Bier und Schlimmeres. Es war so still, dass sie vermutete, es sei niemand da, doch als sie die Tür öffnete, sah sie den größten Teil der Truppe wach und halb angezogen. Es herrschte hier die gekünstelte Stille einer Kirchengemeinde: Köpfe wandten sich zu ihr und wieder ab. Nur Trussell stand vom Bett auf. Mit vor die Lippen gelegtem Finger führte er sie in eine Ecke. In den Strahlen des Tageslichts wirkte sein Gesicht ernst.

»Du musst ruhig sein, sie hatten gestern Abend noch eine Privatvorstellung.«

»Nonesuch?«

»Ja, er, Pykman und Pavey.«

Shay hatte Pykman und Pavey schon gesehen. Sie waren blass und ängstlich und schlangendünn. Sie hatten keine Sprechrollen und wurden meist dazu verdonnert, in den billigeren Kostümen im Hintergrund herumzulungern.

»Welches Stück? Cleopatra?«

Trussells gesenkter Blick war ihr eine Warnung. »Die privaten Maskenspiele sind gewöhnlich eher … improvisiert.«

Er schaute ihr zum ersten Mal in die Augen. »Mehr … äh … vom Publikum inspiriert und geleitet.«

Shay ging zu Nonesuchs Hochbett. Sein Lager war das obere, ringsum mit einem grau werdenden türkischen Teppich verhängt. Sie schob eine Bahn zur Seite und kletterte zu ihm nach oben. Wo der Teppich verschlissen war, fiel ein gesprenkeltes, moosiges Licht herein, und Nonesuch sah aus wie eine mit Flechten überwucherte gefallene Statue. Das Pochen seines Herzschlags am Hals war das einzige Lebenszeichen. Seine Schminke war völlig verwüstet: Schwarze Streifen zogen sich vom Auge zum Kinn, an einem Mundwinkel war Blut eingetrocknet. Shay zog sich hoch, nah zu ihm hin und schlang die Arme um ihn. Der Teppich dämpfte die Geräusch aus dem restlichen Zimmer.

Viele Minuten lagen sie einfach so da, und dann begann Shay zu sprechen. Sie redete sich die Geschichte von Devana und dem Butler und allem, was geschehen war, von der Seele. Es war ihr gleichgültig, ob die Jungen draußen sie hören konnten. Sie brauchte eine halbe Stunde, um alles zu berichten, und als sie fertig war und ihre Augen am Laken getrocknet hatte, hatte sich Nonesuch noch immer nicht gerührt. Vielleicht hatte er doch geschlafen. Sie hatte seine Reglosigkeit für Aufmerksamkeit gehalten, doch seine Atmung war flach und gleichmäßig geblieben. Es war ihr einerlei: Die Erzählung über Devana hatte aufs Neue den Zorn in ihr entfacht. Sie strich sich eine verirrte Haarsträhne zurück, während sich Nonesuchs Brustkorb unter ihrer Berührung hob und senkte.

Doch als er endlich redete, war seine Stimme nicht schläfrig: »Wie wenig wir auch haben, die wollen es trotzdem noch.«

Sie nickte und streichelte ihm übers Haar. Das Blut unter ihren Fingernägeln hätte ihres sein können oder seines.

Er rollte sich herum, so dass er sie ansehen konnte. Seine Lippen waren von einem verschwommenen Rot. »Es reicht ihnen nicht, dass sie mehr haben als wir. So viel mehr. Sie wollen, dass wir gar nichts haben.« Sie fuhr ihm mit den Händen durchs Haar, dann unter das Laken. Rippen, Hüften, Narbenwulst.

»Sie richten uns immer und immer wieder zugrunde, und dann verachten sie uns wegen unserer Armut.«

Seine Augen waren ausdruckslos wie Teichwasser. »Gestern Abend oder eher heute Morgen, nehme ich an, haben Pykman und ich uns als gottverdammte Helena und Klytämnestra verkleiden müssen, nicht dass einer von diesen fetten Perverslingen auch nur die Namen kennen würde. Sie sind randvoll mit französischem Kognak und Schwanenfleisch und machen uns *Vorschläge*, wie die Handlung weitergehen soll.« Unbewusst fuhr seine Hand zu einem Bluterguss an seinem Wangenknochen. Er redete im gedehnt gelangweilten Tonfall eines Gentleman weiter. »Du machst das und dann er das. Dann ihr drei zusammen.« Shay mochte die Druckstellen an seinen Handgelenken gar nicht anschauen, die rosa wie Zahnfleisch waren.

»Wusstest du, dass Evans jeden Penny von den Honoraren für die Privatvorstellungen für sich behält? Die Gentlemen können uns ein Trinkgeld geben, wenn ›die Vorstellung außergewöhnlich gut war‹, aber ansonsten sind wir nichts als ein weiterer Gang beim Festmahl.«

Inzwischen hatte ihrer beider Atem eine Art gemeinsamen Rhythmus gefunden. Nonesuch führte seine Hände an ihr Gesicht. »Weißt du, was sie uns nicht wegnehmen können? Unsere Stimmen.«

Einen Augenblick später fuhr er fort. »Stell dir nur vor: ein schwarzes Schiff mit völlig zerfetzten schwarzen Segeln, das hart in den Wind lehnt.« Er strich ihr das Haar in einer Welle zurück. »Oben sind Sterne, und auf den Wellen ringsum tanzen gespiegelt die Sterne. Unter Deck kauert ein Kind ganz hinten in einem Schrank, umklammert eine Muschel so fest, dass wir schon den Anfang einer Schnittwunde sehen.« Er drückte ihre Faust. »Sie singt mit einer Stimme vor sich hin, die so leise ist, dass sie nicht weiter als bis zu ihren Lippen vordringt, obwohl das Schiff so leer ist wie ein frisches Grab. Dann stockt sie, um zu lauschen …«

Kein Laut außer den Bewegungen im Schlafsaal. Shay fragte: »Worauf?«

Nonesuch wartete. »Ich weiß es nicht. Alles und jedes. Aber siehst du sie?«

Shay sah sie. Noch immer. »Natürlich.«

»Ihre Kleidung?«

»Ja.«

»Beschreibe sie.«

Sie schloss die Augen. »Es ist alles zu jung für sie. Puppenkleider. Mit überflüssigen Rüschen und Spangen. Am Saum angesengt.«

»Und ihr Haar?«

»Wie mit dem Messer geschnitten. Schief und krumm.«

Darüber musste er lächeln. »Das Schiff, die Gischt, die im hohen Bogen vor dem Bug aufspritzt wie die Schleppe einer Braut? Siehst du die auch?«

»Ja, ja, ja.«

»Das alles habe ich gemacht. In diesem Augenblick. Wir haben das mit unseren Stimmen erschaffen. Aus dem Nichts.«

Er zündete seine Pfeife an und winkte sie nah zu sich. Seine Lippen streiften ihre, als er ausatmete. Shay ließ den feuchten Rauch in sich strömen.

»Wir haben es geschaffen und tiefer in uns hineinversenkt

als diesen Rauch. Ganz … bis … in … unsere Knochen hinein.« Der bloße Gedanke schien ihn zu betrüben. »Ein schwarzes Schiff. Ein lebendiges Mädchen. Ein Meer. Evans würde das nicht hinbekommen, und wenn er dafür zehntausend Pfund ausgeben könnte.« Er zog noch einmal an seiner Pfeife, und dann wurde seine Stimme sachlich. »Wir brauchen unser eigenes Theater. Ein freies Theater, nur aus Worten geschaffen. Eine Welt, in der wir arbeiten können.«

Ihre Hände auf seinem knochigen Hinterteil und ihr gemeinsamer Atem, schal und süß. Eine Frage hatte mitgeklungen, und sie flüsterte ihm die Antwort in den Wirbel seines Ohrs.

»Ich bin dabei.«

Nonesuch küsste sie auf die Stirn und redete in seiner Bühnensprache weiter. »Auf dem Schiff wischt das Mädchen einen Blutstreifen über sein Kleid, steigt dann singend die Treppe hinauf. Jeder seiner Schritte wird von einer Note seines Liedes unterstrichen.«

Shay konnte es hören: La – Schritt – La – Schritt – La

12

Shay wachte in dem kleinen Hochbett auf, über einen schlafenden Nonesuch drapiert, zufrieden in der stickigen Luft ihres vermischten Schweißes. Sie stützte sich auf einen Ellbogen, um der Theaterversion des Morgenkonzerts zu lauschen – dem Lärm von sechzehn aufwachenden Jungen. Sie konnte bereits die einzelnen Chorstimmen heraushören. Das da war das Kratzen von Trussells Feder auf dem Papier, diese Schnaufer machte Clifton bei seinen Turnübungen. Dieses brummelnde Gespräch, das waren wohl Pykman und Pavey, die sich gegenseitig ihre Träume erzählten. Ganz gewöhnliche Alltagsgeräusche an einem Ort, der sich für Shay schon wie ein Zuhause anfühlte. Sie kannte die Blackfriars Boys erst zwei Wochen, doch schon jetzt hatten die Jungen sie mit der besonderen Heftigkeit der Mutterlosen ins Herz geschlossen. Was war sie für diese Jungen geworden, die den Dreck der Stadt in jedem Saum und unter jedem Fingernagel mit sich trugen? Sie war nicht ganz Junge, aber auch nicht ganz Mädchen. Die Jungen redeten mit ihr wie mit einem der ihren: Die Älteren nannten sie »Junge« oder »Bursche«, die Jüngeren sogar »Sir«. Sie bestellten für sie dasselbe Bier, besprachen mit ihr dieselben Huren und bezogen sie stets in alle Frotzeleien über Körpergröße oder mangelnde Muskelkraft mit ein. Und wenn in den trägen Hängemattenstunden zwischen der Matinee und der Abendvorstellung die Aktzeichnungen von Trussell die Runde machten, gewährten sie ihr die gleiche abgeschiedene Viertelstunde in dem mit Vorhängen abgetrennten Hinterzimmer. Aber Shay war auch anders als die Jungen. An jedem der vierzehn Tage, die sie bisher im Theater verbracht hatte, war ihr eine neue Rolle zuteilgeworden. Sie war Überbringerin von Nachrichten, Aufschreiberin von Botschaften und Bewahrerin von tragisch winzigen Geheimnissen. Auch jedes schmuddelige Halbwüchsigenproblem fand den Weg zu ihr, obwohl sie nur wenig tun konnte, um Abhilfe zu schaffen. Shay trocknete Tränen und wischte Nasen sauber, übersah geflissentlich Erektionen und hörte Text ab, immer und immer wieder, bis sie selbst zum Soufflieren kaum noch das Textbuch benötigte. Manche Jungen brachten ihr Briefe an die Familie, die Shay für sie zustellen, abschreiben oder gar verfassen sollte, und sie sah die Abgründe des Schmerzes, die unter den banalen Worten lauerten: »In *Cupid & Psyche* habe ich fünf Zeilen zu sprechen, werde wohl hier noch gebraucht« oder »Vermisst Snowy mich sehr? Bitte antwortet, auch wenn ich weiß, dass ihr sehr viel zu tun habt, bitte, bitte, bitte.« Hoffnungslose, spindeldürre Worte, von denen Shay wusste, dass die Jungen sie niemals mit den anderen teilen würden. Sie war zu jung, um eine Mutter für sie zu sein, doch auch zu weltklug, um ihre Schwester zu sein, also war sie, wie ihr mit einem Ansturm von Blut und Erregung klar wurde, ihre Freundin. Das war etwas Neues für Shay. Schon das Wort allein war exotisch: ein vom Wind hergewehter Dschungelvogel. Eine Freundin. Dort im Hochbett übte sie, dieses Wort auszusprechen, bis es ihr nicht mehr wie ein Klumpen im Mund lag. »Mein Freund Trussell.« »Kennst du meine Freundin Alouette?« »Oh, das hat mir eine Freundin geschenkt.«

Nonesuchs Stimme ertönte krächzend unter der Bettdecke hervor. »Du erinnerst dich doch noch daran, worüber wir gestern Abend geredet haben?«

Shay ließ eine Hand unter das Laken gleiten, in seine Wärme hinein, streichelte seinen Ellbogen. Sein Arm war, so weit sie ihn sehen konnte, von Blutergüssen umrankt.

Sein Kopf war noch unter der Decke verborgen, doch er schüttelte ihr die Hand wie ein Erwachsener. »Gut, dann gehen wir heute zu Blank und schauen uns nach Kostümen um. Morgen schreiben wir.«

Eine Stunde später saßen die beiden am Broken Wharf im Schatten eines grün angelaufenen Schiffsrumpfs, der nah am Ufer vertäut war.

»Was stimmt damit nicht?«, fragte Shay. Das Schiff war unförmig und irgendwie verkrustet. Von den Dollborden baumelten dunkelgrüne Fransen, und die Segel hingen in schmuddeligen Fetzen herunter. Das Schiff lehnte vom Ufer weg, als fühlte es sich vom trockenen Land abgestoßen.

Nonesuch streckte die Hand aus und strich über die Schiffswand. »Dieses alte Mädchen hat ein schlimmeres Schicksal als die meisten ereilt. Das Schiff war schon allerlei – unter anderem Kriegsschiff, Kohlenkahn und Fähre –, doch als die Mannschaft Blank aus dem Wasser gefischt und als Perlentaucher verkauft hat, na ja, da ist sie zum Sklavenschiff geworden. Das war aber nicht lange so – irgendeine englische Expedition, die man auf die Suche nach seltenen Pflanzen und Tieren für die Königin ausgeschickt hatte, brauchte ein unauffälliges Schiff, mit dem sie ihre Beute nach Hause verschicken konnte. Rate mal, welches sie gewählt haben.« Er tätschelte den Schiffskörper, als wäre es ein Haustier. »Blank hat sich irgendwie wieder an Bord geschmuggelt, aber die Engländer hatten wohl mehr als nur Tiere eingesammelt, denn als sie die offene See erreicht hatten, fingen sie an, tot umzufallen wie die Fliegen. Als sich das Schiff endlich mühsam in den Londoner Hafen schleppte, hieß es *The Albatross*, und es waren nur noch sechs von der Mannschaft übrig, die alle zusammengekauert im Mastkorb hockten. Einer von ihnen war Blank. Es haben an die tausend Leute Besitzansprüche an der *Albatross* angemeldet. Bis die Gerichte das alles geklärt haben, lebt Blank hier an Bord. Zusammen mit den seltenen Pflanzen, die wild über die Planken wuchern. Er schwört, dass irgendwo unter Deck auch ein Jaguar frei herumläuft, doch das könnte auch nur eine Geschichte sein, mit der er Diebe abschrecken will.«

Nonesuch pfiff das Fallreep hinauf. Oben saß ein Matrose und schnitzte Muster in ein Stück Treibholz. Alles wirkte recht lässig, aber es war auch eine geschickte Methode, wie man stets das Messer gezückt haben konnte, ohne bedrohlich zu wirken. Shay verwahrte dieses Wissen in Gedanken. Der Matrose blickte nicht auf, fragte jedoch: »Wer will an Bord?«

Nonesuch stemmte eine Hüfte vor. »Vier Stunden in der Taverne getrunken und alles auf meine Rechnung, und du erinnerst dich nicht mehr an meinen Namen? Ich hab ja schon gehört, dass Matrosen nicht die Hellsten sind, aber …«

Der Mann schaute noch immer nicht auf, aber es lag ein kleines Lächeln in seiner Stimme: »Ah ja, aber das war ein Bursche namens Lord Nonesuch, hat er zumindest behauptet. Doch einen Tag drauf war ich im Theater in Blackfriars, und da war er schon wieder, nur nannte er sich da Faustus. Tags drauf war er ein Mädchen, habe ich mir sagen lassen. Ich habe strenge Anweisungen, nicht mehr als zwei Leute an Bord zu lassen. Aber bei dir könnten das ja hundert werden.«

Nonesuch lachte. »Heute sind wir nur zu zweit, ich und mein Freund.«

Der Matrose betrachtete sie. »Na gut, Blank ist oben im Mastkorb. Er ist den ganzen Tag noch nicht runtergekommen.«

Nonesuch verzog das Gesicht und führte Shay an Bord. Das Deck neigte sich in einem schwindelerregenden Winkel, und alles war von Pflanzen überwuchert. Ranken barsten aus Luken und kletterten auf die Freiheit der Dollborde zu, wo sie sich überschäumend über die Seiten ergossen. Blumen sprossen aus Kanonen und aufgerollten Tauen; ein vermoderndes Rettungsboot trug eine Fracht aus tellergroßen gelben Blüten. Shay schritt über einen Teppich aus Moos und Gras, der sich ab und an zu sanften Hügeln erhob wie über alten Gräbern. Alles war seltsam und fremd. Palmen trieben dichte orangefarbene Spitzen, während unter einem schiefen Baumstamm Früchte faulten.

»Wie ist das alles so rasch so wild gewuchert?«, fragte Shay.

Nonesuch antwortete: »Als sie hier in Quarantäne kamen, hat die Mannschaft alle mitgebrachten Samenkörner ausgestreut und die Bäume an Deck gebracht. Sie haben gegessen, was sie konnten, und gedroht, sie würden den Rest verbrennen, wenn man sie nicht freiließe. Das ist hier eine Südlage, und noch dazu hat es einen Monat lang jeden Tag geregnet. Jetzt fressen die Pflanzen das Schiff bei lebendigem Leibe auf.«

Shay schaute am Mast hinauf. Kletterpflanzen legten ihre grünen Ranken in Spiralen um das modernde Holz, und sogar die Segel waren schwer vom Moos.

Nonesuch stand am Fuß des Masts und rief hinauf: »Blank. Alter Kumpel. Wir sind zu Besuch gekommen. Mach dich runter.«

Die Stimme, die zurückrief, war fern, aber deutlich zu hören. »Nein, kommt ihr hoch.«

»Blank! Alter, alter Freund. Wir sind zwei, und du bist nur einer. Es ist sinnvoller, wenn du runterkommst.«

Keine Antwort. Shay schaute über das Heck des Schiffs. Wolken kritzelten Regen über den Horizont. Nonesuch fluchte. »Sieht so aus, als müssten wir klettern.« Er zog sich auf die vermooste Strickleiter. »Ein … verdammt … dämlicher … Wohn … ort.«

Sobald sie höher als die Dächer waren, verstummte er, und sein Atem kam in kürzeren Abständen. Der Mastkorb breitete sich über ihnen weit aus. Man hatte ihn mit nackten Brettern vergrößert, die über die Seiten hingen. Deswegen waren die letzten paar Fuß zum Eingang schwierig zu klettern, weil die Strickleiter schräg nach hinten verlief.

Einen Moment lang baumelte Shay hoch über dem Deck in der Luft und hatte die Augen auf die Wolken oben gerichtet. Sie hievte sich hinter Nonesuch in einen winzigen Raum, wo helle Segeltuchwände mit Farben bemalt waren. In einem von der Sonne beschienenen Flecken saß Blank. Er trug einen Dreispitz und eine Jacke mit schwungvollen Rockschößen: zu elegant für diesen Ort. Messingknöpfe blitzten und klirrten, als er sich vorbeugte und Nonesuch die Hand hinstreckte. »Grüß dich, Treibgut«, sagte er.

Nonesuch war noch immer außer Atem. »Grüß dich, Strandgut.« Er nickte. »Und das hier ist Shay.«

Sogar auf Knien vollführte Shay eine Verbeugung. Irgendetwas am Tonfall von Blanks Stimme vermittelte ihr das Gefühl, fehl am Platz zu sein: eine Dienstmagd im feinen Speisezimmer.

Blank erwiderte die Verbeugung mit einen Lächeln. »Dreckige Knie, aber feine Manieren, du bist schon jetzt eine echte Verbesserung gegenüber denen, die Lord Nonesuch sonst herschleppt. Ich habe dich hinter der Bühne im Theater gesehen, nicht wahr? Ich denke, Alouette kümmert sich um dich.« Er sprach mit einem sorgfältigen, präzisen Akzent, jedes Wort war wie ein Stein, der in einen Teich geworfen wurde. Shay nickte und ertappte ihn dabei, wie er ihre Tätowierung und ihre Haarflügel musterte. Mit seinem Marinegewand und den klirrenden Orden war Blank sogar noch auffälliger als sie. Sie senkte den Kopf und konnte seinen erfreuten Seufzer hören. »Fürwahr, ein seltenes Vögelchen«, flüsterte er.

Shay hatte keine Zeit, das Kompliment zu erwidern. Nonesuch war sofort aufgesprungen, ging auf und ab und redete. Er hatte anscheinend überhaupt nicht geschlafen, denn seit gestern hatte er seine Pläne verfeinert und erweitert. Er sprach mit Blank über ein Straßentheater mit improvisierten Schauspielen, aufgeführt in Tavernen und verlassenen Gebäuden und für ein Publikum, das so sehr am Drama beteiligt sein würde, dass man nicht unterscheiden könnte, wer spielte und wer zuschaute. Das Zimmerchen war zu klein, um ihn zu fassen, und während er redete, überstürzten sich die Ideen, und aus jeder Ecke sprossen neue. Shay ließ diese Wortflut über sich hinwegspülen, während sie den Mastkorb betrachtete. Er war schwindelerregend nach außen und oben erweitert worden, und man hatte die offenen Seiten mit einem dicken, sahnefarbenen Stoff abgeschlossen. Drei Wände waren mit dem detaillierten Bild einer tropischen Insel in den unenglischsten Farben bestickt. Saphirblaue Wellen plätscherten an onyxschwarze Strände, während an den smaragdgrünen Obstbäumen Granate und Rubine hingen. Eine kanariengelbe Sonne wärmte einen aquamarinblauen Himmel. Hier, von den heranbrandenden Stimmen umgeben und im schwankenden Boot fühlte sich Shay wie ein Vogel, der auf diese phantastische Insel hinabblickte. Sie war in die Einzelheiten vertieft und bemerkte gar nicht, dass Nonesuch und Blank aufgehört hatten zu reden. Blank betrachtete sie freundlich.

»Darf ich?«, fragte er und tippte ihr auf die Schulter. Shay nickte, war sich gar nicht sicher, was sie da gestattet hatte. Er kam näher und berührte ihre Ellbogen und Hüften. Dann drehte er sie zu Seite, wie eine Statue oder eine Münze. Kühle Finger an ihrem Hals.

»Wir werden Kostüme brauchen«, sagte Nonesuch, der ihre Verwirrung bemerkt hatte. »Und Blank ist teuflisch gut mit Nadel und Faden. Er ist auch ein meisterlicher Trompeter. Und er kann segeln und tauchen und schwimmen. Gott sei Dank ist er wenigstens ein miserabler Schauspieler, sonst könnten wir niemals Freunde sein.«

Blank vermaß sie nur durch diese Berührungen, drehte sie hierhin und dorthin, und Shay konnte sich des Gefühls nicht erwehren, dass er sie nackt sah. Nach wenigen Minuten nähte er bereits, arbeitete, ohne auf seine Hände zu schauen. Er sagte: »Komm, Shay, setz dich zu mir. Wie gefällt dir mein Zuhause?«

Darüber musste sie nicht nachdenken. »Ich mag es sehr. Hoch oben. Das ist ein bisschen wie fliegen, nicht?«

Sein Lächeln kam schnell. »Ich denke schon.« Er zündete in einer Untertasse trockene Kräuter an, und sogleich erfüllte ein fremdartiges Aroma den Raum, schwer, blumig und körnig vor Gewürzen.

Hier und dort waren Reste aus dem Fundus des Theaters angehäuft. In einer Ecke stapelten sich ein paar von Alouettes Rauchbomben in kleinen Strohschachteln, darüber lehnte ein halb bemalter Pappmond am Mast. Ein riesiger scharlachroter Drachen, der vor den Vorstellungen von St Georg und dem Drachen auf dem Dach des Theaters geflattert hatte, schaute sie grimmig an. In einer anderen Ecke hingen Kleider: Bühnenkostüme, die zum Flicken oder Reinigen hier waren. Shay strich über jedes einzelne mit der Hand, genoss das Gefühl von Spitze und Seide, von Stoffen, die sie nie auch nur berührt hatte, ehe sie nach Blackfriars gekommen war. Vor einem Monat wären all diese Kostüme für sie nur eines gewesen – hübsche Sachen –, aber nach den Tagen, die sie mit Nonesuch verbracht hatte, verwandelte sich alles, was sie berührte, in eine Geschichte. Jedes Kostüm war eine Welt im Kleinen. In einem Textbuch würde dieser Tweed zu einem Gentleman vom Land gehören, der sich für einen Tag in der Stadt feingemacht hat: mit Bart und Stiefel und einem höchst eindrucksvollen Hosensack. Sie zog das Jackett über. Es passte ihr ganz ordentlich, und sofort spürte sie, wie die Figur in ihrem Inneren Fleisch und Blut bekam, hochnäsig und streitlustig wurde; sie reckte das Kinn vor und scharrte mit dem Fuß wie ein Pferd. Dieses schwarze Seidengewand und der Schleier da würden an Nonesuch gut aussehen; man würde nur seine hübschen Augen sehen. Was für eine Person würde wohl dieses schwarze Kleid tragen? Eine Witwe, aber keineswegs eine trauernde. Ihre Rollen begannen, miteinander spazieren zu gehen, Hand in Hand, in ihren Gedanken: ein kleiner Mops von einem Mann, der für Hahnenkämpfe nach London gekommen war und begeistert seine jüngste Eroberung vorführte.

Die Hahnenkämpfe. Das brachte Shay auf einen Gedanken. Sie unterbrach das rasche Gespräch der beiden anderen. »Blank, wäre es in Ordnung, wenn wir diese beiden Kostüme für heute Nachmittag ausleihen?«

Nonesuch hatte wie ein Hund den Kopf zur Seite geneigt. Blank verkniff sich ein Lächeln.

Shay zog die Strümpfe an, zerrte den Hosensack an die richtige Stelle. Über einem Geländer hing ein Schultergurt, den sie sich überwarf. Die Rauchbomben passten so gut in die Taschen des Patronengurts, als wären sie dafür gemacht. Nonesuch zog eine Augenbraue in die Höhe.

»Nur zur Schau«, antwortete Shay. »Warum solltest immer du derjenige sein, vor dem die Leute Angst haben?«

Doch die Szene entfaltete sich vor ihr wie im Textbuch, und sie wusste gut genug, dass manche Geschichten ihre eigene Dynamik entwickelten. Irgendwo in ihrem Kopf flüsterten ihr die Rauchbomben zu, sie hätten in diesem Drama auch eine Rolle zu spielen. Shay legte Nonesuch den Schleier über den Kopf und sprach mit tieferer Stimme.

»Komm schon, Schätzchen«, sagte sie. »Ich führe dich aus.«

13

Sie gaben ein seltsames Paar ab, der gedrungene, sich militärisch gebärdende Landjunker und die katzengleiche Witwe. Doch alles Zögern, das Kutscher vielleicht wegen ihrer Blutergüsse und Patronengurte verspüren mochten, wurde mithilfe einer prallen Börse zum Schweigen gebracht. Südlich des Flusses stockte der Verkehr, und sie wären bestimmt zu Fuß schneller gewesen, aber Shay wollte, dass man sah, wie sie im großen Stil eintrafen. Im Schneckentempo bewegten sie sich durch die Straßen von Southwark, und aus jedem Hauseingang ertönte Lärm: Rufe, Gelächter, Tiergeräusche. In der Nähe des Hahnenkampfrings kam der Verkehr nur noch im Schritttempo voran, doch Shay wies den Kutscher trotzdem an, genau vor den Eingang vorzufahren und so die Straße in beide Richtungen zu versperren. Sie zwang sich in Gedanken in ihre Gestalt, und das Gewicht des Tweeds und der lächerliche Hosensack unterstützten sie dabei. Sie half Nonesuch aus der Kutsche – ein kurz aufblitzender Knöchel, rote Lippen unter dem Schleier –, sogar Nonesuchs Hände fühlten sich irgendwie weicher als sonst an. Shay hielt am Himmel Ausschau nach Devana, und da war sie auch, lehnte schräg an einer Windbö, die Krallen bereit, wartete darauf, dass irgendein Beutetier aus der Deckung kommen würde. Ein gutes Omen. Shay tippte zum Gruß an den Hut.

Sie konnten es spüren, als sie eintraten. Angst. Tierangst. Scheiße, Blut, Schweiß und etwas anderes: ein Geschmack, als bisse man auf Metall. Die Angst schien im ganzen Raum zu dröhnen. Shay konzentrierte sich auf die Menschenmenge, nicht auf die Kampfhähne, doch trotzdem erreichten sie Eindrücke des Hahnenkampfs. Zu ihrer Rechten hektisches Scharren und eine Explosion von Rot. Das Klatschen nutzloser Schwingen in der Luft. Und ein Lärm der Menge, wie man ihn sonst nirgendwo zu hören bekam: leises Stöhnen und Gelächter und zischend durch die Zähne gesaugte Luft und das Blöken der Enttäuschung, gemischt mit dem gockeligen Krähen des Siegs. All das wirbelte sich zu einem Dröhnen wie von einem Wasserrad zusammen, das drohte, einen in die Höhe zu reißen und dann zu ertränken. Shay erstarrte, und Nonesuch nahm sie diskret beim Arm. »Du schaffst das«, flüsterte er. »Vergiss eines nicht: Was du da spürst, ist keine Angst, es ist Wut.«

Die Luft war dick. Blutige Federn fielen wie Schnee, wurden hin und her gewirbelt von Spucke und Bieratem, während die Menge jaulte. In der ersten Reihe saßen nur Lehrlinge mit feuchten Händen und geballten Fäusten, die ihre Blutspritzer stolz wie Soldaten trugen. Eine Stufe höher lümmelten sich die Gentlemen. Shay erkannte Gilmour. Seine Hähne galten als die besten in London, und sie hatte gehofft, dass er hier sein würde. Sie zog Nonesuch näher. »Gilmour ist da. Ich wusste es. Was meinst du, wo bewahren sie die Vögel vor dem Kampf auf?«

Nonesuchs Augen huschten durch den Raum. »Da drüben an der Seite ist eine Tür. Aber selbst so gekleidet, wie ich jetzt bin, glaube ich nicht, dass sie uns dahinten hinlassen.« Er nahm eine Börse aus dem Rock. »Das ist alles Theatergeld, also lass es ihn nicht zu genau anschauen. Das Gewicht wird ihm aber sehr gefallen.« Er warf die Börse von einer Hand in die andere. »Sag ihm … sag ihm, deine Dame möchte einen Kampfhahn, und sie zahlt, was immer dafür nötig ist. Wenn du ein bisschen Glück hast, wanderst du mit einem Hahn unter dem Arm hier raus.«

Er stieß sie in die Menge, ehe sie noch protestieren konnte. In der Ruhepause zwischen zwei Kämpfen drängten sie sich durch die Menge. In diesem Menschengewühl waren die Bänke wie Treppenstufen. Die Bretter waren glitschig vor Schweiß. Gilmour saß mitten unter seinen Leuten. Er war stocksteif, hatte feuchte Lippen und trocknete sich die Handflächen an der Kniehose.

Shay bereitete ihre Stimme vor und brannte sie in Gedanken hart wie Ton. Sie erinnerte sich an den Gentleman am Kai und an die schwere Langeweile seines Tonfalls: »Gilmour, diese Dame hier möchte einen Kampfhahn, und man sagt mir, Ihr seid dafür der richtige Mann.« Ihr Ton ließ anklingen, dass es ihr völlig gleichgültig war, ob Gilmour der richtige Mann war oder nicht.

Gilmour wandte die Augen nicht von der Arena. Eine rote Federlocke landete auf seiner Oberlippe und bebte dort bei jedem Atemzug. »Kommt im Laden vorbei wie alle anderen auch. Dann helfen Euch meine Jungs weiter.«

»Die Dame möchte aber einen von diesen Vögeln hier. Blut bringt ihr Blut in Wallung, wenn Ihr wisst, was ich meine.« Sie klimperte mit der Börse vor Gilmours Nase herum, und zum ersten Mal blickte er zu Shay und Nonesuch auf. Er taxierte unwillkürlich ihre Kleidung, platzierte ihren Akzent und berechnete, wie viel Ärger sie wohl machen könnten.

»Seht Ihr meinen Mann da neben der Tür? Sagt ihm, er soll euch Prinz Troynovant zeigen. Der kostet Euch allerdings eine Guinea. Das ist ein echter Killer.«

Ohne den Blick von der Arena abzuwenden, streckte er den Arm aus und umschloss Nonesuchs Handgelenk. »Und wenn der Dame der Sinn nach einem Killer steht, kann ich jederzeit behilflich sein.«

Aus der ersten Reihe erhob sich ein Schrei, und Shay starrte auf die Feder, die an Gilmours Lippe bebte. Unten wurden gerade zwei Hähne in den Ring geworfen.

»Und jetzt verpisst Euch«, sagte Gilmour. »Ich arbeite.«

Sie bewegten sich durch zwei Ränge brüllender Zuschauer zur Seite des Gebäudes, die schlecht beleuchtet und staubig war. Ein junger Mann lungerte bei der Tür herum und beobachtete den Kampf. Shay sagte: »Dein Meister verkauft uns Prinz Troynovant. Zeig uns den jetzt.«

Der junge Mann öffnete die Tür, ein Auge noch immer auf den Kampf gerichtet, und blieb zunächst am Eingang zurück. Im Stall war es sogar noch heißer als in der Arena. Würfelförmige Käfige waren zu wackeligen Säulen übereinandergestapelt, und Hähne hackten blind auf ihre Nachbarn ein. Flügelklatschen brachte die stickige Luft ins Wirbeln. Shay meinte, sich gleich übergeben zu müssen. Der junge Mann zerrte einen Käfig über den Boden und sagte: »Das ist er.«

Shay musste den Blick von den groben, roten Narben abwenden, wo man Kehllappen und Kamm entfernt hatte. Man hatte den Vogel so zurechtgehackt und genäht und windschlüpfrig gemacht, dass er einem gefiederten Messer glich. Lange silberne Sporen hingen wie Metalldornen von seinen Fesseln.

»Ein bösartiger kleiner Scheißkerl. Das sind die Hübschen immer, was?« Er stieß Shay den Ellbogen in die Rippen.

Wieder ließ sie den Gentleman vom Kai in sich aufleben. »Sprich noch ein einziges Mal so mit mir, und ich peitsche dich von hier bis zum Fluss. Warte draußen.«

Der junge Mann wirkte nicht sonderlich zerknirscht, doch

er schlurfte auf die Tür zu. Als sie aufging, blinzelte er Nonesuch zu. »Und viel Vergnügen, Miss.«

Sobald er fort war, schob Nonesuch seinen Schleier zurück. »Weiß der Himmel, was der glaubt, was wir hier drin machen. Wie ist der Plan? Dem Jungen eine Theater-Guinea unterjubeln und mit dem Prinz unter dem Arm hier rauswandern?«

Der Vogel schaute sie aus seinem Käfig heraus hoffnungsfroh an. Shay musste sich größte Mühe geben, um nicht Galle hochzuwürgen.

»Alle«, flüsterte sie.

»Was?«

»Wir müssen sie alle mitnehmen.«

Nonesuch schüttelte den Kopf. »Wie denn? Wenn wir durch die Arena gehen, knüpfen die uns auf, verdammt nochmal.«

Ein Brüllen hinter der Tür ließ den Raum so sehr erbeben, dass die Kerzen zitterten. Shay schaute sich um. »Wie haben die die Käfige hier hereingebracht? Gewiss nicht durch die Menschenmenge. Es muss einen anderen Eingang geben.«

Sie schob die Käfige zur Seite, die vor der Außenwand standen. »Blockiere die Tür.«

Nonesuch zerrte eine Bank vor die Tür, während Shay die Hauptwand absuchte. Nach zwei Dritteln fand sie, was sie gesucht hatte: niedrige zweiflüglige Türen. Sie waren fest verschlossen, aber Shay trug stets ein Werkzeug ihres Vaters bei sich: eine Pfauenfeder mit einem abgeflachten Ende, und mit der versuchte sie es an dem Schloss. Kein Glück: Das Metall war pelzig vor Rost, und die Feder bewegte sich wirkungslos im Schlüsselloch hin und her.

Von draußen ertönte die Stimme des jungen Mannes. »Macht euch salonfähig, ich komme rein.« Die Tür rammte gegen die Bank, und er versuchte es erneut. »Könnt ihr vor der Tür weggehen?«

Nonesuch deutete auf eine andere Bank. »Wenn wir jeder eine Seite nehmen, können wir damit vielleicht die Türen einrammen.«

Sie packten jeder eine Kante und stießen die Bank gegen die Außentüren. Die mussten von Holzwurm durchtunnelt gewesen sein, denn sie zerbarsten beim ersten Aufprall, und schon krochen die Strahlen der Herbstsonne über den Boden. Sofort flatterten die Vögel gegen die Käfigstangen. Shay versuchte, einen Käfig durch das Loch in der Tür zu zerren, doch der Hahn hackte blind nach ihr. Man hatte seinen Schnabel zu einer Spitze gefeilt, und ein dünnes Rinnsal Blut floss. Shay riss die Hand weg.

»Mach's so«, sagte Nonesuch. Er legte sich auf den Rücken und kickte den Käfig quer über den Boden. Hinter der verbarrikadierten Tür wurde es nun lauter, und Nonesuch trat fester. Shay gesellte sich zu ihm, stürzte die Käfige über Eck, von einer Kante auf die andere, in der Mitte die Hähne nur noch ein wütendes Wirbeln. Die Käfige waren schwerer, als sie aussahen, und als sie alle endlich auf die Straße geschoben hatten, waren Shay und Nonesuch schweißnass. Einen Augenblick lang lagen sie da, während um sie herum ein Schneeschauer aus Federn niederging. Dann krabbelte Shay durch das Loch auf die Straße hinaus. Nonesuch wandte sich um und stemmte seine Schulter gegen die Tür, die in die Arena zurückführte.

In Southwark war alles Schau, ob nun bezahlt oder nicht. Draußen auf der Pike Street blieben die Passanten stehen, um Shay zu beobachten, wie sie mit den Riegeln der Käfige kämpfte. Selbst als die Freiheit in greifbarer Nähe war, stürzten sich die Vögel noch auf ihre Finger, und jeder Käfig, den sie öffnete, kam ihre Hände teuer zu stehen. Das Blut rann ihr über die Unterarme und spritzte ihr rote Muster vor die Füße. Die Vögel sind Götter, erinnerte sie sich hilflos.

Was hatte sie denn erwartet, sobald die Vögel frei waren? Hähne konnten nicht gut fliegen, aber sie hätten genug Geschwindigkeit und Flughöhe zustande gebracht, um wenigstens von der Straße fortzukommen. Doch stattdessen schüttelten sich die Vögel wie Ringkämpfer und attackierte die Vögel, die ihnen am nächsten waren. Im Nu hatte sich die Straße in ein Schlachtfeld verwandelt. Es ließ sich schwer sagen, wo ein Vogel anfing und der nächste aufhörte. Sporen blitzten in der Sonne auf, stießen zu und waren wieder frei, bis zum Ansatz blutrot. Köpfe hackten ins Fleisch, bestickten weiße Körper mit roten Fäden.

»Aufhören! Rennt!« Shay warf sich ins Gefecht, und ihre Hose zerriss, während sie Knäuel entwirrte und Vögel zum Straßenrand kickte. Ihr Gesicht war tränennass, ihre Fußgelenke waren blutgetränkt. »Rennt, um Himmels willen.« Einige Hähne taumelte fort, wankend und blutig, während andere in blutenden Bündeln zu Shays Füßen lagen. Der Lärm war unbeschreiblich: ein jammerndes Jaulen, Schmerz und Triumph nicht zu unterscheiden. Da starben diese Hähne unten in Dreck und Pisse, während doch über ihnen ein riesiger, leerer Himmel hing. Ringsum gingen die Kämpfe weiter, während die Frauen unter den Markisen der Läden standen und ihre Röcke fest um die Beine gerafft hielten.

In Shays Brust stieg eine Welle der Wut auf. Sie drängte sich durch die Gaffer zurück zum Vordereingang der Kampfarena. Die Wachen betrachten sie beunruhigt – die zerfetzte Kleidung und die Blutspritzer. Sie stand mit hocherhobenem Kopf da. »Um die Ecke sind alle Kampfhähne frei. Die sind

Hunderte von Pfund wert. Da gibt es bestimmt einen Aufruhr.«

Sobald die Schritte der Wachen um die Ecke verschwunden waren, schob Shay den Bolzen vor und verriegelte die Eingangstür. Dann kletterte sie nach oben, nutzte den Bolzen als Halt für ihre Füße und hievte sich auf den Türsturz. Das erste Obergeschoss hatte ringsum Fenster, die man gegen die Sonne mit Läden verschlossen hatte. Shay schob sich zum nächsten Fenster und zwängte die Klappläden auf. Unten in der Arena war soeben ein Kampf zu Ende gegangen. Geld wechselte die Besitzer, und Männer klatschten einander auf den Rücken. Jemand fegte das, was von dem besiegten Vogel noch übrig war, in einen Sack.

Shay war vielleicht fünfzehn Fuß über der Arena und konnte jeden Zoll des Platzes sehen. »Kampfhähne!«, brüllte sie. Keine Reaktion. Ihr Gesicht wurde heiß vor Zorn. »Bühnenstimme«, ermahnte sie sich.

»Kampfhähne!« Diesmal wandten sich ihr die Gesichter zu, und sie kämpfte gegen den Impuls an, sich außer Sichtweite zu ducken. Sie zwang sich, Gilmour in die Augen zu schauen. Würde er sie jetzt erkennen?

»Also, ihr großen starken Männer genießt einen Kampf auf Leben und Tod?«

Es wurde seltsam still. Hundert oder mehr Gesichter schauten zu ihr auf, und hauptsächlich war auf ihren Mienen Belustigung zu sehen. Sie nahm eine von Alouettes Rauchbomben aus der Tasche, wedelte damit in Richtung der Männer und zündete dann die Lunte an einer Wandfackel an. Zischend entzündete sie sich. Jetzt hörten ihr alle zu.

»Alle Türen sind verbarrikadiert. Der einzige Weg aus dem Gebäude ist die Tür, wo die Hähne in den Stall angeliefert werden.«

Köpfe fuhren zum hinteren Teil des Raums herum. Sie hörte, wie jemand unter ihr an der Tür rüttelte.

»In fünf Minuten wird diese Bude bis auf die Grundfesten verbrennen. Nur die Stärksten werden überleben.«

Mit diesen Worten schleuderte sie die Rauchbombe auf die Eingangstür zu. Sie wollte die Menschenmenge zwingen, sich durch das Nadelöhr zu drängeln, sich durch den Hinterausgang zu zwängen. Sollten sie doch sehen, wie ihnen das gefiel. Ihr Wurfgeschoss malte eine schwarze Linie in die Luft, prallte auf, zerbrach und hustete Rauchwolken aus. Nach einem Augenblick der Verständnislosigkeit nun wildes Stöhnen, ehe die Männer auf den Käfigbereich zukletterten.

»Lauft, ihr Hühnchen, lauft.« Die nächste Bombe landete in der Kampfarena und rotierte dort wirkungslos. Doch die folgende Bombe spuckte bereits in der Luft Rauch aus, und es breitete sich eine flache Wolke aus grauem Staub aus, die sich über alles legte. Shay konnte die Männer nun kaum noch sehen, hörte aber, wie sie vorankamen. Husten, Schreie, das Klirren von Schwertern und Splittern von Holz. Sie warf eine weitere Bombe und schob sich dann im Krebsgang außen um das Gebäude, um von oben auf den Ausgang aus dem Stall zu schauen. Da krochen Gentlemen durch die zerborstene Tür heraus, blutig und beschmutzt. Inzwischen bebte die gesamte Seitenwand der Kampfarena. Gedämpft erschallte von drinnen der Ruf »Eins … zwei … drei …« Ein bedrohliches, mattes Knirschen, und die Seitenwand krachte in Zeitlupe zusammen. Männer fielen hustend zu Boden, und die nächste Welle trampelte über sie hinweg. Alle hatten die Schwerter gezogen, und viele humpelten bereits. Shay warf ihre letzte Bombe, machte auf dem Absatz kehrt und setzte ihren Weg über die Dächer fort. Sonne und Tränen schmerzten ihr in den Augen, und der wütende Strudel des

Hahnenkampfs war ihr noch immer gegenwärtig, wenn sie sie schloss. Blutgetränkte Federn und der Geschmack von Metall.

Minuten vor dem ersten Vorhang traf sie ein, und das Theater war in hellem Aufruhr. Trussell ging unruhig am Eingang auf und ab, so in seine eigenen Sorgen versunken, dass er nicht bemerkte, wie zerrupft Shay aussah.

Er packte sie bei den Schultern. »Warst du mit Nonesuch unterwegs? Wo zum Teufel ist er? Ich habe die Cleopatra noch nie gespielt.« Er ließ sie los und schritt weiter bei der Tür im Kreis, während er leise Textzeilen vor sich hinmurmelte.

Shay schaute hinter sich. »Er ist noch nicht da? Er ist vor mir in Southwark losgegangen.« Auf dem Weg über die Dächer war er vielleicht nicht so schnell wie sie, doch es war schon eine halbe Stunde vergangen – mehr als genug Zeit, um von Southwark zum Theater zu gelangen. Ihr Magen rebellierte bei der Erinnerung an die Straße: an das Blut, den Rauch und die Gewalt.

Drinnen im Theater läutete eine Glocke, und Russell schüttelte den Kopf. »Er ist den ganzen Tag noch nicht hier gewesen. Kannst du auf ihn warten? Ich komme erst in der dritten Szene dran. Alouette könnte soufflieren.« Hinter Shay stoben Tauben vor einer rasch heranfahrenden Kutsche in die Höhe. Trussells Hand fuhr an den Mund. »Teufel noch mal, jetzt ist auch noch Evans hier. Der wirft uns beide raus, wenn diese Vorstellung schlecht läuft.«

Allmählich betraten die letzten Nachzügler das Theater, als die Glocke zum zweiten Mal läutete, und nun war es seltsam still auf der Straße. Shay zupfte sich angetrocknetes Blut von den Fingern und betete zu den Vögeln, Nonesuch möge auftauchen. Sie blickte auf und sah den vertrauten Anblick von

Devana, die den Himmel zerteilte. Sie pfiff auf zwei Fingern und flüsterte: »Wo ist er, mein Mädchen?«

Wie als Antwort darauf raste nun ein Karren mit solcher Geschwindigkeit um die Ecke, dass zwei Räder in der Luft hingen. Nonesuch stieß einen Schrei aus und sprang halb, fiel halb hinten vom Wagen. Er bürstete flüchtig seine Kleidung ab, hielt die Schuhe in der Hand. Er gab sich Mühe, nicht zu lächeln, konnte sich aber nicht beherrschen.

»Du hast wohl was vergessen?« Er war rot im Gesicht, aber unverletzt. »Nachdem du über die Dächer getürmt warst, war ich der einzige Fremde, dem man noch die Schuld in die Schuhe schieben konnte. Eine geschlagene Viertelstunde hab ich gebraucht, um sie abzuhängen. Und dann wollte der Besitzer dieses Karrens dafür, dass er mich versteckt hat, ein Fahrgeld, das ich nicht zu zahlen bereit war.«

Er zog die Schuhe an und nahm Shay beim Arm. »Aber ernsthaft, das vorhin war reiner Wahnsinn. Ich dachte, die Bomben wären nur Attrappen – du hättest diese Männer umbringen können.«

Shay lachte erleichtert. »Es war nur Rauch. Das Schlimmste, was denen zustoßen konnte, war ein bisschen Husten.«

Sie schlüpften auf Zehenspitzen ins Theater und hinten durch den Zuschauerraum, ohne der Handlung auf der Bühne die geringste Aufmerksamkeit zu schenken. Hinterköpfe und kein Gelächter. Hinunter in die Garderobe, wo Nonesuch anfing, sich aus seinem seidenen Witwengewand zu schälen. »Aber es war wunderschön. Noch nie habe ich solche Männer so furchtsam erlebt.«

Sie konnten bereits den ersten Monolog hören. Diese Schritte, das war bestimmt Trussell, der in den Kulissen auf und ab ging. Nonesuch legte den Kopf schief, um auf die Vorstellung zu lauschen, er war nackt bis auf seinen Schleier.

Er schob die Tür zu. »Jede Menge Zeit.« Er nahm Shays Hände und presste sie über ihrem Kopf an die Wand. Ihre Fingerknöchel schrammten an den Ziegelsteinen entlang, und sie sah ihm unverwandt in die Augen. Er schob seinen Schleier zurück, und sein Kuss war härter als sonst. Sie schmeckte Rauch auf seinen Lippen, und seine Hände nestelten drängend an ihren Knöpfen. Sein Schleier verrutschte, und er lachte.

»Wie lange noch bis zur dritten Szene? Es tut Trussell ganz gut, wenn er ein bisschen ins Schwitzen kommt.«

Später fragte sich Shay, ob Nonesuch es irgendwie so eingerichtet hatte. Dass ihre Kleider genau in dem Augenblick zu Boden fielen, als das Publikum bei Caesars Ankunft aufkeuchte; die angespannte Stille, als er in sie eindrang; die Geräusche eines Schwertkampfes, als sein Rhythmus sich beschleunigte. Ihr erstes Mal – ihr erstes richtiges Mal – begleitet und vorangetrieben von einem wenige Zentimeter entfernten Publikum von Gentlemen, die sich dessen nicht bewusst waren. Und schließlich, als er von ihr fortglitt und sie lachend miteinander auf den Boden taumelten, erreichte auch die Szene auf der Bühne ihre Auflösung. Atemlos und zerschrammt lagen sie da, die Hände noch in den Haaren des anderen, während der Raum oben unter Runde um Runde von hektischem Applaus erbebte.

14

In dieser Nacht schlief Shay in ihrer Hahnenkampfkleidung. Zusammengerollt in zerfetztem Tweed und einer Halskrause, die nach Rauch roch. Der leere Patronengurt, den sie über die Schulter geschlungen hatte, wirkte nun irgendwie noch bedrohlicher als ein beladener. Sie schlief durch, hörte nicht die sechs Glocken und hörte auch nicht die aufwachenden Jungen. Schlief durch und hörte nicht, wie Nonesuch fortging, war noch von der Außenwelt abgeschnitten in Träumen, in denen sie auf den warmen Luftströmungen eines brennenden London schwebte. Rauch schleifte hinter ihren Schwingen, und ihre Krallen waren silberne Dornen.

Eine Hand weckte sie auf. Eine Hand an ihrem Hinterteil, die sie zögerlich rüttelte. Nachdem sie endlich den Traum abgeschüttelt und die Teppichbahn zurückgeschlagen hatte, wartete im leeren Schlafsaal Trussell mit bedauernder Miene. »Tut mir leid, ich wollte dich nicht … an dieser Stelle berühren. Ich konnte nicht sehen, welches Ende das war.« Er errötete und schaute auf seine Füße. Shay unterdrückte ein Lächeln.

Trussell war im Umgang mit allen linkisch. Auf der Bühne gaben sie ihm die Harlekinrollen, denn man konnte sicher sein, dass er stolpern oder rülpsen oder seinen Text vergessen würde. Da war es besser, so zu tun, als sei alles Teil der Vorstellung. Und das Publikum brüllte vor Lachen, wenn ihn seine eigene Unbeholfenheit so verwirrte. Wegen seiner allgemein ungeschickten Art hatte Shay zunächst nicht gemerkt, dass er ihr gegenüber noch linkischer war. Er stand mit bebenden Nasenflügeln da und trat unruhig von einem Fuß auf den anderen. Seine Rede schien beendet zu sein.

Shay half ein bisschen nach. »Also, warum hast du mich geweckt, Trussell? Stimmt was nicht?«

»Ja, tut mir leid. Pavey ist gestern nach der Vorstellung noch was trinken gegangen, und er hat erzählt, dass im *Blue Boar* Männer Runden ausgegeben haben. Sie haben sich nach einem tätowierten Mädchen mit stacheligen Haaren erkundigt. Haben gefragt, wer auch wissen könnte, wie man Rauchbomben macht.« Er verfiel erneut ins Schweigen.

Shay hatte gestern Abend mit Gilmour gesprochen. Ihm geradewegs in die Augen geschaut, ohne dass er auch nur einen Hauch des Erkennens gezeigt hatte. Was hatte sich seither geändert?

»Hat jemand meinen Namen erwähnt?«

»Pavey glaubt es nicht, aber er hatte zu viel Angst, um näher hinzugehen. Du weißt, dass niemand hier ein Sterbenswörtchen sagen würde, ja? Ich habe mit jedem Einzelnen gesprochen, und sie wissen alle, dass sie sagen müssen, sie hätten noch nie jemanden wie dich getroffen.«

Im Theater waren sie also noch nicht gewesen, und das war gut. Aber sie wussten, wie sie aussah, und das war schlecht. Irgendwann würde diese Spur die Leute nach Birdland führen. Schlag acht. Shay könnte vor der Nachmittagsvorstellung noch dorthin gehen und wieder zurück sein.

Wie eine Galionsfigur stand Shay am Bug der Langen Fähre und ließ sich von der Gischt den Dreck von London wegschrubben, bis sie wieder rosig, roh und klein war. Als sie um die letzte Bucht vor Birdland herumfuhren, stieg die Aufregung wie eine Seifenblase in ihr auf: Das Schwanenboot ihres Vaters hatte am Steg festgemacht. Ringsum waren Schlammstreifen an den Seiten, also hatte er es gewiss seit mindestens einer Woche nicht benutzt. Als sie von Bord der Fähre ging, strich sie dem Schwanenboot über den Kopf, damit es ihr Glück brachte. Der Schnabel, einst ein öliges Schwarz, war nun zu Grau verwittert, und Shay nahm sich vor, ihn neu zu streichen, solange sie hier war. Noch ein Posten auf ihrer Liste. Boot anstreichen, Feuer machen, Lonans Kleidung flicken … Schnabel malen … Ihre Pflichten meldeten sich wieder. Sie wiederholte in Gedanken die Liste wie ein Mantra und war so mit diesen Worten beschäftigt, dass sie beinahe den Warnruf überhört hätte. Es waren zwei kurze Krähenschreie hintereinander, und sie waren so gut imitiert, dass Shay sie zunächst nicht als menschengemacht erkannte. Erst als die Schreie sich wiederholten, hielt sie inne. Diesen Warnruf kannten sogar die Jungvögel. Einmal bedeutet kommen, zweimal bedeutet fernbleiben.

Sie war noch zweihundert Yards von Birdland entfernt, aber jemand, der hoch oben in den Netzen arbeitete, könnte sie gesehen haben. Es konnte nicht schaden, wenn sie ein wenig abwartete. Shay setzte sich auf ein Grasbüschel, und irgendwo rauschte eine unsichtbare Rohrdommel davon, als von den Netzen her jemand gerannt kam.

Shay hob zum Gruß eine Hand, als sie Colm erkannte, doch der scheuchte sie zurück, deutete auf den Landungssteg. Sie durchquerte das durchnässte Marschland und setzte sich hinten in das Schwanenboot. Möwen kreisten über ihr. Sie nahm einen Kanten Brot aus der Tasche und vergnügte sich damit, Brocken in die Luft zu werfen und die Akrobatik der Vögel zu beobachten.

Colm sprach schon, ehe er nur den Landungssteg betreten hatte.

»Es waren Männer hier.« Er sagte es ohne jeden Vorwurf, wie er vielleicht auf einen interessanten Vogel in den Netzen hingewiesen hätte. »Londoner, mit Tieren an der Leine, die wie Wölfe aussahen.«

»Die haben mich gesucht.« Es hatte als Frage angefangen, aber was sonst hätten sie hier gewollt?

»Ja. Die haben dich gesucht.«

Tätowierungen und stachelige Haare. Jeder mittellose Trinker hätte den Männern gesagt haben können, sie sollten es einmal in Birdland versuchen.

»Wann?«

»Gestern Abend. Aber sie haben versprochen, dass sie wiederkommen würden. Angedroht, sollte ich eher sagen.«

»Was hast du ihnen erzählt?«

»Die Wahrheit. Dass wir dich nie mehr hier sehen. Dass du die meisten Nächte in London verbringst, aber wir keine Ahnung haben, wo.«

Shay blickte zur Stadt zurück. Sie hätte nie gedacht, dass das, was geschehen war, sich auf Birdland auswirken könnte. Diese beiden Welten waren doch immer so unterschiedlich gewesen.

»Wir haben ihnen gesagt, du würdest nie mehr zurückkehren, aber sie haben darum gebeten, mit deinem Vater zu sprechen.«

Beim Gedanken an Gilmours Männer im Zimmer ihres Vaters wurde Shay übel. Die waren zu massig, zu ungehobelt für diesen zerbrechlichen Raum. Sie stellte sich Lonans vogelgleiche Hand- und Fußgelenke vor, seinen Mund, der sich öffnete und schloss.

»Und natürlich hat es ihn verwirrt. Er hat ihnen erzählt, er hätte dich vor einem Tag gesehen und du kämst jede Woche zur Murmuration. Ich habe versucht, den Männern zu erklären, sein Gedächtnis sei schwach, aber ich denke nicht, dass sie mir geglaubt haben. Es kann gut sein, dass sie heute wiederkommen.«

Inzwischen hatten die Möwen aufgegeben. Sie schwammen aufmerksam auf dem Fluss.

»Ich will ihn sehen. Ich erkläre ihm alles.«

»Ich glaube nicht, dass das klug wäre, Shay. Du musst verstehen, dass wir ihm immer und immer wieder versichern mussten, dass du nicht zurückkommst. Ich will nicht, dass diese Männer noch einmal bei ihm da oben erscheinen. Ich musste ihn daran hindern, im Schwanenboot nach London zu rudern. Im Augenblick ist Chahine bei ihm oben und bringt ihm bei, was er sagen soll, falls sie doch zurückkommen.«

»Chahine? Das Mädchen mit dem Hühnerhabicht? Was hat die denn mit dem Ganzen zu tun?«

»Wir haben jemanden gebraucht, der bei der Murmuration für dich einspringt. Der Schwarm ist riesig, und alle hier sind verängstigt. Chahine macht das recht ordentlich. Sie lernt schnell.« Er fuhr sich mit der Hand durchs Haar. »Das ist vielleicht nur vorübergehend, aber zumindest bis diese Sache ausgestanden ist, darfst du nicht hier sein. Wenn Lonan diesen Leuten erzählt, dass du wieder in Birdland bist, lassen die uns nie in Ruhe.«

Er blickte über die Schulter, und Shay erinnerte sich an den Krähenschrei. »Warum hast du den Warnruf ausgestoßen? Warum bist du mir nicht einfach entgegengegangen?«

»Shay. Shay.« Er senkte den Blick. »Manche Leute glauben, es wäre besser gewesen, dich den Londonern zu übergeben, und damit wäre die Angelegenheit erledigt.«

»Welche Leute?«

»Ein paar. Niemand Wichtiges. Aber du könntest hier nicht so sehr in Sicherheit sein, wie du glaubst.«

Chahine. Während der gesamten Tätowierung hatte das Mädchen gezittert und gebibbert, aber kein einziges Mal geweint.

Zum ersten Mal entgleisten nun Colms Gesichtszüge. »Sie haben alle Turteltauben umgebracht, Shay.«

Die Möwen schauten interessiert zu, wie Shay ihren Beutel mit den Geschenken auf dem Landungssteg ausleerte. Zuerst den kandierten Ingwer, in braunes Papier eingedreht, und fünf silberne Pennys. Ihr wurde klar, dass es ihr gleichgültig war, ob eine andere die Murmuration gedeutet hatte, doch der Gedanke, dass Lonan nun am Morgen als Erstes nach der Hand einer anderen tastete, schmerzte sie.

Sie zog eine der wundersamen reifen Aprikosen hervor. Ein bemaltes Holzkästchen, das mit Tee aus Indien angefüllt war. Es tat ihr weh, dass nun eine andere Lonan von seinen Alpträumen wieder zurück ans Ufer steuern würde. Sein Name würde von den Lippen einer anderen ertönen.

Walnüsse in der Schale und ein Sträußchen welkender Lilien. Jemand anders würde seine Hände um die Teetasse legen. Jemand anders würde sein wirres Haar glatt bürsten. Unter dem brutalen Himmel von Birdland wirkte ihr kleines Häufchen von Schätzen billig, und selbst wenn Colm ihrem Vater sagen würde, von wem die Geschenke kamen, würde das im Nu wieder aus seinem Gedächtnis schwinden. Shay stellte sich vor, wie das Vergnügen auf seinem Gesicht aufblitzte; das müsste ihr genügen.

»Ich muss das Boot nehmen«, sagte sie, und Colm nickte.

Er half ihr, vom Ufer abzustoßen. Weil nur sie darin saß, hatte das Boot leichte Schlagseite. Colm wartete am Landungssteg, schirmte die Augen mit der Hand ab. Sie rief ihm noch zu: »Erzähle Vater, dass auf dem Turm von St Paul's ein

Brutpaar Wanderfalken nistet.« Sie hatte die Vögel am Tag zuvor gehört, als sie miteinander stritten wie ein altes Ehepaar.

Die Gezeiten zerrten ihr Boot auf die Stadt zu, und mit jeder Sekunde schrumpfte Colm. Als sie zehn Yards weit auf dem Fluss war, rief sie ihm zu: »Sag ihm, dass sie schneller sind als der Tod.« Dann lehnte sie den Kopf an das glatte Holz der Bootswand und ließ sich eine Weile von der Strömung mitnehmen. Die Möwen folgten ihr die erste Meile, gaben dann aber auf, als sie endlich begriffen, dass ihre Hände leer waren.

15

Es war das Erste, was Shay erblickte, als sie aus dem Boot auf den Broken Wharf trat. Zunächst erkannte sie sich selbst nicht. Das Plakat zeigte ein grob gezeichnetes Porträt – die abgebildete Person schielte und grinste bösartig –, doch mit den beiden Haarbüscheln und der gekritzelten Tätowierung konnte es eigentlich nur sie sein. Sie starrte das Bild einen Augenblick an, ehe ihr einfiel, den darunterstehenden Text zu lesen. Da stand:

VOGELMÄDCHEN SHAY
GESUCHT

· SACHBESCHÄDIGUNG
· BRANDSTIFTUNG
· KÖRPERVERLETZUNG

Shay schaute sich um. Alle hatten die Kragen hochgeschlagen und die Hände in die Taschen gesteckt, wurden von der Kälte zur Eile angespornt. Sie riss das Plakat ab und knüllte es in ihrer Tasche zusammen. Beim Weitergehen hatte sie das Gefühl, dass alle ihr hinterherschauten, und zog ihre Mütze tiefer in die Stirn. Zwei Minuten später entdeckte sie das nächste Plakat. Es hing an einer Ladentür, und sie konnte es unmöglich wegnehmen. Sie ging auf die andere Straßenseite und hielt den Blick gesenkt. Wenige Yards weiter hingen drei Plakate nebeneinander, aber sie waren festgeklebt, so dass Shay nur Streifen von den Augen und vom Haar wegriss. Sie hielt Ausschau nach einer Fluchtmöglichkeit – sie konnte es nicht mehr ertragen, auf der Straße zu sein. An der Mauer von Barkley's Inn lehnte eine Leiter, und Shay stieg zu einem spitzen Dachgiebel hinauf. Die Ziegel waren rissig und so schlüpfrig wie Eis, aber zumindest hingen hier keine Plakate mehr, und der Weg nach Norden über die Dächer zum Theater war leicht.

Zu Shays Überraschung warteten auf dem Dach des Theaters vier Gestalten auf sie. Blank und Trussell sahen aus, als wäre ihnen übel, Nonesuch wirkte belustigt und Alouette wütend; zu ihren Füßen lag ein Haufen abgerissener Fahndungsplakate. Nonesuch applaudierte langsam, als sich Shay über die Dachkante hochzog, und sagte: »Sachbeschädigung und Brandstiftung? Ich bin grün vor Neid. Aber gegen das Porträt würde ich gerichtlich vorgehen. Ich werde Gilmour bitten, dass er Trussell ein schmeichelhafteres zeichnen lässt. Du weißt, das fällt ja auch auf mich zurück.« Er zwinkerte ihr zu, doch dann streckte er die Hand aus und umklammerte ihre. »Es tut mir leid. Ich weiß nicht, wie Gilmour rausbekommen hat, dass du unter diesem Bart gesteckt hast.«

Alouette mischte sich ein. »Ich habe ein paar heruntergerissen, aber sie werden schneller angebracht, als ich sie finden kann. Gilmours Leute kleben sie überall in der Stadt. Sein Name wird natürlich nirgends erwähnt, aber die Straßenkinder wissen mit Sicherheit, wer hinter dir her ist.« Sie strich eines der Plakate glatt und starrte darauf. »Wir haben gerade darüber geredet, ehe du gekommen bist. Einer von uns kann die ganze Zeit über bei dir sein. Nonesuch holt dich morgens ab, ich bleibe bei dir, während du im Theater bist, und Blank hat dir eine Koje auf seinem Schiff angeboten. Für den Rest der Truppe machen wir einen Einsatzplan.«

Shays Herz geriet ins Taumeln. Sie hörte kaum, was Alouette sagte. Sie würden sie beschützen. Aber mehr als das, es war ihnen nie auch nur der Gedanke gekommen, das nicht zu tun. Kein einziges Mal, dachte sie, hatte jemand sie so sehr geliebt, wie diese Menschen sie liebten, und sie sehnte sich danach, ihnen ähnliche Freundlichkeit zu erweisen. Blank war bisher still gewesen, meldete sich aber nun zu Wort: »Ich habe sogar eine Idee, wie ich das hier in Ordnung bringen könnte.« Er hob die Hände, um die Fragen der anderen abzuwehren. »Es wird dazu einige Planung nötig sein. Ich brauche Alouette und Trussell und ein paar Stunden Zeit. Vielleicht müsst ihr sogar heute die Abendvorstellung ohne mich machen.«

Als er fort war, mochte keiner von ihnen zurück nach unten gehen. Nonesuch schritt unruhig an der Dachkante auf und ab, ehe er sich setzte und ein Tuch aufschlug, in dem vier gebratene, fettglänzende Spanferkel verpackt waren, die eines der Mädchen vom Bühneneingang ihm am Morgen gebracht hatte. Nun saßen sie alle vier schweigend da und aßen, bis sie satt und benommen waren und vor Fett trieften und rings um sie Knochen verstreut lagen wie im Horst eines Habichts.

»Vier ganze Spanferkel. Die Ärmste wird eine ordentliche Tracht Prügel kriegen, wenn man sie erwischt. Ich hoffe, dass du ihr mindestens Karten für heute Abend gegeben hast.« Alouette hatte weniger als die anderen gegessen, nur ein bisschen am hellsten Fleisch herumgepickt. Sie lehnte sich zurück, um die Sonnenstrahlen einzufangen, und ein feiner Flaum leuchtete auf ihrem Gesicht und den Armen.

Nonesuch erwiderte: »Selbst wenn ich gewollt hätte, es wäre nicht gegangen. Wir sind über Wochen ausverkauft.«

Trussell steckte noch tief in einem zweiten Spanferkel. Er nagte mit einer Konzentration, die Shay zuvor nur bei

Menschen gesehen hatte, die völlig ausgehungert waren. Als sogar er sich zurücklegte und die Hände vor dem prallen Bauch verschränkte, waren noch immer zwei fettglänzende Schweine übrig.

»Was für eine Verschwendung«, sagte Alouette. »Soll ich die den Jungen unten geben?«

Noch vor einem Tag hätte Shay sie für ihren Vater nach Hause mitnehmen können. Es wäre ein ganz besonderer Leckerbissen für ihn gewesen. Aber da war noch jemand.

»Könnte ich eines haben?«, fragte sie.

»Natürlich. Nimm beide, wenn du möchtest.«

»Nein, eines reicht. Schaut her.«

Sie hielt am Himmel Ausschau. Mauersegler jagten nach Insekten, und Tauben gesellten sich zueinander und flatterten von einem Dach zum anderen. Krähen zerrten Moos zwischen den Dachziegeln hervor. Und ein ganzes Reich weiter oben spielten die Jäger ihr Spiel. Falken, drei .... nein, vier. Ein Paar trieb irgendeinen Dachnager in den Untergang. Und unter ihnen schwebte Devana, lehnte sich an den Wind wie ein brutaler Schlägertyp an eine Kutschentür. Shay wischte ihre Kleidung ab, stand auf und bildete mit den Händen einen Trichter vor dem Mund. Ihr erster Versuch war wenig mehr als ein Krächzen, doch der zweite war besser und scheuchte die Krähen auf, die erschreckt aufstoben. Jetzt war ihr die Aufmerksamkeit aller sicher. Ein letzter Ruf.

Devana kreiste. Ein Schräglegen des Kopfs, und ihre Spirale zog sich ein wenig enger zu, doch sie machte keinerlei Anstalten, herabzusteigen.

»Lass mich nicht betteln«, sagte Shay lachend. Die anderen schauten zu, waren sich nicht sicher, was hier vor sich ging. Shay versuchte den Ruf erneut, und Devana zog noch zwei Kreise. Faul. Kein Ziel im Auge. Dann ein kaum merkliches Straffen der Schwingen, und der Vogel fiel in eine lange, schräge Kurve, wurde schnell größer, wie ein Pferdewagen, der zu schnell auf einen zukommt. Shay stand da und hob den Arm, und Devana nahm eine winzige Änderung an ihrem Flug vor, stellte die Schwingen gegen die Luft und packte mit beiden Füßen gleichzeitig Shays Unterarm. Verächtlich ließ Devana die Augen über die Dächer schweifen. Ihr vertrautes Gewicht, leichter, als sie aussah, aber auch stärker.

»Schaut ihr nicht in die Augen«, flüsterte Shay. Devanas Erscheinen war wie immer ein Wunder. Sie machte es sich auf Shays Arm bequem, breitete ein letztes Mal die Schwingen aus – seht euch diesen Vogel an! –, ehe sie sich niederließ, um sich zu putzen.

Nonesuch konnte die Augen nicht von ihr lassen. »Bei allen Heiligen, sie ist wunderschön.«

Ohne den Blick von dem Falken zu wenden, griff Trussell nach Papier und Stift und begann zu zeichnen, öffnete und schloss dabei seinen Mund wie ein Fisch. Den Bruchteil einer Sekunde lang konzentrierte sich Devana auf die Spitze des Bleistifts – dieses Kratzen wie von den Klauen einer Maus –, und wandte sich dann wieder ihren Federn zu, war es zufrieden, dass da gerade nichts war, was sie töten musste. Shay hielt ihr ein Ferkelbein hin. Im Nu hatte Devana den Schnabel in das Fleisch geschlagen. Sie warf den Kopf nach links, rechts, links, ehe sie den Brocken hinunterschlang. Shay drehte den Knochen, und der Vogel wiederholte alles. Devana legte den Kopf auf die Seite und pickte einen präzisen Streifen Fleisch herunter. Mit Schwung warf sie den in die Luft, fing ihn mit dem Schnabel auf und schluckte ihn ganz hinunter. Sofort richtete sie die Augen wieder starr auf das Fleisch.

»Angeberin«, flüsterte Shay. Zweimal ließ Devana ihren Blick über sie alle streichen, riss und schluckte noch zweimal und ließ dann Shay mit einem sanften Druck ihrer Klauen wissen, dass sie fertig war. Sie faltete ihre Schwingen zu einem weichen M auf und war ohne jede Warnung fort; drei bedächtige Schwingenschläge, und sie tauchte kurz unter den Dachüberhang ab und hob sich dann hinauf über die Stadt.

»Schaut weiter zu.« Es waren da oben auch noch andere Greifvögel zu sehen, doch keiner bewegte sich genau wie Devana. Ihre Sturzflüge waren wie von Klippen und ihre vertikalen Schwünge einen Hauch theatralisch. »Seht ihr? Seht ihr, wie ihr sie erkennen könnt?«

Nonesuch nickte. »Sie ist eine Meuchelmörderin.« Devana zog eine weitere Schleife und verschwand dann hinter den Silhouetten der Gebäude.

Es war, als hätten alle den Atem angehalten. Nonesuch und Alouette sprudelten vor Fragen über. »Wann hast du das gelernt …?« »Kommt sie immer …?«

Shay versuchte, ihnen die Geschichte von sich und Devana zu erzählen. Dass sie das Falkenweib schon als Nestling gekannt hatte. Damals war sie nichts als ein wildes Büschel Federn und ein weit aufgesperrter Schnabel gewesen. Wie sie miteinander groß geworden waren, zusammen auf Erkundung gegangen waren; beide waren sie ungezähmte Kinder, unter denen sich London ausbreitete. Dass, wie Shay meinte, ein unsichtbarer Faden zwischen ihnen beiden verlief und dass Shay sich, wenn sie sich selbst sah, immer durch Devanas Augen wahrnahm: eine wuselnde Gestalt, die über den Teppich der Stadt huschte. Als die anderen beiden mit ihren Fragen zu Ende waren, setzte sich Shay neben Trussell. Seine Zeichnung war eine Skizze von Devanas Kopf. Das Blitzen eines Auges unter schweren Lidern, ein Strom von Federspitzen und ein mit drei scharfen Linien gezeichneter Schnabel. Ein flüssiges Messer. Er sprach mit leiser Stimme, während er die Augen noch auf die Zeichnung gerichtet hatte: »Jetzt verstehe ich, Shay. *Das* verehrst du also.«

Die Nachmittagsvorstellung war schludrig und fahrig. Pavey sprang für Trussell ein, und Nonesuch schlich als Doktor Faustus am Bühnenrand herum, nur wenige Zoll vom Souffleurkasten entfernt, machte sich Sorgen, dass nun, da die anderen fort waren, niemand mehr ein Auge auf Shay haben konnte. Doch Shay fühlte sich unberührbar. Devana war über ihr, und ihre Freunde waren rings um sie herum. Nonesuch gab eine eher lässige Vorstellung, doch einen der liebevolleren Monologe richtete er unmittelbar in das Dämmerlicht, das Shay umgab. Sie warf ihm eine stumme Kusshand zu. Sogar die Applausordnung war heute kurz. Nonesuch und Pavey traten jeder nur einmal zum Verbeugen vor den Vorhang und wischten sich schon die Schminke vom Gesicht, als der Beifall noch nicht verklungen war. Normalerweise hielt Shay sich noch im Theater auf, während Nonesuch hinausging, und ließ ihn noch mit der Menge am Bühneneingang flirten, doch heute hakte er sie unter und führte sie neben sich aus dem Theater.

Hinaus in die Abenddämmerung. Kerzen wurden gerade angezündet, und die Bauern trieben das nicht verkaufte Vieh zu den Stadttoren zurück. Bei jedem Schritt erwartete Shay, das Rollen von Kutschrädern oder das Heulen der Wolfshunde zu hören. Sie gingen in nördlicher Richtung durch Blackfriars auf die Stadtmauer zu. Die Menschenmenge versperrte Shay die Sicht, aber Nonesuch ging auf Zehenspitzen. »Scheiße«, flüsterte er. »Die haben die Plakate nicht wegbekommen. Ich glaube, es sind vielleicht sogar noch mehr geworden.« Sie schoben sich durch die Menge, um festzustellen, dass praktisch jeder Zoll der Mauer mit Plakaten zugepflastert war. Man hatte sie in unordentlichen Gruppen dort so nachlässig hingeklebt, dass die Ecken lose hingen. Milchweiß leuchteten sie in der Dämmerung wie eben aus dem Boden geschossene Pilze. Shay wurde übel. Schlimmer noch, sie fühlte sich umzingelt. Es gab kein Entkommen. An den Säulen, die beim Weg durch Ludgate den Weg aus der Stadt bewachten, flatterten noch Hunderte weitere Plakate.

Nonesuch legte den Arm um sie. »Ich verstehe nicht, was Blank den ganzen Tag über gemacht hat.«

Shay hielt die Augen zu Boden gesenkt. Der Müll des Tages wurde unter ihren Füßen in den Schlamm getreten.

»Oh, warte. Sieh nur«, sagte Nonesuch. Er zog Shay in den Mauerschatten, wo eine Handvoll Plakate hing. Das oberste zeigte eine lebhafte Karikatur von Nonesuch, auf der er nur aus Locken und Augenbrauen zu bestehen schien. Darunter standen in derselben Schrift wie auf Shays Fahndungsplakat die Worte:

LORD NONESUCH
GESUCHT

· TEUFELSWERK
· HERZELEID
· AUFRUHR

Shay lachte laut los. An der nächsten Mauer war eine wilde Gruppe von sauertöpfischen Alouettes zu sehen, unter denen zu lesen war:

FLANDERN-ALOUETTE
GESUCHT

· HEXENKUNST
· HUREREI
· VERZAUBERUNG

Dann folgten zwei einsame Blanks, verwegen unter einem Dreispitz und mit einer Liste von Verbrechen, die unter anderem Unterschlagung und Diebstahl umfasste. Und darunter war in dicken, schwarzen Buchstaben eine kühne Nachricht zu lesen. Eine, die auch alle anderen Plakate zierte, sogar die wenigen mit dem Vogelmädchen Shay, die noch übrig waren.

WILLKOMMEN IM GEISTERTHEATER

· GEHEIMER ORT
· IN KÜRZE

Jetzt starrten ihnen die vier Gesichter überall entgegen, wo sie entlanggingen – von den Mauern der Kirche von St Paul's bis zum Fluss hinunter. Die Plakate mit dem Vogelmädchen Shay verloren sich in diesem Schneesturm von Wörtern. Nonesuch hatte vor Begeisterung beinahe zu rennen angefangen. »Das Geistertheater. Willkommen im Geistertheater … Das gefällt mir. Diesen Namen muss sich Blank ausgedacht haben. Alouette hat nicht so viel Phantasie.«

Nonesuch blieb draußen vor Cole Abbey stehen und nahm Shay bei den Händen. Die Gesichter ihrer Freunde blickten von den Mauern der Kirche auf sie herab. Er sagte: »Jetzt wird es Wirklichkeit. Wir müssen das jetzt machen. Es geht los.«

An den Kirchen waren die besten Haltegriffe: Wasserspeier und Mauerzinnen, Architrave und Regenrinnen. Nonesuch beugte Shay vornüber. »Du musst mir hochhelfen.« Hinauf, sich dabei vor Lachen biegen. Im Wettrennen die Mauern hinauf, bis sie Hand in Hand auf dem Dach standen und über die halbe Stadt schauten. Er riss ihre Hand wie die eines siegreichen Boxers in die Höhe und brüllte in den Himmel hinauf: »Wir sind das Geistertheater.«

16

Nonesuch, Alouette, Blank und Trussell. Schauspiel, Beleuchtung, Musik und Kulissen – Feuer, Luft, Wasser und Erde. Diese vier waren der Knoten mitten im Gewirr des Theaters, und jeder Faden führte zu ihnen hin. Noch weiter in der Tiefe, am straffsten zusammengezogen war das Geheimnis des Geistertheaters. Was sollte es werden? Nonesuch wollte Geschichten, echte Geschichten, Geschichten ohne Götter und Dämonen und Zauberer, in denen Leute wie du und ich lebten, lachten und starben. Eine erste Regel: keine Textbücher, nur Erzählungen, die aus den dunkelsten Tiefen heraufgeholt wurden. Das hieß, dass ihre Proben auf dem Dach wie Beichten waren – »Erzähl mir, wie du dich da gefühlt hast.« – »Was haben sie dir angetan?« –, als sie alle Geschichten erzählten, die noch nie zuvor ans Licht gekommen waren. Wenn Shay hier mit den anderen zusammen war, fühlte sie sich erhöht; wenn sie sprach, hörten die anderen zu. Doch wenn sie einen seltenen Augenblick allein hatte, überkam sie die Furcht, für die anderen etwas ganz Gewöhnliches zu werden, sorgte sie sich, dass ihr spärlicher Neuheitswert schon bald erschöpft, der Reiz des Neuen verflogen sein könnte. Sie legte eine Regel für sich fest: nicht mehr als zwei Nächte hintereinander in Nonesuchs Hochbett. Sie wollte keine feste Einrichtung werden. Selbst jetzt, da Gilmour nach ihr suchte, hatte sie mehr Freiheit als alle Jungen im Blackfriars Theatre, und die beneideten und feierten sie deswegen gleichermaßen. Also machte sie morgens noch ihre Botengänge und kam mit Klatsch und Tratsch und der kalten Luft der Dächer zurück, um damit den langweiligen Eintopf des Schlafsaals zu würzen. Und in den kältesten Nächten schlief sie in Blanks Mastkorb unter Bergen von Kostümen aus Pelz und Kaschmir, völlig benommen vom langsamen Ticken des Schiffs und den glimmenden Kräuterbündeln, die alle Ecken wärmten. Blank selbst hatte einen unregelmäßigen Tagesablauf. Er kam und ging zu jeder Tages- und Nachtzeit, war im hellen Licht des Tages ganz still, aber schwatzhaft im Schlaf. Zwischen Shay und ihm entspann sich eine größtenteils stumme, angenehme Freundschaft, die nach dem Tumult des Schlafsaals eine willkommene Erleichterung bot. Doch meistens schlief Shay, wenn sie nicht im Blackfriars Theatre war, auf dem Dach von Eltham House. Sie schmiegte sich um die Wärme der Schornsteine, die nie abzukühlen schienen, weil in einem so großen Haus das letzte Braten für das Abendessen und das erste Backen des Morgens so nah beieinander waren.

Als Shay zum ersten Mal dort schlief, musste Devana lange angelockt werden, ehe sie herunterkam. Zuerst kreiste sie, tiefer und weiter oben, immer und immer wieder, eine ungewöhnliche Vorsicht bei einem Vogel, der inzwischen daran gewöhnt war, nur das zu tun, was er wollte. Ihr Käfig stand kalt und verriegelt da, und der Kamin war gute zehn Yards entfernt, doch trotzdem beäugte sie ihr ehemaliges Zuhause, als wäre es ein Raubtier. Ihr höfischer Tanz dauerte eine ganze Stunde, und erst als Shay den Vogel nicht mehr beachtete und sich wie eine Katze an die Ziegelsteine schmiegte, landete Devana sanfter als eine Schneeflocke.

Wie viele Nächte verbrachten die beiden dort? So viele, dass Devanas Krallen an der Stelle, wo sie stets hockte und hochmütig auf Shay herabschaute, kleine Rillen in das Geländer gruben. So viele Nächte, dass Shay genug Zeit hatte, das Geschühh zu polieren und zu flicken, so dass Devana im Himmel violettes Leder trug, so wie ein Ritter das Handtuch seiner Dame mit sich führt. So viele Nächte, dass Shay dem Vogel sämtliche Zeilen ihrer Rollen im Geistertheater rezitierte und Devanas hochmütige Verständnislosigkeit ihr irgendwie das Lampenfieber milderte.

Wie sehr Shay die Geräusche liebte, die Devana machte, wenn sie sich putzte. Diese öligen Beschwerden und unterdrückten Krächzer, das leise Rauschen, wenn sie ihren Schweif zusammenfächerte, das Kratzen des Schnabels unter der Schwinge. All das wirkte auf Shay wie ein Schlaftrunk, doch wenn sie aufwachte, war Devana stets fort – so wie Blank stets fort war und ihre Mutter auch –, und der Duft der ersten Brotlaibe, die hundert Fuß weiter unten gebacken wurden, weckte Shay auf und trieb sie auf die Dächer hinaus.

Bei einem dieser Spaziergänge nach Devanas Besuch, wenn Shay sich steif, kalt und verschmäht fühlte, fand sie, was sie gesucht hatte. Einen Ort für sich und Nonesuch, irgendwo fern der Enge des Schlafsaals, wo ausnahmsweise einmal nur ein Augenpaar auf ihn gerichtet sein würde. Sie hatte nach einem dieser großen Häuser gesucht, dessen Besitzer in den Monaten, wenn London in seiner eigenen Suppe aus Rauch und Schweiß kochte, auf einen Landsitz ausgewichen waren. Ein Haus, das groß genug war, um ihnen das geräumige Schlafzimmer zu bieten, das sie sich für sie beide wünschte, aber wiederum nicht so groß, dass eine Rumpfbelegschaft an Bediensteten zurückgeblieben war, um sich um das Anwesen zu kümmern. Eines erregte ihre Aufmerksamkeit. Ivy Bridge House, direkt am Weg zwischen Westminster und Newgate, an einem Weg, den sie oft beschritt. Drei Tage hintereinander kam sie dort vorbei und sah keinerlei Lebenszeichen. Durch ein hoch gelegenes Fenster am Ende eines Korridors sah sie helles Leinen und helles Holz und ein Himmelbett, das so penibel weiß wie ein Brautkleid war. In den höheren Stockwerken wurden die Sicherheitsvorkehrungen spärlicher; im Erdgeschoss sicherten armdicke Stangen die Fenster, ganze Wälder von Schlössern und Gittern, Zäunen und Spitzen. Doch im vierten Stock hatte sie im Handumdrehen eine Dachluke aufgebrochen und begann, wie ein Geist durch alle Zimmer zu wandern und die Küche nach Essensresten zu durchforsten.

Am nächsten Tag nahm sie Nonesuch dorthin mit, gleich nach der Probe. Er trug einen Umhang und eine Gelehrtenkappe und sie ihren schwarzen Bühnenoverall. Durch die Dachluke hinein und dann leise ins Schlafzimmer, beide auf einmal schüchtern; sanft wie Katzen schlichen sie um das Himmelbett herum, und ihre Augen wanderten voneinander weg, ihre Hände griffen nach Händen. Schließlich war das Bett zu weich, zu federnd für alles außer Schlaf, also fickten sie stattdessen auf dem Fußboden. Nonesuch rückte Shay mit ernster Miene zurecht – hier und hier, *da ein bisschen tiefer* –, bis sie kniete und sein Umhang sie zudeckte. Und sie kicherten und spielten wie die Kinder in ihrer Burg aus Laken. Es war gut. Rasch. Ein bisschen unangenehm, aber nicht schmerzhaft. Er bewegte sie mit den Händen, änderte ihre Lage. Zeigte ihr so, was er wollte, so wie er es auf der Bühne mit seinen Worten machte. Von hinten, hielt sie wie ein Schaf, das gleich geschoren wird. Dann er auf einem Stuhl, und sie rittlings auf ihm, diesmal besser, wenn auch eine Reihe von Familienporträts missmutig auf sie herunterschaute, bis sie ihnen die Zunge herausstreckte, die Augen schloss und so verharrte, bis er fertig war.

Keine wachsamen Augen, kein Schwätzen von Jungen durch den verschlossenen alten Teppich. Es fühlte sich wie ein weiteres erstes Mal an. Als Shay sich danach abkühlte und abtrocknete, sah sie sich ihre Nägel und Füße an und dachte an all die Stellen, die Nonesuch berührt hatte. Sie wollte sie vom Scheitel bis zur Sohle am ganzen Körper mit Farbe markieren. Die Stellen, an denen er verharrt hatte. Ihr Schlüsselbein und die Grübchen an ihrem Rücken, ihr Nacken von den Schultern bis zum Ohr, die weichste Haut innen am Schenkel. Sie stellte sich vor, sie jedes Mal schwarz zu tätowieren, bis sie eine nachtschwarze Statue war.

Nonesuch wachte auf, als die Glocken drei schlugen, und sah blödsinnig und unkompliziert glücklich aus.

»Wir haben noch eine Stunde«, sagte sie. Sie wollte erkunden. Das Haus oder ihn, das war ihr gleich.

Er küsste sie an der Stelle auf den Kopf, wo der Schnabel des Sperlings spitz auslief und flüsterte: »Wie wäre es, wenn du mich hier liegen lässt, nur eine halbe Stunde?«

Shay versuchte, ihre Verwirrung zu verbergen. Gehörte das noch dazu? War es irgendein allgemein bekanntes männliches Bedürfnis, über das man ein Flatterermädchen nie aufgeklärt hatte?

Er streichelte ihren Nacken. »Wie oft bist du allein, Shay? Ohne dass du einen anderen Menschen siehst?«

Sie dachte darüber nach. Wenn sie zur Arbeit ruderte. draußen im Marschland. Im Osten waren breitere Dächer, wo sie meilenweit die einzige menschliche Gestalt war. »Manchmal. Nicht oft.«

Er sprach ihr ins Ohr. »Ich kann mich an das letzte Mal nicht erinnern. Als ich ein Kind war, nehme ich mal an, und mich im Wald verlaufen hatte. In einem Zimmer sein. Allein und ohne ein einziges Wort Geschwätz. Das wäre was …«

Nonesuch kehrte erst Stunden später ins Theater zurück, aber er brachte ihr etwas mit. Etwas, das er in einer halb oben in einem Kamin versteckten Schmuckschatulle gefunden hatte. Er sagte: »Die Leute meinen immer, dass sie besonders schlau sind, wenn sie Dinge da oben verstecken, aber sie würden sie besser auf dem Frisiertisch liegen lassen, denn das ist der letzte Ort, an dem ich suchen würde.«

Es war ein Ohrring mit einem Totenschädel. Koralle vielleicht, mit einer Art finsterer Eleganz schwarz angemalt.

Den ganzen Winter über war es so. Shay fand ein leerstehendes Haus, und sie liebten sich dort in den Kostümen, die sie gerade schon trugen. Und dann ging sie allein und benommen über die Dächer fort, und er blieb ebenfalls allein zurück, alle viere auf irgendeinem schneeweißen, verbotenen Bett von sich gestreckt. Jedes Mal brachte er irgendwelche Schmuckstücke mit nach Hause ins Theater, so viele, dass ihr Hochbett – ihr Hochbett, sie zitterte vor Freude, wenn sie es sagte – klirrte, wenn sie sich darin bewegten. Ketten und Armbänder und Medaillen und Messer. Gemmen und Perlen und Spitze und Samt. Später überlegte sie, dass sie sich deswegen vielleicht billig hätte vorkommen sollen – jede Paarung mit einem Geschenk belohnt. Stattdessen fühlte sie sich selbst wie ein Schatz. Sie war nur eines von den Hunderten von wunderschönen glitzernden Dingen, die auf den nackten braunen Dielen dieser unterirdischen Höhle schimmerten, klirrten und glitzerten.

Akt II

17

Shay begann erst zu singen, nachdem jemand ihr ein Messer in die Brust gestochen hatte.

Sie kam die Treppe heruntergerannt. Ihre Jacke verfing sich an einem herausstehenden Nagel, so dass sie herumgerissen und zu Boden geschleudert wurde. In ordentlichen Reihen hingen die geschlachteten Ochsen da, rosa marmoriert im widergespiegelten Schimmer der Eisblöcke. Shay kroch über den Boden und schob das Oberlicht auf, das auf die Straße führte, doch es war mit dicken Eisenstäben verbarrikadiert. Sie zerrte daran, als sie über ihrem Kopf Schritte hörte. Es gab keine anderen Ausgänge und keine offensichtlichen Verstecke. Oben hielten die Schritte inne, wurden dann lauter. Mit einer Grimasse kletterte Shay in den größten der Ochsenrümpfe hinein. Das Fleisch war steif vor Kälte, aber man hatte das geschlachtete Tier an der Brust aufgeschnitten, so dass sie sich hineinquetschen konnte wie eine verpuppte Raupe in einen Kokon. Von ihrem erhöhten Punkt im Inneren des Brustkorbs aus zerrte sie an dem Schlitz im Bauch des Ochsen und zog das Fleisch um sich wie einen Umhang. Ihre Füße tasteten auf den eisigen Sprossen der Rippen nach Halt, und sie hielt sich reglos. Im Keller war nur wenig Licht, und die Männer oben konnten sich nicht sicher sein, dass sie hierher geflohen war, also verlangsamte sie ihren Atem, während die Tierkörper an ihren Ketten knarrten und sich ganz langsam in einem unsichtbaren Luftzug drehten.

Als die Männer kamen, gingen sie bei der Suche sorgfältig vor. Leise Stimmen und eine einzige Fackel. Sie machten eine Runde durch den Raum, kamen nur wenige Zoll von ihr entfernt vorbei. Shay versuchte, nicht auszuatmen, denn ihr Lufthauch würde in der Luft des Eishauses weiß aufscheinen. Der Tierkörper drehte sich weiter schwerfällig, so dass sie nur einen Ausschnitt des Raums sehen konnte: vier Männer in schwarzem Leder, die Schwerter gezogen, wortlos. Shay beobachtete durch Vorhänge aus Fleisch hindurch die Füße der Männer.

Eine Stimme: »Da hat jemand das Oberlicht aufgemacht.«

Einer der Männer spannte seine Hand zwischen den Gitterstäben auf. »Sie ist ja eine dürre Schlampe, aber doch so dünn auch wieder nicht, oder?«

Keine Antwort. »Meinst du, sie könnte hinten rausgerannt sein?«

»Ich kann mir nicht vorstellen, wie. Aber hier ist sie nicht, oder?«

Stille. Was machten die Männer? Shay konnte es nicht sehen, das Publikum im Geistertheater schon. Sie sahen die Miene des einen Mannes, als ihm auffiel, dass die Streu am Boden in Unordnung geraten war. Sie beobachteten, wie er ihrem Weg von der Tür zum Oberlicht und von dort zu dem Ochsenkörper folgte, in dem sie sich versteckt hatte. Und sie sahen Finger, die vor den Mund gelegt waren, und Männer, die sehr leise Schritte machten. Sie zählten stumm bis drei, dann wurden die Klingen erhoben und in einer einzigen flüssigen Bewegung ganz durch den Ochsen gestochen. Vier Klingen hinein, vier Klingen heraus. Und dann …

Langsam rann jetzt Blut, frisches Blut auf die Streu unten. Ein Klirren von Ketten, angehaltener Atem, springendes Eis.

Dann fiel ein Körper, so blutig und still wie eine Totgeburt, und landete auf Knien.

Wieder Stille, bis der blutüberströmte Kopf sich hob und das tote Mädchen zu singen begann.

Das Publikum tobte.

Vier Stunden zuvor, als die Truppe des Geistertheaters den Fluss überquerte, hatte Southwark noch vor Menschen gewimmelt. Wie aus dem Nichts war ein heller, hemdsärmelwarmer Sonntag aufgetaucht, und die ganze Stadt schwänzte. Vor jeder Taverne wanden sich lange Schlangen, und auf den Straßen knirschte jeder Schritt, da der Boden mit einer Schicht aus zerbrochenen Schalen – von Nüssen und von Austern – übersät war. Die fünf mussten eine Viertelstunde warten, ehe sie sich die Köpfe ansehen konnten, die man am südlichen Eingang zur Schau gestellt hatte. Shay konnte den Anblick nicht ertragen, aber Nonesuch musterte jeden Schädel mit Gefallen. Vor allem vor einem blieb er lange stehen. »Lord Carlyle«, sagte er vor sich hin. »Ist öfter ins Blackfriars gekommen.« Er zog einen Kamm aus der Tasche und frisierte dem Kopf sorgfältig das Haar, probierte die eine oder andere Fasson, bis Alouette ihn weiterzog.

Shay blieb still. Mit Tunika, Mütze und Strümpfen sah sie so unauffällig männlich aus, wie sie es nur hinbekommen konnte, und die betrunkenen Lehrlinge bemerkten ihre Anwesenheit nicht einmal. Aber sie waren hier in Southwark – wo es, wie das Sprichwort sagt, für jeden Topf ein Deckelchen gab, wenn auch nicht unbedingt in der zauberhaft romantischen Bedeutung, wie Shays Vater diesen Ausdruck verwendete.

Sonntags gab es im Blackfriars Theatre keine Vorstellung, und also hatten sie den ganzen Morgen, um einen Veranstaltungsort für die erste Aufführung des Geistertheaters zu finden. Doch darüber hinaus waren für dieses Schauspiel keine Requisiten und Tricks nötig, so dass sie, nachdem sie die Sichtlinien und Auftritte überprüft hatten, noch ein paar Stunden totzuschlagen hatten. Nonesuch hatte Pläne. »Zuerst ein Ale im Cross Keys, dann Hummer bei Ginty's und schließlich ab in den Bärenzwinger, damit Sackerson uns Glück bringen kann.«

Sackerson: der unbezwungene, unermüdliche, ungebeugte, aber oft blutbefleckte Meister des Bärenzwingers. Neun Fuß purer Muskel mit dem Atem eines Beinhauses und Pfoten, so groß wie Blasebälge. Diese Pranken hatten ganze Rudel von Hunden, Wölfen und an einem viel gerühmten Abend sogar Löwen in Stücke zerrissen, gekrallt, geschlagen, gekratzt, zerfetzt und verbogen. Sackerson war der Fiebertraum der Londoner Jugend: pure Kraft und Wut, im Käfig eingesperrt, aber ungebeugt. Er war die ständige Manie der Blackfriars Boys, die seinen Geist heraufbeschworen, wie Gentlemen von ihrem Lord reden mochten. Trussell berechnete einen Halfpenny für seine Heldenzeichnungen des Bären, der nicht gegen Hunde, sondern stattdessen gegen Sheriffs, Theaterbesitzer und Schulmeister kämpfte. Wenn ein Mann einem der Blackfriars Boys ein Unrecht angetan hatte, dann konnte der ihn für den Preis eines Krugs Ale ein Bild zeichnen, in dem der Übeltäter von diesem heiligen Tier zu einer Blutlache reduziert wurde.

Der Bärenzwinger war ein niedriges, fensterloses Gebäude, das finster wie eine Gewitterwolke über der Silhouette von Southwark hing. Nonesuch zahlte für jeden von ihnen einen Shilling, damit sie zehn Minuten in Sackersons Verschlag gehen durften; denn eine Berührung der Pranke verlieh einem angeblich Mut.

»Kommt rein.« Im Dämmerlicht des Stalls waren Nonesuchs Pupillen nichts als leere, schwarze Scheiben; er wirkte hektisch aufgeregt und blind. Selbst im Dunklen war Sackersons Präsenz überwältigend. Der Bär verströmte einen so starken Geruch, dass einem schwindlig wurde: Schweiß, Moschus, durchnässtes Stroh und der Eisengeruch von frischem Blut. In dieser überwältigenden Atmosphäre wirkte Shay winzig. Brunnentiefe Atemzüge hallten wider, als der Bär zur Seite schlurfte und sich die Bretter unter Shays Füßen zu seiner Ecke senkten. Er war groß, zu groß für diesen Raum, zu groß für Menschen. Shay war so nah, dass sie ihn genau betrachten konnte. Sie konnte diese Pranken nicht anschauen, ohne zu spüren, wie zerbrechlich ihre Knochen waren. Es würde den Bären nur die geringste Mühe kosten, sie in Stücke zu reißen, zu zerquetschen. Unwillkürlich machte sie einen Schritt auf ihn zu. Aus der Nähe roch der Bär süßer, klebrig und überreif: nach leicht fauligen Kirschen, am Haken hängendem Fleisch. Sein Fell hatte das dunkle Grau von verkohltem Holz, war aber an manchen Stellen zu einem glänzenden Schwarz verfilzt. Schlamm und Blut und nicht nur das der Hunde. Shay trat noch näher an diese schwere Masse heran. Der Boden neigte sich und knarzte, als sich unter ihrem Atem ein Fleckchen Fell an seinem Bauch bewegte. Shay schrumpfte in der Nähe von so viel Kraft und so viel Schmerz. Hitze strömte von dem Tier zu ihr herüber, und sie hätte sich am liebsten in diesen Pelz hineingestürzt und von der Wärme aufschlucken lassen.

»Vorsicht, hier drin ketten sie ihn nicht an. Und wenn er wütend werden sollte …« Nonesuchs Stimme klang dringend. »Na ja, diese Tür macht keiner für uns auf.«

Heißer Atem harkte über Shays Schädel, als Sackerson sich über sie beugte, um an ihr zu schnuppern. Sie erlaubte ihm, sie mit seiner zarten, ledrigen Nase zu erkunden. Dann ließ sich der Bär unelegant nach hinten sacken und brachte den gesamten Stall ins Wanken. Er landete auf dem Hinterteil, die Hinterbeine vor sich ausgestreckt, und begann seine Wunden zu lecken. Er säuberte die dunkleren Flecken, nagte zuweilen an verfilzten Stellen, und währenddessen gähnte er grollend, knurrte und grummelte tief aus dem Bauch. Als er wie ein müdes Kleinkind dasaß, kam es Shay in den Sinn, dass er auch einmal ein Bärenjunges gewesen war, das mit seinen ausgelassenen Geschwistern über die Hänge getollt war. Er hatte eine Mutter gehabt, die ihn am Genick herumtrug, ihm Klapse gab, ihm die störrischen Haare glatt leckte und, ja, ihm die Wunden säuberte. Ihr kamen die Tränen, ehe sie wusste, warum das so war, und sie ging näher an ihn heran, trat zwischen diese riesigen Hinterbeine, und Sackerson wandte sich von der Pranke ab, an der er gekaut hatte. Tieftraurige Augen, wachsame Ohren. In einer Schulterwunde auf Shays Augenhöhe pulsierte schwarz die Hitze. Als Shay näher kam, begriff sie, dass das, was sie zunächst für einen freigelegten Knochen gehalten hatte, bei näherem Hinschauen ein Zahn war, der tief im blutigen Fleisch steckte. Sackerson verdrehte den Körper, und der Zahn verschob sich. Der Bär stieß ein lässiges Grunzen aus, eher wie ein Beben im Fußboden als wie ein Geräusch.

»Woher kommt er?«, fragte Shay.

»Aus dem Schwarzwald in Deutschland.« Nonesuch klang nervös. »Da schneit es neun Monate im Jahr, und der Wald ist so dicht, dass man einen Monat hindurchwandern kann, ohne die Sonne zu sehen. Es waren zwanzig Männer nötig, um ihn hierherzubringen.«

Shay sah vor sich ein Meer aus Tannenwipfeln. Weißer Himmel, weißer Schnee und Bäume, die niemals austrockneten. Deutsche Wälder, das bedeutete Spechte und Hänflinge, Turteltauben und Raben. Wie würde sich dieses Zuhause für Sackerson anhören? Sie benetzte die Lippen und versuchte es mit einem Taubenruf, der musikalischen Verkörperung des weichen Grautons am Hals der Taube und überraschend schwierig zu imitieren: Hals und Bauch mussten zusammenarbeiten. Shay versuchte es noch einmal, und Sackerson stellte die Ohren auf wie ein Hund. Shay gurrte erneut. Ein Klang blühte in ihr auf, der Klang von Schnee, der von Tannenzweigen fiel. Der Bär stieß ein fragendes Stöhnen aus, leise und verloren, und Shay näherte sich ihm weiter mit vibrierender Kehle. Sie legte eine Hand auf die Wunde des Bären: Sie war warm und feucht, und sie pulsierte vor Schmerz. Sie drückte sich gegen das pulsierende Blut und das Kampfbeben uralter Muskeln, und sie suchte nach dem Zahn. Gegen den mächtigen Atem des Bären war ihr Taubengurren winzig. Sie verdrehte den Zahn und zog ihn mit einer einzigen Bewegung heraus, hielt ihren Körper weiter fest an den des Bären gepresst. Der Reißzahn war so lang wie ihre Hand, knorrig wie ein alter Baum und gelb vom Eiter. Sie hielt ihn dem Bären hin, damit er ihn sehen konnte, doch er zupfte schon wieder an seiner verletzten Pranke herum. Frisches Blut erblühte in der Schulterwunde.

Als sie wieder draußen im Sonnenlicht war, hielt sie den Zahn noch in der Hand. Sie schlängelten sich durch die Menschenmassen von Southwark zurück, die wenn möglich noch wilder geworden waren. Die Lehrlinge tranken bereits seit dem frühen Morgen, und die Hinrichtungen waren vorüber. Shays Magen rebellierte, als sie in der Taverne eintrafen. Draußen wartete eine Schlange, und drinnen hatte sich schon eine dichte Menge versammelt. Und alle warteten auf sie.

In dem Raum im Obergeschoss waren lose Grüppchen überall auf dem nackten Fußboden verteilt. Das Schauspiel brauchte keine Bühne, doch das hieß auch, dass sich die Menge auf nichts sonst konzentrieren konnte und die Leute rastlos umhergingen. Die Zuschauer schrien quer durch den Raum, manche trugen mehrere klirrende Krüge Ale, die sie mühsam mit beiden Händen umfangen und unter das Kinn geklemmt hatten. Jetzt waren es wohl fünfzig, sechzig Leute. Der Raum schien vom trocknenden Schweiß der feierabendlichen Saufgelage klebrig zu sein. Manche Stimmen erhoben sich über die anderen, und schon bald brandete ein Getöse auf, wie vom Kielwasser eines großen Schiffs. So … viele … Gesichter. Shay betrachtete eines nach dem anderen: große, rosige Fleischbrocken mit Mündern, die weit aufgerissen waren – zum Reden, für Bier und ungekaute Brotkanten. Die ungeheure Bedeutung des Abends hatte sich fest in ihrer Magengrube eingenistet. Schon bald würde sich ihr jedes einzelne dieser Gesichter zuwenden. Die Leute würden etwas von ihr wollen, und sie war sich sicher, dass sie nicht hatte, was diese Leute wollten. Aber was wollten sie eigentlich? Wie ein Hund, der sich zur Nachtruhe hinlegte, kauerte sich die Angst nieder, drehte sich in ihren Gedärmen, und rings um sie herum schwitzte das Zimmer. Sie brauchte Luft.

Durch die Menschenmenge hindurch auf die kühle Gasse. Abendluft klatschte ihr gegen die Wangen. Shay stand da, die Hände auf den Knien, und atmete die frostige Luft, genoss das Kratzen der Kälte im Hals. Irgendwo weit oben rollte ein Vogel einen schwarzen Ball über das Sternenlicht, und ihr Herz wollte sich hinaufrecken. Sie stellte sich vor, wie es wäre, selbst dort oben zu sein, im Brüllen des Windes und in den Keimen des Schnees, und auf ein völlig bedeutungsloses Mädchen in einer Gasse hinunterzuschauen. Das half.

Eine Hand auf ihrer Schulter ließ sie zusammenzucken. »Alles in Ordnung?« Nonesuch stand da, von der Tür eingerahmt, ein weiterer schwarzer Vogel vor dem Licht. Er wartete ihre Antwort nicht ab. »Ich muss pinkeln.«

Er ging ein paar Schritte weg und pisste dann laut gegen eine Tür. Dampf, seine falschen Pfeiftöne und der scharfe Geruch von Sumpfwasser.

»Alles in Ordnung?«, fragte er erneut, während er sich die Hose zuknöpfte.

»Ich glaube nicht, dass ich das schaffe.« Jetzt, da Shay es ausgesprochen hatte, bekam die Angst plötzlich Zähne.

»Ich weiß.« Seine Stimme war ausdruckslos. Nicht wütend, aber auch nicht mitfühlend.

»Du weißt, dass ich es nicht schaffe?« Sie hatte nicht erwartet, dass er ihr einen Weg aus der Situation aufzeigen würde.

»Ich weiß, wie sich das anfühlt.« Er zündete seine Pfeife an, und sie konnte einen Blick auf sein angespanntes Gesicht erhaschen. Seine Augen glichen verborgenen Hauseingängen. »All diese Leute. All diese Augen. Sie verlangen so viel von dir. Dein Körper sagt dir, du solltest an das entfernteste Ende der Welt rennen, dich dort zusammenkauern und verstecken.« Er wandte sich zu ihr. Unbewusst klapperte er mit den unteren an die oberen Schneidezähne.

»Ja.« Er verstand das also. Es würde einen Ausweg geben.

Wortlos nahm er ihre Hand und schob sie in sein Hemd. Sein Herz pochte so heftig, dass die Rippen bebten. Wenn Shay gehofft hatte, es würde ihr helfen, dass Nonesuch im selben Boot saß, so hatte sie sich geirrt. Er paffte an seiner Pfeife. »Mir geht es genauso. Es ist, als wollte mein Skelett nach Blackfriars zurückrennen und mich hinter sich herziehen.«

»Was machen wir also?«

Nonesuch klopfte den letzten Tabak aus der Pfeife und trat die winzigen Bernsteinsterne der Glut mit der Stiefelspitze aus. »Wir machen es einfach. Bis zu dem Augenblick, wenn wir anfangen zu sprechen, werden wir das Gefühl haben, es auf keinen Fall zu schaffen, aber erinnere dich, wir müssen nur einfach dableiben.« Seine Augen suchten ihre. »Dableiben. Dein Wachs verbrennt vielleicht, aber dein Docht bleibt. Am Anfang glaubst du nicht, dass du es schaffst. Während du es machst, glaubst du nicht, dass du es schaffst. Und beim nächsten Mal?« Er drückte ihre Hand fester an seine Brust. »Wird es noch schwieriger.«

Ein Aufblitzen von Licht und ein Stimme hinter ihnen: »Nonesuch, es ist Zeit.«

Die anderen drei warteten im Türrahmen, und Nonesuch forderte sie mit einer Geste auf, die Köpfe zusammenzustecken. Da standen sie nun, hatten sich gegenseitig die Arme um die Schultern gelegt, die Gesichter so nah beieinander, dass ihr eisiger Atem eins wurde. Blank drückte Shay die Hand, und darin lagen Freude und Angst in einem so vollkommenen Gleichgewicht, dass sie beinahe lachen musste.

Nonesuch sagte: »Ich weiß, wir haben nichts als unsere Worte, aber heute Abend bauen wir was daraus.« Ein Nicken bebte durch den Kreis. »Die meisten Leute hier haben noch nie ein Theaterstück gesehen, das nicht von Göttern und Königen handelt, zum Teufel, manche haben überhaupt noch nie ein Stück gesehen.« Er sah sich im Kreis um, wollte sich versichern, dass alle Blicke sich trafen. Shay wünschte, sie könnte auf ewig hierbleiben, den Atem ihrer Freunde im Mund, ihre Arme um sich geschlungen.

»Bleibt wahrhaftig«, sagte Nonesuch. »Wenn ihr es schön macht, fühlen sich diese Menschen morgen wie Helden, und wir fünf haben etwas, was sie uns nie wieder wegnehmen können.« Seine Fingernägel gruben sich in Shays Handflächen. Ein letztes Augenzwinkern ringsum im Kreis, und dann fiel aller Ernst von ihm ab. Er richtete sich hoch auf, zog den Hut tief in die Stirn und sagte: »Gut. Dann zünden wir mal ein Feuer an.«

Das Schauspiel war schlicht genug: Die vier hatten ein Geschäft ausgeraubt – Gilmours Vogelladen; eine Verbeugung vor Shay –, waren aber auf frischer Tat ertappt worden. Sie stoben in alle Winde, und Gilmour und seine Männer verfolgten sie. Nonesuch hatte es zum Treffpunkt zurück geschafft, in ebendieses Hinterzimmer, während Shay, Alouette und Blank noch verfolgt wurden. Und während Nonesuch auf seine Freunde wartete, redete er.

Hier wurde kein Vorhang hochgezogen, hier wurden keine Hauslichter gedämpft. Stattdessen erklang ein butterweicher Trompetenton, ein fremdes Geräusch im Geplätscher der Stimmen, und Nonesuch sagte: »Ich habe die Schlägertypen an der Ecke der Knight Ryder Street abgehängt. Ich bin links abgebogen, sie sind rechtsrum hinter den anderen her. Ich hab immer ein Mordsglück.« Er kniete sich hin und zeichnete mit Kreide ein Rechteck auf den Boden: die Bühne. Instinktiv rückte die Menschenmenge zurück.

Er sprach zerknirscht, genauso sehr mit seinem Bier wie mit dem Publikum, erzählte von den Plänen, die sie geschmiedet hatten, und von den Fehlern, die sie gemacht hatten. Als Shay ihn so reden hörte, gab das ihr einen Ruck bis in den Magen; es war wie in dem Augenblick, wenn die Pferde vor eine Kutsche anziehen. Nonesuch sprach in einem reinen Londoner Tonfall, undeutlich und ein wenig verspielt, ließ die Wörter ineinander verschwimmen und wickelte sie in den Slang ein, den Shay von mitgehörten Kneipengesprächen wiedererkannte. Jungen waren Burschen, Mädchen waren Krabben, und bei jedem winzigen Brocken Gassenslang johlten die jüngeren Zuschauer. Nonesuch schien atemlos, beinahe geschlagen, war meilenweit von den Heldengestalten entfernt, die er gewöhnlich darstellte. Aber die Zuschauer waren gebannt. Alle Gesichter waren ihm zugewandt. Augen leuchteten. Münder schwiegen. Was war das für ein Blick, den alle im Gesicht trugen? Shay konnte ihn nicht genau beschreiben, aber es war eine Art Kapitulation.

»Und dann hat Blank ihn getroffen. Nur ein kleiner Kratzer am Ohr, aber ihr wisst ja, das blutet wie die Sau. Und ihr wisst natürlich auch, dass Adeligenblut für einen Penny dann Leute wie uns einen Sovereign kostet.«

Das war Blanks Stichwort. Er riss die Seitentür auf und war einen Augenblick später schon draußen in der kalten Nachtluft. Die Menge flutete hinter ihm her. Jetzt war die Gasse mit Laternen erleuchtet, und Blank wartete an einem Ende einer weiteren Kreidelinie. Leise und verzweifelt flüsterte er seinen Text. Die Zuschauer hielten sich gegenseitig an, still zu sein. Blank erklärte, Gilmours Männer seien hinter ihm her und dies sei jetzt das Ende. Er habe Geheimnisse, die er noch nie gelüftet habe, und wenn menschliche Ohren sie nicht hören könnten, werde er sie eben der Nacht erzählen. Mit wachsendem Schrecken erkannte Shay, dass Blank wirklich ein guter Schauspieler war, ganz gleich, was Nonesuch gesagt hatte. Seine Angst und seine Sorgen malten eine lebendige Kulisse. Man meinte, das Bellen der Hunde und die Rufe der Männer zu hören, die ihn umzingelten.

Vom anderen Ende der Gasse ertönten Schreie, und Blank schaute sich um. Die Menge teilte sich und ließ vier in schwarzes Leder gekleidete Jungen durch. Das Publikum überschwemmte sie mit wütendem Zischen, und Shay bestaunte die Gesichter der Zuhörer. Echte Wut, echte Furcht. Im Nu hatten die Männer Blank erreicht, Knüppel wurden erhoben und prasselten auf Blank nieder, der unsichtbar unter ihnen lag. Eine ganze Minute lang. Eine Minute, in der die Menge den Atem anhielt. Dann waren die Männer fort, die Arme umeinandergelegt, Schweiß auf der Stirn.

Ehe das Publikum applaudieren konnte, rief Nonesuch: »Und was ist mit meiner Freundin, der Flandern-Alouette?« Er rannte ins Gebäude und stieg die Treppe hinauf. Die Menge folgte ihm. Alouettes Szene spielte sich auf dem Dach ab, also saß Shay in der inzwischen verlassenen Taverne und versuchte, ruhig zu atmen. Die gedämpften Geräusche von oben halfen ihr, die Handlung zu verfolgen. Schnelle Schritte, Gelächter. Ein kollektiver Aufschrei. Ein dumpfes Poltern und nur ein Hauch von einem Lied.

Und dann kamen sie alle wieder herunter, und Shay war an der Reihe. Etwas Zähflüssiges und Heißes stieg in ihr auf, eine Flut, die ihr im Hals anschwoll. Ihr Stichwort war ein Begräbnistrommeln von Blank. Nonesuch kauerte sich mit der Kreide vor sie hin und zeichnete von ihren Füßen um sie herum und hinter ihr einen Bogen. Ein Herz. Vorsichtig zog er sich zurück, schaute sie nicht an, und Gesichter wandten sich ihr zu. Die Aufmerksamkeit der Menge war wie ein Gewicht körperlich zu spüren. Shay stürzte sich hinein, und einen Augenblick lang dachte sie – nein, wusste sie –, dass sie es auf keinen Fall schaffen würde.

Ihr Text: Ich wusste, dass er mein Tod sein würde. Diese Worte lagen vor ihr da wie ein Horizont. Ich wusste. Ich wusste. Mein Tod. Gesichter wie eine Wand. Ich wusste, dass er mein Tod sein würde.

Der Text erstarb auf dem Weg aus ihrem Mund. Stieß sich den Zeh, humpelte in den Raum. Sie wiederholte die Worte, und nun türmten sich ihre restlichen Textzeilen vor ihr auf, waren wie Karren, die ineinandergefahren sind. Die Teile, an die sie sich erinnern konnte, durchquerte sie rasend schnell, bei anderen bremste sie wie vor Hindernissen ab. Die Wand aus Gesichtern war nicht mehr gebannt, und in Shays Brust pulsierte die Beschämung; sie machte hier die harte Arbeit der anderen zunichte. Schließlich kamen die Schauspieler herein, die Gilmours Männer darstellten. Auf ihre Rufe hin – »Da drüben. Ich sehe die Schlampe« – verrenkte sich die Menge die Hälse. Shay nutzte das aus, ging auf die Knie und kroch ins Gewühl. Handeln war einfacher als reden. Über den vom Bier klebrigen Boden, wo ihr die Kanten der Binsen in die Hände schnitten, aber unsichtbare Hände sie zur Treppe geleiteten. Die Menge vereinigte sich rings um sie, und ein Schrei ertönte: »Ins Eishaus!« Auf allen Seiten abgeschirmt, schaffte sie es bis zur Falltür. Hände zogen die Klappe für sie auf und schoben sie hindurch. Halb fiel sie, halb kletterte sie in die Kälte des Kühlraums hinunter. Die riesigen Eisblöcke strahlten in einem gespenstischen Weiß, als seien sie von innen erleuchtet. Die Tierleiber hingen in einem ordentlichen Quadrat. Shay hielt Ausschau nach einem Versteck, obwohl es im Stück ja gerade darum ging, dass es keines gab. Vorher während der Probe hatte sie Platzangst bekommen, als sie in den Ochsenkörper kletterte, aber jetzt war es ihr eine Erleichterung.

Als die Männer sie schließlich umzingelt hatten, ging sie noch einmal die Liste durch: die Blutblase drücken, Mehl aufs Gesicht schmieren und alle Indizien hinten im Ochsen verstecken. So in einen Ochsen eingeklemmt dazuhängen, war schwieriger, als es klang. Shay beobachtete die Füße der Männer und sah, wie die Klingen zu beiden Seiten neben ihr eindrangen. Blase drücken, Mehl schmieren, Zeug verstecken. Sobald das erledigt war, ließ Shay sich nach vorn fallen und traf mit einem dumpfen Knall auf den Boden, weniger elegant als in der Probe. Sie landete auf einem Ellbogen, und der stechende Schmerz ließ sie aufschreien. Dumme, dumme Shay. Sie sollte doch tot sein. Sie lag auf dem Boden, wo sie das Publikum eher spüren als sehen konnte. Was jetzt? Das Lied.

Keiner von ihnen hatte singen wollen, aber Nonesuch hatte darauf bestanden. »Für Schauspiele braucht man eine Genehmigung vom Königlichen Festmeister, für musikalische Darbietungen nicht. Ein, zwei Lieder könnten unsere Haut retten.«

Ihr Mund versagte Shay den Dienst. Er wird noch mein Tod sein, dachte sie. Ihr Herz raste, aber sie fühlte sich leicht, hohlknochig. Plötzlich verschwamm ihr alles vor Augen. Sie erhob sich wie Rauch. Hoch, hoch, hoch, bis sie auf sich selbst hinabblickte. Ein Mädchen, als Junge verkleidet, lag der Länge nach auf dem Boden. Sie beobachtete, wie ihr Mund auf und zu ging, als sie aus immer größerer Entfernung schaute, das Publikum wie Steine an einem Strand, als sie die Arme hob und die Wolken sich um sie herum zusammenzogen …

Und dann war Shay im Obergeschoss, die Hände auf dem Rücken und flirrende Stimmen in den Ohren. Zuerst glaubte sie, die Lehrlinge hätten sie gepackt und wollten sie verprügeln, und schreckte vor dieser Berührung zurück. Doch nein, die Jungen klatschten ihr anerkennend auf den Rücken. Männer brüllten ihr Siegesparolen zu. Alle waren betrunken, sie war ein wertvoller Schatz, und alle waren ihr viel zu nah und viel zu laut. Sie wartete, bis die Leute mit ihr fertig waren, und dann duckte sie sich hinaus auf die Gasse, wo zwei Dachübergänge den angeschwollenen Mond einrahmten und Ratten durch den Schatten huschten. Der Regen hatte die Straße in Schlamm verwandelt, aber zumindest roch die Luft jetzt frisch. Shay atmete tief ein und badete im Mondlicht. Nur die Schlammspritzer an den Knien und der schmerzende Ellbogen versicherten ihr, dass alles wirklich geschehen war.

Wieder dieses Rechteck aus Licht. Blinzelnd kam Trussell auf die Gasse. Auf sein Gesicht trat ein Lächeln, als er sie sah. Er zog einen Beutel aus der Tasche und suchte dann in seinen Hosentaschen. »Tabak?«, fragte er.

»Wenn du welchen übrig hast«, antwortete sie.

Er zündete seine Pfeife an und fächelte ihr Luft zu. Dann packte er sie bei der Schulter, als wollte er sie rütteln. »Geht's dir gut? Das war außergewöhnlich.«

Shay blickte an sich hinunter. Ihr Gesicht brannte noch, und ihr Arm schmerzte. »Was ist passiert? Ich erinnere mich nicht mehr.«

»Warum hast du nie gesagt, dass du so singen kannst? Was war das überhaupt? Das war nicht das Lied von den Proben.«

»Ich weiß es nicht.« Ihr Hals tat weh.

»Du erinnerst dich wirklich nicht mehr?« Er konnte die Hände nicht von ihr nehmen. »Du warst gut.« Das klang überrascht.

»Wirklich?« Es stimmte, Trussell machte ihr ständig hartnäckig Komplimente, aber sie wollte unbedingt hören, dass sie auch die anderen nicht enttäuscht hatte.

»Wirklich. Als du angefangen hattest, da habe ich erst gedacht, du würdest das Publikum verlieren, nach, na, du weißt …« Er machte eine vage Handbewegung. »Doch dein Gesang hat sie einfach eingefangen.«

Stolz. Lob. Ein trunkenes Gefühl. »Wie? Was habe ich gemacht?«

»Es ist schwer zu beschreiben. Ich wünschte, ich könnte es nachmachen. Es fing wie ein Lied an, doch dann schien es in Einzelteile zu zerfallen. Es war beinahe ein Vogelgesang, und dann fast wie eine Weissagung. Kannst du dich wirklich nicht erinnern? Du hast gegurrt wie eine Ringeltaube. Dann hast du gesungen, wir seien alle Vögel. Du hast uns erzählt, von nun an würden unsere Füße nie mehr die unfreundliche Erde berühren. Die Leute haben geweint. Hartgesottene alte Männer haben geweint.« Er sprach mit dem ehrfurchtsvollen Flüstern, das sich die Blackfriars Boys für Gelegenheiten zurückbehielten, bei denen sich die natürliche Ordnung der Dinge verkehrte. »Wie die Mädchen haben sie geweint.«

Er ergriff ihre Hände. Er zitterte, obwohl die Nacht nicht so kalt war. Er sagte: »Shay, könnte ich …« Aber er unterbrach sich, als jemand durch die Seitentür erschien. Blank hatte schwer Schlagseite, und seine Jacke hing offen. Er hob die Trompete und spielte eine zerfetzte Fanfare. Er war hoffnungslos betrunken. »Du hättest mich warnen sollen!« Seine Stimme klang trotz der Beschwerde jubelnd. »Auf der Hälfte habe ich einen Teil der Melodie aufgeschnappt. Ich habe ein bisschen mitgespielt, aber ich bin mir nicht sicher, ob es geholfen hat.« Er gab ihr einen Kuss auf die Wange. Mit kratzigen Bartstoppeln, als schrammte ein alter Backstein, und mit dem fauligen Geruch von starkem Wein. »Kommt rein, ihr beiden. Es ist Premierenabend.«

Erst nach einer Stunde erspähte Nonesuch die drei. Er stand an eine junge Baroness gelehnt da, hatte einen Arm um sie geschlungen, aber eher zur Stütze als aus Lüsternheit.

»Da ist sie ja, verdammt.« Er vollführte eine spöttische Verbeugung. Dabei fiel ihm der Hut vom Kopf, wurde aber elegant eingefangen, ehe er im Schlamm landete. Vielleicht war er weniger betrunken, als er zu sein schien. »Du, mein geliebtes Flattermädchen. Bist … das stillste aller stillen Wasser.« Er schniefte. »So tief bist du.« Er schüttelte die junge Frau ab und zog Shay zu Alouette und Blank und Trussell. Sie waren von Bewunderern umringt, zu denen Nonesuch sagte: »Verpisst euch mal einen Augenblick, meine Lieben, ja? Ein Treffen der Schauspieltruppe.«

Fünf Köpfe zusammengesteckt in der Kälte, der Atemdampf mischte sich, die Schultern berührten einander. »Das … war … ganz … was Besonderes.« Seine Hand umfasste Shays Schulter fester, sein Haar berührte ihr Haar. »Es war … es war …« Und dann sackte er beinahe anmutig auf die Gasse.

Eine Nacht wie ein Labyrinth. Zwei weitere Tavernen. Verschiedene Räume, ertränkt im gleichen Meer aus Lärm, und ein paar Nachzügler gingen unterwegs verloren. Ruhe auf den Straßen, dann Lärm hinter verschlossenen Türen an Orten, die nur Nonesuch kannte. Sie schauten bei einem Kartenspiel in einer Bäckerei vorbei, wo man bereits die Öfen für den Morgen anheizte. Nonesuch verlor einen Hut voller Geld an zwei Gentlemen, die sich mal unters gemeine Volk mischen wollten und die ihm alles unverzüglich zurückbezahlten, damit er seine Parodie der Königin zum Besten gab. Weiter ging es an Bord eines Schiffs zu einem Abschiedsfest für Matrosen, die am nächsten Tag auslaufen würden. Jungen, die sich gerade eben rasierten und in ihren frischen weißen Uniformen unerfahren wirkten. Sie tranken mit grimmiger Entschlossenheit und tätowierten einander ungeschickt und verfassten Testamente und tranken wieder und bettelten Shay um Küsse und mehr an. Sie hatte nicht das Gefühl, es ihnen abschlagen zu können, weil sie so jung und so strahlend waren. Sie tanzte und ignorierte, dass sich jugendliche Unterleibe gegen sie drängten, und schlug nur die an die ungeheuerlichsten Stellen wandernden Hände fort. Nonesuch wirbelte inmitten dieser Nacht, war der ruhige Punkt im Strudel. Sollte Shay ihn aus den Augen verlieren, musste sie einfach nur die wirbelnde Menge beobachten und darauf warten, dass sie einen Blick in die Mitte erhaschen konnte. Sobald die Morgendämmerung dieser Szene ihren dunklen Glanz rauben würde, wusste Shay, dass sie ihrerseits wirbeln und mitfließen würde, um sich dann in seinem Hochbett, in seinen Armen wiederzufinden, ihre Nase in seinen Locken vergraben, Locken, die selbst wie winzige Strudel waren. Dann würden sie beide der Mittelpunkt der Stadt sein, und alles würde sich verlangsamen und um sie drehen.

Diese Nacht hätte sich perfekt als eine dieser Geschichten mit einer Moral geeignet, die ältere Aviscultarier ihr und den anderen Jungvögelchen über das zügellose Londoner Leben erzählt hatten und denen sie damals atemlos vor Angst – und geheimem Entzücken – gelauscht hatten. Es war ein Abend der Trunkenheit bis zur Bewusstlosigkeit, von unanständigen Liedern, die lange nach dem Zapfenstreich ehrbare Bürger aus dem Schlaf weckten, eine Feier der Ausschweifung. Verschütteter Wein, weggeworfenes Essen. Wetten um Shillings und Tabak für Tuppence. Aber als Shay tief im Wirbel diese Nacht selbst erlebte, fand sie alles herrlich unschuldig, schien es nur das Überschäumen und Plappern von Kindern zu sein, die sich zum ersten Mal ihrer Stimmen bewusst wurden und die Gelegenheit ergriffen, diese Stimme zu nutzen.

Bis Nonesuch, nachdem auch die hartgesottensten Feiernden allmählich schlappmachten, die fünf Schauspieler und einen Rattenschwanz von Gefolgsleuten zurück zur Themse zerrte, für »ein letztes, allerletztes, versprochen, Glas des Abends«.

An Bord von Blanks Schiff verliehen der warme Moder der Pflanzen und die lodernden Kohlenbecken dem Ganzen etwas Tropisches, obwohl der Atem der Jungen vor ihren Mündern zu Eisrauch gefror. Die Burschen rollten ein grün bemoostes Fass aufs Deck, und Shay, die zwar betrunkener denn je war, reihte sich trotzdem lachend mit den anderen in die Schlange ein, um dann die Gelegenheit zu bekommen, sich rücklings unter den Zapfhahn zu legen und einen riesigen, prustenden Schluck des herausschießenden Getränks aufzuschnappen. Und als am Horizont der Strahlenkranz der Morgendämmerung aufleuchtete wie das erste Anzeichen eines Vulkanausbruchs, rollte der Nebel vom Fluss herein. Wie ein träger, zäher Ozean kam er so mühelos genau richtig für diesen Augenblick, als hätte Nonesuch ihn inszeniert. (Hätte er das schaffen können? Shay stellte sich vor, wie er das alles mit einer lässigen Bühnenanweisung heraufbeschwor. Auftritt links: der Nebel). Ohne dass man es ihnen sagen musste, begannen die Jungen, in der Takelage hochzuklettern. Hoch, hoch hinaus, und Shay folgte ihnen, kletterte über das zusammenströmende Nebelweiß, bis die Takelage mit jungen Leuten bestückt war. Da hingen sie in der Luft in ihrer Freude und Trunkenheit, schwangen an einer Hand, hielten den Krug in der anderen, die Köpfe zum Himmel gereckt, während der Dunst sich verdichtete und aufstieg und brodelte – bis zum Knöchel, bis zum Oberschenkel – und sie also weiter hinaufkletterten, bis sie dort hingen wie die Sterne selbst, auf eine Wolkenlandschaft hinunter in die Weite schauten, während London weich zugedeckt war und nur die höchsten Wahrzeichen wie Spielzeuge aus den Nebelbänken hervorspitzten. Schall erreichte sie mit durchdringender intensiver Klarheit, und Shay brauchte einen Augenblick, ehe sie begriff, dass die Stimme in ihrem Kopf von einem italienischen Jungen kam, der nur wenige Zoll neben ihr hing.

Er sagte: »Hast du gehört? Wir sind Vögel.«

Er roch nach Haaröl und Schweiß, und die Verwunderung spitzte aus seiner Stimme heraus wie der Kirchturm von St Paul's durch den Nebel. »Hast du gehört, hast du gehört?«

Er hatte seine Finger um ihr Handgelenk geschlossen, aber seine Augen waren völlig in die Ferne entschwebt. Er lehnte sich nach außen über den Abgrund und sprach so laut, dass alle Jungen ihn hören konnten.

»Wir sind Vögel«, rief er. »Und unsere Füße werden von nun an nie mehr die unfreundliche Erde berühren.«

18

»Natürlich ist der Fluss das beste Mittel gegen einen Kater.« Alouette gab sich nicht einmal die Mühe, ihr Gelächter zu unterdrücken.

Shay hatte gehofft, verbergen zu können, wie übel ihr war; Alouette schien das Trinkgelage des vergangenen Abends überhaupt nicht beeinträchtigt zu haben. Die beiden saßen Knie an Knie hinten in einem Boot unter einer Dachplane, rittlings auf einer niedrigen Holzbank, die Tausende von Hinterteilen glänzend poliert hatten. Ringsum schäumte die Themse, hellbraun wie dünner Tee, pockennarbig von Hunderten sich überschneidenden Wellen. Hier war es genauso laut wie auf den Straßen. Bellendes Gelächter und Möwenschreie, Kirchenglocken und das allgegenwärtige Donnern der Wasserräder. Ein Flusskahn kam so nah vorbei, dass ein Junge in blauer Mütze sich über die Reling lehnen und lachend seinen Apfelbutzen in Alouettes Schoß werfen konnte. Sie musterte den Butzen kurz und schleuderte ihn dann zu ihm zurück.

»Geht's dir gut? Wir hätten Dee auch an einem anderen Tag besuchen können, aber ich habe mir gedacht, dass die Luft am Fluss dich vielleicht ein wenig nüchterner macht.«

Shay nickte vorsichtig. »Es geht mir prima. Na ja, irgendwann vielleicht.« In der frischen Luft war ihr ein bisschen weniger übel. »Warum kommt Dee nicht ins Theater?«

Alouette lachte. »Weil er Tag und Nacht für die Königin auf Abruf steht. Und wie alle anderen in ihrem inneren Kreis muss er einfach allzeit bereit sein. Er sorgt sich, sie könnte, kaum dass er einmal einen Schritt aus Mortlake heraus macht, schon eine Engelsweissagung brauchen, um eine lebenswichtige Entscheidung zu treffen, zum Beispiel, was sie abends essen soll. Und wenn er nicht zur Hand ist, gibt es viele, die ihn nur zu gern ersetzen würden.«

Shay nickte, denn es machte ihr nichts aus: Eine Bootsfahrt, Alouette für sich allein und ein echter Zauberer, das waren alles wahre Wunder. Sie hatte Dees Namen schon im Theater gehört, und er wurde stets mit stiller Ehrfurcht ausgesprochen. Vieles von ihrer Bühnentechnik stammte aus dem Laboratorium des Doktors in Mortlake. Komplizierte Päckchen wurden mit der Hackney-Kutsche angeliefert: Kunstvolle Holzkästen, in denen die Mechanismen und Sprengkörper zum Schutz wie Prinzessinnen einzeln auf Kissen gelagert und in Stroh gebettet waren. Drachen aus gebogenen Weidenruten und buntem Papier, das so dünn war, dass man hindurchschauen konnte, grobe schwarze Handschuhe, deren Fingerspitzen Feuer spuckten, wenn man an einer Schnur zog. Man munkelte, dass es noch sehr viel kunstvollere Bühneneffekte gab, die den Privatvorstellungen vor der Königin vorbehalten waren. Nonesuch behauptete, er habe einmal eine ganze Seeschlacht gesehen, die im Wassergraben von Flemings Hall gefochten wurde. Kanonen wurden abgefeuert, Segel brannten, und – das schwor er beim Leben seiner Familie – man konnte die Schreie der Matrosen an Bord der Schiffe hören, umso grausiger, als es Kinderstimmen waren.

»Hast du auch Maskenspiele gesehen? Für die Königin?«

Alouette nickte. »Ein paar, aber Evans und Dee halten sich da sehr bedeckt. Sie verbringen immer Wochen mit den Textbüchern und den Bühneneffekten, stecken in seinem Haus die Köpfe zusammen. Nichts bleibt dem Zufall überlassen. Du weißt doch noch, wie wütend Evans war, als Nonesuch den Text von Cleopatra geändert hat? Das ist rein gar nichts, verglichen mit dem, was bei einem solchen königlichen Maskenspiel passiert. Dee glaubt, dass es magische Kombinationen von Wörtern gibt, wie bei Zaubersprüchen, die er in den Texten versteckt, und selbst Nonesuch muss seine Rollen Wort für Wort auswendig lernen. Das ist das einzige Mal, dass man ihn Text lernen sieht.«

»Und welche Art Maskenspiele mag die Königin?«

Alouette dachte nach. »Dieselben wie alle anderen eigentlich. Voller Grausamkeit und mit einem glücklichen Ausgang. Dinge, die nur auf dem Theater zusammenpassen.«

Der Verkehr wurde weniger, als sie nach Norden fuhren und der Fluss sich in reichere und ärmere Bahnen gabelte. Die Fischerboote waren kaum mehr als Flöße, während die Boote aus Westminster und Lambeth eher wie schwimmende Häuser waren. Shay sah Palisaden und Kajüten, Trompeter und Junker; auf einem Boot einen komplettern Garten mit sich im Wind wiegenden Birnbäumen voller Früchte. Sie brauchte eine Weile, bis sie begriff, woran sie das erinnerte, doch sobald der Gedanke in ihr entstanden war, juckte er sie: Das war Theater. In Ostlondon und in der City bekam man genau das, was man sah. Gesichter, Landschaften, Türen: Alles war offen und geradeheraus. Westlondon dagegen war ein Bühnenbild. Sie kamen an einem Haus am Nordufer vorüber, das aus roten Backsteinen hochgemauert und mit kunstvollen Schnörkeln aus Blumen und Vögeln verziert war, schöner als jedes Gemälde. Obstbäume waren zu perfekten Kugeln beschnitten, aus Hecken waren Löwen und Bären geworden, wenn man näher herankam. Das Leben, das sich hinter diesen Kulissen abspielte, konnte man sich nicht im Traum vorstellen. Niemals würde sie durch die Korridore schreiten, die dahinter verborgen lagen, niemals die Nektarinen und Passionsfrüchte aus dem Obsthain essen. Niemals würde sie die Musiker zu Gesicht bekommen, die gerade eine Cembalomelodie spielten, die sich aus einem offenen Fenster schlängelte. Sie ließ die Hand durchs Wasser schleifen, genoss die Kühle und den Druck und stellte sich vor, sie wäre jemand anders.

Alouette wartete, bis der Fluss ruhiger war, und fragte dann: »Hast du gehört, was gestern nach unserer Vorstellung passiert ist?«

Shay antwortete: »Kein Wort.«

»Es hat Tumulte gegeben. Plündereien. Diese Zuschauer waren sehr aufgebracht. Anscheinend haben sie Gilmours Laden zertrümmert. Und noch dazu die Geschäfte von ein paar seiner Nachbarn.«

»Wirklich?« Der Gedanke besorgte und erregte Shay zu gleichen Teilen.

»Wirklich«, bekräftigte Alouette. »Man konnte es viele Straßen weit hören. Jungen mit Hämmern, die im Sprechchor ›Wir sind Vögel‹ gerufen haben. Nonesuch erzählt allen, dass du es vorhergesagt hast.«

Der Landungssteg war dunkel und algenglatt. Welke Blätter hatten sich flussabwärts in den Ecken angesammelt, und Shay atmete den dicken Schlammgeruch des Vermoderns ein. Uralte Ulmen mit knorrigen Ästen versenkten das Haus im Schatten, und selbst zur Mittagszeit brannten in allen Fenstern Kerzen. Der Bootsmann verlangte einen ganzen Shilling fürs Warten, doch nach ein wenig Verhandeln, das keinen Erfolg brachte, zahlte Alouette schließlich. »Jeder Scheißkerl hier draußen in Mortlake hat ein eigenes Boot. Wenn wir den Mann nicht hierbehalten, müssen wir zurückschwimmen.«

Der Garten wirkte verlassen, die Blumen welkten auf dem Stängel. Nacktschnecken trieben überall ihr Unwesen, und der Pfad war glitschig von ihren silbrigen Schleimspuren. Wasser triefte von jedem Übergang: von Dachrinnen, Fensterbrettern und Simsen. Sie standen im Windfang und schauten durch einen Tropfenvorhang zum Fluss zurück. Alouette bibberte vor sich hin.

Drinnen war es jedoch besser. Ein Zug an der Glocke hatte einen Perücke tragenden Dienstboten herbeigerufen, der sie nun durch eine Reihe gemütlicher Zimmer führte, wo in jedem Kamin ein Feuer brannte. Alle Räume waren menschenleer, doch herrschte eine erwartungsvolle Atmosphäre, als werde der Besitzer jeden Augenblick zurückerwartet. Der Bedienstete geleitete sie tief ins Haus hinein und dann über einen langen, von Büchern gesäumten Flur. Am Ende führte eine zweiflügelige Tür auf einen riesigen, in mattes grünes Licht getauchten Raum mit Steinfußboden. Die Wände und die Decke waren aus Glas, wie Shay bemerkte, aber so mit Algen überwuchert, dass sie wie ein wundersamer, von innen heraus leuchtender Stein waren. Das Licht war dicht und irgendwie klebrig, und die Luft war so warm wie ein Misthaufen im Hochsommer. Dee stand mit dem Rücken zu ihnen und beugte sich über etwas. Alouette wollte zum Sprechen ansetzen, doch er hob nur warnend die Hand und fuhr mit dem fort, was er gerade machte. Alouette verdrehte die Augen.

Shay schaute sich um, versuchte, die Szene in sich aufzunehmen, damit sie sie später Nonesuch nacherzählen konnte. Linker Hand hatte man stellenweise die Algen vom Fenster weggewischt, und auf jeder Glasscheibe war ein verschmierter Kreis aus Licht zurückgeblieben. Das kränkliche Licht beschien ein Holzgestell, an dem Dinge hingen. Zunächst dachte Shay, es seien Garnspulen, doch als sie näher herantrat, erkannte sie Reihe um Reihe von Kokons. Die in der obersten Reihe hatten einen weißen Pelz, und in jeder Reihe weiter unten wurden die Kokons dunkler und härter; die unterste Reihe hatte so viele Lücken wie das Gebiss eines Trunkenboldes. Aus manchen waren die Insekten schon ausgeschlüpft, und die Überreste der Verpuppung hingen schlaff von der Stange, manche schienen zum Schlüpfen bereit: Sie wirkten brüchig und waren angeschwollen. Während Alouette neben ihr wartete und verdrossen mit dem Fuß tappte, bemerkte Shay, dass der Kokon ganz rechts bebte. Ein feuchtes, fedriges, schwarzes Etwas stieß durch, kämpfte sich ans Licht. Shay konnte nicht zuschauen, es war zu intim. Sie wandte sich erneut dem Raum zu. Die Ecke, in der sie stand, war wild wie ein Dschungel, und auf jeder möglichen Ablagefläche standen Töpfe, aus denen Pflanzen hervorwucherten. Dicke grüne und weiße Finger durchstachen den Torf. Da waren Kräuter, die sie kannte, und viele mehr, die sie nicht kannte. Eine einzelne Orchidee, kleiner als ihr Daumen, wuchs einsam in einer weiten Erdfläche.

»Schau her«, flüsterte Alouette, während sie die Spitze ihres Bleistifts zwischen zwei bizarre Blätter stieß, die von wimpernartigen Wedeln gesäumt waren. Die Blätter schnappten zu, und die Wimpernwedel verschränkten sich wie im Gebet. Alouettes Grinsen war ansteckend. Sie begann Shay stumm auf Dinge hinzuweisen. Ein riesige Schmetterling von der Farbe einer Sonnenblume schlug langsam mit den Flügeln und brachte zwei vorgetäuschte Augen zum Vorschein. Dann stieß Dee ein Grunzen aus und drehte sich zu ihnen hin.

»Alouette, immer ein Vergnügen, dich zu sehen.« Er war dünn und hatte sehr kurz geschorenes Haar, was dazu führte, dass sein Kopf eher wie ein belebter Totenschädel aussah. Man konnte die Konturen seiner Knochen unter der Haut ausmachen. Die Höhlen unter den Wangenknochen und an den Schläfen waren tief eingesunken, und an Stirn und Hals waren seine Adern deutlich zu sehen; er wirkte beinahe wie gehäutet. Seine Augen huschten und verengten sich und jagten und fingen.

»Wenn aus dem hier …« – Dee rollte einen Kokon in der hohlen Hand – »das da werden kann …« – er deutete auf den Schmetterling der bebend auf dem Glas saß – »wie viel einfacher sollte es dann sein, aus Blei Gold zu machen?« Sein Gesicht war von Falten durchfurcht: um die Augen, tief eingegraben in die Stirn, Rinnen der Enttäuschung um den Mund. Shay wusste, dass die Worte eigentlich nicht an sie gerichtet waren.

»Die Natur muss dazu überredet werden, ihre Geheimnisse preiszugeben. Sie muss dazu verführt werden.« Bei diesem Wort wandte er sich zu Shay. »Und was ist das?«

Er trat einen Schritt vor und schob Shay in einen Lichtfleck. Seine Hände waren schmal, doch sein Griff war so sicher wie der eines Habichts. Diese beweglichen Augen musterten jeden Zoll von ihr. Er streckte beide Hände in ihr Haar und teilte es in der Mitte. Er starrte auf die dünne Linie des freigelegten Schädels.

»Aha, ein Aviscultarier.« Das klang begeistert. »Die Vögel sind Götter und …«

»… die Götter sind Vögel«, erwiderte Shay unwillkürlich.

»Wunderbar. Ich habe später noch ein paar Fragen an dich. Aber zunächst Alouette. Wie klappt es mit den kleinen Schiffen?«

»Hervorragend. Zwei hatten wir, die sind gar nicht losgegangen, und eines ist schon in der Kiste in Flammen ausgebrochen, aber alle anderen haben genau wie geplant funktioniert. Die Szene ist Tagesgespräch in allen Kaffeehäusern. Lord Henrick behauptet, er habe an Bord kleine Homunkuli mit Fackeln gesehen, also will jetzt wirklich jeder Eintrittskarten haben.«

Dee schmollte. »Idioten. Gebt ihnen ein Wunder, und sie machen eine Unmöglichkeit draus.« Er war nun der Gespräche über das Theater müde und wandte sich erneut Shay zu. Ja, Männer hatten sie schon so konzentriert angeschaut wie er, allerdings mit anderen Absichten. Sie hatte das Gefühl, auf eine Nadel gespießt und in einen Schaukasten gesteckt zu werden.

»Setz dich, Junge, setz dich.« Dee deutete auf einen langen Tisch und nahm ihr gegenüber Platz. Wieder musterte er sie von oben bis unten. Finger wie skelettartige Spinnen schienen die Luft formen zu wollen.

»Ein Aviscultarier. Und ein junger noch dazu. Du bist gewandt in der Kunst der Weissagung aus Vogelschwärmen, ja?« Nun spiegelten die Hände einander, schlängelten sich unbewusst.

Shay nickte.

»Und auch aus Eingeweiden und Opfern?«

»Niemals.« Seine Aufmerksamkeit erstickte sie, und sie hatte das Gefühl, auf dieses Gewicht zuzutaumeln. »Wir fügen Vögeln kein Leid zu, niemals.«

Zwei knochige Finger deuteten parallel, die Monde der Fingernägel mit wer weiß welchen magischen Pulvern verkrustet. »Aber ihr haltet Zwiesprache mit ihnen? Ihr habt die Geheimnisse des Vogelgesangs herausgefunden?«

Shay schüttelte den Kopf. Das waren die gleichen atemlosen Gerüchte, die sie schon ihr Leben lang hörte. Flatterer konnten mit Adlern reden und sie dazu bringen, ihrem Geheiß zu folgen. Flatterer konnten Elstern dazu überreden, ihre Diebesbeute mit ihnen zu teilen. In Dees Augen trat ein gieriger Blick. Er presste die Daumen gegeneinander und breitete die Finger wie Schwingen aus. Seine Augen glänzten, als er die Flügel schlagen und zur Decke hochsteigen ließ. Selbst wenn seine Augen im Schatten lagen, stellte doch seine ganze Körperhaltung die Frage.

Sie seufzte. »Nein, natürlich nicht. Sogar die Kleinkinder wissen, dass das nicht wahr ist.«

Dee hatte ihr etwas zu zeigen. Er führte sie in eine dunklere Ecke des Raumes. Noch nie hatte Shay ein solches Sammelsurium gesehen. Wie mochte es sich anfühlen, so viele Dinge zu besitzen? Als das Licht schummriger wurde, nahm Alouette Shay beim Ellbogen und zog sie nach rechts. Sie flüsterte: »Hör zu. Folge mir und schau nicht nach links.«

»Worauf soll ich nicht schauen?«

Alouettes Stimme wurde dringend. »Schau einfach nicht. Bitte.«

Es war natürlich unmöglich. In dem Augenblick, als Shay sicher vorbeigegangen war, hatte sie das Gefühl, sie könne sich jetzt mit einem raschen Blick zurück belohnen. Das war ein Fehler. An der Wand waren chinesische Fächer ausgestellt, die man an den äußeren Enden festgeheftet hatte. Dann sah sie näher hin und begriff, dass dieses ausgebreitete ölige Grün und Blau keine Fächer waren. Sondern Pfauen. Festgenagelt, tot, an der Wand, die Bäuche gerupft und in Form eines X aufgeschlitzt. Wurmweiße Schläuche waren der Luft ausgesetzt. Shay blieb stehen, das Essen stieg ihr in die Kehle, dann schluckte sie es schwer wieder hinunter. Alouette drängte sie weiter, aber sie war starr vor Abscheu. Dee blickte über die Schulter zurück und bemerkte ihren Blick.

»Plinius der Ältere sagt, dass in Indien Pfauen Blei fressen und Gold scheißen. Ich habe versucht, herauszufinden, welche Methoden sie dazu verwenden.«

Shay war zur Statue erstarrt. Die Eingeweide der Pfauen waren durchschimmernde Schläuche, die mit knotigen Schwellungen übersät waren.

»Welche Fortschritte macht das Experiment?« Alouettes Stimme war wie eine chinesische Fingerfalle, sanft und doch fesselnd.

»Nicht schlüssig«, erwiderte Dee und wandte sich erneut in den Raum.

Alouettes Finger gruben sich in Shays Ellbogen, als sie zwischen zwei Tischen entlanggingen, auf denen Reihen von Glasbehältern standen. Shay musste gegen das Verlangen ankämpfen, sie alle zu Boden zu fegen, und sei es nur wegen des Geräusches, das dabei entstünde. Ihr Mund schmeckte nach Kotze, und das Zimmer roch nach Scheiße. Dee stand bei einer Tür, in die man auf Taillenhöhe ein Loch geschnitten hatte, das von innen mit einem schwarzen Tuch verhüllt war. Er kniete sich mit einem Ächzen wie von einem alten Blasebalg hin und steckte den Kopf hindurch.

Alouette mimte einen Tritt in sein Hinterteil und sagte tonlos zu Shay: »Tut mir leid.« Inmitten der Übelkeit kribbelte es Shay vor Stolz. Ihre Freundin hatte ihren Schmerz erkannt; besser noch, sie hatte ihn mit ihr durchgestanden. Sie drückte Alouette die Hand.

Dee zog den Kopf wieder heraus, und seine wenigen verbliebenen Haarsträhnen waren wie Seetang schräg über sein Gesicht verschmiert. »Es geht ihnen gut. Schaut nur.«

Alouette teilte das Tuch, und dahinter war ein schwarzes Quadrat zu sehen. Sie drückte Shay auf die Knie. »Schau hier durch. Es lohnt sich, das verspreche ich dir.« Shay streckte den Kopf in den Abgrund. Drinnen war es so schwarz wie in einer mondlosen Nacht, doch dann begannen wie aufleuchtende Sterne winzige Lichtpünktchen aufzutauchen. Shay blinzelte. Die Pünktchen blieben; manche wuchsen, andere bewegten sich. Shay konzentrierte sich auf die Stelle, wo der Boden sein sollte, und machte weiche, knollige Formen aus, deren Größe sie ohne Bezugspunkt nicht bemessen konnte und die von innen durch ein diffuses Licht beleuchtet waren. Blass, blassblau, eine Farbe, für die sie keinen Namen hatte. Diese Formen erstreckten sich vor ihr wie ein verkümmerter Wald.

»Was sehe ich da an?«, fragte sie.

»Geduld«, antwortete Dee.

Sie erzwang durch Willenskraft jene Erweiterung der Pupillen, die sie bei Devana so sehr bewunderte – von Schwertspitze zu Musketenmündung in einem Atemzug. Die Luft über diesem Wald war zum Bersten voll mit irrlichternden hellen Schnörkeln, im gleichen Beinaheblau wie der Wald. Es war wie London mit all seinen Vögeln, in Geisterlicht neu geschrieben. Shay versuchte, die Größe abzuschätzen. Es könnten fünf Fuß oder fünf Meilen sein, und schon erfasste sie wieder die Übelkeit wie vorhin in dem anderen Raum.

»Du lebst doch draußen im Marschland.« Das war wieder Dee, seine Stimme wie ein scharfer Ellbogen.

»Ja, ich und mein Vater.«

»Ich war dort einmal zu der Zeremonie mit den Staren. Der Susurration.«

»Der Murmuration.«

»Ja. Genau. Außerordentlich. Ich persönlich glaube, dass die Muster, die sie bilden, Teil einer von den Menschen längst vergessenen Engelssprache sind. Ich habe reichlich über das

Thema geschrieben. Aber die Seherin dort in Birdland war eine Könnerin. Eine wirklich außerordentliche Könnerin.«

Shay versuchte sich aufzurichten und prallte mit dem Kopf an den Rahmen.

»Bewege dich noch nicht«, sagte Alouette. »Nur noch eine Minute länger.«

Die Landschaft vor Shay begann zu glühen. Es war ein Raum, größer noch als das Laboratorium, mit einem Teppich aus Pilzen, die mit einem kränklichen, blassen Licht schimmerten. Ein Geisterwald. Und die Luft, das sah sie jetzt, war ein sich wandelnder Sternenhimmel von Lichtern, die sich wie Vögel bewegten.

»Die Seherin«, sagte Shay und versuchte jede Erregung aus ihrer Stimme zu nehmen, »hieß sie Ava?«

»Ich glaube schon. Eine eindrucksvolle Frau. Groß, ruhig. Sie kannte andere Gefilde, das konnte man ihr ansehen. Sie las diese Vögel so sicher, wie du oder ich ein Buch lesen würden.«

Ihr Kamm, das Gefühl ihrer Hand und Devanas Haube: Das war alles, was Shay noch von ihrer Mutter hatte. Sie war verzweifelt auf andere Erinnerungen aus.

Eine Hand zupfte an ihrem Gürtel, und Shay war blinzelnd wieder zurück im Raum.

»Was hast du gesehen?«, fragte Dee, als wäre das nicht sein Experiment, das sie da angeschaut hatte, als wäre seine eigene Welt ihm ein Mysterium.

»Eine tote Stadt. Und Geistervögel.« Shay meinte, sie könne noch immer die Innereien der Pfauen riechen.

Dee nickte, als hätte sie etwas zum Vorschein gebracht, und Alouette mischte sich ein: »Der Wald besteht aus Foxfire, leuchtendem Holz.«

Shay schüttelte den Kopf.

»Das sind Pilze, die auf totem Holz wachsen und leuchten. Ursprünglich hieß es wohl Faux Fire, also falsches Feuer. Das da waren Hallimaschpilze aus Moldawien. Und die Vögel sind polnische Glühwürmchen. Dort nehmen die Bergleute sie in Gläsern mit unter Tage. Man kann ihr Licht ernten.« Sie schaute betont zu Dee hin, und er senkte die Mundwinkel.

»Man kann ihr Licht ernten, aber es kostet sehr viel Zeit und viele Menschen.« Er wandte sich erneut Shay zu. »Die gesamte Stadt hat im vergangenen Monat dieses kleine Ergebnis gebracht.« Er nahm ein schwarzes Fläschchen von der Werkbank, das mit einem Stopfen verschlossen war.

»Bald soll es allerdings vielleicht schon einfacher werden. Ich habe gehört, dass es dergleichen auch in den Wäldern bei Carlisle gibt.«

Shay schluckte ihre Ungeduld und ihren Zorn hinunter. »Das war meine Mutter Ava, die du gesehen hast. Sie war die Wahrsagerin.«

Dees Aufmerksamkeit verdoppelte sich. »Und du hast ihre Gabe? Bist du das Kind von gestern Abend?«

Shay war verwirrt. »Gestern Abend?«

»Im Geistertheater.«

Alouette fuhr dazwischen. »Davon weißt du schon? Shay hat noch nicht mal den Kater ausgestanden.«

Wieder wanderten seine Hände zu Shays Gesicht. »Natürlich weiß ich davon. Wenn ein Kind in Zungen redet und einen Aufruhr verursacht, berichten mir die Leute davon. Das liegt in meiner Interessensphäre. Ich hatte heute schon vier Nachrichten darüber.« Er drehte Shays Kopf von einer Seite zur anderen und nahm dann eine Feder und Papier von einem Beistelltisch. »Erzähle mir, was du am Ende der Vorstellung gesagt hast. Die Prophezeiung bitte.«

»Sie kann sich nicht erinnern.« Es klang ganz so, als genösse Alouette diese Antwort.

»War es der Alkohol? Oder vielleicht warst du in Beschwörungstrance: Hat irgendjemand im Publikum mitgeschrieben?«

Shay sagte: »Es tut mir leid. Es kam so schnell. Ich sollte singen, doch in dem Augenblick, als ich den Mund aufmachte, habe ich gespürt, wie ich in die Höhe schwebte …«

»Ja, ja, ja. Der göttliche Blickwinkel. Vielleicht die siebte Sphäre des Lichts.«

Sie zwang sich, die Pfauen anzusehen. Mehr würde sie ihm nicht geben. »Danach erinnere ich mich an nichts, nachdem ich den Mund geöffnet habe. Das Nächste, was ich weiß, war später, und die Vorstellung war vorbei.«

Dee stand auf und ging im Raum herum. »Idioten. Idioten überall. Können nicht sehen, was sie vor der Nase haben.« Er kam zurück und packte Shay bei den Handgelenken. »Wann ist eure nächste Vorstellung?«

»Ich weiß es nicht. Wir wollten die Reaktion auf die erste abwarten. Schon bald, wette ich.«

Dee wühlte in seiner Börse und reichte Alouette eine Münze. »Eine Guinee für denjenigen, der mitschreiben kann, was sie beim nächsten Mal sagt, wenn sie diesen Zustand erreicht. Und wartet noch.« Er ging zu seinem Papier zurück und schrieb sieben kurze Sätze in Latein. Shay hatte keine Ahnung, was sie bedeuteten.

»Gebt die euren Schmetterlingsfreunden, Lord Nonesuch und dem kleinen Trussell. Sagt ihnen, es gibt keine Bezahlung für das Maskenspiel, wenn ich die nicht gesprochen höre.«

Shay wollte noch mehr Fragen zu ihrer Mutter stellen, doch Dee wandte ihnen schon wieder den Rücken zu. Alouette mimte mit der Hand ein Halsabschneiden und bedeutete Shay so: Wir sind hier fertig. Und dann gingen sie so fort, wie sie gekommen waren.

Trotz des gezahlten Shillings hatte der Bootsmann nicht gewartet.

19

Aus Herbst wurde Winter, und die Blätter, die sich am Flussufer häuften, wurden dunkel und glänzend und schließlich schwarz. Die Karrenspuren froren und tauten auf und froren wieder, bis die Straßen völlig zerfurcht waren. Angesichts der mageren Beute wurden Krähen und Dohlen streitlustig. Die Dächer wurden tückisch glatt, waren aber ach so schön. Shay legte ihre Botengänge kurvenreich so, dass sie immer am Blackfriars Theatre vorbeiführten, nur damit sie dieses Dach unter den Füßen spüren konnte. Ihre Schritte waren Botschaften an jeden, der unten wach war.

Tapp, tapp, tapp, ihr fehlt mir, sagten ihre Füße auf den Dachbrettern. Tapp, tapp, tapp, fehle ich euch auch?

An den Abenden, wenn sie nicht mit Devana zusammen war, blieb Shay im Theater, und jede Nacht hörte sie, wie die Jungen nach ihren Müttern weinten. Dieses Weinen wurde weitergereicht wie die Leuchtfeuer auf den Anhöhen, wie das Heulen der Wölfe. Sie weinten immer nach den Müttern, nie nach den Vätern. Nicht in der Nacht, dem Reich des Herzens.

Nachts ging Shay auch zum Fluss. Wie Vogelfutter legte sie die Geschenke für Lonan auf dem Landesteg von Birdland aus. Erreichten sie ihn? Wie sehr sie auch versuchte, ihr Zuhause fest in ihren Gedanken zu behalten, es verwandelte sich in einen Ort des Nebels und des Mondlichts. London atmete aus und pustete es weg.

Und was geschah mit Nonesuch und ihr? Sie wurden ein Zweigespann, spielten an ihren ungestörten Orten eine Szene nach der anderen. Shay lebte für diese Stunden in verlassenen Häusern, wo sie sich versteckten, um einander zu erkunden und zu vermessen. Shays Finger fuhren die Konturen eines neuen Landes ab: seine Städte und seine vorgelagerten Inseln, seine Hauptstraßen und sein unerforschtes Territorium. Nonesuch war ein Magellan, umsegelte sie vom Zehennagel bis zu den Haarspitzen und wieder zurück. Bei Nacht war sie sein Schwan – unter ihm, blass und extravagant – und bei Tag seine Elster, die für ihn hübsche Sachen stibitzte. Und über und unter und um sie wuchs etwas: das Geistertheater. Sie alle fünf spielten ihre Vorstellungen hinten auf Karren und in ausgebrannten Kapellen. Shay sang in Kellern und auf Dachböden und erinnerte sich nie an ein Wort von ihren Weissagungen. Und dann, als der Winter beißend wurde, führte Nonesuch hundert Gefolgsleute singend durch das Cripplegate in die Wildnis des Tenter Ground, wo zwanzig offene Särge nebeneinander aufgestellt waren und von drinnen zwanzig weiße Gesichter blind in die Wolken starrten.

Alouette war die Erste, die sich aufrichtete und sprach:

»Es war ja meine Herrin, die die Kirschen vergessen hatte, also war ich mal wieder die Dumme und musste mich nach St Giles wagen, noch in Uniform, und ich hatte doch geschworen, das würde ich nie wieder machen, aber entweder das oder Prügel, und an denen findet der Herr ein wenig zu viel Gefallen, und auf halbem Weg über die Whitecross Street kommt da eine Kutsche, wo keine Kutsche was zu suchen hat, und ich hab kaum Zeit zum Rufen, als mich das Vorderrad an der Schulter erwischt, und da bin ich am Boden und schau mir meinen gebrochenen Arm an, und dabei hatte meine Herrin die Kirschen vergessen, aber …«

Ein wenig weiter erhob sich die Stimme eines Jungen:

»… die haben gesagt, die Iren würden sich freuen, uns zu sehen, und wie Narren haben wir ihnen geglaubt, und wir haben den Soldaten am Strand sogar noch zugewinkt, und ich hab da zum ersten Mal Musketen gesehen, die waren da aufgereiht wie Nadeln auf einem Nadelkissen. und wir Jungen sind zu Hunderten gefallen, die meisten tot, noch bevor wir auf das Wasser auftrafen, aber ich war nur verwundet, also bin ich versunken, und das Meer war rot vor Blut, und als ich an die Oberfläche kam, um Luft zu holen, schossen sie immer und immer wieder, bis ich nicht mehr atmen konnte, und ich habe den Schuss beinahe begrüßt, der mich ins Auge traf, und die haben gesagt, die Iren würden sich freuen, uns zu sehen …«

Verschiedene Stimmen mit verschieden langen Geschichten, die sich wie Steine auftürmten, bis daraus das Geräusch eines nicht enden wollenden Erdrutschs geworden war. Shays Figur gesellte sich als Letzte dazu, wiederholte ihren Text in atemloser Eile, und Blanks Trompete war ein wilder Vogel über ihren Köpfen.

»… die haben gesagt, komm mit mir, deine Herrin ist krank, und tief drin wusste ich, dass das nicht stimmte, aber was kannst du machen, wenn die zu viert sind, und du bist allein, wenn die reich sind und du arm, und sogar noch als ich im Sterben lag, da auf dieser Gasse, hab ich gesehen, wie sie mein neues Tuch in den Dreck getreten haben, und ich dachte, das ist eine Schande, das ist eine Schande, und die haben gesagt, komm mit mir …«

Sie haspelte es herunter wie ein Kindergebet, bis in ihr ein schmirgelraues Lied hochstieg, durch sie aufstieg, ihr Herz mit hinaufzerrte, und sie schaute auf sich hinrab, auf einen Sarg von vielen, und ihr Mund bewegte sich tonlos, und die Menge brauste auf wie ein Wasserfall und dann …

… wer weiß, wie viel später wachte Shay hinten auf einem Karren auf, schweißgetränkt und von Schnittwunden übersät, und fragte: »Was habe ich gemacht? Was habe ich gesagt? Wer war ich dieses Mal?«

20

Es war Sonntagnachmittag, und das Ensemble von Blackfriars sollte eigentlich proben, doch wegen des unerwartet schönen Wetters waren sie alle auf dem Dach des Theaters gestrandet und lagen schläfrig und träge wie nach der Liebe in der Sonne. Trussell nagte an einem Hühnerbein, während Alouette den Kopf in Blanks Schoß gelegt hatte und er den Saum ihrer Jacke flickte. Sie hatten alle noch das eine oder andere Wehwehchen von der Vorstellung des Geistertheaters vom Vorabend. Shay hatte Schrammen an Knien und Ellbogen; Stoffstapel hatten wie geplant ihren Fall abgefangen, aber es war doch immerhin ein Fall aus zwei Stockwerken Höhe gewesen. Nonesuch war in einem schrecklichen Zustand: Die schwarze Farbe in seinem Haar war ausgelaufen, und davon waren am Haaransatz violette Flecke geblieben, seine Kleidung war zerfetzt. Das hielt ihn nicht davon ab, die Ecken des Dachs abzuschreiten und zu reden.

»Ich hab wirklich gefürchtet, die würden mich umbringen. Als du gesprungen bist? Die haben gejault. Wie Tiere. Sind alle völlig darin aufgegangen. Zwei Lehrlinge hatten mich schon bei den Knöcheln gepackt und wollten mich vom Gebäude werfen.«

Shay schüttelte den Kopf.

»Ich hab das wirklich nur widerwillig gemacht, aber ich musste schreien: ›Das ist nur Theater, das ist nur Theater.‹ Ich musste erst schwören, dass du nicht tot bist, ehe sie mich wieder runtergelassen haben.«

Er ging eine weitere Runde, und dann runzelte er die Stirn, als das Oberlicht aufschwang. Es krachte auf das Dach, und eine unsichtbare Person rief: »Herrgott noch mal!« Dann tauchte ein Gesicht auf, schweißnass und puterrot vor Zorn. »Verdammte Scheiße, was habt ihr da oben zu suchen? Ich steige für niemanden Treppen. Und ganz gewiss nicht für euch Ungeziefer.«

Evans hievte sich durch die Luke und lehnte sich schlapp an das Oberlicht, um wieder zu Atem zu kommen. Während er seine Stirn mit einem schmuddeligen Taschentuch abwischte, zog sich Shay hinter einen Kamin zurück; sie war sich nicht sicher, warum sie das machte. Evans war rosig und dick, und seine schweren Ringe schnitten sich tief in seine Wurstfinger ein.

»Na, wenn das nicht die bunteste aller Truppen ist!« Er winkte mit dem Finger Nonesuch und Trussell zu sich. »Ihr zwei solltet eigentlich proben, und Gott weiß, ihr habt es nötig.« Er blickte zu Alouette. »Und ich weiß zwar nicht, wo du sein solltest, aber ich bin mir sicher, nicht auf meinem Scheißdach, wo du dir noch Essen in deine fette flämische Visage stopfst.« Wieder wischte er sich die Stirn. »Und … wen haben wir denn da noch, wer spielt da so abgrundtief schlecht Verstecken? Wirklich? Ja, tatsächlich. Das kleine Fräulein Junge-auf-der-Straße, Mädchen-in-der-Falle. Raus aus deinem Nest, mit dir muss ich auch reden.«

Nonesuch trat vor. »Evans, das ist Shay.«

Evans tat ihn mit einer Handbewegung ab. »Ich weiß, wer sie ist. Dee hat mir alles über sie erzählt. Ich glaube, ich bezahle sie sogar.« Er nahm Shay beim Handgelenk und zog sie mitten auf das Dach. Seine Augen durchforschten jeden Zoll ihres Gesichts. »Das stimmt doch?«

Shay nickte, war plötzlich schüchtern.

Er klimperte mit den Münzen in seiner Hosentasche. »Zwei Pennys am Tag dafür, dass du dahockst und deinem Liebsten zuschaust, wie er sich zum Affen macht. Da krieg ich nicht viel für meine Investition, was? Vielleicht ist es an der Zeit, dass du mal wirklich arbeitest.«

Er breitete die Arme weit aus, um sie alle vier zu umfassen. »Also gut, jetzt zur Sache. Ich habe am Samstag in meinem neuen Haus eine Veranstaltung. Alles, was Rang und Namen hat, wird dort erscheinen, also brauche ich zur Unterhaltung alles ohne jeden Rang und ohne jeden Namen. Trussell und Nonesuch, ihr reicht die Getränke und kostümiert euch.«

Nonesuch fragte: »Wird es ein richtiges Maskenspiel? Oder sind wir nur bessere Kellner?«

Evans grinste. »Ihr werdet nicht mal schlechtere Kellner sein. Nein, es wird kein Maskenspiel, denn ich möchte, dass die Leute herumgehen. Wir stecken dich also in eine Toga und achten drauf, dass dein kleiner Arsch rausschaut. Genauso bei dir, Trussell, also gibt's diese Woche kein Hühnchen mehr, verdammt nochmal.« Er schaute auf die Überbleibsel des Huhns und riss mit missmutigem Blick einen Schenkel ab. »Und jetzt zu dir, Flandern. Mach, dass du wieder zu Dee kommst und dort diese verdammten Glühwürmchen holst, für die wir so viel bezahlt haben. Deck dich auch mit Feuerwerk ein, du weißt ja, was die Königin mag.«

»Die Königin wird dort sein?« Nonesuch konnte sich nicht beherrschen.

»Vielleicht. Möglicherweise.« Evans stellte sich vor Shay. »Und du, Flattermädchen, du ziehst deine Nummer ab.«

Alle wandten sich Shay zu. Alouette sagte: »Sie ist Souffleuse. Das ist keine sonderlich interessante Unterhaltung.«

Evans reckte sich. Für Leute seines Kalibers war das Dach nicht gemacht. »Ich rede von ihrer *Nummer*. Dem Singen, der Weissagung. Von euren kleinen Theaterstücken?« Seine Stimme triefte vor Sarkasmus. Nonesuch schaute so verdutzt, wie Shay ihn noch nie gesehen hatte.

»Oho. Ihr dachtet wohl, dass ich davon nichts weiß? Nonesuch, du könntest keine Pastete kaufen, ohne dass mir jemand zutragen würde, womit sie gefüllt war. Du könntest dir keinen runterholen, ohne dass ich erführe, woran du dabei gedacht hast. Dee erzählte mir, dass dieses kleine Flattermädchen Weissagungen für einen Haufen nichtsnutziger Habenichtse gemacht hat, und jetzt macht sie es eben für die vornehme Welt.«

Wenn Shay nur daran dachte, liefen ihr kalte Schauer über den Rücken. Wie konnte sie Evans das bloß erklären? »Ich kann nicht … das passiert nicht einfach so.« Die Worte waren aus ihrem Mund, ehe sie es wusste.

Evans warf ihr einen ausdruckslosen Blick zu, und erneut kam sein Sarkasmus ins Spiel. »Oh, das tut mir leid, das war mir nicht klar. Nun, wenn du nicht kannst, dann kannst du eben nicht. Recht so, meine Kleine. Wir können ja nur versuchen, unser Bestes zu tun, und wenn es nicht funktioniert, dann bin ich sicher, dass die Leute dafür Verständnis haben.« Er biss in den Hühnerschenkel. »Und dann schmeiße ich dich höchstpersönlich hier vom Dach.«

Es war, als hätte er sie geohrfeigt. Konnte man denn schon lange vor der Veranstaltung Lampenfieber bekommen? Nonesuch trat mit beschwichtigend erhobenen Handflächen vor. »Die Sache ist die, Evans: Es ist wirklich, als fiele sie in Trance. Sie weiß nicht, was sie sagen oder singen wird, ehe sie es macht. Es kann ein bisschen …« Er suchte nach dem richtigen Wort. »… apokalyptisch sein. Der Mond in Flammen. Adlerheere. So in der Art. Das könnte für die Königin nicht angemessen sein.«

Evans kniff sich in die Nase. »Großer Gott. Na ja, jetzt weiß ich, was ich meinen Freunden antworten soll, wenn sie fragen: ›Erfinden die Schauspieler das alles aus dem Stegreif?‹« Er schaute äußerst verdrossen. »Gut. Also, Nonesuch und Trussell, ihr seid um Schlag sechs am Freitag bei mir im Haus. Flandern, du machst dich auf den Weg nach Mortlake und bringst morgen Nachmittag unsere fliegenden Freunde mit hierher. Und du, kleines Fräulein Weder-noch, fliegst raus. Pack deine Sachen und verpiss dich zurück ins Marschland.«

»Das kannst du nicht machen.« Nonesuch und Trussell sprachen wie aus einem Mund.

»Kann ich. Will ich. Hab ich gemacht. Sie kriegt Twopence am Tag, damit ihr beide euch nicht die Mühe machen müsst, euren Text zu lernen? Wenn sie sonst nichts kann, ist sie schon überbezahlt.«

Auf dem Dach herrschte Schweigen, nur eine verirrte Ringeltaube gurrte. Shay spürte, wie die Hitze in ihr aufstieg, genau wie in dem Augenblick, ehe ein Lied sie auslöschte.

»Die Karten«, sagte Trussell.

Evans legte den Kopf schief. »Was?«

»Ich habe dir ganz besondere Karten gemacht, Shay. Sie sollten für deinen Geburtstag sein, aber sie sind schon so gut wie fertig.«

»Karten?«, fragte Evans.

»Karten für …« Trussell kramte nach dem Wort, das diese Lage entschärfen würde. »… für die Vorhersagen.«

Evans machte eine Na-und?-Geste. »Kartenlesen? Das hat alles ein bisschen viel von einer Dorfkirmes. Aber mit Kostüm und allem Drumherum könnte es funktionieren. Lass mich mal diese Karten sehen.«

Das Kästchen war aus Holz und mit roten Steinen besetzt. Theaterjuwelen, im Requisitenschrank war eine ganze

Schublade voll davon. Shay schob den Deckel auf und nahm den Stapel heraus. Die Karten waren dick und hatten eine rote Rückseite, und auf jeder war vorn ein Bild: die Farben waren Raben, Sperlinge, Habichte und Elstern. Sie waren wunderschön. Immer ein Vogel pro Karte, in Tusche skizziert und dann koloriert. Die Abbilder sprangen geradezu von den Karten; alle Vögel waren in der Bewegung dargestellt. Der Habicht war eingefroren, wie er seine Beute griff, von den riesigen Schwingen auf den Krallen im Gleichgewicht gehalten. Ein Rabe hockte auf einem Ast und pickte an einem Knochen. Der Zaunkönig spitzte aus seinem Nest heraus. Shay hatte nicht genug Zeit, um alle großen Arkana zu überprüfen, doch sie konnte die meisten Karten an ihren Formen erraten. Die beiden Schwäne mit den ineinanderverschlungenen Hälsen mussten die Liebenden sein, ein Flamingo, der ein Bein hochgezogen hatte und wie eine Vier aussah, ähnelte dem Gehängten.

Shay holte tief Luft und legte drei Karten nebeneinander zwischen sich und Evans.

»Mit denen kannst du wahrsagen?« Er schaute zweifelnd, und Shay riskierte einen dankbaren Blick in Richtung Trussell. Die Bilder stellten die Vögel ihrer Kindheit dar, die Vögel von Birdland, und Shay hatte keine Ahnung, wie Trussell sie so gut kennen konnte.

Sie drehte die erste Karte um. Sperlinge Acht. Darauf waren Vögel, die flohen, und ein Mann, der sich abwandte: Enttäuschung. »Ja.« Das Herz schlug ihr hoch in der Brust. »Ja, das kann ich.«

21

Ist das alles aus Glas?« Shay stolperte immer wieder, weil sie die Augen nicht von dem Gebäude wenden konnte, das vor ihnen leuchtete. Die Straßen bestanden nur aus harten vereisten Wagenspuren; ein gepflügtes Feld wäre sanfter unter den Füßen gewesen. Alouette und Trussell waren mit offen hängenden Mündern stehen geblieben; nur Nonesuch schien dieser Anblick nicht zu überraschen.

»Die Wände bestehen alle aus geätztem venezianischem Glas«, sagte er. »Man sagt, es sind mehr als dreißig große Scheiben. Und jede kostet mehr als ein Haus in Shoreditch. Das Gebäude hat die Form des Buchstabens E, für den Fall, dass Ihre Majestät einmal vorbeischaut. Das Erdgeschoss ist aus Holz, damit Evans in Frieden schlafen und essen kann. Und natürlich sind die Quartiere der Dienstboten irgendwo außer Sichtweite versteckt. Doch der Rest ist genau, wie ihr ihn hier seht.«

Das Glashaus schien auf der Nachtluft zu schweben und zog sie näher zu sich heran. Und das ging nicht nur ihnen so. Die Straße wimmelte von Gaffern, deren Gesichter alle in dieselbe Richtung gewandt und vom selben seltsamen Licht beschienen wurden. Schon machten Maronenverkäufer und Huren, die ein sicheres Gespür für Menschenmengen hatten, gute Geschäfte.

»Wer würde denn so leben wollen?« Dieses Haus passte nicht zu dem Eindruck, den Shay von Evans hatte. Er war eitel, ja sicher, aber das hier schien ihr unerträglich zu sein.

»Niemand. Es ist auch nicht wirklich zum Wohnen gedacht. Es ist eine Königinnenfalle. Die Lords auf dem Land locken sie mit Feuerwerk und Banketten, Evans hat dieses Gebäude hier. Selbst wenn sie nur eine Stunde zu Besuch kommt, bewirkt das Wunder für seinen Status.«

Sie kamen näher. Hinter den Glasfenstern war Bewegung zu sehen, wobei jedes jeweils zu einem einzigen Raum gehörte. Drinnen loderten Fackeln, und die geätzten und erhabenen Muster auf dem Glas verwandelten den Feuerschein in ein geometrisches Kunstwerk. In geätzten Sternen und Wappen, in Mustern aus Spiegeln und Regenbogenfontänen fingen sie den Feuerschein ein. Die Menschen drinnen waren selbst aus dieser Entfernung eindeutig als Gentlemen zu erkennen: Sie tranken, redeten, tanzten und gingen herum, und jedes der riesigen Fenster bot eine neue Szene dar. Ein gedrungener Mann küsste die Hand einer Frau, die so hoch aufgeschossen war, dass sie selbst beim Knicksen auf ihn herabschaute. Zwei junge Burschen ergötzten sich an einem Spiel: Sie ließen sich von den Bediensteten Obst zuwerfen und versuchten abwechselnd, die Wurfgeschosse noch in der Luft entzweizuschneiden. Von innen beleuchtet und in Spiegelungen eingesperrt wirkten all diese Szenen wie lebendige Gemälde.

Nonesuch führte sie durch eine Seitenstraße. Als das Glasgebäude wieder zu sehen war, hatte sich die Besetzung auf der Bühne geändert. Ein Mann in Schwarz goss Wein in den Mund einer knienden jungen Frau und zog den Schnabel des Krugs weiter und weiter von ihr weg. Als ihr die Flüssigkeit schließlich aus dem Mund rann, erhob sich Beifall, der bis auf die Straße zu hören war, und Geld wechselte den Besitzer. Es war, als betrachtete man zehn Schauspiele gleichzeitig, zu viel, um alles zu erfassen.

Sie erreichten das Haus, als gerade ein Gentleman hoch zu Ross eintraf, sein Gefolge in einem V hinter sich. Er sprang vom Pferd, und wortlos übernahmen wartende Pagen die Zügel.

»Evans lässt nicht zu, dass irgendjemand vor der Tür wartet. Keine Pferde, keine Kutschen. Dadurch wird das Erscheinungsbild gestört.« Nonesuchs Stimme war halb Spott, halb Bewunderung. »Weiter hinten sind Ställe und Stellplätze für Kutschen.« Sie standen unterhalb des Fundaments, in Regenbogenlicht getaucht, während Kutschen einen Edelmann nach dem anderen absetzten und die Luft von lärmenden Begrüßungen widerhallte. Eine zweiflügelige Tür, die breit genug für eine Kutsche war, stand offen und führte auf eine polierte Treppe. Am Eingang standen zwei von Evans' Männern.

»Ihr da.« Einer der Männer deutete auf sie. »Hintereingang, fürs Personal. Und ihr kommt zu spät.«

Nonesuch machte eine spöttische Verbeugung, achtete dabei darauf, dass sein Gesicht von dem strahlenden Licht erhellt wurde. »Verzeihung, wenn wir das prächtige Bild stören. Capisco.« Leise murmelte er noch vor sich hin: »Beim nächsten Mal komme ich durch die Vordertür.«

Sie gelangten in eine Küche, in der die Hölle los war. Jungen mit Tabletts voller Essen, Mädchen, die Säume hochsteckten, Dampf, Rauch und Schweiß. Eine Köchin mit feuchten Haaren schrie: »Schuhe und Strümpfe runter. Oh, Herrgott noch mal.« Letzteres war an Shay und ihre dreckigen nackten Füße gerichtet: Sie hatten Asche an den Fußsohlen, der Rest war mit eingetrocknetem Schlamm verkrustet, jede kleinste Hautfalte schwarz ausgefüllt. Die Köchin schob Shay eine schmutzige Schüssel mit Wasser hin. »Versucht, das Schlimmste runterzukriegen.«

»Wer seid ihr?« Die Köchin war mit Mehl und Zucker bestäubt. »Sagt bloß nicht, ihr seid die Abendunterhaltung?« Sie wartete die Antwort gar nicht ab. »Setzt euch hierhin, haltet euch ruhig und fasst bloß nichts an.«

Shay hockte sich an die hintere Küchenwand und beobachtete, wie der Wahnsinn vor ihren Augen ablief: Eine Mannschaft von Köchen arbeitete an Zuckerskulpturen. Da waren Paläste, Burgen und sogar eine Nachbildung von Evans' Glashaus, die alle von Dienern weggetragen wurden, kaum dass die letzten Handgriffe gemacht waren. Jemand brüllte: »Schafft sie nach oben, ehe sie schmelzen. Schneller.«

In zwei Laufrädern, die von der Decke hingen, rannten Hunde pausenlos, um den Bratspieß zu drehen. Gelegentlich bellte einer von ihnen, ob aus Schmerz oder Freude, konnte Shay nicht erkennen. Was glaubten sie wohl, wo sie hinrannten? Was glaubten sie, was sie hier machten? Shay schob sich näher an Nonesuch heran, um einem Sabberfaden aus dem Weg zu gehen, der aus dem Maul des Hundes troff, der am nächsten bei ihr war. In der Ecke arbeiteten zwei Näherinnen an der Kleidung einer Serviermagd, steckten den Saum aufreizend hoch fest. Shay versuchte, dem Mädchen einen mitleidigen Blick zuzuwerfen, doch sie wandte sich nur mit feuchten Augen ab.

Trussell stieß Shay den Ellbogen in die Seite. »Schau dir das mal an.« Drei Mädchen ließen hauchzarte Galeonen aus Zuckerzeug auf der seegleichen Oberfläche einer randvollen Punschschale vom Stapel. Die kleinen Boote bebten und richteten sich auf, gespenstisch weiß vor dem tiefen Pflaumenblau des Punschs. Sobald sie ruhig schwammen, nahmen die Bediensteten die Griffe der riesigen silbernen Schüssel und hoben sie sich auf die Schulter.

Shay sah Evans nicht hereinkommen. Im einen Augenblick war er nicht da, im nächsten lehnte er am Türrahmen, schaute auf das Menschengewühl, streckte die Hand aus, ohne den Blick zu wenden, und pflückte sich eine Süßigkeit von einem Tablett, das gerade vorbeigetragen wurde. Sein Hemd war aus fließender kanariengelber Seide, strahlte wie Sonnenblumen, doch am Revers war bereits ein Fleck, und es spannte in der Taille. Seine cremeweißen Strümpfe warfen an den Knien Falten. Er schlang die Süßigkeit unzerkaut hinunter, streckte die Hand nach Nonesuch aus und drehte dessen Gesicht ins Licht. Schmutzige Nägel und Ringe an allen Fingern; Shay roch Entenfett und Flieder. Evans trat zur Seite, damit die Männer mit der Punschschüssel sich vorbeiquetschen konnten, und klatschte dann in seine fetten Hände. »Schauspieler, hier herüber. Ich habe die Kostüme für euch.«

Hinter Evans stand ein Mann in grober Leinenkleidung mit einem Eimer voller goldener Flüssigkeit. Nonesuch beäugte ihn misstrauisch. »Goldfarbe? Lebende Bilder? Herrgott, Evans, welches Jahr schreiben wir? 1590? Ich dachte, ich könnte meinen Faust geben. Oder einen von den Heinrichs, das kommt beim Königshaus immer gut an.«

Evans' Stimme war so laut, dass die ganze Küche mithören konnte. »Nun, da hast du eben falsch gedacht. Weil du dazu neigst, dich ständig an der Verbesserung des vereinbarten Textes zu versuchen, solltest du in der Nähe deiner Herrscherin keine Sprechrolle haben. Mehr noch …« Er betrachtete Nonesuchs aufmüpfiges Gesicht und nahm einen Apfel vom Tisch, polierte ihn an seinem Strumpf und warf ihn dem wartenden Diener zu. »Daltray, mal den auch golden an, und den steckst du ihm in den Mund. Dann spielt er … wie hieß noch gleich das Mädchen mit dem goldenen Apfel?«

Daltrey schaute verständnislos drein.

»Eris«, antwortete Alouette und verbarg ein Lächeln.

»Eris, richtig. Nonesuch, du bist Eris. Das bedeutet, dass Trussell Paris sein kann. Falls Paris ein Dreikäsehoch mit Hasenzähnen war. Und unsere kleine französische Madam hier mit ihrer klassischen Bildung darf mal einen Abend lang Aphrodite spielen.«

Alouette stand der Mund offen. »Ich bin keine Schauspielerin. Ich bin für die Pyrotechnik hier. Ich habe alles schon aufgebaut.«

»Und wie gut du das gemacht hast. Mein Mann sagt, er hat kaum je was Besseres gesehen.« Er warf ihr einen scharfen Blick zu, den sie unverzüglich erwiderte. »Aber hier übernehmen jetzt die Erwachsenen das Ruder. Zeit, dass die lieben Kleinen ihre Abendgebete sprechen und eine Weile das Maul halten.«

Alouette rückte keinen Zoll vom Platz.

»Herrgott noch mal. Versucht mal, das zu verstehen. Ihr drei seid nur ein winziger Teil des heutigen Abends. Ich will nicht, dass ihr vor der gottverdammten Königin redet oder schauspielert oder Feuerwerkskörper hochgehen lasst. Ihr habt rein …« Evans breitete die Arme weit aus. »… dekorative Funktion. Ich will euch nackt, golden angemalt und mit einer Platte voller gottverdammter …« Er schaute sich im Raum um. »Was reichen wir als Vorspeise, Köchin?«

Sie war über einen Backofen gebeugt. »Hahnenkämme, gefüllt mit Kurkumablättern und Zuckermandeln.«

Evans seufzte. »Ich will, dass ihr eine Platte mit Scheißhahnenkämmen haltet. Das schafft ihr doch wohl, oder muss ich noch mehr Straßenkinder anstellen, die vielleicht wenigstens einen Hauch Dankbarkeit zeigen?«

Als die beiden sich endlich beruhigt hatten, zog Evans ein

Päckchen hervor. »Und wo ist unser Flattermädchen? Versteckt sich hinter Nonesuch, wie immer. Komm vor.«

Shay trat nach vorn, und er reichte ihr das in Seidenpapier eingeschlagene Päckchen. Es enthielt etwas Dünnes, Glattes. »Zieh dich um, und dann schauen wir mal, womit wir arbeiten können.«

»Hier?« Shay schaute sich unter den Köchen, Servierern, Dienstmägden und Hunden um.

»Nein, in meinem privaten Umkleidezimmer. Natürlich hier, du kleine Göre. Da schaut niemand hin. Oder glaubst du im Ernst, dass hier jemand ist, der dich nackt sehen will?«

Sie zogen sich schweigend um. Trussell und Nonesuch hatten ihre Genitalien in Beutel verhüllt, die mit Schnüren gesichert waren, Alouette ebenfalls, nur hatte sie noch ein breites Band um die Brust. Sie zog es verlegen zurecht, um so viel wie möglich zu bedecken. Irgendwie bestürzte es Shay mehr, dass andere Nonesuchs nackten Körper anschauen würden, den sie inzwischen als ihren persönlichen Schatz betrachtete, als dass sie selbst verlegen war. Ihr Kostüm war anders als das der anderen. Es lag unter dem dünnen, mitternachtsblauen und grob gemusterten Papier auf dem Tisch. Sie packte es vorsichtig aus. Ölglatter Schimmer und ein Fächer von Farben; Shays Herz machte einen Sprung und sackte ihr dann in die Kniekehlen. Der Rock war aus Elsternfedern gemacht. Und nicht aus den schwarzweißen, sondern aus den Schwanzfedern, von der Farbe des Abendhimmels im letzten Augenblick vor Einbruch der Nacht. Sie schluckte die heftig aufsteigende Übelkeit hinunter. Es mussten mindestens hundert Federn sein. Hundert Federn, das bedeutete hundert tote Vögel. Rasch zog sie sich aus, blieb so nah an der Wand wie möglich, versuchte, ihre flach gewickelten Brüste zu verbergen. Trotzdem spürte sie den Druck der Augen auf sich.

Das Kleid passte perfekt. Wieder machte ihr Herz einen Freudensprung und stürzte dann ab, als die Freude über die Schönheit durch die Erkenntnis übertönt wurde, dass jemand sie gründlich genug studiert hatte, um ihre Formen so gut zu kennen. Sie hoffte, dass es Blank gewesen war. Sobald sie sich in das Kleid geschlängelt hatte, drehte sie sich wieder zum Raum um. Nonesuch, Alouette und Trussell standen in einer Reihe, die Hände in die Höhe geworfen, während Daltrey sie mit Goldfarbe überschüttete.

»Pass auf, Scheiße verdammt.« Evans beaufsichtigte ihn. »Die Farbe kostet mehr als du.« Er sah, dass Shay zuschaute. »Dann komm her, jetzt wollen wir mal den Hunden das Kaninchen zeigen.«

Shay trat in den Raum. In Alouettes Augen trat ein undefinierbarer Ausdruck. Nonesuch und Trussell schauten weg.

»Das muss wohl reichen. Mich macht das nicht an, aber hoffentlich haben nicht alle meine Gäste einen so … verfeinerten Geschmack.«

Sogar Shay konnte hören, wie Nonesuch prustete. Ohne die Augen zu heben, sagte Evans zu dem Maler: »Apfel!« Sofort verschwand das Grinsen von Nonesuchs Gesicht. »Weit aufmachen.«

Shay begutachtete vorsichtig den Farbeimer. Auf der Oberfläche war bereits eine dicke braune Haut entstanden.

Evans folgte ihrem Blick. »Nicht für dich, kleines Flattermädchen. Mit dir haben wir heute andere Pläne. Setz dich!«

Er drückte sie auf einen Stuhl und zog ein Rasiermesser aus der Tasche. Die Geschäftigkeit in der Küche riss nicht ab, doch die Aufmerksamkeit des Raumes war auf Shay gerichtet. Man konnte gesehen werden, ohne beobachtet zu werden, das wusste sie. Evans saß vor ihr und schärfte das Rasiermesse an einem Streichriemen. Seine Stimme war leise, nur für sie bestimmt. »Du bist also ein Vogelmädchen, ja?«

Shay schaute Nonesuch in die Augen, doch die sagten ihr nichts. »Ja, ich bin Aviscultarierin. Das ist … das ist kein Verbrechen.«

Er seufzte. »Das habe ich nicht gesagt. Aber es gibt viele schlimme Sachen, die kein Verbrechen sind.« Er blickte auf und erfasste die Furcht in ihren Augen. »Herrgott, niemand schert sich darum, dass eure Götter Eier legen. Wir sind hier in London, nicht auf dem platten Land. Da beten viele sehr viel seltsamere Götter an als du. Ich will nur nachsehen, ob du die Tätowierung hast.«

Das Klatsch-Klatsch des Rasiermessers auf dem Riemen war nun das lauteste Geräusch in der Küche. Shay nickte.

»Heißes Wasser und Seife, Herrgott noch mal.« Diese Worte waren an den breiten Rücken der Köchin gerichtet, die sich aufrichtete und Evans eine Schüssel Wasser vom Herd brachte. Evans löste die Seife darin auf, und sein Lächeln verschwand hinter einer Wand aus Dampf. »Also, dann wollen wir mal sehen, was sich unter diesen Stoppeln verbirgt.«

Fette Finger, dicke Ringe. Evans griff ihr Kinn, während er arbeitete, drehte ihren Kopf mit sanftem Druck. Was sah er da? Shay arbeitete hart daran, immer das zu sein, was die Leute in ihr sahen. Ein Junge. Ein Bote. Nichts Besorgniserregendes. Doch Evans sah sie nicht wirklich, entschied sie. Er sah nur ihren Nutzen, sah in ihr ein Werkzeug. Sie erwiderte seinen Blick und schaute ihn zum ersten Mal richtig an. Falten umringten seine Augen und strahlten deltaförmig von den Augenwinkeln aus. Tiefe Furchen verliefen von den Augenbrauen zum Haaransatz, zerschnitten die Runzeln auf seiner Stirn schräg. Unter seinen Augen zerknitterte ein Zickzack von weichen Mustern seine Haut. Er legte ihr die Hand ans Kinn, und sie spürte das Schaben des Rasiermessers an ihrer Kopfhaut. Er wischte während der Arbeit die Seife herunter, ganz sanft mit einem Tuch, und es war ein so intimes Gefühl, dass Shay ihre Beine fester überkreuzen musste. Evans wusste genau, was er machte. Er ließ die Seiten stehen, wie ihre Mutter es getan hätte, als zwei Flügel, die mit der Seife steif gemacht und geformt werden müssten. Als er fertig war, trat er einen Schritt zurück, um ihre Tätowierung zu mustern, drehte ihren Kopf hin und her. Sogar in der warmen Küche fühlte sich ihre Kopfhaut kalt an.

Er seufzte wieder. »Ein Sperling. Mir wäre eigentlich etwas Kriegerisches, Mystisches lieber gewesen. Ein Adler würde bedeuten, dass wir einen guten Bühnennamen für dich hätten. Oder ein Phönix.« Er wischte eine verirrte Seifenblase weg. »Na gut.« Er drehte den Stuhl herum, so dass Shay die Menschen ansah, und nun sprach er mit der Stimme eines Zeremonienmeisters.

»Meine Damen und Herren, ich stelle vor …« Er klopfte einen Trommelwirbel auf den Tisch. »Den gottverdammten Sperling.«

Ein ganzes Geschwader von Serviermädchen verließ mit Essensplatten auf der Schulter die Küche. Alouette und Nonesuch schauten wütend unter ihrer Goldfarbe hervor. Evans hingegen konzentrierte sich noch auf Shay. Er rückte näher an sie heran. »Das ist schon besser. Jetzt siehst du aus wie eine Patientin aus dem Irrenhaus, das fügt noch einen Hauch Gefahr hinzu. Aber das reicht noch nicht.« Er senkte die Stimme, so dass nur Shay ihn hören konnte. »Jäger oder Beute?« Er schaute sie mit schief gelegtem Kopf an. Shay hielt seinem Blick stand, sagte jedoch nichts. Er seufzte. »Schweigen bedeutet Beute, Kleine.«

»Dann beides.«

Er schaute aufrichtig enttäuscht. »Beides geht nicht. Du kannst im Leben nicht alles sein.«

»Elstern sind beides. Sie bringen ihre eigenen Artgenossen um und werden von ihnen umgebracht. Füchse ebenso.«

Evans schaute weg, war nicht interessiert. »Stimmt, stimmt. Aber du bist keine gottverdammte Elster, was immer deine blöden Verwandten auch glauben mögen. Du nennst dich Mensch, und Menschen müssen wählen.«

Shay riss sich zusammen. »Jäger«, sagte sie dann mit der Stimme, die sie sich für die Bühne vorbehielt.

»Vielleicht. Jetzt noch nicht.« Irgendetwas an seinem Blick schoss Shay wie ein Pfeil in den Körper. »Aber du hast Potenzial. Sag's noch mal.«

Sie stählte sich. »Jäger. Ich bin ein Jäger.« Dann plötzlich noch leiser. »Ein Sperber.«

Evans nickte. »Damit kann man zumindest arbeiten.« Er wühlte in seiner Tasche und sagte: »Hand.«

Sie zögerte einen Augenblick, ehe sie ihm die Hand hinstreckte. Ihre Nägel waren lang und die Ränder schwarz vom Ruß Londons. Evans zog ein schmieriges Lederetui aus der Tasche, und als er es öffnete, sah man glänzendes Metall. Messer, Stichel, Feilen, wie bei einem Hufschmied. Was würde er bei ihr aufzuschließen versuchen? Er nahm eine Feile heraus und drehte ihre Handfläche nach oben, als bettelte sie. »Bewege dich nicht.«

Sein Gesicht war beinahe weiblich, als er an ihr arbeitete, jeden Nagel spitz zufeilte, ihre Finger zum Licht wandte. Irgendwo in der Nähe sang eine Dienerin ein Schlaflied, und es verstörte Shay, wie häuslich die Atmosphäre war. Evans war überraschend geschickt. Er kratzte den Dreck unter allen Nägeln heraus. Dann zog er den Stopfen aus einem Glasflakon und lackierte ihre Nägel in einem glänzenden Schwarz, in der gleichen Farbe und im gleichen Schimmer wie seine Kutsche.

Er pustete darauf. Mundgeruch. Ein Beben in ihrem Magen. »Hier. Probiere sie aus.«

Jetzt hatte Shay dolchscharfe Nägel, eher Klauen als Krallen. Sie hielt sie ans Licht und krallte sie dann vorsichtig in ihren eigenen Arm. Evans lachte. »Was bist du bloß für ein Jäger. Ich gebe dir eine Waffe, und du richtest sie gegen dich selbst.«

Sofort führte sie die Hand an seine Wange, und einen winzigen Augenblick lang zuckte es in seinen Augen. Es waren schwarze Augen wie die eines Vogels, aber rot gerändert, als schliefe er nie. Shay suchte in ihnen nach einem Zeichen – ja, nein, mach's nicht, bitte –, aber da war nichts; Nachthimmel, stilles Wasser. Ganz vorsichtig grub sie die Nägel in die Haut ein und zog sie weiter – ohne mit der Wimper zu zucken, bis fünf wunderschöne Blutperlen unter ihren Krallen aufblühten. Eine Sekunde, eine Ewigkeit. Sanft nahm er ihre Hand und wischte sie an ihrer Wange ab. Schwarze Augen wie Brunnenwasser und totes Holz. Als er ihre Hand fallen ließ, wollte sie sich das Blut aus dem Gesicht wischen, doch Evans sagte: »Nein, lass es drauf.«

Daltrey kam herübergeeilt. »Sie ist hier«, flüsterte er Evans ins Ohr, und der Raum verstummte.

»Wirklich? Bist du sicher?«

»Die Vorreiter sind eingetroffen, während du gearbeitet hast. Ihre Kutsche steht draußen.«

»Wer ist da, um sie zu begrüßen? Nur Palmer? Großer Gott!« Evans hauchte prüfend auf seinen Handrücken, verzerrte das Gesicht und biss in einen Apfel. »Ich bin sofort da.« Er wandte sich erneut an den Raum. »Ihr drei nehmt jeder ein Tablett, zweiter Stock, drei leere Sockel. Die könnt ihr nicht verfehlen.«

Er wischte sich das Blut von der Wange. »Und du, Sperlingsmädchen? Für dich ist im obersten Stock eine Sitzstange. Den Weg dahin musst du allein finden.«

»Eine Sitzstange?«

»Ja, eine Scheißsitzstange.« Er schaute die vier an. »Großer Gott, mit was für Leuten muss ich arbeiten.« Er klatschte kurz und knallend in die Hände, es war wie zwei Schüsse. »Los. Und wenn ihr das vermasselt, schicke ich euch alle auf eine Tournee durch Schottland.« Er deutete auf Nonesuch, der verdutzt mit einem goldenen Apfel im Mund dastand. »Und du spielst Edward II.«

Sie folgten Daltrey Holztreppen hinauf, und vor ihnen schwoll der Lärm der Festgesellschaft an. Alouette zupfte an ihrem Kostüm, versuchte, sich mehr zu bedecken, doch stattdessen hinterließ sie nur auf ihrem Weg abgeplatzte Goldsplitter. Nonesuch schaute grimmig drein. Oben an der Treppe geleitete Daltrey sie zum Ballsaal und öffnete dann für Shay eine Tür, die in die Nacht hinausführte.

»Nimm die Außentreppe und komm dann im nächsten Stockwerk wieder ins Haus, dann bist du in einem der Querbalken des E. Die Hintertreppe rechter Hand geht dann zum Labyrinth hinauf, und dein Zimmer ist noch darüber. Im Ballsaal geht es ziemlich wild zu, und ich würde nicht drauf wetten, dass du es heil bis obenhin schaffst. Nicht in dem Kleid.« Er schüttelte den Kopf über irgendetwas und senkte dann die Stimme. »Ich habe dich im Eishaus gesehen, dich und die anderen. Es war großartig. Es war, als gehörte ich zum ersten Mal dazu, wäre ein Teil von etwas.« Shay wusste nicht, wie sie darauf reagieren sollte. Sie hatte sich noch immer nicht an den Gedanken gewöhnt, dass sie sichtbar und verantwortlich in den Köpfen der Menschen weiterlebte. Daltrey schüttelte erneut den Kopf, ging wieder die Treppe hinunter und ließ sie draußen auf einer grob gezimmerten Holzplattform in der Kälte stehen. In einem solchen Kostüm im Freien zu sein, das kam ihr irgendwie obszön vor. Rasch stieg sie die Treppe hinauf. Ein Stockwerk höher sah man rings um eine niedrige Holztür Lichtlinien schimmern. Shay presste das Ohr ans Holz und lauschte auf die Gesellschaft drinnen. Sie zitterte wieder, diesmal nicht nur wegen der Kälte. Die Straßen unten waren ruhig, und Shay stieß einen raschen Falkenruf aus. Als sofort von oben eine Antwort kam, fühlte sie sich weniger allein. Sie drückte die Tür auf und trat ein.

Es flutete ihr zu viel entgegen, als sie durch diese Tür schritt. In ein Feuerwerk von Musik, Hitze, Gelächter und Farben. Alles wurde von Licht durchflutet; die Strahlen sprangen vom Kristallglas zurück, schossen pfeilschnell durch den Raum, um mit einer Brillantbrosche zu flirten, kehrten zurück, wurden gebrochen, zu Regenbogen aufgefächert und zwischen Spiegeln reflektiert, bis die Luft in Flammen stand. Das Zwischengeschoss war so von Lichtpunkten übersät, dass Shay eine Weile brauchte, um überhaupt die Menschen dort wahrzunehmen. Herren und Damen, alle weitaus prächtiger gekleidet, als Shay es je gesehen hatte, sogar im Theater. Diese Kostüme waren wie Gebäude: Konstruktionen aus Draht und Polsterung, aus Rüschen und Einschnürungen, nach detaillierten Bauplänen und von spezialisierten Handwerkertrupps geschaffen. Halskrausen wie Wagenräder und Reifröcke wie Ruderboote. Anblicke kamen und schwanden. Eine nach hinten geschobene Perücke. Eine Hand auf einem Hinterteil. Tablettes mit Zuckermäusen und abgebrannten Streichhölzern. Einen Moment lang schienen der Lärm und das Licht Shay förmlich an die Wand zu nageln. Dann zwang sie sich weiterzugehen. Sie hielt sich eng an der vorderen Wand, umrundete vorsichtig betrunkene Paare und ging auf eine Innentreppe zu, die in der Ecke unbeleuchtet nach oben führte. In Wellen krachte der Lärm gegen die Glaswände. Shay zog sich hoch und hievte sich um eine Ecke, bis das Licht und der Lärm verebbt waren und sie sich nach oben in ein ruhigeres Stockwerk begeben konnte. Glasstufen, Glaswände. Ihre Füße hinterließen geistergleiche Abdrücke, die innerhalb weniger Augenblicke verdampft waren.

Nun war sie in einem der Querbalken des E. Im nächsten Balken daneben stieg jemand parallel zu ihr in die Höhe. Nur zehn Fuß entfernt, aber stumm. Shay blickte gedankenverloren hinüber, und der Mann schien zu spüren, dass er beobachtet wurde. Er wandte sich ihr zu und schaute sie durch die Glaswände an. Gilmour.

Im Nachhinein war Shay schockiert darüber, wie schnell er reagierte. Er war hinter ihr und weiter unten, doch sobald er ihr Gesicht erkannt hatte, begann er, nach oben zu rennen, nahm drei Stufen auf einmal. Sie sah ihn dort lauern und verfluchte, dass sie selbst so langsam war. Wie Devana konnte er jetzt über seine Beute hereinstürzen, beinahe bevor sie überhaupt bemerkte, dass sie verfolgt wurde.

Hinauf oder hinunter? Im Ballsaal war sie wegen der vielen Leute in Sicherheit, aber sie musste es trotzdem irgendwann in den obersten Teil des Hauses schaffen. Also hinauf. Mit schrill quietschenden Schritten flog sie die Glastreppe hoch und stürzte in einen gläsernen Korridor. Weitere Treppenstufen, noch eine halbe Treppe, dann verschwand plötzlich der Boden unter ihr. Sie blieb stehen und packte die Wand, hielt sich dort eine Sekunde lang fest. Schließlich begriff sie, dass es doch kein Abgrund war, sondern nur ein polierter Glasboden. Jetzt sah sie, dass ringsum ein Rahmen aus hellem Holz alles zusammenhielt. Der Klang von Schritten hinter ihr drängte sie auf eine Kreuzung zu. Sie hatte drei Möglichkeiten auszuweichen, als das Klatschen der Schritte lauter wurde.

Geradeaus. Boden und Decke waren aus Glas, und sie musste die Gedanken verdrängen, die ihr erklärten, die Welt sei unter ihr verschwunden. Nun ging es nur noch nach links und rechts. der linke Korridor war verspiegelt, der rechte ganz aus Glas. Nach links könnte es zu Gilmour gehen, aber sie könnte dann von den verspiegelten Wänden verborgen werden. Sie schob sich vorsichtig in diese Richtung und stand dann schweigend zwischen ihren Spiegelbildern, die sich bis ins Unendliche erstreckten.

Das Klatsch-Klatsch-Klatsch von Schritten und dann ein Fluch. In der Nähe, aber nun nicht mehr näher kommend. Shay verharrte reglos. Drei Gilmours überquerten das Ende des Korridors. Waren es nur Reflexionen, oder war einer davon der echte Gilmour? Shay konnte es nicht sagen. Ihre erste instinktive Reaktion wäre gewesen, in die andere Richtung zu fliehen, doch sie wartete ab. »Sei nicht die Beute«, befahl sie sich. Sie drückte ihre Klauen gegen die Schläfen. Nein, folge ihm auf seinem Weg. Er würde nicht umkehren und auch nicht erwarten, dass sie hinter ihm war. Sie duckte sich tief und ging in die Richtung, wo sie ihn zuerst gesehen hatte. Sie setzte ihre Schritte langsam, ließ sie hinter sich verhallen. Sie fühlte sich wie ausgelöscht.

Da, eine Gestalt! Shay blieb stehen. Die Gestalt ebenso. Es war nur ihr Spiegelbild. Sie sah ihren rosa Schädel, die schwarzen Klauen. An der Kreuzung, wo Gilmour rechts abgebogen war, streckte sie vorsichtig den Kopf um die Ecke. Ihr halbes Gesicht, ein Haarflügel und eine hochgezogene Augenbraue spiegelten sich in immer kleineren Versionen, erstreckten sich ganz bis zum Horizont. Der Klang der Schritte kam nun aus weiterer Entfernung.

Was hatte Daltrey gesagt? Ihr Raum war von hier aus gesehen ein Stockwerk höher. Bisher hatte sie noch keine Treppe erspäht. Sie trat so leise wie möglich auf. Jedes Quietschen, jeder Schritt hallte, und auch ihr Atem klang seltsam laut. Von der Straße aus hatte sie keinen Raum in einem höheren Geschoss gesehen, also war er wahrscheinlich irgendwo in der Mitte versteckt. Die Orientierung war zwischen all den Spiegeln schwierig, doch Shay meinte, die Mitte dieses Stockwerks könnte rechts von ihr liegen. Sie wählte einen Korridor mit verspiegeltem Boden. Dort waren alle paar Fuß durchsichtige Glaspaneele eingefügt, und so wurden Splitter des Festes unten rings um sie herum gespiegelt und gebrochen. Shay sah Handschuhe und Tabletts, lachende Münder, das Leuchten von Fackeln, das Glitzern von Juwelen und Blumen. Ein Lamm, das langsam am Spieß gedreht wurde. Einmal erhaschte sie einen Blick auf Trussell, der sich geduckt bewegte, dessen Mund Worte formte, doch hören konnte sie nichts als den Klang von Absätzen auf Glas und das Knarzen des Gebäudes. Sie bog nach rechts in einen Korridor ein, der keine Decke hatte. Sie schaute in den Himmel hinauf und sprach ein Gebet zu den unsichtbaren Nachtvögeln. »Die Götter sind Vögel, und die Vögel sind Götter.« Stille. Schritte, aber nicht die von Gilmour. Dies waren hohe Absätze, zwei Paar. Shay bewegte sich auf das Geräusch zu, und als sie um eine Ecke bog, stand sie zwei Frauen gegenüber. Schwestern, vermutete sie, in weißen Taftkleidern und mit weißen Perücken. Die Reifröcke waren so breit, dass die Kleider die Wände streiften und die Frauen hintereinander gehen mussten. Bei Shays Anblick kreischten die beiden wie aus einer Kehle, und Shay legte den Finger vor den Mund.

»Leise, bitte. Habt Ihr vielleicht eine Treppe gesehen, die nach oben führt? In einen Raum mit einer Sitzstange?«

Die ältere der beiden schaute Shay voller Abscheu an. »Du hast uns nicht zu befehlen, dass wir leise sein sollen, nicht, wenn du so gekleidet bist.« Sie zog ein Taschentuch hervor und führte es vor den Mund. »Was sollst du denn darstellen?«

Stille und dann der Klang von Schritten. Näher und immer näher. Es klang, als sei Gilmour hinter den Frauen. Shay machte kehrt und rannte in die Richtung zurück, aus der sie gekommen war. Diesmal bog sie nach rechts in den langen, verspiegelten Korridor ab. Sie hatte gerade fünf Schritte gemacht, als Gilmour ihr in den Weg trat, vielleicht fünf Yards vor ihr, aber zum Glück mit dem Gesicht in die andere Richtung. Shay kauerte sich hin und hielt die Luft an. Sie sah sein breites Kreuz, die in die Hüften gestemmten Hände. Dann drehte Gilmour sich um. Wieder war sie schockiert von der Geschwindigkeit seiner Reaktion. Er war ein massiger Mann, doch er war hellwach und rannte blitzschnell auf sie zu. Sie machte rasch krabbelnd kehrt und rannte zurück. Ihre nackten Füße waren schweißnass, und sie rutschte auf dem Glas aus. Gilmour war nah. Sie hörte seine Schritte und dann ein Krachen, das den Boden unter ihren Füßen zum Beben brachte. Sie riskierte einen Blick zurück. Gilmour lag am Boden, und über eine Glaswand, die ihm den Weg versperrt hatte, war eine Blutspur verschmiert. Er schüttelte sich wie ein Hund, und Blutstropfen spritzten auf das Glas.

Shay wandte sich nach links. Gelächter ertönte hinter ihr. Sie tappte mit nach vorn ausgestreckten Armen vorwärts, weil sie nicht wie Gilmour gegen eine Glaswand prallen wollte, die sie nicht gesehen hatte. Sie hatte die Orientierung verloren, doch wenn sie es zu der zum Himmel offenen Passage zurückschaffte, könnte ihr dort der Mond vielleicht eine Vorstellung vermitteln, wo Osten und wo Westen war. Ein weiterer Korridor verlief parallel zu ihrem, und dort sah sie Bewegung. In diesem Korridor öffnete sich eine Tür, und Gilmour trat heraus. Sein Gesicht war blutüberströmt, und es sah aus, als sei seine Nase gebrochen. Er stand ihr gegenüber, zwischen ihnen nur eine Glasscheibe. Er war einen Kopf größer als sie. Sein Mund bewegte sich, doch Shay konnte seine Worte nicht hören. Sie verharrte reglos. Die beiden Korridore waren viele Yards lang. Falls sie sich irgendwo trafen, würde Gilmour sie erwischen. Sie bewegte sich nach rechts. Gilmour folgte ihr. Sie blieb stehen. Sie wandte sich zurück, und Gilmour tat es ihr nach, schlich wie eine Katze. Er stieß ein Heulen aus, und das Glas bebte. Sie hielt an, er ebenfalls. Konnte sie abwarten, bis er fort war? Sie hörte lachende Stimmen, doch Entfernungen ließen sich hier nur schwer abschätzen. Gilmour jaulte erneut, und es drängte sie, ihm die Zunge herauszustrecken. Vor und zurück bewegten sich die beiden wie Spiegelbilder.

»Sei nicht die Beute, sei nicht die Beute«, sagte Shay vor sich hin, doch ihre Beine zitterten vor Angst. Gilmour schaute nach links und rechts und warf sich dann gegen das Glas. Der ganze Raum bebte, und der Holzrahmen knarzte. Er rappelte sich wieder hoch und versuchte es erneut. Die Stütze oben splitterte, und das Glas riss. Shay wartete nicht auf das dritte Mal. Sie war bereits zehn Yards fort, als sie das Krachen hörte und der Boden erzitterte. Sie bog links und noch einmal links ab, versuchte, außer Sichtweite zu bleiben. Ein drittes Mal nach links in ein Spiegelzimmer, in dem die beiden Schwestern standen und Grimassen schnitten. Sie spiegelten sich unzählige Male: mager, rundlich, wellig, mit Wespentaille. Shay konnte keinen andere Ausgang sehen.

Schritte, schnell. Nah, näher und dann Halt. Ein Fluch, wieder fort, diesmal nach links.

»Das ist eine Sackgasse«, sagte die ältere Schwester. »Du musst zurück. Wirklich, das ist alles so lästig.« Shay hielt einen Finger an die Lippen. Schlechte Idee. Die Dame warf ihr einen bösen Blick zu. »Ich hab's dir schon gesagt, das mache ich nicht. Suche du den Ausgang und bring uns dahin.« Die Schritte fingen wieder an, kamen zu ihnen zurück.

Berechnungen. Sie war ein Kaninchen auf dem Feld, über das sich gerade der kalte Schatten des Habichts legte. Sie musste schnell sein. Im Nu war Shay auf den Zehenspitzen, die scharfen Krallen an der Halsschlagader der einen Frau. Sie flüsterte: »Ich habe heute schon einmal jemanden mit diesen Nägeln getötet, werdet ihr nicht das zweite Opfer. Ihr geht jetzt zurück, wie Ihr gekommen seid. Und wenn Euch jemand fragt, ob Ihr mich gesehen habt, schickt Ihr ihn in die entgegengesetzte Richtung.« Die Augen der Frau weiteten sich, und Shay meinte, sie könnte in Ohnmacht fallen. »Kennt Ihr den Weg nach draußen?«

Die Frau schüttelte den Kopf, doch ihre Schwester sagte: »Wir kennen ihn nicht, aber wir haben die Treppe gesehen, die du gesucht hast. Die zu dem Zimmer ganz oben.«

Wieder benutzte Shay ihre Bühnenstimme. »Die Halsschlagader ist nicht die einzige Ader, wo man töten kann. Wisst Ihr, was sie bei Schweinen machen? Um sie auszubluten?«

Noch ein winziges Kopfschütteln.

»Die Ader im Oberschenkel. Die spritzt wie ein Brunnen.« In einer einzigen Bewegung zog sie den bauschigen Rock der Frau hoch und legte den Gitterkuppelbau des Reifrocks frei, der stabiler als manches Cottage in Whitechapel war. Sie kroch darunter. Wenn sie sich tief unter den hinteren Reifen kauerte, war gerade genug Platz, um in der Hocke zu bleiben und hoffentlich auch zu gehen. Sie kratzte mit den Fingernägeln am Oberschenkel der Frau entlang, und ein Beben lief ihr über den Körper. Sie grub die Nägel gerade nur so weit ein, dass sie die Haut ein wenig einbeulten.

»Geht«, befahl sie. »Zu dieser Treppe.«

Sie musste die Frau zweimal mit einem Stechen der Nägel bremsen. »Nicht so schnell!«, zischte sie. Ihre eigenen Oberschenkel brannten bereits von der Anstrengung des Hockens und Gehens und Drucks auf den Oberschenkel der Frau. Es war feucht hier unten, feucht und stickig, und ihre nackten Füße klebten vor Schweiß am Boden. Sie gingen nach rechts, Shays Beine brannten, dann zurück, wie sie gekommen war. Sie fand ihren Rhythmus: zwei kleine Schlurfschritte für jeden Schritt der Frau, dann wurde es einfacher.

Schließlich blieben sie stehen. Eine Männerstimme. »Habt Ihr eine junge Dienerin gesehen? Rasierter Kopf, blaues Kleid?«

Das Fleisch der Frau bebte unter Shays spitzen Nägeln. Zu spät überlegte Shay, dass die beiden womöglich dem Mann stumm Zeichen gaben. Oben war ein Schütteln zu spüren, aber keine Worte, und dann sagte die Schwester: »Ja, haben wir. Schreckliche kleine Göre. Wenn Ihr dorthin zurückgeht, könnt Ihr das Blut sehen.«

Die Frau drehte sich zur Seite, um Evans vorbeizulassen, und beinahe wäre Shay hingefallen. Sie packte das Bein der Frau und hörte sie keuchen. Unter dem Saum des Kleides waren Gilmours Schuhspitzen zu sehen, als er sich vorüberdrückte. »Vielen Dank, meine Damen.«

Langsam schritten sie voran. Die Schwestern redeten nicht. Shays Oberschenkel schmerzten, ihre Knie schmerzten. Es dauerte zehn Minuten, bis sie die Treppe fanden. Sie blieben stehen, und dann hob sich das Vorderteil des Kleides wie ein Vorhang. Das Gesicht der Schwester tauchte auf. »Ich glaube, wir sind da.«

Shay rutschte heraus, den Glasboden kalt an der Haut, und rollte sich auf den Rücken. Zwei Gesichter blickten zu ihr herunter. Sie befanden sich in einem schmalen Glaskorridor mit einer hölzernen Plattform vor einem Glaskasten. Ein Theaterzettel klebte an der Wand.

SHAY DAS VOGELMÄDCHEN

KARTENLESEN
WAHRSAGEN
ZUKUNFTSLIEDER

Shay versuchte, durch Reiben wieder etwas Leben in ihre Beine zu bekommen, und die Schwestern betrachteten sie neugierig. »Bist du das Vogelmädchen? Aus diesem Straßentheater?«

Shay nickte, war noch atemlos, und die Frau beugte ihr Gesicht näher. »Kannst du uns die Zukunft voraussagen?«

Shay stöhnte. »Ich kann Euch verraten, dass Geier Euer Leben lang an Eurer Leber picken werden, wenn Ihr dem Mann da erzählt, wohin ich gegangen bin.« Die Frauen kreischten, halb erschreckt, halb freudig, und huschten über den Korridor fort.

Absätze auf Glas. Lachen in der Ferne. Zitterndes Sternenlicht. Shay reckte sich und wünschte, sie könnte hier ewig liegen bleiben. Falls Gilmour sie finden sollte, wäre sie erledigt, aber es wäre noch gefährlicher, wieder nach unten zu gehen. In diesem Glaskasten wäre sie wahrscheinlich sicherer. Sie hievte sich auf die Beine und wischte sich ab. Sie hatte ein, zwei Federn verloren, und der Stoff war mit Schweiß getränkt.

Mitten im Raum stand ein Glaskasten, in dessen Seiten mit feinen Strichen Vogelszenen geätzt waren. Vögel tollten und fielen und wanden sich so, dass die Schnäbel und Schwanzfedern sich trafen. Das Rad eines Pfaus streute Licht in einem Regenbogenfächer auf den Boden. Shay trat in den Kasten, und ihre Haut war mit buntem Licht gestreift. Die Sitzstange in der Ecke sah aus, als könnte sie aus dem Bühnenbild eines Märchenspiels stammen: ein Baumstamm mit Moos und Tautropfen, von Gänseblümchengirlanden umwunden. Shay kletterte darauf und hockte sich hin. Es war lächerlich, aber zumindest war sie so vor allen draußen verborgen. Das Kleid scheuerte an ihrer Haut, während sie zuschaute, wie flackernde Regenbogen sich über den Boden ausbreiteten. Woher kam dieses wandernde Licht? Sie blickte auf und schnappte nach Luft. Eine Glasdecke gab den Blick in die Nacht frei, doch irgendwie war sie von Hunderten von tanzenden Sternen beleuchtet. Shay stellte sich auf die Zehenspitzen, um näher hinzusehen. Dort wirbelten, zwischen zwei Glasscheiben gefangen, Glühwürmchen in einer dünnen Luftschicht. Sie strömten ein weiches, flackerndes Licht aus, wie ein verglühendes Feuer.

Zehn Minuten vergingen. Dann zwanzig. Zweimal blieben Leute stehen, lasen den Theaterzettel und drückten sich die Nasen an der Glasscheibe platt, traten aber nicht ein. Shay lag auf dem Rücken und beobachtete, wie die Glühwürmchen Sätze fremder Sprachen in die Nacht schrieben. Geräusche des Festes ebbten auf und ab: Ausbrüche von schallendem

Gelächter, zersplitterndes Glas. Shays Knie schmerzten, ihre Füße schmerzten. Sie stellte sich die lebenden Bilder unten vor, überlegte, wie es sich wohl anfühlen musste, vor all diesen Leuten zur Schau gestellt zu werden. Immer noch besser, als hier zu hocken. Sie tippte mit den Zehen auf den Boden. Tapp, tapp, tapp bedeutete, ihr fehlt mir. Tapp, tapp, tapp, fehle ich euch auch? Nicht dass sie es gehört hätten, aber sie fühlte sich schon besser, weil sie wusste, dass die anderen in der Nähe waren. Am Abend zuvor hatte sie allen im Schlafsaal aus den Karten gelesen, um sich mit der Bedeutung der Symbole wieder vertraut zu machen. Alouette war zunächst hochnäsig, doch dann entzückt, als sie die Herrscherin gezogen hatte. Nonesuch behauptete, er könne die Karten vorhersagen, ehe Shay sie umdrehte, und als er beim vierten Anlauf recht hatte, zog er sich triumphierend in sein Hochbett zurück. Trussell zog dreimal hintereinander die Liebenden und errötete und stotterte, als die gesamte Truppe ihn wegen seiner geheimnisvollen Geliebten neckte. Zu wissen, dass sie hier im Gebäude waren, wenn auch Stockwerke weiter unten und bewegungsunfähig, beruhigte Shay ein wenig.

Sie hörte Elizabeth, ehe sie sie sah. Allerdings nicht die Frau selbst, sondern eine Art aufgefächertes Flüstern, das ihr voranging wie die ersten Vorzeichen eines Regens. Augenblicke später segelte die Königin herein wie ein Schiff. Sie war kleiner, als Shay erwartet hatte, mit feinen Gesichtszügen und schmalen Händen. Ihr Kleid war aus scharlachrotem Brokat und überall mit einem Lorbeermuster bestickt. Das wattierte violette Mieder war an jeder Vertiefung mit einer Perle verziert, und darüber trug sie einen kurzen Umhang aus weißem Pelz. Jeder Zoll war beinahe gedankenlos mit kostbaren Juwelen übersät, in Farben, wie sie sich nur die Königin und die Vögel leisten konnten. Eine Halskrause aus Spitze umrahmte dieses außerordentliche Gesicht – eine schmierige weiße Maske von der Farbe tagealter Milch. Um die Augen und den Mund herum war ihre Schminke rissig wie ein Flussbett im Hochsommer. Aber hinter diesem zerborstenen Lehm beobachtete etwas wachsam die Welt. Ruhige schwarze Augen und dünne Lippen. Männer marschierten in einer Reihe hinter ihr her – Pagen, Berater, Gentlemen –, nahmen den ganzen Raum ein, bis sie von der Menschenmenge verschluckt wurde. Die Luft floss über vor Parfüm, Atem und Geflüster.

Elizabeth schnalzte kurz mit der Zunge und brachte so alle zum Schweigen. Shay wich ihrem Blick aus und machte einen Hofknicks. Sie sollte eigentlich nicht reden, ehe sie angesprochen wurde, doch die Queen schwieg. Sie schaute weder auf Shays Kleid noch auf die Sitzstange. Stattdessen huschten ihre Augen über Shays Gesicht. Augen, Haaransatz, Mund, Kinn. Es war das gleiche Gefühl, wie wenn Blank ihr Maß nahm. Shay blieb stumm, bis Elizabeth zu den Herren hinter ihr sagte: »Lasst uns allein.«

Der Raum begann sich zu leeren, nicht ohne dass viele der Bediensteten noch einen Blick zurück warfen. Schließlich waren nur noch Shay, die Königin und ein Trio von drei Herren übrig, jeder mit einem Schwert, das so lang war wie Shays Arm. »Das nenne ich wohl kaum allein.«

Der Mann, der ihr am nächsten stand, war in grünes Leder gekleidet und hatte einen extravaganten Schnurrbart. Er erwiderte: »Zur Sicherheit Eurer Majestät …«, und redete nicht weiter.

»Ts. Was soll sie denn machen, mich zu Tode picken? Das Risiko gehe ich ein.«

Sie entfernten sich nicht weit. Alle möglichen Gestalten

drängten sich an den Glaswänden. Keiner war so ungeschickt, unverfroren zu starren, allerdings spazierten sie alle langsam um den Glaskasten herum. Münder bewegten sich im Gespräch, aber alle hatten nur Augen für Shay und die Königin.

Schweigend setzte sich Elizabeth auf einen Schemel. Das Kleid bauschte sich um sie, und sie wirkte, als sei sie darin eingesperrt. Sie musterte Shay erneut. »Zeig mir deine Hände.«

Shay hatte ihre Krallen verborgen gehalten, doch Elizabeths Augen waren überall. Shay streckte die Hand aus, und die Königin berührte mit den Fingerkuppen die Spitzen ihrer Nägel. »Das ist schlau. Hier drinnen ist ohnehin nicht genug Platz, um ein Langschwert zu zücken. Und trotzdem bestehen die Herren darauf, sie zu tragen. Männer und ihre Waffen.« Sie wirkte müde, und Shay überlegte, wie viel wohl ihre Garderobe wog. »Da ist ja auch Blut unter den Nägeln, Vogelmädchen. Sollte ich mir doch Sorgen machen?«

Lag ein Hauch Humor in der Frage? Shay wagte nicht, das anzunehmen. »Nein, Majestät. Das war … eine mir selbst zugefügte Verletzung.«

Stille.

»Und dein Kopf.«

Shay nickte und senkte den Kopf. Finger strichen über die Umrisse ihrer Tätowierung. »Sperlingsmädchen. Sehr hübsch, aber manche würden es Gotteslästerung nennen.« Shay hielt die Luft an.

»Nun, zumindest bist du nicht katholisch.« Die Königin legte ihre Hand wieder auf Shays Hand. »Du lebst bei deinen Leuten, den Aviscultariern?«

Shay nickte.

»In den heutigen Zeiten kein Christ zu sein.« Die Königin schüttelte den Kopf. »Das ist ein schwieriger Weg.«

»Wir wollen niemandem etwas Böses, Majestät. Und wir sind so treue Untertanen wie jeder Christ.«

»Nichts Böses? Aber vielleicht doch einem gewissen Vogelhändler?«

Shay senkte die Augen zu Boden. Die Hand an ihrem Kinn war weich, aber kräftig.

»Du kannst dir keine Feinde leisten, meine Kleine. Du hast nicht die nötigen Mittel. Trotzdem …« Elizabeth schaute über die Schulter zu ihren Höflingen. »Es sind vier Treppen bis zu deinem Nest hier. Womit kannst du mich für meine schmerzenden Füße entschädigen?«

Shay hielt den Kopf gesenkt und sagte nichts. Die Königin las den Theaterzettel. »Der Sperling singt wie ein Vogel, weissagt wie eine Vestalin. Von beidem etwas?« Shay setzte sich auf den Boden und zog einen Tisch aus geätztem Glas zwischen sich und die Königin. Sie fächerte Trussells Karten auf.

»Du musst mich nicht berühren?« In der spröden Luft des Raums klang Elizabeths Stimme hell. »Um meine Energie zu erspüren?« Sie hatte Falkenaugen, wach genug, um in die Zukunft zu blinzeln.

Vorsicht jetzt, sagte sich Shay.

»Das ist nicht nötig«, antwortete sie, doch dann streckte sie die Hand aus und legte sie flach auf den Tisch. Elizabeth zog einen weißen Handschuh aus, ließ ihn zu Boden fallen und legte ihre Hand auf Shays. Die Hand der Königin war leicht wie die eines Jungvogels. Draußen floss der langsame Menschenstrom weiter; Augen durch das Glas, gespiegelte Augen. Shay mischte die Karten und hoffte, dass das Zittern ihrer Hände nicht zu deutlich zu sehen war.

»Stellt in Gedanken eine Frage, aber sagt sie mir nicht.« Das klang zu sehr nach einem Befehl. »Majestät«, fügte sie hinzu.

Sie reichte der Königin den Kartenstapel. »Bitte abheben.«

Die Königin hob einmal ab, dann ungefragt ein zweites Mal. »Du darfst mich Elizabeth nennen, solange die Tür geschlossen ist. Ich kann mich nicht daran erinnern, wann das zum letzten Mal jemand gemacht hat.«

Shay glaubte nicht, dass sie das fertigbringen könnte; am besten würde sie die Königin bei gar keinem Namen nennen.

»Ich bin hier, weil Dee eine sehr hohe Meinung von dir hat, Vogelmädchen. Allerdings hat er auch geglaubt, dass du ein Junge bist, also bin ich nicht sicher, ob ich seinem Urteil trauen kann. Er erzählt mir immer, dass alles entweder nützlich oder Zierrat ist.«

Shay nickte unverbindlich.

»Er selbst ist gewiss kein Zierrat, also denke ich, er muss wohl nützlich sein. Evans ebenso. Was ist mit mir, mein Kind?«

Shay überlegte noch, welche Möglichkeit weniger beleidigend war, als Elizabeth fortfuhr: »Vielleicht ein nützlicher Zierrat. Und du?«

»Ich bemühe mich um Nützlichkeit. Ich bin nicht sicher, ob mir das gelingt.« Shay drehte die erste Karte um. Der Mauersegler. Elisabeth zog eine Augenbraue in die Höhe, und Shay sah, dass sich abgeblätterte Schminke an ihren Augenwinkeln wellte.

Sie sagte: »Für sich genommen bedeutet das nichts. Es kommt auf die Kombination an.« Sie drehte eine weitere Karte um: den Falken. Die dritte war die Schwalbe. Nicht allzu schlecht. Shay hatte sich schon Sorgen gemacht, wie sie eine angemessen königliche Erklärung für einen Zaunkönig oder sogar, Gott behüte, einen Sperling finden könnte. So wie Trussell sie gezeichnet hatte, neigten sich der Mauersegler und die Schwalbe dem Falken zu, der wie ein Pfeil auf den Boden zeigte, die Klauen in herrlicher Erwartung ausgestreckt. »Geschwindigkeit und Kraft. Eure Majestät vereinigt beides. Beweglichkeit und Anmut. Wahrhaftig vielversprechend.«

Elizabeth wirkte gelangweilt. Draußen verrenkten sich die Gaffer die Hälse, um einander über die Schultern zu schauen und einen Blick auf die Karten zu erhaschen. »Zierrat, Zierrat, Zierrat. Glaubst du, ich brauche Schmeichelei? Für mich ist Schmeichelei das, was für dich Scheiße ist. Ich muss täglich über wahre Berge davon steigen. Nützlich, erinnere dich.«

»Mauersegler und Schwalben schlafen im Fluge, essen im Fluge, ficken im Fluge.« Shay errötete, während sie das sagte. »Sie sterben auch im Fluge und fallen dann wie Steine tot vom Himmel. Ihre Beine und Klauen sind nutzlos. Sie sind blitzschnelle, gierige Schnäbel. Schneller noch als die Sonne. Sie sehen den Sommer, ehe er geboren ist, und spüren die Nacht, wenn es noch hell ist. Dazu der Falke. Klein, aber der pure, skrupellose Tod. Die Schönheit des Todes. Der Terror des Todes.« Shay redete jetzt nach einem anderen Textbuch, einem, von dem sie sich nicht erinnerte, es gelernt zu haben.

Elizabeths Augen leckten an ihr wie Zungen. »Schon besser. Aber es ist bisher trotzdem nur Information. Mach ein Werkzeug draus, Sperlingsmädchen. Schärfe es.«

Nun überholten die Worte Shays Gedanken. »Nutze Geschwindigkeit und Gewalt. Entfessele einen Tod, der nicht ruht, bis er sich verbraucht hat. Schlage zu, ehe deine Feinde sehen, wie du das Schwert ziehst. Raste nie, warte nie, überlege nie.«

Als Elisabeths Lachen erklang, war es so, als wäre eine andere Person in den Raum getreten – ein jüngerer, sorgloserer Mensch.

»Überlege nie. Oh, wie gern sie das hätten. Was meinst du, wie viele Menschen über meine Entscheidungen nachdenken? Eigentlich sollte ich vielmehr sagen: Was meinst du, wie viele Männer über meine Entscheidungen nachdenken, ehe sie getroffen werden?« Sie überdachte diese Frage, als hätte Shay sie gestellt. »Vielleicht hundert? Mindestens fünfzig. Fünfzig für eine Entscheidung über den Speiseplan für das Abendessen oder über den Schmuck, den ich tragen soll. Hundert für alles Wichtige. ›Überlege nie.‹«

Shay schauderte. Elizabeth war der Tod, saß da in ihrem Pelz und mit ihren Juwelen. Shay grub tiefer in sich, grub nach ihrer Mutter. Nach der Gewichtigkeit ihrer Mutter. Worte, die sie vor einem Jahrzehnt leichthin hatte sagen hören, kamen nun zu ihr zurück. »Ich bin nur eine Wetterfahne. Du musst wissen, was ich dir zeige.«

Darauf folgte die längste Stille. Elizabeths Augen wurden weicher, und nach einer Weile streckte sie erneut ihre Hand nach Shays Hand aus. »Verstehe. Verstehe. Es ist zu viel erwartet, dass du nicht nur die Axt schwingst, sondern mir auch gleich noch die Hälse zeigst.« Sie brach in schallendes Gelächter aus, Kneipengelächter. »Ich danke dir, Wetterfahne.«

Es herrschte beklommenes Schweigen. Gesichter drängten sich gegen die Glasscheiben, zerschnitten von den geätzten Vögeln. War Shay vielleicht fertig? Hatte sie es geschafft?

»Dee sagt, du kennst auch ältere Zauber?« Gefährliche Falltüren lauerten in Elizabeths Fragen.

Shay versuchte, ihre Worte vorsichtig zu wählen. »Zu freundlich von ihm. Ich lese die Bewegungen der Vögel. Oder zumindest versuche ich es.«

Diesen Gedanken tat Elizabeth mit einer Handbewegung ab. »Und deine Lieder? Dee glaubt, dass sie eine geheime Sprache enthalten.«

»Ich weiß es nicht, Eure Majestät. Wenn ich singe, verliere ich mich selbst völlig. Ich weiß nicht, was ich sage.«

Elizabeth nickte, aber nun lag Hunger in ihren Augen. »Sing für mich, Sperlingsmädchen.«

»Ich … ich bin mir nicht sicher, ob ich das kann. Ich kann es mir nicht befehlen.«

»Aber ich kann es befehlen, ja? Du bist eine so treue Untertanin wie jeder Christ, hast du gesagt, erinnerst du dich? Sing für mich.«

Nichts aus Shays magerem Repertoire war passend für eine Königin. Nonesuchs Lieder reichten vom Profanen bis zum Aufrührerischen, und die Melodien, die sie aus Birdland kannte, waren für Kinder bestimmt. Aber es gab ein Lied aus dem Cleopatra-Stück, das sie wohl zwanzigmal gehört haben musste. Shay meinte, sich an die Worte erinnern zu können. Sie schloss die Augen und hob an zu singen.

»Alle Kronen sind Dornenkronen, alle Königinnen sind Königinnen der Nacht …«

Der Glaskasten hatte die seltsame Wirkung, jeden Ton zu verstärken und zu vervielfachen. Die Melodie verdichtete sich und verschwamm, und das Echo schallte zu ihr zurück, ehe sie noch den Ton gesungen hatte.

»Alle Herzen sind zum Brechen geboren, alle Flügel sind zum Fliegen gemacht.«

Warte, das waren nicht die Worte. Plötzlich stieg die Melodie an wie Wasser. Shay bis zur Brust, bis zum Hals, bis zu den geschlossenen, geschlossenen Augen, bis sie untergegangen war, in den offenen Ozean hinausgeschwemmt, bis … bis …

… bis sie zusammengerollt aufwachte, die Knie mit den Händen umfangen hatte. Sie kratzte sich am Kopf und spürte die

Schärfe ihrer Nägel. Der Raum war so seltsam: die Waldsitzstange, die grauen Linien der geätzten Vögel. Sie blickte auf, um sich zu orientieren. Keine Sterne. Nur ein einziges Glühwürmchen lebte noch, klatschte hilflos gegen das Glas. Die anderen waren tot, hatten sich in Flecken vor dem Himmel verwandelt. Shays Oberschenkel und Schultern schmerzten, als seien sie von der Sonne verbrannt, und sie schmeckte Blut im Mund.

»Hallo?«, sagte sie. Nichts.

Shay ging nach draußen, an grau werdenden Spiegeln und mattem Glas vorüber. Asche und Erbrochenes verschmierten die Böden; zweimal musste sie über ausgestreckt liegende Gestalten steigen. Im Dunkeln war das Labyrinth leichter zu durchqueren, obwohl sie noch immer wilden Spiegelungen ihrer selbst begegnete, die erleuchtet in der Luft hingen. An einer Ecke stand sie einer vergrößerten Doppelgängerin gegenüber, bleich und zerlumpt und mit weit aufgerissenen Augen. Sie streckte die Hand aus, um das Gesicht zu berühren, und ein Schauder überlief sie, als ihre Nägel das kühle Glas streiften. Hinunter durch die Trümmer des Festes. Glassplitter und Fasanenknochen. Sie wollte gerade einen Knicks vor einer feinen Dame machen, die lässig in einer Ecke zu hocken schien, als sie eben noch merkte, dass es ein abgelegtes Kleid war, das von seinen Korsettstangen halbwegs aufrecht gehalten wurde. Sie kicherte und verneigte sich stattdessen: »Mylady.«

Putzfrauen wischten bereits den Boden im Ballsaal, sangen leise miteinander ein Arbeitslied. Shay ging außen herum, genau wie sie gekommen war. Sogar in der Küche war es ruhig geworden. Die Köchin lehnte sturzbetrunken auf dem großen Tisch in der Mitte, während die Hunde, die vorhin den Bratspieß gedreht hatten, in einer Ecke schliefen. Shay nahm ein übrig gebliebenes Zuckerschiff von einem abgestellten Tablett und brach den Mast ab, lutschte im Weggehen daran. Nur die Wachen waren noch nicht eingeschlafen und verfolgten sie mit Augen den ganzen Weg die St Anne's Lane entlang. War es schon Schlag vier? Jedenfalls war es so dunkel, wie es nur je werden würde. Der Mond war ein grauer Fleck hinter Wolken, nicht hell genug, als dass Shay es über die Dächer wagen könnte. Stattdessen suchte sie sich vorsichtig einen Weg durch die Straßen, ab und zu von einem Nachtmenschen geleitet, dessen Kerze noch in einem Fenster in einem oberen Geschoss brannte. Es war so still, dass Shay aus den schäbigeren Häusern Schnarcher hören konnte. Sie versuchte es mit einem Falkenruf. Keine Antwort.

Weiter westlich war auf den Straßen mehr los. Über Whitehall glühte der Himmel, was bedeutete, dass ganze Mannschaften von Leuten bei Laternenlicht arbeiteten. Der hektische Hufschlag der Vorreiter, die über die Hauptstraßen preschten, trieb Shay in die abgelegeneren Straßen. Irgendetwas geschah hier. In jeder anderen Nacht hätte sie sich einen Aussichtspunkt gesucht und zugeschaut, was sich da ereignete. Sie erhaschte Blicke auf Boten und Soldaten, und das bedeutete, dass genau die Art von Klatsch aus der Welt draußen in die Stadt getragen wurde, auf die alle Jungen im Schlafsaal so wild waren. Aber da ihre schmerzenden Gliedmaßen so zitterten, traute sie dem Weg über die Dächer nicht. Außerdem war ihr Bedürfnis, die anderen zu sehen, wie ein Hunger. Sie hielt sich an die abgelegeneren Gassen, wo die Lichter aus Cheapside und der Knightrider Street ihren Schatten über die Mauern huschen ließen.

Jemand hatte die Luke offen gelassen, die von der Straße ins Theater führte. Hoffentlich Nonesuch. Shay schlüpfte hindurch und ging auf Zehenspitzen in den Schlafsaal, zum Gähnen und schläfrigen Murmeln ihres Zuhauses. Sie ertastete den Weg in ihr Hochbett, doch es war kalt und leer. Ganz gleich, im Nu war sie eingeschlafen.

22

Trussell weckte sie, seine Hände an ihren Schultern. Oben schepperte eine Glocke, und Shay schlug mit Mühe die Augen auf.

»Evans ist hier«, sagte Trussell. »Er läutet da die Glocke. Zieh dich an.«

Der leere Platz im Bett neben ihr schien bedeutsam zu sein. Trussell folgte ihrem Blick und nickte. »Es hat gestern Abend einen … Vorfall gegeben«, sagte er.

Ihr schwand der Boden unter den Füßen. »Nonesuch?«

Trussell nickte. »Während wir unser lebendes Bild gestellt haben, hat Lord Exeter seinen Mantel an Nonesuch aufgehängt. Der ihn natürlich nahm, in Fetzen riss und zurückgab, mit der Bemerkung, er hätte ihm einen Gefallen getan. Einer von beiden wäre zu Tode gekommen, wenn Evans sie nicht getrennt hätte. Also wurde Nonesuch mit Schimpf und Schande fortgejagt. Aber ich glaube nicht, dass es darum geht. Evans will dich sehen.«

»Wo ist Nonesuch jetzt?«

Trussell blies die Wangen auf. »Wer weiß. Leckt bestimmt irgendwo seine Wunden. Bitte, es ist keine gute Idee, Evans warten zu lassen.«

Shay zog sich im Hochbett um. Das Sperlingskleid hatte in der Nacht Federn gelassen, und ein Kreis von mitternachtsblauem Flaum zeichnete ab, wo sie geschlafen hatte. Draußen wartete Trussell, und Alouette trippelte hinter ihm her, aber ansonsten war der Schlafsaal leer. Die drei stiegen schweigend die Treppen hinauf und erreichten Evans, der mit überkreuzten Beinen auf dem Pilz aus dem Bühnenbild von *Arcadia* saß. Er trug noch dieselbe Kleidung wie am Vorabend und stank nach Schnaps. Er beobachtete sie, wie sie zur Bühne hinaufkletterten, und läutete die Glocke noch ein letztes Mal.

»Ah, Trussell, wenn das nicht unser Sockelkönig ist. Ich habe mir sagen lassen, dass du gestern Abend spektakulär mittelmäßig warst.« Er stellte die Glocke weg und lächelte Alouette an. »Und du hast Londons übellaunigste Aphrodite im Gepäck gehabt. Nicht schmollen, Flandern. Lord Surrey hat mir gesagt, wenn du Hilfe bräuchtest, um die Goldfarbe von schwer zu erreichenden Stellen zu schrubben, wäre er gern behilflich; anscheinend mögen manche Männer sauertöpfische Göttinnen mit einem fetten Hintern.«

Er klatschte ironisch langsam in die Hände. »Aber da ist sie ja, der eigentliche Star der gestrigen Schau. Sie hat mir zwar beinahe einen Herzanfall verursacht, aber schließlich hat sie doch abgeliefert.« Er streckte die Hand nach Shay aus. »Du kleine Schönheit. Frag mich mal, wo ich um Mitternacht war.«

Shay fragte: »Wo warst du um Mitternacht?«

»Geht dich einen Scheiß an.« Er grinste vor sich hin. »Tut mir leid, pure Gewohnheit. Um Mitternacht, mein kleines, gefiedertes Phantasievögelchen, saß ich auf der königlichen Barke und trank mit Ihrer Majestät einen privaten Schlummertrunk. Die ganz vernarrt in ein gewisses Vogelmädchen ist. Was für dich eine gute und für mich eine noch bessere Nachricht ist, denn nun werden sich alle anderen bei Hof auch vom Sperlingsmädchen wahrsagen lassen wollen. Heute Morgen waren schon sechs Boten hier, die eine Sitzung buchen wollten. Wir müssen vielleicht irgendwo auf dem Dach ein Nest für dich bauen.«

»Was habe ich gemacht?«, fragte Shay.

Evans ergriff ihre Hand und berührte die Spitzen ihrer Nägel. »Du erinnerst dich also wirklich nicht? Ich dachte, das wäre vielleicht nur Teil deiner Nummer.« Er streichelte ihren Handrücken. »Du hast der Königin aus den Karten gelesen, und dann hat sie dir befohlen, zu singen.«

»Daran erinnere ich mich. Aber nach dem Anfang des Liedes weiß ich nichts mehr.« Evans lehnte sich gegen den Pilz und ließ einen zufriedenen Rülpser los. »Nun, du hast ziemlich konventionell anfangen. Du hast einen Vers des Cleopatra-Lieds gesungen, doch schon rasch begann der Text zu reifen. Ich bin sicher, dass es im Original weit mehr königliche Antlitze und weit weniger bluttriefende Monde gab. Es wurde dann sehr deutlich. Ziemlich körperlich. Und dann bist du auf die Knie gefallen, deine Pfoten in ihrer Hand, und du hast gesungen wie ein Vogel.« Er schaute sie genau an. »Und ich meine das nicht bildlich. Du hast geklungen wie ein Vogel. Wie ein ganzer Vogelschwarm: Krähen, nehme ich mal an. Sogar hinter dem Glas draußen war das ziemlich furchterregend, also weiß Gott, wie sich das da drinnen angehört haben mag. Elizabeths Leute hatten die Schwerter gezückt, und ich war auch bereit, dir notfalls die Kehle durchzuschneiden. Du hast den Morgengesang fortgeführt, bis alle Wände bebten, und dann bist du auf dem Boden zusammengesackt.«

Shays Schulter zuckte bei diesem Gedanken vor Schmerz.

»Du liegst also da, tot oder was auch immer, und die Wände klingen noch immer. Die Königin schaut eine Weile nachdenklich, und dann wirft sie ihren Umhang über dich und steckt mit ihren Beratern die Köpfe zusammen. Ich habe keine Ahnung, ob sie über die Beleidigung beraten haben, die ihr in meinem Haus widerfahren war, oder ob die Königin deine Vorstellung irgendwie nützlich gefunden hat. Jedenfalls hat sie da rumgejammert, und eine Stunde später habe ich mit der Königin auf der königlichen Barke Kognak getrunken, und wir haben miteinander gelacht wie Zechkumpane. Oh, und Gilmour? Der wird dich eine Weile nicht belästigen. Sie hat ihn nach Strich und Faden abgekanzelt.«

Alouette grinste über die Geschichte, doch Evans sagte: »Da ist noch etwas.« Er wandte sich zu Alouette und Trussell. »Ihr zwei verpisst euch jetzt. Ich will noch ein Wort unter vier Augen mit unserem Vogelmädchen.«

Shay war noch nie mit Evans allein gewesen. Er schaute sie abschätzend an, und sie hielt den Kopf hoch. Er sagte: »Ich nehme an, du hast noch nicht gehört, was heute Morgen passiert ist. Überall in der Stadt.«

Die Soldaten. Die Pferde. Der Feuerschein über Whitehall. Shay schüttelte den Kopf.

»Um Mitternacht hat eine Schwadron Soldaten Westminster verlassen. Sie strichen durch die Grafschaft und haben auf Schritt und Tritt Katholiken gegriffen, ohne auch nur Pausen zu machen, um etwas zu essen oder zu schlafen. Sobald sie den ersten geschnappt haben, der sich dem anglikanischen Gottesdienst verweigert, erfahren gewöhnlich die anderen Verweigerer davon und verstecken sich. Diesmal nicht. Ich habe mir sagen lassen, dass bis nach Colchester Gefangene in Ketten liegen. Und anscheinend machen sie noch weiter.«

»Wegen etwas, was ich gesagt habe?«

»Was meinst du? Es wäre doch zu viel des Zufalls. Und jedenfalls …« Sein Lächeln wurde reuig. »Ich habe gehört, dass die Soldaten sich alle mit Kreide ein Emblem auf die Schulter gemalt haben: einen Mauersegler.«

»Das kann doch nicht meinetwegen gewesen sein.«

»Du hast gestern Abend eine Wahl getroffen, Shay. Du hast dich für Jäger und gegen Beute entschieden, und ich muss zugeben, dass ich meine Zweifel hatte. Aber da hast du's nun, einen halben Tag später, dein erstes Opfer. Wie fühlt sich das an?«

Ihr war übel. »Die Königin hat die Karten ausgewählt, und sie hat entschieden, was sie für sie bedeuten. Sie hat die Befehle erteilt. Ich war nur das Werkzeug.«

Evans' Lächeln war eine Aufforderung zu einer Verschwörung. Er sang: »Entfessele einen Tod, der nicht ruht«, und Shay erinnerte sich an den Geschmack dieser Wort in ihrem Mund. Visionen flackerten ihr vor Augen – Kaninchen, die auf ihren Bau zuflitzen, Schwerter, die gegen Köpfe geschwungen wurden, Birdland in Flammen – und ihr stieg die Galle in die Kehle.

»Ich habe gesagt, wovon ich dachte, sie wolle es hören. Ich habe nicht gedacht, dass jemandem deswegen Leid zugefügt würde.«

Die fünf ordentlichen Blutkrusten auf seiner Wange waren rosig an den Ecken. Evans streckte den Arm aus, um ihr Handgelenk zu umfangen. »So ist das Theater, Shay.«

23

Nachdem alles vorüber war, lief die Entführung noch einmal vor Shays Augen ab, in kleinen Bildfetzen, die wie Blitze einschlugen. Evans, dessen Leute und dessen Pferde, alle in Schwarz. In Flanken gegrabene Sporen, Jagdrufe und das Flüstern der Blackfriars Boys: »Heute Abend gibt's einen neuen Jungen im Schlafsaal.«

Shay war aufs Dach gestiegen, um die Jagd zu beobachten. Die Männer arbeiteten wie Schäferhunde, trennten eine Gruppe von Schuljungen von der Menge und trieben sie in die ruhigeren Seitenstraßen. Rennende Kinder hielten mit den Händen ihre Mützen fest. Lachende Männer.

Evans, im Galopp nur eine Hand am Zügel, packte den Jungen, den er wollte, mit geübter Leichtigkeit, gab ihm sogar noch im Weiterreiten eins übers Ohr. Dann sah Shay ein paar nackte Beine in der Luft zappeln, bis schließlich alles still war. Nur eine in den Schlamm getrampelte Schulmütze zeigte noch an, dass etwas geschehen war.

Shay hatte noch einige Aufgaben zu erledigen, ehe sie den neuen Jungen zu Gesicht bekam. Alouette brauchte Hilfe beim Flicken des Blasebalgs, und sobald das erledigt war, nähte Shay neue Knöpfe an einen Frack für Blank. Sobald nichts Sinnvolles mehr zu tun war, staubte sie noch ab und fegte, war heilfroh, ein Rädchen im Uhrwerk von Blackfriars zu sein. Jetzt, da sie halbwegs mit der Arbeit des Theaters vertraut war, begriff Shay, dass die ersten Arbeiten, die man ihr aufgetragen hatte, eher dem Mitleid als der Notwendigkeit zu verdanken waren, so wie ihre Mutter sie damals gebeten hatte, während der Murmuration die Beutel mit den Samenkörnern zu tragen. Aber Shay lernte rasch, und sie besaß das Geschick der Aviscultarier im Umgang mit Nadel und Faden.

Es war schon beinahe Abenddämmerung, ehe sie Zeit hatte, einen Besuch im Schlafsaal zu machen. Der neue Junge lag auf dem Bauch in einem Eckbett und weinte leise, aber beharrlich in seine Leintücher. Shay beobachtete, wie seine dünnen Schultern sich hoben und senkten. Er war barfuß und stieß mit den Beinen um sich wie ein Mädchen. Er war jünger, als er vom Dach aus erschienen war, dreizehn vielleicht. Shay verspürte die unmittelbare Verwandtschaft der Einsamen. Rings um sie herum nahm das alltägliche Leben des Schlafsaals seinen Lauf. Pavey nähte einen Ärmel wieder an ein Wams, hatte verdrossen die Zunge zwischen den Zähnen, während zwei Jungen mit Stöcken einen Schwertkampf markierten. Immer und immer wieder kämpften sie, stets dasselbe Muster aus Stoßen und Parieren, Drehen und Ducken, bis daraus eine Art Tanz wurde. Nonesuch hockte an der Kante seines Hochbetts und winkte ihr feierlich zu. Er trug noch dieselbe Kleidung wie bei Evans und paffte an einer Pfeife. Shay wollte zu ihm gehen, doch der Anblick des neuen Jungen zerrte an ihr. Sie konnte es nicht ertragen, wie der Schlafsaal sich um diesen ruhenden Pol seines Weinens weiterdrehte. Als sie sich neben den Jungen setzte, knarzte das dünne Holz des Betts unter ihrer beider Gewicht. Nonesuch drohte ihr mit dem Finger. Er ließ sich vom Hochbett gleiten, um zu ihnen zu kommen.

»Ich wollte nur mit ihm reden«, sagte Shay. »Ich weiß, wie es ist, hier neu zu sein.«

Nonesuch legte ihr eine Hand auf die Schulter. »Das kannst du nicht, Shay. Du sagst das Falsche.«

»Ich möchte ihm nur sagen, dass am Ende alles gut wird, ganz gleich, wie schwer es ist.« Sie wollte mehr sagen, nämlich dass es hier auch tiefe Brunnen der Freundschaft gab, ganze Ozeane der Liebe.

»Genau«, meinte Nonesuch. »Das Falsche. Denn nichts wird gut. Nicht, wenn er nicht mit dem Weinen aufhört. Er hat vielleicht zwei Tage, um bei Evans Eindruck zu schinden.« Nonesuch griff Shays Handgelenk. »Du musst verstehen, dass es nicht garantiert ist, dass wir ihn hierbehalten, und Evans hat viel schlimmere Orte als das Blackfriars Theatre in der Hinterhand, wo dieser Junge arbeiten könnte.«

Er stand auf und trat gegen den Bettrahmen. »Auf! Und lass das Weinen. Das hilft nicht.«

Der Junge wischte sich mit dem Ärmel die Nase, und seine Schultern bebten hilflos.

Nonesuch seufzte. »Du musst dich hier einpassen. Und zwar jetzt.« Es schnippte mit den Fingern, und der Junge betrachtete seine Hand.

Nonesuch legte einen Daumen unter das Kinn des Jungen und hob dessen Kopf hoch. Seine Stimme war nicht unfreundlich. »Das ist es jetzt. Hier. Wir. Sonst gibt's nichts.«

Der Junge schaute ihn noch immer nicht an, doch er nickte.

»Und niemand kommt dich holen.« Der Junge wollte ihm widersprechen, aber Nonesuch brachte ihn zum Schweigen. »Ich bin jetzt vier Jahre hier, länger als alle anderen. Ich habe Jungen kommen und gehen sehen, von nobler und von niederer Geburt. Und jeder einzelne von ihnen hat gesagt: ›Die kommen mich holen‹, und jeder einzelne von ihnen hat sich geirrt.«

Nun war es still im Raum. Der Schwertkampf ging weiter, aber die Jungen lauschten dem Gespräch.

»Sprich mir nach. Niemand kommt mich holen.«

Der Junge nickte, sagte jedoch nichts.

»Das reicht nicht. Sag es.«

»Niemand kommt mich holen.« Er hatte eine schöne Stimme: zart, gute Aussprache.

»Und nie wird jemand mich holen kommen.«

»Nonesuch … bitte«, flüsterte Shay, doch er hielt eine Hand in die Höhe.

»Ich meine es. Hör nicht auf Shay. Alle hier waren einmal in der gleichen Lage wie du heute. Die meisten hier dachten, sie würden nicht lange bleiben. Aber schau uns an.« Es war still im Raum, und alle Gesichter waren auf die beiden gerichtet.

»Nie wird jemand mich holen kommen?« Der Junge machte eine Frage aus der Aussage, doch zumindest hatte er sie ohne Aufforderung ausgesprochen.

Nonesuch nickte und grinste dann. »So schlecht ist das Leben hier nicht. Du kannst spät aufstehen, den lieben langen Tag rauchen und kostenlos trinken. Und alle Mädchen lieben einen Schauspieler.« Ein mickriges Hurra erschallte im Raum, und Nonesuch nahm den Jungen bei der Hand. »Komm, wir holen dir ein Textbuch.«

Als sich in jener Nacht ihre beiden Körper leise gegeneinanderbewegten, flüsterte Shay: »Wo bist du gestern Nacht noch hingegangen? Ich habe mir Sorgen gemacht.«

In seinem Tonfall klang ein Schulterzucken mit. »Einfach nur trinken. Die Tavernen vor den Toren nehmen es mit der Sperrstunde nicht ganz so genau. Ich habe es für das Beste gehalten, Evans erst einmal aus den Augen zu gehen, aber deine kleine … Vorstellung gestern Abend scheint ihn milder gestimmt zu haben.« Nonesuch hatte sie nicht nach ihrer Audienz mit der Königin gefragt. Sie brannte vor Begierde, darüber zu reden – er war der Einzige, der vielleicht die Gefühle verstünde, die das in ihr hervorgerufen hatte –, aber sie wagte es nicht, die vergangene Nacht anzusprechen, ehe er es tat. Er starrte an die Decke. »Du weißt schon, dass der neue Junge eine Warnung an meine Adresse ist, ja?«

Das wusste sie nicht. Sie hatte nicht nachgedacht. Aber sie hatte die schiefen Blicke der Jungen gesehen, als das zusätzliche Bett in den Schlafsaal heruntergelassen wurde. Wollte Nonesuch wirklich darüber reden? Sie glaubte es nicht.

Also fragte sie ihn stattdessen: »Erzählst du mir, wie du hierhergekommen bist, Nonesuch? Ich weiß mehr über die Reise des Neuen hierher als über deine.«

Er strich ihr übers Haar und sagte nichts. Dann seufzte er lange und leise und sagte: »Ich bin vor vier Jahren da oben auf der Bühne geboren. Wie ein Wunder bin ich erschienen, konnte gehen und sprechen. Vorher war nichts, gar nichts. In Ordnung?«

Innerhalb von zwei Minuten war er eingeschlafen.

24

Wenn London ein Körper war, so war Klatsch das Blut darin. Die Nachricht von Shays Vorstellung vor der Königin ergoss sich wie Regenwasser durch die Straßen. Sie triefte aus jeder Dachrinne und gurgelte wie Pisse durch die tiefen Furchen in den Straßen. Eine Geschichte wie die ihre machte schneller die Runde als die Pest und wurde mit jedem Erzählen giftiger.

Ein Geschöpf, halb Vogel, halb Junge, hat der Königin verraten, wo sich jeder einzelne Verräter im Land versteckt.

Sie hat ein Lied gesungen, das alle liebestoll gemacht hat, die es gehört haben, und meilenweit alle Fensterscheiben zerspringen ließ.

Sie war eine Sirene, sie war eine Wahrsagerin, sie war der Tod selbst.

Evans wies ihr einen Raum hoch oben im Blackfriars Theatre zu, wo die Wände mit ländlichen Szenen bemalt waren und man ihr als Sitzplatz einen hastig mit herumtollenden Sperlingen bemalten Bühnenthron hinstellte. Tag und Nacht wand sich eine Schlange von edlen Damen und Herren zwei Treppen hinunter, sogar während der Zuschauerraum unten nur halb voll war. Sie traten barhäuptig und ehrfurchtsvoll ein und knieten sich vor Shay hin, obwohl sie ihnen bedeutet hatte, das sei nicht nötig. Helle Augen beobachteten Shays Hände mit Nägeln wie Dolchspitzen, während sie die Vogelkarten mischte und ausgab. Shay verlor den Überblick: zwanzig Sitzungen am Tag, und das Geld regnete nur so herab.

Der Turm, Habicht Zwei, Raben Ass: hohe Position, Verlust und Einfluss.

Es war, als könnte London nur ertragen, dass einer von ihnen beiden Erfolg hatte. So rasch, wie Shays Publikum wuchs, nahm Nonesuchs Gemeinde ab. Drei neue Schauspiele hintereinander schafften es nicht, die Aufmerksamkeit der Stadt auf sich zu ziehen, und immer häufiger wurden die Jungen nach der Vorstellung zu irgendwelchen privaten Maskenspielen davongekarrt. Wenn Shay endlich heiser und mit benommenem Kopf in das Hochbett zurückkehrte, schlief Nonesuch oft schon, und seine Bühnenschminke war über die Laken verschmiert.

Shay war sich nicht sicher, was Evans über die Vorstellungen des Geistertheaters wusste. Er erwähnte sie nie, doch immer wieder schleppte er, wenn Shay sich gerade für eine Probe fertig machte, irgendeine liebeskranke Herzogin mit einer fetten Börse an, und Shay hing auf ihrer Sitzstange fest, während Nonesuch fluchte und wartete und auf dem Dach auf und ab stampfte. Die Vorstellungen des Geistertheaters fanden nun nicht mehr wöchentlich statt, sondern zunächst nur alle zwei Wochen und später nur einmal im Monat.

Elstern König: Gerechtigkeit, Habicht Acht: Kontrolle, Meisterschaft und Bestrafung.

Elizabeths schwarze Mauersegler wüteten über die Landkarte Englands und hinterließen in ihrem Kielwasser Gefangene und Schlimmeres. Man munkelte, sie schliefen nie. Man sagte, sie könnten im Dunkeln sehen. Man sagte, Shay lenke sie durch Vogelgesang.

Elstern Bube, Elstern Dame, Der Gehängte: Ehrgeiz, Entschlossenheit, Anspannung.

An den meisten Tagen konnte Shay ihre Talente zügeln und sie reiten wie ein zugerittenes Pferd. Dann floss das Geld leicht in die Kasse, und sie schickte ein Vermögen nach Birdland, das für sie nur noch ein Traum war. Irgendwo, irgendwann las jemand anders die Murmuration, stand mit staunend geöffnetem Mund unter einem tundraweiten Himmel, während Shay für beschwipste Lords und Ladys sang wie ein Vogel im Käfig. Jemand anders gab Lonan zu essen, hielt seine Hand, genau wie Shay Nonesuchs Knöchel im Schlaf umfangen hielt. Sie versuchte, sich vor diesem Wissen zu verbergen, versuchte, es unter einem Berg von Münzen zu ersticken. Doch wenn sie sich betrachtete – durch all die Schminke und die Krallen und die seidenen Kostüme –, so wusste sie, dass sie nicht nach Hause gehen konnte. Wenn sie an Birdland dachte, bockte und floh ihr Talent. Dreimal hatte sie jetzt ohne Vorwarnung ein Kartenlesen verlassen und sich auf die Dächer der Stadt gestürzt, Devana als freudiger Kompass über ihr. Sie rannte und kletterte, bis ihre Nägel stumpf und ihre Füße wund waren. Evans jammerte, weil er Geld zurückzahlen musste, aber was konnte er schon machen? Er brauchte sie. Es war die erste richtige Macht, die Shay je gehabt hatte, und sie trug diesen Gedanken wie einen polierten Edelstein in der Tasche. Jeden Morgen machte Evans viel Gewese darum, sie zu waschen und ihr den Schädel zu rasieren. Er ließ sie Treue schwören, während er sie in immer kunstvollere Kostüme kleidete. Und während all der Zeit beobachtete Shay ihn einfach durch Devanas Augen.

Manchmal waren es nur sie beide, die sich auf eine morgendliche Wahrsagesitzung vorbereiteten. Das Geräusch des Rasiermessers auf dem Streichriemen und der Feile an den Nägeln. Ein totes Theater und leiser Vogelgesang. Evans, der ihre Hand hielt wie ein Liebender, während sie beobachtete, wie ihm das Blut am Hals pulste. Grausame, grausame Nägel, und Devana flüsterte ihr ins Ohr: »Noch nicht.«

25

Tabak und Geißblatt und ein Fingernagel von einem Mond. Handtellergroße Schmetterlinge, die sich zuckend in einen Strom von Branntwein auflösten. Und als Begleitmusik das widerliche Klatschen von Leder auf Fleisch. Es war ein schrecklicher Fehler gewesen, dass Shay den Jungen hierher gefolgt war.

Nonesuch hatte immer sorgfältig darauf geachtet, ihr die Einzelheiten ihrer privaten Maskenspiele vorzuenthalten, doch sie hatte gelernt, die Vorzeichen zu erkennen, und hatte sich an diesem Abend, als all diese Hinweise zusammenkamen, entschlossen, ihm zu folgen. Jemanden zu lieben, das bedeutete für Shay, auch seinen Schmerz zu teilen, selbst wenn der Schmerz dadurch nicht weniger wurde, selbst wenn er sich dadurch eher verdoppelte. Die heutigen Hinweise: Nonesuchs Gespräche mit Alouette hinter verschlossenen Türen, die immer im Schweigen verebbten, sobald Shay eintrat. Blank, der Stunden mit Kostümen verbrachte, die zu keinem Stück in ihrem Repertoire passten. Paveys rote Augen und abgebissene Fingernägel. All das hatte Shay schon zuvor gesehen. Als Nächstes würde Evans' schwarze Kutsche kommen, unangekündigt vorfahren, hinter dem Theater warten, ohne auch nur die Pferde auszuspannen.

Von ihrem Versteck auf dem Dach des Theaters aus konnte sie nicht genau sehen, wer alles in die Kutsche stieg, doch sie wusste im Innersten, dass Nonesuch dabei war. Das schwarze Glänzen des Kutschendachs war im Mondlicht leicht auszumachen, und sie folgte seiner Route durch Westlondon, beobachtete, wie die Kutsche Menschenmengen aufscheuchte wie Vögel. Und sie war nicht die Einzige. Irgendwo weit oben verfolgte Devana, die das Versprechen einer Jagd von ihrem nächtlichen Aufenthalt hergelockt hatte, Shay, genau wie diese die Jungen verfolgte.

Shay vermutete, dass das Ziel der Whitehall Palace sein würde, lange bevor die Lichter des Gebäudes den Himmel zum Glänzen brachten. Dort, im politischen Herzen Londons, war alles Feuer und Lärm. Die Kutsche raste weiter, durch die offenen Innenhöfe, zwischen den Straßenhändlern und Bittstellern hindurch, und Shay folgte dem Anblick der Menge, die sich wie das Bugwasser eines Schiffs teilte. Die Leute bewegten sich um die geschlossenen Räume der Palastgebäude herum, und Shay folgte ihnen über eine narbige Mondlandschaft aus altem Putz und schiefen Kaminen. Als die Kutsche langsamer wurde, ließ Shay sich ein wenig zurückfallen, denn der Schauplatz dieses Maskenspiels war offensichtlich genug.

Der Innenhof schimmerte wie ein Juwel grün zwischen den rußigen Dächern und lichtlosen Quadraten des Palastinneren. Ein Garten. Nicht nur ein Garten, sondern irgendwie ein Frühlingsgarten; zu hell und frisch und kühn, um in diesem steinigen Winter zu existieren. Feuerschalen loderten in den Ecken, schenkten der Luft tropische Wärme und warfen Schatten auf die Mauern. Shay blieb auf allen vieren und ging so nah heran, wie sie es wagen konnte. Sie streckte sich wie eine Spinne über eine von Rosen umrankte Pergola und versuchte, herauszufinden, wie viel von dieser Szene Wirklichkeit war und wie viel auf Alouettes Kunst zurückzuführen war. Die Obstbäume wirkten recht natürlich, obwohl es zu winterlich für die Blüten war, die da in der unsichtbaren Brise flatterten. Shay erinnerte sich, dass Blank im Lauf der Woche einen Ballen schneeweiße Seide geliefert bekommen hatte. Ein Bach floss da, wo kein Bach sein sollte, flüsternd und zu dunkel, so dass er wohl von Menschenhand geschaffen war, doch die Statuen, deren Marmorkörper von Moos überschattet waren, sahen aus, als stünden sie bereits Jahrzehnte hier. Als Shay ihren Atem verlangsamte, vernahm sie ein Geräusch, als entwiche Dampf, und ein flimmernder weißer Fluss sprudelte aus zwei Schießschartenfenstern. Schmetterlinge, Hunderte von ihnen, wurden von der warmen Luft hin und her geweht, bis ein paar sich atemlos auf den Bäumen niederließen und ihre Flügel sich hoben und senkten wie atmende Lungen. Shay wünschte, Devana wäre bei ihr, um diesen wahnwitzigen Anblick zu beobachten, doch die Pergola war praktisch auf Bodenhöhe, und in Whitehall ging es noch immer sehr geschäftig zu. Devana landete gar nicht gern an Orten, von denen das Abheben schwierig sein dürfte.

Man hörte, wie quietschend ein Riegel zurückgezogen wurde, und dann betraten vier Gentlemen den Garten. Shay erkannte sie nicht, doch sie hatte diese Art von Herren schon in den Privatlogen von Blackfriars gesehen: pelzgefütterte Capes und Bäuche wie Bierfässer. Nach kurzer sprachloser Starre folgten Schritte und dann entzückte Aufschreie. Die Männer entdeckten, dass die Birnen, die an den Obstbäumen hingen, in Wirklichkeit Kreationen aus Roastbeef und Blattgold waren. Im Fluss strömte der Branntwein. Schmetterlinge hefteten sich an ihre Kleidung wie Mädchen am Bühnenausgang. Doch immer noch kam Shay etwas unnatürlich vor, sogar in dieser völlig künstlichen Umgebung. Sie prüfte noch einmal die Szenerie, als die Gentlemen herumspazierten und einander mit Stimmen zuriefen, die selbst im Vergnügen noch im Befehlston erklangen, Stimmen, die es gewohnt waren, Menschen und Dinge zu kommandieren. Da! Eine Bewegung. Shay schaute näher hin und sah, dass eine der Statuen – eine Nymphe in fließender Robe und mit Sandalen – zitterte. Shay erkannte ein ängstliches Zittern, wenn sie eines sah. Sie kroch vorwärts, um besser sehen zu können. Es war Pavey, so dick und körnig mit Schminke zugekleistert, dass er beinahe wie Stein aussah. Er bebte erneut, und ein dunkler Fleck breitete sich in Schritthöhe auf seiner Robe aus.

Eine Stimme rechts von ihr: »Willkommen im Garten von Arkadien.« Die Statue schaute zwar von ihr weg, doch Shay hätte sie überall erkannt. Es war ihr peinlich, dass sie Nonesuch nicht erkannt hatte, nicht einmal unter seinen Schichten von Gips und Flechten – wie hatte sie diese Augen übersehen können, diesen knorrigen Oberkörper?

»Dies ist ein Garten der Wunder, wo nichts so ist, wie es scheint, und wo alles erlaubt ist.« Nonesuch bewegte sich seltsam, mit einer Steifigkeit, als sei er nur in der Taille und Schulter beweglich, während sein Kopf beunruhigend starr blieb, doch seine Stimme war voller Humor. Unter dem Plaudern der Männer und dem Rauschen des Windes konnte Shay nur Fetzen dessen ausmachen, was er sagte: teils Mädchen, teils Tier, von göttlicher Begierde in den Wahnsinn getrieben – während die Gentlemen mit verschränkten Beinen wie Schulmädchen vor ihm saßen. Als er steifbeinig vom Sockel stieg, wobei sein gipserner Hosenbeutel grotesk vor ihm tanzte, folgten ihm die Männer durch das Gebüsch. Die Statuen drehten sich, um ihnen nachzuschauen, und schockiert erkannte Shay, dass der Faun Trussell war. Selbst mit diesen Ohren und der Schnauze erkannte sie ihn an seinen feuchten Augen. Die Schäferin war allerdings ein Junge, den sie nicht kannte. Jünger, dachte sie, mit Hand- und Fußgelenken, die in ihren Gipshüllen doppelt so zerbrechlich wirkten.

Shay hatte natürlich die Männer genau studiert. Man konnte sich nicht unerkannt unter sie mischen, ohne ihre Art zu kennen. Also hatte sie stets ein wachsames Auge auf alle Straßensänger und bierseligen Angeber geworfen, um deren Zeichen der Männlichkeit später selbst zur Schau zu stellen. Aber einen männlichen Kunstgriff hatte sie nie zu meistern gelernt: die Fähigkeit, im Bruchteil eines Augenblicks umzuschalten: von Liebe zu Hass, von Ruhe zu Gewalttätigkeit. Es gab da eine verborgene Astrologie der Hinweise und Provokationen, die für Shay undurchschaubar blieb. Genauso war es in diesem Garten. Im einen Augenblick folgten die Gentlemen Nonesuch mit der übermütigen Begeisterung von Kindern durch das Maskenspiel, tauchten ihre Becher in den Bach oder erstarrten vor Verwunderung, wenn Schmetterlinge auf ihren ausgestreckten Handflächen landeten, doch dann änderten sie sich plötzlich. So wie aus tausend Vögeln ein einziger Schwarm wurde, verwandelten sie sich von Jungen in Männer und dann in Tiere.

Diese Verwandlung war augenblicklich und brutal. Ein Gürtel wurde erhoben und sauste dreimal hinunter. Finger gruben sich in Fleisch, eingedellte Haut strafte die Illusion des Steins Lügen. Trussell auf den Knien, die Schäferin auf Knien. Hände rissen an Haaren und knackten Gips auf, als die Männer zielstrebig wie Arbeiter schufteten. Jetzt war da kein Lächeln und kein Gelächter mehr, nur noch die Konzentration ernsthafter Männer, die eine beschwerliche Aufgabe erledigen. Die Statuen wurden umgestellt und verschoben, eingefangen und verworfen. Und unter ihnen spielte Nonesuch sowohl Jäger als auch Beute, war im einen Augenblick einer von den Jungen, arbeitete im nächsten Seite an

Seite mit den Gentlemen. Er führte die Handlung zunächst an, doch dann wurde er zu Boden geworfen. Er arrangierte Trussell und die Schäferin zu einem obszönen lebenden Bild und trat einen Schritt zurück, um seiner Hände Werk zu bewundern. Shay erinnerte sich an seine Hände während der Proben – du gehst dorthin, und er geht dahin –, wenn er sich überzeugte, dass die Perspektiven funktionieren würden.

Dann verspürte Shay einen Schmerz wie von Messerklingen. Devana war leise auf ihrer Schulter gelandet. Zum Glück übertönte der Lärm der Männer Shays Aufschrei. Der Vogel war still wie die Nacht, doch die Krallen gruben sich im Nu tief in ihr Fleisch ein, und als Devana fester zudrückte, raubte es Shay den Atem. Devana setzte sich ruhig nieder, und einen Augenblick lang konnte Shay so tun, als wäre der Garten ein Bühnenbild, Kulissen in Gold, Weiß und Grün, vor einem mitternächtlichen Publikum, und sie und Devana wären bloße Zuschauer. Es war beinahe friedlich. Doch dann beugte ein Gentleman Nonesuch über eine Bank und nahm einen riesigen, röhrenden Schluck Branntwein. Die dunkle Flüssigkeit lief ihm über die Wangen, bis er sich das Gesicht wischte und seinen Gürtel abnahm. Wieder das Geräusch der angestrengten Männer, die unterdrückten Schreie. Hundert tote Schmetterlinge wie Schaum auf dem Bach.

Was sah Devana in Nonesuchs Augen, als der Gentleman ihn am Genick packte – ein Lamm, das gleich geschoren werden sollte – und ihm den Kopf nach oben und zurück riss? Verstand sie diese Augen, die Funken sprühten wie Feuerstein, zu Hass aufflammten, ehe etwas in ihnen starb und sie wieder steinern wurden? Devana drückte ein weiteres Mal begeistert ihre Klauen in Shays Schulter und rief in die Nacht hinaus: Es war die Stimme, die sie sich für den Augenblick des Tötens vorbehielt – schneidend, unmenschlich, triumphierend. Der Schrei war so laut, dass Nonesuch den Blick hob. Einen Augenblick lang trafen sich seine und Shays Augen, und dann war sie aufgesprungen und rannte. Raste blind rückwärts, und Devana flog auf und kreiste aufgeregt fort, die Schwingen in der Enge des Palastes ungeschickt bewegend. Shay kletterte geräuschvoll über die Bretter, scherte sich nicht darum, wer sie unten vielleicht hören könnte, rannte und sprang, das Einzige, was sie wirklich konnte, versuchte, ihren eigenen Gedanken davonzulaufen, prallte gegen Mauern und Schornsteine, genoss sogar den Schmerz dabei. Weg, weg, bis sie wie ein Korken in die einsamen Straßen Westlondons hinausschoss, diesmal ohne einen Gedanken daran, ob Devana ihr weit oben folgte. Zurück, hinauf, hinunter, nach Osten, mindestens eine Meile, Blut an den Fußsohlen, als sie sich über Schluchten warf, an Regenrinnen entlang und über strohgedeckte Schrägen, außer Atem und weinend, als sie sich durch das Fenster des Theaters schwang, und hinunter in den Schlafsaal, wo alle noch wach lagen, aber jeder wusste, dass man besser nicht fragte.

Shay lag da, schlief nicht, durchwachte die toten Stunden, bis Nonesuch zurückkehrte. Wundersamerweise war er sauber. Keine Spur von Gips an ihm, aber seine Haut war so roh wie die eines gerupften Huhns. Sie sprachen nie über diese Nacht, kein einziges Wort.

Von da an fraß das Geistertheater Nonesuch völlig auf. Es würde zwei Vorstellungen in der Woche geben, drei, wenn er Zeit hatte, und sie würden in den toten Stunden zwischen dem Ende der Vorstellungen im Blackfriars Theatre und dem Schlafen stattfinden. Jetzt verzichtete er auf Requisiten, verzichtete sogar auf Proben. Stattdessen spielte er

Geschichten, die gewöhnliche Menschen ihm brachten. Ein Matrose mit zwei blauen Augen wie stille Tümpel flüsterte die Erzählung seiner Bestrafung in Nonesuchs hungrige Ohren, und vierundzwanzig Stunden später stand Nonesuch auf der Laufplanke der Albatross, schob sich langsam ins Schwarz hinaus, wiederholte die Geschichte des Jungen, während hundert Ohrenpaare angestrengt lauschten, um ihn über den Lärm der Wellen hinweg hören zu können.

Da war nun nichts mehr von der eleganten Sprache des Blackfriars Theatre, sondern ein Londoner Tonfall und Tavernengeschmack, der immer größere Menschenmengen anlockte. Diese neuen Vorstellungen jagten Shay schreckliche Angst ein, wenn sie auf so viele Gesichter hinausblickte, Gesichter, die alle Shay kannten, obwohl sie sie nicht kannte. Straßenkinder und Lehrlinge, Blumenmädchen und Mohren. Gänschen aus Southwark, Zigeuner, Galgenvögel und Diebe.

Jetzt war Nonesuch überall bekannt, vom Palast bis zum Armenhaus. Wenn sie zusammen durch die reicheren Straßen Londons gingen, spielte Shay manchmal ein Spiel, ließ sich weit genug zurückfallen, so dass niemand wusste, dass sie zusammengehörten. Gierige Köpfe drehten sich nach ihm um, sobald er vorbeigegangen war, und sobald sie sicher waren, dass er sie nicht mehr sah, starrten ihm Männer wie Frauen gleichermaßen hinterher: mit einem spröden, habgierigen Blick, als wählten sie an einem Marktstand Obst aus. Für diese Leute war er zu haben, für Sixpence anzuschauen, für wer weiß wie wenig mehr zu besitzen. In diesen offenen, gierigen Blicken vereinten sich Lust und Abscheu in gleichem Maße. Bilder blitzten auf – Gilmours Wellensittich im Käfig und sie mit dem Haken an der Käfigtür. Der Gedanke daran, dass Nonesuch in einem dieser lüsternen, hasserfüllten Blicke eingesperrt sein könnte, brachte Shay so sehr aus der

Fassung, dass sie rannte, um ihn einzuholen und sich sicher bei ihm unterzuhaken.

In den armen Straßen war es weniger kompliziert. Dort liebten sie ihn und wollten es zeigen. Wie ein Magnet zog er ein Gefolge aus Jungen und Mädchen an, die wie die Entchen hinter ihm herzogen, und an jeder Straßenecke gab es Geschenke. Sie kehrten dann mit Säcken voller Essen, Kleidung und Tabak zurück zum Blackfriars, und die anderen Jungen stürzten sich wie die Hunde auf die Beute.

Sogar aus den liebeskranken Briefchen, die Nonesuch am Bühneneingang feucht in die Hand gedrückt wurden, konnte ein Schauspiel werden. Eine Botschaft, deren Urheber Shay niemals herausfinden konnte, hatte Nonesuchs Aufmerksamkeit erregt. Sie war in einer sorgfältig brüchigen Schrift verfasst – jeder Buchstabe so zittrig und allein wie die Mädchen am Bühneneingang selbst – und bedeckte fünf ganze Blätter. Das Geistertheater zeigte an diesem Abend lediglich Nonesuch, der in einer Taverne den Brief laut vorlas, noch in seiner Arbeitskleidung, doch mit einer Stimme, die irgendwie erkennbar die eines Mädchens war, voller Entschuldigungen vorab, mit Worten, die wie die Stufen einer mitternächtlichen Treppe waren, während ringsum Shay, Trussell und Blank Jagdlieder voller Frohsinn und Gewalt grölten. Wenn sie sangen, übertönten sie seine Geschichte, und die Menge stöhnte auf, war verzweifelt begierig, die Worte des Mädchens zu hören, doch die Truppe sang nur lauter, schrie beinahe und ertränkte ihn und seine Geschichte wie eine Ratte im Fass. Shay warf sich in die Brust und brüllte, bis wie immer ein kalter Schwall durch sie lief. Und als Nächstes spürte sie, wie Trussell sie im Schlafsaal wach rüttelte. Sie erkundigte sich nicht einmal mehr danach, was geschehen war.

26

Nonesuch und Shay kletterten an der Seite des Gebäudes hinunter in einen ruhigen Innenhof, wo Nonesuch stehen blieb, die Hände auf die Knie stützte und schwer atmete. Shay hatte für ihn und sich ein prachtvolles Haus draußen beim Leadenhall Market gefunden, das die Eigentümer in dieser Saison leer stehen ließen. Es war ein solcher Hafen der Ruhe und Weichheit gewesen, dass sie beide verschlafen hatten. Über die Dächer konnte Shay innerhalb von fünfzehn Minuten zurück im Theater sein, doch nun trottete Nonesuch mit, anstatt es quer durch den Verkehr auf der Straße zu versuchen, und sie hatte ihn damit geneckt, dass er vielleicht nicht mithalten könnte. Bei der St Sythes Lane glänzte er bereits vor Schweiß, und bei St Mary le Bow kam sein Atem nur noch in zerfetzten Stößen. Natürlich hätten sie die letzte Meile auf Straßenniveau zurücklegen können, aber Shay wollte Nonesuch nicht davonkommen lassen, es sei denn, er bat darum. Und er bat nicht darum. Also führte sie ihn weiter über triefnasses Dachstroh und splittrige Dachpfannen mit einer Reihe von Sprüngen über Abgründe, die immer breiter zu werden schienen, je müder die beiden wurden.

»Brauchst du einen Augenblick, um wieder zu Atem zu kommen, alter Mann? Das ginge für deine Zuschauer ja gar nicht, dass sie dich schnauben sehen wie einen in die Enge getriebenen Hirsch.« Immer noch vornüber gebeugt, winkte Nonesuch sie weiter, hinaus in den Lärm der Straße.

Ein Menschenknäuel verdeckte die Türen des Theaters.

Zwei Pferdedroschken warteten, hatten Pferde mit Scheuklappen vorgespannt; jemand hatte seine Bediensteten vorausgeschickt, um die besten Plätze zu reservieren. Sechs junge Frauen, die in einer Gruppe dastanden und alle betont nicht miteinander redeten, versuchten so zu tun, als lungerten sie nicht einfach nur herum. Sie waren noch wegen Nonesuch hier, selbst als sein Publikum schon schwand. Doch hinter ihnen stand eine magerere Schar: Shays Unterstützer. Es überraschte und besorgte sie, dass es eine solche Menschengruppe geben konnte. Sie waren kleiner und leiser als die Mädchen, die auf Nonesuch warteten. Straßenjungen und Straßenmädchen, stumm und oft verkrüppelt, mit hoffnungslos wirren Haarmähnen und dem Schnaufen alter Männer. Sie flitzten herbei, um Shay zu berühren, waren wie Fische, die an der Wasseroberfläche nach Insekten schnappen. Jeden Tag versuchte Shay, mit ihnen zu reden, und jeden Tag schwiegen sie. Sie flitzten nur und stupsten sie an, die Augen in den Straßendreck gesenkt.

»Hallo«, sagte Shay, wie immer. »Hallo. Hallo.«

Sie drückte die Türen auf. Das Theater stand wie ein schwarzes Rechteck vor der Wintersonne, doch ehe Shay hineingehen konnte, packte eine Hand sie an der Schulter und wirbelte sie herum. »Wo zum Teufel bist du gewesen? Du hattest Wahrsagesitzungen um Schlag zwölf und zwei. Ich musste Pavey mit einer Vogelmädchenperücke hinschicken.« Evans schüttelte den Kopf. »Mir gehören hier in dieser Stadt zwölf Unternehmungen, und die hier ist die einzige, wo die Leute nicht tun, was man ihnen sagt.« Seine Stimme trug weit. Er wollte an Shay öffentlich ein Exempel statuieren, und das tat weh. »Du undankbare kleine Gänseficketin. Meinst du, ich weiß nichts von den Eightpence, die du gestern als Trinkgeld bekommen hast? Auf Knien solltest du mir danken – wenn ich nicht wäre, würdest du in Birdland Enten anbeten und Dreck fressen. Ist dir klar, dass du nicht ein einziges Mal Danke gesagt hast für alles, was ich dir gegeben habe, Flatterer?«

Es platzte aus Shay heraus, ehe sie es aufhalten konnte. »Nenn mich nicht so.« Ihr Gesicht war rot, und sie stemmte sich gegen ihre Tränen. Alle schauten sie den beiden zu: die jungen Frauen, ihre Unterstützer, die Kutscher und die Lehrlinge.

Evans nickte, hatte die Hände noch auf ihren Schultern. Nah genug, dass sie seinen Fleischatem riechen konnte. Er sagte: »Flatterer. Hühnerficker. Wurmfresser. Ich nenne dich, wie ich will. Du gehörst mir.«

Die Worte trafen Shay wie Ohrfeigen. Das waren die Beleidigungen vom Schulhof, wie sie sie von älteren Kindern zu hören gewöhnt war, aber sie brachten ihren Mund ans Reden, ehe ihre Gedanken sie einholen konnten. »Für Leute wie dich gibt es auch Namen. Fettwanst, Kahlkopf, Jungenstehler, Dieb.«

Evans' Gesicht veränderte sich nicht. Seine Miene war vielmehr so gelassen, dass Shay einen Augenblick brauchte, um zu bemerken, was sich geändert hatte. Seine Daumen gruben sich in die Vertiefung unter ihren Schlüsselbeinen, während die anderen Finger weiterhin ihre Schultern festhielten. Der Schmerz folgte unmittelbar auf die Erkenntnis. Sie wand sich, versuchte, sich aus seinem Griff zu befreien, doch er drückte fester zu und zwang sie zu Boden. Zu spät bekam sie ein Gefühl für die Kraft, die hinter seinem schwabbeligen Fleisch steckte. Zwei seiner Männer standen neben den Pferdedroschken und schauten mit gierigen Augen zu. Evans verdrehte Shay die Schulter, zwang ihren Kopf zur Seite und hielt den Mund nah an ihr Ohr.

»Du nennst mich einen Dieb?« Seine Stimme war hell, nicht unfreundlich.

»Es war ein Witz, ein dummer Witz«, murmelte sie.

»Evans, hör auf.« Nonesuch stand inmitten der Mädchenschar.

Evans drehte sich nicht um. »Lord Nonesuch! Da haben wir noch so einen undankbaren Nichtsnutz. Wir hatten wohl viel zu tun heute Morgen?«

Nonesuch antwortete: »Wir müssen hinein, Evans. Ich habe Schminke und Kostüm zu machen. Shay wollte mir dabei helfen.«

Evans lachte. »Du spielst die Göttin Diana. Ich bezweifle, dass dieses kleine Ding hier viel darüber weiß, wie man dich femininer machen kann.« Wieder grub er den Daumen fest in Shays Schulter. »Jedenfalls führen wir hier gerade ein lehrreiches Gespräch. Unsere Freundin hier meint, dass ich Jungen stehle. Wer könnte ihr denn diesen Gedanken in den Kopf gesetzt haben?«

Nonesuchs Schultern sackten herab. »Sie hat das nicht so gemeint, Evans.«

Evans dachte über diese Aussage nach. »Das war aber eigentlich nicht meine Frage, oder?« Er wandte sich erneut Shay zu.

»Warum erzählst du mir nicht genau, welche Jungen ich gestohlen haben könnte?« Seine Nägel gruben sich tiefer ein, und Shay keuchte auf. Fette Finger und schwarze Ringe. Schweiß und Fleisch. Sie sollte den Mund halten, das wusste sie, aber es schauten so viele Leute zu.

»Trussell«, flüsterte sie.

Evans zog sie in die Höhe und wischte über ihre Schultern. Ihre kleine Schar von Verehrern schaute von der Ecke aus zu, und um ihretwillen stand sie wenig aufrechter. »Trussell«, sagte sie. »Du hast ihn von der Straße aufgelesen wie einen saftigen Pfirsich. Pavey. Ich habe gehört, dass du ihn durch die Gassen geführt hast wie eine Gans vom Markt.« Sie schaute Nonesuch in die Augen, doch sein Gesicht war ausdruckslos. »Lord Nonesuch. Aus einer Familie geraubt, die ihn liebte, die ihn ernährte und die ihn noch vermisst.«

Evans machte einen Schritt zurück. Sie hatte ihn überrascht. »Also hat sich unser Sperling heute dazu entschlossen, ein Habicht zu sein? Wie viel haben wir doch gesehen, was?«

Er klopfte sich ab, suchte in seinen Taschen nach etwas, fand es aber wohl nicht. »Trussell. Der hübsche kleine Trussell. Den wollte ich nie. Findest du ihn nicht ein bisschen langweilig? Dieses viele Weinen. Er vermisst seine Familie, er vermisst seinen Hund.« Ihn schauderte. »Insgesamt viel zu anstrengend. Doch leider wollte ihn jemand. Deine alte Freundin, die Königin, kleiner Sperling. Sie hatte ihn in einem Jahr in der Kirche von St Paul's singen gehört, also habe ich meine Befehle bekommen. Master Trussell wird für die Festivitäten bei Hof verlangt. Nicht gleich, aber wenn er erst einmal vollständig ausgebildet ist. Was in seinem Fall ewig dauert.« Er schaute Shay ins Gesicht. »Ist es Diebstahl, wenn die Königin es anordnet? Wenn sie dir befiehlt, ihr das zu verschaffen, was ihr bereits gehört? Und die Antwort bekommst du von mir ganz umsonst: Ist. Es. Nicht.«

Nonesuch kam und wollte Shays Arm nehmen, doch Evans verscheuchte ihn.

»Nun Pavey. Ich begreife, wie dieser Fall aussieht. Rechtlich betrachtet, da bin ich mir sicher, könnte man Argumente dafür vorbringen, dass ich ihn gestohlen habe. Aber dann wiederum habe ich ihn vom Galgen gestohlen. Er hatte noch eine Stunde zu leben, bis man ihm das Genick gebrochen hätte, als ich ihn eingesammelt habe.« Er schaute über die Schulter zu seinen Männern zurück. »Was hatte er noch gleich verbrochen?«

Ein älterer Mann lachte. »Pavey? Der hat das Weihnachtsgeld geklaut. Das für die gesamte Seething Lane. Es war ein ordentliches Sümmchen drin, hab ich mir sagen lassen. Er hatte es unter seinem Bett versteckt.«

Evans schüttelte den Kopf. »Das Weihnachtsgeld für seine eigene Scheißstraße. Großer Gott, aber der Bursche ist ein Idiot. Es war Geld nötig, dazu noch Beziehungen, und ein paar lange, lange Gespräche, um diesen Hals wieder aus der Schlinge zu ziehen. Und ja, wir haben ihn wie ein Tier die Straße entlanggeführt, weil man ja sehen musste, dass er bestraft wurde. Diese Prozession hat ihm wahrscheinlich das Leben gerettet. Wenn ich ihn gestohlen habe, dann auf die gleiche Weise wie Joseph von Arimathäa Christus vom Kreuz gestohlen hat.« Erneut lächelte er harmlos.

»Sie hat verstanden, Evans, es tut ihr leid.« Nonesuchs Hände waren flehend erhoben.

Evans schwieg einen langen Augenblick. Er schaute Nonesuch an und machte einen Schritt zurück. Ein Blick wanderte zwischen den beiden hin und her, irgend so eine Männersache, und Shay glaubte, dass er sie vielleicht gehen lassen würde. Dann sagte er: »Nonesuch allerdings, die Geschichte drückt wirklich auf die Tränendrüsen. Von einem gefühllosen Theaterbesitzer aus dem Busen seiner liebenden Familie gerissen. Also, das lässt sich schon schwerer rechtfertigen, nicht?«

Shay schaute zu Nonesuch hinüber, doch seine Augen waren zu Boden gesenkt. So kleinlaut hatte sie ihn noch nie gesehen, und ihr drehte sich der Magen um.

»Erzähl mir, Küken, von Nonesuchs Familie. Ich nehme an, sie ist von Adel?«

Knoten im Bauch. »Ich weiß es nicht.«

»Aber doch zumindest Gentlemen? Dieses elegante Gesicht und diese schöne Stimme. Sogar der Name. Nonesuch. Ohne Seinesgleichen.« Er sagte das mit Genuss. »Auf der Brücke gibt es ein Nonesuch House. Vier gottverdammte Stockwerke voller adeliger Herren. Sicherlich muss doch einer von ihnen der verzweifelte Vater sein.«

Shay war einmal beraubt worden. Noch ehe sie die Schritte und das Schnappen einer Messerklinge hörte, hatte etwas Animalisches in ihr gewittert, dass Gefahr drohte. Sie wusste nicht, in welcher Form, aber gut würde es nicht werden.

»Ein Gentleman, ja.« Die Mädchen schauten zu Evans. Seine Männer schauten zu Evans. Shay schaute zu Evans. Er rief wieder zur Droschke hinüber: »Dunn, bring mir die Bücher von vor vier Jahren.« Der Mann schnallte eine Tasche vom hinteren Pferd los, dessen Schweif gegen ihn peitschte.

»Welcher Tag war es, Nonesuch?«

Nonesuch wollte nicht aufschauen. Evans reckte einen langen Arm zu ihm hin, um ihm das Kinn hochzuziehen, bis sie einander in die Augen sahen.

»An welchem Tag haben wir uns kennengelernt, mein Sohn? Ich weiß, dass du es weißt. Zwing mich nicht, danach zu suchen.«

»Zwölfter Januar.« Nonesuchs Stimme war klein wie ein Kiesel.

»Stimmt. Januar. Eis auf der Themse, wenn ich mich recht erinnere. Maronenverkäufer machten gute Geschäfte.« Evans blätterte das ledergebundene Buch durch, hielt ab und zu inne und benetzte seine Fingerkuppen. »Hier. Ausgaben am zwölften Januar. Kerzen, Eightpence. Schnupftabak, ein Shilling. Das ist teuer. Vielleicht waren da ein, zwei Beutel für dich dabei, Dunn, was?« Dunn lachte zuvorkommend. »Futter für die Pferde. Wasser und … da haben wir's. Junge: Sixpence.«

Er fasste Nonesuch mit der Hand unters Kinn. »Junge. Da steht kein Name. Ich habe das wahrscheinlich nicht für wichtig gehalten. Also, was meinst du, wer war dieser Junge?«

Nonesuch atmete flach. Er hatte die Hand an der Hüfte liegen, nur wenige Zoll vom Griff seines Messers entfernt. Er sprach mit einer Scheu, von der Shay nicht geglaubt hätte, dass er sie in sich hatte. »Evans. Bitte. Wir müssen das nicht machen.«

Seine Stimme war privat, Evans sprach für die Zuschauer. »Wer war der Junge, der Sixpence gekostet hat?«

»Ich.«

»Das stimmt. Du. Billiger als eine Schachtel Kerzen, was ungefähr angemessen scheint, bei all dem Ärger, den du machst.«

Evans wandte sich erneut Shay zu. »Ich musste nicht stehlen oder aufsammeln oder schmeicheln, um diesen reifen Pfirsich zu bekommen. Er ist mir ganz leicht in die Hand gefallen. Seine Mutter und sein Vater konnten es gar nicht abwarten, ihn loszuwerden. Und, was für eine Überraschung, der Preis, den sie verlangten, reichte genau für eine Flasche Branntwein. Was für Leute waren das, was meinst du, Junge-auf-der-Straße?«

Shay hätte all ihre Habe gegeben, um Evans gleich hier und jetzt sofort anzuhalten.

»Lass es mich dir erzählen. Sie waren genauso Gentlemen wie du, kleiner Sperling. Und du bist überhaupt kein Gentleman.«

Evans legte Shay väterlich die Hände auf die Schultern. Die Pferde peitschten mit den Schweifen, und Fliegen summten. Nonesuch war in sich selbst zusammengesunken. Vielleicht war es jetzt vorbei. Evans wirkte gelangweilt, als er sagte: »Seine Mutter hat sich natürlich zuerst angeboten, das muss ich ihr lassen. Für den gleichen Preis wie für den Jungen, aber nur für eine Stunde. Aber sie war nicht mal die Hälfte wert.«

Wenn Nonesuch nicht diesen Laut ausgestoßen hätte – ein qualvolles, tierisches Jaulen –, wer konnte wissen, wie dann alles geendet hätte. Mit zwei Schritten hatte er Evans von hinten angesprungen, grub ihm seine schmalen Finger ins Gesicht, krallte sich an Augen, Mund, Ohren fest. Shay sah gefletschte Zähne und einen von Schluchzern zuckenden Hals. Evans taumelte, wankte von einem Bein aufs andere, versuchte, das Gewicht abzuschütteln, und dann hieb Nonesuch ihm mit einem widerlich flüssigen Geräusch die Zähne in den Nacken. Evans fuhr mit rudernden Ellbogen herum, doch Nonesuch klammerte sich wie ein Affe an ihn. Evans wirbelte in die andere Richtung zurück, und die Menge stand einen Augenblick reglos vor Schreck da. Das einzige Geräusch kam von Evans, der wie ein von Hunden gehetzter Bär über das Kopfsteinpflaster wankte. Er drehte einen Arm nach hinten und schüttelte sich, doch Nonesuch packte ihn nur umso fester. Dann sah Shay einen dünnen Arm in rotem Samt, der nach unten griff. Nonesuch langte blind nach seinem Messer.

»Nonesuch, nein!«, rief Shay. Wenn er das Messer benutzte, dann wäre das sein Ende, das wusste sie. Ein Schritt, und sie klatschte seine Hand weg, noch einer, und sie packte ihn beim Ellbogen. Evans fuhr herum, versuchte, ihn zu erreichen, und nun blitzten die Bilder ihres Kampfes vor Shay auf. Finger, die an Haarbüscheln zerrten. Ein blutiger Mund, der sich öffnete, erneut zubiss. Ein rückwärts in einen Bauch gerammter Ellbogen. Die Schreie der beiden vermischten sich. Lärm wie im Schlachthof.

Shay zerrte erneut, duckte sich vor einem Ellbogen weg, und Nonesuch zog ebenfalls, war stärker, als sie sich je vorgestellt hätte, doch gleichzeitig wirbelte Evans herum, und sie hielt sein Hemd weiter fest. Es riss vom Kragen bis zum Saum, doch es zwang Nonesuch auch zu Boden, der mit einem dumpfen Knall auf das Pflaster prallte. Auf der Straße wurde es seltsam still; man hörte nur die beiden Männer heftig schnaufen und den Wind zwischen den Türmen hindurchpfeifen.

Evans fuhr sich mit der Hand in den Nacken, sie war rot von Blut. Shay stellte sich zwischen die beiden und hob die Hände. Das war genug Zeit für Nonesuch, um sich mit weit aufgerissenen Augen von den Knien hochzurappeln, und für das Herbeieilen von Stiefeln, als Evans' Leute begriffen, was hier geschah. Shay baute sich vor Evans auf und machte den Mund auf, um ihn zu beschwichtigen.

Er kegelte sie mit einer weiten Armbewegung quer über die Straße, und sie landete unsanft auf dem Ellbogen und schlug dann mit dem Schädel auf. Knirschend krachten ihre Zähne aufeinander, und als sie versuchte, sich aufzurichten, gab der Arm unter ihr nach. Kalte, nasse Pflastersteine und ein Kissen aus Pferdeäpfeln. Sie versuchte es erneut mit dem anderen Arm, aber sie konnte nicht viel sehen. Evans und seine Männer waren fort. Schließlich stand sie wieder auf den Beinen und machte sich auf den Weg in die Gasse, aus der sie gekommen waren; von dort würde sie einen besseren Überblick bekommen. Sie hievte sich auf das Seitengebäude, kletterte dann einarmig auf das Dach. Ihr Ellbogen pulste vor Schmerzen, war aber nicht gebrochen. Vom Dach aus gesehen, lagen die Straßen wie eine Landkarte vor ihr. Der Fluss war am Fuß des Hügels; Nonesuch würde dort wahrscheinlich links abbiegen, denn die offenen Innenhöfe von Bridewell lagen rechter Hand, und da wäre er zu leicht zu sehen. Also hielt Shay sich auch links, rannte über das gedellte Bleidach von St Andrew by the Wardrobe bis zur Straßenecke. Unter ihr schwärmten Evans und seine Leute aus, jeder in eine andere Straße, aber von Nonesuch war keine Spur. Er war zu schnell gewesen.

27

Unter Shays Schlüsselbeinen blühten Blutergüsse auf, und ihr Ellbogen war geschwollen wie ein Ei. Jedes Mal, wenn sie den Hals bewegte, knackte es besorgniserregend. Die Vorstellung am Abend würde trotzdem sicherlich stattfinden – bei Evans gab es keine Absagen –, doch die Hauptrolle hatte stets Nonesuch gespielt. Im Osten klangen die Kirchenglocken, und mit einem Schlag wurde Shay klar, dass es nur noch eine Stunde bis zur Vorstellung war. Sie saß im Schatten des Theaterdachs und beobachtete die Straße unten. Ein Strom von Menschen bewegte sich auf Blackfriars zu: Holländer mit Huren aus dem Bordell der Holland's Leaguer in Riesenhüten und Scharen von jungen Galanen, die den Tabak rauchten, der in diesem Monat gerade in Mode war. Evans' Leute kamen und gingen, aber von ihm selbst war nichts zu sehen.

Ein Geräusch: Schritte auf dem Straßenpflaster, schwerer Atem. Wenig später erschienen zwei Arme, und dann hievte sich Nonesuch auf das Dach hinauf. Sein Gesicht war rot verschwitzt, und sein Haar hing strähnig herunter. Er kam zu ihr herübergerutscht, und Shay legte wortlos einen Arm um ihn. Sie spürte seinen Herzschlag und das Zittern seiner Arme.

»Machen sie die Vorstellung?«, fragte er.

»Ich bin mir nicht sicher, aber die Türen sind geöffnet. Wer übernimmt deine Rolle, wenn du … krank bist?«

»Trussell vielleicht. Er hat die Rolle auch schon geprobt. Aber ohne seine Souffleuse ist er verloren.«

Nonesuchs Augen glänzten wie nasse Farbe, und beide starrten sie auf einen Himmel, der sich gerade von einem leichten Erröten zur Farbe eines Blutergusses verfärbte. Wie er so mit hängenden Schultern dasaß, sah er aus wie ein Kind. Über seinem linken Auge war die Haut aufgeplatzt und tiefrot wie Hagebutten. Shay drückte ihren Fuß seitlich gegen seinen.

»Wir waren alle unterwegs und haben dich gesucht.« Das klang vorwurfsvoller, als sie es beabsichtigt hatte.

»Du hättest einfach hier warten können. Es gibt für mich keinen anderen Ort, wohin ich gehen könnte.«

Wortlos schauten sie zu, wie die Farben aus dem Himmel gebleicht wurden.

»Warum hast du mir nie von deinen Eltern erzählt?«, fragte Shay. »Es ist mir gleichgültig, dass du kein Lord bist. Ich hätte dich vielleicht sogar lieber gemocht. Du weißt, was ich von Gentlemen halte.«

Zum ersten Mal schaute er sie richtig an. »Ich habe mir diesen Namen nicht gegeben, damit man mich mag, Shay. Ich brauchte die Macht des Namens: Lord Nonesuch. Ein Titel öffnet Türen, Brieftaschen und Beine. Zu Anfang stand Evans auch hinter dieser Idee; denn nichts macht eine gewisse Sorte von Kunden mehr an als ein piekfeiner Bursche im Kleid. Dazu musste er bloß ein bisschen lügen. Wenn er mich wie einen gefallenen Gentleman behandelte, dann war ich ein Gentleman, ganz unabhängig von meiner wahren Herkunft. Es gibt jede Menge in Armut geborene Männer, die genug Geld angehäuft haben, um die Erinnerung an Eltern auszulöschen, die wesentlich bescheidener als meine waren. Nein, es kam nur auf den Namen an. Ein Name ist wie ein Zauberspruch.«

In den Nachbarhäusern leuchteten Lichter auf. Über

die Fenster legte sich ein Schimmer wie von Glühwürmchen, und im Osten blitzten Sterne durch die samtschwarze Nacht.

»Weißt du, wie die Königin jemanden von einem normalen Sterblichen zu einem Lord verwandelt?«, fragte er. »Mit sieben Wörtern: ›Ich erkläre dich zum Lord von Irgendwas.‹ Sieben Wörter, und ein Mann wird über alle anderen erhoben. Namen und ihre Macht, Shay, und natürlich Schwerter in der Hinterhand. Mehr ist das nicht.«

Er zog seinen Fuß weg. Shay war es, als hätte sie eine Treppenstufe verfehlt, als ihr plötzlich klar wurde, dass er wütend auf sie sein könnte.

Sie wollte ihn von der Vorstellung ablenken, die schon bald unten im Theater stattfinden würde. Sie fragte: »Wer bist du also in Wirklichkeit?«

Der Himmel glitt von einer schier unmöglichen Farbe in die andere. Nonesuch rutschte näher zu ihr, bis seine Lippen nur wenige Zoll von ihrem Ohr entfernt war. »Mein Name ist Gully.«

Sofort hörte man aus der Ferne den Ruf einer Seeschwalbe.

»Nun, das war er jedenfalls. Ich denke, er ist es wohl noch. Geboren bin ich auf einem Bauernhof irgendwo in der Einöde, und ich kann mir nicht vorstellen, dass meine Eltern sich die Mühe gemacht haben, meine Geburt anzumelden.«

Er zupfte an einem Krümel Tusche am Ende einer Wimper und sagte: »Mein Vater war Sündenfresser und meine Mutter Säuferin. Eigentlich war mein Vater auch Säufer, aber er musste das mit seiner Arbeit irgendwie unter einen Hut bringen. Meine Mutter konnte sich ganztägig dem Trinken widmen.«

»Was ist denn ein Sündenfresser?«, fragte Shay. Das Wort klang, als stammte es aus einem Märchenbuch.

Nonesuch reckte die Arme, als wäre er zuvor unter den Erinnerungen zusammengeschrumpft.

»Es ist ein Beruf, wie es ihn nur am Ende der Welt geben kann. Auf dem Land glauben die Leute, dass die Sünden eines Toten auf eine andere Person übertragen werden können und so der Verstorbene trotzdem noch in den Himmel kommen kann. Und nun rate mal, wer all diese Sünden bekommt?«

»Der Sündenfresser?«

Er nickte. »Mein Vater wurde immer dann gerufen, wenn ein ortsbekannter Übeltäter gestorben war. Es musste schon ein ordentlicher Sünder sein, für weniger als Totschlag ist er nicht aufs Pferd gestiegen. Dann ritten wir drei in irgendein jämmerliches Dorf, und er hockte sich auf diesem blödsinnigen kleinen Schemel, den er immer mitnahm, neben den Sarg. Und die Familie brachte ihm einen Kanten Brot und einen Krug Bier. Denn man dachte, dass er, wenn er aß und trank, auch all die Sünden des Verstorbenen mit in sich aufnahm.« Er schüttelte den Kopf. »Idioten, alle miteinander. Er war derjenige, der mich Gully genannt hat. Meine Mutter nannte mich einfach nur Junge. Die Kinder im Dorf riefen mir Schimpfnamen hinterher. Gully-im-Dreck. Schlamm-Junge. Gully-von-nirgendwo.«

Shay dachte: Gully, wie Gull, Möwe: nassforsch, schmeichelnd, dreist. Gully: ein Abfluss, ein Wegwaschen von allem Möglichen.

»Und weil wir jeden Monat frischen Nachschub von sterbenden Sündern brauchten, zogen wir ständig an neue Orte. In irgendein unbekanntes Nest, wo ich noch immer dünn und rothaarig und unscheinbar war und meine Eltern noch immer lächerlich waren. Das sind alles Dinge, die erfinderische Kinder zur Zielscheibe auswählen. Aber deswegen haben sie mich nicht gehasst. Sie haben mich gehasst, weil ich nicht geliebt wurde.«

Diese Worte hingen da wie ein Tuch über der Wäscheleine.

Nonesuch schüttelte den Kopf. »Kinder merken das immer.«

Von der Straße erschallte ein Ruf »Türen« – und dann die zwei dumpfen Schläge, als die Eingangstür geschlossen wurde. Drei Stockwerke weiter unten würde Trussell jetzt mit seinem Monolog anfangen. »Dann erzähle mir, wie aus dir Nonesuch geworden ist.«

Zuerst dachte Shay, er habe sie nicht gehört. Er saß da, ganz aufmerksam, lauschte auf das Publikum unten, doch dann schaltete er wieder auf seine Bühnenstimme um. »An dem Tag, als er mich gekauft hat, hat Evans nicht nach meinem Namen gefragt. Er war mit seinen Männern so unangekündigt angekommen wie ein Platzregen, alle zu Pferd, und die Felle glänzten wie Leder.«

Jetzt war das Dach sein Theater, der Sonnenuntergang seine Kulisse.

»Er stand beim Galgen, denn das kam bei uns einer Bühne am nächsten.« Nonesuch richtete sich auf und imitierte Evans mit belegter Stimme. ›Alle Jungen, die singen können, stellen sich hier in eine Reihe.‹ Aber es gab nicht viele Abnehmer; die schlaueren Eltern versteckten sich und ihre Kinder. Ihnen gefiel Evans' Meute gar nicht: diese abgewetzten Schwertfutterale, die Narben im Gesicht. Nur drei Jungen waren mutig oder blöd genug und traten vor. Der erste war ein blasser Bursche, knapp am Albino vorbei, zappelig dünn wie ein Wiesel. Er wollte ihnen zuerst seinen Namen nennen, doch Evans tat das mit einer Handbewegung ab. ›Ich brauche eine Stimme, keinen Namen.‹ Der Junge sang ganz ordentlich, mit Schwung und einem mutigen Versuch, auch hohe Noten zu treffen, doch Evans winkte ihn schon vor dem ersten Refrain zur Seite.«

Shay konnte sich das deutlich vorstellen. Wie der Wind über das Strohdach und die nackten Pfosten des Galgens pfiff.

»Ein Bursche namens Burns kam als Nächster dran. Der kam nicht einmal dazu, überhaupt den Mund aufzumachen. Evans schickte ihn gleich fort. Der Junge schaute enttäuscht drein, der blöde Hammel. Daraus habe ich aber was gelernt. Ganz gleich, was sie sagten, diese Leute waren hinter mehr her als nur einem Sänger. Der dritte Junge, Herrgott, der war noch jünger, hielt die Mütze in der Hand und näherte sich so ängstlich, als stünde der Galgen in Flammen. Auf Evans' Befehl machte er den Mund auf, und dann kam … nichts. Einer der Männer stupste ihn mit dem Schwert an, und die Menge lachte, als er sich bepisste. Für Evans die reine Zeitverschwendung.«

Nonesuch trat an die Dachkante und sprach auf die Straße hinaus. »Doch dann spürte ich Hände auf der Schulter und an der Taille.« Er legte seine Hände an diese Stellen.

»Meine Mutter war eine massige Frau mit Armen wie Schinken. Sie schubste mich zwinkernd auf die Männer zu und rief: ›Der hier singt wie ein Vögelchen.‹ Ich sagte: ›Ja, wie eine Krähe‹, und das erntete mir Gelächter.«

Erneut schüttelte er den Kopf und beantwortete eine Frage, die Shay nicht gestellt hatte. »Ich frage mich, was Evans an diesem Tag in mir gesehen hat. Ich suche manchmal im Spiegel danach. Aber vielleicht kann man es bei sich selbst nicht erkennen, was immer es sein mag. Jedenfalls zeigte er sofort Interesse. Er legte mir eine Hand auf den Kopf und drehte mich zu sich, suchte nach Gott-weiß-was, und dann führte er mich die Stufen hinauf.«

Nonesuch hielt inne, um auf irgendein Geräusch unten zu lauschen.

»Also war mein erster Bühnenauftritt bei einem Galgen. Na gut. An dem Tag bin ich ja gestorben, und ich werde wieder sterben.«

Er richtete sich auf. »Evans hat mir befohlen, zu singen, also habe ich gesungen.«

Shay hatte ihn noch nie singen hören. Er sang mit präzisem, farblosem Ton.

»Sie kamen aus der Stadt, in Kleidern wie aus Gold
Die Nasen hoch erhoben, sie waren voller Stolz,
Schickt sie zurück, mit 'nem Tritt in den Arsch
Schickt alle zurück, mit 'nem Tritt in den Arsch.«

Er lächelte kaum merklich. »Die Reaktion war nicht so, wie ich es gewöhnt war. Keine Rufe nach mehr, kein Gelächter, niemand fiel auch nur in den Refrain ein. Die Menge blieb stumm, und Evans musterte mich ein letztes Mal von Kopf bis Fuß. Dann wies er seine Männer an, mich mit den Gänsen hinten auf den Karren zu werfen.«

Weit unter ihnen öffneten sich Türen, ließen kurz eine Welle von Lärm frei. Einige Gentlemen pissten abwechselnd in die Gasse neben dem Theater. »Pause«, sagte Nonesuch.

»Evans' Männer haben mich auch nicht nach meinem Namen gefragt. Ich lag im Dunkeln auf dem Stroh und hatte die schnatternden Gänse als Gesellschaft. Durch einen Spalt in der Seitenwand konnte ich sehen, wohin wir fuhren. Stundenlang nur Bäume, und dann erwachte endlich die Stadt rings um uns herum zum Leben. Erst nur schmuddelige kleine Dörfer, gefolgt von staubigen Lagern. Waschfrauen bei schwarzen Tümpeln und die Segel von Zelten wie gestrandete Schiffe. Hinein nach Southwark, wo es um Schlag acht taghell war. Fackeln an jeder Ecke, Straßen seidenglatt.

Die London Bridge war in jener Nacht verstopft, wir kamen langsamer voran, als wir zu Fuß gewesen wären. Ich erinnere mich noch, dass zwei Männer mit Lederhandschuhen ein Kamel an uns vorüberführten, ein echtes, lebendiges Kamel. Und hinter ihnen sah ich ein Gebäude, und auf einem Stein im Türsturz stand: NONESUCH HOUSE, 1543. So ein schönes Wort, man kann es auf der Zunge im Mund herumrollen.«

Vom Theater wallte Gelächter hoch, und Nonesuch verzog säuerlich das Gesicht.

»Nach der Brücke setzten die Reiter ihre Peitschen eifriger ein, und zudem rochen die Pferde den heimischen Stall. Schließlich waren wir in Blackfriars, nicht dass ich das damals gewusst hätte. Einer der Männer führte mich durch das tote Theater. Das war mein erstes Mal auf einer echten Bühne, dieses Gefühl wie in einer Kirche und der Kneipengeruch. Stufen hinunter in einen Keller voller Jungen. Zwanzig Gesichter – noch nicht feindselig, aber bereit dazu. Mein Entführer schob mich vorwärts und sagte: ›Neuer Junge.‹ Jemand fragte: ›Hat er einen Namen?‹

Inzwischen war die Nacht still, und das Theater auch.

»Es ist gleichgültig, wer sie waren, zwanzig Gesichter sind ein Publikum. Ich wartete, ich seufzte, und dann zog ich eine Pfeife aus der Tasche: ›Nennt mich Nonesuch‹, habe ich geantwortet.«

Von unten schallte Applaus nach oben.

»Der zweite Akt ist zu Ende«, sagte Nonesuch. »Trussell hat also wohl den Mord geschafft.« Er stellte sich wieder an die Dachkante: eine schwarze Gestalt vor einem schwarzen Himmel. »Innerhalb einer Woche hatte ich meine erste Sprechrolle, innerhalb eines Monats meine erste Hauptrolle. Es gab hier Jungen, die hübsch waren, und es gab Jungen, die singen konnten. Ein paar waren hübsch und konnten singen. Aber keiner von ihnen konnte lügen. Wenn du einmal ein Messer an der Kehle hattest und nur noch fünf Sekunden Zeit, um zu erklären, warum die Taschenuhr eines Gentleman unter deinem Bett ist«, er schaute in die Dämmerung hinaus, »dann ist es ein Kinderspiel, Cleopatra, die kindliche Königin und Geliebte der Caesaren, zu spielen.«

Sie saßen eine Weile schweigend da. »Es gibt noch andere Theatertruppen«, sagte Shay. »Erwachsene.«

Seine Antwort kam sofort: »Was meinst du, was halten die von Jungen wie mir?«

Die Feindseligkeit zwischen den Jungentheatern und den erwachsenen Truppen war offensichtlich genug. Shakespeare hetzte gegen Evans, Lord Strange mokierte sich über die St Paul's Boys. Doch Shay hatte das bisher eher als einen Wettbewerb unter Gentlemen gesehen, ein Spiel für die reichen Männer, so wie Zinnsoldaten für kleine Jungen. Nie hatte sie in Erwägung gezogen, dass Nonesuch oder Trussell oder die anderen auch aktiv an diesen Kämpfen beteiligt waren.

»Ich weiß es nicht«, antwortete sie.

»Sie finden, und das ist ein wörtliches Zitat, dass ich recht ordentlich vorspreche. Ein bisschen überkandidelt, aber nichts, was man nicht aus mir rausprügeln könnte. Aber sie würden einen Schauspieler vorziehen, der seine Lehrjahre damit verbracht hat, Text zu lernen, anstatt bei irgendwelchen Gentlemen auf dem Schoß zu sitzen.«

Shay wusste, dass sie sich auf den falschen Teil seiner Antwort konzentrierte, doch sie konnte nicht anders. »Du hast anderswo vorgesprochen?«

Nun wirkte er noch verzweifelter als bei seiner Ankunft. »Natürlich. Das haben wir alle gemacht. Es ist ja nicht so, dass wir irgendwas anderes könnten. Im Tower sind wir schon, wir warten nur darauf, dass der Henker an die Tür klopft.«

Shay wurde übel. Gerade war eine völlig neue Welt vor ihr aufgetaucht. Würde sie so schnell wieder verschwinden, wie sie gekommen war?

»Und du, Shay?« Seine Stimme war plötzlich sanft. Es lag Besorgnis darin.

»Was?«

»Du verstehst, dass dies Schicksal auch dir blüht?«

Nein. Das hatte sie nicht verstanden. Zumindest bis jetzt nicht. Nachdem er es gesagt hatte, war es natürlich eindeutig wahr.

»Du bist nicht Evans' erste Wahrsagerin. Und du wirst nicht seine letzte sein. Was geschieht, wenn die nächste Sensation in London auftaucht und du nicht mehr die Eintrittskarte zur Königin bist? Was meinst du, wie wird er dich dann behandeln?«

Ihr Magen rebellierte; sie dachte an all die spitzen Bemerkungen, die sie gegen Evans gerichtet hatte, und die Wut, die er gegen sie hegen musste.

»Wer wird dich dann vor Gilmour schützen? Wer wird dich vor den Familien derer schützen, die von deinen Schwarzen Mauerseglern entführt wurden? Oder, wenn sich eines Tages die öffentliche Meinung gegen diese Truppe wendet, wer schützt dich dann vor Elizabeth?«

Shay wartete darauf, dass er sagen würde, er täte das, er hätte einen Plan. Aber so als Silhouette, die sich vor dem Nachthimmel abzeichnete, wirkte er zart wie ein junger Baum. Winzig und müde; nur ein Junge.

»Das Geistertheater«, sagte er mit fester Stimme. »Das ist die Zukunft. Zumindest meine.«

Er kniete sich hin und nahm Shays Hände in die seinen.

»Die Sache ist die, Shay: Die Bühne ist der einzige Ort, wo die Welt einen Sinn ergibt. Da draußen«, er breitete die Arme weit aus, »ist alles Willkür. Helden sterben, und die Guten müssen leiden.« Er stampfte mit dem Fuß auf das Theaterdach. »Das hier ist der Ort, an dem die Wahrheit lebt. Draußen ist alles tot, nichts kann atmen, nichts kann wachsen. Wörter sind Totgeburten. Aber hier …«

Er stand auf und reckte einen Fuß zu einer Heldenpose vor und richtete seine Worte an die Wolken. »Hier sind wir die Könige.«

Er schnipste mit den Fingern, und von unten wehte ein Rauchfaden herauf. Man hatte wohl die Laternen am Bühneneingang gelöscht.

»Die wirkliche Welt hat uns nichts zu bieten. Ihre Kulissen sind platt. Ihre Texte sind sinnlos. Ihre Kostüme sind fad.«

Nonesuch stieß einen langen Seufzer aus.

»Shay, da draußen würden wir sterben.«

28

Die Pest kam im neuen Jahr. Die Pest und das Geistertheater waren die einzigen großen Spektakel in der Stadt. Die Pest hatte ihren ersten Auftritt in der Crooked Lane, und bis zum Monatsende war jedes zweite Haus mit Brettern vernagelt, und die Nachbarn in der Nähe packten ihre Wertsachen zusammen und beschlugen ihre Pferde.

Das Geistertheater konterte mit einer mitternächtlichen Vorstellung oben auf dem Wasserrad an der London Bridge. Nonesuch wurde von Männern in schwarzem Leder bis zum Scheitelpunkt des Rades gehetzt, von wo er wie ein Eisvogel in die Leere hinabsprang. Daraufhin setzte eine Schar von Lehrlingen vom Buttolphe Wharf bis zum Custom House mit Fackeln Schiffe in Brand, bis es aussah, als stünde der Fluss selbst in Flammen.

Der Februar kam, und die Pest verwandelte Billingsgate in eine Geisterstadt. Schon bald darauf fielen ihr die Bezirke Langbourn, Candlestick und Dowgate zum Opfer. Eine königliche Reise nach Norfolk wurde heimlich einen Monat vorverlegt, und sobald Elizabeth fort war, verschwanden auch die Reichen so schnell aus der Stadt wie zuvor die Armen. Die Warteschlangen vor Shays Zimmer schrumpften, bis sie von Glück sagen konnte, wenn sie am Tag zwei Sitzungen zum Kartenlesen hatte.

Das Geistertheater stand der Pest allergings in nichts nach. Im März errichtete die Truppe in Tyburn die Attrappe eines Galgens und forderte einen Penny dafür, dass Strohpuppen in allen möglichen gewünschten Kostümen gehängt wurden. Lachende Jungen richteten Lords und Sklavenbesitzer, Politiker und Priester hin. Nonesuch steckte alle ihre Pennys ein, und Alouette, Blank und Shay drückte beide Augen zu. Wer wusste, wo er jetzt untergekommen war – sie hatten zumindest noch ein Dach über dem Kopf.

Die Pest zog nach Westen, und die Pest zog nach Norden, rauschte durch die ärmeren Straßen wie eine Wasserflut. Jeden Tag schloss ein weiteres Theater oder Wirtshaus. Schauspieler bettelten an Straßenecken, während in den Kellern das Bier sauer wurde.

Shay hatte nun viel Zeit und entfloh in die Höhe hinauf wie eine Schwalbe. Sie hielt sich nur noch auf dem Dach auf, aß dort, schlief manchmal dort, kam nur herunter, um wahrzusagen. Ihre Welt war die der hohen Gefilde, Nonesuchs Welt die der niederen. Er nistete sich in verlassenen Pesthäusern ein, war umwölkt von Rauch und schlimmen Gedanken.

Meist trafen sich die beiden jetzt auf der Bühne – oh, wer sollen wir denn heute mal sein? –, und Nonesuch schrieb Rollen für Shay, in denen sie ihn immer und immer wieder betrog. Ihre Kämpfe und Küsse, ihre Ängste und Wutausbrüche, all das fand unter den Augen von hundert Fremden statt, gipfelte in brennenden Gebäuden.

Von den zwei Spektakeln in der Stadt hatte das Geistertheater das Drama, die Pest jedoch die höheren Zuschauerzahlen. Einem von beiden würde London zum Opfer fallen.

29

Shay und Nonesuch gingen durch die Straßen von Queenhithe, die so verlassen waren wie Landstraßen, zwischen Häusern hindurch, die einander über ein Nebelmeer hinweg gegenüberstanden. Als in weiter Ferne Kirchenglocken erklangen, stellte sich Shay vor, die Gebäude seien Schiffe in Seenot, die auf dem Meer trieben. Zum ersten Mal seit Monaten waren Shay und Nonesuch auf Straßenhöhe zusammen – in diesen Tagen der Pest jagte sie niemand, nicht wenn die Verfolgung einem glühendes Fieber und Pestbeulen in der Achsel eintragen könnte. Also konnten sie mitten über die Trinity Lane schlendern wie zwei Galane bei St Paul's. Shay würde es nie wagen, das auszusprechen, doch sie fand London in diesen Pestzeiten wunderschön. Sie liebte die Feuer, die an allen Ecken brannten, als dort Berge von infizierten Kleidungsstücken und Bettzeug loderten und dem Dunst noch eine Schicht Rauch hinzufügten. Aus der Ferne sahen sie aus wie geisternde Irrlichter, doch wenn man sich näherte, hörte man sie knistern, als Flöhe und Wanzen brutzelten und starben. Die Scheiterhaufen schleuderten ganze Hände voller strahlender Glut in die Luft, die später als schwarzer Schnee wieder herunterfiel. Nonesuch führte Shay über die Gasse. Sie gingen zehn Schritte hinter zwei Pestdoktoren in bodenlangen schwarzen Umhängen und mit spitzschnabeligen Metallmasken. Nonesuch folgte der Spur des beißenden grauen Rauchs, den die in den Schnabelmasken verbrannten Kräuter verströmten – Kampfer und Gewürznelken, Laudanum und Rosenblüten. Die Umhänge der Doktoren streiften über den Boden, so dass es aussah, als glitten sie über die zerfurchten Straßen. Shay und Nonesuch ließen sich im Kielwasser der Doktoren und hinter dem Pochen ihrer Stöcke auf einer Welle von verbrannten Blütenblättern treiben. Tapp tapp tapp tapp tapp. Die Doktoren wirkten in der traumgleichen Luft wie mythische Gestalten.

Wieder erklangen Glocken, meilenweit entfernt. Eine Erinnerung daran, dass in den reicheren Bezirken der Stadt das Leben weiterging wie immer. Doch hier war das einzige Geräusch auf der Straße das Schlappen der Plakate an den Pesthäusern in der Nähe. An den wohlhabenderen Gebäuden hingen Schilder mit der Inschrift: GOTT VERGEBE UNSEREN SEELEN, während bei den ärmeren einfach nur ein rotes X die Menschen warnte, diesen Ort weiträumig zu umgehen. Shay und Nonesuch kamen an einem schäbigen Haus vorüber, auf das jemand einen knappen Fuß über dem Boden ein grobes Kreuz gemalt hatte. Shay zitterte bei dem Gedanken, wie jung man sein musste, um nur so hoch reichen zu können – fünf, sechs Jahre? Hinter der Tür war ein wildes Bellen zu hören, und Shay blieb stehen, war hin und her gerissen. Sofort begannen Klauen an der Tür zu scharren, doch Nonesuch zog sie weiter. »Komm schon, wirklich sicher sind wir nur im Kielwasser dieser Quacksalber, das weißt du.«

Sie huschte hinter ihm her, achtete auf jeden Schritt. Ohne dass den ganzen Tag lang Pferde hier stampften und pissten, war die Straße so hart wie Steinpflaster. Nonesuch sagte: »Die Pest ist eine großartige Möglichkeit für dich, weißt du? Alle anderen Theater schließen. Die King's Men sind irgendwo in den Norden gezogen. Beim Curtain sind rechts und links Pesthäuser, also mögen vielleicht zwar die Schauspieler hingehen, aber das Publikum geht nicht. Es ist egal, dass in London wenig los ist. Denn nur im Blackfriars ist noch was los.«

Er zog sein Schwert aus der Scheide und probte ein paar Bewegungsabläufe, schnitzte Formen in den Nebel. Nun wandte er sich Shay zu, eine Hand noch hinter dem Rücken. »Sie haben London den Tapferen überlassen …« Er berührte seine Brust mit der Schwertspitze und verbeugte sich: »… und den Narren.« Im Nu war die Klinge an ihrer Kehle. Sie schlug sie zur Seite.

Die Pestdoktoren bogen rechts ab, wurden vom Dunst ausgelöscht. Shay und Nonesuch wandten sich nach links. Es war, als wachte man aus einem Traum auf. Im Westen Londons herrschte noch geschäftiger Trubel, und der Nebel begann sich zu verziehen. Nonesuch deutete auf einen Kutscher, der auf seinem Karren schläfrig im Rhythmus der Pferdehufe nickte, und flüsterte: »Komm.« Er hob Shay hinten auf den Karren und schwang sich dann selbst hinterher. Die Bretter bogen sich unter ihrem Gewicht, doch der Fahrer drehte sich nicht um. Nonesuch flüsterte: »Unsere eigene Kutsche.«

Shay ließ die Beine baumeln und schaute zu, wie die Stadt vorüberrauschte wie Wasser. Auf den Tischen der Geschäfte türmten sich Strumpfwaren und Gemüse, kalter Braten und Stoffballen. Lehrlinge lehnten gähnend in Eingangstüren, machten Platz für Frauen mit Kopftüchern, mit Halskrausen, mit Zobelpelzen. Karren donnerten vorüber, während Reiter sich durch den langsameren Verkehr schlängelten. Schilder quietschten an ihren Stangen, und aus dritten Stockwerken wurden Eimer auf die Straße geleert. All das, das schiere Gewicht von alldem gab Shay das Gefühl, winzig zu sein; wie konnte eine einzige Straße so viel Leben enthalten? Und dies war nur eine von Hunderten von Straßen. Ein wahnwitziger

Wirbel von Menschen und Tieren, Farben und Klängen, alles miteinander verflochten, bis daraus ein Zwitterwesen wie aus den Legenden wurde: ein tausendköpfiges Ungeheuer mit einem Brüllen, das einen taub machen, und einem schrillen Gefieder, das einen blind machen könnte. Shay lief der wohlige Schauer des Besitzerstolzes über den Körper. Meine Stadt. Meine Leute. Es schien alles so herrlich, selbst der Gestank und der Schweiß, der Schlamm und der Stein.

»Wach auf, du Schlafmütze.« Nonesuch stupste sie an, als sie sich der Kreuzung beim Theater näherten. Sie sprangen gemeinsam vom Karren, und erst jetzt bemerkte sie der Fahrer, doch nun gingen seine Beschwerden für immer im Blutgebrüll Londons verloren. Am Bühneneingang standen keine Mädchen. Keine Kutschen lieferten irgendetwas an, und niemand hatte die Pflastersteine abgespritzt. Nonesuch küsste Shay auf den Scheitel und sagte: »Bis später. Tu nichts, was ich nicht täte.«

Er war schon halb um die Ecke, als Shay ihn noch einmal zurückrief. Die Türgriffe des Theaters waren mit Seilen zusammengebunden, und darüber hing an einem Nagel ein Brief auf cremeweißem Papier. Er flatterte im Wind wie die Pestzettel, war jedoch in einer engen, geschwungenen Schrift verfasst. Shay erkannte die Unterschrift des königlichen Festmeisters und wusste, was da stehen würde. Nonesuch las über ihre Schulter mit, und sie sagte zu ihm: »Du hättest das Schicksal nicht herausfordern sollen. Wir machen anscheinend auch zu. Es hat einen Pestausbruch in der Creed Lane gegeben.«

Das war nur zwei Straßen entfernt. Sie las weiter. »Da steht: auf unbestimmte Zeit.«

Ihr krampfte sich der Magen zusammen. Sie war auf die Einkünfte vom Soufflieren und Kartenlegen angewiesen, nachdem sie Lord Eltham verloren hatte. Jetzt blieben ihr nur die Botengänge, und nun, da die halbe Stadt in Quarantäne war, herrschte ein erbitterter Wettbewerb. Kinder, die halb so alt wie sie waren, übernahmen Botengänge für einen Hungerlohn. Sofort hatte Shay Gewissensbisse – anderen ging es noch schlechter. Was konnte ein Blackfriars Boy in einer Stadt ohne Theater schon machen? Die beiden standen noch eine Weile beim Eingang, und Shays Kopf ruhte an Nonesuchs Schulter. Sie waren sich unschlüssig, was als Nächstes zu tun war. Dann erschallte von oben eine Stimme.

»Na, wenn das nicht die Kürzlich-arbeitslos-Gewordenen sind.« Ein Gesicht hing kopfüber aus einem Fenster. Eine fettige schwarze Haarlocke und geplatzte Äderchen: Evans.

Er schaute sie unverwandt an, und das Schweigen zog sich in die Länge. Dann sagte er: »Kommt hoch, alle beide. Ich könnte euch vielleicht vor dem Armenhaus retten.«

Erst jetzt wurde Shay klar, wie sehr das Theater in den vergangenen Monaten heruntergekommen war. Die Luft war muffig, und Requisiten und Kostüme lagen in Haufen herum. Von der erwartungsvollen Stimmung, die hier normalerweise herrschte, war nichts mehr zu spüren. Als sie die unbeleuchteten Treppen hinaufstiegen, beobachtete Shay Nonesuchs Gesicht. Auf seiner Miene zeigte sich grimmige Entschlossenheit.

»Hast du mit Evans gesprochen seit … seit jenem Tag?«, fragte sie. Nonesuch schüttelte den Kopf. Ihre Schritte hallten im Gleichklang durch das Treppenhaus, und in der Luft lag die Kühle von draußen. Tapp, tapp, tapp, wie Schritte zum Galgen hinauf. Sie trafen Evans in dem Raum an, in dem Shay sonst ihre Wahrsagestunden hielt. Irgendwann einmal war das Dach undicht geworden, und die Waldkulisse hatte auf halber Höhe schmuddelige Wasserränder. Es roch überall wie im Marschland. Evans lümmelte sich auf dem Vogelthron und nippte an einer Branntweinflasche. »Also, willkommen im wirklichen Geistertheater. Das Publikum ist tot, aber die Miete ist noch Wirklichkeit. Wie geht's eurer kleinen Truppe? Reicht ihr noch immer den Hut herum wie die Betteljungen?« Er sprach Shay an, zu Nonesuch verirrten sich seine Augen nie.

Doch dann antwortete Nonesuch. »Uns geht's besser als diesem Theater. Uns kann niemand die Türen versperren.«

Evans schüttelte den Kopf. »Das werden wir sehen. Sie schließen auch die Gasthäuser und verschärfen die Ausgangssperre. Dann wollen wir mal sehen, wie großzügig eure Zuschauer sind, wenn sie kein Bier im Bauch haben. Und der königliche Festmeister wird jetzt ein ganz besonderes Augenmerk auf eure kleinen Gänschen haben, da er mich und die anderen nicht mehr hat und ausnehmen kann. Ihr könnt damit rechnen, dass er großes Interesse zeigt, wenn ihr das nächste Mal eine Vorstellung habt.«

Darüber hatte sich Shay bereits Sorgen gemacht. Bisher hatte der Festmeister Wichtigeres zu tun gehabt, als sich um ihre Truppe zu kümmern. Sie fragte Evans: »Und was macht Ihr jetzt, da das Blackfriars geschlossen ist?«

Evans reckte sich. Er stank nach Schnaps und Schweiß. »Aufs Land ziehen und abwarten, bis die Pest vorbei ist. Ein paar Rehe schießen und die Frau ficken. Oder umgekehrt. Wichtiger ist aber: Was macht ihr beiden?«

Noch immer schaute er betont nur zu Shay, und sie konnte sehen, dass das Nonesuch mutiger machte. Er trat vor Evans hin und fragte: »Warum schert Euch das? Ich dachte, wir wären für Euch nicht mehr von Interesse?«

»Seid ihr auch nicht, aber ich hatte ein Angebot, die Blackfriars Boys auf eine Tournee zu schicken. Im Norden ist die Pest noch nicht ausgebrochen, und an Kultur haben die nur Narren und Handpuppen. Es ist gut möglich, dass ein paar Stücke aus London und ein paar Schauspieler, von denen man dort schon gehört hat, einen Batzen einbringen könnten.«

Nonesuch heuchelte Gleichgültigkeit, doch sein unbewusstes Tappen mit dem Fuß verriet ihn. »Nun, das ist ja sehr schön für Euch. Ich bin mir sicher, dass Trussell und Pavey bestens in der Lage sind, die gesamte Truppe anzuführen.«

Evans lachte. »Trussell hat sich letzte Woche verlaufen, als er Kostüme aus Whitechapel holen sollte, und Pavey hat es fertiggebracht, von einem Esel zu fallen und sich den Arm zu brechen. Und wohlgemerkt, das war ein hölzerner Bühnenesel. Ich glaube nicht, dass die es auch nur eine halbe Meile vor die Stadttore schaffen würden, ehe sie jemand ausraubt oder umbringt oder beides. Auch wenn sich alles in mir sträubt, muss ich zugeben, dass wir einen Namen gebrauchen könnten, der auf dem Land die Leute anlockt.«

Nonesuch warf sich in die Brust. »Ich habe allerdings Bewunderer auch außerhalb der Stadt. Ein Mädel schickt mir noch immer jede Woche aus Kent frische Ringeltauben.«

Auf Evans' Miene trat das reine Entzücken. »Nun, das ist ja wirklich wunderbar für dich, aber ich hatte eigentlich an den Sperling gedacht. Die wäre im Norden eine echte Zugnummer.«

Shay hatte sich bisher kaum daran gewöhnt, in London anerkannt zu sein. Sie blieb stumm, während Evans weiterredete.

»Außerhalb der Mauern geht es etwas weniger gebildet zu.« Er schaute Nonesuch an. »Das wird dir gar nicht gefallen. Aber ein Vogelmädchen, das wahrsagen und in Zungen reden kann? Vielleicht. Es hilft auch, dass niemand so recht weiß, was sie in der Hose hat, ob sie Männlein oder Weiblein ist. Zudem kennt die Königin sie. Damit könnte man auch ein, zwei Eintrittskarten verkaufen.« Er lachte schon wieder. »Nicht schmollen, Nonesuch. Ich bin mir sicher, dass die in den größeren Städten das haben wollen, was in London der letzte Schrei ist. Da kannst du deinen Lucifer geben oder die Chronicles. Doch wenn du erst in der tiefsten Provinz bist, da geht's nur noch um Vogelstimmen und Trance.«

Er redete, als sei alles bereits entschieden, und Shay verspürte, wie es sie dorthin zog. Dann wären sie wieder alle zusammen, und Shay müsste sich nicht ständig nach Verfolgern umschauen. Sie stellte sich Nächte vor, in denen sie unter Pferdekarren schliefen, und Vorstellungen unter dem Sternenhimmel und Wochen mit Nonesuch, der gelangweilt und gut genährt in ihren Armen liegen würde. Lonan und Birdland wären meilenweit entfernt, und ihre Abwesenheit wäre eine Notwendigkeit und keine Wahl, die sie getroffen hatte. Sie behielt ihre Begeisterung jedoch für sich.

»Wieso sollten wir Euch dazu brauchen?«, fragte Shay und schaute Evans an. »Wir können auch allein auf Tournee gehen. Nonesuch kennt ganze Stücke auswendig.«

Evans wandte sich erneut ihr zu. »Aber gern. Da braucht ihr nur noch Kostüme und Textbücher für die anderen Schauspieler. Oh, und die Kontakte mit den Theatern. Kutscher. Pferde. Verpflegung und Wasser. Landkarten. Und dann wäre da noch das hier.« Er zog ein Stück Papier aus der Tasche. »Die Genehmigung der Königin. Und vergesst nicht, ihr beide gehört mir.« Er richtete sich auf. »Gebt mir zehn Pfund, und alles gehört euch. Ihr könnt sogar den Gewinn behalten. Für ein paar Shilling in der Woche werde ich euch nicht durchs halbe Land verfolgen.«

Zehn Pfund waren eine Summe, die sie unmöglich zusammenbringen konnten, und Shay verfluchte sich schon, dass sie sich so in diese Pläne hineingesteigert hatte. Doch Nonesuch zögerte nicht. Er streckte eine Hand aus und sagte: »Abgemacht. Gebt mir zwei Tage.«

30

Leute, die von anderswo nach London kamen, hingen am meisten an der Stadt. Und je weiter entfernt sie vorher gewesen waren, desto heftiger war die Anziehung. Devana war auf einer arktischen Tundra ausgebrütet worden und nun zur leidenschaftlichsten Londonerin geworden. Also sang Shays Herz vor Freude, als sie die Silhouette des Vogels sah, die über dem Boot hing und sie auf dem Weg nach Birdland beschattete. Devana schwebte verächtlich weit oben, als wolle sie die Stadt immer sicher im Blick behalten. Shay wünschte sich inständig, der Vogel möge herunterkommen, sehnte sich auf dieser Reise verzweifelt nach Gesellschaft. Wenn sie gewusst hätte, dass Devana sie außerhalb der Stadtmauern begleiten würde, so hätte sie Fleisch mitgenommen. Stattdessen zwitscherte sie nur und rief, um den Vogel nach unten zu leiten, in langen niedrigen Ellipsen, bis das Falkenweib auf dem Bug des Ruderbootes erschien und den Fluss mit Abscheu musterte.

»Ich habe nichts, mein Mädchen«, sagte Shay. »Nur mich.«

Devana streckte die Schwingen gegen die Brise und wandte sich wieder mit mörderischem Blick dem Fluss zu. Irgendetwas in den kleinen Wellen kitzelte ihren Beutesinn. Shay wagte einen Blick auf diese Nachthimmelaugen.

»Nonesuch spielt heute Abend für Lord Mapesbury, mein Mädchen.« Sie betonte den Namen, als könne Devana ihn vielleicht kennen. Weiß Gott, sonst kannten ihn doch alle. Jungen bekreuzigten sich bei der bloßen Erwähnung, und selbst Evans' Miene wurde grimmiger, wenn dieser Name zur Sprache kam. Als Shay schließlich Alouette beichtete, dass sie einmal heimlich bei einem privaten Maskenspiel zugeschaut hatte, war deren einzige Reaktion gewesen: »Zumindest war es nicht eines von denen bei Mapesbury.«

»Ja, er spielt heute Abend. Und morgen haben wir die zehn Pfund.«

Sie sollte diese beiden Dinge nicht miteinander in Verbindung bringen, sagte Shay sich. War es besser, nicht zu wissen, was Nonesuch tun musste, oder lieber nicht? Die Frage war eigentlich müßig: Er hatte geschwiegen, als er sich im Mastkorb vorbereitete, hatte sich weit hinter seine Augen zurückgezogen, während Blank Maß nahm, ihn anzog und bemalte. Nur sie drei wussten, wohin er ging. Nur so ließ sich vermeiden, dass das Honorar in den Taschen anderer Leute verschwinden würde. Sobald Nonesuch angekleidet und fortgegangen war, schauten ihm Shay und Blank von ihrem Adlerhorst aus nach. Eine kleine Gestalt, die im weit aufgerissenen Maul der Kutsche verschwand, leicht zur Seite gedreht, um die glitzernden Flügel zu schützen, aber ohne einen Blick zurück. Dann fing Blank an, sich zu betrinken, trank mit hingebungsvoller Verzweiflung, bis er bewusstlos auf einem Haufen Kostüme zusammensackte. Es wäre besser, Bescheid zu wissen, entschied Shay. Alles wäre besser als die Bilder, die vor ihr auftauchen, wenn sie die Augen schloss: Blut und Zähne und riesige Hände an schmalen Handgelenken. Sie war ein Kind, das Angst vor der Dunkelheit hatte, und jeder Schatten wuchs zu einem Ungeheuer.

Sie wandte ihre Gedanken erneut Devana zu. »Du bist doch sonst so spät nicht mehr unterwegs«, sagte sie. »Und zum Jagen ist es ohnehin zu dunkel. Wartest du im Boot, während ich das hier abliefere?« Sie hielt einen Beutel hoch, und Devana schaute ihn von der Seite an. »Kein Fleisch, tut mir leid. Nur Süßigkeiten.«

Über ihr streuten riesige Wolken wie Schneewehen das Mondlicht. Die Fackeln von Birdland waren alle fort, an manchen Stellen zu bloßen Stümpfen vermodert, aber der Boden war fest. Shay sah keine Anzeichen von Wachen, und in kaum einem Haus brannte noch Licht. Trotzdem machte sie einen großen Bogen, für alle Fälle. Man hatte Lonans Haus zum Boden heruntergelassen. Das musste bedeuten, dass er den Aufstieg nicht mehr schaffte. Zehn kleine Leitersprossen. Shay schloss die Augen, um die Erinnerung daran zu vertreiben, wie er sie dort hochtrug, eine Hand an der Leiter, wie er sie in der Luft schwang, dann so tat, als ließe er sie fallen, um sie, als ihr Magen schon rebellieren wollte, am Handgelenk einzufangen.

Er war so dünn. Sein Haar wild wie von Raureif bedecktes Gras. Sie versteckte ihre Geschenke an Orten, wo sie glaubte, er könnte sie finden, Besucher jedoch vielleicht nicht. Eine getrocknete Aprikose, in seinen Schuh gestopft. Eine winzige Jadetaube unter seinem Fleischmesser. Münzen in jeder Ritze, Süßigkeiten in jeder Falte. »Er wird nicht wissen, dass das alles von mir ist, aber er wird wissen, dass jemand an ihn denkt. An jedem einzelnen Tag«, sagte sie sich.

Eine Haarsträhne lag quer über Lonans Gesicht, und als sie sie ihm hinter der Ohr strich, bewegte er sich. Mit geschlossenen Augen schüttelte er dreimal den Kopf – nein, nein, nein – und streckte dann eine Hand aus. Sie ergriff sie. Zerbrechlich wie Zweige. Sollte er doch denken, dass sie Ava war, was scherte es sie? Sie strich über ein widerspenstiges Haarbüschel, und er schüttelte erneut den Kopf. Sie zerrte die Stimme ihrer Mutter aus den Tiefen herauf. »Psst, mein Liebling, schlaf wieder ein.« Sprachen sie so miteinander, die

Erwachsenen? Er entspannte sich, schlug die leeren Augen auf, die etwas suchten, lehnte sich wieder zurück. »Danke, Mutter«, flüsterte er, und Augenblicke später war er wieder eingeschlafen.

Während Shay sich noch verabschiedete, hatte Devana einen Weg in die Netze gefunden. Sie wartete am Bug, doch nun kräuselten sich in ihrem Schnabel Federn. Blut war an ihren Klauen, und ein ganzer, vollkommener, weißer Flügel lag abgerissen zu ihren Füßen.

»Oh, mein Mädchen«, seufzte Shay. Rotes Blut, weißes Fleisch, das Knacken von Knochen und Sehnen.

Nonesuch.

Akt III

31

Damals, als die Blackfriars Boys *Lucifer in Limehouse* spielten, gab es eine Szene, die Shay besonders mochte. Nonesuchs Lucifer breitete seinen Umhang um ein Blumenmädchen – ein Vögelchen unter seinen Flügeln –, und im Nu verschwand sie. Shay wusste, dass es ein Bühnentrick war, hatte sogar selbst geholfen, die Falltür zu präparieren, trotzdem jagte ihr die düstere Anmut dieser Szene stets kalte Schauer über den Rücken. Und nun verschwand London auf die genau gleiche Weise. In einem Augenblick rasselten sie noch durch die Außenbezirke, die gesamte von der ständigen Bewegung schier hysterisch gewordene Truppe und die ausgelassenen Bauern, und im nächsten breitete ohne jede Vorwarnung der Wald seinen Umhang um die Karren, und unter ihnen tat sich so etwas wie ein Abgrund auf.

Hätte sich Shay je einen tiefen Wald vorgestellt, so hätte sie ihn als frisch und grün und voller Leben gesehen. Doch nun entdeckte sie, dass der Wald ein Reich des Todes und der Verwesung war. Die Hufe der Pferde wühlten eine krümelige Schicht aus schwarzen Blättern, toten Insekten und vermoderten Baumstämmen auf, die wie Glut zerfielen. Was hier lebte, war bleich und ohne Augen: Würmer, die sich auf ein verborgenes Zuhause zuschlängelten, und kränklich aussehende Pilze. Am schlimmsten: Es gab keine Vögel. Sie schienen dieses Reich ohne Himmel noch misstrauischer zu betrachten als Shay. In dieser schlammdicken Luft verlangsamte sich die Zeit, und Shays Atem wurde flacher, weil sie beinahe fürchtete, unsichtbare Ranken könnten sich durch ihre Lungen hineinwinden, sich in ihrem Blut auflösen und dann aus ihren stadtstaubigen Fingerspitzen wuchern.

»Wenn du hier zehn Schritte vom Pfad abkommst, bist du für immer verloren«, sagte Nonesuch und zog sich die Kapuze über den Kopf.

In diesen ersten Wochen waren sie ein wanderndes Blackfriars Theatre mit Requisitenkarren, Schneidern und Jungen, die im ganzen Stück nur ein paar Zeilen zu sprechen hatten. Sie spielten in jämmerlichen, eindimensionalen Städten, die völlig in Southwark verschwunden wären. Wenn sich in diesen Städten die Tore öffneten, konnte man über die Hauptstraßen bis zur gegenüberliegenden Stadtmauer schauen. Die Gasthäuser hatten Stadtpreise für ihre ländliche Kost, und das Publikum wollte die Londoner Stücke aus der letzten Saison sehen und beschwerte sich, wenn sie nicht so schockierend waren, wie man ihnen versprochen hatte. Zudem waren die Zuschauer uralt: Sie grummelten und zappelten und pissten, wo sie gerade standen. Gelegentlich durfte eine Tochter aus besserem Hause zuschauen; stets zu beiden Seiten eng von ihren Eltern eingerahmt, saß sie vor Wut kochend in einem an die venezianische Mode des Vorjahrs angenäherten Gewand. Die Huren, sagten die älteren Jungen, ließen sich für das bezahlen, was man in London umsonst bekommen konnte, und das, wofür sich eine Bezahlung lohnen würde, kam bei ihnen nicht infrage.

Eine Freude durchbrach jedoch die Langeweile. An der Südküste kamen sie mit ihrem Tross in offenes Ackerland, wo der Weg kaum mehr als platt gefahrenes Gras war. Dort sah Shay, wie sich Greifvögel sammelten. Die Tiere benutzten die Karren so, wie Jäger ihre Treiber benutzten: um ihre

Beute aufs offene Gelände zu zwingen. Die Wagenräder donnerten, und Shay sah hoch oben einen Vogel, der sich von der Gruppe löste, die Flügel anlegte und herabstieß. In einem Fingerschnipsen war er unten und griff mit einer Klaue eine Wühlmaus. Schnapp, und er war mit einem einzigen schnellenden Bogen seiner Schwingen wieder fort. Dann schüttelte der Falke seine Beute lässig vor sich. Sogar aus dieser Entfernung konnte Shay die Maus sehen, wie sie sich wand, ihren letzten zuckenden Augenblick in dieser seltsamen Luftwelt beobachten, ehe der Schnabel des Falken sich herabsenkte wie ein Vorhang und das Drama beendet war. Shay kannte diesen Vogel. Es war Devana. Shays Heimweh verschwand sofort. Devana war für sie London: der Stil und die brutale Härte dieser Stadt, und die ganze Zeit über wachte der Vogel über sie, und Shay fühlte sich so sorglos sicher wie in ihrem Kindheitsbett.

In jener Nacht kaufte Shay, ehe sie ihr Lager aufschlugen, einem Wilderer, dem sie begegneten, ein Kaninchen ab. Es kostete sie einen Tageslohn, aber hier draußen gab es nichts, worauf sie es sonst verwenden könnte. Sie band das Tier auf das Dach des Karren, und als sie am Morgen aufwachte, war es verschwunden.

Dover, Winchester, Bath. In die Städte und wieder heraus wie Heuschreckenschwärme, für eine Vorstellung pro Stadt. Danach war jeder Ort leer gesaugt. Sie könnten nicht hierher zurückkehren. Regentage und Sternennächte, und die Vorstellungen wurden kürzer und die Gasthäuser schlechter. Nachdem sie die größeren Orte erschöpft hatten, stieß die Truppe allmählich ihre Blackfriars-Haut ab. Sie ließen nutzlose Requisiten und schimmelnde Kostüme am Straßenrand zurück, verkauften die Karren, verkauften die Schwerter.

Auch die Jungen verschwanden, gingen an unkomplizierte Mädchen vom Land und Arbeit auf dem Bauernhof verloren. Verschwanden wie Gespenster, und das einzige Zeichen, dass sie je dabei gewesen waren, war ein Paar Stiefel neben der Tür einer Herberge oder ein ungesatteltes Pferd im Stall. Schon bald wurde die Truppe wieder zum Geistertheater in allem außer dem Namen. Shay, Nonesuch, Alouette, Blank, Trussell und ein paar der entschlosseneren Städter unter den Jungen, die sich stets mitten in ihren Nachtlagern zusammenkauerten und sich jeden Tag nach Neuigkeiten vom Rückzug der Pest erkundigten.

Hoch zu Ross schrieb, probte und verwarf Nonesuch ganze Stücke. Liebesszenen im Sattel und einhändige Schwertgefechte. Nicht dass sie neue Stücke gebraucht hätten. An den meisten Abenden wich er, sobald ihm langweilig wurde, ohnehin vom Text ab, und auf dem Land war ihm immer langweilig. Er fing das, was eine Version von *Abelard und Heloise* sein sollte, mit den Worten an: »Gestern erwachte ich und stellte fest, ich ward ein Vogel ...« Wenn er in einer solchen Laune war, versuchte nur Trussell noch, mit ihm mitzuhalten, und Nonesuch zerrte ihn mit Geschichten, die von Mal zu Mal haarsträubender wurden, durch das Labyrinth eines Zweipersonenstücks. Die Menge tobte und brüllte über ihre Vogelimitationen und Unsinnsgeschichten.

In einem schlammigen Dorf an der Straße nach Oswestry improvisierte Nonesuch aus dem Nichts ein ganzes Stück. Zwei Liebespaare wurden durch Liebestränke verwandelt. Shay, Trussell, Blank und Alouette wurden in jeder nur erdenklichen Kombination verbandelt und getrennt, umeinandergewunden und auseinandergerissen, Löwenzahnsamen im Haar, Grasflecken an den Knien. Shay wurde von der fließenden Logik dieses Dramas fortgespült, die Worte bewegten sie wie eine Schachfigur von einem Körper zum anderen und von Mund zu Mund. Trussells Zunge in ihrem Ohr und Alouettes Hand auf ihrer Brust. Nachher lagen sie und Nonesuch allein in ihrem Zelt, als wäre das alles jemand anderem widerfahren.

Vogelwild bewegte sich die Truppe kreuz und quer durch ein England, das vor Gerüchten nur so summte. Sie waren nicht die einzigen, die durchs Land zogen, schien es. Überall waren die Spuren von Elizabeths Schwarzen Mauserseglern. Galgen, die so neu waren, dass ihr Holz noch grün war, reich behängt mit Leichen, die unter dem Ansturm der Krähen wie Fahnen flatterten. Und es gab auch andere, weniger erklärliche Spuren. Zweimal stießen sie auf brennende Felder, deren verglühende Einfriedung meilenweit die Dunstglocke eines Schlachtfelds aufspannte. Über der zweiten Brandstätte prangte ein zerlumptes Banner: KEINE HERREN, KEINE ZÄUNE, KEINE RUHE.

»Was soll das bedeuten?«, fragte Shay alle und jeden. Aber die Jungen hatten keine Ahnung, und die Leute aus dem Dorf huschten eilig davon, wenn sie diese Frage stellte. Diese brennenden Felder machten Shay Angst. Sie war stolz, weil sie den Geheimcode Londons gelernt hatte und im tiefsten Inneren immer wusste, wo es sicher und wo es gefährlich war: wo sie unsichtbar wäre und wo sie auffallen würde und wo ein Mädchen, wie gut es auch immer verkleidet sein mochte, nie allein hingehen sollte. Doch hier schlug die Gefahr so willkürlich zu wie der Blitz. Das Landesinnere von England war wild, hier gab es keine Orientierungspunkte, alles war so willkürlich wie das Marschland und konnte jederzeit ohne Vorwarnung in Flammen auflodern.

Der Sommer schlenderte in den Herbst. Ein toter Himmel öffnete sich über ihnen, und die Ränder aller Dinge färbten sich braun wie verbranntes Papier. Die Vögel bereiteten sich gewissenhaft auf den Winter vor, und Shay sorgte sich, wie die kommenden Wochen sein würden. Devana folgte ihnen oft, besuchte sie aber selten. Sie huschte auf schneeweißen Schwingen herbei, ihr Schnabel blutschwarz im Mondlicht, und nahm Shays jämmerliche Gaben mit verächtlichem Schniefen entgegen.

Langsam stiegen sie die Leiter Englands hinauf, langsam wie der hereinziehende Winter, während das Land grau und kahl und hart wurde. Jetzt waren die Orte auf keiner Landkarte mehr verzeichnet und hatten keine Namen. Weiler. Dörfer. Siedlungen. Nun spielte die Truppe ohne Requisiten und Bühne. Ein Seil reichte, um die Schauspieler von den Zuschauern zu trennen. Schwerter waren aus Pappe und Kronen aus Blättern geflochten. Sie drückten alles mit ihren Körpern aus. Hier liebte es das Publikum, wenn Trussell auf den Hintern fiel, ob nun absichtlich oder unabsichtlich. Sie beobachteten Nonesuch in benommenem Schweigen, und Shay konnte nie erkennen, ob sich darin Verachtung oder Ehrfurcht ausdrückte.

Brecknock war nichts als ein Rund von Häusern, die sich vor dem umgebenden Wald duckten. Hier aß die Truppe zum Abendessen Eicheleintopf, und sie mussten von ihrer vorgesehenen Bühne die Schafe verscheuchen. Nonesuch, der ausnahmsweise einmal ein wenig vor der Vorstellung wach war, verbrachte eine Stunde mit den Dorfkindern, und Shay beobachtete, wie er in die Hocke ging, mit ihnen plauderte und ihnen durchs Haar wuschelte. Sobald er aufgehört hatte, gingen die Kinder in Zweier- und Dreiergruppen fort, tuschelten glücklich miteinander. Sie wusste, dass sie ihn besser nicht fragen sollte, was er vorhatte, aber irgendetwas war im Busch.

Erst wenige Minuten vor Vorstellungsbeginn nahm er Shay zur Seite. »Kennst du das Lied ›Jedes Lamm, das sich verirrte‹?«, fragte er.

Sie nickte. Ein Wiegenlied. Das kannte jeder. »Was ist mein Einsatz?«, wollte sie wissen.

»Das wirst du schon merken.«

Keine Kostüme oder Requisiten. Nonesuch hockte sich ins nasse Gras und sagte: »Ich habe einmal hier in der Nähe gelebt. Vielleicht fünf Meilen von hier. An den Namen des Dorfes kann ich mich nicht erinnern. Vielleicht war es zu arm, um einen zu haben.« Jemand in der ersten Reihe lachte. »Ich habe nicht lange da gelebt. Drei Monate vielleicht. Jedenfalls lange genug, um mich nach dem aufregenden Leben von Brecknock zu sehnen.« Mehr Gelächter.

»Mein Vater war Sündenfresser«, sagte er, und ein Mann weiter hinten bekreuzigte sich, »aber das Geschäft ging schleppend. In Brecknock sind nicht genügend Sünder gestorben. Am Hunger meiner Kindheit seid ihr schuld. Ihr Waliser lebt einfach zu tugendhaft, als dass ihr einem Sündenfresser das Leben bieten könnt, das er gewöhnt ist. ›Wenn er nur ein Londoner Sündenfresser wäre‹, habe ich damals immer gedacht. ›Dann wäre er voll und satt von Morden, und mein Bauch wäre voll und satt von Fleisch.‹« Dafür erntete er erneut einen billigen Lacher.

»Also, keine Sünden, und natürlich hatten wir kein Land. Also haben wir nach Essen gesucht.« Aus der Menge ertönten Mitleidskundgebungen. »Eines Tage haben wir Pilze gesammelt. Na ja, ich habe Pilze gesammelt. Meine Eltern haben ungefähr eine halbe Stunde durchgehalten, ehe das Wirtshaus sie rief. Die besten Stellen waren schon leergesammelt, weil meine Eltern keine Frühaufsteher waren, also musste ich etwas tiefer in den Wald hineingehen.«

Er beugte sich vor. »Ihr wisst ja alle, wie der Wald da draußen einen aufschluckt. Schon zwei Yards vom Waldrand entfernt seid ihr in einer anderen Welt, wie Jonas im Bauch des Wals. Pilze mögen Feuchtigkeit und Dunkelheit, also habe ich da angefangen. Habe die schwarzen und triefnassen Stellen gesucht, die man gewöhnlich meidet. Ich war nur ein kleiner Junge, müsst ihr wissen. Ich trug Stoffschlappen ohne Absätze, die im Nu durchnässt sind. Aber ich hatte ein gutes Gespür dafür, wie man vielleicht Pilze finden könnte, das war eine Art Talent.« Seine Stimme wurde dünner. »Gesprenkeltes Licht auf nassen Blättern, der Geruch von Moder und das Triefen von Wasser. Lauschen und hinschauen, und da waren sie.« Während er redete, malten seine Hände Formen in die Luft.

Shay war mit ihm im Wald. Sie sah die zerrissenen weißen Phallusse, die sich durch einen Blätterteppich schoben.

»Ich habe Hunderte gesammelt. Mein Korb war so voll, dass ich ihn mit beiden Händen tragen musste.« Nun hatte er eine hohe Jungenstimme, gewürzt mit einer Prise Stolz. »Und dann habe ich natürlich hochgeschaut und habe gemerkt, dass ich mich verlaufen hatte. Stunden waren vergangen, und ich war tief im Wald, ganz allein.«

Ein Kind in der Menge keuchte, und das Bild in Shays Gedanken wurde düsterer. Jetzt erhoben sich die Baumwipfel in den Nachthimmel, und das Unterholz schloss sich rings um sie. Keine Luft, keine Vögel.

»Zuerst habe ich versucht, so zurückzugehen, wie ich gekommen war, aber Gott weiß, wo ich hergekommen war. Ich rief, und ich weinte.« Er kreuzte die Arme vor der Brust wie ein Kind im Bett. »Ich wusste, dass es das Vernünftigste wäre, einfach zu warten, aber …« Nun war seine Stimme ganz winzig. »Ich habe nicht geglaubt, dass mich jemand suchen würde.«

Unwillkürlich hob Shay den Blick, um zu sehen, ob Devana da war. Nonesuch sagte: »Also bin ich so schnurgeradeaus gegangen, wie ich nur konnte.« Er hob die Hand in die Luft wie einen Wegweiser. »Geradeaus wie ein Pfeil, und alles vermoderte und krümelte mir unter den Füßen.«

Das Mädchen in der ersten Reihe fragte: »Was ist also geschehen?«

Er nahm sie bei der Hand. »Oh, sie sind gekommen und haben mich schließlich gefunden. Ich war nicht einmal so sehr weit vom Dorf entfernt.« Er drückte dem Mädchen die Hand. »Selbst damals, als ich sechs, vielleicht sieben Jahre alt war, hat es mich so überrascht, dass sie sich die Mühe gemacht haben, mich zu suchen.« Er lachte herb auf. »Vielleicht brauchten sie den Korb zurück.« Als er weiterredete, sprach er mit einer Stimme, die Shay noch nie zuvor von ihm gehört hatte. Sie war matt und ausdruckslos: eine Stimme wie ein Sumpf. »Manchmal glaube ich, dass dieser Junge noch immer weitergeht. Unter diesen uralten Bäumen. In den Minuten vor dem Einschlafen oder gleich nach einer Vorstellung oder hinten im Boot, da sehe ich ihn. Tief im Wald, tiefer mit jedem Schritt. Doch diesmal kommt ihn niemand holen.«

Nonesuch räusperte sich und begann zu singen: »Jedes Lamm, das sich verirrte, findet einen Pfad …«

Shay gesellte sich in der zweiten Zeile zu ihm. Eine Oktave höher, mit ein wenig Raum zwischen ihnen. Es war eine von diesen flachen Melodien, die sich in leichten Intervallen hoben und senkten, ausgetreten wie alte Treppenstufen. Ihre beiden Stimmen folgten einander, trafen sich aber nie. Sie sah sie beide vor sich, wie sie an jenem ersten Tag über die Dächer liefen. Dann erhob sich ein Schrei aus der Menge.

Aus allen Richtungen traten die Dorfkinder aus dem Wald, jedes mit einem Korb voller Pilze, alle sangen. Zuerst waren ihre Lieder getrennt, in verschiedenen Tonarten und verschiedenen Rhythmen, doch als sich der Kreis enger zog, vereinten sie sich zu einer Stimme. Zu einer freudigen Stimme, die »Jedes Lamm, das sich verirrte« sang, bis alle Kinder stolz und kichernd auf der Bühne zusammensackten. Sie begruben Nonesuch unter einem Berg des Gelächters, das Lied verebbte zu Fetzen, und dann konnte Shay nur noch das Geräusch des Huts hören, in dem Münze um Münze klingelte.

An diesem Abend im Zelt setzte sich Shay rittlings auf ihn und hielt ihn fest. »Wie viel von alldem ist wahr? Hast du wirklich hier gelebt?«

Er versuchte sie wegzuschieben, vergeblich. Sein Gesicht war ein unbeschriebenes Blatt Papier. »Ich weiß nicht. Vielleicht. Es sieht hier alles so gleich aus.«

Sie konnte im Dunklen seine Augen nicht sehen. Ihre Hände packten seine Handgelenkte. Ihre Lippen streiften seine Brauen.

Sie sagte: »Wenn du dich je wieder verläufst, finde ich dich. Ich werde dich suchen, und ich werde niemals aufhören, dich zu suchen.«

32

Am nächsten Tag verloren sie den letzten Blackfriars Boy. Pavey hatte in Hereford ein Mädchen kennengelernt und dann auf der ganzen Reise durch Wales nach ihr gejammert. Also war niemand überrascht, beim Aufwachen sein Zelt leer vorzufinden und einen Zettel, der vorne flatterte. Pavey konnte ganz ordentlich lesen, aber schreiben konnte er nicht, also hatte er eine zerfledderte Seite aus einem Textbuch an der Leinwand festgeheftet. Dort stand: »Jezebel ab Bühne links – Es wird Nacht.«

Nun waren sie wieder zu fünft: Alouette, Blank, Nonesuch, Shay und Trussell, das Geistertheater hoch zu Ross. An diesem Tag ritten sie stundenlang, ohne eine Menschenseele zu treffen, doch überall, wo sie hinkamen, waren frische Anzeichen der Zerstörung zu sehen. Die Straßen wurden von geschwärzten, rauchenden Stümpfen gesäumt, wo man Meile um Meile Weißdornhecken in Brand gesteckt hatte. Shays Arme schmerzten, weil sie die Zügel so straff halten musste – die Pferde scheuten vor dem Rauch und der knisternden Glut. An einer trostlosen Wegkreuzung wallte dichter Qualm aus einem flackernd verlöschenden Feuer und verwandelt den Himmel in Dämmerung. Die Truppe ritt vorsichtig an rauchenden Zaunpfählen vorüber, die mannshoch aufgestapelt waren. Im Tal dahinter hatte man Vieh freigelassen, und eine Rinderherde lagerte reglos auf der Straße und versperrte ihnen den Weg, bis Alouette sie mit einem Knallkörper verscheuchte.

Einen Dorfanger, an dem sie Rast machten, hatte man mit der Sense kurz geschoren wie einen Bart. Im Osten stieg Rauch auf. Die fünf saßen ausgestreckt um einen Kochtopf, und nur die Rufe der Ringeltauben und das Plätschern des Flusses unterbrachen ihr Schweigen. Das war aber genug, dachte Shay, das war mehr als genug. Sie lag in Alouettes Schoß und ließ sich von ihr Löwenzahnblüten ins Haar flechten. Ein Schaben von Fingernägeln wie bei einer Katze, die sich putzte.

»Ihr erinnert euch doch noch an den Galgen, an dem wir vorübergekommen sind? Meint ihr, den könnten wir hierher schleifen?« Ein leises Stöhnen von den anderen; wieder eine von Nonesuchs Ideen. Nur Alouette biss an.

»Ich wüsste nicht, warum nicht. Wir leihen uns einen Ochsenkarren. Zwei Männer, die den Galgen auf die Seite kippen. Der Weg war ziemlich breit. Was planst du?«

Nonesuch stand auf. »Ich, mitten auf der Bühne …«

»Was für eine Überraschung«, flüsterte Trussell.

»Mit dem Kopf in der Schlinge.« Er mimte das, ließ den Kopf auf eine Seite hängen. »Ein Henker neben mir.«

Trussell hob eine Hand. »Bei allem Respekt, ich würde mich sehr gern freiwillig für diese Rolle melden.« Er wischte sich Gras aus dem Haar und sprach in einem ländlichen Tonfall. »Weniger Großmaul, längerer Hals, mein Sohn.«

Nonesuch winkte ihn weg. »Es muss realistisch aussehen, also wäre es mir lieber, wenn nicht der ungeschickteste Mann, den ich kenne, das andere Ende des Stricks in der Hand hält. Das kann Alouette machen.«

Nonesuch fuhr herum, trat Trussell wie einem Boxer gegenüber. »Ich wurde verhaftet wegen …«

»Aufwiegelung?«, schlug Blank vor.

»Prasserei?«, trug Alouette bei.

»Unzucht«, meinte Trussell.

Nonesuch verdrehte die Augen.

»Viehdiebstahl?«, sagte Shay.

»Viehdiebstahl, danke, Shay.« Er warf ihr eine Kusshand zu.

Blank stützte sich auf die Ellbogen. »Ich sehe es schon vor mir. Die Zuschauer sind die Geschworenen.«

»Ja, ja.« Nonesuch tanzte nun beinahe.

Trussell ging um ihn herum und sagte: »Ich lege Beweise vor: Zeugen, Blutflecken, Fleischstücke.«

Nonesuch hob ein unsichtbares Schwert in die Höhe. »Ich pariere. Mein guter Name, mein unbescholtener Charakter.«

Dafür erntete er von allen nur Spott. Alouette sagte: »Ich bin eine Frau vom Ort – so kann ich Zweifel säen. Es hat schon mehr Diebe in der Gegend gegeben. Seltsames Gesindel ist unterwegs.«

Trussell hob die Hand. »Ich ziehe die Schlinge fester zu, so dass du nur noch genug Atem für eine letzte Rede hast.«

Nonesuch verneigte sich. »In der ich noch ein letztes Mal meine Unschuld beteure. Ich bettele und flehe, selbst als sich schon die Schlinge um meinen Hals strafft. Sobald ich die Zuschauer von meiner Unschuld überzeugt habe, tragen sie mich auf den Schultern weg.«

»Aber nur, wenn du überzeugend bist«, meinte Trussell. »Was ist, wenn *ich* gewinne?« Er beobachtete Nonesuch, der um das Feuer tanzte.

Nonesuch warf sich wieder auf den Boden. »Trussell, an dem Tag, an dem es mir nicht gelingt, eine Horde ignoranter Bauern umzustimmen, kannst du mich in echt aufhängen.«

Stille strömte wieder herein und bedeckte alles. Shay döste. Alouette las. Trussell zeichnete. Wieder brach Nonesuch den Zauber.

»Wo bleiben die alle?« Schlag vier war schon vorbei, und gewöhnlich wuselten um diese Zeit die Dorfkinder herum, doch außer den Vögeln war nichts zu hören.

Nonesuch nahm Trussell den Stift aus der Hand und gab ihm eine Handvoll Münzen. »Geh ins Dorf. Kaufe ein, zwei Biere, und lass sie sehen, was für ein feines Kostüm du trägst. Sag ihnen, dass auch der Sperling singen wird.«

Shay verbarg ein Lächeln. Je weiter sie von London fortritten, desto mehr Leute lockte sie mit ihrem Gesang an. Nördlich von Oxford scherten sich die Zuschauer nicht um die Stücke, mit denen sich die Blackfriars Boys einen Namen gemacht hatten, aber ein wahrsagendes Wesen, das halb Mädchen, halb Vogel war, war schon den einen oder anderen Penny wert. Am Anfang hatte sich Nonesuch dagegen gesträubt. Auf den ersten Theaterzetteln wurde sie nicht einmal erwähnt, doch als das Wetter umschwang und die Bäume kahler wurden, erschien ihr Name dort, kletterte immer höher und stand schließlich ganz oben auf der Seite. Sperling. Das ist der Sperling. Eine Beraterin der Königin. Das hörte sie, wenn sie auf die Bühne stieg. Aber sie war es zufrieden, die Rollen zu spielen, die Nonesuch für sie geschrieben hatte, und sich begaffen zu lassen – erst jetzt merkte sie, wie sehr die Wochen des Wahrsagens an ihr gezehrt hatten. Jetzt sang sie nur noch, wenn sie wollte, und die Trancen fühlten sich eher wie ein Geschenk als wie eine Last an.

Eine Stunde lang geschah nichts, und dann war Trussell zurück, mit feuchtem Mund und nach Bier riechend. Er sagte: »Sie sind alle nach Cockaigne gegangen.« Krümel klebten an seiner Jacke.

»In die sagenumwobene Stadt Cockaigne?« Die eiskalte Verachtung, die Nonesuchs Miene überzog, behielt er sich sonst für den schlimmsten Aberglauben der Landleute vor. »Die soll irgendwo in Europa liegen, nicht wahr? Gäbe es wirklich eine solche Stadt unendlicher Schätze in den Außenbezirken von Ulverton, ich glaube, wir hätten schon von ihr gehört.« Er schaute sich mit starrem Blick um, als wollte er die Stadt dazu herausfordern, vor ihnen zu erscheinen.

Trussell seufzte. »Natürlich weiß ich, dass das ein Märchen ist, ich berichte euch nur, was man mir da erzählt hat. Cockaigne taucht immer nur für eine Nacht auf.« Er redete im Akzent eines Bauerntölpels weiter. »Da schau ich mir lieber eine Stadt der Wunder an als einen Haufen Londoner in Weiberkleidern.« Er kratzte sich. »Jedenfalls kommen sie nicht hierher, kein Einziger.«

Cockaigne: Diesen Namen hatte Shay schon einmal gehört, aber es erschien ihr kein Bild vor Augen. Alouette würde es jedoch wissen. Für die Vorstellungen hier draußen in der hintersten Provinz waren keine Requisiten nötig, und man hatte Alouette in Nebenrollen abgeschoben. Die Tage verbrachte sie damit, alle möglichen Präparate zu sammeln: giftige Pilze, die in weniger als einem Atemzug töten konnten; Kräuter, mit denen man die Leidenschaft entfachen oder kühlen konnte; Tierblut, das den, der es trank, unbesiegbar machte. In Bury fand sie endlich Plätze, wo es Dees Fox Fire gab, diese leuchtenden Pilze, die auf vermoderndem Holz wuchsen. Beim Reiten klirrten in ihren Satteltaschen Fläschchen mit der leuchtenden Flüssigkeit, die sie jede Nacht mühsam über dem Lagerfeuer destillierte. In Herefordshire fand die Truppe Überreste eines Massakers: menschliche Skelette, die da lagen, wo sie gefallen waren, noch nicht lange von den Krähen abgenagt. Die meisten Schauspieler wandten die Augen ab, nur Alouette stürzte sich darauf, kratzte jedes Fetzchen Moos ab, das auf den Schädeln gewachsen war. Es kostete sie eine Krone – eine ungeheuerliche Summe –, dieses Schädelmoos mit reitendem Boten an Doktor Dee zu schicken, doch drei Tage später tauchte ein Reiter mit zwei Guineas und einem gesiegelten Brief für sie auf.

Als Shay zu Alouette kam, lag sie auf ihrem zusammengerollten Bettzeug, von Gläsern und Schachteln umgeben. Sie runzelte die Stirn, als sie hörte, warum Shay gekommen war. »Cockaigne? Das ist eine Kindergeschichte. Warte einen Augenblick.« Sie nahm ein Buch aus der Truhe und las vor. »In der Stadt schneiden sich die gebratenen Schweine selbst Scheiben vom Rücken, die du essen kannst, und die gesottenen Kaninchen springen dir fröhlich in den Mund. In den Bächen fließt Wein, und die Sonne scheint immer, und die Beine sind …« Sie ließ das Buch zuschnappen. »… immer weit gespreizt.«

Shay lachte. »Gut, zieh dein bestes Kleid an – wir machen heute Abend dort einen Besuch.«

Man konnte es schon meilenweit im Voraus sehen. Hohe goldene Mauern schimmerten in der Nachtluft. Als die Truppe sich näherte, löste sich aus dem Glitzern der Umriss eines feurigen Schlosses. Es erhob sich auf einer Hügelkuppe, war von einem Flammenkranz lodernder Fackeln umgeben, die die tiefe Dunkelheit der Felder ringsum noch schwärzer machten. Das unaufhaltsame Eins-zwei-drei, Eins-zwei-drei der Trommel lockte einen Strom von Dorfbewohnern einen von Fackeln erleuchteten Weg hinauf. Die Truppe mischte sich unter die Menge, wurde von der Festatmosphäre mitgerissen. Die Warteschlange erstreckte sich Hunderte von Yards den Hang hinunter, ein Schlag ins Gesicht des Geistertheaters, dessen Publikum immer spärlicher wurde.

Nonesuch blinzelte zum Ende der Schlange, das so weit bergab lag, dass die Lichter von Cockaigne es kaum noch erreichten.

»Ach, leck mich doch am Arsch. Kommt mit!« Er setzte sein verächtlichstes Gesicht auf. Am Eingang schufteten zwei schwitzende Trommler mit nacktem Oberkörper wie wild, während Jungen von allen Neuankömmlingen die Pennys für den Eintritt einsammelten. Nonesuch ging an ihnen vorbei und hielt auf eine im Schatten sitzende Gestalt zu. Der Mann war groß, vielleicht sechs Fuß, trug schlammverdreckte Strümpfe und ein Hemd, das jedem Bauern die Schamröte ins Gesicht getrieben hätte, doch Ohren und Hals waren mit Silber geschmückt, mit großen, glänzenden Klumpen.

Nonesuch verkündete: »Wir sind das Geistertheater. Auf Tournee von London. Wir dachten, wie sehen uns eure Schau mal an.«

Der Mann rückte seinen Schemel ins Licht, sagte aber nichts.

»Ich bin Lord Nonesuch …« Er streckte dem Mann die Hand hin, der sie mit seiner Pranke umfing. Dreck unter den Nägeln, Dreck in allen Hautfalten.

Eine bedächtige Stimme, langsam wie ein Fluss. »Jagger. Der Jagger.«

»Da habt ihr ja eine ziemlich große Kulisse. Baut ihr die jeden Abend auf?«

Der Mann seufzte. »Da ist eine Warteschlange.«

»Das ist mir klar. Ich hatte gehofft, dass wir, da wir doch Schauspielkumpel sind …«

»Schauspielkumpel. Aus London.« Er überlegte und rief dann zu den Jungen am Eingang hinüber: »Die fünf hier? Lasst sie den doppelten Eintritt zahlen.« Er schaute wieder zu Nonesuch zurück. »Und da ist noch immer eine Warteschlange.«

Nonesuch fuhr schon mit der Hand ans Schwert, und Shay wollte ihn gerade zurückhalten, als Trussell dazwischenfuhr. »Wir haben auch den Sperling dabei.«

Der Jagger legte den Kopf schief und zog eine Fackel aus der Wandhalterung. Als er sie näher brachte, um Shay zu mustern, wich sie vor der Hitze zurück. »Also stimmen die Gerüchte. Ein paar Leute haben schon nach dir gefragt, mir Geld geboten. Sagen, die Königin möchte dich gern wieder in deinem Nest zurückhaben.« Er kam mit der Fackel noch näher an sie heran. »Bist du wirklich ein Flatterer, Mädchen? Oder vielleicht haltet ihr die Leute vom Land nur für Schwachköpfe?«

Shay nahm ihre Mütze ab und wuschelte sich durchs Haar, um ihm eine Andeutung ihrer Tätowierung zu zeigen. Der Jagger lachte. »Na gut. Ihr vier kommt umsonst rein, jetzt gleich. Seine Lordschaft zahlt trotzdem das Doppelte.« Er vollführte eine spöttische Verbeugung und zog sich wieder in den Schatten zurück.

Drinnen wartete ein goldenes Labyrinth. Die Menge sang und brüllte und wühlte mit den Füßen den Schlamm auf. Die Truppe wanderte umher, war Teil der Menschenmenge, vorangetrieben vom Gelächter und vom Lärm. In einer Kneipe standen acht Fässer, alle so groß wie Pferdekarren, und es herrschte so viel Betrieb, dass man die Zapfhähne ständig offen hielt und die Schankleute nur die Krüge darunter hielten. Serviermägde kamen mit Platten voller dampfendem Fleisch vorbei, und die Vorübergehenden nahmen sich, was sie wollten.

»Das ist nur Kulisse und nicht mal eine besonders gute«,

sagte Nonesuch, und er hatte recht – aus der Nähe sah alles in seiner Schlichtheit wirklich billig aus. Die Wände waren Holzbretter, nicht einmal eine Handbreit dick, mit grobem, reflektierendem Papier bespannt, das das Licht der Fackeln in hundert Richtungen zurückwarf. Aber Nonesuch hatte genau wie alle anderen den Atem angehalten, als er die schimmernde Stadt zum ersten Mal erblickte, und der Menschentrubel war so wild und so groß wie bei einem Londoner Jahrmarkt. In jeder goldenen Wand war eine Reihe offener Luken, und dort standen Leute Schlange, um zu sehen, was sich dahinter verbarg. Shay fand eine freie Öffnung und steckte den Kopf hinein. Schwaches Licht erhellte eine Gestalt, die in einem Seilkreis lag. Etwas Weißes, mit dem Körper eines Pferdes, aber dem Torso und dem Kopf eines Mannes, und diese Etwas reckte und streckte sich und gähnte und redete ins Düstere hinein. Shay zupfte Nonesuch am Arm und ließ ihn auch hineinschauen. Er lachte. »Siehst du, dass er sich bewegt, aber der Körper nicht? Ich kann ja nicht behaupten, dass ich gern meine Abende damit verbringe, bis zur Taille in einem toten Ross zu stecken, aber ich denke, man kann sich damit durchaus seinen Lebensunterhalt verdienen.«

Zurück ins Getümmel. Zelte mit Wahrsagern und Boxern, Feuerspucker, die die Nacht erhellten, und lebende Statuen an jeder Ecke. Ein Hochseil durchschnitt den Hauptplatz, und zwei Akrobaten schlugen über den Köpfen der Leute endlos Rad und sprangen aneinander vorbei. Sie waren so nah, dass Shay sehen konnte, wie ihre Füße winzige Ausgleichsbewegungen machten, und die tropfenden Schweißperlen spürte.

Alles war kostenlos. Kinder zupften von den Hühnerbeinen das weißeste Fleisch herunter und warfen den Rest in den Dreck, während die Erwachsenen sich Branntwein in ihr

Bier kippten und alles in gierigen Schlucken hinunterstürzten. Man konnte keine zehn Schritte gehen, ohne dass einem ein Zettel in die Hand gedrückt wurde. Manche kündigten Spektakel an – SEHT DEN NÖCK TAUCHEN oder DAS ZIMMER, IN DEM ES WEIN REGNET –, aber andere waren politische Streitschriften. Während Shay und Trussell wie die Kinder wild herumrannten, sich mit Schweinshaxen vollstopften und Wurfring spielten, saß Alouette da und las.

»Das sind Commoners«, sagte sie, als Shay einmal eine Pause einlegen musste. »Erinnerst du dich an die verbrannten Hecken und Zäune, die wir gesehen haben? Das war ihr Werk. Sie reißen alle Umfriedungen nieder und geben so das Land den einfachen Leuten zurück.«

Mit einem Mund voller Essen sagte Trussell: »Das sind also gute Leute, nicht? Sie unterstützen die Bauern.« Seine Wangen trieften vor Fett.

Alouette schüttelte den Kopf. »Gute Leute? Vielleicht. Kriminelle sind sie gewiss.«

Ein Trommelrhythmus erklang, und Trussell zog die anderen zu dem Geräusch hin. Sie bogen um eine Ecke und erreichten einen weiteren goldenen Platz, auf dem als Milchmädchen gekleidete junge Frauen Eimer voller Ale herumtrugen, aus denen sie in jeden ihnen entgegengereckten Mund Bier kippten. Wieder waren Luken in die Wände geschnitten. Shay schaute sich jede einzelne an. Zuerst erklärte und entzauberte Nonesuch alles – er zeigte ihr, wieso die wahrsagende Zigeunerin vielleicht von Trussells abtrünnigem Vater gewusst haben könnte, behauptete, der zahme Löwe sei in Wirklichkeit eine rasierte Dogge –, doch nach einer Weile brachte das schiere Ausmaß dieses Spektakels sogar ihn zum Schweigen. Sie gingen und gingen, und Nonesuch nahm alles mit gierigen Elsternaugen auf. Bis Schlag sechs hatte er denselben Gesichtsausdruck wie damals, als er mit Shay im Royal Exchange stöberte: eine Mischung aus Gier und Verächtlichkeit.

Sie saßen eine Weile bei einem riesigen Freudenfeuer, das der Mittelpunkt von Cockaigne war. Über ihnen wehte ein Banner mit der Aufschrift KEINE ZÄUNE – KEINE HERREN – KEINE RUHE in den Wellen der aufsteigenden Hitze hin und her. Kinder spielten, rannten lachend zur Wärme des Feuers und wieder fort. Immer wieder kehrten sie zu einem Stand zurück, auf dessen Regalbrettern nach der Londoner Mode gekleidete Strohpüppchen bereitlagen, damit man sie auf den Scheiterhaufen werfen konnte. All das jagte Shay Schauer über den Rücken: die zerstörerische Freude der Kinder und das Knistern von Seide und Baumwolle im Feuer.

»Wie können sie das bloß alles bezahlen?«, fragte sie. Die schwere Last all dieser Leute und der Hitze und des Lärms erdrückte sie. »Ich weiß, dass viele Menschen hier sind, aber es hat nur Pennys Eintritt gekostet.«

Nonesuch hatte offensichtlich dasselbe gedacht. »Ich bin mir sicher, dass sie einen Anteil von den Glücksspielen nehmen. Und vielleicht …« Er packte Shay beim Arm. »Sieh nur …«

Der Bursche war noch ein halbes Kind, hatte ein eifriges, gehetztes Gesicht. Er hatte das Haar hinten zusammengefasst wie all die anderen Mitarbeiter von Cockaigne. Er murmelte etwas vor sich hin, als er sich zwischen den Feiernden durchschlängelte, und während Shay zuschaute, fuhr seine Hand blitzschnell wie eine Katzenzunge in Hosentaschen und Beutel. Ein Schritt, eine Tasche, ein weiterer Schritt, eine weitere Tasche. Shay bewunderte die schiere Kunstfertigkeit; er machte das wunderschön. Sie beobachteten den Weg des Jungen durch die Menge, und als er sich ihnen näherte, drehte sich Nonesuch zu Shay um. »Rede einen Augenblick mit mir und schaue nicht ihn.« Er stützte die Hände in die Hüften, so dass seine Jackentaschen weit offen hingen. Shay plapperte und hielt die Augen auf Nonesuchs Gesicht gerichtet. Eine Sekunde länger, und es wäre zu spät gewesen. Der Junge hielt sich nur den winzigsten Augenblick neben ihnen auf. Da stieß Nonesuch rasch die Hand nach hinten und erwischte den Jungen beim Ellbogen. Der duckte und wand sich, doch Nonesuch wirbelte herum und packte ihn auch beim anderen Arm.

»Es gehört sich wirklich nicht, die Besucher zu berauben, weißt du.« Nonesuch benutzte seine Bühnenstimme, laut genug, um das Interesse der Leute ringsum zu wecken. »Das ist bei den feineren Leuten verpönt. Bei den weniger feinen eigentlich auch.« Der Junge schaute ihn ausdruckslos an und pfiff dann zwei kurze Töne. Nichts. Er hatte die Augen weiter zu Boden gesenkt, während Nonesuch ihn festhielt. Dann teilte sich die Menge, und der Jagger schob sich hindurch. Er erfasste die Situation: Nonesuchs weiße Knöchel und die erwartungsvollen Gesichter der Menge. Er wandte sich ihnen zu.

»Meine Damen und Herren.« Er hatte eine Stimme, die Schweigen verlangte. »Wenn Ihr alle eure Taschen prüfen mögt, so stellt ihr fest, dass einigen von euch ein Segen zuteilwurde.«

Köpfe wurden gesenkt, und dann wanderte Gelächter durch die Menge. Eine nach der anderen wurden Hände zum Himmel gereckt, viele von ihnen umklammerten Goldmünzen.

Jetzt lachte auch der Jagger. »Das sind französische Halbangels, aus dem Wrack eines Schiffs befreit, und an euch gute Leute umverteilt von meinem Jungen hier.« Der Bursche nickte kurz. »Ihr seht, wir tragen Reichtümer in uns, von denen wir noch gar nichts wissen. London nimmt eure Pfunde und gibt sie für Paläste aus, wir nehmen eure Pennys und geben euch die Welt. Erinnert euch daran, wenn ihre Steuereintreiber wieder einmal kommen.« Dann schleuderte er eine Handvoll Goldmünzen in die Menge. »Gebt sie aus, wie ihr es für richtig haltet.« Als Jubel aufbrandete, zog er Nonesuchs Hand vom Ellbogen des Jungen und beugte sich nah zu ihm und Shay. Seine Worte waren für Nonesuch gedacht, doch er schaute Shay an, während er sprach.

»Nicht alle Spektakel sind gleich, mein Kleines.«

Danach war Nonesuch stiller. Sie gingen weiter, benommen und trunken, während der Abend sich seinem Ende entgegenneigte. Der Boden war ein Morast aus Bier und Knochen und hineingetrampelten Flugblättern, und schon jetzt kamen die mutigeren unter den Ratten hervorgeflitzt, um zu fressen. Männer taumelten oder wurden durch den Matsch geschleift; junge Burschen und Frauen verschwanden in den dunkleren Ecken. Blank ging fort, meinte, er habe genug gesehen, und schon bald darauf verschwand auch Nonesuch. Im einen Augenblick war er noch da, im nächsten war er fort. Also spazierten Shay, Trussell und Alouette weiter, schauten sich schweigend Vorführungen an und stöhnten vor Bauchweh. Shay hatte seit Jahren nicht mehr so viel gegessen. Auf einem schlammigen Platz trugen zwei Männer in einem erhöhten Ring einen Boxkampf aus. Einer war wie ein Gentleman in Seide gekleidet, der andere trug einen Bauernkittel. Die Menge buhte den Gentleman erbarmungslos aus und bejubelte jeden Treffer des Bauernburschen. Trussell schaute eine Weile zu und sagte dann: »Ich dachte, Blank sei gegangen?«

Ein vertrauter Dreispitz und ein breites Kreuz in Marineblau. Er beobachtete durch eine der Luken eine für sie unsichtbare Vorstellung. Shay zupfte ihn am Ärmel und fragte: »Warum bist du noch hier?«

Er zog den Kopf zurück. Seine Augen waren weit aufgerissen »Ich bin noch kurz geblieben, um mir das hier anzusehen. Schaut nur!«

Shay und Alouette traten an die Luken rechts und links von ihm. Ein Wassertank, von Bühnenlaternen blau gefärbt, stand auf einer Plattform. Darüber ragte hoch ein Holzgestell auf, an dem Männer mit nach hinten geschniegeltem Haar arbeiteten.

Shay flüsterte: »Was sehen wir uns da gerade an?«

Blank antwortete: »Wartet, sie fangen gleich noch einmal an.«

Das Licht wurde abgedunkelt, und die Männer trugen etwas hinter den Tank. Es war so schwer, dass sie nur langsam die Leiter hinaufstiegen, und Shay konnte in ihrem »Eins, zwei, drei, los!« die Anstrengung hören.

Ein Dreieck aus Türkis, wie der Schweif eines Falken, wurde ins Wasser heruntergelassen. Es folgte eine gebogene Fläche von schillernden Schuppen vom öligen Schwarzblau einer Pfauenfeder. Der Schweif schlug einmal, und dann war auch der Torso untergetaucht. Ein breites Kreuz, das eines Menschen, mit Narben und Muskeln schraffiert wie das eines Akrobaten. Am Hals waren drei Seitenlappen rechts und links, die im Wasser wallten. Und darauf saß schließlich ein schwarzer Lockenkopf.

»Ich kenne ihn.«

Shay musste sich aus der Luke zurückziehen, um Blanks Gesicht zu beobachten. Es zeigte andächtige Aufmerksamkeit. Der Meermann schwebte aufrecht im Blau und blinzelte.

Shay meinte, sie könnte an seinen Achseln dünne Schnüre ausmachen, die ihn in Position hielten, doch er wirkte so echt. Er schlug mit den Armen einen langsamen Rhythmus und vollführte dann einen Salto, so dass sein Schweif zart am Glas entlangstrich. Eine dicke Luftblase entwich seinem Mund. Die Männer hielten eine Fackel an die Oberfläche, und sie brach in Flammen aus. An allen Ecken keuchten die Zuschauer des Spektakels auf.

Alouette flüsterte: »Das Wasser brennt. Das ist griechisches Feuer. Dee würde sterben, wenn er das sähe.«

Aber Shay war das Feuer gleichgültig; sie konnte die Augen nicht von dem Meermann wenden. »Wer ist das?«

Blank nahm Shay bei der Hand. »Er heißt Malik. Ich habe oft mit ihm getaucht. Er ist von meiner Insel, aber ich dachte, er sei schon vor Jahren gestorben.«

»Ist er echt?«

»Natürlich.« Blank schüttelte den Kopf. »Oh, du meinst, ob er wirklich einen Fischschwanz und Kiemen hat? Nein, natürlich nicht.«

Der Meermann hing im Blauen, zwinkerte kaum, und sein Schweif war wie ein Pendel.

»Er ist wunderschön.« Shay spürte, wie die Zeit schwer auf ihr wog. Eine weitere Luftblase entwich den Lippen des Meermanns, während er sich auf der Stelle drehte. Sie zwang sich, selbst zu atmen. »Wie lange kann er unter Wasser bleiben?«

»Drei Minuten vielleicht. Das ist jetzt schon länger, als ich je geschafft habe.«

Shay atmete schwer, wollte mit bloßer Willenskraft ihren Atem in seine Lungen zwingen. Ihre Brust schmerzte beim bloßen Gedanken daran. Der Meermann wirbelte herum, ein kleiner Rauchkringel, und seine Schulterblätter kamen zusammen wie Flügel. Er sank auf den Boden des Tanks. Über ihm loderten knisternd die Flammen.

Shay hatte Schmerzen am ganzen Leib. »Lasst ihn raus. Das ist zu lange.«

Er drehte sich, so dass man ihn von allen Seiten sehen konnte. Die Flammen griffen nach dem Himmel oben, und dann wurde ohne Vorwarnung eine Decke über den Tank geworfen, und die Szene stieg wieder ins Dunkel der Nacht hinab. Ein allgemeines gemeinsames Aufatmen. Shay bemerkte jetzt, wie viele Luken es gab und wie viele Leute zugeschaut hatten. Sie sackte vornüber zusammen, als sei sie selbst gestrandet. »Das war zu viel.«

Shay hatte Blank noch nie zuvor so aufgeregt gesehen. Er rannte an der hölzernen Einfriedung entlang, suchte nach einem Eingang zu dem Tank. »Kommt schon, wir müssen es hinter die Bühne schaffen.« Nonesuch war noch immer nirgends zu sehen, doch Shay wollte Blank in diesem Zustand nicht allein lassen. Das Labyrinth der Straßen hatte keine offensichtlichen Ausgänge, also gingen die vier an den Außenwänden entlang und suchten nach einem Zugang zu den Bühnen. Trussell beobachtete schließlich, wie ein Commoner auf ein nacktes Holzbrett drückte, das zur Seite glitt, so dass er durchgehen konnte. Sie warteten einen Augenblick und folgten ihm dann. Ein Loch im Holz, kaum einen Finger breit, hinter dem eine straff gespannte Schnur hing. Blank hakte den Daumen darum, zog, und das gesamte Paneel schwang auf. Alouette nickte anerkennend. »Oh, das ist sehr gut gemacht.«

Drinnen war es, als wären sie nach Hause gekommen. Alles war so vertraut: die schlichten Rückseiten der Holzkulissen und der Geruch nach Sägemehl und Farben. Zwerge und Feuerschlucker eilten vorüber, Bühnenarbeiter und Schankmaiden schleiften ihre Stände hinter sich her. Blank fragte einen kleinen Jungen nach dem Meermann, und der seufzte und nahm ihn sanft bei der Hand, führte die vier tiefer in das Schaustellerlager hinein und zu einem Zelt, das vor der unbemalten Rückseite der Burgmauern aufgeschlagen war. Ein Zelt in einem Lager, mitten in einer riesigen Holzburg, mitten in der Einöde. Der Raum war groß, offensichtlich das Zuhause vieler Schausteller. Es roch nach Kampfer und Feuchtigkeit.

Der Meermann lag mit ausgestreckten Armen und Beinen auf einem winzigen Holzbett. Neben ihm lag noch sein Schweif, während ein Mädchen Leinöl in die Schuppen rieb. Sie schimmerten wie Pfauenfedern. Aber Blank hatte nur Augen für den Meermann. Er hockte sich neben ihn, so dass ihre Gesichter nur noch wenige Zoll voneinander entfernt waren. Einen Augenblick lang dachte Shay, dass Blank nur gekommen war, um dieses Gesicht zu betrachten, kindergleich in seiner Erschöpfung, doch dann legte er Malik eine Hand auf die Schulter und flüsterte: »*Réveille.*« Dieses Wort rüttelte den Meermann sofort wach. Er setzte sich auf, die Augen weit aufgerissen, atmete schwer, als hätte er gerade eben ein Rennen beendet.

Malik und Blank umarmten einander lange, beugten sich zueinander hin, als würden sie sonst umfallen. Nun saß Blank ihm im Zelt gegenüber und betrachtete ihn voller Verwunderung. Der Meermann, unversehrt und redend, ein weit größeres Wunder als seine ganze Nummer gewesen war. Er sprach so langsam wie Blank, zupfte die Worte hervor wie die trockenen Stellen im Marschland.

»In Schottland habe ich einmal in einem See getaucht. Oder heißt das dort Loch? Angeblich war dies das Versteck eines Schatzes, der in einer Höhle zehn Yards unter Wasser lagerte. Wir trugen Tauchanzüge aus Walhaut und Walfett unter einer Eisschicht, die so dick wie dein Arm war. Es war Knochenarbeit, aber die Bezahlung war gut. Doch eines Morgens kam ich an der Anlegestelle an, und der Vormann war mit der gesamten Ausrüstung und allem Geld verschwunden. Drei Jahre. Ich bin zu Fuß in den Süden zurückgegangen, habe auf dem ganzen Weg gebettelt. In den Dörfern im Norden haben sie manchmal einen Penny gezahlt, damit sie mein Haar berühren durften.« Er fuhr sich mit den Fingern durch die engen schwarzen Locken.

»In Carlisle bin ich dann auf Cockaigne gestoßen. Damals waren sie Rebellen, rein politische Leute.« Ihn schauderte, und Wasser troff ihm vom Torso. »Sie reisten von Stadt zu Stadt und stifteten Unfrieden. Gegen die Königin, gegen die Lords, gegen die Kirche. Es waren damals noch nicht viele. Der Jagger und ein paar andere. Ernsthafte Männer. Verdrießliche Männer. Sie baten mich, ich sollte mich ihnen anschließen, doch ich habe ihnen geantwortet, es gebe schon genügend Gründe, warum die Leute mich hassen können.«

Blank quittierte diese Aussage mit einem Nicken. Er drehte den Schweif um und strich das Öl gegen die Richtung. Die Schuppen stellten sich auf wie kleine Regenbogenberge.

»Sechs Monate später kam der Jagger wieder. Derselbe Schemel, derselbe Branntwein, und er hat mir gesagt: ›Ich habe es aufgegeben, den Leuten von einer besseren Welt zu erzählen. Ich werde ihnen diese bessere Welt zeigen.‹«

Malik schaute sich im Zelt um. »Als ich hierherkam, war der Tank schon fertig, und das Kostüm war beim Schneider. Was Cockaigne will, das kriegt Cockaigne auch. Jeder Penny, den wir hier verdienen, wird gleich und gleich geteilt. Die Leute, die die Latrinen bauen, bekommen das Gleiche wie der Jagger.«

Bisher hatte Shay nicht geredet. »Aber was ist das hier?«

»Es ist Cockaigne. Das Land, in dem Milch und Honig fließen.«

»Aber ist es ein Spektakel? Oder eine Rebellion? Wollen sie mit den Nummern hier Commoners anwerben? Oder sind die Commoners hier, um das Spektakel zu beschützen?«

Malik dachte darüber nach. »Ich bin mir nicht mal sicher, ob die das noch wissen. Wenn sie es je gewusst haben. Es ist eher ein Lauffeuer als etwas Menschengemachtes – es nimmt seinen eigenen Verlauf.«

Von draußen ertönten Geräusche, die Shay gut kannte. Das Gepolter von Kulissen und Klirren von Münzen und überall die Stimmen von Bühnenarbeitern, streitbar und sarkastisch. Die Stadt wurde abgebaut, und sie waren noch immer meilenweit von ihrem Zuhause entfernt. Widerwillig machte sie Blank mit einer Geste darauf aufmerksam, dass es Zeit zum Gehen war.

»Bleibt!«

Sie waren schon auf dem halben Weg zur Tür heraus. Cockaigne bestand jetzt nur noch aus Holzpaneelen auf Pferdekarren. Malik war aufgesprungen, angespannt wie ein Boxer. »Ihr alle, bleibt!«

Sie warteten in der Tür.

»Blank, du könntest mit mir arbeiten. Ich kann nur drei Vorstellungen pro Abend machen, zusammen könnten wir sechs schaffen, und für Schauspieler gibt es immer Rollen hier.«

Er deutete auf Trussell. »Wir haben hier schon von den Blackfriars Boys gehört. Unsere Wege haben sich unzählige Male beinahe gekreuzt. Du und Nonesuch, ihr hättet viel zu tun.« Er verneigte sich vor Alouette. »Und wir haben Geld für Bühneneffekte. Auch griechisches Feuer. Jedenfalls würde der Jagger jeden Einzelnen aus eurer Truppe nehmen, nur um den Sperling zu kriegen.« Shay wurde das Herz schwer, als alle drei sich zu ihr umwandten und sie ansahen.

Sie wurde blass »Er kennt meine Vorstellung?«

»Natürlich. Das spricht sich rum. Nicht so rasch wie in der Stadt, aber doch schnell genug. Der Jagger spricht oft von dir. Er hat dich in Bellbrooke gesehen.«

Bellbrooke: ein halbvergessenes Nest, nicht einmal auf der Landkarte eingezeichnet. Dort hatten sie auf einem nassen Rasenstück eine Vorstellung improvisiert. Shay war in eine tiefe Trance gefallen, und beim Aufwachen waren ihre Hände vom Faltentintling schwarz gefärbt gewesen.

»Wir teilen uns alles Geld. Niemand steht hier an erster Stelle auf dem Zettel. Wir sind alle Bauern, wir sind alle Könige. Wir essen gut und trinken gut.«

Der Tisch vor ihnen war voll mit Überresten des Essens. Hühnerschlegel, an denen noch jede Menge Fleisch war, Trauben, so groß wie Hühnereier. Doch Alouette wandte sich zum Gehen. »Wir sind nur vorübergehend auf dem Land. Bis London wieder sicher ist.«

Malik nickte. »Warum bleibt ihr dann nicht vorübergehend hier? Ihr seht doch, wie viele Menschen zu uns kommen.«

»Wir sind unsere eigenen Herren.« Alouette wollte nicht in das Zelt zurück. »Wohin zieht ihr morgen?«

»Keine Ahnung. Wir reiten die Nacht hindurch, schlafen am Morgen, spielen am Abend.«

Alouette warf ihre Worte über die Schulter. »Ihr seid keine Könige, ihr seid Vieh.«

Sie trafen Nonesuch, der bei den Überresten des Eingangs im Schatten saß. Er tappte mit dem Fuß, als würde Musik gespielt. »Wo seid ihr denn gewesen? Ich habe mich hier umgesehen. Ich nehme alles zurück. Das hier ist was ganz Außergewöhnliches.« Ein paar Nachzügler taumelten noch in der Dunkelheit den Hang hinunter. Die Fackeln waren heruntergebrannt, und Qualm hing über dem Weg.

»Hast du das griechische Feuer gesehen?« Alouette sprach so atemlos begeistert wie sonst die Mädchen am Bühneneingang, wenn Nonesuch stehen blieb, um mit ihnen zu reden. »Ich habe zugeschaut, wie sie einen Wassertank in Flammen gesetzt haben.«

Nonesuch grinste. »Oh, ich habe mehr gemacht, als nur zuzuschauen.« Er zog einen Köcher mit Pfeilen aus dem Schatten. Die Spitzen sahen seltsam körnig aus, und sie rochen irgendwie nach Sumpfgas.

»Das hast du geschafft? Wie denn?«, fragte Alouette.

Er tippte mit dem Finger seitlich an die Nase. »Warte mal, schau's dir an.« Er legte einen Pfeil ein und zog die Bogensehne zurück. Dann tauchte er die Pfeilspitze in die Flamme einer Fackel. Er wartete ab, bis sie Funken sprühte, und dann schoss er den Pfeil im hohen Bogen in die Luft. Er stieg zischend und fauchend in Spiralen auf, bis eine strahlend helle weiße Blume sich entfaltete und beim Fallen Licht verspritzte.

Alouette flüsterte: »O ja.« Auf dem Boden brannte und spuckte der Pfeil noch weiter, obwohl er auf feuchtes Gelände gefallen war. Alouette seufzte zufrieden. »Verschwende nicht noch einen. Heb sie dir auf. Wenn ich rausbekommen kann, wie man sie macht, dann schwitzt Dee für uns Geld.«

Sie ging zu Nonesuch und wollte ihm die Pfeile wegnehmen, doch er drohte ihr scherzhaft mit dem Finger. »Hol dir deine eigenen.«

Die Pferde bewegten sich in der Dunkelheit sehr vorsichtig. Shay konnte vor sich nur Nonesuchs Silhouette erkennen, doch seine Stimme sprühte nur so vor Vergnügen. »Das hätten auch wir die ganze Zeit über machen können.« Seine Finger waren schwarz vor Ruß, und er roch nach Zerstörung. »Sie wandeln das ganze Land von Grund auf um. Hast du die Kinder beobachtet? Noch nie habe ich bei einer von unseren Vorstellungen solche Freude gesehen.« Er konnte nicht stillhalten. Immer wieder gab er seinem Pferd die Sporen, wenn er ein Argument vorbrachte, und jedes Mal machte es einen Sprung vorwärts. Er hieb mit seinem Schwert nach Nachtfaltern.

Alouette war genauso aufgeregt wie er. Sie war einen Schritt hinter Shay. »Griechisches Feuer«, sagte sie. »Flüssige Flammen. Weißt du, was das bedeutet?«

Shay wusste es nicht.

»Es ist … es ist …« Noch nie hatte Shay erlebt, dass Alouette die Worte fehlten. »Es ist eine sagenumwobene Mixtur, die die Byzantiner benutzt haben. Sie konnten auf ihren Schiffen aus Schläuchen Flammenfontänen abfeuern. Sie konnten es in Granaten füllen. Pfeile, die man in diese Mixtur tauchte, brannten stundenlang.«

Alouette und Nonesuch schüttelten einträchtig den Kopf. »Das sind schlaue, schlaue Bauerntölpel, diese Commoners.«

Wenn Shay nachts ritt, hatte sie immer ein schlechtes Gewissen, als hätte sie die Abendglocke versäumt, und jetzt würde die Nachtwache sie jeden Augenblick anhalten. Langsam ritten sie über unsichtbare Wege, durch kleine Wäldchen. Warme Luft und ein schwacher Hauch Mondschein. Nonesuch und Alouette redeten wild durcheinander, trieben ihre Pferde an und zügelten sie wieder.

»Die Themse in Flammen setzen und dann ein Bootsrennen durch das Feuer veranstalten.«

»Hochseile von St Paul's spannen und Schwertkämpfe in der Luft inszenieren.«

»Das Geistertheater in leuchtenden Buchstaben auf die Wolken schreiben.«

Sie trotteten eine Allee entlang, auf der sich die Bäume aufeinander zulehnten. Es fühlte sich an wie die Gewölbedecke in St Paul's. Shay roch eine Mondblume und von irgendwoher das Aroma von Tabak. Nonesuch schlug schon wieder mit seinem Schwert nach einem Nachtfalter. »Nimm das, du fedriger Mistkerl.« Zum hundertsten Mal musste er den Schritt verlangsamen, damit sie zu ihm aufschließen konnten. »Stell dir bloß dieses Spektakel in London vor! Wir haben unsere Zeit verschwendet.« Er zog einen Pfeil aus dem Köcher und spannte ihn in seinen Bogen. »Scheiße!« Er hielt die Spitze an seine Fackel, und sie fing sofort Feuer.

Alouette kam kaum dazu, ihn zu warnen: »Herrgott noch mal, Nonesuch, mach die Pferde nicht scheu!« Da schoss die Rakete schon mit einem Schauer blendend weißer Funken und wilden Spiralen in den Himmel. Es war taghell. Und für den winzigsten Augenblick sahen sie, schwarz eingerahmt, vor sich Männer zu Pferd mit gezückten Schwertern.

Blank reagierte zuerst. »Keinen Mucks. Macht einfach leise kehrt.«

Trussell hatte in die andere Richtung geschaut. »Was? Warum?«

»Erklär ich dir später. Mach, was ich sage. Schnell.«

Shay riss ihr Pferd herum. Ihre Augen hatten sich nach dem gleißenden Licht noch immer nicht wieder an die Dunkelheit gewöhnt, also musste sie Entfernungen nach Geräuschen abschätzen. Leises Hufklappern, keine Gespräche. Sie hatten gerade zehn Yards zurückgelegt, als Nonesuch ihr den Arm ausgestreckt vor die Brust legte. »Warte. Ich höre in dieser Richtung noch mehr Männer.« Einen Augenblick standen sie da, und die Pferde, die nichts bemerkt hatten, fingen an zu grasen. Stimmen drangen hinter den Kulissen hervor. »Wohin jetzt?«

»Vom Weg runter?«

»Dahinten ist die reinste Wildnis. Wenn wir die Richtung einschlagen, könnte sich ein Pferd ein Bein brechen.«

Da, ein Geräusch, ganz in der Nähe. Das Kratzen eines Feuersteins und plötzlich Fackelschein. Ein Gesicht, nur wenige Zoll vor ihrem. Der Mann hatte eine niedrige Stirn, hinten zusammengefasstes Haar, und er sagte: »Schlimmer noch. Du könntest dir das Genick brechen.«

Shay schrak zurück, und rings um sie leuchteten Fackeln auf. Vier Männer mit Laternen und Schwertern. Mit Pferdeschwänzen und zufriedenen Mienen. Der Vorderste sagte: »Wir würden uns gern mit dem Sperling hier kurz unterhalten.« Sein Pferd scharrte mit dem Huf, und Shay spürte mehr, als sie es sah, dass andere Männer hinter ihr waren.

»Nur zu«, sagte sie.

»Unter vier Augen, wenn's recht ist.«

Alouette zügelte ihr Pferd vor Shay. »Mit euch geht sie nirgendwohin. Kommt morgen in die Vorstellung. Kauft euch eine gottverdammte Eintrittskarte.«

Vier hier und drei auf der Straße. Aber fünf vom Gespenstertheater. Zahlenmäßig nicht allzu ungleich, aber die Männer hatten eine lässige Leichtigkeit, die Shay mit Mördern in Verbindung brachte. Sie hielt ihren Tonfall neutral. »Alouette hat recht. Kommt morgen in die Vorstellung. Und natürlich braucht ihr keine Eintrittskarten. Wir freuen uns auf euren Besuch.«

Die Männer schienen zufrieden zu sein. Das vorderste Pferd fing an zu grasen, und der Mann zerrte es wieder hoch. »Das war eigentlich keine Bitte, leider. Betrachtet es vielleicht eher als Anforderung.«

Nonesuch schob sein Pferd neben das von Alouette und sagte: »Eine Anforderung? Seid ihr ein Trupp von Werbern?« Er grinste. »Oder schlimmer noch, man könnte euch eine Art menschliche Einfriedung nennen.«

Er war sehr zufrieden mit seinem Seitenhieb, doch der Mann schien völlig ungerührt. »Wie immer du es auch nennen magst, sie ist für uns notwendig. Sie hat eine Gabe, und Gaben muss man teilen.«

Nonesuch schien froh zu sein, dass hier Argumente und keine Hiebe ausgetauscht wurden. »Gaben werden verschenkt, die nimmt man sich nicht einfach.« Er saß entspannt im Sattel, aber seine Stimme war dringlich.

Die Männer lachten und streckten ihm die Hände hin. »Dann schenkt.«

Nonesuch hieb seinem Pferd die Hacken in die Flanken. »Stellt euch in einer Reihe auf«, flüsterte er, und sie bewegten sich in eine gebrochene Linie. Nonesuch streckte beide Hände seitlich aus. Shay nahm seine Linke; sie war kühl und trocken.

»Wir kommen jetzt durch. Wenn ihr uns anhaltet, ist das eure Wahl.« Shay presste dem Pferd die Schenkel in die Flanken, und es bewegte sich langsam vorwärts. Sie umklammerte Nonesuchs Hand fest. Sein Pferd machte einen Ruck vorwärts und blieb dann stehen. Shay sah, wie seine Hacken sich in das Fleisch in der Flanke des Tieres drückten. Widerwillig machte es einen Schritt näher zu den Männern hin, und die anderen folgten Zoll für Zoll. Als sie so nah waren, dass sie bereits den Atem der Männer hören konnten, warf Nonesuchs Pferd den Kopf in den Nacken. Es stieg auf, aber Nonesuch beruhigte es.

»Komm schon, braves Mädchen.« Noch ein kleiner Schritt. Shay drängte auch ihr Pferd vorwärts. Sie war nun so nah, dass sie den Tabak im Atem der Männer riechen konnte. Doch nun bewegten sie sich.

Metall an Metall. Dreimal. Messerklingen glänzten im Mondschein. Trussell schrie auf, als sein Pferd sich aufbäumte und dann kehrtmachte und in die Richtung floh, aus der sie gekommen waren. Im Nu war er verschwunden.

»Das ist ein schlaues Kerlchen. Ihr tätet gut daran, ihm zu folgen.«

Shay trieb ihr Pferd voran, und es schnaubte und scharrte mit den Hufen. An seinem schwarzen Maul bildete sich Schaum. Es wollte sich nur widerwillig durch die Lücke zwischen den Pferden der Commoners durchquetschen, doch Shay stieß ihm die Hacken in die Seite. Noch zwei Schritte. Beinahe gleichauf mit den Männern, nah genug, um herüberzugreifen und dem Nächsten den Hut vom Kopf zu pflücken. Noch ein Schritt, nun streiften sich die Sättel, und die Pferde blieben wieder stehen. Nonesuch war Auge in Auge mit dem Anführer. Er sagte: »Macht es dem Jagger denn nichts aus, wenn ihr ihm einen toten Sperling bringt?«

Der Mann nickte. »O doch, das würde ihm etwas ausmachen, aber ich bin mir nicht so sicher, dass das nötig sein wird.«

Shay hatte keine Ahnung, was er damit meinte, bis er seine Klinge tief in Nonesuchs Bauch rammte, mit genauso wenig Aufhebens, als hätte er nur eben eine Nachricht überbracht. Einen Augenblick lang starrten sie einander an, dann riss er die Klinge wieder zurück. Nonesuch schaute auf sein weißes Hemd herunter, und der Mond schien gerade so hell, dass man sehen konnte, wie etwas schwarz aufblühte, bis ganz zu den Hemdschößen. Niemand regte sich, und dann glitt Nonesuch beinahe anmutig von seinem Pferd. Es war so still, dass Shay hören konnte, wie Nonesuchs Blut pulste und tropfte. Die Luft roch sogar danach: Eisen und Scheiße.

Dann spürte Shay Arme um sich, jemand warf sie sich über die Schulter, und die Welt stand Kopf. Die Pferde der Männer begannen zu traben, und Shay sah Alouette und Blank, die im Mondschein immer kleiner wurden, beobachtete, wie sie sich über Nonesuch beugten, der nur noch wie ein Haufen Lumpen wirkte, beobachtete, wie sie ihn ausstreckten und auf die Wunde drückten, und dann wurde die Szene zur Miniatur, als die Pferde in den Galopp fielen, und Shay hörte nichts mehr außer den Hufen und dem Rauschen des Blutes in ihren Ohren. Dann bogen sie um eine bewaldete Ecke, und plötzlich war alles, was sie kannte, fort.

33

Der Vogelkäfig war riesig. Sechs Fuß hoch und vier Fuß im Durchmesser, so groß, dass er gegen die Seiten des Karrens stieß, auf dem er transportiert wurde. Er war von Holzlatten umgeben, und der Boden war mit etwas Schwerem gefüllt. Shay packte die Gitterstangen und rüttelte hin und her, aber sie konnte kaum eine Kante vom Boden hochziehen. Ihr Karren fuhr mitten in einer langsamen Schlange von Fahrzeugen durch die Nacht. Einmal kam ein Junge mit einer Augenklappe zu ihr getrottet, um ihr eine Schale Suppe, einen Kanten Brot und einen Eimer zu reichen. Der Eimer machte ihr am meisten zu denken; offensichtlich würden sie nicht so bald wieder anhalten.

Sie rieb sich die Handgelenke. Die Männer hatten sie gefesselt und dann auf einer Stange über den Schultern getragen wie ein Gepäckstück. Schweigend waren sie meilenweit geritten, hatten sich kein bisschen darum geschert, dass sie sich da wand und krümmte, und dann hatte man sie in diesen Käfig gestoßen und die Tür abgeschlossen. Dass es in Cockaigne überhaupt so etwas gab – einen Käfig, in den ein Mädchen passte –, war eine weitere Schreckensnachricht.

Die Karren rumpelten über unbeleuchtete Straßen, und Shay wütete, spuckte und brüllte, doch der Rhythmus der Räder und die Gleichgültigkeit des Trecks zermürbten sie. Schließlich lag sie zusammengerollt wie eine Schnecke da, hatte sich versprochen, dass sie nicht länger als eine Minute schlafen würde, doch ehe sie es sich versah, war es heller

Morgen, und der Jagger saß ihr auf einem Schemel gegenüber. Er schnitzte an einem Tierzahn herum, der so lang war wie Shays Hand. Sie hielt die Augen halb geschlossen, doch er hatte gesehen, wie sie sich regte. Er drehte den Zahn hin und her und betrachtete ihn. »Wie geht es unserem Gast?«

»Ich bin eine Gefangene, kein Gast. Käfige machen Gefangene aus uns.« Ein einziger Satz von ihm hatte den Docht ihres Zorns entzündet.

»Vielleicht«, sagte er, »oder vielleicht ist es genau umgekehrt.«

»Wenn das so ist, kann ich dann den Schlüssel haben?«

»Natürlich nicht.«

»Dann bin ich eine Gefangene.«

Er schaute ungerührt. »Das sind deine Worte. Wenn es dir hilft, dann kannst du dich als eine Art Steuerabgabe betrachten.«

Sie verbarg ihr höhnisches Grinsen nicht, und er fuhr fort: »Ich meine das ernst. Whitehall nimmt uns kleinen Leuten alles Mögliche weg. Geld. Männer. Essen. Wir nehmen uns nur ein kleines bisschen von dem zurück, was die Stadt uns schuldet.«

»Dann seid ihr auch nicht besser als die.«

Er legte den Zahn weg. Einen Augenblick war es still, und dann sagte er: »Der Palast, den wir gebaut haben, steht allen offen. Unsere Männer verbringen ihre Zeit damit, das Land zu befreien, das eure Lords eingefriedet haben. Wir behalten nichts für uns selbst. Hier leistest du Tausenden Beistand, Männern und Frauen, die dich weit mehr brauchen als jede Londoner Lady.«

»Und was ich will, zählt hier nicht?«

Er legte den Kopf schief. »Doch, es zählt. Wäre der Rest des Lebens gleich, so würde ich dich freilassen. Aber wir fallen alle ins Gewicht. Unseren Zuschauern wurden Söhne geraubt, damit sie in den Kriegen fremder Länder sterben; du bekommst drei Mahlzeiten und eine bewaffnete Wache. Du hast Glück.« Er benutzte seine Hände wie Waagschalen und neigte eine stark nach unten.

Es erschöpfte Shay, was die Menschen mit Worten anstellten. Wie sie Worte benutzten, als wären sie Zauberdinge. Der Jagger glaubte, wenn er sie als Steuerabgabe bezeichnete, hätte er den Freibrief, sie einzusperren. Als gäbe es keine Leibeigenschaft, wenn es das Wort »Sklave« nicht gäbe. Sie streckte ihr Gesicht zwischen zwei Käfigstangen und sagte: »Ich mache keine Vorstellung für dich. Nie.«

Er spitzte den Zahn an. »Das werden wir sehen.«

Sie reisten Tag und Nacht, Shay viele lange Meilen allein auf dem Karren, nur mit Suppe und Brot und einem sauberen Eimer als Gesellschaft. Die Suppe war schwarz und ölig, und es schwammen dünne Pilzscheiben darin. Das Brot war hart und verbrannt. Sie aß ohne jede Begeisterung, doch als die Hitze des Essens durch all ihre Blutbahnen zog, schien ihre Welt sich zu verlangsamen und zu kippen, und die Straße verwandelte sich in einen glitzernden Strom. Sie lag ausgestreckt auf dem Stroh am Boden des Käfigs und schlief einen leichten, unruhigen Schlaf. Die letzte Nacht mit der Truppe vom Geistertheater wiederholte sich immer und immer wieder: Nonesuch, der von seinem Pferd glitt, und Blanks Hände in seinem Blut. Bewegte er sich noch, als er aus ihren Augen schwand? Sie konnte sich nicht erinnern.

Als Shay aufwachte, hatten die Karren unter dem Blätterdach eines Waldes haltgemacht, das so dicht war, dass sie nicht sagen konnte, ob es Tag oder Nacht war. Irgendwo an der Seite redete der Jagger mit Männern, die Shay nicht erkannte, und sie hatten die Köpfe über einer Landkarte zusammengesteckt. Wieder tauchte der Junge mit der Augenklappe mit einer Schale Suppe auf und flüsterte: »Beobachte den Feuerwagen hinter uns, wenn wir die Umfriedungen erreichen. Das ist eine ziemlich tolle Schau.«

Der Treck bewegte sich aus dem Wald in eine geometrische Landschaft, wo man den Boden in adrette Rechtecke aufgeteilt hatte. Die Weißdornhecken waren ein schwacher Abklatsch der riesigen Platanenalleen, durch die sie geritten waren. Shay drehte sich um, wollte den Karren hinter sich anschauen. Mit einem plötzlichen Ruck schossen Feuerfontänen aus den Seiten, und obwohl sie einige Yards voraus war, zog sich ihre Haut unter der Hitze zusammen. Männer, die sich nasse Lappen eng um das Gesicht gebunden hatten, arbeiteten an den Pumpen, und die Fontänen schossen weiter hinaus. Die Hecken glühten und brachen dann in Flammen aus, und das Feuer klebte an ihnen fest. Der Treck hinterließ eine feurige Spur. Shay hämmerte an die Käfigstangen. Es war April. Der Weißdorn würde jetzt voller Amselnester sein, Nester, die von den Dornen gegen Habichte und Falken geschützt wurden. Blinde Küken mit verklebten Federn und bedrängte Elternvögel. Sie beobachtete, wie deren Zuhause brannte wie Zunder, und schrie: »Halt! Wartet!«, bis ihr die Stimme versagte.

Für die letzten paar Meilen verfrachteten die Commoners sie auf eine Barke und setzten sie dann, immer noch im Käfig, auf einer mit Gänseblümchen übersäten Wiese in einem Wäldchen ab. Rings um sie herum wurde Cockaigne errichtet. Bühnenarbeiter hievten die Schlossmauern an langen Seilen hoch, und aus allen Richtungen erschallte Gehämmer. Männer schleppten Shays Vogelkäfig in ein Zelt, so groß wie ein Raum. Ständig spazierten andere Schausteller vorbei. Manche versuchten, mit ihr zu reden, doch die meisten schauten weg. Shay ignorierte sie ohnehin alle. Für die würde sie nicht spielen, aber trotzdem konnte sie nichts dagegen tun, dass ihr Herz schneller schlug; Eröffnungsabende hatten immer ihren ureigenen Rhythmus. Die Luft verdichtete sich, während noch letzte Vorbereitungen getroffen wurden. Bellendes Gelächter und dringende Fragen. Die länger werdende Warteschlange vor dem einzigen Spiegel hinter der Bühne. Bekreuzigen und letzte Gebete, und wie in dem Augenblick, in dem ein Vogel aufflog, erwachte die hölzerne Stadt schlagartig glitzernd zum Leben.

Ein Kostüm, ihr Kostüm, lag neben ihr. Es war ein kurzer Umhang aus Stofffedern in jeder nur erdenklichen Braunschattierung, von rotbraun bis fast schwarz. Herbstgefieder. Shay hörte, wie verschiedene Nummern begannen – das erwartungsvolle Flüstern der Menge und die Bühnenanweisungen –, und dann stießen vier Männer lange Stäbe oben durch ihren Käfig und trugen ihn auf ihren Schultern aus dem Zelt. Shay wurde durch den Bereich hinter der Bühne gebracht, wo die Eingeweide der Stadt zu sehen waren: leere Fässer und Berge von Knochen. Ein Drahtseiltänzer übte auf einer in den Dreck gezeichneten Linie. Die Männer teilten mit den Schultern den Eingang eines Zelts und setzten Shay auf einem türkischen Teppich ab. Ein rotes Samttuch wurde über den Käfig gebreitet, und dann lüpfte ein Mann eine Ecke des Tuchs und wünschte ihr viel Glück. Sie schaute weg.

Die Zuschauer strömten herein, redeten leise, als Stühle ächzten und Gespräche sich wie Wellen überlappten. Nach einer Minute brachte eine laute Stimme die Menge zum Schweigen. »Meine Damen und Herren. Wir haben heute Abend einen seltenen Leckerbissen. Königinnen lassen sich von ihr beraten, und Lords lauschen jedem ihrer Worte. In

London zahlt man für jeden Auftritt tausend Guineas, aber hier und heute Abend ist sie kostenlos. Denn hier in Cockaigne sind wir alle Lords.«

Applaus erschallte.

»Fragt sie nach der Zukunft, redet durch ihre Vermittlung mit euren verloren Liebsten, Damen und Herren, hier ist … der Sperling!«

Das Tuch wurde weggerissen, und das plötzlich hereinströmende Licht schmerzte Shay in den Augen. Der Jagger verneigte sich und schloss den Käfig auf. Sie schaute in ein von Kerzen erhelltes Zelt und auf eine Menge neugieriger Landleute hinaus. Selbst wenn sie vorgehabt hätte, ihnen ein Spektakel zu bieten, so hatte diese Umgebung so gar nichts vom Zauber des Theaters. Ein Mädchen auf einer Bühne, ihr Kostüm ihr zu Füßen.

Wer zuerst spricht, hat verloren. Das hatte sie Evans einmal sagen hören, als es um irgendein Geschäft ging. Sie starrte hinaus, und die Menge starrte zurück. Beinahe war die Verlegenheit so groß, dass sie Shay zum Reden gedrängt hätte, doch sie behielt die Nerven. Sie wartete. Eine Frau hievte sich auf die Beine. Sie war untersetzt und grau, hatte ein wettergegerbtes Gesicht und stützte sich auf einen Stock, als sie fragte: »Mein Sohn ist vor zwei Jahren in See gestochen, und ich habe seither kein einziges Wort von ihm gehört. Wo ist er? Ist er in Sicherheit?« Sie sackte wieder auf ihren Platz zurück, und Shay starrte zu ihr hin, blieb reglos. Hinten im Zelt erhob sich Gemurmel, jemand stand auf und ging. Ein Mann erhob sich und fragte: »Wie wird unser Winter?«

Shay schaute ihn nicht an. Sie blickte prüfend über die Schulter zurück zum Jagger. Doch der saß nur da und schnitzte. Als sie auch dem Mann nicht antwortete, begannen weitere Leute zu gehen. Shay schaute zum hinteren Teil des

Zelts und lauschte, wie die Zuschauer langsam verschwanden. Die Geräusche von Cockaigne drangen gedämpft zu ihr. Jubel und Buhrufe und das Kratzen vom Messer des Jaggers.

Als das Zelt leer war, pfiff der Jagger. »Gut, Jungs. Packt zusammen. Nächste Vorstellung in zwei Stunden.« Er führte Shay am Ellbogen fort; es tat ihr gut, die Beine wieder zu bewegen.

Sie sagte: »Ich mache das für die nächste Vorstellung genauso. Und für die übernächste und die danach.« Sie verfluchte den bockigen Ton, der sich gegen ihren Willen in ihre Stimme geschlichen hatte.

»Nur zu. Ich hätte lieber eine Wahrsagerin als ein Kuriositätenkabinett, aber ich nehme, was ich kriegen kann. Die Leute stehen trotzdem Schlange, um das Mädchen zu sehen, das die Königin berät. Und sie erwarten ja, dass Londonerinnen zickig sind. Ich kann nur gewinnen.«

Eine Stunde später fingen alles wieder an. Dieselben übel riechenden Landeier in demselben blassen Kerzenschein, doch diesmal begann Shay zu reden, ehe sich die Leute auch nur hingesetzt hatten. »Ich bin hier eine Gefangene. Ich war frei wie ihr, doch diese Männer haben mich entführt und gezwungen, hierherzukommen. Auf den Straßen von Cockaigne predigen sie Freiheit, aber wenn es um Geld geht, sind sie schlimmer als die geizigsten Londoner Wucherer. England stellt sich gegen die Sklaverei, aber hier bin ich: eine Sklavin.« Sie hatte die Aufmerksamkeit der Leute gewonnen, doch niemand rief Zustimmung, niemand applaudierte. »Das hier ist kein Schauspiel, versteht ihr? Ich sitze wirklich in der Falle. Sie haben mich in einen Käfig gesteckt. Ruft Hilfe. Sagt den Blackfriars Boys, dass ihr mich hier gesehen habt. Sagt ihnen, sie sollen diesen Ort hier stürmen.«

Diesmal dauerte es länger, bis die Zuschauer gingen. Sie wanderten fort, als Shay zu reden aufhörte, gingen stumm weg, und Shay hörte von hinten im Zelt ein langsames Klatschen. Der Jagger stand neben ihrer Schulter, flüsterte beinahe. »Das bisschen Land, das sie hatten, wurde eingefriedet, und sie sterben, wenn sie ihren Zehnten nicht zahlen. Diese Leute wissen, wie Sklaverei aussieht, und das hat mit türkischen Teppichen und Branntwein nichts zu tun. Ich freue mich schon auf unsere nächste Vorstellung. Du wirst dir schon was ausdenken.« Er hob die Stimme. »Packt zusammen, Jungs. Das war's.«

Und so fing der Sperling seine Zeit in Cockaigne an. Jede Veranstaltung bedeutete zwei Tage Reisen und einen Tag Auftritte. Wann immer sie konnten, reisten die Commoners übers Wasser, in einer Reihe flacher, schmuckloser Barken, auf denen die Kulissen, die Schausteller und die Vorräte untergebracht waren. Das mittlere Boot lag tief im Wasser und hatte ringsum Pfeilschlitze für die Bogenschützen. Dort befanden sich der Jagger und sein Gefolge. Auch Shay brachten sie dort unter. Die meiste Zeit hätten diese Reisen Vergnügungsfahrten auf der Themse sein können, wäre nicht der Käfig gewesen. Commoners ruderten schläfrig unter den grünen Bögen der Bäume, und Shay beobachtete Mauersegler, Eisvögel und die Reiher, die wie Schnappmesser zusammengefaltet waren. Einmal am Tag öffnete der Jagger die Käfigtür, um ihr Lektionen in Politik zu erteilen. Er sprach schlecht, eintönig und ohne Leidenschaft. Er beschrieb, wie England bei der Einfriedung in Parzellen aufgeteilt und gestohlen wurde, in Scheibchen geschnitten, Stück für Stück, bis auf den Knochen, aber er hätte genauso gut auch ein Kochrezept aufsagen können, so wenig Feuer lag in seinen

Worten. Und doch war es für Shay ein so süßer Schmerz, einmal wieder die Beine zu strecken, dass sie sich beinahe auf diese Vorlesungen freute. Und wenn sie sich flach auf den Rücken legte, konnte sie ihren Blickwinkel so wählen, dass sie nur den Himmel und die Vögel sah. Sie wusste, dass Trussell, Alouette und Blank irgendwo unter demselben Himmel waren, und das tröstete sie. Und Nonesuch? Sie hatte ihn so viele Male auf der Bühne sterben sehen, heldenhaft auf Knien, während er sich eine letzte röchelnde Rede aus der Kehle quälte, aber nie hatte sie ihn so gesehen wie in jener Nacht, als die Commoners auf ihn einstachen: dieses O des Mundes und sein furchtbar schwerer gleitender Fall. Wenn sie fragte, ob es Neuigkeiten über ihn gebe, flüsterte der Jagger: »In dieser Welt siehst du den Jungen nicht wieder.«

Die Tage verliefen und verschwammen ineinander und waren ihr wie ein Traum. Ständig war ihr schwummrig, und Alpträume stürzten sich jede Nacht auf sie herab. Zuerst dachte Shay, es sei eine Auswirkung ihrer Gefangenschaft, doch als die Tage vergingen, wurde ihr klar, dass die einzigen Augenblicke der Klarheit, die sie hatte, stets die waren, wenn ihr Magen leer war. Ihre Kost änderte sich nie: schwarzes Brot und Pilzsuppe, Rotwein und Branntwein – selbst wenn der Rest der Mannschaft etwas anderes zu essen bekam. Das hatte etwas zu bedeuten. Sie hielt die Augen auf, um irgendwelche Hinweise zu finden. Auf einen der Töpfe mit Pilzen in der Kombüse war mit Kreide ein Vogel gezeichnet, und Shays Suppe wurde immer separat gekocht, unter der Aufsicht des riesigen einarmigen Kochs der Commoners. Selbst ihr Wein kam aus einer eigenen Flasche. Die Mannschaft war wach, doch jede Nacht nach dem Abendessen verflüssigte sich Shays Welt und geriet ins Wirbeln. Entweder wollte man sie vergiften oder zähmen, und sie wusste nicht, was schlimmer war.

Nach zwei Wochen Gefangenschaft begann Shay einen Hungerstreik.

»Du musst essen«, sagte der Junge mit der Augenklappe, als sie ihm die noch warme Suppe und den noch kalten Wein zurückgab. Shay ignorierte ihn. Eine Minute später saß der Leutnant neben ihr und ließ sie mit jeder Bewegung wissen, wie weit unter seiner Würde ihre kleine Krise war.

»Du musst essen.« Die Suppe war inzwischen kalt geworden und hatte eine gräuliche Haut, die es ihr leichter machte, bei ihrem Vorsatz zu bleiben. Sie fing erst an, sich wirklich Sorgen zu machen, als sich die kleineren Jungen um sie scharten und ihr dringend zuflüsterten: »Du musst essen. Bitte, Sperling, vertraue uns. Es ist zum Besten.« Aber zum ersten Mal seit Tagen war ihr Kopf wieder klar, und das Nagen in ihrem Magen war etwas Feineres als Hunger.

Am nächsten Nachmittag segelten die Barken über eine kurvenreiche Strecke des Flusses, wo die Weiden ihre Blattspitzen in ihr Kielwasser tauchten und Insektenschwärme an den Ufern summten. Um Schlag fünf brachte der Koch ihr das gleiche schwarze Brot und die schwarze Suppe. Shay ignorierte alles hochmütig wie ein Katze. Erst dann kam der Jagger und setzte sich zu ihr. Er hockte sich an eine Seite und wachste seine Bogensehne. Sein Bogen war eine doppelte Rundung aus bebender Eibe, geschwungen wie eine Oberlippe; er war so hoch wie Shay. Der Jagger schnitt mit der Sehne Kerben ins Wachs und schob dann die Schüssel mit dem Essen wieder zwischen den Käfigstangen durch. »Iss.«

Shay schob sie zurück, bis sie gegen die Stangen klirrte. »Es ist Gift. Es ist Gift, und ich bin eingesperrt. Cockaigne ist ein Gefängnis.« Der Jagger ließ sich rückwärts aufs Deck sacken und runzelte die Stirn. Hatte sie gewonnen? Konnte es so einfach sein?

Dann nahm er seinen Bogen und legte in einer einzigen Bewegung einen Pfeil ein. Er hob ihn, ohne hinzuschauen, spannte und ließ ihn achtlos schnalzen, als werfe er etwas weg. Ein Kreischen und das Klatschen von Flügeln auf dem Wasser. Shay fuhr herum und musste entsetzt mit anschauen, wie der Jagger nickte und ein Junge ins Wasser sprang. Der Bursche holte einen sterbenden Schwan an Bord, noch ehe seine Flügel zu zucken aufgehört hatten. Reines strahlendes Weiß und reines Blutrot. Farben, die zu vollkommen waren für diese graue Welt. Der Jagger nagelte den Vogel am Hals an die Kabinentür und heftete die großen Segel der Schwingen fest, nach oben ausgebreitet wie die Flügel eines Engels.

»Morgen bringe ich zwei um«, sagte er und nahm ihr Essen weg.

Tagsüber waren die Commoners Kriegerameisen. Sie rissen Zäune mitsamt den Pfosten aus und zerrten sie meilenweit hinter sich her. Hecken wurden mit Pech übergossen und mit Fackeln in Brand gesetzt. Ihre Route war irrwitzig, mit unzähligen Kehrtwendungen und Spitzkehren. Nach jedem Feuer erhöhte sich das auf sie ausgesetzte Kopfgeld, aber niemand, einschließlich der Commoners selbst, schien zu wissen, wo sie als Nächstes sein würden. Irgendwo in der Nähe der schottischen Grenze befreiten sie ein erst kürzlich eingefriedetes Tal, und dann stieg der ganze Treck ins Vorgebirge hinauf. Zum ersten Mal sah Shay von dort das Ausmaß der Verwüstung, das sie hinterließen. Rauchende Felder, rote rohe Erde: ein blutiger Brautzug.

Auf die Tage des Feuers folgten die Nächte von Cockaigne. Die goldenen Mauern und das Volksfesttreiben draußen, der Geruch von Schweinefleisch und Kotze drinnen. Die anderen Schausteller ignorierten Shay, ob aus Angst oder Neid, das konnte sie nicht sagen. So hatte sie nur die Zuschauer, mit denen sie ins Gespräch kommen konnte. Sie versuchte ihr Möglichstes, um die Leute zu provozieren. Sie ignorierte sie, schmeichelte ihnen, beleidigte sie. Sie flehte und bettelte, aber es war, als wäre sie unter Glas. Was auch immer sie machte, es wurde zu ihrer Vorstellung. Und jeden Abend kamen die Menschen mit ihren traurigen, ernsthaften Fragen, die ihr allmählich das Herz brachen.

»Wann wird es endlich regnen? Wir kochen schon Suppe aus Schuhleder.«

»Wird mein Junge überleben? Wir haben acht Kinder, und bisher sind nur die Mädchen älter als zwei Jahre geworden.«

»Wo ist meine Frau? Wo ist mein Sohn? Wo ist meine Mutter? Kannst du ihnen eine Nachricht überbringen? Bitte. Ein Wort, einen Kuss.«

Langsam begriff sie, dass diese Leute so gefangen waren wie sie selbst. Wie konnte Shay ihre Fragen beantworten, wo doch ihre eigenen Lieben vom Winde verweht waren? Jeder Junge mit strahlenden Augen, der im Publikum saß, war für sie der Geist eines Blackfriars Boys, und diese Geister spukten bei Tag und nicht bei Nacht. Shay lauschte und versuchte, ihnen zu antworten, doch es war ihr beides kein Beistand. Also sang sie, und das schien ihr zu helfen, wenn auch nur für einen Augenblick.

Die Tage flossen dahin wie ein schwarzer Fluss, auf dem sie dahintrieb, halb untergetaucht, die Augen auf die Wolken oben gerichtet. Käfig, Suppe, Karren, Wolken, Barke, Suppe, Käfig und dann wieder Bühne. Wie viele Vorstellungen hatte sie gegeben? Sie konnte es nicht sagen – es wurde alles zu einer einzigen langen Vorstellung, die sie aus der Ferne beobachtete, und alle Geräusche erreichten sie nur noch als schwaches Echo. Kinderlieder, vom Krächzen der Krähen zerrissen. In ihrem herbstlichen Kostüm, weinend auf Knien, den Kopf im Schoß irgendeines Bauern geborgen. Jetzt stand die Käfigtür offen; ein Teil von ihr war gezähmt, ein Teil war wild. Sie beantwortete Fragen mit Nachtigallentönen, und die Leute nickten zurück: Ja, ja, ich verstehe. Schwarze Suppe und Tassen voller Flusswasser, manchmal schwamm ein Blatt darin wie ein Geschenk. Eine Welt, die auf den Kopf gestellt war: Der Fluss war Luft, und der Himmel war Öl. Es gab kein Land, und jeder Tag war wie ein Sprung von einem hohen Gebäude, und es war kein Halt für den Fuß in Sicht.

Ihr nächtlicher Bewacher war der Junge mit der Augenklappe. Er hieß Valentyne. Ein Waisenjunge aus der Stadt, nicht älter als sie. Er hätte ein Blackfriars Boy gewesen sein können, so wie seine Angeberei bei Tag in nächtliche Ängste überging. Wenn alle ringsum schliefen, redete er mit dringlicher Stimme. Erinnerungen an seine Mutter oder seinen Bruder, der zur See gefahren war, an seinen Hund, seine Freunde – und einmal, als ein Gewitter die Barke zum Schaukeln brachte, streckte er eine dreckige Hand zwischen den Käfigstangen durch und hielt Shays Hand; ob das ihm oder ihr nützen sollte, konnte sie nicht sagen. »Dein Kavalier, ich habe gehört, dass er noch lebt.« Und sie musste den Kopf schütteln, um sich an seinen Namen zu erinnern. Nonesuch, Birdland, Lonan: Wörter einer fremden Sprache, die auf lautlosen Flüssen davonschwammen.

In einer Vorstellung konnte es Shay einmal nicht mehr aushalten, noch mehr von Verlust, Hunger und Angst zu hören, und so sang sie die ganze Stunde lang ohne Unterbrechung. Ein Lied mit einem einzigen Text, den sie immer und immer wiederholte, aber die Leute schauten gebannt und still zu. Sie hörten etwas in ihr, was sie selbst nicht hören konnte.

Eines Nachmittags blockierte ein umgestürzter Baum den Fluss, und so ließ der Jagger Shay eine Stunde auf der Barke frei laufen. Die Männer waren damit beschäftigt, den Weg frei zu räumen, und Shay lag auf dem Rücken, so dass die Baumwipfel den Himmel einrahmten und sie weder Männer noch Boote sehen konnte – nur den Himmel und weit in der Ferne Vögel, die Sätze in die Luft schrieben. Mauersegler erzählten haarsträubende Geschichten, während Tauben zankten. Ein unverblümt redender Reiher wurde von einem geschwätzigen V von Gänsen übertönt. Und dann griff, schnell wie der Blitz, ein Falke eine Taube mitten in der Luft. Weißes Fleisch, ein Gestöber von Federn, und die Beute war weg. Freude brach durch Shays schwarzes Eis. Das musste Devana sein. Sie konnte die Zeichnung des Falken nicht sehen, aber nur ein Stadtvogel, der an Gewalt und Überfluss gewöhnt war, würde mit solcher Extravaganz töten. Shay kletterte auf das Kombüsendach und schaute zu, wie der Falke in den Kurvenflug ging und seine Kreise zog. Erst da bemerkte sie an dem Vogel etwas Unheimliches. Devana strahlte eine gespenstischen Schimmer aus – die Farbe der Krankheit, die Farbe des falschen Feuers –, die sie vor der Dämmerung herausscheinen ließ. Shay blinzelte und versuchte, ihre Augen zu sehen, sogar in so großer Entfernung.

Und in diesem Augenblick drehte sich ein Stundenglas, und die Welt stand Kopf. Shay lag da, an einen Himmel aus Wasser geklebt, und schaute hinunter in einen Abgrund aus Luft. Der Wind rüttelte an ihren Flügeln, und sie lachte darüber, wie langsam die Welt unten war. Sie hing da und wich zur Seite aus und schlug Haken, als könnte sie den Winden selbst befehlen. Sie krümmte nur die äußersten Schwingenfedern, verkleinerte den Winkel, und sie wurde zu einem Speer, der auf die Mitte der Barke zielte. Der Wind zerrte an ihr, formte sie zu einer Pfeilspitze, nach unten, ins Ziel, in den Käfig, der offene Arm ausgebreitet wie ein Geliebter, und dann …

Dann war Shay wieder auf dem verschwitzten Stroh mit den Kaninchenknochen, und schwarze Galle stieg ihr in die Kehle, und der Himmel war wieder ein fremdes Land. Doch ein Zauber war von ihr gehoben worden.

Shay hatte Devana seit ihrer Gefangennahme nicht gesehen. Sie bezweifelte also, dass der Falke ihr ständig gefolgt war. Nein, wenn Devana jetzt in der Nähe war, bedeutete es, dass die Blackfriars Boys nicht weit waren. Und wenn falsches Feuer ihre Flügel leuchten ließ, beobachtete Alouette sie irgendwie. Alouette, Trussell und Blank. Und, wider alle Hoffnung, auch Nonesuch.

Stunde um Stunde lag Shay wach, sah ihre Lage durch diese Raubvogelaugen neu, und als der Morgen dämmerte, wusste sie, wie sie Cockaigne entkommen würde.

34

In Shays Träumen spricht Devana. Nicht mit dem krächzenden Ruf, mit dem sie ihre Beute ängstigt, sondern mit der Stimme eines Mädchens. Weich und rund wie Brustfedern. Voller Flattern und Gurren. Die Stimme sagt, dass Shay Beute geworden ist. Sie flüstert, dass sie schwach gewesen ist. Fragt, wie viele Nächte Shay mit Selbstmitleid verbracht hat.

Shay versucht zu antworten, doch Devana erhebt sich, ihre Schwingen ein herrlicher Vorwurf. Sei still, Mädchen.

Devana sagt, dass Männer brüchige Knochen und dünne Hälse haben. Und dass sie alle Stellen haben, an denen sie bluten, bis sie sterben. Devana sagt, dass du nichts brauchst als Angst.

Ohne aufzuwachen, beginnt Shay, ihre Fingernägel an den Käfigstangen zu schärfen: Kratz, kratz.

Devana flüstert wie eine Liebende, Blut im Atem, dass man entweder jagt oder gejagt wird; unbeteiligte Zuschauer gibt es nicht.

Mit geschlossenen Augen verbirgt Shay die Hände hinter dem Rücken und lächelt lieblich. Sie ist bereit …

35

Valentyne hielt Wache, und Shay ließ sich von ihm seine Geschichten erzählen, bis die ganze Mannschaft sich schlafen gelegt hatte. Erst als die Nacht still war, stellte sie ihre Frage: »Könntest du mir Fleisch besorgen?«

Er sagte: »Du darfst kein Fleisch bekommen, tut mir leid. Dein Speiseplan steht fest.« Aber an seiner Stimme war klar zu erkennen, dass er sich über den Grund dafür nicht sicher war. Shay hielt ihr Gesicht im Schatten und bereitete sich vor. Nonesuch hatte ihr einmal beigebracht, dass der Saft einer Zwiebel auf dem Saum der Kleidung alles war, was man brauchte, um sich zum Weinen zu bringen. Als sie ihn gefragt hatte, warum man nicht einfach an eine traurige Erinnerung dachte – ein kurzer Augenblick, in dem sie an ihre Mutter dachte, reichte, um sie zum Schluchzen zu bringen –, hatte er gelächelt und geantwortet: »Ah, aber man muss ja auch in der Lage sein, mit dem Weinen wieder aufzuhören.« Das spielte allerdings auch keine Rolle, denn auf der Barke war es so dunkel, dass Shays Tränen nicht echt sein mussten. Sie ließ ihre Schultern beben und sagte: »Jeden Tag gibst du mir nichts als schwarzes Gift, und dann beobachtest du mich und lachst.«

Der Gesichtsausdruck des Jungen war nicht zu sehen, doch sie hörte seine Besorgnis. »Niemand lacht, am allerwenigsten ich. Die Suppe ist, na ja, sie ist das Beste für dich, das verspreche ich dir.«

»Wie kann sie das Beste für mich sein, wenn niemand von euch sie trinken will?« Shay zielte auf seine Schwachstelle.

»Nie darf ich einen Geschmack von zu Hause bekommen, eine Erinnerung an meine Familie.« Sie warf sich auf den Boden. »Nicht einmal einen Geschmack von Freundlichkeit. Was hast du heute Abend gegessen?«

»Gans«, flüsterte er.

Es war also nicht der Mühe wert, nach Resten zu fragen. Sie spielte ihm jetzt Schluchzer vor.

»Aber es ist noch Kaninchen übrig«, sagte er. »Von gestern.«

Er hatte Angst, und sie wagte es nicht, ihn zu sehr zu drängen. Sie sagte: »Ich weiß, es ist für dich gefährlich, aber von den anderen kann ich niemanden darum bitten. Sie kennen mich nicht so, wie du mich kennst.« Sie hatte für diesen Augenblick eine Geschichte auf Lager. »Als ich klein war, habe ich mit einem Falkenweib Kaninchen gejagt. Östlich des Marschlandes, wo Himmel und Erde miteinander verschwimmen. Da waren nur wir beide, eigentlich beide noch Jungvögel, in dieser Welt der Riesen. Ich warf diesen Vogel in den Himmel beobachtete, wie er immer kleiner wurde, bis ich so … beinahe allein war. Dann fiel das Falkenweib wie ein Stein, und ich war bei ihm, fiel mit ihm, verlor mich mit ihm …« Sie ließ die Stille wachsen. »Man füttert einem Falken immer nur ein kleines bisschen von dem, was er gejagt hat. So kommt er nie auf den Gedanken, dass er dich nicht braucht. Ich habe das Erlegte immer aufgeteilt, ein bisschen für das Falkenweib, ein bisschen für mich. Das hat sogar ein Vogel im Käfig verdient.«

Als der Junge zurückkam, hatte er einen Brocken Fleisch in ein Tuch eingeschlagen, und Shay verspürte eine Aufwallung von Macht. Allein mit ihren Worten hatte sie jemanden dazu gebracht, das zu tun, was sie wollte. Doch der Junge reichte ihr das Päckchen nicht gleich. Stattdessen setzte er sich näher bei ihr seitlich neben den Käfig. Stumm reichte er durch die Stäbe und ergriff ihre Hand und führte sie in seine Hose, wo er bereits hart war. Dann schob er ihr das Tuch zwischen den Käfigstangen durch und sagte: »Erzähle mir mehr von dem Falken.«

Später, als alles erledigt war, teilte Shay das Fleisch in zwei Portionen. Sie aß ihren Anteil ohne Vergnügen und legte dann die anderen Hälfte oben auf den Käfig. Wenn sie es schaffte, dass Devana ihnen weiter folgte, so könnte der Vogel als Wegweiser dienen und den anderen zeigen, wo sie sich aufhielt. Nonesuch würde Devana erkennen, da war sie sich sicher. Die Truppe hatte so oft morgens Zeit auf dem Dach des Theaters verbracht, während Devana als hochmütige Wächterin weit oben über ihren Köpfen flog, und immer hatte Shay auf ihren einzigartigen Flugstil hingewiesen. Shay hielt sich wach, solange sie konnte, doch alles hatte sich gegen sie verschworen, um sie schläfrig zu machen: Das sanfte Schaukeln des Boots und die warme Nachtluft gaben ihr das Gefühl, in einer Wiege zu liegen. Als sie aufwachte, hatte das Fleisch nur Fliegen angelockt.

In dieser Woche erschien Valentyne jede Nacht für diesen traurigen kleinen Handel. Shay dachte sich nichts dabei, und hinterher ließ sie stets die Hälfte des Fleisches auf dem Käfig liegen. Keine Spur von Devana. Einmal kletterte eine Wasserratte rotzfrech mit bebender Nase an den Käfigstangen hinauf und verschlang den Fleischbrocken in einem Bissen.

Die Truppe trat in der Nähe von Colchester auf. Oder vielleicht war es St Albans. Die schwarze Suppe sorgte dafür, dass die Tage sich für Shay kreuz und quer übereinanderschoben, bis sie keine Vorstellung mehr davon hatte, wie viel Zeit vergangen war. Wo immer sie waren, es war so nah an London, dass sie hätte schwören können, sie rieche den Rauch der Stadt. Der Sperling lockte Menschenmengen an, mit denen man Blackfriars zehnmal füllen könnte, und die Leute strahlten ihre Not aus wie Hitze. Ihre Fragen weckten in Shay Gedanken an tausend verlorene Jungen. Sie sah sie in fremden Landen im Schlamm sterben; hundert Tage, um dorthin zu kommen, und dreißig Sekunden, um zu sterben. Sie sah Burschen, die auf den Straßen Londons bettelten, und Mädchen, die von zwielichtigen Männern an zwielichtige Orte geführt wurden und von dort mit Augen fortgingen, die wie Kerzen ausgelöscht waren. So viele Städte und so viele Menschen – alle verloren gegangen. Shay nahm es in sich auf und schluckte es; es mischte sich mit der schwarzen Galle in ihrem Blut. Sie sang Wiegenlieder, Kinderlieder, Zwitschergesänge und Eulenrufe und sagte immer und immer wieder: »Er kommt zurück. Sie ist in Sicherheit und wird geliebt.« Wenn sie ihre eigenen Lügen nicht mehr aushalten konnte, stieg das schwarze Wasser in ihr auf, und sie erhob sich, sang und weinte, und hinterher erinnerte sie sich an nichts davon.

Im wässrigen Licht der Dämmerung lag Valentyne da, abgezogen wie ein ofenfertiges Kaninchen. Shay war so geschickt geworden, dass er sich nach zwanzig Strichen schon verausgabt hatte, während er die ganze Zeit ins Feuer starrte und Shay den Himmel beobachtete. Er wischte sich sauber und zog dann ein Päckchen aus einem Beutel.

»Heute gibt's einen besonderen Leckerbissen für dich, vom Schweinebraten.« Das Päckchen war durchscheinend vor Fett, und der Duft war so mächtig, dass Shay Sorge hatte, er könnte die restliche Mannschaft aufwecken.

Sie wartete zehn Minuten, bis Valentynes Atem nur noch ein dünnes Schniefen war. Noch zehn Minuten zur Vorsicht, dann hievte Shay sich hoch und legte das Fleisch um den Knauf oben am Käfig. Sie döste und hätte beinahe Devanas

Ankunft verpasst. Erst das Kratzen der Klauen auf der obersten Käfigstange weckte sie auf. Sie zwängte ihren Kopf an die Stangen und schaute nach oben. Devana legte den Kopf schief. Selbst im Mondschein glänzte ihr Schnabel vor Fett. Eine Klaue hielt das restliche Fleisch fest umklammert, und sie würgte einen Brocken hinunter. Sie strömte ein Licht aus wie Glühwürmchen. Was hatten sie mit ihr gemacht?

»Braves Mädchen«, sagte Shay. Denn jetzt war sie es zufrieden, dem Vogel beim Fressen zuzuschauen. Methodisch riss das Falkenweib Streifen von dem Fleisch ab und hob sie an den Schnabel. Devana fraß, schluckte, begann wieder. Schwarze Augen überprüften die Nacht auf Schwachpunkte. Shay redete mit ihr, den Blick abgewandt. »Sind sie da draußen, mein Mädchen? Folgt Nonesuch uns? Haben sie das mit dir gemacht?« Sie hob eine Hand, und das Falkenweib ignorierte sie. Erst als der Vogel mit dem Fleisch fertig war, hüpfte er herunter und landete auf Shays Unterarm. Jetzt konnte Shay Devana ganz sehen. Ihre Umrisse waren mit falschem Feuer gezeichnet, quer über den Schnabel, den Kopf und die Schwingen. Ihre Klauen schimmerten damit. Die Arbeit war sorgfältig ausgeführt worden, hatte die Flugfedern ausgespart, aber die flüssigen Linien des Vogels betont. Devana schimmerte in hellem Licht, während sie eine verirrte Schweiffeder mit dem Schnabel zurechtzupfte. Zweimal bewegte sie sich ein wenig ungelenk auf Shays Arm zur Seite, ließ dabei perfekte blutige Nadelstiche aufblühen. Shay brauchte eine Weile, bis sie sah, was den Vogel störte. Ein Fetzen raues Papier war an den Knöchel gebunden. Shay strich es glatt.

ICH RETTE DICH

Sonst nichts. Auf der anderen Seite war der Zettel leer.

Devana ließ versuchsweise die Klauen spielen, und aus Erfahrung wusste Shay, dass dies ihren baldigen Abflug ankündigte. Sie starrte auf den Zettel und versuchte nachzudenken. Keine Tinte und nur ein halber Plan. Vor ihrem geistigen Auge sah sie die Papierdrachen, die einmal vom Dach des Blackfriars Theatre geflogen waren. Schließlich stach sie sich mit der Spitze von Devanas Schnabel in die Fingerkuppe. »Tut mir leid, Mädchen«, sagte sie, als sich ein Blutstropfen bildete und Devana einen schrägen Blick darauf warf, der von professionellem Interesse zeugte.

Ihr Nagel tauchte in das Blut. D … R … A … C … Die Buchstaben wurden dünner, also tauchte sie noch einmal ein: H … E … N.

Wäre das klar genug? Sie strich Devana über den Kopf, und der Gedanke, dass der Vogel nur Stunden zuvor noch auf Nonesuchs Arm gesessen haben könnte, wärmte sie wie Branntwein.

Devana breitete die Schwingen aus, plötzlich riesengroß, und Shay hatte nur Sekunden, um die Szene vorzubereiten. Sie weckte Valentyne mit einem Tritt und stellte sich mit rechtwinklig abgewinkeltem Arm hin. Devana breitete ihre drei Fuß weiten, schimmernden Flügel aus wie ein Schattenengel. Der Junge erstarrte, Shay hob den Arm eine Spur, und mit drei ungeheuren Flügelschlägen war Devana fort. Shay wartete, bis sich der Blick des Jungen mit ihrem traf, und sagte dann mit einer Stimme, die sogar ihr unbekannt war: »Sie. Werden. Kommen.«

Tumult. Binnen Minuten versammelten sich Leute in der Kombüse. Es gab Streit in der Mannschaft. Dass Valentynes Geschichte mit jeder Wiederholung haarsträubender wurde, trug noch dazu bei. Ein Geistervogel mit Augen wie Kohlen und Messern anstelle der Krallen war im Käfig erschienen und hatte mit Shay gesprochen. Seine Schwingen waren vier Fuß weit. Fünf Fuß. Der Vogel war so leise wie der Schnee und so schön wie der Donner. Und über der Barke, wie um jeden Zweifel zu widerlegen, kreiste Devana wie der Zeiger einer Turmuhr, weit jenseits der Reichweite jedes Pfeils.

Minuten später wurde Shay von der Barke gezerrt, und die Gesellschaft ritt nach Norden. Die Kutscher lösten einander unterwegs ab und machten zwanzig Stunden lang keine Pause. Die Pferde dampften wie Wasserkessel. Als sie wieder auf dem Fluss waren, wichen ihr die Leute von der Mannschaft aus, aber das Boot war nicht sehr breit. Wenn sich jemand an dem Käfig vorbeidrängte, richtete Shay ihren Mund gen Himmel und legte los. Raubvogelschreie und die alten Melodien. Heidnische Lieder, vermischt mit Rufen und Krächzen, das ihr an der Kehle zerrte.

Als Shay sich am nächsten Abend wieder einmal die Hand sauber wischte, sagte sie zu Valentyne: »Ich mag dich, und deswegen warne ich dich als Ersten. Wenn sie kommen, zielen sie auf deine Augen.«

Es war ein Kitzel wie der erste Schluck Wein, wenn man merkte, dass Worte, die man aussprach, einen Menschen ängstigten.

»Wenn wer kommt?«

Sie war eingesperrt, er war frei, und doch … »Die Vögel. Wenn ich sie herbeirufe. Zuerst die Augen. Schütze deinen Kopf, und dann geh unter Deck.«

Unter Deck, das war der Raum für Ladung. Da unten war kaum Platz für eine Maus.

Zwei Tage lang reisten sie ununterbrochen, doch als sie langsamer wurden, war Devana wieder da, kreiste über ihnen. Die Commoners schlugen ihr Lager in einer Mulde zwischen sanften Hügeln auf, die an zerwühlte Laken erinnerten und in einem Licht gebadet waren, das viele Jahrhunderte älter war als Londons Schein. Shay gab sich gefügiger. Sie bat einen der Schwertschlucker, ihr den Kopf zu rasieren, und rieb sich dann Leinöl in die Kopfhaut, damit die Tätowierung deutlich schwarz aufschien. Sie zeigte den Jungen der Commoners, wie sie sie am besten beleuchten sollten, damit sie schimmerte. Mehr türkische Teppiche über den Brettern, damit sie barfuß gehen konnte.

»Ich brauche heute Abend deine Einführung nicht«, sagte sie dem Jagger. »Lass mich dir zeigen, wie man das macht.«

Shay kleidete sich vor ihm in das Vogelgewand und straffe sein Starren mit Verachtung. Als sie ins Licht trat, verstummte die Menschenmenge bei ihrem bloßen Anblick schlagartig. Zuerst keine Worte. Nonesuchs Trick; die Leute dürfen sich nicht zu wohl fühlen. Die Stille wurde stiller. Die Dunkelheit wurde dunkler. Shay hatte kein Textbuch, aber was sie auch sagen würde, es würde seine Wirkung nicht verfehlen. Es war gleichgültig, dass sie selbst nicht sehen konnte, welche Wörter um die Ecke kommen würden.

Sie hörte sich sagen: »Ich bin schneller als der Tod.«

Es waren Landleute. Sofort bekreuzigten sie sich und murmelten.

»So schnell, dass ich in die Zukunft schauen kann.« Ein Schieflegen des Kopfes, das sie Devana abgeschaut hatte. »Du da, in der dritten Reihe, mit dem blauen Hut.« Sie blickte den Mann bohrend an, bis er wegschaute. »Sie weiß, was du getan hast. Aber Verzeihung wird es niemals geben. Verstehst du?«

Er nickte; eine schüchterne Bewegung von einem Berg von einem Kerl.

Er nickte so heftig, dass ihm der Hut vom Kopf fiel, und er sagte: »Danke, danke, danke«, als spräche er den Katechismus.

Shay bewegte sich weiter. »Erste Reihe. Die Blonde mit den Zöpfen. Du hast kürzlich jemanden verloren.« Dazu brauchte man nicht viel Phantasie hier draußen im Schlamm, wo sie wie die Ratten starben und zuhauf beerdigt wurden. Doch das Mädchen keuchte auf und fuhr sich mit der Hand zum Bauch. Ihr Kittel war ihr zu groß, und Shay schlug zu. Sie legte dem Mädchen ihren Kopf in den Schoß und sagte: »Du hast ein Kindchen verloren.«

Die junge Frau zitterte, und ihre Stimme war von Schluchzern unterfüttert. »Einen … Jungen … Michael …« Sie sagte es so leise, dass die Menge aufkeuchte, als Shay den Namen wiederholte.

»Der kleine Michael.« Sie kniete nieder und nahm die Hände der jungen Frau. Sie musste wissen, ob es eine Totgeburt gewesen war oder ob das Kind wenige Wochen alt geworden war. Sie riet. »Hat er überhaupt das Licht der Welt gesehen?«

Die junge Frau sackte noch weiter in sich zusammen. »Nein. Tot geboren. Was habe ich falsch gemacht?«

Hier und bei der Murmuration. Auf der Bühne und im Bett. Man konnte sich nicht einfach von den Gefühlen mitreißen lassen. Selbst das Chaos hat sein Regelwerk. Shay hob den Kopf der jungen Frau und flüsterte rasch und so leise, dass nur sie es hören konnte: »Du hast nichts verkehrt gemacht. Nichts.«

Shay warf den Kopf zurück und stieß den Schrei einer Schleiereule aus. Es war Jahre her, aber er gelang ihr gut. Eine kurze Frage und dann eine lange: »Hu, hu, huuu?«

Sie redete mit dem Publikum, doch ihre Augen waren auf die junge Frau gerichtet. »Wenn du diesen Ruf das nächste Mal hörst, ist es Michael. ›Hu, hu, huu?‹ Hörst du das?«

Die junge Frau nickte.

»Diese Kinder, die sterben, ehe sie das Licht der Welt erblicken, werden zu Nachtvögeln. Käuzchen, Nachtigallen, Schleiereulen und Nachtschwalben. Er wird immer in deiner Nähe sein und immer mit dir reden.«

Die junge Frau würgte einen Dank hervor und umklammerte die Hand ihres Gefährten.

Es dauerte nur eine Stunde. Die Leute lauschten voller Staunen. Shay ließ sich von den Worten ihres Vaters leiten. »Bei einem Pferd bricht man den Widerstand, einen Habicht macht man zu seinem Vogel, den erzieht man.« Dieses Publikum war kein Habicht. Sie würde den Widerstand dieser Leute brechen und sie so zu ihrer Waffe machen. Sie würde sie mit einer Botschaft bewaffnen, die sie verbreiten würden, wenn Cockaigne fortgezogen war. Bis hin zu den Blackfriars Boys hoffentlich. Sie richtete ihre Augen zur Decke des Zelts.

»Ehe ich gehe …« Ein leises Stöhnen des Schmerzes lief durch die Menge.

»Ehe ich gehe, steige ich hinauf, weit jenseits der Wolken, dorthin, wo ich ganz England sehen kann, seine Gegenwart, seine Zukunft und seine Vergangenheit, vor mir ausgebreitet wie eine Reihe von Feldern. Ich sehe die schweren Zeiten, die wir hinter uns haben.« Sie hörte diese Worte zum ersten Mal. »Unsere Hungersnöte und Überschwemmungen, unsere totgeborenen Kinder und Steuern.« Ein zustimmendes Murmeln flutete durch das Zelt. »Ich sehe klirrenden Frost und lange Winter.« Ihre Arme breiteten sich weit aus wie Flügel. »Und ich sehe unsere Zukunft.«

Sie stieß einen Falkenruf aus, scharf im warmen Umkreis der Menge, und sagte: »Ein Heer von Vögeln wird kommen. Sie werden leuchten wie der Mond.«

Hinter ihr war Bewegung, und sie hörte einen heftigen Wortwechsel zwischen Commoners. Ehe sie wieder reden konnte, wurde der Vorhang ohne große Umstände vor ihr heruntergelassen.

Jetzt schrie sie: »Vögel, die wie die Sterne glänzen. Sie werden voller Wut herabstoßen …« Shay krähte erneut und verbog ihre Hände zu Krallen.

Hände schoben sich durch den Vorhang. Andere Hände packten sie von hinten. Nun war das gesamte Publikum auf den Beinen, zerrte am Stoff, bis der Vorhang weggezogen war und Shay wie eine Statue enthüllt wurde.

»Sie werden die Tyrannen blenden und die Sklaventreiber und die Landbesitzer und die Ungerechten.« Sie zerrte an ihren Kleidern, und die Stofffedern fielen wie Schnee. Gesichter drückten sich nun nah an ihres. Trotzdem herrschte Stille wie in einer Kirche.

Als sie sagte: »Sie werden auch Cockaigne blenden«, hatten die Commoners genug. Sie zerrten Shay über die Bühne zurück, und ihre Fersen rumpelten gegen die Bretter, doch sie sang weiter mit einer Stimme, die ihr den Hals zerriss:

»Vögel, die leuchten, so hell wie die Monde,
Mit Klauen, die greifen, und Schnäbeln, die blenden,
Vögel, die über der Finsternis scheinen
Und uns von den Fesseln befrei'n, die uns binden.
Wir sind Vögel im Tod und schon von Geburt
Nie berühr'n unsere Füße die düstere Erde.«

Shay ließ sich von einem letzten Falkenruf die Kehle schmirgeln und riss erneut an ihren Kleidern. Die Commoners mussten sie durch stürmischen Applaus fortschleifen.

Sie packten in großer Eile. Der Jagger war überall, trieb seine Arbeiter mit Worten und Stiefeltritten an. Vergessen war, wie höflich Shay in der Woche zuvor behandelt worden war; jetzt wurde sie quer über ein galoppierendes Pferd geworfen, rechts und links schrien Reiter und sperrten sie auf der Barke wieder in ihren Käfig. Sie legten bereits ab, bevor auch nur die Hälfte des Gefolges angekommen war; Valentyne musste an Bord springen, als die Barke sich schon bewegte. Shay fragte ihn, was los war. Über das Rumpeln von Säcken und Kisten, die eilig an Bord geworfen wurden, konnte sie seine Antwort kaum verstehen.

»Wir werden verfolgt. Ob es die Black Swifts, die Schwarzen Mauersegler der Königin, waren oder sonst jemand, das scheint niemand zu wissen. Es waren wohl Leute im Publikum, die dafür bezahlt haben, wenn ihnen jemand verriet, wohin wir als Nächstes gehen würden.«

Sie waren hier. Sie kamen sie holen. Der Faden, der sie mit Nonesuch verband, spannte sich; haardünn, aber so stark wie eine Spinnwebe.

In der Abenddämmerung kehrte Devana zurück. Sie flog weiter in einer niedrigen Spirale über der Barke, und ihre Schwingen regten sich kaum. Shay schwieg; noch schliefen nicht alle, und alle waren bewaffnet. Der Vogel war jetzt außerhalb der Reichweite selbst des kräftigsten Pfeils, doch wenn Devana zum Fressen herunterkam, wer wusste, was dann geschehen würde. Shay blieb still und schaute zu. Dann erschien etwas anderes am Himmel. Vielleicht ein anderer Vogel. Das Ding leuchtete in einem Reptilgrün, und Shay konnte nicht ausmachen, ob es riesig und weit weg oder klein und ganz nah war. Seine Flügel waren nach hinten gestreckt wie bei einem ständigen Todesangriff, und sein Schnabel und seine Krallen schimmerten. Shay beobachtete, wie es über den Himmel zog. Kein Raubvogel flog in so geraden Linien, aber Shay bezweifelte, dass die Commoners das wussten. Shays Augen weiteten sich, als sie ein weiteres Ding am Himmel sah. Dann noch eines.

»Valentyne, Valentyne, wach auf.«

Im Nu war er munter. Sie lachte. »He, Vogelfutter, schau dir mal den Himmel an. Sie sind gekommen.«

Wie sie da am Himmel patrouillierten, das hatte etwas Erbarmungsloses. Schon bald beobachtete jeder Mann auf der Barke den Himmel, und Shay bemerkte, dass sich viele bereits Tücher vor die Augen gezogen hatten; Valentyne hatte wohl geredet. Shay formte den Falkenruf mit ihrem Mund und zielte ihn scharf und hell in den Himmel. Sie sah den Jagger erst, als der Käfig wackelte; wären die Käfigstangen nicht gewesen, hätte er ihr vielleicht mit bloßen Händen den Kopf abgerissen. Sie kauerte sich ganz hinten hin, und ihr Mund zitterte so sehr, dass sie den Ruf nicht noch einmal ausstoßen konnte.

Der Jagger packte sie bei den Schultern. »Was sagst du ihnen? Was sagen sie?«

Shay schrak vor ihm zurück, aber dann kam eine große Ruhe über sie. Was konnte er ihr schon antun? Sie beruhigte ihre Gesichtszüge und sprach so laut, dass die ganze Mannschaft sie hören konnte. »Sie sagen, dass sie ein Heer sind. Und dass sie bald zuschlagen werden.«

Er brüllte: »Haltet das gottverdammte Schiff an.« Er zerrte einen Jungen von den Rudern weg. »Kneble sie und verstopfe ihr die Ohren.«

Der Junge trat vor, und Shay warf sich gegen die Käfigstangen. Sie schrie aus tiefster Kehle, und er flog rückwärts. Sie sprang und zielte mit ihren Fingernägeln nach ihm. Nicht der Stärkste gewinnt den Kampf, sondern der, der am wenigsten zu verlieren hat. Der Junge rappelte sich auf die Ellbogen, und sie zischte: »Fass mich an, und du stirbst als Erster. Dafür werde ich sorgen.«

Angst. Den Jagger fürchtete der Junge noch mehr, doch

trotzdem hatte er auch Angst vor Shay. Der Jagger stieß ihn grob zur Seite und öffnete die Käfigtür. Er ging überraschend geschickt vor. Seile um die Handgelenke, Lappen in den Mund. Shays Tritte und Kratzer prallten von ihm ab. Nun hatte man ihr einen dreckigen Lappen, ekelerregend mit Schmalz getränkt, in den Mund gestopft.

Nach dieser Nacht ersetzten sie Valentyne durch einen grauhaarigen alten Seemann, doch sobald er ihr den Knebel aus dem Mund genommen hatte, damit sie essen und trinken konnte, begann sie ihm von dem bevorstehenden Angriff zu erzählen. Er stopfte sich Stoffstreifen in die Ohren und sang Kirchenlieder, um ihr Geplapper auszublenden. Ganz egal, ganz egal. Jedes Mal, wenn er zu singen aufhörte, fing sie wieder an, und er musste die Lautstärke erhöhen. Immer und immer wieder kreischten die Matrosen aus den umliegenden Kojen ihnen zu, sie sollten aufhören. Als man ihn endlich zum Schweigen zwang, flüsterte Shay Geschichten vom Heer der Vögel, die sie befehligte, und davon, wie sie den ganzen Zirkus zu Konfetti zerreißen würden.

»Die Krähen stürzen sich auf die Augen und verschlingen sie. Krähen an euren Augen, Habichte an euren Hälsen.« Shay atmete laut und schwer und lachte, als der Mann über das nasse Deck zurückrutschte. »Wenn ihr schlaft, bleibt immer nah beim Wasser, das ist der einzige sichere Ort.«

Der Seemann sagte: »Wir haben mehr Pfeile als du Vögel, Kleine.« Aber in jener Nacht beobachtete Shay, wie er seine Habseligkeiten zu einer Koje brachte, die näher am Fluss lag.

Am nächsten Tag war es ruhiger, doch immer noch machten Gerüchte die Runde. Wenn jetzt die Mannschaft nicht Wache stand, banden sich die meisten Tücher fest vor die Augen.

Bei der Fahrt hielt Shay die Augen fest auf den Himmel geheftet, und wann immer sie Vogelrufe hörte, antwortete sie. Cockaigne konnte sich vor den Vögeln nicht verbergen. Drei Tage Regen, vier Tage. Shay krächzte für die Krähen. Inzwischen hatte die halbe Mannschaft die Augen fest verbunden, und die Jungen kämpften um die Kojen an der Außenseite der Barke. Reitende Boten überbrachten die Nachricht, Elizabeths Black Swifts seien in der Nähe, und drückten jedem Münzen in die Hand, der die Geistervögel gesehen hatte, die den Himmel erhellten. Selbst mit ihrer irrwitzigen Reiseroute konnten die Commoners nicht mehr verborgen bleiben. Irgendwo im Norden machten sie unterhalb eines Berghangs halt, wo die Schafe so dünn waren wie Katzen, und bauten Cockaigne auf, während ein Sturmwind um die Holzwände heulte und stöhnte. Hände hielten Hüte fest, Kulissenteile stürzten quietschend und knarzend um. Die Männer zogen sich, wenn Shay vorüberging, Tücher vor die Augen, und der Jagger schnaubte vor Wut.

»Den nächsten, der seine Augen bedeckt, peitsche ich aus. Was ist bloß los mit euch? Sie ist ein gottverdammtes Kind, Scheiße noch mal.«

In jener Nacht kamen die glühenden Drachen in Schwärmen. Eine Murmuration, die reibungslos ablief wie ein Uhrwerk, alle auf ihren festgelegten Bahnen. Furcht hüllte den Treck ein; der Jagger tobte über das Schiff, trieb die Ruderer an und versprach dem ersten Bogenschützen, der einen Vogel vom Himmel holte, ein Vermögen. Dazu waren sie zu weit weg, aber nun machte sich Shay Sorgen, Devana könnte sich in Schussweite verirren. Die Drachen trieben den Falken immer weiter nach unten, und zum ersten Mal seit Tagen blieb Shay ruhig und versteckte sich in ihrem Käfig außer Sichtweite.

Das war ein Fehler.

»Bogenschützen, haltet euch noch zurück.« Der Jagger beobachtete Shay und beobachtete den Himmel. Er hockte sich neben den Käfig. »Redest heute Abend nicht mit deinem Heer? Hast wohl Angst, dass sie zu nah kommen könnten?«

Shay raffte alle Bosheit in sich zusammen. »Ich habe Angst, dass sie dich umbringen, ehe ich es tun kann.«

Darüber musste der Jagger lachen. Er schaute sie ewig lange an und bellte dann seine Befehle. »Knebelt sie wieder. Und dann Lichter aus. Bogenschützen, macht euch bereit, aber schießt erst, wenn ich es sage. Der erste Mann, der einen Mucks macht, geht über Bord. Und der erste Bogenschütze, der einen Vogel runterholt, bekommt einen halben Angel.«

Schweigen und Anspannung. Das einzige Geräusch war das Platschen der Wellen gegen den Bug, das einzige Licht der Mond. Zwanzig Bogenschützen standen in zwei Reihen da, die Sehnen gespannt, die Pfeile zitternd in ihrem Nockpunkt. Eine Reihe normaler Pfeile und eine Reihe mit griechischem Feuer an den Spitzen. Shay beobachtete alles zwischen den Käfigstangen hindurch. Die Drachen zogen ihre feierlichen Kreise, aber unter ihnen schwenkte Devana einen Flügel in Richtung Boot. Sie ließ sich reichlich Zeit damit, doch sie war auf dem Weg nach unten. Mit jeder Schleife rückte sie ein bisschen näher. Shay stöhnte durch ihren Knebel hindurch, und der Jagger hielt ihr zudem fest seine Hand vor den Mund. Er flüsterte der Mannschaft zu: »Noch nicht, Männer, noch nicht.«

Devana machte kein Geräusch. Eine tiefe Schleife, nah genug, dass man sehen konnte, wie die Brise ihre Flügelspitzen kräuselte. Sie würde allerdings Fleisch erwarten, dachte Shay, und auf dem Käfig lag nichts. Noch eine Schleife und dann – Gott sei Dank! – Flügelschläge. Devana hatte genug gesehen.

Ein Flügelschlag, zwei. Zwanzig straff gespannte Bogensehnen. Würden die Bogenschützen es merken?

Der Jagger fluchte leise vor sich hin und flüsterte: »Auf meinen Befehl. Eins, zwei …« Die Drei verlor sich im Zischen der Pfeile. Pfft, pfft, pfft in die schwarze Nacht hinaus, und dann erhellten die Feuerpfeile den Himmel. Weiß wie Sonnenlicht auf Wasser. In der Helligkeit war Devana zu sehen, die sich kräftig gegen die Luft verdrehte, nach oben schob, die Schwingen nach hinten gelegt. Ein Trio von Pfeilen raste an ihr vorüber, und dann folgte eine weitere Feuersalve. Jetzt schlug Devana in Panik gegen die Luft, wie Shay es bei ihr noch nie gesehen hatte. Da traf ein schwarzer Pfeil sie zwischen Flügel und Hals und wirbelte sie herum. Sie schüttelte ihn ab – was für eine menschenähnliche Geste – und raste nach oben, bis nicht einmal mehr das Licht sie erreichen konnte.

Pfeile fielen zischend in den Fluss, und erneut wurden Fackeln entzündet. Die Drachen hatten sich nicht aus ihren Kreisen fortbewegt, aber warte, da flog ein kleinerer Vogel auf einer Bahn, höher und weiter als zuvor. Shay spuckte ihren Knebel aus und hämmerte gegen die Käfigstangen. »Seht ihr! Sie kann nicht sterben. Und die Vögel vergessen niemals.«

In der nächsten Nacht waren die Vögel weg. In der Nacht darauf ebenso. Aber die Männer verbanden sich immer noch die Augen. Sie wussten, dass es noch nicht vorbei war.

36

Valentyne sah es zuerst.

»Sir.« Er deutete flussaufwärts, wo Lichtpunkte vom Flussufer aufstiegen. Ein Wink vom Jagger brachte die Ruderer zum Halten.

»Bogenschützen, bereitmachen.« Das Klirren und Klacken der Vorbereitung, während das Boot sich langsam vorwärtsschob. Die Lichtpunkte stiegen auf, unterschiedlich schnell, auf verschiedenen Wegen, als stocherte jemand in den Überresten eines heruntergebrannten Feuers. Sie flogen hoch hinauf, drehten über dem Boot ihre Runden und näherten sich. Ein Glutstück fiel und zischte auf dem Deck. Nun näher – die nächsten waren beinahe direkt über ihnen –; und Shay hatte Mühe, sie zu erkennen. Waren es Papiervögel? Papier, das man zum Kranich gefaltet und angezündet hatte? Während sie brannten, stiegen sie auf, um beim Aufsteigen zu verlöschen und beim Verlöschen herabzufallen. Papierfetzen vergingen glühend auf dem Wasser; verloschen oder wurden von der unsichtbaren Thermik davongetragen. Ein paar fielen auch erschöpft auf das Deck.

Verkohlte weiße Papiervögel. Der Jagger war gleich auf den Beinen. »Das sind Nachrichten. Für das Mädchen. Holt sie. Und verbindet ihr die Augen.« Männer sprangen herbei, um brennendes Papier vom Himmel zu pflücken. Sie knüllten alles, was an Fetzen bis auf das Deck des Bootes gelangt war, in ihre Taschen und fegten mehr über die Seite ins Wasser. Shay rammte ihre Ellbogen hinten gegen den Käfig und ihre Fersen fest gegen die Tür. Valentyne hatte mit dem Schloss zu kämpfen, während ringsum brennendes Papier herunterfiel. Weiße Vögel, schwarze Schrift, helle Linien aus Feuer.

»Verbind ihr die Augen, verdammt.« Der Jagger schob den Jungen zur Seite und riss die Käfigtür von den Scharnieren. Shay wehrte sich mit aller Kraft, aber er packte sie bei den Knöcheln und zerrte. Die Käfigstangen trieben ihr Splitter in die Hände, als sie sich festklammerte. Der Käfig bebte und schnitt tiefe weiße Rillen in das Holz des Decks. Der Jagger hob Shay hoch und drehte sie um, so dass sie mit dem Kopf nach unten über einem zerfetzten Papiervogel hing, der in eine Pfütze flatterte. In einem Quadrat angeordnet standen Buchstaben darauf:

ART
APO
ELC

Was zum Teufel sollte das bedeuten? Shays Hände glitten von den Käfigstangen, und Augenblicke später war sie gefesselt, und ihre Augen waren verbunden.

ART
APO
ELC

Sie hatte keine Ahnung, was die Botschaft bedeuten sollte. Doch die Commoners ahnten das nicht. Shay wälzte sich am Boden und jaulte in ihren Knebel. Während sie um sich schlug und wütete, arbeiteten ihre Gedanken unter der Oberfläche methodisch.

ART
APO
ELC

37

In den folgenden vier Tagen umringten vier Wachen Shays Käfig, aber das machte lediglich die Mannschaft noch ängstlicher. Wenn man Shay zum Essen den Knebel wegnahm, fiel sie auf die Knie und schrie zum Himmel: »Elc, Apo, Art! Ich warte.« Sie erzählte jedem, der in Hörweite war, dass drei Vogelgötter unterwegs waren: erbarmungslose, allsehende Götter mit silbernen Schnäbeln und Klauen aus Flammen.

Der Jagger schlief kaum noch. Zehnmal am Tag hielt er den Treck an, war überzeugt, er hätte Bewegung am Ufer wahrgenommen. Bogenschützen patrouillierten auf allen Barken. »Feuert nach eurem Gutdünken«, brüllte der Jagger, und als der Leutnant ihn fragte, worauf sie schießen sollten, antwortete er: »Auf alles.«

Eine Salve nach der anderen, in großen zischenden Bögen. Nach links und rechts, nach vorn und hinten. In den Himmel hinauf. Eine Viertelstunde wortloser Arbeit, bis die Bogenschützen vor Schweiß trieften. Dann sackte der Jagger in sich zusammen und sagte: »Das reicht, wir ziehen weiter.«

Wenn sie keine Vorstellungen gaben, wäre Cockaigne innerhalb von Tagen bankrott. Also riskierten sie einen Halt oben auf den Klippen von Scarborough. Es wurde sehr leise darüber diskutiert, ob es sicher sein würde, Shay auftreten zu lassen, doch die große Menschenmenge zwang sie schließlich dazu. Menschen aus dem gesamten Nordosten waren gekommen, um den Sperling zu sehen, und die Commoners konnten es sich nicht leisten, ihnen das Eintrittsgeld zurückzuzahlen. Shay spürte, dass die Welt sich zu ihren Gunsten änderte. Wenn die Landleute wussten, dass sie kommen würde, dann wüssten es die Blackfriars Boys auch. Vielleicht allerdings auch die Black Swifts.

An diesem Abend trugen die Wachen Shay mit gefesselten Händen ins Hauptzelt. Es passten Hunderte von Zuschauern hinein. Die Segeltuchwände blähten sich im Sturmwind, der von der Nordsee hereinkam, und die Flammen der Kerzen waren beinahe horizontal. Es fühlte sich an wie die Apokalypse. Es fühlte sich richtig an. Als man Shay endlich losband, war sie ganz geschäftig. »Rollt die Teppiche hinter mir auf, heute Abend sollte ich auf nackten Holzbrettern auftreten.« Inzwischen wussten die Commoners, dass man in Fragen der Bühnenkunst besser auf Shay hörte. Also rollten sie die Teppiche auf, die wie Säulen hinter ihr standen, und stellten rings um den Käfig Kerzen auf.

Shay saß lässig im Käfig und schärfte ihre Fingernägel. Die Leute strömten zu Hunderten herein und brachten die Salzwasserkälte mit. Sie drängten sich in den vorderen Reihen, um sie zu beobachten wie der Habicht das Kaninchen. Als das Murmeln verebbte, rief eine unsichtbare Stimme aus der Menge: »Scharfe Augen, stumpfe Messer, Sperling.«

Shay suchte in der Menge. »Wer hat das gesagt?« Es war eine Männerstimme gewesen. In der Nähe.

Sie hielt ihre Stimme leicht. »Wer hat das gesagt, bitte?« Und wieder rief die Stimme, diesmal von ein bisschen weiter hinten im Zelt.

»Scharfe Augen, stumpfe Messer.«

Der Jagger flüsterte einem von seinen Leuten etwas ins Ohr, und der Junge drängte sich in die Menge. Shay gab vor, ganz gleichgültig zu sein, aber sie wusste, was dieser Satz bedeutete: Jetzt geht die Vorstellung los. Heute Nacht würde es geschehen.

Ohne Einleitung: »Hat hier jemand einen lieben Menschen verloren?«

Beinahe alle Hände erhoben sich. Shay würde die erste Hälfte der Vorstellung dazu nutzen, das Vertrauen der Menge zu gewinnen, damit sie später wirklich Angst vor ihr bekamen. Sie ließ sich vom reinen Instinkt leiten. Sie weinte mit den Leuten und rügte sie; sie sang, rezitierte, flüsterte und krähte. Und sobald sie ihnen so viel Wundersames gegeben hatte, dass sie zu ihr aufschauten wie Kinder im Klassenzimmer, war die Zeit für das immer gleiche alte Lied gekommen. Sie hob an, und ihr Herz jubelte, als hundert Stimmen einfielen:

»Vögel, die leuchten, so hell wie die Monde,
Mit Klauen, die greifen, und Schnäbeln, die blenden,
Vögel, die über der Finsternis scheinen
Und uns vor den Fesseln befrei'n, die uns binden.
Wir sind Vögel im Tod und schon von Geburt
Nie berühr'n unsere Füße die düstere Erde.«

Das war doch sicher Nonesuch. Wer sonst hatte so ein Gespür fürs Theater? Das allerletzte Wort ihres Liedes wurde schon von drei runden, dumpfen Schlägen übertönt, die von hinten im Zelt kamen. Rauch folgte ihnen auf dem Fuße, und schon bald wallte er so hoch, dass der Eingang nicht mehr zu sehen war. Shay schmeckte Schießpulver auf der Zunge. Rums, rums, rums, die nächste Salve, und eine Stimme brüllte: »Das Zelt steht in Flammen. Sie sind gekommen.«

Sofort totale Panik. Hundert Stühle wurden umgeworfen, hundert verängstigte Stimmen. Ein Mann schrie: »Die Vögel sind am Eingang. Flieht über die Bühne.« War es dieselbe Stimme wie vorhin? Shay glaubte es. Im Nu flutete eine Welle von Menschen um sie herum. Hände, Knie und Ellbogen, scharf im Rauch. Sie sprang einem Mann auf den Rücken, um Ausschau nach einem Ausgang zu halten, und sah, wie der Jagger vom schieren Gewicht der Menschenmenge zurückgedrängt wurde. Shay kletterte nach links und betete, dass sie aufrecht bleiben würde – wenn sie fiel, bezweifelte sie, dass sie je wieder aufstehen könnte. Sie drängelte sich durch die Menge und kletterte auf die hinterste Ecke der Bühne, wo der Rauch wie ein wallender Vorhang hing. Drei Schritte ins Trübe, und schon konnte sie keine Menschenseele mehr sehen. Die aufgerollten Teppiche waren quer übereinander gefallen. Sie suchte den am lockersten gerollten und quetschte sich in das Loch in der Mitte. So in dem Teppich geborgen, hielt sie sich gegen das Kitzeln der Fasern die Nase zu, während ringsum der Klang rennender Füße verhallte.

»Sie hat es mit der Menschenmenge rausgeschafft. Macht die Haupttore zu und überprüft jeden, der weggeht.« Die Stimme des Jaggers klang fest, doch Shay meinte, auch eine Spur Angst darin wahrzunehmen. Sie unterdrückte ein Husten und hielt sich so ruhig, wie sie konnte. Wenn es nicht das war, was die Papiervögel bedeutet hatten, versteckte sie sich genau zur falschen Zeit, in der sie sonst hätte entkommen können.

Art, Apo, Elc: Cleopatra rückwärts.

Die Panik wich aus dem Raum, und die Zeltplanen klatschten wie Fahnen. Shay blieb reglos und sehr ruhig, als draußen die Leute hin und her wanderten. Der Regen hörte auf, aber die Menge wich nicht. Dann wurde ohne Vorwarnung der Teppich hochgenommen, und etwas grub sich ihr in den Rücken. Eine Stimme fragte: »Shay?«

»Hmm.« Ein Mund voller trockener Fasern.

»Hör zu. Sie bewachen die Ausgänge, also lade ich dich auf den Karren mit den Requisiten und komme heute Nacht zurück und hole dich.«

Sie konnte sich nicht regen, konnte kaum reden. Ihre Stimme war gedämpft. »Nonesuch?«

»Ruhig jetzt, wir sind beinahe draußen.« Bei jedem Schritt grub sich seine knochige Schulter in ihren Leib. Shay versuchte, mitzubekommen, wohin sie gingen, hatte aber im Nu die Orientierung verloren. Plötzlich wurde der Teppich hingeschleudert. Die Stimme klang nun selbstbewusster. »Schafft das mit dem Rest auf den Karren.«

Eine streitlustige Stimme fragte etwas.

»Der Sperling ist ausgeflogen. Sie sagen, dass sie ein Heer von Vögeln hat, die jeden blenden, der sie verfolgt.«

Sobald ihr Retter fort war, spürte sie einen Schwall kalte Luft und das Rucken von Karrenrädern auf durchfurchtem Boden. Die Fahrer riefen einander alles Mögliche zu. Bis zum Tor waren sie ausgelassen, danach wurde es still. Shay streckte sich aus und versuchte, es sich in dem Teppich bequem zu machen.

Sie fuhren eine lange Strecke bergab und dann auf eine Landstraße, die so schlammig war, dass die Räder verklebten und den Karren zum Kriechtempo verlangsamten. Die Karrenfahrer flüsterten verschwörerisch miteinander, so dass Shay kein Wort verstehen konnte. Sie stach sich mit ihren spitzen Nägel in die Beine; denn wenn sie einschlief, würde sie womöglich schnarchen. Das Loch am Ende des aufgerollten Teppichs war ein grauer Kreis, der mit Einbruch der Nacht langsam schwarz wurde. Stundenlange Fahrt, die Pferde wurden langsamer, die Stimmen wurden leiser. Kurz vor der Morgendämmerung blieben sie stehen, und ihr Karren wurde hin und her rangiert; Shay vermutete, dass sie einen Wagenkreis bildeten. Sie hatte manche Nacht in den Lagern der Commoners verbracht. Es würde Wachleute und Patrouillen geben, aber die gute Nachricht war, dass sie keine Hunde hören konnte. Ihr Teppich wurde an beiden Enden angehoben und auf einen harten Untergrund geworfen, und sie musste all ihre Willenskraft aufbringen, um nicht vor Schmerz aufzuschreien.

Als alles ruhiger geworden war, schlängelte sie sich im Teppich weiter und streckte den Kopf hinaus. Sie befand sich in einem Vorratszelt, das voller Requisiten war. Eine Rüstung stand Wache, und eine Sekunde lang erstarrte Shay. Sie wünschte, sie könnte eine Fackel anzünden, aber die Commoners lagen wahrscheinlich nur wenige Fuß entfernt im Schlaf. Stattdessen suchte sie nach einer Kostümtruhe; mit ihrem Federkleid und dem geschorenen Kopf würde man sie sofort erkennen. Sie fand eine Kiste und wühlte durch Fräcke und Lendenschurze, Pierrot-Kostüme und Fischschwänze, bis sie sich für eines der Kleider der Schankmaiden entschied. Es war tief ausgeschnitten und viel zu groß, aber zumindest wäre sie nicht die Einzige, die so gekleidet war, und mit der Haube konnte sie ihr Haar gut abdecken.

Als sie die Schnallen an den wenig vertrauten Schuhen schloss, hörte sie ein Geräusch wie einen Seufzer. Sie duckte sich hinter die Truhe und beobachtete den hinteren Bereich des Zeltes. Ein schwarzes V erschien auf dem Grau der Zeltplane, wie das Kielwasser eines Boots. Jemand hatte den Stoff von einer Seite zur anderen aufgeschlitzt und steckte nun den Kopf durch. Trussell.

Shay kroch aus ihrem Versteck hervor und war im Nu in seinen Armen. Sie drückte ihr Gesicht an seine Brust und weinte, wie ihr jetzt klar wurde, zum ersten Mal, seit man sie entführt hatte. Er hielt sie fest, die Hände in ihrem Haar, und flüsterte: »Pst, wir haben es fast geschafft, aber wir müssen los. Nimm meine Hand.«

Sie traten nach draußen und gingen zwischen zwei unbeleuchteten Zelten hindurch. Der Boden federte unter ihren Füßen. Trussell führte sie im Zickzack, ging jedem, auch dem kleinsten Lichtschein aus dem Weg. Nur ein Zelt schien noch immer hellwach zu sein. Es leuchtete von innen, und Shay konnte leise Stimmen hören. Trussell flüsterte: »Wir sind auf einer Insel, und die Brücke ist hinter diesem Zelt. Es gibt keinen anderen Weg.« Sie gingen links hinter dem Zelt vorbei. Trussell stoppte sie. Mehr Stimmen und ein Geräusch, als würden Verschlussbänder am Zelteingang aufgezogen.

»Die Gesellschaft löst sich wohl auf. Warte.« Er hatte recht. Unter einem Chor von Abschiedsgrüßen ging ein Paar fort, und jemand übergab sich geräuschvoll, wenige Fuß von Shay und Trussell entfernt.

»Das geht so nicht«, sagte er. »In einer Viertelstunde schließen sie die Brücke.« Zwei Männer plauderten beim Zelteingang, und ihre Schatten reichten weit über das Gras. Trussell sah krank aus. Müde und erschöpft, obwohl seine Augen glänzten.

»Gut. Zeit, dass wir deine Schauspielkünste auf die Probe stellen. Wir sind ein Liebespaar, und ich verfolge dich.« Er nickte ihr zu. »Stell dir vor, dass du dich von mir auf der anderen Seite der Brücke fangen lassen möchtest, außer Sichtweite von eifersüchtigen Augen. Kannst du die Brücke sehen?«

Shay nickte.

»An beiden Enden stehen Männer Wache, aber all die schweren Jungen sind unterwegs und suchen dich. Wir könnten es schaffen.« Er zog ihr die Haube tiefer ins Gesicht.

»Äh … du könntest ein bisschen … du weißt schon … zerzauster aussehen. So als hätten wir schon, na ja, angefangen.«

Shay konnte seine Verlegenheit sehen. Sie stopfte ihren Rock oben in die Strümpfe und riss eine der schlampig gesteppten Nähte vorn am Mieder auf. Alles, die frische Luft, die Kleider; sie war jetzt schon frei. »Zerrupft genug?«, fragte sie.

»Los, machen wir's.«

Sie nahm die Schuhe in die Hand und hüpfte hinter dem Zelt hervor. Die Männer drehten sich um und fuhren mit der Hand an ihre Schwerter, also versuchte sie es mit einem Kichern und blieb mit Mühe bei ihrem langsamen Tempo.

»Komm zurück, du kleine Schlampe.« Trussell hatte seine Evans-Stimme: rau, aber belustigt über den Lauf der Welt. Er bewegte sich auch nicht schneller als sie, und sie kreischte vor Lachen, als er ihr stolpernd hinterherlief. Die Männer entspannten sich, als er rief: »Du kleiner Satansbraten, weißt du denn nicht, dass es gefährlich ist, einen Hund mitten unter der Jagd zurückzupfeifen?«

Trussell jagte ihr hinterher, einen Hang hinunter, und ihr aufgesetztes Lachen verwandelte sich in eine Art echte Hysterie. Nasse Füße, schon jetzt außer Atem. Diese schwarze Linie im Grau, das war wohl der Fluss, also rannte sie in die Richtung. Am Kopf der kleinen Brücke spielten zwei Männer im funzeligen Schein einer Fackel Karten. Shay näherte sich ihnen, warf sich in die Brust und legte den Finger an die Lippen. »Sagt ihm nicht, in welche Richtung ich gelaufen bin.«

Sie trat auf eine Brücke, die aus wenig mehr als drei Brettern bestand, und ließ sich von Trussell einholen. Die Männer lachten, als die Balken sich unter dem zusätzlichen Gewicht bogen. Shay rannte weiter, die Schuhschnallen klirrten in ihrer Hand, bis sie am Ufer angekommen war. Dort war die Wache zwar jünger, aber auch hier ein älterer Mann, und sie sackte ihm kichernd in die Arme. »Oh, Hilfe. Der rennt hinter mir her. Will einfach das Wort Nein nicht verstehen.«

Sie drückte sich an den Mann und achtete darauf, dass sie so hauchte und gurrte, wie das die Huren in London machten.

Schritte. Trussell rannte und verlangsamte dann seine Schritte. »Mein kleiner Satansbraten ist ganz scharf drauf, von der Insel runterzukommen, was? Nun, das lässt sich einrichten.«

Er trat nah an den alten Mann heran. »Ich übernehme das jetzt. Danke, dass du sie für mich warm gehalten hast.«

Es folgte ein kleines Zögern, als stumm zwischen den beiden die Hackordnung ausgehandelt wurde. Einen Augenblick lang hielt der Mann sie weiter fest. Dann stieß er Shay von sich. »Gib ihr von mir auch eins«, sagte er.

Sie waren schon beinahe fort, als der Mann einen Arm ausstreckte. »Warum bist du nicht unterwegs und jagst den Sperling? Ich dachte, nur wir Alten wären noch hier.«

Nonesuch hatte recht gehabt. Die anderen Blackfriars Boys konnten ja vielleicht spielen, aber lügen konnten sie nicht. Nach einem verräterischen Zögern murmelte Trussell, er sei krank, und mimte einen schnellen Husten, doch selbst Shay hatte sein Zögern bemerkt.

Der Mann sagte: »Warte mal kurz«, und ging keuchend über die Brücke zurück. Shay und Trussell schauten einander an und kletterten dann ohne ein Wort die Böschung zum Wasser hinunter.

»Ich habe ein Boot.« Die Böschung war voller knorriger Baumwurzeln. Shay hob die Füße wie ein Dressurpferd, verfing sich aber trotzdem mit den Zehen in einer Wurzel. Schlamm an den Füßen, Schlamm an den Knien. Trussell wühlte im Unterholz und schob dann ein keines Ruderboot auf den Fluss hinaus. Sie sprangen zusammen hinein, landeten platt auf dem Bauch, als sich hinter ihnen Lichter über die Brücke bewegten. Sie waren nah genug, um die aufgeregten Rufe zu hören. Trussell schlug sich vor die Stirn. »Blöd, blöd, blöd. Ich hätte doch sagen können, dass ich ein Bote bin.«

Shay schaute zu den Lichtern auf der Brücke. »Mach dir keine Sorgen, rudere einfach.«

Er klatschte die Ruder auf das Wasser, so dass graue Fontänen hinter ihnen aufstoben und das Boot im Zickzack über den Fluss fuhr. Shay sagte: »Warte, Trussell, hör auf. Lass mich – mein Vater ist Fährmann.«

Sie übernahm und ließ die Ruder wie Messer ins Wasser stechen, so dass sie unter der Oberfläche arbeiteten. Das Boot richtete sich gerade und fuhr schnell davon. »Haben wir ein Versteck?«

»Nein, ich hatte nicht gedacht, dass man uns verfolgen würde. Wir müssen aber vom Fluss runter. Die sind zweimal so schnell wie wir.«

Diese Rechnung hatte Shay bereits gemacht. Die Commoners hatten Boote und Reiter, also konnte man sie nur mit List besiegen. Während sie ruderte, hörte sie die Stimme ihres Vaters: »Was rennt, ist die Beute.« Sie verlangsamte ihren Puls und versuchte, wie eine Jägerin zu denken.

Ein Gedanke. Shay suchte am Flussufer nach dem rechten Ort. Nein, hier war das Gelände zu offen. Weiter, nur Geduld. Zweimal kamen sie an Stellen vorüber, die beinahe richtig waren, aber erst nach einer Viertelstunde sah sie, wonach sie Ausschau gehalten hatte.

»Wir gehen hier an Land.« Sie steuerte das Boot an ein langes sandiges C, über das Bäume ihre Zweige breiteten. Trussell begann, das Boot in den Schatten zu ziehen, doch sie sagte: »Nein, lass es da, wo man es sehen kann. Und jetzt folge mir.«

Sie stapfte nach links in den Wald und achtete darauf, dass man ja ihre Fußstapfen im Sand sehen konnte. Sie deutete Trussell an, er solle es ihr nachtun. Sobald sie tief genug im Wald waren und der Boden mit Blättern bedeckt war, schlugen sie sich nach rechts. Shay sagte zu ihm: »Tritt nur leicht auf und suche einen Ast, den der Sturm heruntergerissen hat. Einen, der stark genug ist, dass er noch schwimmt, selbst wenn wir beide dran hängen.«

Kein Mondlicht drang in diesen tiefen Wald ein. Schwarz und grau und alles von Wasser durchtränkt. Erst Minuten später konnte Shay genug sehen, um einen passenden Ast zu finden, aber zumindest war genug heruntergefallen. Sie blieb bei einem Ast von der Größe eines kleinen Baums stehen. »Der passt. Hilf mir, ihn zum Wasser zu schleifen.«

Leicht war es nicht. Der Ast blieb öfter hängen und verstreute ringsum Blätter wie eine Blutspur. Als sie endlich den Fluss wieder erreicht hatten, waren sie beide schweißnass. Trotzdem waren sie jetzt fünfzig Yards flussabwärts vom Boot, und es gab keinerlei Anzeichen dafür, dass sie im Bogen zum Ufer zurückgekehrt waren.

»Eins, zwei, drei, los!« Sie zerrten den Ast ins Wasser, bis sie selbst bis zum Hals im Fluss waren, und klammerten sich dann daran, als die Strömung sie erfasste. Minutenlang blieben sie so, die Arme über den Ast gelegt, ließen gelegentlich mit einem Beinschlag Wasser aufspritzen, um schneller voranzukommen oder langsamer zu werden. Endlich konnte Shay wieder ruhig atmen. Sie rutschte an dem Ast entlang, bis ihre Gesichter nur noch wenige Zoll voneinander entfernt waren. Sie schauten einander lange an, ehe sie beide gleichzeitig zu lachen anfingen. Das Gelächter schwoll an, bis der Ast so sehr wackelte, dass einige Nachtvögel am Ufer aufflatterten und Shays Gesicht tränenüberströmt war.

Sie redeten erst wieder, als sie Meilen flussabwärts am Ufer waren, Seite an Seite dalagen, völlig durchnässt und bibbernd, aber endlich frei. Shay ließ sich von der Stille einnehmen. Nachdem sich die Panik gelegt hatte, fragte sie: »Trussell, wo sind die anderen?«

Eine Pause wie eine fallende Feder. Trussell wandte sich ab und sagte: »Sie sind alle fort, Shay. Nur ich bin noch da.«

Plötzlich war Shay sehr weit von zu Hause weg. Wochenlang hatte sie sich vorgestellt, dass die vier über sie wachten wie Vogelgesang.

»Sie mussten gehen«, sagte er. »Es gab Aufruhr in London, und wie immer hatten sie es auf die Ausländer abgesehen. Alouettes Eltern sind alt. Du verstehst das doch, oder?«

Sie antwortete nicht.

»Und Blank hat Nachricht von einem Schiff bekommen. Zu seiner Insel. Er geht nach Hause zurück. Er ist vielleicht schon aufgebrochen, wenn das Wetter je aufgeklart hat.«

Wie konnte es angehen, dass sich eine Abwesenheit anfühlte wie ein lebendiges, atmendes Wesen? Shay meinte: »Sie sind fortgegangen, während ich noch in diesem Käfig war?«

»Zuerst nicht. Zuerst waren wir alle noch zusammen.« Etwas an seiner Stimme machte sie besorgt. Mitleid vielleicht? »Doch mit der Zeit …«

Seine nächste Frage war so vorsichtig wie ein erster Schritt aufs Eis. »Shay, was glaubst du, wie lange du in Cockaigne warst?«

Edinburgh, Stafford, Leeds. Manchester, Lancaster, Carlisle. So viele Gesichter, so viele Fragen.

»Einen Monat? Vielleicht fünf Wochen.« Irgendwie klang es falsch, sobald sie es ausgesprochen hatte. Sie war im Mai entführt worden, das wusste sie.

Trussell rieb ihr mit dem Daumen über die Handfläche. »Shay, es sind sechs Monate gewesen.«

Und plötzlich sah sie, als hätte man einen Vorhang aufgezogen, die kahlen Bäume und die froststarren Blätter auf dem Boden. Jetzt hing ihre letzte Frage in der Stille wie eine Mistel auf einem Baum. Sie fürchtete sich vor der Antwort.

»Du hast Nonesuch nicht erwähnt. Wo ist er?«

Trussell zog seine Hand fort. »Auch nicht hier. Er ist in London, glaube ich. Wir können später darüber reden.«

Sechs Monate. So lange, wie sie bei den Blackfriars Boys verbracht hatte. Sechs Monate Zeit, eingekocht, eingedickt und sauer geworden wie Essig. Sie schüttelte den Kopf. Das gottverdammte Scheißlandleben.

38

In den ersten drei Tagen war Shay ein völliges Wrack. Sie bibberte und schwitzte und würgte dünne graue Galle herauf, noch ehe sie am Morgen die Augen aufschlug. Tagsüber trug Trussell sie halb durch das Unterholz, tief im Wald und weit abseits aller Straßen. Der Boden wankte um sie herum, als triebe sie auf einem Ozean. Manchmal kippte ihre Welt um, und sie kroch an einem Wolkenhimmel entlang und hatte einen Abgrund unter sich. Weinend klammerte sie sich an Baumwurzeln, bis Trussell sie mit Worten besänftigte; noch nie zuvor hatte sie Angst vor dem Himmel gehabt. Wenn sich die Nacht hereinsenkte, war ihre Hose zerrissen, und Trussell zog ihr ganze Hände voll Dornen aus Waden und Oberschenkeln.

Erst am vierten Morgen ebbte der Sturm in ihr ab. Am Abend zuvor hatte Shay zum ersten Mal Essen bei sich behalten, und als sie aufwachte, war der Himmel an seinen angestammten Platz zurückgekehrt. Sonnenstrahlen brachen durch das Dach ihres Unterschlupfs, aber sie erinnerten Shay an ihren Käfig, und so zog sie sich still an und ging barfuß in den Wald hinaus. Es war Monate her, dass niemand sie beobachtet hatte, und sie spazierte ziellos umher. Kahle Bäume wie das Skelett von Blitzen, mit Klumpen von Krähennestern verziert. Sperlinge folgten ihren Zickzackbahnen. Die Vögel sind Götter. Keine Devana über ihr – ihre Flucht war zu gut verborgen gewesen. Sie hockte sich zum Pinkeln unter eine Eiche, und außer ihren eigenen Geräuschen war nichts zu hören in diesem Wald, der wahrscheinlich auch schon hundert Jahre zuvor genauso ausgesehen hatte. Sie holte in riesigen, eisigen Atemzügen Luft, bis ihr die Brust schmerzte. Trussell war wach, als sie zurückkehrte.

»Wo sind wir?«, fragte sie.

Er saß auf einem Baumstumpf und flickte seine Schuhe. »Irgendwo zwischen Ely und Cambridge, glaube ich. Vier Tagesritte von London entfernt, wenn wir Pferde hätten. Oder wenn wir den Straßen trauen könnten.«

Shay drehte sich so um, dass sie sein Gesicht sehen konnte. »Wir trauen den Straßen nicht?« Sie hatte bisher nicht die Kraft für die Frage gehabt, warum ihr Reiseweg so gewunden war.

Trussell legte seine Nadel hin. »Ich glaube nicht. Der Jagger wird erwarten, dass du dich auf den Weg nach London machst. Und die Leute der Königin suchen auch nach dir. Anscheinend gehen in London jede Menge Gerüchte um, dass du dich den Commoners angeschlossen hast, und das lässt Elizabeth schwach aussehen. Wir haben genauso viel Zeit darauf verwendet, den Swifts aus dem Weg zu gehen, wie nach dir zu suchen. Wir müssen davon ausgehen, dass jeder auf diesen Straßen dich für seinen ganz speziellen eigenen Käfig haben will.«

Sie machten sich in einigem Abstand parellel zur Hauptstraße auf den Weg und duckten sich in die Brombeerhecken, wann immer sie von dort ein Geräusch hörten. Sie kamen nur langsam voran, aber Trussells Vorahnung war richtig gewesen: Nach einer Stunde galoppierten vier Männer mit Pferdeschwänzen und Wamsen recht flott vorbei, und schon bald darauf rumpelten drei Karren mit Soldaten in die Gegenrichtung. Trussell redete, während sie gingen, und so hörte Shay die Geschichte von ihrer Entführung und

Flucht in unzusammenhängenden Fetzen. Er erzählte ihr, wie sie den Gerüchten über Cockaigne gefolgt waren. Tagelang Ausschau nach Rauch am Horizont gehalten hatten. Und schließlich Devana erspähten. Wie Alouette die Drachen gebaut und Feuerpfeile vorbereitet hatte, bis die Nachrichten über ihre Eltern sie nach Hause zurückriefen. Trussell war bei ihren drei letzten Vorstellungen in Cockaigne gewesen; einmal so nah, dass er ihren Saum hätte berühren können. Erst an einem Mittag, als der Wald ganz still und die Straße nur eine Andeutung rechts von ihnen war, erzählte er ihr den Teil, auf den sie gewartet hatte.

»Also, Nonesuch hat dich verkauft.«

Er nahm für diese Geschichte keinen Anlauf. Er warf ihr die Worte einfach über die Schulter hin, während er durch einen Bach watete. »Es war in der Nacht in Cockaigne, als er eine Weile verschwunden war. Da hat er diesen Jagger gesucht und ein Geschäft mit ihm abgeschlossen.«

»Nein.« Das Wort war ausgesprochen, ehe Shay darüber nachgedacht hatte, doch schon jetzt keimte in ihr eine ungute Ahnung auf.

»Alouette war von Anfang an misstrauisch. Diese Männer haben gewusst, wo sie auf uns warten mussten. Und sie hatten einen Käfig für dich bereit.«

Shay erinnerte sich, wie die Entführer ohne jede Eile dort auf ihren Pferden gesessen hatten. An den Geruch von Tabak. An den feurigen Pfeil, der für sie wie ein Leuchtfeuer gewesen sein musste.

»Nein, so etwas hätte er nicht gemacht.« Die Rädchen in ihrem Kopf surrten. »Trussell, die haben auf ihn eingestochen. Du warst ja schon die halbe Straße voraus. Ich habe seine Wunde gesehen.«

Trussell wollte sich nicht zu ihr umdrehen. Er drosch mit

einem Stock auf das Unterholz ein. »Was hast du gesehen, Shay? Einfach nur Blut. Lämmerblut, denke ich mal. Rinderblut ist zu dickflüssig.«

Der Geruch von Eisen und Scheiße, das Geräusch, wie es triefte.

»Ehrlich, wenn er diese Messerstecherei nicht vorgetäuscht hätte, weiß ich nicht, ob wir ihn verdächtigt hätten. Aber du weißt doch, dass Nonesuch immer mitten auf der Bühne stehen muss. Irgendwas hat Alouette zu schaffen gemacht. Sie hat ihn ein paar Tage später dazu gebracht, sich nackt auszuziehen, und an ihm war kein Kratzer zu sehen.«

Die Worte trafen. »Dazu gebracht, sich nackt auszuziehen.« Nicht »nackt gesehen«.

»Am nächsten Tag habe ich, als er auf Essenssuche war, sein Zelt durchsucht. Ich habe genau dieselben französischen Münzen in der Erde unter seinem Kissen vergraben gefunden, wie wir sie in Cockaigne gesehen hatten. Die Halb-Angel. Genug, um sich damit in London einen richtigen Titel zu kaufen.«

Eisen und Scheiße und der Geruch nach Tabak. Wie Männer herumliegen und faulenzen. Seine Geschichte war gleichzeitig wahr und unmöglich.

Shay redete: »In England kann man keine Menschen kaufen und verkaufen – das wäre Sklaverei.« Doch kaum hatte sie diese Worte gesagt, begriff sie es auch schon. Die Genehmigung der Königin bedeutete, dass Evans jeden in seine Theatertruppe zwingen konnte, den er wollte, es war alles rechtens. Die Königin besaß Evans, und Evans besaß Shay. Sie war nicht einmal eine Sklavin, sie war ein Besitztum, nur noch eine weitere Eintragung im Hauptbuch, gleich neben den Kulissen, Gebäuden, Möbelstücken und Waffen – eben all den Dingen, die man so brauchte, um ein Theater am

Laufen zu halten. Die zehn Pfund, die Evans von Nonesuch verlangt hatte, waren nicht für die verlotterten Kostüme und lahmen Texte gewesen, sondern für Shay.

Sie riss Trussell am Gürtel, um ihn zum Stehen zu bringen. »Wo ist er?«

»London, hab ich mir sagen lassen. Wir haben die Münzen vor seinem Zelt auf einen Haufen gelegt und haben nicht gehört, wie er zurückgekommen ist. Er hat einfach die Flucht ergriffen. Ich bin hinter ihm her, aber du weißt ja, dass er ein viel besserer Reiter ist als ich.«

Plötzlich war eine Frage wichtig geworden: »Wie viel?«

»Ich … erinnere mich nicht mehr.« Einen Flügelschlag Zögern.

»Doch. Wie viel habe ich gekostet?«

»Hundert Halb-Angels. Und die Rezeptur für griechisches Feuer.«

Trussell kniete sich ins Unterholz und leerte seine Börse aus. Münze für Münze kullerte in den Schlamm. Sie leuchteten messingfarben vor dem Braun. Ihr Preis.

39

Zehn Nächte in Lichtungen und Gräben, Einschlafen unter stummen Sternen und Aufwachen mit taunassem Haar. Shay fühlte sich wie das Unterholz, durch das sie sich kämpften. Gefühle verfingen sich an ihr wie Kletten, und Gedanken waren wie knorrige, krumme Wurzeln. Einmal machten sie in einer Mulde weitab von der Straße halt und aßen so viele Brombeeren, dass ihre Lippen blau wurden. Shay fand dort eine seltsame Pflanze. Es war eine Kletterpflanze, deren Samen auf freier Fläche aufgegangen waren und deren Schösslinge nun nichts hatten, worum sie sich ranken konnten. Also hatten sie sich umeinandergewunden, bis die ganze Masse sich nun unsicher zur Sonne hinaufreckte. Trussell konnte nicht verstehen, warum dieser Anblick Shay zum Weinen brachte. Zehn Tage verknotet und dann im Schlaf ein Entwirren. Sie träumte von ihrer Mutter, die ihr das Haar kämmte, und von dem Schmerz und dem Vergnügen, die damit verbunden waren.

Nonesuch hatte sie verraten. Er hatte sie verkauft, das Geld genommen und die anderen dafür den Kopf hinhalten lassen. Wie musste Shay gewirkt haben, wie sie nach ihm schmachtete und ihm nachstellte und ihn entschuldigte und ihn liebte? So viele Erinnerungen bekamen nun, durch die Linse seines Verrats gesehen, eine völlig neue Perspektive, als sähe man etwas Vertrautes durch Wasser hindurch: seine anderen Mädchen; ihr Name, der nirgends auf dem Theaterzettel erschien; Blank und Trussell, die im Geistertheater immer ihre

Liebhaber spielen mussten. Shay brannte vor Scham, wenn sie dachte, was die anderen da mitbekommen haben mussten.

Und wenn Nonesuch das eine Problem war, so war Trussell das andere. O Trussell. Er liebte sie, das war mehr als klar. Wahrscheinlich seit sie sich kennengelernt hatten. Sie bemühte sich, es zu übersehen, und er wahrte peinlich und endlos den Anstand, und doch hing er ständig mit den Augen an ihr. Jede Nacht schliefen sie Rücken and Rücken ein, und jeden Morgen wachten sie auf und waren aneinandergeschmiegt wie Tiere im Bau, nass von Schweiß und Tau, spürten gegenseitig den heißen Atem des anderen in ihrem Mund. Es sollte doch keine Last sein, geliebt zu werden, oder? Besonders von jemandem so glühend geliebt zu werden, der, wie sie jetzt begriff, der erste echte Freund war, den sie je gehabt hatte. Quer durch England war er hinter ihr hergetrottet, hatte gekämpft und gelogen und Pläne geschmiedet, um sie wiederzusehen. Er hatte in Gräben geschlafen und war Soldaten ausgewichen und alles ohne ein einziges Wort der Klage.

Und dann vom zehnten Tag an noch eine letzte, verzweifelte Last: Devana. Shay hatte keine Ahnung, wie der Vogel sie unter dem Laubdach des Waldes aufgespürt hatte, doch nun kreiste Devana jedes Mal, wenn sie aus der Deckung hervorbrachen, über ihnen am Himmel. Der Pfeil hatte großen Schaden angerichtet: Ihre Silhouette war schief, und sie flog gezackte Kreise. Shay sehnte sich schmerzlich danach, diesen Flügel zu pflegen, doch als sie den Vogel zum ersten Mal rief, stieß Trussell sie grob tief ins Unterholz. So hatte er noch nie Hand an sie gelegt.

»Shay, das kannst du nicht machen.« In seinen Augen stand Panik. »Jeder weiß, dass sie dir gehört. Da könntest du genauso gut deinen Namen von den Baumwipfeln rufen.«

Von da an drängte Shay noch rascher in Richtung London, näherte sich der Straße immer mehr, wenn auch ihre Ohren stets auf das Geräusch von Pferdehufen lauschten. Gewöhnlich reichte das, doch einmal stießen sie auf ein Trio schlafender Soldaten, deren Pferde leise am Wegrand grasten. Trussell hob einen Finger vor den Mund und deutete mit der anderen Hand auf etwas, das aus einer Satteltasche herausschaute: ein Plakat. Man konnte nur den oberen Teil sehen, aber das reichte schon – zwei Haarflügel und ein tätowierter Sperling.

Je näher sie London kamen, desto mehr Felder waren da, desto mehr gefährliches offenes Gelände. In der Abenddämmerung kreiste Devana niedrig über ihnen und hatte mit einer abendlichen Brise zu kämpfen. Sie hatte viel von ihrem Leuchten verloren, und nur noch wenige Streifen falsches Feuer waren vor ihrer Silhouette zu sehen. Sie schwebte näher, und Trussell stöhnte auf. »Befiehl ihr, dass sie zurückbleiben soll. Sonst führt sie die Leute direkt zu uns.« Aber Shay hatte ihr ganzes Leben damit verbracht, Devana näher zu sich heranzulocken; ihr fehlte das Vokabular dafür, sie fortzuschicken.

In der Nähe von Cambridge kamen sie gut voran. Ausgetretene Pfade schlängelten sich durch den Wald, und sie wanderten schnelle zehn Meilen in der Stunde, ohne einer Menschenseele zu begegnen. Zehn Meilen näher an der Stadt. Shay konnte London bereits irgendwie im Blut spüren. Die beiden kamen an eine Stelle, wo jemand in der vorigen Nacht sein Lager gehabt hatte, und sie setzten sich um ein geschwärztes Fleckchen Gras, als wäre da noch ein brennendes Feuer. Es war ruhig. Kohlmeisen jagten den letzten Insekten hinterher, schienen unsichtbare Girlanden in die Luft zu weben, während Shay ein übers andere Mal die Karten des Vogeltarots legte. Elster Zehn, der Turm, der Gehängte: Sperling Ass, Elster König. Fragen, keine Antworten.

»Würdest du mich zeichnen?«, fragte sie.

Trussell stützte sich auf einen Ellbogen. »Bist du sicher?«

»Ja. Es ist eine Weile her. Länger habe ich dich wahrscheinlich noch nie ohne einen Stift in der Hand gesehen.«

Trussell schlug sein Skizzenbuch auf und blätterte an den Zeichnungen von Blättern, Nachtfaltern, Ästen und Felsbrocken vorbei. Keine Menschen, keine Vögel.

»Aber Trussell«, sagte sie. »Schmeichle mir nicht. Ausnahmsweise.«

»Wie meinst du das?«

»Du zeichnest immer meine beste Seite. Du stellst mich als wunderschön oder klug oder tapfer da. Ich möchte sehen, wie ich wirklich aussehe.«

Er schaute überrascht drein. »Ich füge nichts hinzu. Du bist wunderschön.« Er versuchte, ihr einen Moment in die Augen zu sehen, musste aber den Blick abwenden.

Shay errötete, als hätte sie sich selbst Schönheit genannt. »Versuche mich zu zeichnen, als wäre ich ein Gegenstand. Ein Blatt oder so was.«

»Na gut. Aber du musst etwas tun, damit du dich natürlich gibst. Lege mir die Karten.«

Sie lachte. »Jetzt darf ich die Frage stellen, ob du in Sicherheit bist. Wir haben Hunger, sind in die Irre gegangen und werden verfolgt. Das verspricht vielleicht nicht die fröhlichste Weissagung zu werden.«

Der Blick, den er ihr zuwarf, war irgendwie nach innen gekehrt, und dann wurde ihr etwas mit einem Schlag klar: Oh, dachte sie. Er ist hier glücklich.

Sie legte die Karten für Reisende: eine Karte für den Aufbruch, eine für die Ankunft, eine für das Wetter und eine für die Begleitung. Unwillkürlich musste sie doch versuchen, in den Mustern die Wahrheit zu finden. Der Narr als Karte für Ankunft: ein gutes oder ein schlechtes Zeichen? Was hatte dieses Elstern- Ass zu bedeuten, wenn es auf dem Kopf stand?

»Fertig«, sagte Trussell.

Sie hatte gerade eben ein einziges Mal die Karten gelegt. »Das ging schnell.«

Er reichte ihr die Skizze, und sie versuchte, sich so zu sehen, wie ein Fremder sie sähe. Unscheinbar, gewiss. Schmales Gesicht, beinahe wie das eines Kindes. Zu dunkel, um Engländerin zu sein, aber zu blass, um Exotin zu sein. Es war ein Gesicht, in das man hineinwachsen könnte. Es zeigte kleine Anzeichen der Verzweiflung – eine Furche wie Kielwasser zwischen ihren Augenbrauen, eine leicht vorgeschobene Unterlippe. Junge oder Mädchen? Nicht eindeutig, mit dem kurzen Haar und dem wenig bemerkenswerten Mund, obwohl Trussell sie beinahe mütterlich dargestellt hatte, wie sie sich über die Karten beugte. Es war, als hätte sich ihr Körper einfach noch nicht entschieden. Ein kleiner, wenig bemerkenswerter junger Mensch mit gerunzelter Stirn und kurzem, schwarzem Haar.

»Tut mir leid«, sagte Trussell.

Sie wusste nicht, was ihm leidtat. Jetzt musste sie einfach nur dieses Mädchen sein. Schlicht wie Schnee, klar wie Wasser.

Er strich das Papier glatt. »Ich hatte nicht vor, dich so schön aussehen zu lassen.«

Um Hertford herum wurde der Baumbestand dünner, wo man ganze Landstriche als Privatbesitz eingefriedet und mit Zäunen umgeben hatte. Rechts und links erstreckten sich kahle Felder, und Trussell plädierte dafür, umzukehren und eine geschütztere Route zu suchen. Aber Shay konnte nur an den kürzesten Weg nach London denken – sie wollte sich in den Menschenmengen verlieren. Sie gingen zwei Meilen über offenes Gelände, und Devana flog beharrlich über ihnen, so niedrig, dass Shay die Krümmung des gebrochenen Flügels erkennen konnte. Sie wirkte schwächer als am Vortag, und am nächsten Tag würde sie noch schwächer sein. Shay sorgte sich, dass Devana in diesem Zustand nicht jagen konnte. Sie wühlte in ihrer Tasche, um etwas zu finden, das sie ihr füttern konnte, und als sie aufblickte, sah sie, dass Trussell einen Pfeil in seinen Bogen einlegte.

»Nein.«

Der Pfeil brannte, und im Nu war die Sehne gespannt. Trussell hatte Tränen in den Augen.

»Trussell, bitte nicht.«

Der Pfeil flog in Spiralen rechts an dem Vogel vorbei und sprühte Funken. Devana wich nach links aus. Mit ihren mühsamen Flügelschlägen konnte sie jedoch die Hecken nicht überfliegen, schwenkte um und suchte nach einem anderen Ausweg.

Trussells Hände zitterten. »Wir können uns hier nirgends verstecken. Schick sie weg, Shay. Ich will das nicht tun.«

Shay rannte schreiend und die Arme schwenkend auf das Feld, aber Devana schwebte erneut zu ihr zurück. Shay schlug in die Luft, als der Falke zum Landen ansetzte, und Devana schwenkte erneut ab. Sie flog ziemlich tief einen ungelenken Bogen und hielt dann erneut auf die beiden zu.

Trussell spannte erneut mit einem Pfeil die Bogensehne, und Shay warf sich quer über das Gras auf ihn. Sie krachte gegen seine Schulter, als er den Pfeil losschickte. Wieder flog er rechts von dem Vogel vorbei, doch diesmal näher, und Devana taumelte, Flügel über Flügel, auf ein Wäldchen zu.

Funken flogen ihr um den Kopf, und sie schwebte niedrig zu Boden, bis sie sich mit einer Flügelspitze an einem Ast verfing und wieder ins Taumeln geriet. Shay trommelte Trussell wütend gegen die Brust, als sich der Vogel wieder fing und auf eine Lücke zwischen den Zäunen zuflog. Trussell hielt Shay fest an sich gedrückt, bis Devana außer Sichtweite war, und sagte immer und immer wieder: »Verzeih mir, verzeih mir, verzeih mir!«

Danach ein Tag des Schweigens. Als auf der Straße nach London der Verkehr zunahm, entfernten sie sich wieder weiter von der Straße. Trussell sprach mit Shays Hinterkopf. »Wir sollten hier haltmachen und die letzten Meilen in die Stadt in der Dunkelheit zurücklegen – dann könnten wir dort ankommen, wenn gerade das Tor geöffnet wird. Und es ist nicht so wahrscheinlich, dass man uns entdeckt.«

Shay verriet mit keinem Anzeichen, dass sie ihn gehört hatte, doch als rechts ein dichtes Wäldchen auftauchte, führte sie ihn dorthin. Sie lagerten an einem Bach in einer baumbestandenen Mulde, lagen getrennt da und schauten durch das Laubdach nach oben. Shay sah Habichte und Bussarde, aber keine Devana. Sie lagen da, Rücken an Rücken und dösten.

Und dann war da ein Geräusch, so leise wie eine sich öffnende Tür, und ein Hirsch stand vor ihnen. Seine Nüstern lasen die Luft, und Schaum dampfte ihm an den Mundwinkeln. Vorhin war er noch schnell gerannt, doch nun war seine Reglosigkeit absolut; die Ringeltauben waren lauter als er. Irgendetwas bewegte sich im Gebüsch, seine Ohren spielten, und dann sprang er ohne Vorwarnung über den Bach, sprang über Shay und Trussell und verschwand zwischen den Bäumen, ehe sie auch nur Zeit hatten, sich umzudrehen.

»Ihr Idioten.«

Die Stimme schallte hinter dem Waldsaum hervor. Nacheinander kamen sechs berittene Bogenschützen auf die Lichtung. Sie beäugten Shay und Trussell. Shay und Trussell schauten zurück.

»Ihr nutzlosen Idioten. Ein Hirsch gegen sechs Bogenschützen, und ihr habt ihn nicht mal mit euren Pfeilen gestreift.« Evans' Pferd war ein massiges, friedfertiges Ding mit schwarzem Fell und einer weißen Blesse. Er zog an den Zügeln und schaute zu Shay und Trussell hinunter.

»Verdammt, bin ich gut«, sagte er.

Er hatte sich das Haar flach an den Schädel geklatscht, um damit zu verbergen, dass eines seiner Augen schlaff wie eine Satteltasche hing. Shay erkannte die Veränderung an ihm, sie hatte sie bei ihrem Vater miterlebt. Das Leben der letzten vierzig Jahre rächte sich nun. Er tätschelte seinem Pferd den Kopf und sprach ihm liebevoll ins Ohr.

»Ich hab es ihnen gesagt, aber es hat ja niemand zugehört. Ich sagte, Trussell wird von Westen kommen, weil das Ludgate am nächsten an Blackfriars ist. Ich habe gesagt, die werden nah an der Straße sein, aber nicht auf der Straße. Und ich hab gesagt, wenn wir eine Jagdgesellschaft mitnehmen, dann errät niemand, wen wir in Wirklichkeit suchen.« Er schüttelte den Kopf. »Ich hab wieder mal recht, und es ist niemand hier, der was dafür zahlen würde, es mitanzusehen.«

Er schüttelte verwundert den Kopf. »Hat's euch die Sprache verschlagen?«

Übelkeit stieg in Shay auf. Sie waren nur noch Meilen von London entfernt. Schon jetzt stieg östlich von ihnen der Dunst der Stadt auf. »Du hast uns gesucht?«

»Ich und das halbe Land. Gott sieht ja vielleicht, wenn ein einziger Sperling zur Erde fällt, aber dieser Jagger ist auch nicht weit hinter uns. Und ich wette, es tut dir leid, dass du der Königin diese Truppe der Black Swifts vorgeschlagen hast. Jagen die dir keine Todesangst ein? Mir schon. Zu leise. Zu schnell.«

Seine Lippe hing auf einer Seite, doch seine Stimme war ruhig. »Du, meine Kleine, verwandelst dich gerade von einem Sperling in eine goldene Gans, und ich bin hier und verkaufe die Eier. Die einzige Frage ist nur, an wen. Der Jagger bietet mir sicher mehr Bares, aber die Königin wäre dankbarer.«

»Wir haben Geld.« Zum ersten Mal meldete sich Trussell zu Wort.

Evans wandte die Augen nicht von Shay. »Nein, habt ihr nicht, mein Junge.«

Trussell öffnete seine Börse. »Dreißig Halb-Angel.«

Evans sagte: »Das ist kein Geld, Trussell, nicht wenn es um diesen Schatz geht. Das ist ein Taschengeld. Still jetzt, die Erwachsenen reden.«

»Bring mich zur Königin«, sagte Shay.

Evans schaute sie mit seinen Buchhalteraugen an. »Bist du sicher, Kleine? Leider ist sie sich über dich nicht so sicher. Ich werde für dich bürgen, aber ich würde immer noch drei zu eins wetten, dass du am Galgen endest.«

Warum nahmen alle anderen Shay ernster als sie sich selbst? »Sie kann sich doch sicher vor mir nicht fürchten?«

»Sie fürchtet sich vor jedem, das ist die Bürde der Macht. Jeder ist eine Bedrohung. Besonders ein wunderschönes junges Mädchen, das bei Rebellen gelebt hat und von dem es nun heißt, es habe ein Vogelheer, das nach ihrer Pfeife tanzt. Ich garantiere dir, dass jetzt in diesem Moment gerade mehrere Gespräche stattfinden, in denen beraten wird, was genau mit dir zu tun ist.«

»Jetzt bin ich auf einmal wunderschön, ja?«

Das dünne Lächeln verjüngte Evans um Jahre. »Wie ich immer gesagt habe, mein Geschmack bist du nicht, aber du hast das meiste aus dem gemacht, was du hast.« Er schlurfte um sie herum. »Haar etwas länger, gut. Die Mädchenkleider helfen. Zeig mir mal die Nägel.«

Shay streckte die Hände aus, während sie die üblichen Berechnungen anstellte. Die Anzahl der Männer. Die Geschwindigkeit ihrer Pferde. Was von ihr erwartet wurde. Aber es war auch etwas Neues in ihr aufgeblüht. Die Stimme aus Federn und Wind, die ihr zuflüsterte: Man jagt entweder, oder man wird gejagt – unbeteiligte Zuschauer gibt es nicht.

»Morgen in der Abenddämmerung bin ich in Birdland. Sag der Königin, dass ich für sie die Murmuration deuten werden.«

Evans klatschte entzückt in die Hände. »Ist das ein Ultimatum? Ein Ultimatum für unsere Herrscherin. Wie böse! Erlaube mir, ein Gegenangebot zu machen: Ich packe dich in einen Sack und werfe dich der Königin vor die Füße.«

Shay würde sich nie wieder in einen Käfig sperren lassen. »Mach das, und ich sage ihr voraus, dass du sie umstürzen willst.«

Er strahlte. »Also wird wieder verhandelt. Das hatten wir ewig nicht mehr.« Er führte sein Pferd um sie herum. »Dann verkaufe ich dich einfach an den Jagger zurück.«

Shay zögerte nicht. »Dem erzähle ich, dass mein Preis für das Singen ist, dass sie all deine Ländereien verbrennen. Auf dem Land, in London, wo auch immer. Das macht er bestimmt mit Vergnügen.«

Evans' Augen saßen tief in seinem Schädel: Glut in der kommenden kalten Nacht. »Wie kompliziert. Da wäre es sicherer, euch beide umzubringen. Dreißig Halb-Angel ist weniger, als ich erwartet hätte, aber es ist besser als nichts.« Er zog den Hut vor Trussell.

Sie sah Evans. Sah geradewegs durch ihn. »Das ist bestimmt die sicherste Möglichkeit, aber wo bleibt dann das Drama?«

Sie machte kehrt und ging auf die Hauptstraße zu. »Birdland in der Abenddämmerung.«

Sie wartete auf die Pfeile im Rücken. Die Straße war weiter entfernt, als sie dachte. Evans bellte seinen Männern etwas zu, und dann trabte er mit seinem Pferd los, um sie einzuholen. »Na gut. Ich sage es der Königin. Aber ich lasse es besser so klingen, als käme der Vorschlag von mir. Reue, Shay, sonst will sie nichts. Gute Nachrichten und Reue.«

Shay hielt die Augen auf die Straße gerichtet. Als sie auf den Weg trat, rief Evans noch einmal: »Und Trussell bleibt hier bei mir. Nur bis ich sicher bin, dass du so schmeichelhaft geredet hast, wie ich es verdiene.«

London war ein Schleier aus Rauch am Horizont. Vögel schwebten auf der aufsteigenden warmen Luft. Shay blickte nicht zurück.

40

Auf dem ganzen Weg durch London sagte Shay ihren Text vor sich hin, ohne nachzudenken, und die Leute machten genau das, was sie machen sollten. Die Stadt war eine Kulisse. Jedes Hause war hinter seinen Augen leer und jeder Apfel eines Straßenverkäufers aus Wachs gemacht. Bettler ohne Beine riefen vor Häusern, die mit Brettern vernagelt waren, und die Sonne sah aus wie eine Requisite aus Goldfolie. Die Straßen summten nach der Pest wieder vor Geschäftigkeit, doch Shay ging stets mitten auf der Straße, ohne sich um Soldaten, den Jagger oder Gilmours Leute zu scheren. Eine Schwadron von Königin Elizabeths Swifts marschierte am Old Change an ihr vorüber, doch sie machte sich nicht die Mühe, sich unter ihrer Haube zu verstecken. Shay hatte nämlich im Textbuch schon weitergelesen. Jetzt würde noch nichts enden.

Statisten schwärmten um sie her, aber die Hauptfiguren waren alle noch nicht auf der Bühne. Kinder riefen »Sperlingskönigin, Sperlingskönigin, sing uns was vor«, und die Passagiere auf der Fähre bettelten darum, ihren Saum berühren zu dürfen. Am Horizont von Birdland zeichnete sich eine lange Reihe von Gestalten ab. Ein Mann mit einem Stock, der von zwei anderen gestützt wurde, das könnte Lonan sein, aber andererseits lebten an diesem Ort sehr viele alte Männer. Das Schauspiel war bei der letzten Szene angekommen, und den Aviscultariern ging der Text aus.

Dann war sie wieder allein, nur Geister gingen neben ihr her. Über den Schnee, der zu schmutzigem Eis geschmolzen war und dem Boden die Farbe von Vogelkot gab. Auf dem hart gefrorenen Gelände fiel ihr das Gehen schwer. Wenn sie sich an die Büschel von kristallglitzerndem Gras hielt, wurde ihr Weg unendlich kompliziert, voller Kehrtwenden und Sackgassen, aber es war sicherer, als es auf dem Eis zu versuchen. Schon bald waren Shays Strümpfe dunkel vor Wasser, ihre Stiefel schwer. Es war so kalt, dass ihr die Luft in die Lungen biss, und immer wieder wischte sie sich Eis von den Brauen und aus dem Haar.

Trommeln und Rauch. Ehe sie den Zug der Königin sehen konnte, war nur das wahrzunehmen. Trommelschläge, die über das Marschland geeilt kamen, und eine Dunstglocke aus trägem Rauch, weil der fallende Schnee immer wieder die Fackeln auslöschte. Die Leute der Königin hatten sich aufgefächert wie das V eines Gänsezugs, im Zentrum ein dunkler Knoten von Menschen: Lakaien, Soldaten, Hofdamen, Köche, Droschkenkutscher, Komödianten, Berater und Diener. Der gesamte Palast war auf den Beinen.

Es lief alles wie geschmiert. Diener legten Bretter über das Eis. Holzplanken, lang wie ein Schiffsmast, die sechs Männer tragen mussten, wurden vom hinteren Teil des Zugs eilig und stolpernd nach vorn gebracht und dann hingelegt, um einen Boden zu bereiten, der so massiv war wie in einem Haus. Es war eine wandernde Plattform für die Königin auf ihrem Thron und die verschiedenen Musikanten und Hofdamen, die sie in ihrer Nähe behielt. Die Diener hatten diese Bretter nun schon über zig Meilen geschleppt, diese hölzerne Straße gebaut und immer wieder gebaut; Shay verspürte bei ihrem bloßen Anblick schon Schmerzen. Diener hielten an den Seiten und hinter der Königin bemalte Paneele in die Höhe, damit sie auch ja keinen einzigen Zoll ihres Reiches ansehen musste.

Shay bibberte im Schatten eines Baumes. All diese Täuschung – die bebilderten Wände und der Boden, die lodernden Feuerschalen – konnte gegen das Gewicht des Winters rein gar nichts ausrichten. Der Zug hielt zehn Yards von Shays Baum entfernt an. Eine knorrige Wurzel ragte in das Marschland hinaus und zwang die Bretter in eine kleine Schieflage. Der Thron der Königin neigte sich sanft zum Fluss hin. Die Trommeln verstummten, und ein Soldat mit einer Muskete trat vor, um Shay zu untersuchen. »Komm näher«, sagte er.

Der Weg erschien ihr endlos. So nahe am Baum war das Gelände weniger sumpfig, aber die hervorstehenden Wurzeln hatten den Boden zu gefrorenen Wellen aufgeworfen, und zweimal kam sie ins Stolpern. Ihr Atem war lauter als alle Geräusche ringsum: Banner, die im Wind knatterten, und der Starenschwarm, der sich allmählich in den Ästen des Baumes niederließ. Elizabeth war in dunklen Pelz gehüllt, der so ausladend war, dass ihr bleiches Gesicht wie eine heilige Reliquie aussah, die zur Schau gestellt wurde. Sie stirbt, dachte Shay.

Nonesuch hätte sehr viel über ihre Schminke zu sagen gehabt. Sie war dick und schlampig aufgetragen. Um die Augen herum war das Weiß abgeblättert, und mit dem grellen Wangenrouge wirkte die Königin wie ein Clown. Aber bei alldem waren ihre Augen noch hellwach und wachsam.

»Ich kann mir nicht vorstellen, dass man an einem so gottverlassenen Ort eine gute Zukunft vorhersagen kann.« Die Königin deutete mit einer Hand ungefähr in die Richtung von Birdland. Zum Glück versammelten sich hinter Shay schon die Stare.

»Es ist aber majestätisch und nicht nur gottverlassen, nicht wahr?«, erwiderte Shay. Sie verneigte sich ein wenig, während sie sprach.

Elizabeth warf nur einen flüchtigen Blick auf die Umgebung – Meilen von hartem, grauem Land, über dem Rauch und Wolken hingen. Sie schaute zu dem Baum auf. »Sie sind da? Du hast, was du benötigst?«

In den Ästen oben machte sich Ruhelosigkeit breit. Aus allen Himmelsrichtungen kamen Vögel und bewegten den Schwarm durch den ganzen Baum. Schon jetzt bogen sich die Äste unter den dunklen Körpern, und noch immer kreisten weitere Stare über ihren Köpfen.

»So Gott will, sind die Bedingungen vollkommen. Hat Ihre Majestät einen bestimmten Teil Ihres Geschicks, auf den wir uns konzentrieren sollen?«

Ein Windstoß kam über das Marschland gefegt, hob den Schwarm kurz von den Ästen und ließ sie dann wieder herunter. Eine einzelne Haarlocke hatte sich aus Elizabeths Haube gelöst; ihr rotes Haar war am Ansatz schneeweiß. »Es geht heute nicht um mein Geschick, Sperlingsmädchen, sondern um deines.«

Sie schnippte mit den Fingern, und ein Diener trat vor und entfaltete vor ihnen ein Blatt Papier. Shay erkannte die Farben. Gelbes Papier und schwarze Blockbuchstaben: das Werk des Geistertheaters.

Dort stand:

SATURNALIEN JETZT!
DAS GEISTERTHEATER
DER TOD DES LORD NONESUCH &
DIE RÜCKKEHR DES SPERLINGS
MORGEN IN SOUTHWARK

Elizabeths Augen waren starr auf Shay gerichtet. »Hunderte dieser Plakate hängen überall in der Stadt. Je schneller wir sie herunternehmen, desto schneller erscheinen sie wieder. Das ist … enttäuschend.«

»Ich schwöre, ich weiß nichts davon.« Jetzt war Shay die Kälte bis in die Knochen gedrungen, und sie fror nur noch mehr, weil sie ihren Namen dort sah. »Ich weiß nichts davon, und wenn man mich gebeten hätte, dort aufzutreten, so hätte ich Nein gesagt.«

»Du hast ihn gesehen?«

»Nein. Aber er weiß, dass ich mich an derlei nicht beteiligen würde.«

Elizabeth sagte nichts. Sie saß einfach nur da, während der Wind die Paneele rings um sie herum beutelte. Knarrende Äste, zankende Vögel. Ihr Atem roch nach etwas Absterbendem und nach den Gewürznelken, die die Verwesung verbergen sollten. Die Kombination dieser beiden – des Todes und des Leichentuchs – war schlimmer als jedes für sich genommen. Ihr Schweigen schrie danach, es auszufüllen. Shay sagte: »Die Commoners haben mich zu Auftritten gezwungen, doch jetzt habe ich mich zurückgezogen. Ich habe damit abgeschlossen.«

Sie konnte nicht erkennen, ob Elizabeth ihr zuhörte. Die Königin strich das Papier vor sich glatt, schaute aber nicht noch einmal darauf. »Du weißt, wo er ist?«

»Nein.«

»Du weiß, wo er auftreten wird?«

»Nein.«

»Du weißt, was er sagen wird?«

»Nein, und ich wette, er weiß es auch noch nicht.«

Nun wurde Elizabeths Miene tiefsinniger. Zum ersten Mal überlegte Shay, dass die Königin Nonesuch vielleicht fürchtete. Die ganze Welt wusste, dass ihr die Ausschweifungen der Lehrlinge ein Ärgernis waren, mit all den Tumulten und der Trunkenheit, aber diese Gewalttätigkeit war gegen niemand besonders gerichtet, flackerte auf, zischte und verging so schnell wieder, wie sie aufgeflammt war. Mit plötzlicher Klarheit sah Shay, was die Quelle von Elizabeths Furcht war. Nonesuch könnte vielleicht diese Masse der Lehrlinge formen, aus diesem Schwarm eine Murmuration machen, diesen Mob in eine Armee verwandeln, ihre Wildheit zu einer Waffe schmieden. Elizabeth schauderte erneut, sogar in ihre Pelze gehüllt, und Shay hatte plötzlich den Eindruck, dass die Königin nur noch aus einem Kopf – dem Staatoberhaupt – bestand, der da auf einem gestickten Kissen lag. Dadurch wirkte sie gleichzeitig lächerlich und schreckenerregend. Die Königin klatschte in die Hände, und das Geräusch raste über das Eis. Hinter ihr begannen die Diener auch zu klatschen. Manche hatten Klappern. Als der Lärm sich immer weiter ausbreitete, flogen die Stare in großen Wellen in den Himmel auf.

Die Königin nahm Shays Hand und sagte: »Nun, dann sollten wir es jetzt herausfinden.«

In einem Augenblick waren die Vögel noch verstreut wie Kiesel, im nächsten hatten sie sich in ein einziges lebendiges Wesen verwandelt. Hundert Hälse verrenkten sich nach diesem Spektakel, und in der grauen Luft bildete sich ein Muster wie eine Schraffur. Das Gefolge schrie auf, als sei es ein Feuerwerk, und Elizabeth drückte Shays Hand. Diese so menschliche Geste lockte Shay einen Moment aus der Reserve. Ringsum loderten die Feuer und ließen die Vögel nur noch als schwarzen Fleck vor den Wolken erscheinen. Shay konnte gar nichts sehen. Warum wollten alle Antworten? Wo brachten die einen schon hin? Nirgends. Die Welt schwemmte so oder so ihre Wellen über dich hinweg. Es war, als wolle man mit dem Meer streiten.

Als sie sich gerade eine Lüge ausdachte, um ihren Mangel an Inspiration zu verbergen, geschah es. Eine kleine Verschiebung, als wären ihre Gedanken aus dem Tritt gekommen. Ein Riss tief in ihrem Inneren, Eis gegen Eis. Und dann strömte Luft in sie herein, hob sie in die Höhe, wurde lebendig, und sie war mitten im Vogelschwarm. Sie wirbelten herum wie verwehte Blätter, aber alles war ruhig. Ihre Bewegung war die Reglosigkeit; ihr Chaos war Ordnung. Shay war völlig verloren, wurde vom Wind hin und her geworfen, nicht ein Vogel in einem Schwarm, sondern eine Feder an einen Flügel, die den Flug formte, während sie selbst von ihm geformt wurde. Sie lachte vor purem Entzücken. Hinabgeschleudert und hochgerissen zu werden, zu trudeln wie ein Ahornsamen, wenige Zoll und Sekunden vom Unheil entfernt und doch sicher in einem Nest.

Oh, sagten ihre Gedanken. Oh, so ist das also. Es war genau so, wie sie es sich vorgestellt hatte, und gleichzeitig völlig seltsam.

Wie lange schlug sie so im Hauch des Schwarms Bögen, sprudelte wie ein Brunnen? Es schienen Minuten zu sein, doch hier war die Zeit weich und geschmeidig, ein Ding, das sich formen ließ. Irgendwas sollte sie doch tun. Was war es? Der Schwarm spannte sich an wie eine Sehne, und sie war ein Teil davon.

ER STIRBT VOR IHR, STIRBT VOR DIR.

Die Worte waren irgendwo in dem Lärm, gebildet aus Schweiffedern und Gegenwind, aus Klauen und Schnee.

DER WALD MUSS BRENNEN,
EHE ER NEU WÄCHST.

»Der Wald ist London?«, fragte sie ohne Worte, wusste die Antwort und erwartete keine.

SIE HÄLT DEN FLUSS AN, ER ÜBERQUERT DEN FLUSS, DU WIRST DER FLUSS SEIN.

Shay wurde in einem verschlungenen Bogen herumgeschleudert, der sie eigentlich hätte erschrecken sollen. Einatmen, Ausatmen, und die Welt kippte um wie ein Glas Wasser.

EIN LEERES NEST TÖTET EUCH ALLE.

»Wie?«, fragte sie, immer und immer wieder, wie Brisen in den kahlen Ästen.

DIE STADT IST EIN SCHATTEN DES LUFTREICHES.

»Ja.«

DU WIRST FALLEN.

»Nein.« Die Welt wirbelte außerhalb des Schwarms, war wieder sichtbar. Himmel, Schnee, Wasser, Erde. Das unsichtbare Zentrum, um das sich die Murmuration drehte, verlor seine Anziehungskraft. Vögel flogen in den unendlichen Himmel fort, und der ganze Schwarm sackte blitzartig nach unten, eine Violine, deren Töne vom hohen zum tiefen C glitten.

DU WIRST FALLEN.

Wie konnte sich die Erde so erheben, um sie zu treffen, wo sie doch hier fest auf ihren beiden Füßen stand? Aber sie machte es. Ein Schlag wie von einer achtlosen Hand. Eis, das sich in die Wunde des Aufpralls grub. Platt auf dem Gesicht, eine Hand noch in der ihren. Aber nicht die Hand, die sie wollte. Nie die Hand, die sie wollte. Diener griffen sie unter den Achseln, zerrten sie wieder auf die Füße. Elizabeths Höflinge blieben in der Nähe, und Shay sah, als sie schon in Ohnmacht fiel, wie Hände zu den Messern wanderten.

Nun von irgendwo anders. Wie die Stimmen, die man in weiter Ferne hörte, wenn einen der Schlaf übermannt.

IHR DREI WERDET FALLEN.

Sie schlief auf dem Boden im Haus ihres Vaters. Dieses Zimmer hatte die tiefsitzende Kälte eines Raumes, der den gesamten Winter nicht einmal durch Atemhauch geheizt wurde. Lonan war also fort. Zumindest von hier, ein weiterer Geist in Shays privatem Geistertheater. Ihre Finger waren gekrümmt und taub, und sie hatte nicht die Kraft, um wieder Leben in sie zu reiben. Jemand kam und breitete Decken über sie, doch deren Gewicht fesselte die Kälte nur tiefer in ihr. Ihre Knochen sangen vor Eis, und sie dachte, sie könnte zersplittern. Am Fenster war der Mond. Sie hielt Ausschau nach einem Vogel, der über dieses helle Rund fliegen würde – ein gutes Omen, sagten alle –, aber es kam keiner. Ein leeres Nest tötet euch alle. Welcher von ihnen hatte das gesagt? Die Vorhänge waren geöffnet, und sie würden nie wieder zugezogen.

Hände unter den Achseln. Gespräche in der Luft über ihr. Ein erhaschter Blick auf milchig blinde Augen, die sie sahen und dann fortschauten. Leitern, Schlitten, Boote. So viel Arbeit. Leere Hände und der alberne alte Mond über ihr.

Bärenbrüllen. Hundejaulen. Alles, was in London in Käfige eingesperrt war.

41

Als Shay aufwachte, war es warm. Der Boden unter ihr war sanft geneigt, und sie roch etwas, das für die Londoner Luft viel zu üppig war. Es gab nur einen Ort, an dem sie schon einmal in einem Raum diese Hitze der Gewürze geschmeckt hatte. »Blank?«, fragte sie.

»Guten Morgen.« Er saß auf einem dreibeinigen Schemel und nähte etwas auf ein Stück hellen Stoff. »Die Krake erwacht.«

Er legte seine Näharbeit weg und kniete sich hin, um ihr das Haar zurückzustreichen. »Du hast sogar geschlafen, als ich dich den Mast hinaufgetragen habe. Ich hätte nicht gedacht, dass das möglich ist.« Er wirkte älter; seine Locken hatten graue Spitzen, und seine Lider hingen herab. Er stand unbeholfen wieder auf. Der Raum hing in einem seltsamen Winkel. »Kaffee, denke ich.«

Er machte sich mit einem Topf und Kaffeebohnen zu schaffen, und Shay wurde von innen heraus warm. Der Raum veränderte seinen Winkel nicht, also schaute sie durch die Zeltbahnen am Eingang. Die Themse war fest zugefroren und hatte die Albatros in diesem Winkel gefangen. Blanks Stimme war warm vor Belustigung. »Deine Leute waren außerordentlich erpicht darauf, dich loszuwerden. Ein Bootsmann kam gestern Nacht hier an und wollte nicht weg, ohne mich mitzunehmen. Hast du Ärger gemacht?«

Hatte sie das? »Ich bin mir nicht sicher. Ich war mit der Königin zusammen.«

Wenn Blank überrascht war, ließ er es sich nicht anmerken. Er ging barfuß im Mastkorb herum, kochte Kaffee und strich Butter auf dicke Brotkanten. Shay hatte sofort einen Bärenhunger. Er setzte sich hin und fütterte sie wie einen Vogel.

»Na, was hat unsere Herrscherin denn von dir gewollt?«

Der Kaffee war zu heiß, aber sie brauchte sofort Feuer im Leib. Sie nippte daran und sagte: »Sie wollte wissen, was sie mit Nonesuch machen soll.«

Er nickte. »Er war seit seiner Rückkehr recht eifrig.«

»Hat er allein Vorstellungen gegeben?«

»Ich bin mir nicht sicher, ob man das Vorstellungen nennen kann. Provokationen vielleicht. Aufstände? Und ganz gewiss nicht allein. Es gibt kaum einen Jungen in der Stadt, der nicht irgendwie beteiligt war. Du weißt, dass er eine Galeone gestohlen hat?«

»Nonesuch? Er kann kaum ein Ruderboot steuern.«

»Nun, nicht unbedingt er selbst. Jemand, der in seinen Bann geraten ist. Wintour, Fawkes und dieser ganze Haufen, die beten ihn an. Jedenfalls hat jemand eine leere Galeone gestohlen und sie in Brand gesteckt. In Flammen und im Fluss treibend.« Er konnte die Bewunderung nicht aus seiner Stimme halten. »Es war wunderschön, Shay. Sie haben sie weiß getüncht wie einen Schwan, haben die Segel mit Fackeln angezündet und das Boot losgemacht, und alle Kanonen waren mit Mehl geladen.«

»Mehl?«

Er lächelte. »Du hättest es sehen sollen. Geisterweiß und brennend auf der Themse, und als die Kanonen brannten, feuerten sie riesige weiße Wolken, als atmeten sie über die Stadt aus.«

Nonesuch hatte diese Gabe – Bilder in deinen Kopf zu bringen. Sie sah alles vor sich, klarer als eine Erinnerung. Ein geisterhafter Drachen, der über die Wellen glitt und Rauch über die geduckte Stadt hauchte.

»Wo ist er, Blank?«

»Das weiß Gott allein. Wenn überhaupt. Elizabeth jedenfalls gewiss nicht. Was hast du ihr gesagt?«

Shay dachte an den vorigen Abend zurück. »Ich habe keine Ahnung.«

Shay schlief traumlos, und der Tag verschwand zwischen den Ritzen der Fußbodenbretter. Londons Uhrwerk flüsterte ihr zu: Schreie von Straßenhändlern und Kirchenglocken, Straßenlieder und der ständige Baulärm. Blank kam und ging. Einmal verließ er das Schiff im weißen Matrosenanzug und roch nach Rum und Rauch, als er zurückkehrte. Während das Licht verebbte, kam er erneut wieder. Shay setzte sich mühsam auf, und er musterte sie sorgfältig. »Wach? Am Leben?«

Sie nickte, und er reichte ihr einen Handzettel.

SATURNALIEN JETZT!
DER TOD DES LORD NONESUOCH &
SACKERSON ENTFESSELT
DAS GEISTERTHEATER TEILT
BEGNADIGUNGEN AUS
DAS SPERLINGSMÄDCHEN
ZEIGT SEINE KLAUEN
MORGEN IN SOUTHWARK

Blank schaute nachdenklich drein. »Es gibt Tausende davon zwischen hier und der Brücke. Das ist Provokation. Absichtsvolle Provokation. Die Lehrlinge sind bei diesen Saturnalien ohnehin schon wie die Tiere. Es würde nicht viel brauchen, um sie zum Äußersten zu treiben.«

Shay zog die Decke noch fester um sich. »Sie werden das sicher nicht zulassen, oder? Der Königliche Festmeister wird das doch sofort unterbinden.« Elizabeths Black Swifts auch, dachte sie.

Blank sagte: »Ganz so einfach ist das nicht. Niemand weiß genau, wo in Southwark es sein wird, und Nonesuch hat eine ziemlich große Gefolgschaft angesammelt, während du fort warst. Bis der königliche Festmeister den Aufführungsort kennt, sind dort Tausende, und mit einer solchen Menschenmenge werden sich seine Leute auf keinen Fall anlegen wollen.«

Shay zog die Decke weg, um über das Wasser hinausschauen zu können. Der zugefrorene Fluss wimmelte von Menschen, die sich auf den Weg zum Südufer machten. Ihre Rufe und das Klirren von Bierkrügen hallten über das Eis zu ihr herüber. Sie beobachtete, wie ein betrunkener Bursche ausrutschte und von seinen Freunden lachend wieder auf die Füße gezerrt wurde. »Da ist jetzt schon sehr viel los.«

Blank beugte sich über seinen Kaffee. »Alle wollen heute Abend in Southwark sein. Ich habe gehört, dass bereits Zimmer für einen Shilling pro Nase vermietet werden. Alle wollen vorbereitet sein.«

Shay betrachtete den Menschenstrom. Wie konnten es so viele sein? Sie hatte wie so oft das Gefühl, dass London unendlich groß und seine Bevölkerung unermesslich war. Die Stadt war Englands Abflussrohr, und alle strudelten darin herum, wurden aus den weiten offenen Landschaften hierhergezogen, um dann in einem von Londons unbeleuchteten und ungeheizten Zimmern zu hocken. London kaute sie durch und spuckte sie wieder aus, und die nächste Generation kam gern, um ihren Platz einzunehmen. Und jetzt wurde das Treibgut nach Southwark geschwemmt. Die meisten lachten, und die meisten waren betrunken. Eigentlich noch Kinder, aber sie kamen trotzdem her. Die Dämmerung stieg herein, und die Zahlen schwollen an. Wer daran gedacht hatte, eine Laterne mitzunehmen, ging geradewegs über den zugefrorenen Fluss, während die weniger gut Vorbereiteten unsicher herumwanderten und hinfielen und nur anhand ihrer Flüche zu verfolgen waren, wenn sie zum dritten Mal hinschlugen. Southwark lag wie ein glitzerndes Juwel am südlichen Ufer. Man konnte es sogar hören: ein leises Knistern wie von Glut, Tausende von Stimmen. Shay döste und träumte von einem kalten, leeren Nest.

Ein Geräusch weckte sie auf. Ein unterirdisches Krachen, das ihr bis in die Knochen hallte. Es war, als würde ein Baum gefällt; das Krähennest vibrierte von einem tiefen Beben.

»Blank?«

»Hmm?« Er zeichnete sich als Silhouette vor einem Quadrat aus Mondlicht ab, war zum Ausgehen angezogen.

»Was ist los?«, fragte sie.

Er wandte sich zurück ins Zimmer, eine schwarze Gestalt. »Sie zerschlagen die Themse.«

Sie wickelte sich in eine Decke und schaute hinaus. Zunächst sah es so aus, als stünde der Fluss selbst in Flammen, doch als ihr Blick sich klärte, erkannte sie eine Reihe von Männern mit Fackeln. Männer riefen: »Eins, zwei, drei, los!« Und dann krachte eine Welle von Äxten ins Eis. Ein Augenblick des Ausruhens, und dann noch einmal. Zweimal, dreimal, und dann kam wieder das Krachen. Die Reihe der Männer schob sich ein paar Yards zurück, und die Männer mit den Fackeln folgte ihnen. Shay schaute nach Westen den Fluss entlang. Die Reihe von Männern erstreckte sich ganz bis hinter die Biegung bei Westminster. Blank zog seine Stiefel an.

»Was machst du?«, fragte Shay.

Er band eine Schleife. »Sie werden Southwark abschneiden. Sie brechen über Meilen das Eis, und dann schließen sie die Brücke. Wenn die Königin befiehlt, dass alle Flussschiffer morgen zu Hause bleiben müssen, dann gibt es keinen Weg nach Südlondon und zurück. Dann ist es ihnen gleichgültig, wenn das, was Nonesuch da geplant hat, nicht über Southwark hinauskommt.«

Blank warf ihr ein paar Kleidungstücke aus einem Kostümhaufen zu: eine mit Pelz gefütterte Hose und eine Mönchskutte. Handschuhe und Socken. »Komm schon! Du willst das doch nicht verpassen, oder?«

Die Handschuhe halfen beinahe gar nicht gegen das Eis am Mast und den Strickleitern. Als sie endlich auf die Themse traten, spürte Shay ihre Finger und Zehen schon nicht mehr. Sie gingen nah am Ufer den Fluss entlang, wo das Eis noch heil war. Halb ging Shay, und halb glitt sie über die Oberfläche, und die Bewegung vermittelte ihr das Gefühl, wieder ein Kind zu sein. An einem Weihnachtsfest, als sie noch klein war, hatte einmal die ganze Familie auf der zugefrorenen Themse einen Spaziergang gemacht, um die Leute aus der Stadt zu beobachten, die sich alle für die Christmette fein angezogen hatten. Sie spürte es auch jetzt: Wie spannend es war, so spät noch wach zu sein und die Hand ihrer Mutter zu halten, während sie zusammen über das Eis glitten. Und dann die Erinnerung, die tief in ihren Muskeln vergraben war, wie sie nach Hause getragen wurde, über die Schulter ihres Vaters gelegt, das größte Gefühl der Sicherheit, das sie je gekannt hatte.

Sie brauchten zehn Minuten, bis sie die Eisbrecher erreichten. Gebrüllte Befehle und das klirrende Krachen der Äxte auf dem Eis; es klang wie Krieg. Blank hielt diagonal von der

Brücke fort, und sie überholten die ersten Männer. Mondlicht ließ das Eis flach erscheinen, bis einem war, als ginge man auf Wolken. In der Flussmitte war das Eis dünner, und zweimal musste Blank Shay um dunklere Flecken herumführen. Irgendwo tief unter sich konnten sie den Fluss noch strömen hören, und ungefähr jede Minute bebte alles unter den dumpfen Schlägen.

Southwark war eine Laterne. An allen Mauern loderten Fackeln, und in geschützten Ecken glühten Feuerkörbe. Die Tavernen bebten vor Gesang, und vor jedem Bordell standen Schlangen. Lehrlinge, in ihren eigenen frostigen Atem gehüllt, pfiffen vorübergehenden Mädchen nach. Shay zog sich die Kapuze tief ins Gesicht. Plakate des Geistertheaters prangten an allen Mauern, und sie hörten von jeder betrunkenen Straßenecke dieselben Namen: Nonesuch. Sperling. Die Königin. Morgen. Es blieb ihnen nichts anderes übrig, als weiterzugehen. Sie spazierten an The Bank entlang, wo die Themse irgendwo linker Hand unter dem Eis flüsterte. Blank hatte sich noch nicht nach Nonesuch erkundigt, und dafür war Shay dankbar. Irgendwo in der Ferne rieben Eisschollen knirschend aneinander, und vor dem Ufer sah man Lichter, einige Yards weit im Fluss. Blank deutete darauf: »Siehst du das? Das sind Handelsschiffe, die im Eis festsitzen. Die haben bestimmt eine Koje für einen alten Seemann. Wenn es dir nichts ausmacht, wieder zu tun, als wärst du ein Junge, da ist es zumindest warm.«

Shay aber hatte genug von Männern und Gerede und winzigen Räumen. Sie wollte Stille und Platz. Hinter ihnen ragte ein vertrautes Gebäude auf, und sie sagte: »Geh du nur. Ich muss einen alten Freund besuchen. Ich finde dich dann morgen früh schon.«

42

Über der riesigen offenen Feuerstelle des Bärenzwingers ragte ein breiter Kamin auf. Shay musste sich drinnen gegen die Seitenwände stemmen, um sich herunterzulassen. Auf dem Mauerwerk hatten sich mehrere Zoll Ruß angesammelt, und als sich Shay gegen die Wände drückte, begannen sie zu bröckeln und zu rutschen. Der Schmutz fiel als schwarze Platte herunter, und ihr linker Arm rutschte mit und riss sie in die Horizontale.

Sie richtete sich mühselig wieder auf und zwang sich, ganz starr zu werden. Ziegelsteine kratzten ihr die Haut auf, und sie musste sich tiefer einkrallen. Sie stieß einen Schmerzensschrei aus und kam bebend zum Halten, die Schultern und Füße fest gegen die Wände gedrückt. Ruß rieselte weiter, und sie presste den Mund zu, als sie sich langsam weiter nach unten schob. Ein Fuß, die eine Schulter, anderer Fuß, die andere Schulter; Zoll um Zoll, die Wände so rau wie Schmirgelpapier. Ein Zoll, noch einer, noch einer. Blut sickerte ihr zwischen den Schulterblättern herab. Noch ein Zoll, noch einer, noch einer, bis ihr Hintern etwas berührte und sie erleichtert losließ und den letzten Fuß in die Feuerstelle taumelte. Verkohlte Scheite bröckelten unter ihr, und ihr Mund füllte sich mit Asche. Sie hustete und spuckte und rollte in den Raum hinein.

Pechschwarze Nacht. Sie unterdrückte ein Husten und lauschte. Leise Geräusche. Atemzüge mit einiger Kraft dahinter. Tapp, tapp, tapp, und Shay sah in Gedanken die Pranken vor sich. Ledersohlen mit Messern daran. Sie saß still da und machte den Turteltaubenruf.

Die Schritte hielten an. Shay räusperte sich und versuchte es noch einmal, und nun ertönte unmittelbar vor ihr ein Winseln. Sie gurrte und spürte plötzlich nasses Leder am Hals. Nasses Leder und heißen Atem. Sackersons Nase beschnupperte und las sie vorsichtig. Die Ader an ihrem Hals, ihre Wunden. Ihr Haar, zwischen ihren Beinen. Sie ließ die Hände an der Seite hängen und flüsterte: »Braver Junge, alter Freund, du kannst den Käfig an mir riechen, stimmt's?«

Ihre Fingerknöchel waren im Kamin aufgeschabt, und Sackerson begann sie zu reinigen. Seine Zunge war wie eine behandschuhte Hand; rau, aber sanft geführt. So langsam wie möglich streckte sie die Hand nach ihm aus. Konnte er sie in diesem Licht sehen? So wie er mit der Nase schnüffelte, dachte sie, vielleicht eher nicht. Sie berührte den Pelz, und er knurrte, ein Geräusch, das sie durch die Fußsohlen spürte, das sie jedoch nicht ängstigte. Knurren ist alles, was er hat, dachte sie und streichelte ihm den Bauch. So fuhren sie noch ein paar Minuten fort, seine Zunge an ihren Wunden, ihre Hände in seinem Fell und dazu sein nicht endendes Brummen.

Und dann war er fertig. Er legte sich mit einem Seufzer zurück und rollte sich zu einem Halbmond. Shay kuschelte sich an seinen Bauch, versuchte, etwas von seiner Wärme abzuzapfen. Sie plapperte die ganze Zeit. »Kommen sie hinter dir her, wenn du schläfst, mein Junge? Ja? Hinter mir auch. Sie lassen uns nicht eine Minute in Ruhe. Heute Abend aber sollte ihre Aufmerksamkeit woanders sein. Wir sehen uns, wenn wir schlafen. Wohin sollen wir gehen?«

In ihren Träumen flog sie, niedrig und schnell, durch einen schneebedeckten Wald. Bäume, die so dicht standen, dass sie aus der Ferne wie eine Mauer aussahen, doch als Shay sich rasch näherte, öffnete sich die perfekte Lücke zwischen den Stämmen. Sie musste nicht einmal die Richtung ändern, flog nur immer weiter und weiter, unter sich den Schnee, die Zweige über sich und eisige Luft, die rings um sie herum pfiff. Zweimal sah sie Bärenspuren, die abbogen und sich in der Ferne verloren, aber sie konnte nicht anhalten. Sie konnte sich nicht einmal umschauen.

Und dann war es Morgen. Schmuddeliges Licht schien durch einen Ring von Fenstern hoch über der Grube. Trotzdem hätte sie nicht wissen können, dass Nonesuch dort war, bis er sich räusperte. Er saß in der ersten Reihe der Galerie und schaute herunter. Shay hatte ihn nie zuvor im Publikum gesehen.

Er klatschte langsam. »Was für eine erste Szene. Ich hätte sie selbst nicht besser schreiben können. Wir fangen an mit dem Sperling, schwarz und zerfetzt, in der Umarmung eines mächtigen Bären. Ich bin gespannt.«

Er trug dieselbe geschlitzte Jacke wie an dem Tag, als sie sich kennengelernt hatten, aber jetzt war sie altersgrau. Sein Gesicht hatte dieselbe vergilbte Farbe: Kerzenlichthaut. Eine Bühnenkrone hing schief über einem Ohr. Er rutschte auf seinem Stuhl vor, hielt Abstand. Er weiß immer noch, wo das Licht für ihn am besten ist, dachte Shay.

»Was ist also Szene zwei?«, fragte er.

Shay setzte sich auf, versuchte, Sackerson nicht zu stören. »Ich habe keine Ahnung. Es gibt kein Textbuch. Du bist es doch, der für eine Vorstellung wirbt. Für *meine* Vorstellung.«

Er hob die Hände in die Höhe. »Tut mir leid. Aber heute brauchen wir dringend Hintern auf den Plätzen, und obwohl es mir in der Seele wehtut, das zu sagen, du bist eine ziemliche Attraktion. Über den Geschmack des Publikums lässt sich nicht streiten. Natürlich bist du seit deinem kleinen Ausflug in den Norden noch beliebter.«

Shay hielt ihre Stimme leise. »Meinem kleinen Ausflug in den Norden? Sag es mit den richtigen Worten. Seit meiner Versklavung. Seit deinem Verrat. Deiner Feigheit.«

Er schüttelte den Kopf. »Nun, was immer es gewesen ist, es hat dir sehr gut getan. Du siehst blendend aus.«

Shay hatte viele Male geplant, was sie zu ihm sagen würde, wenn sie einander das nächste Mal träfen, aber hier waren jetzt Worte unzureichend. »Woher wusstest du, dass ich hier bin?« Wenn Nonesuch sie finden konnte, dann konnten das ihre Feinde auch.

»Ich habe es nicht gewusst. Ich bin zum Bären gekommen, dem einzigen wirkliche Star von uns.« Sackerson hatte auf dem Plakat gestanden, erinnerte Shay sich.

»Wirst du ihn kämpfen lassen?«

Er wedelte mit der Hand. »Großer Gott, nein, ich werde ihn freilassen. Ich werde ihn befreien, ihn und alle Gefangenen der Stadt. Er kann im Swan etwas trinken gehen oder bei Emerson's Spanferkel bestellen. Ich schenke ihm Freizügigkeit in ganz Southwark.«

Sackerson bewegte sich unter ihr. Eine riesige Pranke kratzte von irgendwo tief im Schlaf an seinem Ohr. »Also Freiheit für alle außer mir?«

Sein Seufzer war gereizt. »Bei allen Heiligen, es war notwendig, Shay. Es war notwendig für unser Stück. Die Tragödie.« Er stand auf. »Das hast du doch sicher gesehen, gleich von Anfang an. Nonesuch und der Sperling. Der Sperling und Nonesuch. Was für eine Geschichte! Sie hatte alles: Das Vogelmädchen und der Wechselbalg. Königinnen und Zauberer. Schätze und Verrat. Aber es konnte nur eine Tragödie sein, das musst du doch verstanden haben. Wenn die niedrig Geborenen nach der Sonne greifen, wird die Welt sie im Feuer verzehren.«

Seine Worte waren Glatteis, doch Shay stand sicher und fest. »Erinnerst du dich an die erste Nacht im Hochbett? Wir wollten etwas Neues machen. Wir wollten die alten Geschichten in Grund und Boden stampfen.«

Er nickte. »Das wollten wir. Das haben wir. Ah, aber diese alten Geschichten sterben nie.«

Stille senkte sich über den Bärenzwinger. Sackersons Atem beruhigte Shay.

Nonesuch fuhr sich mit der Hand über die Augen. »Ich war ein gottverdammter Zauberer, Shay, früher einmal. Ich habe die Bühne in ein Schiff verwandelt. Ich habe London zu Rom gemacht. Aus Blackfriars wurde Babylon.« Seine Stimme schallte. »Ich war Cleopatra, Caligula und Konstantin.« Während er sprach, huschten diese Gestalten über sein Gesicht und verschwanden dann wieder. »Aber dann hatte ich nichts mehr.«

Er sackte in sich zusammen. »Evans hat das Geld genommen, und ich habe die Blumen bekommen. Erinnerst du dich an all die Blumen, Shay? Ganze Arme voller Blumen. Halb so hübsch wie ich und vor Sonnenuntergang schon welk.« Er wackelte mit einem Finger, den er durch seine Jacke steckte. »Eine Tragödie von einem Jungen. Aber dann, aber dann …«

Er breitete die Arme weit aus. »Ich habe das Geistertheater aufgebaut und war wie neu geboren. Ich habe mich in die Gedanken von Tausenden von Lehrlingen geschlichen und in die Träume von Tausenden von reichen Mädchen. Meine Worte waren eine Pest, die die ganze Stadt ansteckte, und diese alten Geschichten konnten mich nicht zurückbekommen.«

Er setzte sich wieder hin. »Und dann hast du deinen Mund aufgemacht. Ohne einen einzigen Gedanken. Du hast angefangen zu singen, und die Münzen sind nur so gesprudelt. Ich kam auf dem Theaterzettel hinter den Vogelgesang.«

Nonesuch starrte sie mit leeren Augen an. »Shay, hast du eine Vorstellung davon, wie schwer ich daran gearbeitet habe, da zu entkommen? Du kannst dir gar nicht vorstellen, was ich alles gemacht habe, wie ich gelogen habe, was für Sünden ich gefressen habe.« Er spuckte aus. »Alles, wofür ich mein Leben lang geschuftet habe, hast du einfach so in der Hosentasche gefunden. Du wusstest nicht einmal, dass es da war.«

Er rieb beide Hände am Gesicht herunter, zog die Haut nach unten, so dass er wie ein Bluthund aussah. »Der Sperling, der Sperling, der verdammte Scheißsperling. Oh, dieses Mysterium. Mit ihren Titten, platt wie Pfannkuchen, und ihrem Arsch wie einem Servierbrett. Sie ist Junge und Mädchen, sie ist Mensch und Vogel. Entscheide dich, verdammte Scheiße! Sechzehn Jahre alt und hattest in deinem dämlichen Leben noch nie eine einzige Entscheidung zu treffen. Also habe ich deine Entscheidung für dich getroffen. Träumt nicht jedes Kind davon, abzuhauen und zum Zirkus zu gehen?«

Worte. Sobald man versuchte, Worte mit Worten zu bekämpfen, hatte man schon verloren. Aber hier hatte sie nichts anderes als Worte.

»Du hast mich verkauft. Mich *verkauft.*« Shay nahm eine Handvoll Münzen aus der Tasche und warf sie hoch auf die Galerie. Sie fielen mit dumpfem Klirren hin. »Du bist als Junge verkauft worden, und dann hast du mich verkauft. Du bist alles geworden, was du hasst.«

Er schüttelte den Kopf und trat in den Bärenring. »Leute wie du und ich, Shay, wir wurden geboren, um verkauft zu werden. Ich habe nur deinen Käufer ausgewählt.«

Er kam näher, streckte die Hände aus, und unwillkürlich

streckte sie sich danach. Er trat mit ihr in eine Tanzhaltung und flüsterte: »Eins und zwei, eins und zwei.«

Sogar im Stroh und dem Kot des Bärenzwingers tanzte er gut. Eine Hand auf ihrem Rücken, eine in ihrer Handfläche. »An jenem ersten Tag, als ich dich gesehen habe, auf den Dächern, o Gott. Bei jedem Sprung habe ich gedacht: Jetzt, jetzt fliegt sie.« Mit den Händen unter ihren Achseln hob er sie hoch, wenn auch kaum ein paar Zoll. »Ich habe wahrhaftig geglaubt, es werde geschehen. Ich konnte es vor mir sehen. Die Männer und die Hunde, die alle zum Himmel schauen, und du im Licht verschwunden.« Er hielt inne. »Aber du bist heruntergekommen, jedes Mal. Wir können unseren Rollen nicht entfliehen, Shay. Wir können sie nur mit einer gewissen Eleganz spielen.«

Shay hörte zu tanzen auf. »Hast du mich geliebt?« Die Frage war ohne Gedanken gekommen, ein Ausatmen.

»Ja.« Er zögerte keine Sekunde. »Ja. Hundertmal ja. Ich habe deinen Ausschlag unter den Haarstoppeln geliebt und dein Stottern und wie du aufgeschrien hast, wenn ich in dir war, und deine Narben und deine Matrosenhemden und deine wilden, wilden Nägel. Ich habe deine Füße auf dem Dach über mir geliebt und deine Hand in meiner und deine Träume, in denen du um dich getreten hast wie ein Tier, und wie du gegessen hast und wie du geschlafen hast.«

Er wirkte nun leidend, als führte er aus, welche Gewalttaten ihm widerfahren waren. »Ich habe geliebt, wie freundlich du zu den Mädchen am Bühneneingang warst, und ich habe deine verschrammten Knie und Ellbogen geliebt und deine große, alberne Freude über eine Elster oder einen Blauhäher. Und deine Sprünge und Sätze und deine Vogelrufe und deine Trancen, dein Singen und dein Lachen und dein Lampenfieber und deine Tätowierung.«

Ein angeschwollener Wortstrom. Wie viel hatte er gesehen und wie viel hatte sie nie verbergen können. Sie fühlte sich wie nackt ausgezogen. Wörter taumelten heraus, als seien sie auf einer Bühne. Aber es kam ihr ein Bild in den Kopf: Trussells Skizze von ihr.

»Das bin nicht ich. Das sind nur Dinge, die ich gemacht habe. Du hast nicht mich geliebt, nur meine Rolle.«

Seine Augen waren schwarze Kreise, aber er lächelte zum ersten Mal an diesem Tag. »Vielleicht. Aber, Shay, was für eine Rolle.«

Jemand hämmerte an den Haupteingang. Sackersons Nase bebte, und Shay ging zu ihm zurück, um ihn zu beruhigen.

»Das werden meine Burschen sein, die den Bären holen wollen.« Die Tür öffnete sich zu einem strahlenden Rechteck aus Licht, und Nonesuchs Jungen kamen hereingerannt. Hauptsächlich Straßenjungen in zerlumpten Militäruniformen, die alle mit einem dicken roten X auf der Brust verziert waren. Schludrig gemalt wie an den Türen der Pesthäuser. Schon erfüllten die Jungen den Raum mit Geschwätz und Bierrülpsern und dem Klirren von Ketten. Shays Augen schmerzten im Licht, als die jungen Männer sie und den Bären umringten. Vor ihr schienen sie mehr Angst zu haben.

»Wie ist es da draußen?« Nonesuch lehnte sich auf einen Stock und pulte in den Zähnen.

»Wild. Alle sind abgehauen. Keine Wachen, keine Hausbesitzer, keine Regeln. Gilmours Leute sind da und suchen jemanden.« Bei diesen Worten warf der Junge einen Seitenblick auf Shay. »Aber sie halten sich bedeckt. Sie sind zu zehnt, und wir sind Tausende.« Er warf die Arme weit. »Southwark gehört uns.«

»Hast du Futter für den Bären mitgebracht?«

»Natürlich.« Der Junge öffnete einen Sack, und der Geruch von gebratenem Fleisch erfüllte die Luft. »Schwan. Hirsch. Gutes Zeug.«

Sackerson bewegte seine breiten Schultern und schnüffelte sogar im Schlaf.

»Legt ihm erst den Kragen um, dann füttert ihn.«

Es war Shay, als würde sie selbst in Ketten gelegt. Das Klicken des Schlosses und das Stöhnen von Metall, sie spürte es bis in die Zähne. Nonesuch zog einen Schlegel vom gebratenen Schwan, und Übelkeit überrollte Shay. Er sah, wie ihre Schultern zuckten. »Tut mir leid, wir wussten ja nicht, dass du hier sein würdest. Na ja, des einen Gott ist des anderen Mittagessen.«

Sackerson wuchtete sich auf die Beine, und seine Muskeln waren wie Berge. Er drehte den Kopf zur Seite, berührte das Fleisch mit der Nasenspitze und nahm es dann vorsichtig ins Maul. Er ließ sich auf das Hinterteil fallen und kaute bedächtig. Als er einen langen Knochen ausspuckte und sich vom Pelz wischte, gab Nonesuch das Zeichen zum Aufbruch. Er nahm einen weiteren Fleischbrocken aus dem Sack, den Sackerson beäugte. Der Bär konnte ganz leichtfüßig sein, wenn es ums Fressen ging. Er war sofort auf allen vieren, als Nonesuchs Jungen die Hirschkeule vor ihm schwenkten.

»Helft mir da rauf.«

Wenige Augenblicke später saß Nonesuch auf dem Rücken des Bären. Sackerson verrenkte sich den Hals, um zu sehen, was da los war, doch schließlich kaute er weiter.

»Komm zu mir«, sagte Nonesuch zu Shay, als besprächen sie ganz lässig eine Szene. »Unser Publikum wartet.«

»Dein Publikum. Ich hab von Zuschauern genug.«

Nonesuch blies die Wangen auf. »Komm schon. Es sind nur

noch ein paar Seiten im Textbuch übrig. Willst du nicht sehen, wie es ausgeht?«

Er grub dem Bären die Hacken in die Flanken, als ritte er ein Pferd. Hinaus, blinzelnd auf die Straße, wo die Luft glasklar und kalt war. Sackerson nieste zweimal – ein kurzes Bellen –, und Nonesuch saß lässig auf seinem Rücken.

»Los, mein Junge, auf geht's.« Die Arme um seinen Hals geschlungen wie ein Liebhaber. Die Jungen umringten den Bären, und Shay musste an die Königin und ihr Gefolge denken. Sie stand in der Tür und blinzelte ins Licht. Möwen schimpften sie aus, weil sie kein Futter hatte. Sie ging in die entgegengesetzte Richtung; hinunter zum Fluss, um zu sehen, ob die Handelsschiffe noch dort waren; Blank würde wissen, was zu tun war.

Der Fluss war ruhiger, als Shay ihn je gesehen hatte. Kein Boot in beide Richtungen, sogar die Wasserräder standen still. Teppichgroße Eisschollen stießen träge im Gezeitenstrom zusammen. Shay ging zum Wasser hinunter. Eine Gruppe von Männern war bisher von einem überhängenden Landungssteg verborgen gewesen. Männer in schwarzem Leder mit einem Stadtplan. Sie dachte sich zunächst nichts dabei, bis einer von ihnen beim Klang ihrer Schritte aufschaute. Er musterte sie und drehte sich dann um, redete aufgeregt mit seinen Begleitern. Natürlich, es waren Gilmours Leute. Sie ergriff so unauffällig wie möglich die Flucht, zurück am Bärenzwinger vorbei, dann rechts, immer dem Lärm von Nonesuchs Prozessionszug nach. Beim Friedhof von Cross Bones wagte sie einen Blick zurück. Die Männer waren eine Straße hinter ihr und hatten nur Augen für sie, sogar als sich vor ihnen das Spektakel entfaltete, dass Nonesuch auf einem Bären durch die aufwachenden Straßen ritt. Die Männer steckten die Köpfe zusammen, um zu reden, und teilten sich dann in zwei Gruppen auf. Die eine machte sich auf den Weg zum Fluss, und die andere folgte ihr. Widerwillig beschleunigte Shay ihre Schritte, um sich zur Prozession zu gesellen.

In Southwark herrschte heilloses Durcheinander. Jungen schliefen in Toreingängen, und die Straßen waren überall mit Erbrochenem besudelt. Krähen pickten im Müll, hüpften zankend umher, und hoch oben in der hellen Schüssel des Himmels warteten die Habichte. Shay schaute genau hin, aber da war keine Devana. Während sie weiterging, verdichtete sich die Prozession. Reiter begleiteten den Zug und schlugen auf ihre Trommeln, so dass die Betrunkenen aus dem Schlaf aufschreckten und Fenster aufgestoßen wurden. Gelegentlich warf Nonesuch Münzen hinter sich, und die Parade bekam einen langen Rattenschwanz von Kindern. Kinder hüpften zwischen den Männern hindurch, und Lehrlinge, die da eingeschlafen waren, wo sie umgefallen waren, reihten sich in die Schlange ein, ohne zu fragen, wohin es ging. Trommeln und Pfeifen und ein Geldregen. Sackersons gelegentliches Brüllen und die gekrächzte Wut der Menschenmassen.

Gilmours Männer rückten näher. Shay erkannte sie nun, konnte ihre Mienen sehen. Sie bewegte sich durch die Reihen, war jetzt so nah bei Nonesuch, dass ihr, als Sackerson ein Bein hob und einen dampfenden Strahl Pisse losließ, der Geruch an der Nase entlangschrappte. Würden die Männer es wagen, sie hier zu ergreifen? Sie glaubte es nicht. Lehrlinge riefen: »Sing uns was, Sperling«, und klatschten ihr auf den Rücken. Wie verlottert diese Truppe auch sein mochte, es waren sehr viele, und es waren grobe Kerle. Gilmours Leute würden warten.

Nach Westen durch Straßen, wo man die mit Brettern vernagelten Tavernen aufgebrochen hatte und wo die zertrümmerten Bierkrüge den Weg zu einer Hindernisstrecke machten. Es gesellten sich mehr Menschen von den Seitenstraßen hinzu, und wenn sie sich einreihten, pinselten ihnen Nonesuchs Burschen rasch das rote Kreuz vorne aufs Hemd.

»Ein rotes Kreuz bedeutet, dass du tot bist. Du auch. Und du.« Trotz dieser Worte herrschte Feststimmung. Kinder kicherten, wenn sie bemalt wurden, rannten im Kreis herum und warfen sich rückwärts in den Schlamm. »Ich bin tot. Ich bin tot.« Triefende Farbe ließ den Schlamm schwarz werden. Weiße Gesichter, rote Kreuze. Shay erkannte keine Menschenseele. War es so, wenn man in den Krieg zog?

Nach Westen, nach Westen, nach Westen. Im Osten war das Volk, im Westen der Palast. Die Musik der Trommeln und Pfeifen zog die Herde den Hang hinauf. Shay begriff, wohin sie gingen.

43

Paris Garden. Natürlich. Der einzige Ort für Gentlemen südlich des Flusses. Das großartige Gebäude bot die Gelegenheit, die Wonnen von Southwark zu erkunden, ohne sich dabei die Füße schmutzig zu machen. Die Huren von Paris Garden, so brüstete man sich, badeten zweimal am Tag, und die Kampfhähne pickten ihre Körner von silbernen Platten. Shay war noch nie hier drinnen gewesen. Sie war an dem Säuleneingang vorübergekommen, wo livrierte Lakaien Leute wie sie verscheuchten, und sie hatte die Boote gesehen, von denen die Gesellschaften der Gentlemen auf die private Anlegestelle strömten. Doch heute standen die Tore weit offen, und man hatte ein dreißig Fuß breites rotes X quer über die Fassade gepinselt.

Und sie strömte mit den anderen hinein wie eine mächtige Flut. Man hatte den großen Festsaal ausgeräumt und ihn schludrig weiß getüncht. Farbe triefte von den berühmten Kronleuchtern und machte aus den Porträts an den Wänden Gespenster. Nonesuch und Sackerson befanden sich auf einer grob gezimmerten Bühne, die man hinten im Raum errichtet hatte. Hinter ihnen hing ein gemalter Stadtplan als Kulisse. Darauf war der Umriss jedes Hauses nördlich des Flusses zu sehen. Die Südseite war leer.

Nonesuch saß auf einem Pappthron, hatte das Kinn auf ein langes Holzschwert gestützt. Die Prozession bestand nun aus Hunderten von Menschen, und immer noch gesellten sich hinten Nachzügler hinzu. Mehr und mehr Jungen drängten hinein, und Shay war in eine Menge von Körpern eingequetscht. Sie gehörte zu den Kleinsten, war auf Achselhöhe in einem Meer von Menschen gefangen. Die Platzangst packte sie wie das Lampenfieber, aber ohne Ausweg, und sie schrie auf.

»Sperling, Sperling, Sperling.« Der Ruf erhob sich, und sofort rissen Hände sie in die Höhe. Lehrlinge reichten sie nach vorn weiter, ganz sanft, wie ein Päckchen, für das Tuppence zusätzlich versprochen sind, wenn es unversehrt am Bestimmungsort ankam. Ein Junge stellte Shay auf die Kante der Bühne, und Sackerson betrachtete sie voller Interesse. Hinter dem Bären türmten sich die primitivsten Waffen. Piken und Knüppel. Rostige Schwerter und Stöcke. Der Stadtplan von London bewegte sich leise, und Shay konnte nicht ausmachen, woher die Brise kam.

Nonesuch hob eine Hand. »Leute, wir haben bisher unser Leben in einem Schauspiel verbracht.«

Mit jedem seiner Worte nahm die Lautstärke der Menge ab, und bei »verbracht« herrschte bereits Stille.

»In einem schlechten Schauspiel. Einem schlechten Schauspiel mit schlechten Schauspielern in den Hauptrollen. Und doch sind wir, ihr und ich, immer im Hintergrund. Wir sind Diener und Wasserträger, Gefangene und Sklaven. Seit zwanzig Jahren spielen wir dieselben alten Rollen, während unsere Lords und Ladys den Applaus ernten.«

Er setzte sich auf die Kante der Bühne, und die Leute verrenkten die Hälse, um seine Worte zu hören.

»Warum?«

Keine Antwort.

»Warum? Im Theater gehen die besten Rollen an die, die das meiste Talent haben.« Er verneigte sich. »Zugegeben, das bin gewöhnlich ich, aber nicht immer. Jeder von euch könnte ein König sein. Jeder von euch könnte das Mädchen bekommen.«

Shay schaute sich im Raum um. Zumindest drei Viertel waren Männer.

»Aber dies hier ist das richtige Leben, und im wirklichen Leben dürfen Leute wie wir uns unsere Rollen nicht aussuchen.«

Er legte eine Pause ein, und Shay hörte das Keuchen aus der ersten Reihe und einen randalierenden Trupp Krähen draußen.

»Bis heute. Saturnalien. Das ist der einzige Tag, an dem die Diener die Herren und die Herren die Diener sind. Sie haben sich herabgelassen, uns diesen einen Tag zu gewähren. Aber wir machen daraus ein Immer.« Das letzte Wort war nur ein zischendes Flüstern.

»Wer ist der Erste?«

Ein Junge sprang auf die Bühne. Mit Segelohren und feuchten Lippen vollführte er eine Reihe Verneigungen: vor Nonesuch, vor Sackerson und schließlich vor Shay. Sein gemaltes Kreuz reichte ihm von der Schulter bis zur Hüfte.

»Knie dich hin«, sagte Nonesuch, und der Junge sackte auf die Knie. Nonesuch nahm ein Stück Papier von einem Stapel und berührte den Jungen auf beiden Schultern mit dem Schwert: »Ich ernenne dich zu Lord Gresham of The Dead. Deine Ländereien erwarten dich.« Er reichte dem Jungen den Zettel, und hinter ihm malte ein Bursche ein rotes Kreuz auf den Stadtplan und markierte damit ein Haus in der Nähe vom Bishopsgate.

»Der Nächste!«

Es bildete sich eine Schlange, und Jungen kletterten auf die Bühne, um zum Ritter geschlagen zu werden und ein Stück Land zu erhalten. Hunderte. Obwohl Nonesuch so schnell wie nie war, dauerte es eine Stunde. Sackerson schnüffelte auf der Bühne herum, und scheinbar willkürlich brach im Saal Gelächter aus, und Applaus brandete auf. Kinder trieften vor Farbe, umklammerten Schwerter, die länger als ihr Arm waren, schwatzten, als wäre heute der letzte Schultag. »Was hast du gekriegt? Wen musst du umbringen?«

Shay verstand das Schauspiel nicht. Es war eine Metapher, genau wie etwas, das der alte Nonesuch gemacht hätte. Was würde geschehen, wenn jeder Junge sein Stück Land hatte und sie alle hier in Southwark festsaßen?

Lord Lothbury of the Dead, Lord Billiter. Sie erkannte die Namen: großartige Häuser und Anwesen in der Stadt. Orte, die sie und diese Jungen niemals von innen sehen würden. Mit jedem Jungen, der auf die Bühne schritt, wurde der Stadtplan weiter mit roten Kreuzen bedeckt. Jungen hoben Knüppel und Piken auf und probierten sie gegeneinander aus. Shay konnte nicht begreifen, welchen Sinn das haben sollte, aber das war wohl auch besser so. Wenn die Nacht hereinbrach, würden alle betrunken sein, also konnten sie bis dahin spielen, dass sie Lords waren, und es würde niemandem ein Leid geschehen. Der Stadtplan triefte nun rot, und die Warteschlange war ziemlich kurz. Nonesuch ernannte einen langbeinigen Jungen, der kaum älter als zwölf sein konnte, zum Lord Lombard und legte dann sein Schwert nieder. Er stand auf und hieß die Menge schweigen.

»Wer möchte seine neuen Ländereien sehen?«

Jubelgeschrei.

Nonesuch ging zum Stadtplan und zog an einem Seil. Der Stadtplan flatterte zu Boden. Hinter der Leinwand hatte man die gesamte Rückwand des Gebäudes entfernt, so dass man über den Fluss hinausschauen konnte. Über einen Fluss, der nun mit Booten gepflastert war. Mit Hunderten von Booten.

Zusammengequetscht wie ein Holzsteg, den ganzen Weg bis zum gegenüberliegenden Ufer. Barken und Flusskähne, Ruderboote und Barkassen und schwimmende Plattformen, alle nebeneinander und fest vertäut. Das Nordufer war zu Fuß zu erreichen.

»Stürmt die Stadt! Stürmt die Stadt! Stürmt die Stadt!« Nonesuch begann den Sprechgesang, doch im Nu wurde der Ruf von der Menge aufgenommen, und Nonesuch saß leise lächelnd da.

»Stürmt die Stadt! Stürmt die Stadt! Stürmt die Stadt!«

44

»Nein.«

Der Lärm verschluckte ihre Stimme. Shay konnte sehen, was jetzt gleich geschehen würde. Die Jungen würden in wilder Jagd über das Wasser zu ihren neuen Ländereien strömen, von Nonesuchs Versprechungen angetrieben, den Mob im Nacken. Und dann: Messer und Schwerter, sogar Gewehre. Stille Männer mit dem Vogelsymbol an der Schulter. Und hundert tote Lehrlinge, deren Blut den Schnee scharlachrot färbte.

»Nein.« Sie sagte es wieder. »Nein.« Sie stampfte mit dem Fuß auf wie ein Kind, das einen Tobsuchtsanfall hatte.

Ein Junge drehte sich um.

»Halt!« Sie stampfte erneut auf. Der Junge hielt seinen Kumpel zum Schweigen an, und dann breitete sich die Stille genauso leicht in der Menge aus wie der Sprechgesang. Shay stellte sich auf den Thron, so dass alle sie sehen konnten. Er wackelte unter ihren Füßen.

»Halt. Ihr werdet alle sterben.« Es war nicht ihre Stimme, die die Menge berührte, es war ihre Zerbrechlichkeit. Sie ließ sich auf die Knie nieder und nahm jedes Gefühl aus ihrer Stimme. Sie überbrachte lediglich eine Botschaft: »Ich habe gestern Abend die Königin gesehen, und sie erwartet genau das. Die Adeligen erwarten genau das. Sie warten auf euch, und ihr werdet sterben.«

Die Menge keuchte auf, und Nonesuch trat vor. »Wir können gar nicht getötet werden. Wir sind ja schon tot.« Er tauchte einen Finger in die Farbe seines roten Kreuzes und schmierte sie sich übers Gesicht. »Das Geistertheater kann nicht sterben.«

Mit leiser Stimme begann er den Sprechgesang erneut. »Stürmt die Stadt! Stürmt die Stadt! Stürmt die Stadt!« Die Worte breiteten sich aus. »Wir können nicht sterben, und ich werde es beweisen.« Er reichte ihr ein Messer und zerrte seine Halskrause herunter, zeigte den Halbmond seines weißen Halses. »Versuch's.«

Sie machte einen Schritt zurück. »Nonesuch. Nein.«

»Ich flehe dich an. Versuch's.« Er wandte sich an die Menge. »Wir können bei den Saturnalien nicht sterben, und die Saturnalien dauern ewig.«

Er wandte sich wieder ihr zu. »Mach's! Sie werden es sehen.«

Im Blackfriars Theatre hatte es alle möglichen Trickmesser gegeben. Klingen, die in den Griff zurückrutschten, wenn man auf einen Knopf drückte; oder Gummidolche. Doch sie kannte Nonesuchs eigenes Messer; sie hatte es oft genug benutzt. Es gab sogar irgendwo tief in einem Wald in den Midlands einen Baum, eine uralte Eiche, in deren Rinde sie damit ihrer beider Namen geritzt hatte. Die Jungen wuselten herum; schauten und drängten sich gegen die Bühne. Die Szene erstarrte, und Shay war auf einmal wieder in der Vogelzeit der Murmuration. Sie konnte aufstehen und auf den Brettern herumlaufen. Sie konnte Nonesuch untersuchen, der sein Hemd heruntergerissen hatte, der seine Rippen und seinen kleinen Bauch und eine blasse Brustwarze freilegte. Sein Gesichtsausdruck war eine nicht zu entziffernde Mischung aus Gelächter und etwas Härterem – Verlangen vielleicht?

Spüren Messer Verlangen? Die Spitze ist ein Pfeil, zeigt an, wohin sie gehen muss. Schau, hierhin und hierhin. Herz,

Hals. Handgelenk. Endpunkte. Hierhin und hierhin. Shay berührte mit der Spitze Nonesuchs Hals, genau an der Stelle, wo sich die Muskeln unter dem Kiefer spannten, und spürte, wie er beinahe unmerklich zuckte. Sie übte so viel Druck aus, dass sich seine Haut eindellte, doch er regte sich nicht. Stattdessen lehnte er sich ihr entgegen. Die Haut bis zur Grenze gespannt. Eine Schweißperle rann ihm über die Schläfe. Der Kopf mag ruhig sein, doch der Körper hat seine eigenen Ängste.

Stille. Shay konnte sich des Eindrucks nicht erwehren, dass der Raum eingefroren war. Offen stehende Münder und kein Windhauch. Diese einzelne Schweißperle.

»Lampenfieber?«, fragte sie.

Ein Herzschlag. Sein Blut blau am Hals. »Immer.«

Dann nahm er ihre Hand fort, und sie ließ ihn. Und der Blick in seinen Augen war nicht der Triumph, den sie erwartet hatte. Er setzte das Messer an seinen Hals und drückte achtlos zu, bis er ein wenig blutete, es war nicht mehr als ein kleiner Farbspritzer. Und dann sagte er: »Wir. Können. Nicht. Sterben.«

Stille und dann Jubelgeschrei; noch ein Drehen der Klinge und ein Blutstropfen. »Wir. Können. Nicht. Verlieren.«

Nonesuch warf den Kopf zurück, als wäre es nicht er, der das Messer hielt. Seine Stimme hallte von der Decke zurück.

»Stürmt die Stadt!«

Und dann waren sie auf und davon wie ein einziges Tier, warfen Stühle und Tische um mit einem Brüllen, tief aus dem Bauch, irgendwo tief aus der Menge. Barfuß, auf und über zerbrochene Ziegelsteine und dann rutschend über den gefrorenen Boden, Jungen, die stürzten und aufstanden, Messer in der Luft schwenkten, als sei der Himmel ihr Feind.

Sackerson wurde vor ihnen hergetrieben, der Bär zum ersten Mal einem Wesen gegenüber, das größer war als er und sich weniger vor dem Tod fürchtete. Shay wurde in dem Gedränge mitgerissen, hatte die Füße kaum auf dem Boden. Sie war wie ein Fisch in einem lebendigen Strom, der aufwallte und fiel, und dann war sie umgefallen, lag am südlichen Ufer kopfüber im Dreck, und die anderen drückten und trampelten über sie hinweg. Sie rollte sich kräftig zur Seite, nach links, nach links, Füße krachten ihr in Schulter und Rücken, und sie rollte schneller, denn nun waren das keine Jungen mehr; es war eine Flut, und Fluten bleiben nicht da, um den Schaden zu begutachten. Sie hielt die Arme vor den Kopf, und als wieder Stille hereingeflutet war, setzte sie sich auf und schaute auf den Fluss hinaus.

Die Boote schwankten unter Hunderten von Stiefelpaaren, doch die Plattform blieb fest. Als die Vorhut der Meute es zwei Drittel über den Fluss geschafft hatte, regnete von den Soldaten auf der Brücke ein Hagel von wirkungslosen Pfeilen auf sie herunter, doch sie waren viel zu weit östlich. Ein Schrei brandete auf. Ihre Feinde waren machtlos. Ihre Pfeile waren nichts. Nonesuch war ganz vorn, aber seine Worte gingen im Wind verloren. Das Schwanken der Boote und das Gedränge der Körper gaben dem Mob einen furchtbaren Impuls nach vorn. Shay stellte sich vor, wie Devana die erste Reihe der Jungen sehen würde – weiße Schaumkronen auf Wellen, die an das nördliche Ufer schlugen. Wie würde man sie empfangen? Mit Schwertern, Pfeilen, Musketen? Männern und Hunden?

Doch der Lärm blieb freudig. Shay kletterte auf ein niedriges Dach, um zu sehen, wie die erste Welle auftraf. Ein leeres Ufer, leere Boote. Jungen schwärmten auf die Kais wie Ratten und trafen auf keinen Widerstand. Shay musterte den Horizont und suchte nach erhobenen Bögen oder Kesseln mit heißen Flüssigkeiten, doch da waren nur Schornsteine und Vögel zu sehen. Bei den Anwesen am Ufer standen sogar die Türen offen. Es dauerte ein paar Minuten, aber London verschluckte die Menschenmenge, wie es alles verschluckt. Shay wartete auf den Lärm der Katastrophe, es kam jedoch nichts, also wischte sie sich sauber und folgte dem Weg, den die Jungen eingeschlagen hatten. Nachdem sie endlich über die Plattform aus Booten gegangen war, war sie in einer Stadt angekommen, die so still dalag wie ein Sonntag.

London war verlassen, alle Gebäude standen offen. Dies war aber nicht die Verlassenheit einer Peststadt – es war eine Einladung. Shay ging St Andrew's Hill hinauf, wo sie durch die offenen Türen bis in die Speisezimmer der Kaufmannshäuser sehen konnte. Überall war ein Tisch zum Abendessen gedeckt. Sie wählte willkürlich eines aus: ein dreistöckiges Haus mit einem Stoffgeschäft zu ebener Erde. Die eingestreuten Binsen waren in Unordnung geraten, wo jemand etwas Schweres auf die Straße gezerrt hatte, doch alle Möbelstücke waren da, wo man sie erwarten würde, und im Speisezimmer war ein Essen aufgetischt. Kaninchen, Austern und ein Brotauflauf mit Datteln. Shay berührte das Kaninchen. Es war eiskalt, und die Suppe hatte eine Haut. Sie ging die Sache in Gedanken durch. Die Bewohner hatten ein Essen zubereitet, es aufgetischt und waren dann mit ihren Wertsachen geflohen. *Ein leeres Nest*. Es war offensichtlich eine Falle, aber woher hatten sie gewusst, dass die Jungen kommen würden, besonders nachdem der Übergang über den Fluss versperrt war? Shay schnüffelte am Wein, aber er roch gut. Die Worte der letzten Nacht hallten in den leeren Räumen wider: *Sie hält den Fluss an, er überquert den Fluss.*

Wer hatte das gesagt? Sie selbst? Der Wind? Wer immer es war, Elizabeth hatte zugehört.

Dieselbe Szene bot sich überall auf dem Weg zu St Paul's. Jungen hatten ihre neuen Anwesen mit Beschlag belegt, und in jedem zweiten wurde ein Fest gefeiert. Jungen stopften sich Wandbehänge als improvisierte Servietten in ihre Kittel und säbelten mit ihren Schwertern Roastbeef ab. Shay sah, dass Wein getrunken wurde wie Wasser. In der Paternoster Row hatten zwei Jungen, kaum älter als zwölf, einen Esstisch auf die Straße gezogen und stritten sich über das Besteck. Vor ihnen lag eine riesige gebratene Forelle.

»Setz dich zu uns, Sperling«, sagten sie wie aus einer Kehle. »Iss.«

Es machte Shay nervös, mitten auf der Straße auf einem so prächtig bestickten Stuhl zu sitzen. Sie zerkrümelte ein Brötchen für die Spatzen, während einer der Jungen den Fisch servierte.

»Wo sind die Besitzer?«, fragte sie.

»Weggerannt«, erwiderte einer der Jungen durch einen Mund voller Maronen. »Seit wir unsere Straße übernommen haben.« Er verzog das Gesicht, während er eine Gabel an seinem Hemd polierte, und deutete dann mit dem Daumen auf ein Steingebäude. »Das ist unser Haus. Nett, was?« Sein Zettel war mit einem Messer an die Tür geheftet: Lord Paternoster und Lord Paul of the Dead.

»Und das Essen hat euch hier erwartet?«

»Alles aufgetischt. Auch Branntwein.« Der Junge ahmte den Tonfall der Gentlemen nach. »Obwohl jemand eine Tracht Prügel zu erwarten hat, wenn ich rauskriege, wer den Fisch hat kalt werden lassen.«

Es könnte alles vergiftet sein, dachte Shay. Gab es in der ganzen Stadt überhaupt genug Gift?

»Und ihr traut denen, wer immer die auch waren, die das für euch aufgetischt haben?«

»Es sind die Saturnalien. Diesen einen Tag müssen sie uns geben. Ich glaube, das ist Gesetz.«

»Es ist Tradition«, sagte der andere, und sie nickten beide.

Shay schaute sich den Zettel an der Tür an. »Die Saturnalien sind aber nur ein Tag. Nonesuch hat behauptet, das wäre für immer.«

Die Jungen wirkten unbesorgt. »Na ja, das hat *er* gesagt.«

Shay beobachtete die beiden. Das Besteck sah in ihren Händen zu groß aus, und ihre Füße erreichten kaum den Boden.

»Also, ihr glaubt nicht, dass er die Wahrheit sagt? Dass dies alles wirklich euch gehört?«

»Das wäre toll. Stell dir vor, dieses Haus für dich zu haben. Stell dir die Diener vor. Ich hätte ein ganzes Heer von Dienstmägden. Fette kleine Dinger.« Er redete nicht weiter und schaute sie an. »Tut mir leid, Sperling. Ich weiß, dass Nonesuch sagt, es ist für immer. Aber du weißt doch, wie Schauspieler sind.«

Sie stocherte an ihrer Forelle herum und sagte dann: »Also hört zu, ihr wisst doch, wer ich bin, ja?«

Die Jungen nickten ernst.

»Versprecht mir, dass ihr bis Mitternacht hier weg seid. Wenn ihr es nicht bis zum Haus eurer Eltern schafft, dann schlaft auf einem Dach. An der Ecke der Ivy Lane ist ein gutes.« Sie glaubte nicht, dass die beiden begriffen, in welcher Gefahr sie schwebten; dies war alles ein Spiel für sie. »Sie werden jemanden dafür bezahlen lassen, versteht ihr? Passt auf, dass ihr das nicht seid.«

Shay ging nach Norden, an einer offenen Tür nach der anderen vorüber. Lehrlinge zogen von Haus zu Haus, und Kinder saßen draußen vor ihren neuen Anwesen wie die Hausbesitzer bei der Parade des Lord Mayor. »Geht nach Hause«, rief Shay ihnen im Vorübergehen zu, aber sie winkten nur und riefen fröhlich zurück.

Ein Junge trieb ein brennendes Karrenrad mitten über die Straße und verbeugte sich dann feierlich vor Shay. Zwei Jüngere hieben wild mit ihren Messern nach den Wandbehängen, als verrichteten sie völlig korrekte Hausarbeit. Cheapside war eine Geisterstadt; so leer hatte Shay es noch nie gesehen. Sie ging mitten auf der Straße, und eine einsame Schleiereule erschien auf Flügeln, die leiser als ein Atemhauch waren. Der Vogel schwebte über sie hinweg, und ihre Anmut erinnerte Shay daran, noch einmal nach Devana zu rufen. Keine Antwort. War das Falkenweib womöglich zu seinem Käfig zurückgekehrt? Vielleicht war sie der Freiheit müde geworden. Da Shay nirgendwo anders sein musste, machte sie sich auf den Weg zum Eltham House. Auch hier stand die zweiflügelige Tür sperrangelweit offen, doch im Inneren war alles unberührt. Während Shay die Treppe hinaufstieg, fragte sie sich, wo die Diener sein mochten: der Butler und die Köchin, die ihr Kirschkuchen gegeben hatte. Die Elthams hatten auch ein Anwesen auf dem Land, und die Dienerschaft in London müsste dann schauen, wo sie blieb; heute Abend waren die Wiesen jenseits der Stadtmauern wahrscheinlich voller Bediensteter. Shay kletterte die Wendeltreppen hinauf und trat in einen Abend hinaus, wie sie ihn am meisten liebte – glasklar und eiskalt. Der Käfig stand wie ein Miniaturpalast in der Ecke, und Shay bewegte sich bewusst so laut, dass Devana sie kommen hören würde, wenn sie zu Hause war. Auf den ersten Blick war der Käfig leer, doch Shay erspähte einen Lichtschimmer. Sie steckte Kopf und Schultern hinein.

Devana hockte zusammengesunken hinten im Käfig an der Wand. Sie saß im tiefsten Schatten – der Schimmer kam von ihrem einen offenen Auge, einem schwarzen Edelstein auf schwarzem Tuch. Die Falknerhandschuhe hingen noch dort, und Shay zog sie an. Sie streckte eine Hand aus; keine Bewegung. Sie versuchte es mit einem Ruf, und Devana schrak tiefer ins Dunkel zurück. Shay trat einen Schritt zurück und ging zu einem Sperlingszwitschern über, einem alten, gar nicht bedrohlichen Klang. Nach langen Augenblicken der Stille machte Devana einen Schritt zur Seite, bewegte sich mühsam über die Sitzstange. Sie sah erbärmlich aus. Rings um ihr Auge war ein Federbüschel fortgebrannt, und die Augenhöhle selbst war nur ein dunkles Nichts. Ein Ölfilm verschmierte ihre Brust, und ein Fuß hing nutzlos hinter dem anderen. Sie hüpfte näher zu Shay. Es sah aus, als seien sowohl der Flügel als auch der Fuß gebrochen. War es der Pfeil des Jaggers gewesen oder der von Trussell?

»He, meine Schöne. Ich hebe dich jetzt auf, nur einmal. Es hat nichts zu bedeuten.«

Shay schloss ihre nackte Hand um den Körper des Vogels, und Devana trillerte, ein dünnes kleines Geräusch, das Shay noch nie von ihr gehört hatte. Sie hob sie von der Sitzstange, und das gebrochene Bein hing schlaff herunter.

»Hier.« Sie setzte den Vogel auf den Handschuh. Devanas linke Kralle spannte sich an und entspannte sich wieder. Shay konnte die Klauen durch das Leder kaum spüren.

»Hattest ein paar schwere Tage? Du warst so tapfer bei all den Pfeilen.« Shay hielt jede Panik aus ihrer Stimme. Der Vogel war erschreckend leicht; wie lange war es her, dass Devana gefressen hatte?

Shay zog den Handschuh aus und versuchte es noch einmal, setzte den Vogel auf ihren nackten Arm. Wieder spannte sich die Kralle an, und Shay beobachtete, wie eine Delle in ihrer Haut entstand. »So ist's gut. Noch ein bisschen tiefer.« Kleine Blutperlen blühten auf, und Devana wandte ihr den Kopf zu.

Ihre Blicke trafen sich, ehe Shay daran dachte, dass sie wegschauen musste. Ein Spiegelauge. Noch ein warnendes Drücken der Kralle, aber Shay merkte es kaum. Trotzdem hielt sie die Augen zu Boden gesenkt; das hatte das Falkenweib verdient. Shay zog Devana näher zu sich, und der Kopf des Vogel senkte sich dankbar an Shays Brust. Die letzten Überreste der Leuchtfarbe hingen noch über ihrem Schnabel, und ihr Schopf war eine Wüste aus verbrannten Federkielen.

»Braves Mädchen, möchtest du vielleicht deine Haube tragen? Ich habe sie hier.«

Mit der freien Hand zog sie die Haube aus der Tasche. Devana legte den Kopf schief, während der noch an Shays Brust ruhte. Ein schwarzes Nicht-Auge war von stumpfen verbrannten Stoppeln umgeben.

Vorsichtig setzte sie dem Vogel die Haube auf, und das violette Leder war eine Beleidigung neben dem Gefieder mit seinen Ölschmierern und den schwarzen Flecken. Devana stieß dasselbe seltsame Trillern aus und hob die Schwingen hinter sich. Die Federn ihres rechten Flügels waren bis zum Knochen aufgerissen. Ein rosa Aufblitzen wie rohes Fleisch. Devana entfaltete ihre Schwingen ein zweites Mal und zog sie dann eng um sich. Dieser Flügel musste eingerenkt werden, und das konnte Shay hier nicht machen, weil sie dazu Werkzeug und Wachs brauchte. Sie knöpfte ihr Oberteil halb zu, barg Devana in ihrer Körperwärme. Ein Tschilpen von Shay bekam eine Antwort, noch weniger als ein Geräusch, nur ein Flattern an ihrer Haut.

Auf den Straßen unten grölten betrunkene Jungen, und das hatte etwas Trauriges, dieser Ende-des-Abends-Gesang.

Shay redete mit dem Vogel. »Was meinst du, mein Mädchen? Kann das hier auf irgendeine Weise nicht schlecht ausgehen?«

Sie würde etwas zu fressen und Wachs für Devana auftreiben, und dann würde sie versuchen, die Jungen zu überreden, dass sie fortgingen. Diese Stadt, dieses verlassene Nest, das konnte nur eine Falle sein. Shay versuchte so zu denken wie Elizabeth. Die Jungen waren überall verstreut, satt und zufrieden, weil ihnen kein Widerstand geleistet wurde; das war wohl Elizabeths Idee gewesen. Ihre Berater hätten bestimmt gewollt, dass man der Gewalt auch Gewalt entgegensetzte. Ein Kampf schien unvermeidbar, nur weil sich Männer stets zum Kämpfen entschieden. Also hatte sich die Königin fürs Erste wohl durchgesetzt, aber Shay musste keine Karten legen, um zu wissen, dass früher oder später die Swifts hier sein würden. Aber wo?

Devana lag zerbrechlich an Shays Brust, also hielt sie sich von den Dächern fern. Sie ging auf der Straße nach Süden zum Fluss und sah nur noch wenige verstreute Boote auf der Themse. Sie ging weiter nach Osten zur Stadtmauer. Wie sie vorausgeahnt hatte, waren viele improvisierte Nachtlager ringsum auf dem Ackerland entstanden. Überall brannten Lampen, und Diener hielten Wache bei Karren voller Besitztümer. Shay hatte kein Ziel, wanderte herum und zwitscherte die ganze Zeit: Neuigkeiten und Triller und Sperlingsschwatzen, nur um zu verdrängen, dass sich Devana seit dem Fluss nicht mehr gerührt hatte. Westlondon war hell erleuchtet, und der Palast strahlte vor flammenden Fackeln. Shay ging so nah heran, wie sie konnte, doch Wachtruppen patrouillierten an den Mauern. Die Gefahr würde also aus dem Norden kommen. Shay würde unterwegs einen Metzgerladen und einen Kerzenmacher finden.

Später konnte sie nicht genau sagen, wann Devana gestorben war. Irgendwo zwischen Eltham House und der Lombard Street, wo Shay das Schnappschloss an der Tür zu einem Metzgerladen aufbrach, um an das Spanferkel zu kommen, das drinnen am Haken hing. Sie wusste es, sobald sie ihr Oberteil aufknöpfte. Irgendetwas war aus dem Vogel verschwunden, die Leichtigkeit. Devana war noch warm, aber irgendwie stumpfer geworden.

Shay wickelte den Körper ein wenig fester ein und ging dann so zurück, wie sie gekommen waren. Regen begann zu fallen.

Sie floh in die Leere der Dachlandschaften; sie hatte genug von Jungen und ihrem Lärm. Sie spazierte über die zusammengedrängten Häuser, genoss die stille, eisige Luft und ließ sich vom Mond nach Norden leiten, bis ein Geräusch sie innehalten ließ. Ein leises Grollen wie ferner Donner. Es erschallte noch zweimal, also kauerte sie sich hinter ein Türmchen, um sich in der Umgegend umzuschauen. Kalte Schornsteine standen vor den Sternen, und die Wetterfahnen waren sich alle einig. Im Norden lag Cripplegate. Von dort konnte das Geräusch gekommen sein. Shay rutschte auf dem Bauch bis zur Dachkante. Die Szene war schwer zu erkennen. Eine Schwadron von Schatten durchlief eine Art Drill – rechts, links, Messer ziehen, Messer weg – und alles beinahe geräuschlos. Das einzig Hörbare an ihnen war der Klang ihrer Füße, die sich im Gleichschritt bewegten. Sie trugen schwarze Kleidung und schwarze Schuhe, und Shay konnte keine Gesichter erkennen. Als der Mond hinter einer Wolke hervorspitzte, begriff sie den Grund dafür: Allen Männern hatte man die Augen verbunden.

Rechts von ihr pfiff jemand, und die Schatten begannen

sich zu bewegen. Sie hörte das Klappern von Leitern, die auf das Dach von St Alphage heruntergelassen wurden. Wenn die Männer in diese Richtung gingen, würden sie unmittelbar an ihr vorbeikommen. Also drückte sie sich flach gegen das Reetdach und hielt den Atem an. Die Gestalten überquerten die Leitern, noch immer mit verbundenen Augen, und marschierten dann in Formation weiter, jeder mit einer Hand auf der Schulter des Vordermanns. Sie kamen so nah an ihr vorbei, dass Shay sie atmen hörte. Auch so nah, dass sie das Vogelsymbol erkennen konnte, das auf die Uniformröcke gestickt war, und auch die Messer an ihrer Taille. Sie gingen dann hinüber auf die Dächer der Addle Street. Einige von Nonesuchs Jungen waren dort auf der Addle Street – sie hatte sie auf dem Herweg bei Kampfspielen beobachtet –, aber nun war es auf der Straße ruhig geworden. Die Black Swifts stellten sich in ordentlichen Reihen an der Dachkante auf.

Alles geschah furchterregend schnell. Seile wurde um Schornsteine geworfen, ein Captain berührte Schultern, und acht Männer nahmen ihre Augenbinden ab. Sie überwanden die Mauern in einer einzigen schwingenden Bewegung. Schwarze Seile und weiche Schuhe. Geräuschlos nach unten und dann Lärm von unten. Schreckensschreie, schwere Gegenstände, die auf harte Oberflächen prallten, dann eine unheimliche Stille. Augenblicke später waren die Männer wieder auf dem Dach, schöpften Atem und verbanden einander erneut die Augen. Das waren eindeutig Elizabeths Männer; die Swifts waren ein Werkzeug, ein Messer. Shay hatte einmal gesehen, wie in Cheapside ein Mann erstochen wurde. Die Klinge wurde hineingestoßen und herausgezogen, während der Mann noch redete. Dann fasste er sich an den Rücken, und seine Hand war rot. Sekunden später sank er sterbend auf die Knie und hustete Blut.

Wie gut konnten die Männer in diesem Zwielicht sehen? Mit verbundenen Augen waren ihre anderen Sinne geschärft, und mehr brauchten sie vielleicht nicht. Während Shay noch überlegte, erklang ein geflüsterter Befehl auf dem Dach, und die Swifts machten sich auf den Weg nach Süden. Was sollte Shay tun? Sie konnte die Männer überholen und die Jungen warnen, die sie vorhin gesehen hatte. Doch damit würde sie Gefahr laufen, selbst erwischt zu werden. Stattdessen machte sie sich auf zur Silver Street. Unten saßen zwei Jungen in riesigen Lehnstühlen, die sie auf die Straße gezerrt hatten, und sangen leise vor sich hin. Shay räusperte sich, und die beiden schraken hoch. Einer der Burschen wedelte mit seiner Fackel in ihre Richtung. »Sperling! Wir haben schon gehört, dass du hier bei uns bist.«

»Ihr müsst hier weg. Geht nach Osten. Es kommen Truppen, und im Dunkeln können sie nicht sehen. Nehmt nichts mit, geht einfach.«

Der Junge kratzte sich. »Wir können nirgendshin. Sie haben alle Tore verbarrikadiert.«

Es würde ein Massaker geben. »Dann geht nach Süden. Zum Fluss und dann herüber nach Southwark.« Sie konnte ihnen die Dringlichkeit nicht vermitteln. »Hunderte werden sterben – schaut, dass ihr nicht dazugehört.« Es machte sie wütend. Wenn es so weiterging, würde es Stunden dauern, bis sie alle Nonesuch-Jungen überzeugt hatte, dass sie fortmussten. Sie musste einen Fluchtweg finden.

»Kennt jemand von euch Alouette?«

»Das Mädchen aus Flandern? Mit dem Eselsgesicht?«

Shay nickte. »Ja, das ist sie. Habt ihr eine Ahnung, wo ich sie finden kann?«

»Versuch's mal in St Paul's. Da haben sich alle Ausländer verschanzt.«

Die Jungen fingen an, ihre Beute zu verstauen, schienen aber immer noch zu zögern. Shay überlegte: St Paul's war nur drei Straßen entfernt, also zu ebener Erde vielleicht schneller zu erreichen. Es war ruhig auf den Straßen; viele Jungen hatten sich ins Innere der Häuser zurückgezogen, und in den Kaminen loderten Feuer. Überall hatten sich Glassplitter angehäuft, und schon bald waren Shays Füße klebrig vom Wein.

Von draußen hörte es sich an, als sei in der Kirche eine Feiergesellschaft. Man hatte die hohen Türen des vorderen Eingangs aufgeschoben, und im Licht der Laternen schien die Luft zu dampfen. Shay schlüpfte hinein. Der Weg durch die Kirche, St Paul's Walk, war wie eine Straßenkreuzung in der Stadt. Hier blühte der Klatsch, hier wurden Geschäfte geschlossen, hier begann die neueste Mode, und hier endeten Affären. Aber so hatte Shay diesen Ort noch nie erlebt. Am einen Ende fochten Jungen ein Turnier aus, ritten auf den Schultern ihrer Freunde gegeneinander an, mit Vorhangstangen als Lanzen. Die Burschen in den vorderen Bankreihen – einige hielten Wache, einige schliefen – waren blutbespritzt, und Shay sah Zähne am Boden liegen. Am anderen Ende äfften junge Kerle die Spaziergänge modischer Londoner Paare nach. In viel zu großen Kostümen und viel zu kleinen Kleidern stolzierten sie vom einen Ende zum anderen, begleitet vom Schreien und Johlen ihrer Freunde. In Feuern loderten zerbrochene Kirchenbänke und Bibeln; das Taufbecken war voller Wein.

Nachdem Shay zwei Schritte in die Kirche gemacht hatte, ließ ein Anblick ihr Herz singen: Trussell, Alouette und Blank waren über ein Dokument gebeugt, stießen beinahe mit dem Köpfen zusammen. In besseren Zeiten wäre es ein Textbuch gewesen, und Alouette würde gerade erklären, wie die Beleuchtung aussehen würde, während Blank über Fingersätze für seine Trompete sinnierte und Trussell zeichnete. Stattdessen waren alle drei Gesichter von Sorge gezeichnet. Selbst jetzt, da so wenig Zeit war, hielt Shay kurz inne, um sie einen Augenblick zu betrachten: ihre Freunde.

»Oh, Gott sei Dank.« Trussell drückte sie so fest, dass sie sein Gesicht nicht sehen konnte. Er atmete schwer aus, hielt sie dann bei den Schultern. »Gestern Abend haben sie mich beim Tor abgesetzt«, sagte er, »aber ich habe es nicht über den Fluss geschafft. Ich habe die ganze Stadt nach dir abgesucht.« Er schaute ihr in die Augen. »Ich hatte gehofft, ich könnte Devana zu dir folgen, aber es war keine Spur von ihr zu sehen. Ist sie …?«

Shay konnte nur den Kopf schütteln, und Trussells Freude wich von ihm. »O Shay …«

Doch dann kamen weitere Umarmungen. Alouette, Blank und Trussell redeten alle gleichzeitig: von der Vorstellung und den Schiffen, den Jungen und dem Fluss. Die drei hielten Wache über eine Gruppe von Familien, die sich im hinteren Teil auf fünf Bankreihen zusammengekauert hatten. Leise, ernste Menschen, die alle schwarz gekleidet waren; drei Generationen, die einander bei den Händen hielten und zusammen beteten.

»Aus Flandern, das sind Alouettes Leute«, erklärte Trussell. »Alouette hat die ganze Gemeinde zum Bishopsgate hinausgeführt, doch die Soldaten haben sie zurückgeschickt. Wir dachten, hier wären sie bis zum Anbruch des Tages am sichersten.«

Shay hatte beinahe vergessen, warum sie hergekommen war. »Nirgendwo in der Stadt ist man sicher. Sie kommen über die Dächer. Hunderte. Sie können im Dunkeln sehen und sind so leise wie die Mäuse.«

Alouette blitzte sie an.

»Wirklich, Alouette, das ist kein Zauberwerk. Sie haben die Augen verbunden und tragen weiche Lederschuhe und schwarze Kleidung wie Bühnenarbeiter. Sie sind vorbereitet. Wir müssen all deine Leute hier herausbringen. Und die Jungen auch.«

Shay stellte sich in Gedanken den Weg bis zum Fluss vor. Er führte über schmale, unbeleuchtete Straßen, die für Bogenschützen der reinste Schießstand wären. Um so viele Menschen von einem Ort zum anderen zu bringen, bräuchte man Platz und Licht. Die drei scharten sich um Shay, und sie verspürte die vertraute Angst, keine Antworten zu haben. Die Gesichter ihrer Freunde waren erwartungsvoll, also gestattet sich Shay, einfach loszuplappern.

»Hört zu. Die Swifts haben sich die Augen verbunden, damit sie im Dunklen sehen können. Wir müssen also die Stadt hell erleuchten. Dann können wir alle von hier zur Thames Street herunterbringen.« Diesen Weg war Shay schon Tausende Male gerannt. Die Straßen waren breit genug für zwei Karren. Sie zog Alouette nah zu sich. »Haben wir Feuerpfeile? Wir brauchen sie, um den Weg zu erhellen, damit alle folgen können.«

Die Sorgenfalten verschwanden aus Alouettes Gesicht. »Oh, wir haben was viel Besseres. Komm und schau es dir an.«

Sie zog Shay in eine Ecke des Kirchenschiffs, wo Holzkisten gestapelt waren. Die Deckel waren bereits gelockert, und Alouette öffnete die erste Kiste. Darin lagen zylinderförmige Raketen, in Stroh eingepackt, und in Papier gewickelte Kegel, aus denen ein gedrehter Docht hervorragte. Das Tablett darunter war bis zum Rand mit groben, grünen Spiralen gefüllt, die nach Schwefel und Lilien rochen.

»Sind das Feuerwerkskörper? Alle?« Es waren vielleicht dreißig Kisten.

Alouette musste grinsen. »Sie sollten ein Geschenk von Evans an die Königin sein. Eine weihnachtliche Vorstellung vor seinem Glashaus. Ich habe sechs Monate gebraucht, um sie herzustellen, die wollte ich also auf keinen Fall in der Werkstatt zurücklassen.«

Shay stellte sich vor, wie ein Pfad von weißem Feuer von St Paul's zum Fluss hinunterführte. »Haben wir genug davon, um den ganzen Weg zur Themse zu erhellen?«

»Leicht. Aber was machen wir, wenn wir dort angekommen sind? Sie haben ja die Plattform zerstört, und es fahren ganze Schiffe voller Soldaten Patrouille.«

»Wir können nicht über den Fluss?« Shay hatte keinen Gedanken daran verschwendet, was sie machen würden, wenn sie an der Themse angekommen waren. Für sie bedeutete der Fluss Sicherheit.

»Ich glaube, wir können doch rüber.« Blank hatte sich zu ihnen gesellt. »Über die Brücke.«

Alouette runzelte die Stirn. »Auf der Brücke sind noch mehr Bogenschützen als hier. Das würde ein Blutbad geben.«

»Nicht, wenn wir unter der Brücke durchgehen.« Blank zog sie näher zu sich heran. »Ihr kennt doch diese Metallringe an allen Brückenpfeilern?« Er schaute ringsum in fragende Gesichter. »Ihr Londoner solltet wirklich mal was über eure eigene Geschichte lernen. Für den Fall einer Invasion können Ketten quer über jeden Brückenbogen gespannt werden, damit keine Schiffe flussaufwärts fahren können. Wenn wir Schiffstaue quer darüber spannen, wäre das wie eine Brücke über die Wasseroberfläche der Themse.«

Shay sah die Schaumkronen und die Gewalt der Stromschnellen vor sich und schauderte. »Und wie kommen wir von einem Bogen zum anderen, um die Taue festzubinden?«

»Dafür bräuchtet ihr einen erfahrenen Schwimmer.« Blank vollführte eine Verbeugung. »Zu Diensten.«

Sie warteten; irgendwie hatte Shay die Verantwortung. »Nun gut, du holst die Taue, und ich führe die Jungen hin. Alouette kann das Feuerwerk abbrennen.«

Shay bemerkte, dass Trussell und Alouette einen raschen Blick austauschten. »Was ist?«

Trussell nahm sie bei der Hand. »Die Leute aus Flandern werden dir nicht folgen. Sie haben schon vor *mir* Angst, Gott weiß, was sie dann von dir halten. Alouette muss mit ihnen gehen. Das Feuerwerk kann ich abbrennen.«

Er wäre dann hell beleuchtet und stünde inmitten einer Schlacht schutzlos da. Shay wagte nicht, das von ihm zu verlangen, aber er stopfte bereits mit vollen Händen Feuerwerksraketen in seine Jacke.

»Gebt mir fünf Minuten, damit ich aufs Dach komme, und dann beleuchte ich euch einen Weg nach Süden.«

Sie umarmten sich noch einmal, und dabei drückte sich das weiche Bündel von Devana gegen Shays Brust. Trussell war fort, ehe sie sich bedanken konnte.

Im Kirchenschiff war ein Fechtkampf ausgebrochen. Ein riesenhafter Junge hatte es mit zwei Mädchen aufgenommen, und das Duell wogte im Mittelgang hin und her. Geld lag in Haufen auf dem Boden. Jungen setzten bei der Wette Dinge aus ihren neuen Häusern ein: Kerzenleuchter, Gewürze, Gobelins. Es würde nicht leicht sein, ihre Aufmerksamkeit zu bekommen. Shay hielt Ausschau nach einem geeigneten Platz. Um zwei Drittel des Kirchenschiffs verlief eine unbeleuchtete Galerie, und es sah aus, als könnte man leicht an den Mauern hinaufklettern. Die Menge ignorierte

Shay, als sie sich an den Aufstieg machte. Sie schob sich über Simse und Statuen hinauf und schabte sich die Hände an den eisig kalten Wänden auf. Weiter hoch und nach vorn, bis sie sich auf das zweite Geschoss hinaufziehen konnte. Die Galerie war dunkel, die Wärme der fünfhundert Jungen war kaum bis hierher vorgedrungen. Shay kauerte sich hin wie ein Wasserspeier und versuchte es mit einem Habichtruf. Bei diesem Klang verspürte sie selbst sofort eine flammende Einsamkeit, aber er brachte die Kirche zum Schweigen. Gesichter wandten sich ihr zu. Ein ganzer Himmel voller bleicher Monde.

Ihre Bühnenstimme. »Die Black Swifts sind hierher unterwegs. Hunderte. Sie haben bereits alle zwischen hier und dem Tor abgeschlachtet. Ihr seid als Nächste dran. Also müssen wir jetzt fortgehen.«

Es herrschte Schweigen, doch niemand rührte sich. »Kommt mit. Feuerwerk wird euch den Weg beleuchten.« Immer noch schauten die Leute unsicher. Welche Stimme würde sie überzeugen? Welche Worte?

Doch dann rief Blank von der anderen Seite der Kirche. Er stand am hinteren Ende unter einem Triptychon hoher Buntglasfenster, die ihn in Unterwasserfarben beschienen. Er nahm einen Stock und durchstieß damit eine der Glasscheiben.

»Kommt her und seht euch an, wovon sie redet«, schrie er.

Beim Geräusch der zu Boden regnenden Glasscherben wachte die Menge auf. Jungen strömten die Treppe zum Kirchturm hinauf und zertrümmerten mit Lanzen und Schwertern jede letzte Glasscherbe des Fensters, bis Hunderte von ihnen durch lange Schlitze auf London starrten.

»Jetzt, Trussell«, rief Blank. Einen Augenblick lang war die Stadt noch ein tintenschwarzer Tümpel, doch dann zischte das erste Feuerwerk über ihnen durch die Luft. Ein Krachen wie von einer Peitsche, und weiße Fontänen ergossen sich. Alle Dächer von St Paul's bis hin zur Marsch von Moorfields waren hell erleuchtet, und auf jedem einzelnen von ihnen warteten dunkle Gestalten. Das Feuerwerk rahmte die Swifts von zwei Richtungen und in zweierlei Licht ein. Die Männer bewegten sich auf die Dachkanten zu wie ein gefrorenes Ameisenheer.

Augenblicklich waren die Jungen wieder zu einem Mob geworden, doch diesmal eher im Rückzug als im Angriff. Sie strömten wieder nach unten, versammelten andere um sich und rannten durch die Türen hinaus in die Kälte. Shay rannte los, um ihnen voraus zu sein, und Blank stieß mit dem Ellbogen betrunkene Jungen zur Seite. Er brüllte: »Folgt dem Sperling!«

Eine Menschenmenge drängte sich ihr dicht auf den Fersen, zehn nebeneinander in fünf Reihen. Das andere Ende dieses Pulks verlor sich in den Schatten. Alouette hatte ihre Schar von Familien schon zur Themse geführt; sonst wären sie überrannt worden. Die Straße war schmal, und überall war Unrat angehäuft, doch die Menge hinter ihr schob Shay vorwärts. Über ihnen flammte das Feuerwerk auf, als sie die Knightrider Street überquerten, und nun tauchten auch Knäuel von Jungen aus den seitlichen Gassen auf, gesellten sich bedenkenlos dazu. Bei jedem neu hinzugekommenen Haufen brandete Gebrüll auf. Inzwischen war es dunkler, und der Boden war eisig. Shay rutschte aus und wurde von Dutzenden von Händen aufgefangen, ehe sie nur den Boden berührte. Sie konnte nicht mehr sagen, ob sie die Gruppe anführte oder ob sie von der Gruppe gedrängt wurde. Sie plante, sie über die Thames Street zu führen, doch als die Menge in diese Richtung schwenkte, überzog eine frische

Blüte von Feuerwerk den Himmel. Ein Vision wie ein Blitz: Black Swifts warteten mit gezogenen Schwertern in einer langen Reihe quer über der Straße.

»Hier hinauf.« Ein Schuppen diente als leichte Stufe auf ein niedriges Dach, und dann war es nur noch ein Sprung von einem Yard zur St Peter's Church. Jungen kletterten hinter ihr hoch, und sie ging so langsam weiter, wie sie nur wagte. Shay kannte jedes Dach von hier bis zur Brücke und konnte den Weg so leicht finden, wie ihr Vater sich durch den Sumpf bewegte. Für ihre Jungen würde es keine Sackgassen oder plötzlichen weiten Lücken geben. Links und rechts von ihr bewegten sich Gestalten. Manche Jungen hatten selbst einen anderen Weg auf die Dächer gefunden, und sie rief ihnen zu: »Folgt meinen Schritten, dann seid ihr in Sicherheit.«

Pfiffe im Norden, dann wurde erneut der Himmel mit Licht bemalt. Einen Augenblick lang konnte sie beinahe die gesamte Stadt sehen. Ein V von Jungen zog sich hinter ihr her, sie halfen einander über die Lücken, legten Bretter zwischen die Gebäude. Shay rannte, fühlte sich wie ausgehöhlt. Die Stadt breitete sich unter ihr aus, und sie stürzte sich unerschrocken über die Schluchten der Straßen. Wo immer die Feuerwerkskörper landeten, entbrannten Feuer, und inzwischen stiegen Rauchsäulen aus allen Richtungen auf; die Dächer leuchteten wie Glut. Die Raketen kamen nun in rascher Folge, und innerhalb von Minuten war die Stadt ein schwarzes Meer, das von feurigen Inseln übersät war. Die Straßen waren drohende schwarze Gräben, Kirchen warfen lange Schatten, und Shay konnte bis zum Fluss sehen. Rings um sie herum kletterten Jungen wie benommen auf die Dächer.

Eine Bewegung zu ihrer Rechten. Überall auf dem turmbewehrten Dach von L'Erber wurde gekämpft. Die Swifts hatten die bessere Technik, aber die Jungen waren zahlreicher. Mehr und mehr strömten auf das Dach, und die roten Kreuze überwältigten die schwarz gekleideten Gestalten. Shay blieb atemlos auf dem Dach des Old Swan stehen. Hier hatte sie einmal Devana mit einer Ringelnatter gefüttert. Und auch im Sommerregen mit Nonesuch geschlafen.

Vor ihr wurde auf dem Dach der Fischmonger's Hall ein Kampf ausgetragen. Zehn schwarze Gestalten wurden von Jungen mit roten Kreuzen umringt. Schwerter gegen Messer. Das Krachen von Holz auf Knochen. Erhobene Arme und gespannte Bögen. Drei riesige Feuerwerkskörper explodierten über Shay, und als der dritte aufblühte, waren nur noch die Jungen in Rot übrig. Ein Lichtblitz. Da war ein Junge, der sich seine Theaterkrone wieder auf die Locken setzte, und Shay konnte ihn sogar von hier aus lachen hören. Sie sahen einander gleichzeitig. Vielleicht dreißig Fuß voneinander entfernt, beide hundert Yards von der Brücke. Nonesuch lüftete zum Gruß die Krone und machte sich auf den Weg zum Fluss. Shays Füße bewegten sich, noch bevor sie ihnen die Anweisung gegeben hatte. Westlich auf die Lichter der Brücke zu, mit einem Sprung über die Wolsies Lane, als wäre es nichts. Sie war schneller als er. Sie war stärker als er. Er sprang mit einer Hand an der Krone über die Gasse und landete mit einem dumpfen Aufprall, ehe er sich weiterkämpfte. Seine Burschen folgten ihm nach.

»Sie sind bei der Brücke.« Seine Stimme war voller Freude. »Es sieht aus, als sei sie nicht bewacht, aber die Soldaten sind in den Häusern ein paar Yards weiter hinten untergebracht.«

Shay schwang sich an einer Wetterfahne wirbelnd über ein halb gebautes Dach. Sie kam auf katzenleisen Sohlen auf. Nonesuch klatschte Beifall und rief: »Angeberin!«

Die Jungen waren weit hinter ihr, doch das Feuerwerk würde ihnen den Weg weisen. Nonesuchs Burschen konnten nur mühsam mit ihm Schritt halten. Wem galt seine Loyalität? Nur dem Drama dieses Tages, dachte Shay. Sie würde es schon bald genug herausfinden.

»Wir gehen unter der Brücke hindurch. Blank befestigt die Taue gerade.«

Shay konnte hören, wie sehr das Rennen Nonesuch inzwischen zusetzte. Er versuchte etwas zu sagen, doch es ging in der Luft verloren. Dann …

»Halt!« Seine Stimme hatte noch etwas Stählernes. Shay blieb stehen, und der Fluss zu ihrer Rechten war wie schwarzes Öl. Nonesuch hielt die Hand in die Höhe. Lärm hinter ihnen. Jungen, die aufholten, rutschten und fluchten. »Warte! Da vorn.«

Ein Feuerwerkskörper explodierte nur wenige Fuß über ihnen, und er erleuchtete eine Reihe von Swifts, die in der letzten Straße vor der Brücke auf den Dächern knieten. Sie waren niedrig geduckt und lautlos, und Shay wäre geradewegs in diese Gruppe hineingerannt. Sie hielt die Hand hoch, und hinter ihr verlangsamten die Jungen ihre Schritte. Sie hatten mehr Leute als die Swifts. Die Jungen könnten wahrscheinlich diese Linie durchbrechen, doch es würden dabei viele sterben. Die Szene hatte eine theatralische Reglosigkeit. Reihen von Männern auf den Dächern, die aufmerksam lauschten, einander gegenüberstanden. Shay verlangsamte ihren Atem.

Und dann war auf einmal zu ihrer Linken alles taghell. Nonesuch stand da, zwei Funken sprühende Pfeile in Händen. In dem harschen Licht wirkten seine Züge dämonisch, und er jaulte zum Mond hinauf: »Saturnalien jetzt!« Dann stürzte er sich auf die Reihe der Swifts.

Wieder und wieder explodierten Feuerwerksraketen. Shay beobachtete alles wie eine Abfolge von lebenden Bildern:

Nonesuch mit feurigen Flügeln. Nonesuch, der über die Dachpfannen raste, den offenen Mund zum Himmel gereckt. Die Reihe der schwarzen Gestalten, die plötzlich auseinanderriss. Männer, die ihm auf einem flachen Dach entgegenliefen, der Himmel glänzend vom Licht. Wie ein Bühnenvorhang, der aufgezogen wurde. Drei schwarze Gestalten, fünf. Dann erhobene Arme, so viele, jeder mit einem Schwert oder Messer. Nonesuchs Pfeile ausgelöscht. Eins und zwei. Ein weißer Stern blühte auf und fing schwarze Gestalten ein, die sich zusammenkauerten wie Krähen über Aas, und eine Krone rollte hin und her über die Dachziegel. Dann führte Shay ihre Jungen über eine Leiter nach unten ans Ufer, und die Feuerwerksexplosionen türmten sich übereinander, bis der Himmel selbst brannte.

Die Schiffstaue waren ungeheure Monster: geflochten und dicker als ein Männerbein. Blank und Shay nahmen das Ende des ersten Taus, während die Schlange der Jungen von den Straßen ankam. So am Tau sahen sie aus der Ferne wie eine riesige Raupe aus. In einer dunklen Gasse strömten sie zusammen. Der Eingang zur Brücke wurde von lodernden Fackeln erhellt, und er wirkte beinahe einladend. Die Tore standen offen, und es standen keine Soldaten Wache. Doch Shay war sich sicher, dass sie irgendwo warteten. Sie drehte sich um. Hunderte von Jungen standen da, Taue über ihre Schultern gelegt, redeten leise und rauchten, als warteten sie darauf, dass sich der Vorgang hob.

»Nonesuch hat gesagt, dass sie sich in den Brückenhäusern verstecken. Wie kommen wir jetzt zu diesem ersten Pfeiler, ohne dass man auf uns schießt?«, fragte sie Blank.

Blank blickte auf die Menge der Jungen und die Lichter am Eingang. Er biss sich auf die Lippe. »Gar nicht.«

Shay schaute sich um. »Wie kommen wir zum ersten Pfeiler, ohne dass zu viele sterben?«

Blank sagte nichts.

Gesichter türmten sich hinter ihr auf, hungrige Gesichter im Fackelschein. Wieder eine Murmuration, und sie hatte immer noch keine Antworten. Linker Hand erhob sich ein Kirchturm, der mit Gerüsten umgeben war und wie ein Skelett aussah. Das Dach war neu und wäre wohl mit Dachziegeln anstatt Stroh gedeckt. Shay hatte eine Idee. Sie fragte Blank: »Könnten wir da hineinkommen?«

Mit der bloßen Zahl der Jungen gelang es, die Tür in wenigen Augenblicken einzudrücken; eine Welle von Lehrlingen warf sich gegen die Schlösser. Sobald alles offen stand, strömten die Jungen in den Raum dahinter. Rings um sie herum erhob sich das Skelett des Gebäudes, rahmte die Sterne in geometrischen Mustern ein. Doch in der Finsternis war der Erdboden nicht zu sehen. »Seid vorsichtig«, warnte Shay. »Wir wollen Dachziegel, wenn ihr welche finden könnt. Wenn nicht, dann alles, was ihr als Schild benutzen könntet.«

Es war das schiere Chaos. Jungen rutschten aus und schrien auf. Ein paar fanden Bretter, die sie vor sich hielten. Blank entdeckte in einem nicht verschlossenen Schuppen eine Palette mit Dachziegeln und verteilte sie an alle, die noch nichts in Händen hielten.

Draußen auf der Straße fiel inzwischen starker Regen und ließ die Brückenlichter verschwimmen. Shay sagte: »Zehn Reihen zu zehn. Mit einer Hand haltet ihr die Ziegel über den Kopf. Mit der anderen haltet ihr das Tau.« Shay zeigte ihnen, wie sie es meinte. Zu ihrer Überraschung bildeten sie sofort ein dicht gedrängtes Rechteck. Sie waren es gewöhnt, zu machen, was man ihnen sagte, überlegte Shay. Die Jungen, die sich am Tau festklammerten, hielten sich die Dachziegel über den Kopf, bis sie ein flaches Dach über sich hatten. Immer noch kamen weitere Jungen an. Sie nahmen Ziegel auf und schlossen sich hinten an den Treck an.

»Gut. Wir gehen jetzt schnell geradewegs hinunter zur rechten Seite der Brücke.« Shay rief es den Nachzüglern zu. »Geht nicht auf die Brücke. Da sind Soldaten. Geht zum Ufer hinunter, auf der rechten Seite, und dann werfen wir die Taue hinüber. Haltet immer eine Hand auf der Schulter eures Nachbarn, haltet die Taue gespannt und schützt eure Köpfe. Sind wir so weit?«

Ein freudiges Brüllen hallte durch die Straße, und die Jungen taumelten vorwärts. Im Mondlicht sahen sie aus wie ein mit Schuppen bewehrtes mythisches Biest. Die Dachziegel hoben und senkten sich im Rhythmus der Schritte, und das Biest klirrte und fluchte. Zuerst rumpelten sie gegeneinander und stolperten, doch dann verfielen sie wie eine Menschenmenge im Theater in eine Art Gleichschritt. Die Ziegel bewegten sich in einem Wellenrhythmus, und die Füße schlugen einen Trommelwirbel dazu. Die Jungen fingen an zu rennen; von der Brücke kam keinerlei Reaktion. Shay überlegte gerade, dass die Brücke vielleicht doch unbewacht war, als sich der Himmel mit Pfeilen füllte. Die meisten prallten harmlos von den Dachziegeln ab. Shay hörte Schreie, aber nicht genug, um ihren Fortschritt zu verlangsamen. Sie zog einen Dachziegel über ihren Kopf und rannte neben den Jungen her. Immer noch wurden sie schneller. Schuhe klapperten über das Kopfsteinpflaster. Jetzt nur noch wenige Yards bis zur Brücke. Sie wagte einen Blick. Soldaten sprossen auf jedem erhöhten Platz, und sie sah die tödliche Maschinerie der Bogenschützen: Hand nach hinten ausstrecken, um einen Pfeil gereicht zu bekommen, einlegen, ziehen, zielen und abfeuern, alles in einer einzigen gleichmäßigen Bewegung. Aber das hielt sie nicht auf.

Dann trat ein älterer Soldat ins Licht und brüllte den Truppen etwas zu. Die Jungen rannten weiter, und die Lichter der Brücke spiegelten sich in ihren regennassen Dachziegeln. Doch jetzt schossen die Bogenschützen beinahe horizontal, zielten nur auf die erste Reihe. Pfeile schlitterten über den Boden oder zerbrachen an den Ziegeln, doch viele mehr erreichten auch ihr Ziel. In der Gruppe rissen Löcher auf, wenn Jungen zu Boden fielen, aber sie bewegten sich zu schnell, um jetzt noch anzuhalten. Sie rasten weiter zu der Stelle, wo die Straße nach unten zur Brücke verlief. Shay wurde mitgerissen. Zusammen fegten sie über die Überreste dieser gebrochenen ersten Welle hinweg, und unter ihren Füßen krachte oder schrie es. Weiter hinunter mit nassen Füßen und Schultern, die gegen Schultern gerammt waren, und dann zischte etwas durch den Wald aus Beinen, und der Junge neben ihr fiel und wurde hinter ihr zurückgerissen, ehe sie sich auch nur umdrehen konnte, um zu sehen, was geschehen war. Doch es war ohnehin zu spät, denn nun rutschte Shay auf dem Hintern die Böschung hinunter. Rings um sie juchzten Jungen, als rodelten sie, hinein ins kalte Wasser, bis zu Shays Knöcheln, zu ihren Scheinbeinen, zu ihren Knien. Über ihr leuchtete die Brücke, und Jungen wateten so weit in den Fluss hinein, wie sie nur konnten. Manche standen bis zum Hals im Wasser, ringsum zischten die Pfeile, doch wenige Augenblicke später hatten sie den Schatten der Gebäude erreicht, die entlang der Brücke standen, und die Bogenschützen hatten ihre Schusslinie verloren.

Jungen drängten sich am ersten Pfeiler und schoben Shay vorwärts. Blank stand bereits im flachen Wasser und band sich das Tau um die Taille. Im Schatten konnte sie nur das

Glitzern seiner Knöpfe und das weiße V des Schaums sehen, der sich um ihn bildete, als der Fluss durch den Brückenbogen strömte.

»Wir müssen uns beeilen. Hinter mir drängen sie sich schon«, sagte Shay.

Er nickte. »Über diese ersten Bögen werden wir recht leicht kommen. Das Wasser ist dort ziemlich ruhig. Erst wenn wir uns der Flussmitte nähern, mache ich mir Sorgen.« Blank zog seinen Uniformrock aus, rollte ihn zusammen und legte ihn beim Pfeiler an. Dann sprang er ohne ein weiteres Wort ins Wasser. Er schwamm schräg flussaufwärts, entfernte sich von der Brücke und ließ sich von der Strömung wieder dorthin drücken. Seine Arme erhoben sich in riesigen Schlägen aus dem Wasser, und ringsum spritzte es hoch. Ein Zug quer über den Fluss, ehe die Strömung ihn wieder zurückzog, noch ein Zug fort, wieder zurückgedrängt. In einer halben Minute hatte er die nächste Plattform erreicht. Er rief: »Es ist sicher.« Shay führte den ersten Jungen hinüber. Das Wasser zerrte an ihnen, doch das Tau war straff gespannt. Auf halbem Weg rutschte das Tau, und Shay wurde weitergeschwemmt, unter den Brückenbogen, wo alles dunkle Nacht war und das Wasser tobte.

»Niemand mehr an das Tau«, schrie Blank. »Höchstens zehn. Sonst hält das nicht.« Diese Botschaft wurde nach hinten weitergegeben, und das Tau straffte sich wieder. Shay schob sich Zoll für Zoll über das Wasser, bis sie keuchend auf die Plattform kletterte, wo Blank triefnass und ohne Hemd stand. Wasser troff ihm aus dem Haar. Er packte sie bei den Schultern. »Lass nicht zu viele an das Tau, sonst können wir das nie im Leben halten.« Und schon war er wieder im Wasser.

Shay konnte die Anstrengung selbst spüren. Kräftig gegen den Strom zu schwimmen, die Züge beinahe senkrecht zur

Brücke, und doch wieder zurückgeschwemmt zu werden. Zweimal verschwand Blank im Schatten unter dem Brückenbogen, und zweimal schaffte er es, sich wieder ins Licht zu kämpfen. Diesmal brauchte er länger, um das Tau festzumachen. Länger, bis er am Tau ziehen konnte. Als Shay sich an der Verbindung entlanghangelte, zerrte das Wasser nun wild an ihr, verwandelte ihre Kleidung in Segel, zog sie am Haar. Sie konzentrierte sich angestrengt auf die tintenschwarze Gestalt, die Blank war; wenn er hier hinüberschwimmen konnte, dann konnte sie doch sicher hier gehen. Ihre Hände waren wund am Tau, und als sie den nächsten Brückenbogen erreichte, schaute sie zurück. Eine Reihe von Köpfen bis hin zum Ufer. Sie lauschte angestrengt, um zu hören, ob noch gekämpft wurde, doch das Krachen der Wellen übertönte alles. Sie ergriff Blanks Hand. »Wie geht's dir?«

Er grinste. »Es ging mir schon schlechter. Die beiden nächsten sollten so ähnlich sein. Der Bogen in der Mitte, um den mache ich mir Sorgen.«

Shay war sich nicht sicher, wie Blank das schaffte. Beim neunten Brückenbogen zerrte die Strömung an ihr wie die Todesfee. Obwohl sie das Tau fest unter die Achsel geklemmt hatte, riss das Wasser ihre Beine beinahe horizontal weg, und sie konnte sich nur Zoll für Zoll vorwärtsrobben, Hände und Brust vom Tau wund geschabt. Zweimal hörte sie hinter sich Geräusche: einen Schrei, ein Klatschen und dann eine furchterregende Stille. Und immer noch wuchs die Schlange hinter ihr. Die Mittelpfeiler der Brücke waren riesig, und Shay und Blank lagen keuchend und um Atem ringend auf einer steinernen Plattform, die so groß war wie eine Bühne. Hinter ihnen kletterten Burschen, bibbernd wie nasse Ratten, aus dem Wasser. All die wilde Ausgelassenheit von vorhin war verflogen.

»Scheiße«, sagte Blank. Shay hörte ihn zum ersten Mal fluchen.

»Was ist los?« Der Brückenbogen spannte sich hier weiter, aber das Wasser war ruhiger, wurde weniger gewaltsam in einen Trichter gedrängt.

Er schaute flussaufwärts. »Da draußen ist ein Boot.«

Shay starrte auf den Fluss hinaus. Für sie war er ein schwarzes Feld, sie konnte nichts sehen. Sie konzentrierte sich auf die Geräusche. Waren das Ruder? Ruder, die hart gegen den Strom pflügten?

Ein weiterer Haufen Jungen kletterte auf die Plattform.

»Wir können es nur versuchen, denke ich mal«, sagte Blank.

Er sprang ins Wasser. Ein eleganter Sprung. Er schwamm flussaufwärts und kam gut voran, doch als das Wasser tiefer wurde, verstärkte sich auch die Strömung. Shay konnte ihn kaum sehen, doch er rutschte zurück, weiter zurück, bis er auf ihrer Höhe war, dann hinter ihr, mit Armen, die gegen die große unsichtbare Hand der Themse ruderten, und dann war das Tau auf einmal mit einem Ruck so straff, dass sie beinahe hinüber- und hinuntergezogen wurde. Sie rutschte über die Steinplattform, packte mit den Händen nach irgendetwas, an dem sie sich festhalten konnte, schleifte sich die Knie auf. Sie wurde bis zum Rand der Plattform gezogen, hinter ihr nur Dunkelheit, bis einer der Lehrlinge sie beim Handgelenk packte und zurückzog. Es waren vier Jungen nötig, die sich fest an die Tauschleife klammerten, um zuerst sie und dann Blank wieder in Sicherheit zu zerren. Blank war völlig durchnässt und hatte überall Prellungen. Blut rann von irgendwo aus seinen Locken hervor. Er hustete Wasser hoch und lag nur da. Aber seine Stimme, als sie dann erschallte, klang ganz nüchtern: »Nun, mir scheint, das wird nicht funktionieren.«

Pling. Ein Pfeil traf den Brückenbogen und fiel harmlos zu

Boden. Ein Junge hob ihn auf. »Der ist vom Fluss gekommen.«

Shay starrte flussaufwärts. Jetzt konnte sie es sehen. Nicht die Männer, aber ihren Kampf. Graue Gischt von zwanzig Rudern, die schwer gegen die Strömung gezogen wurden, und das Auf und Ab des Bugs. Also Bogenschützen im Wasser, Bogenschützen auf der Brücke und Bogenschützen am Nordufer. Shay wurde speiübel. Die einzige Möglichkeit, die sie noch hatten, war das Wasser selbst, und sie bezweifelte, ob einer von zehn dieser Jungen schwimmen konnte. Vielleicht sollten sie zum allerersten Brückenbogen zurückwaten, wo das Wasser langsamer floss und das Ufer näher war. Sie hatte sich geirrt, in St Paul's wären sie doch sicherer gewesen. Ein Pfeil klatschte zu ihren Füßen ins Wasser, und sie bereitete sich darauf vor, die Jungen zurück in Richtung Ufer zu befehligen.

»Thomas à Becket.« Blank teilte ihr etwas über das Krachen des Wassers hinweg mit. »Die Kapelle.«

Shay lehnte sich hinaus, um zur Brücke hinaufzuschauen. Hier ragten Gebäude weiter über die Seite, schalteten die Sterne aus. Schon vor Jahren war die Kapelle auf der Brücke verkauft und zu einem Lagerhaus umgebaut worden, doch das Gebäude hatte noch eine kirchliche Erhabenheit, und die Leute nannten es noch »Thomas à Becket«. Shay war noch nie dort gewesen.

»Es hat hier mal einen Eingang für die Fährleute gegeben.« Blank nahm sie bei den Schultern. »Damit sie beten konnten, ehe sie die Überfahrt durch den reißenden Strom antraten.« Er rief den Jungen zu, die sich durchnässt auf dem Pfeiler zusammendrängten: »Wir suchen eine Tür, die in die Kapelle hochführt. Die muss hier irgendwo über der Wasserlinie sein.«

Diejenigen, die noch Fackeln hatten, zündeten sie an, was eine Salve von Pfeilen auslöste. Jetzt waren die Bogenschützen näher herangekommen, und Shay meinte, den Umriss des Boots sehen zu können. Fackelschein spielte über die Wände und die Unterseite des Brückenbogens.

Der Ruf eines Jungen. »Da.« Irgendwann einmal hatte eine Metallleiter hier innen im Bogen hochgeführt, doch es waren nur noch ein paar Sprossen übrig. Sie wiesen den Weg zu einer verriegelten Holztür etwa acht Fuß weiter oben im Bogen. Sie hatte dasselbe Seetanggrün wie die Mauern.

»Auf meine Schultern.« Blank stützte sich an die Mauer, und einige Jungen hoben Shay hoch, bis sie auf seinen Schultern stand. Der Riegel war festgerostet, das Metall mit dem Rost verschmolzen, doch das Holz selbst sah aus, als hätte das Meerwasser es morsch gemacht. Shay rammte die Schulter dagegen, und es gab ein wenig nach.

»Mach einen Schritt zurück«, sagte sie zu Blank. Er befolgte ihre Anweisung und rammte sie dann wieder gegen die Tür. An den Scharnieren war das Holz so weich wie Kitt, und Shay machte eine tiefe Delle hinein.

»Noch einmal.« Noch dreimal, mit brennender Schulter, wenn sie gegen die Scharniere prallte, dann begann das Holz zu bröckeln. Ein Loch riss auf, und sie fasste mit der Hand hinein und dahinter. Ein Stück brach ab, und sie grub die Finger tiefer hinein und zerrte. Die halbe Tür krachte herunter, mitsamt den Scharnieren, und Shay warf sich durch den Eingang. Einen Augenblick lang hing sie halb drinnen, halb draußen da, doch schließlich stolperte sie auf festen Boden. Von dort kickte sie noch den Rest der Tür nach draußen.

Sie sah eine trockene Steintreppe und einen Handlauf aus verrottetem Seil. Sie stieg hinauf, und erst nach beinahe zehn Fuß fand sie etwas, woran sie ihr Tau festmachen konnte:

einen steinernen Engel mit nur einem Flügel, der so schwer war, dass sie ihn nicht verschieben konnte. Sie warf das Tau durch das Türloch und schrie: »Immer nur einer. Ich schau mal nach, ob es hier einen Weg nach draußen gibt.«

Die untere Kapelle war eine lange rechteckige Halle mit einem Rippengewölbe, das ihr das Gefühl gab, im Bauch von Jonas' Wal zu sein. Hier hatte man wohl gebetet und Kirchenlieder gesungen, doch nun war es nur noch ein Lagerraum für den Laden darüber. Er roch muffig und schwer mit seltsamen Untertönen: Weihrauch vielleicht und nasser Hund. Shay hatte keine Fackel, also wartete sie, bis ihre Augen sich an das Dämmerlicht gewöhnt hatten. Als Gestalten sichtbar wurden, kauerte Shay sich hin und hielt den Atem an.

Zuerst dachte sie, es sei wieder ein Bärenzwinger. Da standen völlig reglos zottelige Wesen, soweit das Auge reichte. Shay schob sich vorsichtig näher. Keine Bewegung und kein Laut außer dem Fluss unter ihr. Sie war nur wenige Zoll entfernt, als sie begriff, was sie sah: Pelze. Ordentliche Reihen russischer Pelze auf Holzpuppen.

Blank und die Jungen waren gleich hinter ihr. Sie gingen still zwischen den Schneiderpuppen umher, manche streichelten im Vorübergehen die weichen Pelze. Einer flüsterte: »Braver Junge«, und es brach nervöses Gelächter aus. Blank legte den Finger an die Lippen. Sie waren jetzt nur wenige Fuß unterhalb der Brücke selbst; die Stufen in der Ecke führten wohl zur eigentlichen Kapelle. Über ihnen passten die Deckenbretter nicht gut, und Streifen von Mondlicht schnitten durch die Finsternis. Blank flüsterte: »Löscht eure Fackeln.« Shay gruppierte die Jungen zu einer langen Reihe.

»Wir suchen einen Ausgang aus der Kapelle, der so nah wie möglich am Südufer ist«, sagte sie. Sie versuchte, zuversichtlich zu klingen. »Dann ist es nur noch ein kurzer Fußweg bis zum Southwark-Ende der Brücke.« Es folgte eine seltsame Stille. Hunderte von Jungen, die entweder betrunken oder verkatert waren oder vor Kälte bibberten, versuchten geräuschlos durch eine Echokammer zu laufen. Auf halbem Weg brachte Blank sie zum Stehen, weil man von oben das Geräusch rennender Füße hören konnte. Einer nach dem anderen verdunkelten sich die Mondstrahlen an der Decke und wurden dann wieder hell. Die Jungen standen stocksteif da, bis wer auch immer da oben vorüber war. Sobald wieder Stille herrschte, führte Blank die Jungen in die Kapelle hinauf.

Heiligenbildnisse starrten traurig auf sie herab, und die Decke war so weit oben, dass sie in der Dunkelheit verborgen war. Shay wagte einen Blick aus dem Fenster. Links war das nördliche Ende der Brücke hell erleuchtet wie von Feuerwerk, aber rechts verlor sich der Ausgang nach Southwark in der Dunkelheit. Hundert Fuß entfernt; wenn sie es hinbekam, dass die Jungen still blieben, konnten sie es vielleicht schaffen. Shay hob die Hand, um die Menge anzuhalten, und wartete darauf, dass der Mond hinter einer Wolke verschwand. Sobald es dunkel war, öffnete Blank die Tür und führte die ersten Jungen zum Rand der Straße, die über die Brücke führte. Mit dem Finger vor den Lippen geleitete Shay sie rasch durch den Schatten. Die Läden auf der Brücke waren mit Brettern vernagelt, und die Häuser zeigten den kalten Stein der Verlassenheit. Sie erreichten Nonesuch House, und Shay streckte die Hand aus und berührte das Namensschild, stellte sich vor, wie Nonesuch hinten auf dem Karren saß, der ihn nach London gebracht hatte; es war nicht nur irgendeine Geschichte gewesen.

Bibbern und Stolpern. Schritte und Tränen. Die Jungen gaben ihr Bestes. Shay schaute an der Reihe zerlumpter Gestalten vorüber zum Licht am Nordufer. Keinerlei Anzeichen deutete darauf hin, dass man sie entdeckt hatte. Sie stellte sich rennende Füße und lodernde Fackeln vor, aber nein, die Jungen gingen in langer Reihe vorbei, und schon waren die Nachzügler auch angekommen. Sie könnten es vielleicht gerade eben so schaffen.

»Oh, verdammt!« Blank war nur wenige Schritte vor ihr, doch er konnte wohl in diesem Licht besser sehen als sie. Sie blieb stehen und sah es auch. Die Zugbrücke war oben. Ein flaches Rechteck erhob sich auf der Straße wie eine schwarze Wand. Deswegen also stand an diesem Ende der Brücke niemand Wache.

Shay holte Blank ein. »Wo wird sie hochgezogen?«

»Es ist auf beiden Seiten eine Seilwinde. Unsere ist auf der anderen Straßenseite.«

Das hölzerne Rad war so hoch wie Blank. Sie würden mindestens ein paar Männer brauchen, um es zu bewegen.

Er zog versuchsweise daran. »Es macht allerdings einen Höllenlärm«, sagte er. »Ich konnte das nachts vom Mastkorb aus hören.«

Shay erinnerte sich an das Geräusch. Ihr Vater hatte sie als Kind einmal mit hergenommen, damit sie zuschauen konnte, wie die großen Schiffe den Fluss hinauffuhren, riesig, vor Waffen starrend, wie Städte, die vor sonnengebräunten Männern wimmelten, und auf denen Tausende von Flaggen flatterten. Ihr Lieblingsplatz war neben der Zugbrücke, wo man sich vorlehnen und die Masten berühren konnte, während die Schiffe vorüberfuhren. Sie erinnerte sich an den ärgerlichen, langsamen Bogen, wenn die Brücke hochgezogen wurde, und das Schleifen und Klirren der Ketten. Die Soldaten konnten die Zugbrücke vielleicht vom Nordende nicht sehen, sicherlich aber hören. Wenn man sie nicht irgendwie ablenkte, wäre diese Zugbrücke der sichere Tod.

Shay nahm zwei nicht angezündete Fackeln und wandte sich nach Norden. Sie packte Blanks Arm. »Wartet, bis ihr seht, wie ich die hier anzünde, ehe ihr mit der Winde loslegt.«

Blank folgte ihrem Blick. »Nein, die erschießen dich.«

Shay schüttelte den Kopf. »Das glaube ich nicht, nicht heute Nacht. Ich muss es auf jeden Fall versuchen, also warte einfach auf deinen Einsatz.« Sie nahm seine Hand von ihrer Schulter.

»Bitte«, sagte Blank. »Mach's nicht. Wir können sie herunterlassen, ehe die auch nur merken, was vorgeht.«

Shay betrachtete es aus der Falkenperspektive. Die Flügel der Zugbrücke, ausgebreitet wie Engelsflügel, ihre langsame Bewegung durch den Himmel. Rennende Soldaten, erst langsam, dann schnell. Lichter, Feuer, Lärm. Und dann junge Körper, die sich leblos vor der Zugbrücke anhäuften.

»Du weißt, dass das nicht stimmt. Wir schulden es den Jungen, es zumindest zu versuchen. Wenn du sie auf die andere Seite bekommst, zieh die Brücke wieder hoch. Aber lass noch eine Lücke von zwanzig Fuß. Nicht mehr, nicht weniger.«

Blank schüttelte den Kopf, aber Shay war schon unterwegs. Eine tote Fackel in jeder Hand und Devana an der Brust. »Ja. Zwanzig Fuß. Ich bin der einzige Mensch auf dieser Brücke, der so weit springen kann.«

Es war seltsam friedlich. Shay wurde klar, dass sie noch nie zuvor eine Londoner Straße in völliger Dunkelheit gesehen hatte. Selbst nach der Abendglocke blinkten die Kerzen der Schlaflosen in einigen Fenstern im Obergeschoss der Häuser, und die Öfen der Bäckereien warfen ihren feurigen Schein über ganze Straßen. Doch hier, nur mit Shays toten Schritten und dem Flüstern des fernen Wassers waren die Häuser wie Leichen, matt und kalt und feucht.

Shay redete mit Devana. »Sollte ich eine Fackel anzünden? Meinst du, wenn sie mein Gesicht sehen können, ist es wahrscheinlicher, dass sie mich töten? Oder weniger wahrscheinlich?« Hier war es so ruhig und dunkel wie im Marschland. Sie ließ die Fackeln schwingen, während sie ihr Repertoire durchging. Was konnte sie für einen Haufen mordlustiger Soldaten singen? Es würde ihr schon etwas einfallen. Sie machte ihre Schritte noch ruhiger. Sie war nicht aufgeregt, fiel ihr auf, zum allerersten Mal – spät, so spät. Keine Spur von Lampenfieber.

Shay wartete, bis sie etwa zehn Yards vom nördlichen Eingang entfernt war. Nun war sie gewiss in Reichweite eines Pfeils, aber sie musste den Soldaten das Gefühl vermitteln, dass man sie erledigen konnte, wenn man es wollte. Feuerschein und leises Stimmengemurmel. Sie hievte sich auf das Geländer am Rand der Brücke. Ihre Beine brannten vor Anstrengung; das Geländer war beinahe fünf Fuß hoch und jahrzehntelang von Londoner Händen glatt poliert.

Was sollte sie singen? »Jedes Lamm, das sich verirrte«? Eines von Nonesuchs Trinkliedern? Egal. Es waren nur noch ein paar Sekunden, aber es würde ihr etwas einfallen. Mit unsicherer Hand zündete sie erst die eine, dann die andere Fackel an. Sie reckte sie in die Höhe, so dass Blank sie sehen würde, dahinten beim südlichen Ende der Brücke.

Shay spürte mehr, als sie sah, wie sich die Aufmerksamkeit der Soldaten auf sie richtete wie ein riesiges, langsames Tier, das sich wendet. Das zumindest hatte ihr London beigebracht: Sie wusste jetzt, wenn man sie beobachtete.

Sie begann mit leiser Stimme, wie man sie benutzte, wenn man nur für sich sang.

»Leben ist fallen, und Leben ist sterben …«

Jetzt konnte Shay sehen, wie sich die Soldaten umdrehten

und ihre Lampen anzündeten. Zuerst waren sie nur eine gerade Reihe von Bögen, alle gespannt und auf sie gerichtet, aber sie zwang sich, über dieses Maul voller Pfeile hinweg auf die Gesichter dahinter zu schauen. Jungen, alle miteinander. Jungen, die Krieg spielten, während die Männer zu Hause saßen und auf die Nachricht warteten, wie es ausgegangen war. Jungen, wie sie sie unzählige Male im Theater gesehen hatte: ausgelassen, wunderschön und traurig. Shays Blick schien wieder der eines Habichts zu sein. Sie konnte das Zucken der Bizepsmuskeln sehen, die sich gegen den Zug der Bogensehne strafften. Die Schweißperlen und den feuchten Schritt.

»Leben ist fallen, und Leben ist sterben …«

Keine freundlichen Augen, die sich auf sie richteten. Keine Devana über ihr, kein Nonesuch unten. Trussell und Alouette waren Gott weiß wo, und Blank saß hinter ihr in der Falle. Stattdessen schauten die Gesichter sie finster hinter den Pfeilen hervor an. »Die haben mehr Angst als ich«, sagte sie sich, und dann erschallte, beinahe wie eine Antwort darauf, weit hinter ihr ein Geräusch, das sie durch die Fußsohlen spürte. Die Zugbrücke. Sie trat vor und balancierte über das Geländer wie eine Akrobatin. Hörte sie da hinter sich das Schleifen der Winde? Sie erhob die Stimme zur Bühnenlautstärke.

»Leben ist fallen, wie ein Stein aus dem Himmel.«

Manche Soldaten ließen nun ihre Bögen sinken. Shay krallte die Zehen ein, um das Geländer besser packen zu können. Der Meereswind beutelte sie hin und her.

»Wir fallen durch Liebe. Wir fallen durch Krieg.«

Hinter sich konnte sie das Knarzen von Holz hören, doch die Soldaten konzentrierten sich nun nur noch auf sie. Es war vielleicht das beste Publikum, das sie je gehabt hatte. Sie wartete auf das vertraute Gefühl, dass der Himmel sie hinaufreißen würde, so dass sie aus Devanas Augen auf sich selbst herunterschauen konnte. Sie wollte auf diesen köstlichen Punkt schrumpfen, an dem sie nicht mehr zählte. Aber es geschah nicht. Sie stand einfach nur bibbernd da auf dem Geländer der London Bridge, Flammen in den Händen und Winter im Blut.

»Wir fallen mit Anmut, wir leben erneut.«

In einem langen, wirbelnden Bogen schleuderte Shay die Fackeln nach rechts, dass sie wie ein Feuerrad sprühten. Gleichzeitig warf sie sich nach links auf die Brücke. Hoffentlich würden nun hundert Augenpaare den Fackeln folgen, die auf die schwarze Themse zuschwebten. Shay landete ungeschickt und rannte los, zurück die Brücke entlang, hielt sich geduckt und in der Nähe der Häuserfassaden, wo es am dunkelsten war. Sie lief mit gleichmäßiger Geschwindigkeit; sie brauchte ihre ganze Kraft für den Sprung. Sie bewegte sich so leise, wie sie konnte, doch es nutzte nichts; ihre Schritte hallten über die Brücke, und sie sah, wie die erste Reihe der Soldaten aufbrach und ihr folgte. Sie war schnell, aber nicht so schnell, dass sie zu sehr außer Atem war, um über die Zugbrücke zu springen. Die Schritte hinter ihr kamen näher, und sie wagte nicht, sich umzuschauen. Die Straßenmitte lag im Dunkeln, doch nach zwanzig Yards konnte sie vor sich die Lichter von Southwark sehen. Dann verließ sie der Mut. Die Zugbrücke ging steil nach oben; es war kein sanfter Anstieg, über den man zum Sprung Anlauf nehmen konnte. Sie hörte Stimmen. Blank schrie: »Ihr habt die Lücke zu breit gemacht, Herrgott noch mal, senkt sie wieder runter.« Gestalten mühten sich am Rad der Winde ab, und Shay sah, wie sich die Oberkante einen weiteren Fuß nach unten senkte, doch die Verfolger hatten sie nun schon beinahe eingeholt. Ein letzter

Spurt, geduckt und kräftig, auf die Brückenschräge; so schnell war sie nie gelaufen. Hochklettern, vom Schwung getragen, nackte Füße auf altem Holz, hinauf, und irgendwo auf der anderen Seite jubelten ihr die Jungen zu, feuerten sie an, bis sie den Himmel am Ende der Zugbrücke erreicht hatte und sich in einem hoffnungslosen Winkel in den Sprung stürzte, sich in der Luft drehte und nach unten schaute und dann und dann … und dann begriff, dass sie es nicht schaffen würde, dass sie nicht einmal in die Nähe kommen würde, und die Lichter Londons um sie herumwirbelten, und die kalten, toten Arme der Themse sich dankbar erhoben, um sie aus der Luft zu schnappen.

45

Wenn du am nächsten Morgen ein Falke gewesen wärst, hoch oben auf den warmen Luftströmen, als die feine Linie der Morgenröte sich über den Horizont erhob, was hättest du unten gesehen? Der graue Fluss und das graue Marschland sind tot für dich; nichts als eine Kulisse für das Geschäft des Tötens. Jeder Teil von dir ist auf das Rascheln, Knabbern und Huschen eingestellt, die alle Beute bedeuten.

Dann treibt ein schwarzes Bündel flussabwärts. Es ist reglos, und das bedeutet, dass es wahrscheinlich bereits tot ist und daher von mehr Interesse für die Aasfresser als für dich. Vielleicht ist es noch essbar, aber es rennt nicht, und es fürchtet sich nicht. Wo bleibt dann der Spaß? Deine Aufmerksamkeit schnappt woanders zu: beim aufregenden Flitzen eines Kaninchens über eine leere Wiese oder beim Fall eines Jungvogels aus dem Nest. Du nimmst eine kleine Veränderung vor – ein leichtes Schieflegen einer Schwinge – und wirst zu einem lebendigen Geschoss. Da unten ist etwas tot, weiß es aber noch nicht.

Das schwarze Bündel – vom Wind zerzaust, zerbrochen und etwa so groß wie ein Mädchen – treibt weiter.

46

Zunächst hatte sich der Fährmann Sorgen gemacht, der Mann könnte ein Taschendieb sein. Für einen Gauner war er vielleicht ein bisschen zu alt, aber er hatte diese Mischung aus Wachsamkeit und Anonymität, die einen guten Langfinger ausmachte. Es war schlecht fürs Geschäft, wenn die Landpomeranzen schon ausgeraubt wurden, ehe sie noch von Bord gegangen waren, also hielt er ein wachsames Auge auf ihn. Doch die meisten Passagiere stiegen in Horseleydown aus, und der Mann blieb ruhig allein hinten im Boot.

Ein paar Meilen weiter flussabwärts kam er und setzte sich neben den Fährmann. Er entschuldigte sich beinahe schon, bevor er gefragt hatte, ob er an der Pier anhalten konnte, die vor ihnen lag. Seit Lebzeiten seines Vaters hatte der Schiffer dort keinen Kai mehr in Betrieb gesehen. Er sagte: »Kann ich machen, aber da ist nichts mehr. Und zu dieser Tageszeit müsstet Ihr damit rechnen, über Nacht dort festzusitzen. Ich würde diesem Weg nachts nicht trauen.«

Wenn der Mann es gehört hatte, so ließ er es sich nicht anmerken. Er musste an der Pier von Stützpfosten zu Stützpfosten springen, während die schlammige Themse unter den bröckeligen Planken wartete. Schön hätte man diesen Ort eigentlich nicht nennen können. Die schiere Weite hatte etwas Großartiges – wie das Blau des Himmels schwer auf der Bleistiftlinie des Horizonts wog –, aber auch etwas Bedrückendes. Schon bald waren seine Schuhe durchweicht, und seine Zähne klapperten. Er schlug den Kragen hoch und hielt auf die Trümmer zu. Ein Pfad zwischen verrottenden Holzpfosten war überwuchert, und zweimal musste er seine Schritte zurücklenken, um Wassergräben zu meiden. Es war ein Labyrinth, dachte er, und das war doppelt frustrierend, wenn man das Ziel unmittelbar vor Augen hatte. Es sah aus wie ein Schiffswrack: ausgebleichte Balken in verrückten Winkeln und verrottende Netze, die tief in den Schlamm getrampelt waren. Die Abenddämmerung bleichte die Farbigkeit aus allem: Der Himmel, das Gras, sogar seine Hände sahen grau aus.

Der Baum war schon damals zu seiner Zeit tot gewesen, und er war jetzt tot, unverändert von Jahrzehnten von Wind und Regen. Der Mann setzte sich unter seine Äste. Der Stamm war kalt wie Stein an seinem Rücken, als er die Tasche auspackte. Seine Stimme klang in dieser echolosen Ebene klein und leise.

»Also, Shay, ich bin mir nicht sicher, ob es das ist, was du wolltest.«

Er zerknüllte seine ältesten Bilder zuerst und legte sie in eine Mulde am Fuß des Baumes. Auf den Zeichnungen sah man Shay, gerade aus London gekommen, mit wilden Augen und wildem Haar. Das nächste zeigte sie schlafend auf einem Kanalboot, die Arme eng um den Leib geschlungen, als hielte sie etwas an sich gedrückt. Dann später die Bilder aus Flandern. Sperlinge aus der Hand fütternd. Oder dieses: mit gegen den Wind ausgestreckten Armen und zum Himmel gerecktem Gesicht. Weiter und immer weiter, eine Zeichnung nach der anderen, bis er die letzte zusammenknüllte. Er schaute sie nicht an, aber das musste er nicht – er kannte dieses letzte Gesicht besser als sein eigenes. Sorgenfalten, Altersfalten und schließlich, so spät, Lachfalten. Eine Weichheit um sie, von der er geglaubt hatte, sie sei in dem Käfig in Cockaigne gestorben.

Sobald der Haufen aufgeschichtet war, nahm er ein Gefäß und kippte die Asche obenauf, grauen Schnee, der die Gipfel des Scheiterhaufens bedeckte. Er legte den Schädel mitten hinein. Der Schnabel war wie ein gekrümmtes Messer und die tiefen Augenhöhlen schienen einen sogar im Tod zu sich zu ziehen. Der Schädel hatte dieselbe trüb-weiße Farbe wie die Balken von Birdland und die immer tiefer hängenden Wolken.

Noch ein Tag, darum hatte er sie gebeten, an jedem Tag in diesem letzten Jahr. Noch ein Tag, um seine Hand zu halten und Vögel zu beobachten. Und, wie wunderbar, sie hatte es versucht. An dem Morgen, als er dieses schwarze Bündel gefunden hatte, das sich im Schilf des Themseufers verfangen hatte, hatte er nicht erwartet, dass sie diesen Tag überleben würde, von Jahrzehnten ganz zu schweigen. Noch einen Tag, hatte er gebeten, und sie hatte geantwortet, die Hand jedes Mal leichter und regloser, bis sie eines Tages fort war.

Es dauerte eine Weile, bis das Papier Feuer gefangen hatte. Schwarzes Zischen und dann eine orangefarbene Linie, die über die Zeichnungen raste. Bildete er sich das ein, oder tauchte der erste Star genau in dem Augenblick auf, als das Feuer aufflammte? Das zusammengeknüllte Papier krümmte sich und wurde schwarz. Wie oben, so unten. Die Vögel kamen so, wie sie es ihm beschrieben hatte. Allein, zu zweit und dann alle zusammen, wie zu Anfang eines Gewitterregens.

Die Vögel sind Feuer die Vögel sind Wasser die Vögel sind Muskel

Das Feuer gab keine Wärme ab; nur Rauchfäden, die nun aufstiegen, von tausend rücksichtslosen Flügeln gefächelt und aufgewirbelt und zum Himmel getrieben.

Sie sind ein Flügel sie sind eine Flosse sie sind ein Mund

Früher einmal hätte er für ein solches Spektakel sein Skizzenbuch hervorgezogen, aber wem würde er das jetzt zeigen? Ein weiterer Tag war ein größeres Geschenk als alle Schätze in allen Frachträumen aller Schiffe in allen Häfen in allen Städten in allen Ländern dieser Welt. Eine Hand in deiner Hand und Augen, die es sehen.

Die Vögel sind Flamme die Vögel sind Regen die Vögel sind Tod

Ein Chor von Schwingen hob die Asche in die Höhe, dorthin zurück, wo sie hingehörte. Jetzt waren sie Teil eines lebenden, pulsierenden Wesens, das augenblicklich zu dem großen dunklen Feuerwerk aufblühte und genauso schnell wieder verschwunden war.

Zurück in die Luft.

Danksagungen

Zuerst und zuletzt und immer,
dankе Anissa.

Mein Dank zudem gilt zwei schreibenden Menschen, deren Arbeit ich liebe – Ever Dundas und Mariana Enriquez – und die so freundlich waren, frühe Manuskripte von *Das Vogelmädchen von London* zu lesen. Ihre Gedanken haben geholfen, alles, was Sie gerade gelesen haben, zu formen, und ohne ihre Einsichten wäre Shay nicht diese Shay geworden.

Dank an Leo Robson und Johnny Daukes für stundenlange Spaziergänge und Kaffee während des Lockdowns, Zeiten, in denen ich diese ärgerlichen letzten Ecken und Kanten ausgebügelt habe, und an meinen Bruder für seine stetige Unterstützung (und auch gelegentliches Mitleid).

Ein riesiger Dank geht an Victoria Hobbs. Bei unserer ersten Begegnung habe ich ihr gesagt, ich bräuchte jemanden, der für ein Buch das macht, was ein Produzent für eine Schallplatte macht, und Victoria hat sich als ein echter George Martin herausgestellt. Danke auch an ihre Assistentin Jessica Lee für so viele wertvolle Beiträge.

Danke an Emma Herdman bei Bloomsbury. Kaum eine Seite in diesem Buch wurde nicht von Emma poliert oder präzisiert, und sie hat den tollen Trick geschafft, mich als besseren Schriftsteller dastehen zu lassen, als ich es bin. Dank auch an Madeleine Feeny und Sara Helen Binney für all ihre Hilfe.

Und schließlich Danke an die echten Blackfriars Boys – John Chappell, John Motteram, Nathan Field, Alvery Trussell, Philip Pykman, Thomas Grymes und Saloman Pavey – und an die Rotmilane des Windsor Great Park.